诗经

詩經

译注本

钱小北 译注

江苏凤凰文艺出版社
JIANGSU PHOENIX LITERATURE AND ART PUBLISHING

目录

综　述

清人方玉润《诗经原始》中曾云："六经中唯《诗》易读，亦唯《诗》难说。固因其无题无序，亦由其词旨简约，每多言外意，不比他书明白显易也。又况说《诗》诸儒，非考据即讲学两家。而两家性情，与《诗》绝不相近。故往往穿凿，胶柱鼓瑟，不失之固，即失之妄，又安能望其能得诗人言外意哉。"其实，片面追求《诗》的"言外意"，正是历代说《诗》者多"非固即妄"的原因。本篇集先人之智见，攫取今之情势，希能让诸君体会真正之《诗经》。

国　风

国风大抵是周初至春秋间各诸侯国民间诗歌，包括《周南》《召南》和《邶风》《鄘风》《卫风》《王风》《郑风》《齐风》《魏风》《唐风》《秦风》《陈风》《桧风》《曹风》《豳风》，也称为“十五国风”，共一百六十篇。作品大多体现了古代劳动人民丰富的社会生活和朴实的思想感情，同时亦对统治阶级的罪恶有所揭露。

周　南

《周南》共十一篇，有东周作品，也有西周作品。朱熹《诗集传》云："周，国名。南，南方诸侯之国也。周国本在《禹贡》雍州境内岐山之阳，后稷十三世孙古公亶父始居其地。传子王季历至孙文王昌，辟国寖广，于是徙都于丰，而分岐周故地以为周公旦、召公奭之采邑。……于是德化大成于内，而南方诸侯之国，江沱汝汉之间，莫不从化。……至子武王发，又迁于镐，遂克商而有天下。武王崩，子成王诵立，周公相之，制作礼乐。乃采文王之世风化所及民俗之诗……杂以南国之诗，而谓之《周南》。言自天子之国而被于诸侯。"

关　雎

关关雎鸠，①在河之洲。窈窕淑女，②君子好逑。③
参差荇菜，④左右流⑤之。窈窕淑女，寤寐⑥求之。
求之不得，寤寐思服⑦。悠哉悠哉，⑧辗转反侧。⑨
参差荇菜，左右采之。窈窕淑女，琴瑟友之。⑩
参差荇菜，左右芼⑪之。窈窕淑女，钟鼓乐⑫之。

译文：

关关和鸣的雎鸠，栖息在河中小洲。贤良美好的女子，是君子渴求佳偶。

参差不齐的荇菜，在船左右两边摘。贤良美好的女子，日夜都想追求她。

追求却没法得到，日日夜夜总思念。绵绵不断的思念，叫人翻覆难入眠。

参差不齐的荇菜，在船左右两边取。贤良美好的女子，弹琴鼓瑟亲近她。

参差不齐的荇菜，在船左右两边选。贤良美好的女子，敲起钟鼓取悦她。

注释：

①关关：象声词，雌雄两鸟的和鸣声。雎鸠（jū jiū）：一种水鸟，一般认为是鱼鹰，传说它们雌雄形影不离。

②窈窕（yǎo tiǎo）淑女：贤良美好的女子。窈窕：体态美好的样子。窈：深邃，喻指女子心灵美。窕：幽美，喻指女子仪表美。淑：美好，善良。

③好：男女相悦。逑（qiú）：通“仇”，配偶。意为君子渴求佳偶。

④参差（cēn cī）：长短、高低不齐的样子。荇（xìng）菜：水中植物，叶浮在水面上，根茎可吃。

⑤流：捋取。

⑥寤寐（wù mèi）：犹言日夜。睡醒为“寤”，睡着为“寐”。马瑞辰《毛诗传笺注通释》说：“寤寐，犹梦寐。”亦可。

⑦思服：即思念。思：语气助词。服：思念。

⑧悠哉悠哉：思念之情绵绵不尽，思念深长的样子。悠：忧思的样子。《尔雅·释诂》郭璞注中，“悠”意为感思。“哉”为语气助词。

⑨辗转反侧：翻覆不能入眠。

⑩琴瑟友之：弹琴鼓瑟来亲近她。琴、瑟：皆弦乐器。琴五或七弦，瑟二十五或五十弦。友：用作动词，此处有亲近、接近之意。

⑪芼（mào）：扫取，拔。

⑫乐：使动用法，使……快乐。

赏析：

《关雎》，古人把它冠于三百零五篇之首，对它评价很高。《汉书·匡衡传》记载匡衡疏云："匹配之际，生民之始，万福之原。婚姻之礼正，然后品物遂而天命全。孔子论《诗》，一般都是以《关雎》为始。……此纲纪之首，王教之端也。"《关雎》通常被认为是一首描写男女恋爱的情歌，在艺术上巧妙地运用了"兴"的表现手法。首章以雎鸟相向合鸣，兴起淑女陪君子的联想；又以采荇菜这一行为引起主人公对女子的相思与追求。全诗语言优美，善用双声、叠韵和叠词，增强了诗歌的音韵美和写人状物、拟声传情的生动性。即王士祯《渔洋诗话》所谓"《诗》三百篇真如画工之肖物"。

葛 覃

葛之覃兮，①施②于中谷，维叶萋萋。③黄鸟于飞，④集⑤于灌木，其鸣喈喈⑥。

葛之覃兮，施于中谷，维叶莫莫⑦。是刈是濩，⑧为絺为绤，⑨服之无斁。⑩

言告师氏，⑪言告言归⑫。薄污我私，⑬薄澣我衣。⑭害澣害否⑮？归宁⑯父母。

译文：

葛草长得长又长，枝条蔓延遍山谷，藤叶茂密又繁盛。黄鹂鸟上下翻飞，栖息于灌木丛上，鸣叫婉转声悠扬。

葛草长得长又长，枝条蔓延遍山谷，藤叶茂密且青绿。割藤蒸煮织麻忙，织细布来织粗布，新衣穿着心欢畅。

告诉女师心里话，说我盼着回娘家。洗净我的贴身衣，涤清我的外衣裳。洗和不洗分清楚，早日归家见爹娘。

注释：

①葛：多年生草本植物，花紫红色，茎可做绳，纤维可织葛布，俗称夏布。其藤蔓亦可制葛屦，夏日穿用。覃（tán）：本意为延长，

此指蔓生之藤。兮：语气助词。

②施（yì）：蔓延。

③维：发语词，无实际意义。萋萋：茂盛的样子。意为藤叶茂密。

④黄鸟：黄莺，一说黄雀。于飞：即飞。于：语气助词。

⑤集：群鸟栖息在树上。

⑥喈喈（jiē jiē）：鸟鸣声。

⑦莫莫：茂盛的样子。

⑧刈（yì）：斩，割。濩（huò）：煮。将葛割下放在水中煮。

⑨为：织成。絺（chī）：细葛布。绤（xì）：粗葛布。

⑩服：服用，指穿。斁（yì）：厌恶。意为穿着新衣心情舒畅。

⑪言：语气助词。下同。告：告诉。师氏：即女师，指抚育古代贵族女子并教授其女德者。据《传》："师，女师也。古者女师教以妇德、妇言、妇容、妇功。"

⑫归：本指出嫁，亦可指回娘家。

⑬薄：语气助词。污：洗去污垢。我：我的。下同。私：内衣。一说指日常所穿的衣服。

⑭澣（huàn）：同"浣"，洗。衣：外衣。一说礼服。

⑮害（hé）：通"曷"，盍，何，疑问词。否：不。意为分清清洗与否。

⑯归宁：归问父母安。

赏析：

诗人用以表达情志的词语，往往有多种解读。《葛覃》的主旨，全在末章点示的"归宁父母"一句。《毛诗序》定此诗为赞美"后妃"出嫁前"志在女工之事"的美德，其出嫁可以"安父母，化天下以妇道也"；方玉润《诗经原始》云："《小序》以为'后妃之本'，《集传》遂以为'后妃所自作'，不知何所证据。以致驳之者云：'后处深宫，安得见葛之延于谷中，以及此原野之间鸟鸣丛木景象乎？'……盖此亦采之民间，与《关雎》同为房中乐，前咏初昏，此赋归宁耳。”故认为这是急切待归的新人更为恰当。

本诗三章，首章幽静的山沟被黄雀的鸣啭打破，依稀可见女主人公在那里顾盼聆听。次章看到主人公弯腰刈藤、濩葛织作，在铜镜前喜滋滋试衣。三章又见女主人公带着羞涩和抑制不住的喜悦，终于向师氏透露急切待“归”的想法。在中国传统中，对女子的要求是所谓“妇德、妇言、妇功、妇容”，此诗所表现的，正是一位“待归”女子勤于“妇功”的情景。

卷耳

采采卷耳，①不盈顷筐。②嗟我怀人，③寘彼周行。④

陟彼崔嵬⑤，我马虺隤⑥。我姑酌彼金罍⑦，维以不永怀⑧。

陟彼高冈，我马玄黄⑨。我姑酌彼兕觥⑩，维以不永伤⑪。

陟彼砠⑫矣，我马瘏⑬矣，我仆痡⑭矣，云何吁⑮矣！

译文：

采那繁盛的卷耳，半天不满一小筐。想念我那心上人，斜筐弃在大路旁。

攀上那高土石山，马儿足疲神色颓。且先斟满金壶酒，宽慰离思与忧伤。

登上那高山脊梁，马儿腿软眼迷茫。且先斟满大杯酒，免我心中长悲伤。

艰难攀登乱石冈，马儿累坏倒一旁。仆人精疲力又竭，无奈愁思聚心上！

注释：

①采采：茂盛。一说为采摘。朱熹《诗集传》云：“非一采也。”马瑞辰《毛诗传笺通释》则认为是状野草“盛多之貌”。卷耳：也称为苍耳，石竹科一年生草本植物，嫩苗可食，也可药用。

②不：表否定。盈：满。顷筐：斜口筐，后高前倾。

③嗟：语气助词，亦可指叹息声，感叹，伤叹。我：采者女子自

称。怀：思念。此句意指思念他人。

④寘：同“置”，放，搁置。彼：那。周行（háng）：大道。

⑤陟（zhì）：升，登。崔嵬：山势高峻。意指登上那高大山崖。

⑥我：思妇代远行丈夫的自称。下同。虺隤（huī tuí）：马疲劳生病。此句指代步马匹疲乏生病。

⑦金罍（léi）：饰金的酒器，大肚小口。朱熹《诗集传》中云：“罍，酒器。刻为云雷之象，以黄金饰之。”

⑧永怀：常想念。

⑨玄黄：黑色毛与黄色毛相掺杂的颜色。此处意指马生病而变色。朱熹说“玄马而黄，病极而变色也”，就是本是黑马，病久而出现黄斑。闻一多《诗经通义》：“眼花亦谓之玄黄。”

⑩兕觥（sì gōng）：用犀牛角做的酒器。

⑪永伤：长久忧伤。

⑫砠（jū）：有土的石山，或谓山中险阻之地。

⑬瘏（tú）：劳累过度致病。

⑭痡（pū）：疲困不能行走。

⑮吁（xū）：忧叹。

赏析：

《卷耳》的解释有三。一是《毛诗序》：“《卷耳》，后妃之志也。又当辅佐君子求贤审官，知臣下之勤劳，内有进贤之志，而无险诐私谒之心，朝夕思念，至于忧勤也。”二是朱熹《诗集传》解“嗟我怀人，寘彼周行”为“心适念其君子，故不能复采而置之大道之旁也”，是对的。把“我马虺隤，我姑酌彼金罍”的两个“我”，说成是第一章的“嗟我怀人”的“我”，即是妇人，就错了。三是钱锺书先生《管锥编》解《诗经》的《卷耳》，以先写妇人，后写丈夫，即“花开两朵，各表一枝”的写法，私以为这是最恰当的。

《卷耳》妙处在它匠心独运的篇章结构上，先以思念征夫的妇女口吻来写，再以思家盼归的备受旅途辛劳的男子口吻来写。二人的内心独白在同一场景同一时段中展开，“思怀”交融合一，更见真情。

且该诗擅长用实境描画来衬托情感，旅途的艰难通过对山势险阻的描摹反映出来，马和仆从的状况，也衬托出行者怀人思归的惆怅。

樛 木

南有樛木[①]，葛藟累之。[②]乐只君子，[③]福履绥之。[④]
南有樛木，葛藟荒[⑤]之。乐只君子，福履将[⑥]之。
南有樛木，葛藟萦[⑦]之。乐只君子，福履成[⑧]之。

译文：

南山大树高又弯，葛藟紧紧往上缠。祝愿君子常快乐，多福多禄永平安。

南山大树高又弯，葛藟茂盛遮树干。祝愿君子常快乐，多福多禄遂心愿。

南山大树高又弯，葛藟缠绕往上攀。祝愿君子常快乐，多福多禄合家欢。

注释：

①樛（jiū）木：树木向下弯曲。

②葛藟（lěi）：多年生草本植物，花紫红色，茎可做绳，纤维可织葛布。藟似葛，野葡萄之类，有茎可以缠树。累：缠，挂。此处又作纍。之：代指樛木。

③乐：快乐。只：语气助词。君子：此处指结婚的新郎。

④福履：犹福禄。绥：安。之：指君子。

⑤荒：掩盖，覆盖。

⑥将：扶助。朱熹《诗经集注》中云：“将，犹扶助也。”

⑦萦：缠绕。

⑧成：成就。

赏析：

清方玉润《诗经原始》中云：“观藟、荒、萦等字有缠绵依附之意，如茑萝之施松柏，似于夫妇为近。……君臣夫妇，义本相通，诗人亦不过藉夫妇情以喻君臣义，其词愈婉，其情愈深，即谓之实指文王，亦奚不可？”《毛诗序》则将其扩大至君臣之间，有些牵强。

《樛木》仅三章，每章只改易二字，句式整饬，以叠唱形式表达喜庆祝颂之情。以葛藟缠绕樛木，比喻君子福禄常相随，非常形象。

螽斯

螽斯羽，①诜诜②兮。宜尔子孙，振振③兮。

螽斯羽，薨薨④兮。宜尔子孙，绳绳⑤兮。

螽斯羽，揖揖⑥兮。宜尔子孙，蛰蛰⑦兮。

译文：

蝈蝈频频展翅膀，成群结队飞舞忙。愿你多子又多孙，家族代代皆兴旺。

蝈蝈频频展翅膀，一齐群飞嗡嗡响。愿你多子又多孙，世世代代永绵长。

蝈蝈频频展翅膀，纷纷聚集齐飞翔。愿你多子又多孙，家族兴盛聚满堂。

注释：

①螽（zhōng）斯：或名斯螽，中国北方称其为蝈蝈，是鸣虫中体形较大的一种。身长色青，叫声从翅膀里发出。古人视其为多子多孙的象征。一说斯为语气助词。羽：翅膀。

②诜诜（shēn shēn）：同莘莘，众多的样子。

③振振（zhēn zhēn）：众盛貌。

④薨薨（hōng hōng）：很多虫飞的声音。或曰形容螽斯的齐鸣。

⑤绳绳：不绝貌。

⑥揖揖（jī jī）：聚集。

⑦蛰蛰（zhí zhí）：和集。

赏析：

朱熹《诗集传》承毛氏“后妃子孙众多”之说，认为“故众妾以螽斯之群处和集而子孙众多比之”。姚际恒《诗经通论》中认为“附会无理”。方玉润《诗经原始》进而指出：诗“仅借螽斯为比，未尝显颂君妃，亦不可泥而求之也。读者细咏诗词，当能得诸言外”。

细读该诗，可知先民颂祝多子多孙的诗旨，显豁而明朗。飞蝗产卵孵化的虫极多，年生两代或三代，可谓是宜子的动物。诗篇正以此作比，寄兴于物。华夏先民多子多福的观念，在尧舜之世已深入民心。《庄子·天地》篇有“华封人三祝”的记载：尧去华地巡视，守疆人对这位“圣人”充满敬意，衷心地祝愿他“寿、富、多男子”。

桃　夭

桃之夭夭①，灼灼其华。②之子于归，③宜其室家。④

桃之夭夭，有蕡⑤其实。之子于归，宜其家室。

桃之夭夭，其叶蓁蓁⑥。之子于归，宜其家人。

译文：

桃花盛放千万朵，色彩鲜艳红似火。这位姑娘嫁过门，夫妇美满又和顺。

桃花盛放千万朵，硕果累累坠枝头。这位姑娘嫁过门，早生贵子后嗣丰。

桃花盛放千万朵，桃叶纷繁真茂盛。这位姑娘嫁过门，齐心携手兴家门。

注释：

①夭夭：花朵怒放，美丽而繁华的样子。

②灼灼：花朵色彩鲜艳如火，明亮鲜艳的样子。陈奂《诗毛氏传疏》中云：“《广雅》：‘灼灼，明也。’”其：助词。华：同“花”。

③之子：这个姑娘。于归：出嫁。于：去，往。归指嫁。

④宜：和顺、亲善。室家：家庭。

⑤蕡（fén）：（果实）多而大。

⑥蓁蓁（zhēn zhēn）：草木繁密的样子，这里形容桃叶茂盛。

赏析：

《周礼》云："仲春，令会男女。"诗人以桃花起兴，为新娘唱了一首赞歌。方玉润《诗经原始》中云："《桃夭》不过取其色以喻'之子'，且春华初茂，即芳龄正盛时耳，故以为比。"《桃夭》是一首清新自然、饶有情趣的颂婚诗。

姚际恒《诗经通论》中说，此诗"开千古词赋咏美人之祖"。《礼记·大学》引《桃夭》时说："宜其家人，而后可以教国人。"家庭是社会的最基本单位，家庭的巩固与社会的稳定关系十分密切。古人通过桃花般的外在美，巧妙地和"宜"的内"善"结合起来，表达出人们对家庭和睦安居乐业生活的美好向往。

兔　罝

肃肃兔罝，①椓之丁丁。②赳赳③武夫，公侯干城。④

肃肃兔罝，施于中逵。⑤赳赳武夫，公侯好仇⑥。

肃肃兔罝，施于中林。赳赳武夫，公侯腹心⑦。

译文：

严密整饬的兔网，布桩的声音铮然响。武士气概雄赳赳，是公侯的御敌捍卫者。

严密整饬的兔网，把它设置在要道上。武士气概雄赳赳，是公侯的贴心好帮手。

严密整饬的兔网，把它设置在树林中。武士气概雄赳赳，是公侯的智谋好心腹。

注释：

①肃肃：网绳整齐严密的样子。兔：野兔。罝（jū）：网。

②椓（zhuó）：敲击。丁丁（zhēng zhēng）：布网钉桩声。布网捕兽，必先在地上打桩，发出声响。

③赳赳：健壮威武。

④公侯：周封列国爵位（公、侯、伯、子、男）之尊者，泛指统治者。城：垣城，城墙，犹屏障。干：盾牌。干城：此处喻指捍卫者。

⑤施：施加。于：到。中逵：逵中，九达之道，四通八达的大路。

⑥仇：同“逑”，配偶，这里指伴当、帮手。

⑦腹心：比喻最可信赖且不可缺少之人。

赏析：

清姚际恒《诗经通论》云：“《小序》谓‘后妃之化’。‘武夫’于‘后妃’何与？盖迂而无理。胡休仲曰：‘诵此篇之义，必有人马当之。……若曰触目琳琅，山辉川媚，则武王何止十乱，尼父不称才难矣。’其说特为有见，可谓不随附和者也。”

在先秦时代，狩猎本就是习练行军布阵、指挥作战的“武事”之一。因此赞美公侯的卫士，从打桩设网的狩猎“兴起”，也在情理之中；之后渐次施网于路口、林中；而“纠纠武夫”也由王侯之干城卫士，晋升为贴身近卫，乃至“腹心”，这是诗中人地位的提高。在三章相叠的咏唱之中，这种自豪感也层层推进，更见其神采飞扬。

芣 苢

采采芣苢，①薄言②采之。采采芣苢，薄言有之。

采采芣苢，薄言掇③之。采采芣苢，薄言捋④之。

采采芣苢，薄言袺⑤之。采采芣苢，薄言襭⑥之。

译文：

繁茂鲜艳的车前子呀，我们赶紧来采呀。采呀采呀车前子，快些把它采下来。

繁茂鲜艳的车前子呀，一片一片摘下来。采呀采呀车前子，一把一把捋下来。

繁茂鲜艳的车前子呀，提起衣襟兜起来。采呀采呀车前子，掖起衣襟兜回来。

注释：

①采采：繁茂的样子。芣苢（fú yǐ）：即车前子，多年生草本植物，叶自根际丛生，广椭圆形，开淡紫小花。叶可供食用，果实可供药用。其穗状花序结籽特别多，赞美芣苢可能与当时的多子信仰有关。

②薄言：发语词，无实际意义。

③掇（duō）：拾取。

④捋（luō）：用手握物而脱取。诗称捋之，当指捋果实。

⑤袺（jié）：手执衣襟兜住东西。

⑥襭（xié）：把衣襟掖在腰带上以兜东西。

赏析：

方玉润《诗经原始》中云："夫佳诗不必尽皆征实，自鸣天籁，一片好音，……恍听田家妇女，三三五五，于平原绣野、风和日丽中群歌互答，余音袅袅，若远若近，忽断忽续，不知其情之何以移而神之何以旷。则此诗可不必细绎而自得其妙焉。"此种解释远较《毛诗序》的"后妃之美"及《韩诗》的"伤夫有恶疾也"正确。

远古时代，生产力水平低下，面对险恶的自然环境，为了生存需要，形成"尚子"的风习。车前子这种可治妇女难产症状的中药，自然成了妇人的心爱之物。铿锵的音韵巧妙地传达出劳动妇女欢畅的心情，而那种对多子的渴求和对道德美的向往之意也显露出来。

汉 广

南有乔木[①]，不可休思[②]。汉有游女，[③]不可求思。汉之广矣，不可泳思。江之永矣，[④]不可方[⑤]思。

翘翘错薪，[6]言刈[7]其楚。之子于归，言秣[8]其马。汉之广矣，不可泳思。江之永矣，不可方思。

翘翘错薪，言刈其蒌[9]。之子于归，言秣其驹。汉之广矣，不可泳思。江之永矣，不可方思。

译文：

河岸对面的乔木，无法在它荫下乘凉。汉江上出游女子，可望而不可即呀。宽广的滔滔汉水呵，无法游泳渡过；悠长的江流呵，无法乘筏抵达。

错杂堆放的柴草，乃是我割取的荆楚。这位姑娘若出嫁，我情愿替她喂马。宽广的滔滔汉水呵，无法游泳过去；悠长的江流呵，无法乘筏抵达。

从生堆放的柴草，乃是我割取的蒌蒿。这位姑娘若出嫁，我情愿替她喂马。宽广的滔滔汉水呵，无法游泳过去；悠长的江流呵，无法乘筏抵达。

注释：

①乔木：高大的树木。树高则树荫少。

②思：语气助词。

③汉：汉水，源出陕西，东流至湖北汉阳入长江。有：生出。游女：出游的女子。

④江：指长江。永：水流长。此句意指江水绵延流长。

⑤方：《鲁诗》中方作舫，小舟。

⑥翘翘（qiáo qiáo）：众多的样子。错薪：杂乱的柴草。清魏源《诗古微》中云："三百篇言取妻者，皆以析薪取兴。盖古者嫁娶必以燎炬为烛，故《南山》之析薪，《车舝》之析柞，《绸缪》之束薪，《豳风》之伐柯，皆与此错薪、刈楚同兴。"

⑦刈（yì）：割。

⑧秣（mò）：用草喂马。

⑨蒌（lóu）：蒌蒿，多年生草本植物，多生于水滨，高四五尺，

叶互生，羽状深裂。叶嫩时可食，老则可作为柴薪使用。

赏析：

《毛诗序》中，认为游女为汉水之神，受文王教化，非礼不可求。近代学者一般都认为此诗是一个樵夫所唱，作者只是借指心中所爱的女子，以神人相隔，喻佳人难求。如方玉润《诗经原始》中云："其诗大抵男女相赠答，私心爱慕之情""所谓樵唱是也"。

全诗每章之末，均叠咏"汉之广矣"四句，将游女迷离之形，江面浩渺之景，男子心知其不可求、却依旧向往的思慕之情，都融于长歌浩叹之中。《蒹葭》全篇没有具体的事件、场景，着意渲染一种追求向往而渺茫难以企及的意绪。《汉广》则相对要具体得多，有具体的人物形象——樵夫与游女；有细微的情感历程——希望、失望到幻想、幻灭。钱锺书《管锥编》论"企慕情境"这一原型意境，在《诗经》中以《蒹葭》为主，而以《汉广》为辅，其原因或就在于此。

汝坟

遵彼汝坟，①伐其条枚。②未见君子③，惄如调饥。④

遵彼汝坟，伐其条肄⑤。既见君子，不我遐⑥弃。

鲂鱼赪尾，⑦王室如燬⑧。虽则如燬，父母孔迩⑨。

译文：

沿着汝水堤岸走，砍下树枝筐里投。久久未见亲人面，思如朝饥心忧愁。

沿着汝水堤岸走，砍下嫩枝筐里投。总算见到亲人面，亲人念旧情义厚。

鲂鱼辛劳尾赤红，王命火急频频催。虽然有事急似火，父母尽孝在跟前。

注释：

①遵：沿着。彼：那。汝：汝水，源出河南嵩县西南天息山，东

南流入淮水。坟：河堤。

②条：树枝。枚：树干。见《毛传》：“枝曰条，干曰枚。”意为砍下树枝。

③君子：此指在外服役或为官的丈夫。

④惄（nì）：饥，一说忧愁。调：通“朝”，早晨。《郑笺》中云：“惄，思也。未见君子之时，如朝饥之思食。”

⑤条肄（yì）：树木砍伐后新长的枝条。

⑥遐：远。

⑦鲂（fáng）鱼：一名鳊鱼，细鳞，鱼之美者。赪（chēng）尾：红色的尾巴。

⑧燬（huǐ）：火。齐人谓火为燬。此句意为如火焚一样。

⑨孔迩：很近。孔：甚。迩（ěr）：近，此指迫近饥寒之境。

赏析：

《毛诗序》中云：“《汝坟》，道化行也。文王之化行乎汝坟之国，妇人能闵其君子，犹勉之以正也。”又《诗三家义集疏》：“鲁说曰：‘大夫受命平治水土，过时不来，妻恐其懈于王事，盖与其邻人陈素所与大夫言。国家多难，惟勉强之，无有谴怨，遗父母忧。……君子是以知周南之妻能匡夫也。’”此诗之意，数家相近。

此诗写女子思念远役的丈夫，反映了人们乱离中的怨忿心情。诗中虚实结合、前后对比，描绘女子对丈夫的苦苦思念和夫妇愉快幸福会见的情景，而之后丈夫仍需弃家远役：正如鳊鱼尽管劳累，仍需曳着赤尾而游，在王朝多难之秋，丈夫不可能耽搁恋家。可怜的妻子欣喜之余，又很快跌落到绝望之中。全篇三章，层层深入地描写了思妇悲喜爱怨之情，伐木、调饥、鲂鱼赪尾等比兴手法，更增强了诗的表现力，感情色调也更为鲜明丰富。

麟之趾

麟之趾，[①]振振公子。[②]于嗟麟兮！

麟之定[③]，振振公姓[④]。于嗟麟兮！

麟之角，振振公族[5]。于嗟麟兮！

译文：

麟的蹄趾呵，振兴你的子嗣。值得赞美的麟呵！

麟的额头呵，振兴你的同姓。值得赞美的麟呵！

麟的尖角呵，振兴你的同族。值得赞美的麟呵！

注释：

①麟：即麒麟，传说中的动物。它有蹄不踏，有额不抵，有角不触，被古人看作至高至美的野兽，因而把它比作公子、公姓、公族的仁厚诚实。趾：足，指麒麟的蹄。见《广雅·释兽》：“麒麟步行中规，折还中矩，不履生虫，不折生草。”

②振振（zhēn zhēn）：仁厚貌。公子：与公姓、公族皆指贵族子孙。

③定：通“顁”，额。

④公姓：诸侯之子为公子，公子之孙为公姓。或曰公姓犹言公子，变文以协韵。

⑤公族：族人。

赏析：

《毛诗序》：“《麟之趾》，《关雎》之应也。《关雎》之化行，则天下无犯非礼，虽衰世之公子，皆信厚如《麟趾》之时也。”众人均认为这首诗是赞颂贵族的诗，仅在场合等方面有异议。方玉润《诗经原始》中以为此大抵是为庆贺贵族生子的赞美诗。闻一多以为此与婚礼纳礼有关，此说也相对可取。细细体会诗意，男家将大鹿献给女家，纳礼者在乐队伴奏下唱出了这首歌。由“麟之趾”，再“麟之定”，继而“麟之角”，把纳礼者的深情逐级道出。再由“公子”而“公姓”，进而至“公族”，自狭而广，既表示了对亲家的良好祝愿，盛隆的气氛也渐次张开，情感也更加深厚。

召　南

召，地名，与周邑皆在岐山阳。武王得天下后，封姬奭于召。周成王时，与周公旦分陕而治，自陕而西，召公主之，自陕而东，周公主之。召南，指自陕以西的南方诸侯国之地。《召南》为先秦时代召南地方民歌，共十四篇。《召南》与《周南》近，地同俗同，诗之音亦略同，故与《周南》同为《国风》之正。

鹊　巢

维鹊有巢，①维鸠②居之。之子于归，百两御③之。
维鹊有巢，维鸠方④之。之子于归，百两将⑤之。
维鹊有巢，维鸠盈⑥之。之子于归，百两成⑦之。

译文：

喜鹊树上搭好巢，斑鸠飞来成了家。这位姑娘要出嫁，百辆大车来迎她。

喜鹊树上搭好巢，斑鸠飞来安上家。这位姑娘要出嫁，百辆大车去送她。

喜鹊树上搭好巢，斑鸠飞来住满家。这位姑娘要出嫁，百车迎娶喜煞她。

注释：

①维：发语词。鹊：喜鹊，一种善于在树上筑巢的鸟。有巢：比兴已造家室。

②鸠：即斑鸠，布谷鸟。鸠性拙不能做巢，常侵占鹊巢而居之。

③御（yà）：同“迓”，迎接。

④方：占有。

⑤将：送。

⑥盈：满。此指陪嫁的人很多。古时诸侯嫁女，有陪嫁的媵女，也有以侄娣陪嫁，有诸侯一娶九女之说。

⑦成：即迎送成礼，此指结婚礼成。

赏析：

关于此诗背景历来争议较大，大致归纳有三种：一、鹊喻新郎，鸠喻新娘；二、鹊喻弃妇，鸠喻新妇，这是一首弃妇诗；三、鹊与鸠并无明确所指，只是两种鸟，且此诗的叙述者是与婚礼无关的他者。

全诗三章，都以鸠居鹊巢起兴。喜鹊筑好巢，斑鸠住了进去，这是二鸟的天性。“子之于归”，点明其女子出嫁的主题。《齐诗》曰：“鹊以夏至之月始作室家，鳲鸠因成事，天性然也。”诗中还点明成婚的季节，《郑笺》云：“鹊之作巢，冬至架之，至春乃成。”“御”“将”“成”三字概述了成婚的整个过程——迎亲、迎回与礼成。“居”“方”“盈”三字，更有数量及程度上的递进。

采　蘩

于以采蘩，①于沼于沚。②于以用之，公侯之事③。

于以采蘩，于涧之中。于以用之，公侯之宫④。

被之僮僮，⑤夙夜在公。⑥被之祁祁⑦，薄言还归。⑧

译文：

什么地方采白蘩，沼泽旁边沙洲上。采来白蘩做何用？公侯之家祭祀用。

什么地方采白蘩，采来白蘩溪中洗。采来白蘩做何用？公侯之宫祭祀用。

宫女发髻高高耸，终日忙碌无闲空。高高发髻似流云，不能轻言回家去。

注释：

①于以：在何，在什么地方。采：采摘。蘩（fán）：白蒿，生陂泽中，叶似嫩艾，茎或赤或白。古代用为祭品。

②于：在。沼：沼泽。沚：小洲。《说文》："小渚曰沚。"这里用为水中的小块陆地之意。

③事：指祭祀之事。

④宫：大的房子，汉代以后才专指皇宫。此处应指宗庙。

⑤被：通"髲（bì）"，取他人之发编结披戴的发饰，相当于今之假发。一说为施加之意。见《尚书·尧典》："施加允恭克让，光被四表。"之：助词。僮僮（tóng tóng）：首饰盛貌。一说高而蓬松，光洁不坏貌。一说这里用为未成年的僮仆、奴婢之意。见《说文》："僮，未冠也。"

⑥夙夜：早晚，从早到晚。夙：早。公：公庙。意为终日忙碌不得空闲。

⑦祁祁（qí qí）：众多貌。

⑧薄：语气助词，含有急忙之意。言：语气助词。意为轻易不能回家去。

赏析：

关于此诗的背景，古代学者有两种说法：一说为祭祀而作，一说为养蚕而作。现代学者多认为这是一首反映宫女们为祭祀而劳作的诗。见《笺》："奉祭祀者，采蘩之事也。不失职者，夙夜在公也。"由此可见，祭祀一说更为恰当。

诗之开篇，即见忙于"采蘩"的女宫人，她们往来于池沼、山涧之间，采集祭祀所需的白蒿匆忙送去"公侯之宫"。为了仰仗祖先的威严和君权神授的思想来维护世袭的奴隶主统治，诸侯对宗庙祖先的祭祀总是非常重视。蘩只是种普通祭品，也要派出大批宫女四处采集，由此可知祭祀规模之盛，宫人的忙碌也就可想而知。第三章从繁忙的野外采摘，转向了忙碌的宗庙供祭。“夙夜在公”一句画龙点睛，委婉地传达了宫女的日夜辛劳。据《周礼》“世妇”注疏，在祭祀“前三日”，女宫人便得夜宿宫中，做洗涤祭器、蒸煮粢盛等杂务。诗中仅从发饰由“僮僮”而“祁祁”，由光洁变得松散，便刻画出女宫人劳累无暇自顾的情状。而结句更让人感受到长长的喟叹声。

草虫

喓喓草虫，①趯趯阜螽。②未见君子，忧心忡忡③。亦既见止④，亦既觏⑤止，我心则降⑥。

陟彼南山，言采其蕨⑦。未见君子，忧心惙惙⑧。亦既见止，亦既觏止，我心则说⑨。

陟彼南山，言采其薇⑩。未见君子，我心伤悲。亦既见止，亦既觏止，我心则夷⑪。

译文：

秋来蝈蝈蠷蠷叫，看那蚱蜢蹦蹦跳。看不见我亲爱的夫君，心里几多烦忧。若我见着夫君，若我偎依着他，愁闷的心啊，变得多么舒畅。

春来登上那南山，采摘嫩柔的蕨菜。看不见我亲爱的夫君，心里忧愁难挨。若我见着夫君，若我偎依着他，忧愁的心啊，变得多么喜悦！

春来登上那南山，采摘嫩绿的薇菜。看不见我亲爱的夫君，心里悲哀难诉。若我见着夫君，若我偎依着他，悲哀的心啊，立刻平静如海！

注释：

①喓喓（yāo yāo）：虫鸣声。草虫：即草螽，蝈蝈，形似蝗虫，短翅大腹，雄者鸣如织机声。

②趯趯（tì tì）：跳跃。阜螽：蚱蜢。

③忡忡（chōng chōng）：心跳。

④止：语助词。

⑤觏（gòu）：相会，遇见。

⑥降（xiáng）：悦服，平静。

⑦蕨（jué）：羊齿类植物，地下茎很长，春季长嫩叶，可吃。

⑧惙惙（chuò chuò）：惶惑。

⑨说：同“悦”。

⑩薇（wēi）：野菜，叶子有绿色和褐色两种，味苦，嫩叶可吃。

⑪夷：平，此指心情平静。

赏析：

朱熹《诗集传》中云：“诸侯大夫行役在外，其妻独居，感时物之变，而思其君子如此。亦若《周南》之《卷耳》也。”全诗三章，每章七句。首章将思妇置于秋天的背景下，以“既见”“既觏”与“未见”相对照，以虚衬实，新颖且意趣颇浓，喜悦之情溢于言表。方玉润《诗经原始》中说：“本说‘未见’，却想及既见情景，此透过一层法。”第二、三章分别叙写来年春天、夏天怀人的情景，时空、内容、情感均有拓宽。采蕨、采薇暗示经过秋冬，如今已是来年的春夏之交，相思之情自然也是与时俱增，“惙惙”“伤悲”，对应“我心则说”“我心则夷”，可见其大胆而率真的感情，感人至深。

采　蘋

于以采蘋，①南涧之滨。于以采藻②，于彼行潦。③

于以盛之，维筐及筥④。于以湘⑤之，维锜及釜。⑥

于以奠之，宗室牖⑦下。谁其尸⑧之，有齐季女⑨。

译文：

在什么地方采蘋菜？南山下面溪水边。在什么地方采水藻？在那清清水沟间。

用什么东西盛蘋藻？有那圆筥和方筐。用什么东西煮蘋藻？三脚锜与无足釜。

安置的祭品放何处？祠堂那边窗户下。什么人来做主祭祀？恭敬虔诚的待嫁女。

注释：

①于以：犹言“于何”，在何处。采：采摘。蘋：浮萍，蕨类植物，生浅水中，可食用，古人取供祭祀之用。

②藻（zǎo）：藻类植物，没有根茎叶的区分，用细胞分裂繁殖，生于浅水中。

③于彼：在那。行潦（háng lǎo）：沟中的流水。行：水沟。潦：积水。据《毛传》：“行潦，流潦也。”

④筥（jǔ）：圆竹器。

⑤湘：烹煮。

⑥锜（qí）：三足锅。釜：无足锅。锜与釜均为炊具。

⑦牖（yǒu）：窗子。

⑧尸：主持。古代祭祀用人充当神，称尸。据《毛传》：“尸，主。齐，敬。季，少也。”

⑨齐：同“斋”，斋戒沐浴，以示恭敬。又马瑞辰《毛诗传笺通释》云：“齐者之省借。”《广雅》：“齐，好也。”指容貌姣好。季女：少女，指将要出嫁的贵族女儿。意为齐家的待嫁女为主祭人。

赏析：

这是一首叙述女子祭祖的诗。《左传·隐公三年》将其与《采蘩》《行苇》同视为“昭忠信”之作，而更多的古代学者受“诗教”的影响，认为是贵族之女出嫁前去宗庙祭祀祖先的诗。现代学者大都认为这首诗是描写女奴们为其主人采办祭品以奉祭祀的诗篇。

据文献可知，古代贵族之女出嫁前必须到宗庙去祭祀祖先，同时学习婚后的相关礼节。而奴隶们需为主人采办祭品、整治祭具、设置祭坛，奔走终日。全诗三章，每章四句。首章点出采蘋、采藻的地点，次章点出盛放、烹煮祭品的器皿，末章点出祭地和主祭之人。这些普普通通的祭品和烦琐的礼仪，寄托着人们的希冀，因而围绕祭祀的一切活动都无比虔诚、庄重。因此诗人不惜笔墨叙写祭品、祭器、祭地、祭人，将繁重而又枯燥的劳动过程描写得绘声绘色。

甘 棠

蔽芾甘棠，[①]勿翦[②]勿伐，召伯所茇。[③]
蔽芾甘棠，勿翦勿败[④]，召伯所憩。
蔽芾甘棠，勿翦勿拜[⑤]，召伯所说[⑥]。

译文：

棠梨树啊郁郁葱葱，请不剪不砍细细养护，曾是召伯居住处。
棠梨树啊郁郁葱葱，请不剪不毁细细养护，曾是召伯休息处。
棠梨树啊郁郁葱葱，请不剪不折细细养护，曾是召伯停歇处。

注释：

①蔽芾（fèi）：茂盛。蔽：谓可蔽风日也。甘棠：棠梨树，落叶乔木，开花白的叫甘棠，果实圆而小，味甜。

②翦：同“剪”，伐，砍伐。

③召伯：姬姓，名奭（shì），文王庶子，周公之兄，封于燕，位列三公，故亦称召公。他曾在一棵甘棠树下办公，后人为纪念他，舍不得砍伐此树，《甘棠》一诗即称颂此事。茇（bá）：草舍，止于其下以自蔽，犹草舍。此句意指召伯居住之地。

④败：败坏。

⑤拜：拔也，一说屈、折。朱熹《诗集传》：“‘勿败’，则非特勿伐而已，爱之愈久而愈深也。”

⑥说：通“税”，休憩。

赏析：

《甘棠》一诗的主旨，自古至今，除蓝菊荪《诗经国风今译》认为是讽刺召伯之作，其他几乎皆认为是怀念召伯的诗作。如《毛诗序》云："《甘棠》，美召伯也。召伯之教，明于南国。"朱熹《诗集传》中云："召伯循行南国，以布文王之政，或舍甘棠之下。其后人思其德，故爱其树而不忍伤也。"

全诗三章，每章三句，由睹物到思人，由思人到爱物，人物交融。对甘棠树的一枝一叶，从"勿伐""勿败"至"勿拜"，行为上的由重而轻，对应情感上的由浅入深，说明了人们对甘棠的珍重态度，那是一种基于敬仰、怀念召伯衍生出的对甘棠的情感。爱慕之意表面在甘棠上，而实际上却紧扣召伯，更显得诗作情真意切。

行露

厌浥行露，[①]岂不夙夜[②]，谓行多露。[③]

谁谓雀无角，何以穿我屋？谁谓女无家，何以速我狱[④]？虽速我狱，室家不足！[⑤]

谁谓鼠无牙[⑥]，何以穿我墉？谁谓女无家，何以速我讼？虽速我讼，亦不女从[⑦]！

译文：

道上的露水湿漉漉。难道不想起早赶路？就怕露浓路难行。

谁说麻雀没有嘴，不然怎么啄穿我房屋？谁说尊驾尚未娶妻，为何想害我蹲监狱？即使真让我蹲监狱，你也休想把我娶！

谁说老鼠没长牙，不然怎么打通我墙壁？谁说尊驾尚未娶妻，为何要逼我上公堂？即使真被逼上公堂，我也决不嫁你这黑心肠！

注释：

①厌浥（yè yì）：潮湿。行露：道路上的露水。

②夙夜：早晚，夜未尽天未明时。

③谓：通"畏"。一说意为奈何。马瑞辰《毛诗传笺通释》："谓，疑'畏'之假借。'谓行多露'，正言畏行道之多露耳。"

④速我狱：使我吃官司。速：招致。狱：案件，官司。

⑤室家不足：指要求同我结婚成家的理由不充足。室家：成室成

家，即婚姻。

⑥牙：牙比齿长。说鼠只有齿无牙。

⑦女从：即从汝，嫁你。

赏析：

《行露》一诗的主旨，从古至今众说纷纭。《毛诗序》认为其发生在召伯时期，“衰乱之俗微，贞信之教兴，强暴之男，不能侵陵贞女也。”《韩诗外传》认为是申女许嫁之后，夫礼不备，虽讼不行的诗作。余冠英《诗经选》认为是一个已有夫家的女子的家长对企图以打官司逼娶其女的强横男子的答复。此处认为余说较为接近，但诗中的主人公应是那位女子，而非其家人。

首章“厌浥行露”即起调悲慨，氛围阴郁压抑。诗以行露作比，表示自己谨言慎行，安分守己；接着以雀、鼠穿屋破墙为喻，暗示男方试图凌辱自己，斥责男方的无理行径，斩钉截铁地表明即便被构陷诉讼，也绝不苟从。诗中以反问句贯穿始终，句式复沓，极具感染力和说服力。全诗风骨遒劲，体现出不屈的抗争精神。

羔　羊

羔羊之皮，[1]素丝五纥。[2]退食自公，[3]委蛇委蛇。[4]

羔羊之革[5]，素丝五缄[6]。委蛇委蛇，自公退食。

羔羊之缝[7]，素丝五总[8]。委蛇委蛇，退食自公。

译文：

身着一袭羊皮裘，素丝纽扣细密缝。退朝食公享佳肴，悠闲踱步甚逍遥。

身着一袭羊皮袄，素丝扣结做工巧。悠闲踱步甚逍遥，公食饱腹已退朝。

身着一袭羊皮袍，素丝盘扣质量好。悠闲踱步甚逍遥，退朝公食享佳肴。

注释：

①羔羊之皮：指官吏所穿的羊皮裘。

②素丝：白丝。五纥（tuó）：指缝制细密。五：通“午”，歧出、交错的意思。纥：丝结、丝钮，《毛传》释为数（cù），即细密。严粲《诗缉》：“纥，缝也。”闻一多《诗经通义》中云：“缝之义亦交午也。”

③退食（sì）自公：退朝进食出自公家，是公家供食。食：公家供卿大夫之常膳。

④委蛇（wēi yí）：大摇大摆，悠闲自得的样子。

⑤革：皮裘里。

⑥绒（yù）：衣襟另一侧用丝带做的套结，相当于现在的扣眼，穿上衣服后，把纥放入绒内。

⑦缝：革。

⑧五总：五个丝结。结即把纥放入绒。也有说法为五纥、五绒、五总意义相同。

赏析：

关于此诗，有两种说法。一为赞美说，据毛齐鲁韩四家而来。齐氏认为“素丝”指“君子朝服”，确定其身份为大臣；韩氏认为“素喻絜白，丝喻屈柔”，赞美大臣之高洁、谦忍。王先谦先生梳理齐鲁韩三家诗注，认为：“‘退食自公’者，自公朝退而就食，非谓退归私家。永疏‘私门不开’，正释‘公’之义。卿大夫入朝治事，公膳于朝，不遑家食，故私门为之不开也。”认为此人尊制守法，依朝廷之律、传统之令。

一为讽刺说。清之后诸多文人持有此种观点。《左传·襄公二十八年》中云：“公膳，日双鸡。”杜预注：“谓公家供卿大夫之常膳。”这与当时民众的生活水准相对照，可称天差地别。而“委蛇委蛇”的悠闲步态，将统治阶级的官僚们讲究吃穿、志得意满的形象刻画得异常深刻。清方玉润《诗经原始》中表明：“摹神。三章回环讽咏，有历久无改厥度之意。”综合而论，讽刺说更为恰当。

殷其雷

殷其雷，[①]在南山之阳[②]。何斯违斯？[③]莫敢或遑。[④]振振君子，[⑤]归哉归哉！

殷其雷，在南山之侧。何斯违斯？莫敢遑息。振振君子，归哉归哉！

殷其雷，在南山之下。何斯违斯？莫或遑处[⑥]。振振君子，归哉归哉！

译文：

听那隆隆的车声，在南山的阳坡响起。怎么这个时候离家去？实在不敢有少许悠闲。勤奋有为的君子，归来吧，归来吧！

听那隆隆的车声，在南山的旁侧震动。怎么这个时候离家去？实在不敢有片刻休息。勤奋有为的君子，归来吧，归来吧！

听那隆隆的车声，在南山的脚下轰鸣。怎么这个时候离家去？实在不敢有稍许停留。勤奋有为的君子，归来吧，归来吧！

注释：

①殷（yǐn）：雷声。雷：喻车声。此句意为车声隆隆。

②阳：指山的南面。

③何斯：指此人。违：离开。斯：指此地。

④莫敢：不敢。或：有。遑（huáng）：闲暇。

⑤振振：勤奋有为。姚际恒《诗经通论》云："盖振为振起、振兴意，亦为众盛意。"君子：指丈夫。

⑥处：居。

赏析：

本诗以重章叠句的形式唱出了妻子对丈夫的思念之情。每章均以雷起兴，通过雷声飘忽不定的特点，引出对丈夫漂泊生活的挂念。另有一说，雷声为车声，雷声变幻引申为丈夫行车离家远去之时，行走之途仿佛刻在妻子心上。诚如胡承珙《诗经后笺》所云："细绎经文三章，皆言‘在’而屡易其地，正以雷之无定在，兴君子之不遑宁居。”每章虽只寥寥数语，却描摹出女主人公抱怨、理解、赞叹、期望等多种情感交织的复杂心态。近人陈子展《诗经直解》称此诗“既劝以大义，又望其生还，可谓得情理之正者也”，诚为中肯之论。

摽有梅

摽有梅[①]，其实[②]七兮。求我庶士，[③]迨其吉兮。[④]

摽有梅，其实三兮。求我庶士，迨其今兮。

摽有梅，顷筐塈之。[⑤]求我庶士，迨其谓[⑥]之。

译文：

梅子成熟，落地纷纷，树上还留七成。想要求娶我的儿郎，请不要耽误良辰。

梅子成熟，落地纷纷，枝头只余三成。想要求娶我的儿郎，到今天切莫再等。

梅子成熟，落地纷纷，带上浅筐拾取。想要求娶我的儿郎，速相会莫再迟疑。

注释：

①摽（biào）：落下，坠落。有：语气助词。摽梅，言梅熟而落，比喻女子已到结婚年龄。

②实：指梅的果实。

③求：追求。士：未结婚的男子。此句意指想要求娶我的男子。

④迨：及，趁着。吉：吉日。此句意为莫要耽误吉日。

⑤顷筐：同“倾筐”。塈（jì）：取。之：指代成熟的梅子。

⑥谓：“会”的借字，意为聚会。一说开口说话；另一说归，嫁。

赏析：

《毛诗序》：“《摽有梅》，男女及时也。召南之国，被文王之化，男女得以及时也。”据《周礼·媒式》记载，“仲春之月，令会男女。于是时也，奔者不禁。若无故而不用令者，罚之。司男女之无夫家者而会之。”先秦时代，召南地区每逢仲春有“令会男女”的制度，凡男子到三十岁未娶，女子到二十岁未嫁的，都可利用这个机会选择对象，不必受礼制的限制，可自由订婚或结婚。

这是一首委婉而大胆的求爱诗，质朴而清新。梅子黄熟，嫁期将尽，仍无夫婿，不能不令人情急意迫。“其实七兮”“其实三兮”“顷筐塈之”，象征着由繁茂而衰落；而与之对应的女子心情，由“迨其吉兮”“迨其今兮”，至“迨其谓之”，从最开始的从容，到敦促，乃至最后的迫不及待，情真意切，不觉令人动容。

小　星

嘒①彼小星，三五②在东。肃肃宵征，③夙夜在公，寔④命不同。

嘒彼小星，维参与昴。⑤肃肃宵征，抱衾与裯，⑥寔命不犹⑦。

译文：

微光闪烁小星星，三颗五颗悬东方。天还未亮就出行，日日夜夜为公忙。命运实是不相同！

小小星辰闪幽光，原来是那参和昴。天还未亮就出行，抛却香衾与暖裯。实是命运不如人！

注释：

①嘒（huì）：微光。

②三五：参宿三星，昴宿五星。

③肃肃：急忙。宵征：夜行。征：行。

④寔：实。

⑤维：发语词。参（shēn）：星名，二十八宿之一，共七星，四角四星，中间横列三星，故古人以横列的三星代表参星。与：和。昴（mǎo）：星名，二十八宿之一，共七星，古人又以为五星。

⑥抱：同“抛”，抛下。据钱大昕《声类四卷》：“抱，古抛

字。《史记·三代世表》：‘抱之山中，山者养之。’《集解》：‘抱音普茅反’。”衾（qīn）：被子。裯（chóu）：床帐。

⑦犹：如。

赏析：

历代对此诗的创作契机及意旨多有争议。《毛诗序》认为“《小星》，惠及下也。夫人无妬忌之行，惠及贱妾，进御于君，知其命有贵贱，能尽其心矣”。持此说者甚少，且意义也不甚恰当。另一说，认为是抒写役夫之悲。《容斋随笔》言此诗是“咏使者远适，夙夜征行，不敢慢君命”之意。还有一说，认为是小吏义愤之作。姚际恒《诗经通论》云：“章俊卿以为‘小臣行役之作’，是也。”现代学者一般认为此诗是一位下层小吏因日夜当差，疲于奔命而自伤劳苦、自叹命薄的怨歌。

此诗两章，每章的前两句主要是写景，景中有情；后三句主要是言情，情中也复叙事。全诗寥寥十句，就将主人公星夜赶路，为公事奔忙的情况，生动描绘出来。“寔命不同”，虽然带着宿命的意味，但在当时的社会环境下，已体现了一定的反抗精神。

江有汜

江有汜①，之子归②，不我以。③不我以，其后也悔。

江有渚④，之子归，不我与。⑤不我与，其后也处⑥。

江有沱⑦，之子归，不我过。⑧不我过，其啸也歌。⑨

译文：

江水决堤啊又流回，自从新妇嫁入门，从此再不和我做伴。没有我在旁相陪，终有一天会懊悔。

江水缓流啊积成岛，自从新妇嫁入门，从此再不和我相聚。不再相聚便离去，将来一定会忧伤。

江水改道啊又成河，自从新妇嫁入门，从此再不来看顾我。就此不见即离去，啸抒愤懑亦当歌。

注释：

①汜（sì）：由主流分出而复汇合的河流。

②归：荣归故里。此处意为新妇出嫁。

③不我以："不以我"的倒装句，即不用我，不需要我。以：用。

④渚：水中的小洲。王先谦《诗三家义集疏》中云："水中小洲曰渚，洲旁小水亦称渚。"女子以渚在江中比喻她还能回到丈夫怀抱。

⑤不我与：不与我相聚。

⑥处：闻一多《诗经新义》释为训忧。又见朱骏声《说文通训定声》："'处'，假借为'癙'，实为'鼠'。"《小雅·雨无正》"鼠思泣血"，鼠思，忧思也。

⑦沱（tuó）：江的支流。

⑧不我过：不至我处。

⑨啸：唱歌而无谱调。有"狂歌当哭"的含义，以抒愤懑之气。另一说为号哭。闻一多《诗经通义》中云："啸歌者，即号哭。谓哭而有言，其言又有节调也。"啸：蹙口出声，以舒愤懑之气，言其悔时也。歌：则得其所处而乐也。此句意重在后者。

赏析：

这是一首弃妇诗。全诗三章，每章的前三句叙事写景，后两句抒情。"汜""渚""沱"，皆为江流中的部分，此指丈夫对其感情的背弃。"不我以""不我与""不我过"三个层次，愈转愈深，反复咏叹，来诉说丈夫对自己的薄情。

诗中所表现的感情是复杂的：既有哀愁，也有自我安慰，也有自信；对丈夫既有怨恨，也有幻想，也有等待；既有沉痛的诉说，也有悲愤的揭露。但给人留下更深印象的，是主人公对自身价值毫不犹豫的肯定。她坚信总有一天新妇会退避三舍，丈夫会俯首称臣。这不太像是一个弱者和失败者的悲鸣，倒更像是一个强者和胜利者的宣言。在林林总总的弃妇诗中，显得别开生面。

野有死麕

野有死麕[1]，白茅包之。[2]有女怀春[3]，吉士[4]诱之。

林有朴樕[5]，野有死鹿。白茅纯束[6]，有女如玉。

舒而脱脱兮，[7]无感[8]我帨[9]兮，无使尨[10]也吠。

译文：

野地打死香獐子，白茅细细包裹起。少女怀春心不已，美男善诱情意起。

林中朴樕无人理，野地死鹿还施礼。白茅仔细来包束，少女如玉属意你。

舒缓斯文慢慢来，休得触碰我衣襟，莫让狗儿叫不停。

注释：

①麕（jūn）：香獐子。麕和下文的鹿，都是古人求亲的时候必备的礼聘之物。

②白茅：一种草本植物，洁白柔滑，阴历三四月间开花，古人常用来包裹肉类。包（bǒu）：包裹。之：代指麕。

③怀春：思春，男女情欲萌动。

④吉士：男子的美称，当指青年猎人。

⑤朴樕（sù）：小树，灌木。

⑥纯束：捆扎。

⑦舒：缓缓。脱脱（duì duì）：慢慢。此句意指动作文雅舒缓。

⑧感：通“撼”，动摇。

⑨帨（shuì）：围裙。

⑩尨（máng）：多毛狗。

赏析：

这诗的解释有三。一是情诗说。清代学者姚际恒认为：“此篇是山野之民相与及时为昏姻之诗。”二是厌恶无礼说。《毛诗序》中云：“《野有死麕》，恶无礼也。天下大乱，强暴相陵，遂成淫风。

被文王之化，虽当乱世，犹恶无礼也。”此说不妥，当时礼教尚未形成，社会风气较开放，不像后世般受礼教禁锢。三是“拒招隐”说。清代的方玉润提出了新见：“愚意此必高人逸士抱璞怀贞，不肯出而用世，故托言以谢当世求才之贤也。”其为研读诗经提供了一个新的突破视角。但若论及创作背景，此处应为一则情诗。

《野有死麕》全诗三段，前两段以叙事者的口吻旁白描绘男女之情，朴实率真。第三段叙事角度突转，直面赞美了男女之间自然、纯真的爱情。英武的年轻猎人既大胆又郑重、既执着又恳切的追求，纯洁美貌的少女既渴慕爱情而又羞怯矜持、喜虑参半的心态，被描述得极为动人。

何彼襛矣

何彼襛①矣？唐棣②之华。曷不肃雍？③王姬④之车。

何彼襛矣？华如桃李。平王⑤之孙，齐侯之子。⑥

其钓⑦维何？维丝伊缗⑧。齐侯之子，平王之孙。

译文：

怎么会这般秾丽绚烂？如同唐棣花开般美妍。为何这般喧闹不庄重？王姬出嫁甚是壮观。

怎么会如此秾丽绚烂？如同桃花李花般娇艳。平王之孙容貌姣好，齐侯之子风度翩翩。

什么东西钓鱼最方便？撮合丝绳麻绳成钓线。齐侯之子风度翩翩，平王之孙容貌娇艳。

注释：

①襛（nóng）：繁盛。

②唐棣（dì）：郁李，落叶灌木，高五六尺，春开花，夏结实。

③曷不：何不。肃雍：严肃雍容。

④王姬：周王的女儿或孙女，姬姓，故称王姬。

⑤平王：东周第一代君主，名宜白。

⑥齐侯之子：齐国国君的公子。一说“齐侯之子”与“平王之孙”指同一人，即齐侯的女儿，平王的外孙女。

⑦钓：钓鱼的工具。这里专指钓鱼的线，比喻王侯贵族互相联姻，如丝之和。

⑧缗（mín）：纶，捻丝成纶，即钓丝。

赏析：

《春秋·庄公元年》及《春秋·庄公十一年》均有“王姬归于齐”的记载，本诗所写当是其中的一次。首章以唐棣花起兴，铺陈出嫁车辆的骄奢。次章以桃李为比，点出新郎、新娘门当户对，身份高贵。末章以钓具为兴，表现男女双方婚姻美满。而该诗又说：“曷不肃雝，王姬之车。”对此，朱熹解释说：“王姬下嫁于诸侯，车服之盛如此，而不敢挟贵以骄其夫家，故见其车者，知其能敬且和以执妇道。”用今天的观点看来，这里可能包含着某种调侃揶揄之意。程俊英《诗经译注》说：“这首诗隐约地讽刺了贵族王姬德色的不相称。”此说不无道理。

今人陈子展《诗经直解》说：“（此）诗每章首二句，一若以设谜为问，一若以破谜为答，谐讔之类也。此于《采蘩》《采苹》之外，又创一格。此等问答体，盖为此时此地歌谣惯用之一种形式。”

驺虞

彼茁者葭，[1]壹发五豝，[2]于嗟乎驺虞[3]。

彼茁者蓬[4]，壹发五豵[5]，于嗟乎驺虞。

译文：

从繁茂的芦苇丛中，赶出一群母野猪。哎呀呀，真是天子的好兽官！

从繁茂的蓬草丛里，赶出一窝小野猪。哎呀呀，真是天子的好兽官！

注释：

①茁（zhuó）：壮实。葭（jiā）：芦苇。此句意指芦苇丛茂密。

②壹：发语词。一说同“一”，射满十二箭为一发。还有人说这其实是指一次驱车狩猎的行为。发：发矢。一说“驱赶”。五：虚数，表示数目多。豝（bā）：牝猪。此处应为雌野猪。

③驺（zōu）虞：天子掌鸟兽之官，即官家的猎人。《鲁诗》将“驺”释为天子之囿，将“虞”释为司兽之官。今人鲍昌《释〈驺虞〉》一文，认为“驺”是饲养牲畜的人，“虞”为披着虎皮大声呼叫的人。驺虞合为猎人。

④蓬：蓬蒿。

⑤豵（zōng）：小猪。

赏析：

此诗为赞美驺虞而作，但“驺虞”具体所指尚存较大分歧。有学者认为此诗是赞美为天子管理鸟兽的小官吏，还有学者认为此诗是赞美猎人的诗歌。《毛诗序》认为这首诗是歌颂文王教化的诗作，“《驺虞》，《鹊巢》之应也。《鹊巢》之化行，人伦既正，朝廷既治，天下纯被文王之化，则庶类蕃殖，搜田以时。仁如驺虞，则王道成也。”此理解也合诗意。

全诗两章，每章三句。第一章首句“彼茁者葭”，点明了田猎的背景，正值春和日丽之时。母猪藏匿在郁郁葱葱的芦苇丛中，极为隐秘，猎人却能够“壹发五豝”，所获不菲。第二章首句“彼茁者蓬”，指出行猎是在蓬蒿遍生的原野，草浅兽肥，小猪尽管不易被发觉，但仍被猎人轻松捕获。作者截取了行猎过程中的两个场景，简笔淡墨，勾勒出猎人的高超技艺。

邶风

《邶风》是《诗经》十五国风之一，共十九篇，为邶地民歌。周武王克商以后，夺商王纣都朝歌，即今河南淇县东北。朝歌而北谓之邶，在今河南汤阴县东南；南谓之鄘，在今河南汲县东北；东谓之卫，即朝歌，后卫有邶鄘。文公迁楚丘，在河南滑县东。成公迁帝丘，在河北濮阳县西南，后还有濮阳。但邶、墉地既入卫，其诗皆为卫事，而犹系其故国之名，则不可晓。而旧说以此下十三国皆为变《风》焉。

柏舟

汎[①]彼柏舟，亦汎其流[②]。耿耿[③]不寐，如有隐忧。微[④]我无酒，以敖[⑤]以游。

我心匪鉴[⑥]，不可以茹。[⑦]亦有兄弟，不可以据。薄言往愬，[⑧]逢彼之怒。

我心匪石，不可转也。我心匪席，不可卷也。威仪棣棣，[⑨]不可选[⑩]也。

忧心悄悄[⑪]，愠于群小。[⑫]觏[⑬]闵[⑭]既多，受侮不少。静言思之，寤辟有摽。[⑮]

日居月诸，[⑯]胡迭而微。[⑰]心之忧矣，如匪澣[⑱]衣。静言思之，不能奋飞。

译文：

柏木船儿荡悠悠，随波逐流不能休。双目圆睁难入睡，无限忧愁在心头。非我无酒以消愁，姑且散心去遨游。

我心并非青铜镜，无论美丑皆包容。亦有长兄与小弟，未料冷漠不可依。前去诉苦求安慰，竟遇发怒坏脾性。

我心并非卵石圆，不能随便来滚转。我心并非芦苇席，不能任意来翻卷。雍容娴雅有威仪，不能在弱被欺瞒。

忧愁重重难排解，小人恨我咬牙关。遭逢苦难说不尽，忍屈受辱更无数。静下心来细思量，抚心拍胸猛醒悟。

白昼有日夜有月，为何明暗相交叠？不尽烦恼在心中，好似衣脏未洗净。静下心来仔细想，恨我不能展翅翔。

注释：

①汎（fàn）：漂流，随水流动。

②流：中流，水中间。

③耿耿（gěng gěng）：不安貌。鲁诗作“炯炯”，指眼睛明亮。

④微：非。

⑤敖：游。

⑥匪鉴：不是镜子。

⑦茹（rú）：容纳。这两句意为我的心不能像镜子那样不分好歹一概容纳。

⑧薄、言：都是语气助词。薄在这里有“勉强”的意思。愬：同“诉”，告诉。据清王夫之《诗经稗疏》：“‘薄言往诉’者，心知其不可据而勉在也。……凡语助词皆亦有意，非漫然加之。”

⑨威仪：庄严容止。棣棣：雍容闲雅。一说丰富盛多的样子。

⑩选（xùn）：此处意为屈挠退让。

⑪悄悄：忧貌。

⑫愠（yùn）：恼怒，怨恨。群小：众小人。此句意指遭群小嫉恨。

⑬觏：通“遘”，遭遇。

⑭闵（mǐn）：伤痛。

⑮寤：交互。辟（pì）：捶击。摽（piào）：抚心。意指捶胸而有所醒悟。

⑯居、诸：均为语气助词。此句意为白昼有日，夜晚有月。

⑰迭：更动。微：隐微，无光。此句意指明暗交织，隐约无光。

⑱澣（huàn）：洗涤。

赏析：

对《柏舟》一诗的解释，历来争论颇多，大致有贤臣政治失意（据《诗序》：“《柏舟》言仁而不遇也卫顷公之时，仁人不遇，小人在侧。”）、寡妇守志不嫁和妇人不得于夫（《鲁诗》主张此诗为“卫宣夫人”之作）等说。从诗中的语气分析，属政治失意的可能性较大。诗人受到当权小人的迫害，得不到君主的理解，生平抱负不得施展，又不甘心与黑暗同流合污，满腔忧愤无处排解，发而为此行文悱恻、语调缠绵的绝唱。陈子展先生说得很准确：“今按《柏舟》，盖卫同姓之臣，仁人不遇之诗。诗义自明，《序》不为误。”内容情感与数百年后屈原的《离骚》极为相近，而风格朴质沉郁，与《离骚》之铺张凌厉相比又各有千秋。“隐忧”是诗眼，贯穿全篇。此外，此诗语言凝重而又委婉，激昂而又幽抑，不失铿锵有力，在《诗经》中别具一格。

绿衣

绿兮衣[①]兮，绿衣黄里[②]。心之忧矣，曷[③]维其已。

绿兮衣兮，绿衣黄裳[④]。心之忧矣，曷维其亡[⑤]。

绿兮丝兮，女所治兮。我思古人[⑥]，俾[⑦]无訧[⑧]兮。

絺兮绤兮，[⑨]凄其以风。[⑩]我思古人，实获我心。

译文：

绿衣裳啊绿衣裳，绿色外衣黄内里。我心中的忧伤啊，不知何时能停止。

绿衣裳啊绿衣裳，绿色上衣黄下裳。我心中的忧伤啊，不晓何时能淡忘。

绿丝线啊绿丝线，是你亲手制成衣。思念亡故的贤妻，让我平日少过失。

葛布成衣有粗细，风吹心中凉凄凄，思念亡故的贤妻，无人似你知我心。

注释：

①衣：指上衣。

②里：指上衣的衬里，黄布衬里。

③曷：何时。

④裳：下衣。

⑤亡：止。

⑥古人：一说“古人”为“故人”。

⑦俾（bǐ）：使（达到某种效果）。

⑧訧：同“尤”，过失，罪过。

⑨絺（chī）：细葛布。绤（xì）：粗葛布。兮：语气助词。

⑩凄：凉而有寒意。凄其：同“凄凄”。以风：因风。一说“以”通“似”，像。

赏析：

《毛诗序》云：“《绿衣》，卫庄姜伤己也。妾上僭，夫人失位而作是诗也。”认为是庄姜夫人因失位而伤己之作，不甚恰当。今人多认为是男子悼念自己的亡妻之作。据清姚际恒《诗经通论》：“先从‘绿衣’言‘黄里’，又从‘绿衣’言‘丝’，又从‘丝’言‘絺绤’，似乎无头无绪，却又若断若连，最足令人寻绎。”诗人看见亡妻的遗物，联想到亡妻的诸多好处，引起无限的感伤。

全诗构思巧妙，描写细腻，由外入里，由体肤至内心，情感层层生发，若断若续，若即若离，含蓄委婉，缠绵悱恻。

燕　燕

燕燕于飞，差池其羽。[1]之子于归，远送于野。瞻[2]望弗及，泣涕如雨。

燕燕于飞，颉之颃之。[3]之子于归，远于将[4]之。瞻望弗及，伫[5]立以泣。

燕燕于飞，下上其音。之子于归，远送于南[6]。瞻望弗及，实劳我心。

仲氏任只，[7]其心塞渊。终温且惠，淑慎其身。先君[8]之思，以勖寡人。[9]

译文：

燕子飞翔于天上，参差舒展那翅膀。你要远行归故乡，相送郊外旷野旁。瞻望人影渐不见，泪流纷纷如雨降。

燕子飞翔于天上，忽高忽低追逐忙。你要远行归故乡，相送不嫌道路长。瞻望人影渐不见，凝神久立泪盈眶。

燕子飞翔于天上，鸣音呢喃低昂扬。你要远行归故乡，相送远去归南方。瞻望人影渐不见，依依不舍欲断肠。

二妹诚信且稳当，思虑切实又深重。脾性温和且恭顺，为人谨慎自贤良。时常牵念先君事，叮咛慰勉我心侧。

注释：

①差（cī）池：不整齐。此句形容燕子舒张其尾翼。

②瞻：往前看。

③颉（xié）：上飞。颃（háng）：下飞。此句意指鸟上下飞翔。

④将（jiāng）：送。

⑤伫（zhù）：久立等待。

⑥南：南方。

⑦仲：兄弟或姐妹中排行第二者。氏：姓氏。任：姓任。意指二妹其人。

⑧先君：已死的君主。

⑨以：用以。勖（xù）：勉励。寡人：寡德之人，庄姜自称。

赏析：

《毛诗序》云："《燕燕》，卫庄姜送归妾也。"据《左传·隐公》，卫庄公夫人庄姜无子，以庄公妾陈女戴妫之子完为己子。庄公死，完即位后为州吁所杀。戴妫因子被杀，归陈，不再回卫。庄姜送戴妫至郊外，看见自在飞翔的燕子，联想到自己与戴妫同遭丧夫失子之痛，而今分离在即，一时国愁家恨、离别之情交织心头。前人亦有说是云卫女嫁于南国，其兄送之；或有云薛侯送妹适卫，皆无据。

《燕燕》全诗四章，前三章重章复唱，循序渐进，送别情境和惜别气氛深婉沉痛，不忍卒读。后一章深情回忆被送者的美德，语意沉痛，写人传神，很有说服力。《燕燕》之后，"瞻望弗及"和"伫立以泣"成了表现惜别情境的原型意象，出现在历代送别诗中。

日　月

日居月诸，照临下土。乃如之人兮，逝不古处。[①]胡能有定，[②]宁不我顾。[③]

日居月诸，下土是冒[④]。乃如之人兮，逝不相好。胡能有定，宁不我报。

日居月诸，出自东方。乃如之人兮，德音[⑤]无良。胡能有定，俾[⑥]也可忘。

日居月诸，东方自出。父兮母兮，畜我不卒。[⑦]胡能有定，报我不述[⑧]。

译文：

太阳啊月亮啊，你们的光芒照耀着大地。我嫁的人啊，待我不像往常那样。他怎么会变成这样，一点也不体恤我呀。

太阳啊月亮啊，大地覆上了你们的光芒。我嫁的人啊，待我不若往日恩爱。他的心思哪有准儿，不顾念夫妻情分。

太阳啊月亮啊，你们每天都从东方升起。我嫁的人啊，好言好语却坏心肠。事情怎会变成这样，让我不愿将他想。

太阳啊月亮啊，你们每天都从东方升起。尊君如父如母，君却不以善待我。事情怎会变成这样，必不会有好下场！

注释：

①逝：语气助词。古：古道。意指男子待人不似往昔。

②胡：何，怎么。定：止。指心定、心安。一说为常理、常态。此句意为怎会变成这样。

③宁：岂。顾：顾念，体贴。

④冒：覆盖，照临。

⑤德音：好话。

⑥俾：使。

⑦畜，同“慉”，喜爱。不卒：不到最后。意指夫君不能始终善待自己。

⑧不述：不循义理。

赏析：

关于此诗的背景，《毛诗序》《诗集传》都说此诗是为卫庄姜所作，指责卫庄公遗弃自己。而《鲁诗》则认为是卫宣公夫人宣姜为让自己的儿子姬寿继位而欲杀太子伋，姬寿为救太子伋，亦死，后人伤之，为作此诗。今人一般认为这是弃妇因丈夫变心而申诉怨愤的诗。

诗中可见一名不幸的女子，丈夫冷酷无情，经常虐待她，她受尽辛酸，呼告日月父母，哭诉哀怨。女主人公既有被遗弃后的幽愤，但同时又思念夫君，期盼夫君能回心转意。朱熹《诗集传》说：“见弃如此，而犹有望之之意焉。此诗之所为厚也。”之所以这么说，大概是因为其“怨而不怒”的文风，符合“温柔敦厚”的诗教典范。

终　风

终风且暴，[1]顾我则笑。谑浪笑敖，[2]中心是悼。[3]

终风且霾[4]，惠[5]然肯来。莫往莫来，悠悠我思。

终风且曀[6]，不日有曀。寤言不寐，[7]愿言则嚏[8]。

曀曀其阴，虺虺[9]其雷。寤言不寐，愿言则怀[10]。

译文：

风啊整日地吹，又猛又急，他有时冲我只回头一笑。表情调戏放荡嘲讽且傲慢，让我心中深感悲伤。

风啊整日地吹，扬起尘埃，他是否愿意痛快回家来？这个负心人啊自此不往来，让我兀自空怀思念。

风啊整日地吹，天色阴沉，竟日里阴沉沉未见晴朗。一梦醒来就再难入睡，为着你，我患风寒连声喷嚏。

风啊凄凄地吹，天昏地暗，恍惚间那雷声隐约传来。梦醒后辗转反复难以入睡，思念无处归依，备感伤心。

注释：

①终风：整天刮风。且：并且。暴：急骤，猛烈。

②谑（xuè）：调戏。浪：放荡。笑：嬉笑。敖：放纵。《鲁诗》曰："谑，戏谑也。浪，意萌也。笑，心乐也。敖，意舒也。"

③中心：心中。是悼：悼是。悼：伤心害怕。

④霾（mái）：阴尘。

⑤惠：顺。

⑥曀（yì）：翳也，乌云挡住太阳光使天色阴暗。

⑦寤（wù）：睡醒。言：同"焉"，语气助词。此句意为梦醒后难以入睡。

⑧嚏（tì）：打喷嚏。

⑨虺虺（huǐ huǐ）：打雷声。

⑩怀：思念。

赏析：

《毛诗序》中云："《终风》，卫庄姜伤己也。遭州吁之暴，见侮慢而不能正也。"《绿衣》以下诸篇，《毛诗序》中认为皆是关于庄姜的诗。朱熹指出这两首诗"有夫妇之情，无母子之意"，没有确凿证据可认定为庄姜所作。

此为怨妇诗，以女子的口吻，写因丈夫的肆意调戏而悲凄，而后受丈夫的冷遇和折磨，她又转恨为念，忧其不来；夜深难寐，希望丈夫悔悟。感情一转再转，把那种既恨又恋，明知无望又难以割舍的矛盾心理真实地表达出来。“惠然肯来”，疑惑语气中暗含期盼；“莫往莫来”表现女子的绝望。“悠悠我思”在结构上也对应下面两章，越发显得思念之切。全诗结构自然而有法度，运用比兴手法，用以衬托女主人公的悲惨命运，有强烈的艺术感染力。

击鼓

击鼓其镗①，踊跃用兵。②土国城漕，③我独南行。

从孙子仲，平陈与宋。④不我以归，忧心有忡⑤。

爰⑥居爰处？爰丧⑦其马？于以⑧求之，于林之下。

死生契阔，⑨与子成说⑩。执子之手，与子偕老。

于嗟⑪阔兮，不我活⑫兮。于嗟洵⑬兮，不我信⑭兮。

译文：

擂起战鼓咚咚响，腾跃劈刺练刀枪。筑土墙，修漕城，我独从军到南方。

跟随统领孙子仲，联合盟国陈与宋。不若他人能归家，心悲意苦愁深重。

哪处堪称归属地？战马战死何处寻？一路追踪何处找，山林之下觅白骨。

同生共死不分离，我们早已立誓言。紧紧握住君之手，死生与共赴战场。

只怕你我两分离，没有缘分再重逢。更怕你我分别久，昔时誓语成空言。

注释：

①镗（tāng）：堂堂，击鼓声。

②踊跃：犹言鼓舞。一说为演武时跳跃击刺的动作。用：使用。兵：兵器。

③土国：为国家服役。城漕：在漕地筑城。一说漕在河南滑县东。

④平：和好。陈、宋：诸侯国名。此句指救陈以调和陈宋关系。

⑤忡（chōng）：忧愁的样子。

⑥爰（yuán）：发声词，犹言“于是”。

⑦丧：丧失，此处言跑失。

⑧于以：于何。

⑨契阔：聚散。契：合。阔：离。“契阔”这里用作偏义复词，偏用“契”义，指不论生死都要在一起。

⑩成说：成约，约定，立下誓言。

⑪于嗟：感叹词。

⑫活：犹“佸”，相会，聚会。

⑬洵（xún）：实在，确实。一说为“远”。

⑭信：一说古伸字，志不得伸。一说誓约有信。

赏析：

关于此诗的背景有几种不同的说法。一种如《毛诗序》般，认为是鲁隐公四年（公元前719年），卫国公子州吁联合宋、陈、蔡三国伐郑。不少学者对此提出异议，认为那次战争时间很短，而且州吁回国不久就中了卫国老臣石碏的计策，被陈侯诱杀，诗中“不我以归”与这段史实不符。另一种是清代姚际恒认为是鲁宣公十二年（公元前597年）卫穆公出兵干涉陈宋两国战争之事。今人多以为姚说较为合理。

春秋期间，各诸侯国间征战频繁，从军士兵不但服役苦，更兼去家离亲之痛。该诗在个体心理行为与集体要求的不断背离中，在个体生命存亡与国家战事的不断抗衡中，流露出的厌战情绪，尤见沉痛。

凯　风

凯风①自南，吹彼棘心②。棘心夭夭③，母氏劬劳④。
凯风自南，吹彼棘薪⑤。母氏圣善⑥，我无令人⑦。
爰有寒泉，⑧在浚⑨之下。有子七人，母氏劳苦。

睍睆黄鸟，[10]载[11]好其音。有子七人，莫慰母心。

译文：

和风煦煦自南方，吹在枣树嫩芽上。芽心幼嫩待苗壮，母亲养儿辛苦忙。

和风煦煦自南方，风吹枣树成薪柴。母亲明理又善良，可惜我等不成才。

寒泉之水刺骨凉，源头就在浚邑旁。母亲养育儿七个，带累母亲独辛劳。

黄雀枝头婉转鸣，歌声悦耳耐人听。母亲养育儿七个，却难抚慰母亲心。

注释：

①凯风：和风。一说南风，夏天的风。马瑞辰《毛诗传笺通释》中云："凯之义本为大，故《广雅》云：'凯，大也。'秋为敛而主愁，夏为大而主乐，大与乐义正相因。"李巡曰："南风长养万物，万物喜乐，故曰凯风。"

②棘心：小酸枣。棘：酸枣小树，枝上多刺，开黄绿色小花，结枣味酸。一说心指纤小尖刺。

③夭夭：指树木嫩小，未长大。

④劬（qú）劳：操劳。劬：辛勤。

⑤棘薪：长到可以当柴烧的酸枣树。这里喻指子女已长大成人。

⑥圣善：明理而有美德。

⑦令人：善人。令：善，美好。

⑧爰（yuán）：何处。一说发语词，无义。寒泉：卫地水名，冬夏常冷。意指卫地寒泉。

⑨浚（jùn）：卫国地名。

⑩睍睆（xiàn huǎn）：同"间关"，鸟儿宛转的鸣叫声。一说美丽，好看。黄鸟：黄雀。

⑪载：传载，递送。

赏析：

关于《凯风》的背景，说法不一。《毛诗序》认为是赞美孝子的诗。宋朱熹《诗序辨说》："此乃七子自责之辞，非美七子之作也。"清方玉润《诗经原始》："诗中本无淫词，言外亦无淫意，读之者方且悱恻沁心，叹为纯孝感人，更何必诬人母过，致伤子心？"而闻一多认为这是首"名为慰母，实为谏父"的诗，此说法实是加以引申。现代学者一般都认为这是一首儿子歌颂母亲并深感自责的诗。

全诗四章，凯风、棘树等兴象构成有声有色的夏日图景。以凯风吹彼棘心开篇，把母亲的抚育比作温暖的南风，弟兄们的健康成长全靠母亲辛勤哺育，而自己却无法报答母亲的养育之恩。后二句反复叠唱孝子对母亲的深情。以寒泉比母，黄鸟比子。母亲养育弟兄七人，至今依旧辛劳，为人子者如何能心安？全篇设喻贴切，用字工整。

雄雉

雄雉于飞，①泄泄②其羽。我之怀矣，自诒伊阻。③

雄雉于飞，下上其音。展④矣君子，实劳我心⑤。

瞻彼日月，悠悠我思。道之云远，曷云能来。

百尔君子，⑥不知德行。不忮⑦不求，何用不臧。⑧

译文：

雄雉在空中飞翔，缓缓扇动着翅膀。我思念心上之人，分隔两地徒悲伤。

雄雉在空中飞翔，上下鸣唱声嘹亮。我那诚实的夫君，实让我牵肠挂肚。

观日月匆匆流逝，思念益发绵延长。道路迢迢漫无涯，何时才能回家乡？

尔等皆是为官者，不顾品行需高尚。我夫不贪名图利，缘何却让他遭殃？

注释：

①雉（zhì）：野鸡。雄雉有冠，长尾善斗。一说雉为耿介之鸟，交有时，别有伦。于：往。一说为语气助词。飞：飞翔。

②泄泄（yì yì）：鼓翅飞翔的样子。朱熹《诗集传》："泄泄，飞之缓也。"喻指丈夫想念她，精神萎靡。

③自诒：自己给自己。诒（yí）：通"贻"，遗留。伊：此，这。一说语气助词。阻：忧愁，苦恼。一说阻隔。

④展：诚实。

⑤劳我心：即"我心劳"，因挂怀而操心、忧愁。劳，忧。

⑥百尔君子：你们这些君子。百尔：指众多。君子：在位，有官职的大夫。百尔：指众多。

⑦忮（zhì）：忌恨，害也。一说"贪求"。

⑧臧（zāng）：善，好。此句意为缘何没有好结果。

赏析：

《毛诗序》说："《雄雉》，刺卫宣公也。淫乱不恤国事，军旅数起，大夫久役，男女怨旷，国人患之，而作是诗。"有人认为是为妇人思念远役的丈夫或思念友人而作。方玉润认为是朋友互勉的诗。

本诗的前三章以雄雉起兴，表达对远行亲人的思念之情。先是怀想，后是劳心，感情逐渐加深；而丈夫久役不归，实是无奈。诗之难解在于最末一章，担忧丈夫仕于乱世，告诫丈夫不可贪求利禄而背弃德行，指责当权者让像她丈夫那样品德端正的好人奔走服役不得安生。末章对在位君子的批判，突破个人私情，使境界得以提升。这也是评论家对此诗有不同见解的原因。不过"诗无达诂"，只要是从本义出发对诗篇做出的解释合乎情理，不妨数说并存。

匏有苦叶

匏有苦叶，①济有深涉。②深则厉③，浅则揭④。

有弥⑤济盈，有鷕⑥雉鸣。济盈不濡轨，⑦雉鸣求其牡。

雝雝⑧鸣雁，旭日始旦。士如归妻⑨，迨冰未泮。⑩

招招[11]舟子，人涉卬[12]否。人涉卬否，卬须我友。[13]

译文：

葫芦熟透叶枯黄，济水旁边渡口深。水深腰系葫芦涉，水浅提起衣裳过。

白水茫茫济水涨，岸丛野雉叫得欢。水高尚未湿车轴，野雉鸣叫是求偶。

又听嗈嗈大雁鸣，旭日初升晨光现。汝若真心欲求娶，趁冰未化快来迎。

船夫挥手频招呼，别人渡河我不争。别人渡河我不争，待我心上之人来。

注释：

①匏（páo）：葫芦。苦：一说苦味，一说枯。此句意指葫芦八月叶枯成熟，可以挖空用作渡水工具。

②济：水名，源出河南济源县王屋山，古时与黄河并入海，今下游古道为黄河所夺。涉：一说涉水过河，一说渡口。此句意指济水旁有深渡口。

③厉：带。一说解衣涉水，一说拴葫芦在腰泅渡。

④揭（qì）：提起衣裳渡水。朱熹曰：“以衣而涉曰厉，褰衣而涉曰揭。”

⑤弥：水满。

⑥鷕（yǎo）：雌雉的叫声。

⑦盈：满。濡：沾湿。轨：车轴头。此句意指水势虽高，却暂未没过车轴。

⑧雝雝（yōng yōng）：雁鸣声。

⑨归妻：娶妻。

⑩迨（dài）：及，等到；乘时。泮（pàn）：融解。此句意指冰未融之时。

⑪招招：招唤之貌，一说摇橹曲伸之貌。

⑫卬（áng）：“姎”之借，女子自称，指我。

⑬须：等待。友：指爱侣。此句意指需待心上人来。

赏析：

历代解诗者对此诗的看法分歧很大，有的认为它是“刺卫宣公”的作品，有的认为它是“刺淫乱之诗”等，今世学者多把它看作一首女子在济水岸边等待未婚夫时所吟唱的诗。见余冠英先生《诗经选》：“一个女子正在岸边徘徊，她惦着住在河那边的未婚夫。”

诗以“匏有苦叶”起兴，暗示了这等候与婚姻有关。古代婚嫁是用剖开的匏瓜做“合卺”喝的酒器，匏瓜的叶已枯，说明正当秋令嫁娶之时。野鸡在水滨鸣叫召唤配偶，大雁迎着朝阳雍雍长鸣，这一切都使河边的少女心旌摇动。要知道雁儿北飞，预示着冬日就要结束，春天就要到来。所谓“霜降而妇功成，嫁娶者行焉；冰泮而农业起，昏（婚）礼杀（止）于此”（《孔子家语》），当济水冰融之时，嫁娶之事便得停办。诗之末章，摆渡船来，船夫连声招唤，却不知姑娘急的并不是过河，而是在驶来的船上没见到心上人。将情人换作“朋友”的掩饰之辞，所传达的似怨还爱、欲语还休的微妙心理，亦值得读者体味。

谷　风

习习谷风，①以阴以雨。②黾勉③同心，不宜有怒。采葑采菲，④无以下体。⑤德音莫违，及尔同死。

行行迟迟⑥，中心有违。⑦不远伊迩⑧，薄送我畿⑨。谁谓荼⑩苦，其甘如荠⑪。宴尔新昏，⑫如兄如弟。

泾以渭浊，湜湜其沚。⑬宴尔新婚，不我屑以。毋逝我梁，⑭毋发我笱⑮。我躬不阅，⑯遑恤我后。⑰

就其深矣，方⑱之舟之。就其浅矣，泳之游之。何有何亡，黾勉求之。凡民有丧，匍匐⑲救之。

不我能慉⑳，反以我为雠㉑。既阻我德，贾用不售。㉒昔育恐育鞫㉓，及尔颠覆。既生既育，比予于毒。

我有旨蓄，亦以御冬。宴尔新婚，以我御穷。有洸有溃，㉔既诒我肄。[25]不念昔者，伊余来塈[26]。

译文：

山谷来风迅又急，阴云密布雨倾盆。夫妻共勉结同心，不该动怒不相容。采摘萝卜和蔓青，难道要叶不要根？往日良言休背弃，到死与你不离分。

迈步出门慢腾腾，心中怨念实难平。不求送远但近处，哪知仅送到门口。谁说苦菜味难咽，在我看来甜如荠。你们新婚多快乐，嫡亲兄弟不能比。

渭水入泾泾水浑，河面虽浑底仍清。汝等新婚多快乐，视我无物更心痛。不要到我鱼坝来，不要动我捕鱼篓。自身尚且不见容，身后事体更罔顾。

恰似行路遇水深，乘筏乘舟把河渡。倘若河水清且浅，下河游到对岸边。家中若有缺失物，为你尽心来备办。左邻右舍有灾难，奔走救助尽全力。

汝不疼爱我亦可，不该视我为仇家。我的好心你无视，好比货物没人买。从前害怕家贫穷，患难与共苦经营。如今子女置家业，汝厌弃我如毒虫。

备好干菜和腌菜，贮存起来好过冬。汝等新婚多快乐，拿我积蓄来挡穷。粗声恶气欺负我，粗活重活我承担。当初情意全不念，往昔恩爱皆成空。

注释：

①习习：犹“飒飒”，风声。谷风：东风，生长之风。一说来自山谷的风，为盛怒之风。

②以阴以雨：为阴为雨，以滋润百物，喻指夫妇应该和美。一说没有晴和之意，喻其夫暴怒不止。

③黾（mǐn）勉：勉力。

④采：采摘。葑（fēng）：蔓菁也，叶、根可食。菲（fēi）：萝卜之类。

⑤下体：指根。此句意指要叶不要根，比喻恋新人而弃旧人。

⑥迟迟：徘徊不进的样子。

⑦中心：心中。有违：行动和心意相违背。

⑧伊：发语词。迩：近。意指不求能远送。

⑨薄：语助词。畿（ji）：门槛。此句意指仅送到门口，情意凉薄。

⑩荼（tú）：苦菜。

⑪荠（jì）：荠菜。一说甜菜。

⑫宴：乐。昏：通“婚”。意指你们新婚快乐。

⑬湜湜（shí shí）：水清。其：助词。沚（zhǐ）：水中小洲。一说底。

⑭逝：往，去。梁：鱼梁，筑堤以捕鱼。开梁则鱼皆游去。此句意指勿要染指我的鱼梁。

⑮笱（gǒu）：捕鱼竹笼，鱼能进不能出。

⑯躬：自身。阅：容纳。此句意为自身尚不见容。

⑰遑：暇，来不及。恤（xù）：忧。我后：其余的事情。

⑱方：并船。此用作动词，即用舟渡水。

⑲匍匐（pú fú）：手足伏地而行，此处指尽力。

⑳慉（xù）：好，爱。

㉑雠：同“仇”。

㉒贾（gǔ）：经商。用：指货物。不售：卖不出。

㉓育鞫：生于困穷。鞫（jū）：穷困。

㉔洸（guāng）：武貌。溃（kuì）：怒貌。此句意即又打又骂。

㉕既：旋，马上。诒：遗，给。肄（yì）：劳苦的工作。

㉖塈（xì）：爱。

赏析：

这是首弃妇诗。陈子展《诗经直解》说：“《邶风·谷风》，弃妇之词。或疑《小雅·谷风》亦为弃妇之词。母题同，内容往往同，此歌谣常例。”

这首诗写在新人进门这最令人心碎的时刻，新旧对比与今昔对比的多重交叉，凸显了丈夫的无情和发妻被弃的凄凉，产生了巨大的艺术感染力。同时，诗中借用生动的比喻，具有浓郁的生活气息。“泾以渭浊，湜湜其沚”，喻指自己尽管被丈夫指责却依然不改初衷的清白。这些比喻切近人物性格，大大增强了作品的艺术性和表现力。

式微

式微式微，[①]胡不归？微[②]君之故，胡为乎中露[③]？

式微式微，胡不归？微君之躬，胡为乎泥中？

译文：

天黑了，天黑了，为什么还不回家？若不是为了君主，何苦还在露水中劳作！

天黑了，天黑了，为什么还不回家？若不是为了君主，何必还在泥浆中操劳！

注释：

①式微：指事物由兴盛而衰落。见明归有光《张翁八十寿序》：“予以故家大族德厚源远，能自振于式微之后。”式：发语词。微：衰落，（日光）衰微。

②微：非，不是。

③中露：露户。

赏析：

对本诗旨意的理解，传统观点主要有两说，一是以《毛诗序》为代表的“臣子劝黎侯归国”说，一是以《鲁说》为代表的“傅母劝黎庄夫人归家”说。这两种说法，魏源等人已辨其谬误。今人认为这是一首劳动人民苦于劳役的怨歌，颇切近诗旨。

在艺术上，《诗志》评述此诗“语极慷慨，意极委婉”，寥寥几句，受奴役者的非人处境以及对统治者的满腔愤懑就跃然纸上。诗人遭受压迫，夜以继日地在野外干活，苦不堪言，自然要倾吐心中的郁气。设问形式不但显得婉转，同时也启人以思。方玉润《诗经原始》评此诗云：“语浅意深，中藏无限义理，未许粗心人卤莽读过。”

旄 丘

旄丘①之葛兮，何诞之节②兮？叔兮伯兮，③何多日也？
何其处也？必有与也。何其久也？必有以也。
狐裘蒙戎④，匪车不东。叔兮伯兮，靡所与同。⑤
琐⑥兮尾⑦兮，流离⑧之子。叔兮伯兮，褎如充耳。⑨

译文：

旄丘上的葛藤啊，为何蔓延这般长！卫国诸臣叔伯啊，为何许久不相帮？

为何安处在家中？应是等人一起行。为何等待这么久？其中必定有原因。

身穿狐裘毛茸茸，乘车出行不向东。卫国诸臣叔伯啊，你我心思不相通。

我等渺小又卑微，流离失所无依靠。卫国诸臣叔伯啊，装聋塞耳不相闻。

注释：

①旄（máo）丘：卫国地名，在澶州临河东（今河南濮阳西南）。一说是前高后低的土山。

②诞之节：长的茎，葛茎较长。诞（yán）：通“延”，延长。节：指葛藤的枝节。

③叔、伯：对卫国贵族的尊称。此句意指那些王公贵族。

④蒙戎：毛蓬松貌。此处点出季节，已到冬季。

⑤靡：无。所与：与自己在一起同处的人。同：同心。

⑥琐：小。

⑦尾：通“微”，低微，卑下。

⑧流离：转徙离散，飘散流亡。一说鸟名，即枭或黄鹂。

⑨褎（xiù）：耸；一说多笑貌。如：如同。充耳：一种下垂耳际的冠饰。义含双关，谓充耳不闻。《郑笺》："充耳，塞耳也。"

赏析：

关于《旄丘》一诗的背景，历来说法颇多。《毛诗序》及郑笺等以为是黎臣责卫之作；方玉润《诗经原始》认为此篇与《式微》均是黎臣劝君归国之作；现代学者一般认为是一些流亡到卫国的人，盼望贵族救济而不得的诗；还有人认为这是一个被遗弃而漂泊在外的女子思念爱人的诗。数种说法皆可自圆其说。

此诗开篇即借物起兴交代了地点和季节，黎臣常常登上旄丘翘首等待援兵。第二章通过自问自答的方式，设身处地考虑卫国出兵缓慢的原因：许是等待盟军一同前往，许有他故暂时不能发兵。第三章黎臣客居已久，有所觉悟，知道卫国无意救援，语气略带讽谕。末章着意对比，黎臣流离失所，寄居他国，凄凉萧索，而卫国群臣非但毫无同情心，而且袖手旁观，趾高气扬，不由激愤斥责。

简　兮

简[①]兮简兮，方将万舞。[②]日之方中，在前上处。

硕人俣俣，[③]公庭万舞。有力如虎，执辔如组。[④]

左手执籥[⑤]，右手秉翟[⑥]。赫如渥赭，[⑦]公言锡爵[⑧]。

山有榛，隰有苓。[⑨]云谁之思，西方美人。[⑩]彼美人兮，西方之人兮。

译文：

鼓声咚咚震天响，盛大万舞将开场。红日恰巧当空照，舞师领队站前方。

舞师健壮又英武，公庭之前演万舞。动作有力如猛虎，手握缰绳似轻丝。

左手持龠管，右手挥鸡翎。红光满面似赭石，公侯连言亲赐酒。

榛树生高山，低地长甘草。心里思念是谁人？西方舞师真英武。那英俊的男子啊，来自西方呀！

注释：

①简：一说鼓声，一说形容舞师武勇之貌。朱熹注“简易不恭之意”。

②方将：将要。万舞：一种舞名。合武舞与文舞称万舞，武舞用干（盾牌），文舞用野鸡尾。诗里讲执籥，不讲执干，可能有改动。

③硕人：身躯魁梧的人，此指舞师。俣俣（yǔ yǔ）：魁梧健美的样子。

④辔：马缰绳。一车四马，四马八绳，两绳系车上，六绳执驾车人手。组：丝织的宽带子。此句指手握缰绳如同挽丝带，喻指力大。

⑤籥（yuè）：乐器，像编管之形，形状像笛。

⑥翟（dí）：野鸡尾。

⑦赫：红色。渥（wò）：厚。赭（zhě）：赤褐色。意为红光满面似赭石。

⑧锡爵：赐酒器。

⑨隰（xí）：湿地。有：生长。苓（líng）：一说甘草，一说苍耳，一说黄药，一说地黄。

⑩西方：西周地区，卫国在西周的东面。美人：指舞师。

赏析：

此诗古今形成了两种对立的解释，分歧的关键在对“西方美人”的理解上。历史上无论《毛诗序》的“刺不用贤”说还是朱熹的“贤者自作”说，都认为“西方美人”是指能任用贤者的圣明君主。当今学者则破除了“以美人喻君主”之说，认为“西方美人”指那位高大雄壮的舞师。余冠英《诗经选》：“《万舞》，着重在赞美那高大雄壮的舞师。这些赞美似出于一位热爱那舞师的女性。”

此诗前三章极尽铺陈形容之能事，着重描绘公庭万舞的盛大场面，公侯连连赞赏。而末章忽以细媚淡远之笔作结，用“山有榛，隰有苓”托兴，用朦胧的意象和晦涩的隐语将叙述者绵邈低回的相思表露无遗。后四句若即若离，回环往复，堪称情思缈远，意味深远。

泉 水

毖[1]彼泉水，亦流于淇[2]。有怀[3]于卫，靡日不思。娈彼诸姬，[4]聊与之谋。

出宿于泲[5]，饮饯于祢。女子有行[6]，远父母兄弟。问我诸姑，遂及伯姊。

出宿于干，饮饯于言。载脂载舝，[7]还车言迈[8]。遄臻于卫，[9]不瑕[10]有害。

我思肥泉[11]，兹[12]之永叹。思须与漕，我心悠悠。驾言出游，以写[13]我忧。

译文：

泉水汩汩流不息，仍旧汇归入淇水。怀想卫国我故乡，没有一日不惦念。同来姬姓好姐妹，权且可与相商量。

回想当初宿泲地，摆酒饯行在祢邑。女子出嫁到别国，远离父母和兄弟。临行问候诸姑母，还有众位好姊妹。

如能回乡宿干地，饯行之地在言邑。车轴上油插紧键，调转车头奔故乡。疾驰速奔返归卫，无心思虑有后患。

我心紧系在肥泉，叹息声声不言休。再想须城与漕邑，我的忧伤无尽头。驾车外出去游玩，借此排解我忧愁。

注释：

①毖（bì）：“泌”的假借字，泉水涌流貌。

②淇：水名，源出河南林县，流至淇县入卫河。

③有怀：因怀念。有：以，因。

④娈（luán）：美好的样子。彼：那。诸姬：卫姓姬，卫女出嫁时有娣侄陪嫁亦姓姬。

⑤泲（jì）：卫国地名。下文的“祢（nǐ）”“言”“干”亦是卫

国地名。

⑥行：嫁。

⑦载：发语词。脂：涂车轴的油脂。舝（xiá）：同“辖”，车轴两头的金属键。此处脂、舝皆作动词。

⑧迈：远。

⑨遄（chuán）：速。臻（zhēn）：到。于卫：到卫国。

⑩瑕：通“何”。一说远也。

⑪肥泉：卫地名。

⑫兹：通“滋”，增加。

⑬写（xiè）：通“泻”，除也。与“卸”音、义同。

赏析：

《泉水》一诗，抒发了古时远嫁女子所共有的离情别绪。《毛诗序》：“《泉水》，卫女思归也。嫁于诸侯，父母终，思归宁而不得，故作是诗以自见也。”其“卫女思归”甚得诗旨。何楷《诗经世本古义》等以为是许穆公夫人所作，黄中松《诗疑辨证》则怀疑是宋桓夫人或邢侯夫人所作。史料亦不可考，大意应是卫国女子嫁到别的国家，思念家乡而不得归时写下的诗。今人说诗，多有本何说而加详者，似背离诗旨愈远矣。此处也以概指之说即可。从艺术角度而言，关键在其虚实互换之处，是回忆出嫁时曾经行之地，抑或是设想回归之时将到之地？诗中亦闪烁其词，难以确指，似乎从某种程度上也表达出了卫女思归不得，只得作诗聊以自慰的矛盾心态。

北　门

出自北门，忧心殷殷①。终窭且贫，②莫知我艰。已焉哉！③天实为之，谓之何哉！

王事适④我，政事一埤益我。⑤我人自外，室人交徧谪我。⑥已焉哉！天实谓之，谓之何哉！

王事敦⑦我，政事一埤遗⑧我。我人自外，室人交徧摧⑨我。已焉哉！天实为之，谓之何哉！

译文：

我从北门出城去，心中烦闷多忧伤。我既困窘又贫寒，无人体量我艰难。就这样吧，既然老天让我受苦，我又有什么办法！

王家差事派给我，衙门公务也增加。劳累一天回到家，家人纷纷将我骂。就这样吧，既然老天让我受苦，我又有什么办法！

王家差事逼迫我，衙门公务也派齐。劳累一天返回家，家人纷纷将我嘲。就这样吧，既然老天让我受苦，我又有什么办法！

注释：

①殷殷：忧愁深重的样子。

②终：据王引之《经义述闻》，“终，犹既也。”窭（jù）：贫寒，艰窘。此句意指诗人贫寒困窘。

③已焉哉：既然这样。

④适：派给。

⑤政事：公家的事。埤（pí）益：增加。意指公务日益增加。

⑥徧：同“遍”。谪（zhé）：谴责，责难。意指诗人备受责难。

⑦敦：逼迫。

⑧遗：交给。

⑨摧：挫折，讥刺。

赏析：

这是一首小官吏诉说自己愁苦的诗。从诗的语言看，并没有《毛诗序》中“忠臣不得其志”或《笺》中“安于贫仕”之意，陈延杰《诗序解》中认为本诗“殆写苦闷者”，实是圆通的见解。后来人们多引用《北门》抒发自己怀才不遇的苦闷。

自古以来，北通“背”，开篇就预先说明从府衙北门而出，说明诗的主人公命运不济，精神也萎靡不振。小官吏公事繁重苛细，上司不体谅，家人也责备，让他不堪重负。他深感仕路崎岖，人情淡薄，可却又无计可施，只好归之于天，安之若命。“已焉哉”等三句重复使用，牛运震《诗志》认为这与《古诗十九首》中“弃捐勿复道，努力加餐饭”等一样，“皆极悲愤语，勿认作安命旷达”，颇有见地。

北　风

北风其凉，雨雪其雱[①]。惠而好我，[②]携手同行。其虚其邪，[③]既亟只且。[④]

北风其喈[⑤]，雨雪其霏[⑥]。惠而好我，携手同归[⑦]。其虚其邪，既亟只且。

莫赤匪狐，[⑧]莫黑匪乌。[⑨]惠而好我，携手同车。其虚其邪，既亟只且。

译文：

北风刮来冷欲狂，大雪漫天白茫茫。你我若情真意切，携手相伴共逃亡。切莫犹豫和彷徨？事态紧急祸将降。

北风刮来透骨凉，大雪纷飞漫天扬。你我意趣若相投，携手同程去他邦。岂能犹豫慢慢走？事态紧急快上路！

没有红的不是狐，没有黑的不是鸦。你我情义若无价，携手乘车同离去。岂能犹豫慢慢行？事态紧急速逃亡。

注释：

①雱（páng）：雪盛貌。

②惠而：惠然，爱好貌。好我：同我友好。

③其：同“岂”。虚：慢。邪：通“徐”，也是慢意。

④既：语气助词。亟（jí）：急迫。只且（jū）：语气助词。

⑤喈（jiē）：疾貌。一说寒凉。

⑥霏：雨雪纷飞。

⑦同归：一起到较好的他国去。

⑧莫赤匪狐：没有不红的狐狸。莫：无，没有。匪：非。狐狸比喻坏人。一说古人将狐狸比喻为男性伴侣。

⑨莫黑匪乌：乌鸦（喻指坏人）没有不是黑色的。一说古人将乌鸦视为吉祥鸟。

赏析：

此诗是在卫君暴虐，祸乱将至，诗人欲偕友人逃难时所作。《毛诗序》说："《北风》，刺虐也。卫国并为威虐，百姓不亲，莫不相携持而去焉。"从诗中"同车"来看，百姓应泛指当时一般贵族。方玉润《诗经原始》中认为是贤人预见危机而作，王先谦《诗三家义集疏》认为是"贤者相约避地之词"。

此诗开篇即大肆渲染背景：北风刺骨，漫天的雪纷纷扬扬，国家面临危乱。众人呼朋引伴，携手逃难。北风与雨雪，赤狐和黑鸦，兼具比兴，不仅是逃亡时恶劣环境的描写，还喻指当时的虐政。朱熹《诗集传》说此诗"气象愁惨"，指出了其基本风格。

静　女

静女其姝，①俟我于城隅。②爱③而不见，搔首踟蹰④。
静女其娈⑤，贻我彤管⑥。彤管有炜⑦，说怿女美。⑧
自牧归荑，⑨洵⑩美且异。匪女之为美，美人之贻。

译文：

娴静姑娘多漂亮，约我等在城角旁。故意躲藏让我找，急得搔头独徘徊。

娴静姑娘真娇艳，送我一枝红彤管。鲜红彤管有光彩，爱它颜色真鲜艳。

郊野采荑送给我，荑草美好又珍异。不是荑草长得美，只因美人情意浓。

注释：

①静：幽雅。姝（shū）：美。意指女子娴静美丽。

②俟：等待，此处指约好地方等待。城隅：城边隐蔽处。一说城上角楼。此句意指二人相约于城墙隐蔽处见面。

③爱：同"薆"，隐蔽，躲藏。

④踟蹰（chí chú）：徘徊不定。

⑤娈（luán）：面目姣好，美丽。

⑥彤（tóng）管：红管草。

⑦炜（wěi）：光彩。

⑧说怿（yì）：喜悦。女：同“汝”，指彤管。美：美丽。

⑨牧：野外。归：同“馈”，赠。荑（tí）：初生的白茅草。象征婚媾。此句意为自郊野采摘白茅草馈赠给他人。

⑩洵（xún）：实在。

赏析：

《静女》一诗，旧时的各家之说颇多。《毛诗序》云：“《静女》，刺时也。卫君无道，夫人无德。”王先谦《诗三家义集疏》遂谓“此媵俟迎而嫡作诗也”。直至欧阳修、朱熹表明此诗写的是男女的爱情活动。现代学者一般都认为此诗写的是男女青年的幽期密约。

诗中将青年男女私下幽会时的焦急与憨拙写得绘声绘色，逼真动人。“爱而不见，搔首踟蹰”历来为人称道。诗人抓住幽会时最有诗意的特定场面、与人物“爱屋及乌”的特定心理——彤管显见贵重，但男主人公只是说了句“彤管有炜”，对受赠的普通荑草却由衷地大赞“洵美且异”，只因荑草是她跋涉郊野亲手所采，物微而意深。

新　台

新台有泚，[①]河水弥弥[②]。燕婉[③]之求，籧篨不鲜。[④]
新台有洒[⑤]，河水浼浼[⑥]。燕婉之求，籧篨不殄[⑦]。
鱼网之设，鸿则离之。[⑧]燕婉之求，得此戚施[⑨]。

译文：

新台明丽又辉煌，河水汤汤往东流。本想嫁个如意郎，未料丑似蛤蟆样。

新台高大又壮观，河水漫漫东流去。本想嫁个如意郎，未料丑得没福相。

张好渔网待捕鱼，谁料蛤蟆网中游。本想嫁个如意郎，未道丑得不像样。

注释：

①新台：台名，故址在今山东省甄城县黄河北岸。卫宣公本替世子汲（jí）娶齐女，听说齐女美，在河边造了一座新台，自娶齐女，称为宣姜。有：语气助词。泚（cǐ）：鲜明貌。

②弥弥（mǐ mǐ）：水深满的样子。

③燕婉：指夫妇和好。燕：安。婉：顺。

④籧篨（qú chú）：用竹子或苇子编成的粗席。古人用以为粮仓的囤围，形状粗蠢，此处借指人身材臃肿。不：表否定。鲜：善。

⑤洒（cuǐ）：高峻的样子。

⑥浼浼（měi měi）：水盛大的样子。

⑦殄（tiǎn）：同“腆”，即善、美之意。

⑧鸿：指蛤蟆。离：一说同“丽”，附着，遭遇。一说同“罹”，遭遇，这里指落网。此句意指本待捕鱼，不想却获得蛤蟆。

⑨戚施：蟾蜍的别名。

赏析：

这首诗歌，旧说以为卫人所作，目的在于讽刺卫宣公违背天伦，在黄河边上筑造新台，截娶儿媳。《毛诗序》：“《新台》，刺卫宣公也。纳伋之妻，筑新台于河上而要之。国人恶之，而作是诗也。”

该诗由表面观之，的确是女子出嫁发现所嫁非人发出的哀怨，但深入思之，可视为诗人借女子之口，以借喻表达了人民群众对卫宣公之丑态的道义上的讽刺。巧妙地假借了一个“美女哀怨”的形式，将真意隐藏其中，借喻了“戚施”，将这种情绪委婉地加以表达。这种含蓄而又不失喻意的处理技巧，使本诗成为“哀而不伤”的典范。

二子乘舟

二子乘舟，[①]泛泛其景。[②]愿言思子，中心养养[③]。

二子乘舟，泛泛其逝。愿言思子，不瑕有害。[④]

译文：

你俩乘船走了，船儿飘飘远去。我在这里好不思念，心中烦躁不安。

你俩乘船走了，船影渐渐隐没。我在这里好不思念，切莫遭遇灾祸！

注释：

①二子乘舟：卫宣公夺娶了世子伋的妻，生了寿和朔，想杀死伋，立寿做世子，派伋去坐船，叫船夫翻船淹死伋。寿知道了，就同伋一起去乘船，船夫因此不敢翻船。

②泛泛：浮水。其：语气助词。景：同“憬”，远行貌。

③养养（yáng yáng）：忧貌，心中烦躁不安。

④瑕：训“胡”，通“无”。不瑕：犹言“不无”，疑惑、揣测之词。此处可理解为切莫之意。有害：遇害。

赏析：

《毛诗序》：“《二子乘舟》，思伋、寿也。卫宣公之二子，争相为死，国人伤而思之，作是诗也。”《诗三家义集疏》：“鲁、韩说曰：‘卫宣公之子，伋也、寿也、朔也。伋，前母子也。寿与朔，后母子也。寿之母与朔谋，欲杀太子伋而立寿也，使人与伋乘舟于河中，将沉而杀之。寿知不能止也，固与之同舟，舟人不得杀伋。方乘舟时，伋傅母恐其死也，闵而作诗，《二子乘舟》之诗是也。’”复旦大学钱文忠教授解析，此二子是指卫国公子晋的两个儿子伋和寿。他们为兄弟情谊，争先赴死。卫国人感其精神，就编写了这首诗歌。倘若要将它视为妻子送夫、朋友送人的诗，恐怕也无错处。总而言之，将此篇视为一首送别诗比较合适。

鄘 风

《鄘风》亦是卫国的诗，共十篇。

柏 舟

泛彼柏舟，在彼中河。髧彼两髦，[①]实维我仪[②]。之死矢靡它！[③]母也天只，不谅人只[④]！

泛彼柏舟，在彼河侧。髧彼两髦，实维我特[⑤]。之死矢靡慝[⑥]！母也天只，不谅人只！

译文：

柏木小船荡悠悠，漂流在河中央。垂发齐眉少年郎，称心佳偶思恋慕。爱他至死心不变。苍天啊亲娘啊！为何不信我真心哪！

柏木小船在漂荡，荡漾至河岸旁。垂发齐眉少年郎，是我倾慕的对象。爱他至死心不变。苍天啊亲娘啊！试问我心向谁诉呀！

注释：

①髧（dàn）：发垂貌。当时头发上戴帽，帽上挂两块耳塞，头发也分成两股。彼：那。两髦（máo）：男子未行冠礼前，头发齐眉，额后扎成两绺。

②仪：配偶，对象。

③之：到。矢：誓。靡：无。此句强调心定志坚。

④只：语气助词。

⑤特：配偶。

⑥慝（tè）：通“忒”，变更，差错。也指恶念，引申为变心。

赏析：

旧说多将这首诗与《邶风·柏舟》混为一谈，认为是共姜自誓之作，如《毛诗序》：“《柏舟》，共姜自誓也。卫世子共伯早死，其妻守义，父母欲夺而嫁之，誓而弗许，故作是诗以绝之。”《三家诗》认为是共伯被弑，共姜不嫁自誓，作此诗。但据《史记·卫世家》记载，卫僖侯的儿子和，在父亲死后逼杀兄长共伯，自己任武公。而《国语》载武公即位时已经四十多岁，共伯是兄长，不可能是“髧彼两髦”的打扮。而且《毛诗序》说他“蚤死”，也与情理不合。清姚际恒说：“此诗不可以事实之。”余冠英《诗经选》中认为此是“一个少女自己找好了结婚对象，誓死不改变主意。”当其时，礼教已经通过婚俗和舆论干预生活。诗中女子欲自行择偶，却受到母亲制约，因而为了争取婚恋自由而产生反抗意识。

墙有茨

墙有茨[①]，不可埽也。中冓之言，[②]不可道也。所可道也，言之丑也。

墙有茨，不可襄[③]也。中冓之言，不可详[④]也。所可详也，言之长也。

墙有茨，不可束[⑤]也。中冓之言，不可读[⑥]也。所可读也，言之辱也。

译文：

墙上长满蒺藜刺，无论如何扫不净。宫廷内帷隐私语，不可四处去嘀咕。若是真要说出口，话语太丑难遮羞。

墙上长满蒺藜刺，没有办法全根除。宫廷内帷隐私语，不可在外详细说。若是真要细细说，怕是说到无尽头。

墙上长满蒺藜刺，没有办法捆束走。宫廷内帷隐私语，不可到处瞎宣扬。若是真的传扬开，必然全族蒙羞辱。

注释：

①茨（cí）：蒺藜，一年生草本植物，果实有刺。

②中冓（gòu）：内室，这里指宫廷内部。意为宫中龌龊之事。

③襄：除去。

④详：同“扬”，传扬。

⑤束：捆走。这里是打扫干净的意思。

⑥读：宣扬。

赏析：

《毛诗序》：“《墙有茨》，卫人刺其上也。公子顽通乎君母，国人疾之而不可道也。”《笺》：“宣公卒，惠公幼，其庶兄顽烝于惠公之母，生子五人：齐子、戴公、文公、宋桓夫人、许穆夫人。”清方玉润《诗经原始》诗题序谓之：“刺卫宫淫乱无检也。”发生这样的宫廷丑闻，暴露了卫公室男女生活淫秽无耻，自然会受到民众的憎恶与嘲讽。墙上的蒺藜，本是为了防闲内外，然而宫廷丑闻却依旧外传。作者以“墙有茨”起兴，并明言“不可道”“不可详”“不可读”，更增强了事件本身的神秘感，诗的讽刺意味也就不言自明。

君子偕老

君子偕老，[①]副笄六珈。[②]委委佗佗，[③]如山如河。象服是宜，[④]子之不淑，云如之何。

玼[⑤]兮玼兮，其之翟也。鬒[⑥]发如云，不屑髢[⑦]也。玉之瑱[⑧]也，象之揥[⑨]也，扬且之皙也，[⑩]胡然而天也，胡然而帝也。

瑳[⑪]兮瑳兮，其之展[⑫]也。蒙彼绉絺[⑬]，是绁袢[⑭]也。子之清扬，[⑮]扬且之颜[⑯]也。展[⑰]如之人兮，邦之媛[⑱]也。

译文：

誓愿与君到白首，玉簪首饰插满头。举止雍容又自得，稳重如山深似河。华丽礼服合身段。谁知德行太秽恶，打扮华贵亦枉然！

彩绘服饰极绚丽，画羽礼服绣山鸡。黑亮头发似云霞，无须假发显娇媚。美玉耳饰耳旁坠，象牙发钗头上戴。额角白净溢光彩，仿佛尘世降天仙，恍似帝女到人间！

纹绣展衣白如玉，软软纱衣薄如翼。罩上绉纱细葛衫，清爽内衣夏日宜。明眸善睐眉秀长，容貌艳丽又高贵。国色天香颜妩媚，倾城倾国美姿容！

注释：

①君子：指卫宣公。偕老：夫妻相亲相爱、白头到老。

②副：一种编发做成的假髻，是古代贵族妇女用的首饰。笄（jī）：古代盘头发或别住帽子用的簪子。成年妇女可以插簪，并作为首饰。六珈（jiā）：妇女发簪上所加的装饰物。

③委委佗佗（tuó）：体态美丽、步伐雍容自得的样子。

④象服：古时王后及诸侯夫人所穿之服，以绘画为饰，又称画袍。宜：合适，合身。此句喻指华服合身。

⑤玼（cǐ）：玉色鲜洁的样子。这里形容翟衣色彩的鲜艳。翟（dí）：绣着山鸡彩羽的象服。据朱熹《诗集传》："翟衣，祭服，刻绘为翟雉之形，而彩画之以为饰也。"

⑥鬒（zhěn）：黑发。

⑦髢（dí）：假发。

⑧瑱（tiàn）：垂在两耳旁的玉。

⑨揥（tì）：剔发针，可作篦发用的首饰。

⑩扬：眉上广。皙（xī）：白。此句意指额头白净亮泽。

⑪瑳（cuō）：玉色鲜明洁白。

⑫展：古代后妃或命妇的礼服，或曰古代夏天穿的一种纱衣。

⑬絺（chī）：细葛布。

⑭绁袢（xiè fán）：夏天穿的白色内衣。

⑮清：眼神清秀。扬：眉宇宽广。指丽人明眸善睐，眉宇宽阔。

⑯颜：额。引申为面容、脸色。

⑰展：诚。

⑱媛：美女。

赏析：

《毛诗序》："《君子偕老》，刺卫夫人也。夫人淫乱，失事君子之道，故陈人君之德、服饰之盛，宜与君子偕老也。"而朱熹《诗集传》则说："言夫人当与君子偕老，故其服饰之盛如此，而雍容自得，安重宽广，又有以宜其象服。今宣姜之不善乃如此，虽有是服，亦将如之何哉！言不称也。"以服饰仪容之美反衬宣姜人品行为之丑。今之学者多从朱熹之说，认为这是一首卫人讽刺宣姜的诗。

卫公室围绕宣姜所发生的一系列丑行，在《新台》《墙有茨》的赏析中已有所涉及。宣姜本是卫宣公之子伋的未婚妻，不幸被宣公霸占，后来又与庶子顽私通，劣迹斑斑。开头和结尾点出她"国母"的地位，全诗反复铺陈咏叹宣姜服饰容貌之盛美，恰是为了反衬其所作所为与身份的不相称，对比辛辣，讽刺效果强烈。

桑　中

爰采唐矣，[①]沬之乡矣。[②]云谁之思？美孟姜矣。[③]期我乎桑中[④]，要[⑤]我乎上宫[⑥]，送我乎淇[⑦]之上矣。

爰采麦矣，沬之北矣。云谁之思？美孟弋矣。期我乎桑中，要我乎上宫，送我乎淇之上矣。

爰采葑[⑧]矣，沬之东矣。云谁之思？美孟庸矣。期我乎桑中，要我乎上宫，送我乎淇之上矣。

译文：

到哪儿去采女萝？到那卫国的沬乡。心中想的是谁？姜家漂亮的大姐呀。与我约在桑林间，邀我相会在上宫，送我远到淇水旁。

到哪儿去收麦穗？到那卫国沬乡北。心中想的是谁？漂亮的弋家姑娘呀。与我约在桑林间，邀我相会在上宫，送我远到淇水上。

到哪儿去摘蔓菁？到那卫国沬乡东。心中想的是谁？漂亮姑娘她姓庸呀。与我约在桑林间，邀我相会在上宫，送我远到淇水滨。

注释：

①爰：于何，在什么地方。采：采摘。唐：植物名，见《尔雅·释草》，俗称菟丝子，寄生蔓草，秋初开小花，子实入药。喻指女方依靠男方。一说“采唐”喻学艺之始，尚缺乏判断能力，分不清香花野草好坏优劣。矣：语气助词。

②沬（mèi）：卫邑名，即牧野，在今河南淇县南。乡：郊外。意指在牧野郊外。

③孟：兄弟姊妹中排行最长的。姜是齐国女。下文诗句中的姜、弋（yì）、庸，皆贵族姓。此句意指漂亮的姜氏大女为人所牵挂。

④桑中：地名。

⑤要（yāo）：邀。

⑥上宫：楼也，指宫室。一说地名。

⑦淇：水名，源出河南林县，流至淇县入卫河。

⑧葑：芜菁、蔓菁。

赏析：

《毛诗序》：“《桑中》，刺奔也。卫之公室淫乱，男女相奔，至于世族在位，相窃妻妾，期于幽远，政散民流，而不可止。”《笺》：“卫之公室淫乱，谓宣惠之世，男女相奔，不待媒氏以礼会之也。世族在位，取姜氏、弋氏、庸氏者也。窃，盗也。幽远，谓桑中之野。”从《毛诗序》到朱熹都认为此诗是讽刺卫公室淫乱之行。但清人崔述在《读风偶识》中指出，此诗“但有叹美之意，绝无规戒之言”，对以前的说法表示了怀疑。从诗的结构特点和语言风格上看，具体对象不明，说是民间情歌即可，歌唱和想象中的情人幽会。

鹑之奔奔

鹑之奔奔，[1]鹊之彊彊[2]。人之无良，我以为兄。

鹊之彊彊，鹑之奔奔。人之无良，我以为君。

译文：

鹌鹑尚且双双飞，喜鹊也知比翼飞。这人心地不善良，为何把他当兄长。

喜鹊尚且比翼飞，鹌鹑也是双双对。这人品行实不佳，为何把他当国君。

注释：

①鹑（chún）：鹌鹑。之：助词。奔奔：跳跃奔走。

②彊彊（jiāng jiāng）：翩翩飞翔。《郑笺》："奔奔、彊彊，言其居有常匹，飞则相随之貌。"

赏析：

《毛诗序》："《鹑之奔奔》，刺卫宣姜也，卫人以为宣姜鹑鹊之不若也。"认为是刺宣姜，因为她与卫宣公庶子公子顽相通。但《诗三家义集疏》认为这诗不是刺宣姜，而是刺卫宣公。《左传》襄二十七年："郑七卿亨赵孟，伯有赋《鹑之奔奔》，赵孟曰：'床笫之言不逾阈，况在野乎？非使人之所得闻也。'"杜注："卫人刺其君淫乱，鹑鹊之不若，义取'人之无良，我以为兄''我以为君'也。"就诗看，当以为是刺卫宣公。

全诗两章，每章四句，均以"鹑之奔奔"与"鹊之彊彊"起兴，极言禽兽尚有固定的配偶，而诗中男主人公的行为可谓腐朽堕落、禽兽不如，枉为"兄""君"。

定之方中

定之方中，①作于楚宫②。揆之以日，③作于楚室④。树之榛栗，椅桐梓漆，⑤爰伐琴瑟。

升彼虚⑥矣，以望楚矣。望楚与堂⑦，景山与京。⑧降观于桑，卜云其吉，终然允臧⑨。

灵雨既零，⑩命彼倌人⑪，星言夙驾，⑫说⑬于桑田。匪直⑭也人，秉心塞渊，騋牝三千。⑮

译文：

定星十月挂南空，楚丘动土筑新宫。测度日影定方位，楚丘造房正开工。栽种榛树和栗树，还有梓漆与椅桐，成材伐作琴瑟用。

登临漕邑废墟上，楚丘地势细眺望。观览楚丘和堂邑，测量山陵与高冈，走下田地看农桑。求神占卜显吉兆，结果必然合期望。

好雨夜间已落停，吩咐驾车小倌人，天晴早早把车赶，歇在桑田劝农耕。他是正直有为人，内心踏实有韬略，良马三千多如云。

注释：

①定：星名，叫营室。朱熹《诗集传》："此星昏而正中，夏正十月也。于是时，可以营制宫室，故谓之营室。"方中：正在天中。每年十月十五至十一月初这段时间，定星在黄昏时出现在正南天空，这时宜于定方位，古人多在这时建筑房屋。

②楚宫：楚丘的宫。楚：楚丘，在今河南滑县东、濮阳西。

③揆（kuí）：度量太阳升起和下山的位置来定方向。日：日影。古人建筑房屋，立竿测度日影以定方向。

④楚室：整齐的房室。

⑤榛、栗、椅、桐、梓、漆：皆树名。"榛栗"，这两种树的果实可供祭祀；"椅桐梓漆"，这四种树成材后都是制作琴瑟的好材料。

⑥虚：古"墟"字。指漕邑为墟，即荒废了。

⑦楚与堂：楚丘与堂邑。

⑧景山与京：大山与高丘。

⑨臧（zāng）：善，好。

⑩灵雨：好雨。既：既然，已经。零：落下。

⑪倌（guān）人：驾车的人。

⑫星：晴。《韩诗》："星，精也。"夙：早。此句言指天晴便早早上路。

⑬说（shuì）：通"税"，停止。

⑭匪直：不只。

⑮骕（lái）：七尺以上的马。牝（pìn）：母马。据《国语·齐语》记载，文公初到楚丘时，只有齐桓公给的三百匹马，后经多年经营，增至十倍以上，军事力量大为增强。

赏析：

《毛诗序》："《定之方中》，美卫文公也。卫为狄所灭，东徙渡河，野处漕邑。齐桓公攘戎狄而封之。文公徙居楚丘，始建城市而营宫室，得其时制，百姓说（悦）之，国家殷富焉。"《笺》："《春秋》闵公二年冬，狄人入卫，卫懿公及狄人战于荥泽而败，齐桓公迎卫之遗民渡河，立戴公，以庐于漕。戴公立一年而卒。鲁僖公二年（公元前658年），齐桓公城楚丘而封卫，于是文公立而建国焉。"在民族危急关头，文公不怕挫败，克勤克俭，发展经济，注重教育，任用贤能，终于使卫国重新振作起来，得到了卫人的拥戴。这首诗赞颂文公迁都楚丘重建卫国的业绩，刻画了一个深谋远虑、励精图治的统治者形象，叙事虽极质朴，却自有其感人处。

蝃 蝀

蝃蝀[1]在东，莫之敢指。女子有行[2]，远父母兄弟。

朝隮[3]于西，崇朝[4]其雨。女子有行，远兄弟父母。

乃如之人[5]也，怀昏姻也。[6]大无信也，[7]不知命[8]也。

译文：

一道彩虹出东方，没人胆敢将它指。一个女子出嫁了，远离父母和兄弟。

朝虹出现在西方，整早都是雨蒙蒙。一个女子出嫁了，远离兄弟和父母。

这样一个恶女子，破坏婚姻好礼仪！无视礼教与贞信，父母之命不依从！

注释：

①蝃蝀（dì dōng）：彩虹。“蝃”一作“螮”。古人认为虹是天地阴阳之气不当交合而交合后产生的，是天地的淫气。所以人在男女关系上有非礼行为则虹气盛。古人认为虹带淫气，故对它有所忌讳，不敢用手指它。

②行：出嫁。这里指女子私奔。王先谦《诗三家义集疏》：“行，嫁也。奔而曰‘有行’者，先奔而后嫁。”

③隮（jī）：一说升云，一说虹。

④崇朝（zhāo）：终朝，整个早晨，指从日出到吃早餐的时候。

⑤乃如之人：像这样的人。

⑥怀：古与“坏”通用，败坏，破坏。昏姻：婚姻。也：助词。

⑦大：太。信：贞信，贞节。此句意指无视礼教贞洁规制。

⑧不知命：不知父母之命。

赏析：

《毛诗序》：“《蝃蝀》，止奔也。卫文公能以道化其民，淫奔之耻，国人不齿也。”《后汉书·杨赐传》：“有虹蜺昼降于嘉德殿前，赐书对曰：‘今殿前之气，应为虹蜺，皆妖邪所生，不正之象，诗人所谓蝃蝀者也。’”这是一首对某个私奔女子的讽刺诗，意在谴责她不按婚配之道行事。以今天的观点看来，女主人公只是想争取婚姻自由，并没有什么太大的罪过，此诗反倒体现了她的反抗精神。

相　鼠

相鼠有皮，人而无仪①。人而无仪，不死何为？
相鼠有齿，人而无止②。人而无止，不死何俟③？
相鼠有体，人而无礼。人而无礼，胡不遄④死？

译文：

看那老鼠尚有皮，做人反倒没威仪。人既没有威仪，为何还不去死？

看那老鼠尚有齿，做人行为无节制。人既没有德行，不去死等什么？

看那老鼠尚有体，做人反倒不守礼。人既不知礼义，不如赶快去死？

注释：

①仪：威仪，使人尊敬的仪表。

②止：容止，行动的所止，指遵守礼法，不违背礼仪。

③俟（sì）：等待。

④遄（chuán）：快。

赏析：

这诗的解释有二。一是《毛诗序》："《相鼠》，刺无礼也。卫文公能正其群臣，而刺在位，承先君之化，无礼仪也。"二是《诗三家义集疏》："鲁说曰：'妻谏夫也。'"《白虎通·谏诤篇》："妻得谏夫者，夫妇一体，荣耻共之。《诗》曰：'相鼠有体，人而无礼，胡不遄死。'此妻谏夫之诗也。"两种说法皆有道理。翻开卫国的史册，在位者卑鄙龌龊的勾当太多，如州吁弑兄桓公自立为卫君，宣公强娶太子伋未婚妻为妇，宣公与宣姜合谋杀太子伋，惠公与兄黔牟为争位而开战，昭伯与后母宣姜乱伦等，诸多恶事令人发指。

此篇三章重叠，以鼠起兴，反复类比，逐渐深入。每章四句皆押韵，并且二、三句句意重复，末句又反诘进逼，讽刺力量更强。

干旄

孑孑干旄，[1]在浚[2]之郊。素丝纰之，[3]良马四之。[4]彼姝者子，何以畀[5]之。

孑孑干旟[6]，在浚之都[7]。素丝组之，良马五之。彼姝者子，何以予之。

孑孑干旌[8]，在浚之城。素丝祝[9]之，良马六之。彼姝者子，何以告[10]之。

译文：

牛尾之旗飘扬高，人马来到浚邑郊。素丝束束理分明，良马四匹礼奉上。那位忠顺的贤士，你凭什么担重任？

鹰纹大旗飘扬高，人马来到浚城都。束帛层层堆得好，良马五匹选得妙。那位忠顺的贤士，你用什么来报答？

鸟羽旗帜飘扬高，人马来到浚城里。束帛捆捆堆成山，良马六匹真不少。那位忠顺的贤士，有何良策来回报？

注释：

①孑孑（jié jié）：高耸突出的样子。干旄（máo）：以牦牛尾饰旗杆，树于车后，以状威仪。干：旗杆。旄牛即为牦牛。

②浚（jùn）：卫国城邑，故址在今河南浚县。

③素丝：白丝，一说束帛。纰（pí）：连缀，束丝之法。在衣冠或旗帜上镶边。

④良马四之：四匹好马，用以赠送贤者的礼物。王先谦《诗三家义集疏》："四马，大夫以备赠遗者。下文或五或六，随所见言之，不专是自乘。……以马赠遗。古有是礼也。"

⑤畀（bì）：给予。

⑥旟（yú）：画有鹰隼纹饰的旗。

⑦都：古时地方的区域名。《毛传》："下邑曰都。"

⑧旌（jīng）：上用野鸡毛装饰的旗。

⑨祝：连接。

⑩告（gǔ）：作名词用，忠言也。一说同"予"。

赏析：

这首诗的主旨，从《毛诗序》到朱熹，直至清代大多数解诗家，一直认为是赞美卫文公招贤纳士、复兴卫国。此说法较为稳妥。但因为《静女》《东方之日》中"姝者"都是称女子，而这首诗指贤者，清人姚际恒对此提出了怀疑。今有人认为这首诗是写一个贵族青年到未婚妻家去行聘礼的场面。总体而言，还是第一种说法更为妥帖。

此诗全用赋体，采用重章叠句的结构，“在浚之郊”“在浚之都”“在浚之城”，由远而近；而“何以畀之”“何以予之”“何以告之”，用疑问句代陈述句，更显其能。

载 驰

载驰载驱，归唁卫侯。[1]驱马悠悠[2]，言至于漕[3]。大夫跋涉，[4]我心则忧。

既不我嘉[5]，不能旋反[6]。视尔不臧，[7]我思不远[8]。既不我嘉，不能旋济[9]。视尔不臧，我思不閟[10]。

陟彼阿丘[11]，言采其蝱[12]。女子善怀，亦各有行[13]。许人尤之，[14]众[15]稚且狂。

我行其野，芃芃[16]其麦。控[17]于大邦，谁因谁极？[18]大夫君子，无我有尤。百尔所思，不如我所之[19]。

译文：

驾起轻车急驰骋，赶将回去悼卫侯。挥鞭赶马路遥远，到达漕邑时未久。许国大夫跋涉来，阻我行程令我愁。

既然不肯赞同我，焉能返身回许地。视尔皆无良国策，心怀宗国难舍弃。既然无人赞同我，亦难渡河归故里。视尔皆无良国策，我的思路不闭塞。

登高来到那山冈，采摘贝母治愁肠。女子心柔善怀恋，亦有坚定好主意。许国诸君责难我，实在稚愚又狂妄。

我在田野缓缓行，垄上麦子密密长。欲赴大国去陈诉，谁可依靠能相帮？许国大夫君子们，不要对我生尤怨。尔等纵有千条计，不如亲自跑一遭。

注释：

①唁（yàn）：向死者家属表示慰问。卫侯：旧说指卫戴公。据胡承珙《毛诗后笺》考证应指卫文公，因为戴公立仅一月就死了。此处不仅是哀悼卫侯，还有凭吊宗国危亡之意。

②悠悠：遥远。

③漕：卫国邑名。当时卫被狄破灭后，遗民安顿于此。

④大夫跋涉：许国大夫长途跋涉来阻拦她。大夫：指许国赶来阻止许穆夫人去卫的许臣。

⑤嘉：赞许。

⑥旋反：指回转许国。

⑦视：表示比较。臧：好，善。意指对方无能，无治国良策。

⑧远：摆脱。

⑨济：止。

⑩閟（bì）：同“闭”，闭塞不通。

⑪阿丘：有一边偏高的山丘。

⑫蝱（méng）：贝母药。采蝱治病，喻设法救国。

⑬行：指道理、准则，一说道路。

⑭许人：许国的人们。尤：责怪。之：代指许穆夫人。

⑮众：通“终”，既是。

⑯芃芃（péng péng）：茂盛的样子。

⑰控：往告，赴告。

⑱因：亲也，依靠。极：至，指来援者的到达。此句意指无人能帮手援助。

⑲之：往，指行动。

赏析：

据《左传·闵公二年》载，此诗为许穆夫人所作。许穆夫人为卫公子顽与其后母宣姜私通所生，后嫁到许国为穆公夫人。约十年后，狄人灭卫，卫懿公战死，其遗民在宋人帮助下暂居漕邑，并立新君戴公。一月后，戴公卒，文公立。许穆夫人闻讯后立即赶赴漕邑吊唁，并计划向大国求援。由于许人不支持她这些行动，所以她在这首诗中表示了自己的愤懑，一个有胆有识的女诗人的爱国忧国的热情、失去亲人的悲痛和对许大夫的愤怒都表现得淋漓尽致。

卫　风

《卫风》是卫国的诗，共十篇。

淇　奥

瞻彼淇奥，①绿竹猗猗。②有匪③君子，如切如磋，如琢如磨。④瑟兮僩兮，⑤赫兮咺兮。⑥有匪君子，终不可谖⑦兮。

瞻彼淇奥，绿竹青青。有匪君子，充耳琇莹，⑧会弁如星。⑨瑟兮僩兮，赫兮咺兮。有匪君子，终不可谖兮。

瞻彼淇奥，绿竹如箦⑩。有匪君子，如金如锡⑪，如圭如璧。宽兮绰⑫兮，猗重较兮。⑬善戏谑兮，不为虐兮。

译文：

看那淇水湾畔，绿竹婀娜多姿。君子文采斐然，学问切磋更精湛，品德琢磨更良善。神态庄重胸怀广，地位显赫显威严。文采斐然的君子啊，一见便难忘记。

看那淇水湾畔，绿竹袅娜繁盛。君子文采斐然，美丽良玉垂耳边，宝石镶帽如星闪。神态庄重胸怀广，地位显赫更威严。文采斐然的君子啊，终究不能忘记。

看那淇水湾畔，绿竹葱茏一片。君子文采斐然，才学精如金锡，操行美如圭璧。宽宏大量真旷达，登车凭荷驰向前。谈吐幽默真风趣，待人宽厚无人怨。

注释：

①瞻彼：看那。淇：淇水，源出河南林县，东经淇县流入卫河。奥（yù）：水边弯曲处。

②绿竹：一说绿为王刍，竹为扁蓄。猗猗（ē ē）：长而美，茂盛的样子。猗：通“阿”。

③匪：通“斐”，文采。

④切、磋、琢、磨：均指文采好，有修养。治骨曰切，治象牙曰磋，治玉曰琢，治石曰磨。切磋，本义是加工玉石骨器，引申为讨论研究学问。琢磨，本义是玉石骨器的精细加工，引申为学问道德上钻研深究。此二句意指君子品貌端方，文采斐然。

⑤瑟：庄严貌。僩（xiàn）：宽大貌。兮：语气助词，下同。

⑥赫：威严貌。咺（xuān）：有威仪貌。

⑦谖（xuān）：忘记。

⑧充耳：挂在冠冕两旁的饰物，下垂至耳，一般用玉石制成。琇（xiù）：宝石。莹：光彩。

⑨会弁（kuài biàn）：鹿皮帽接合处。会：一种束发的小型冠冕，上有缝，可饰以玉。弁：鹿皮帽。朱熹云：“弁，皮弁也。以玉饰皮弁之缝中，如星之明也。”

⑩箦（zé）：同“积”，郁积。

⑪如：如同。金、锡：黄金和锡，一说铜和锡。闻一多《风诗类钞》主张为铜和锡，还说：“古人铸器的青铜，便是铜与锡的合金，所以二者极被他们重视，而且每每连称。”

⑫绰：旷达。一说柔和貌。

⑬猗：通“倚”。重（chóng）较：车厢上供人扶靠的两重横木。装此类横木的车辆一般为古代卿士所乘。

赏析：

《毛诗序》：“《淇奥》，美武公之德也。有文章，又能听其规谏，以礼自防，故能人相于周，美而作是诗也。”据闻，武和晚年九十多岁了，还是廉洁从政，宽容别人的批评，接受别人的劝谏，因此很受人尊敬，别人作了这首《淇奥》来赞美他。不过在其他古书中未找到确证，总体而言，本诗赞美的是一个文采斐然的贵族君子。诗中以淇水岸边葱郁的修竹起兴，用切磋琢磨等具体工序比喻君子学问品德上的精益求精，用金锡圭璧等美好事物比喻君子品质的精纯，表现了诗人丰富的联想，其句经典，成为后人形容治学的名言。

考槃

考槃在涧，①硕人之宽。②独寐寤言，③永矢弗谖。
考槃在阿④，硕人之薖⑤。独寐寤歌，永矢弗过。⑥
考槃在陆⑦，硕人之轴⑧。独寐寤宿，永矢弗告⑨。

译文：

筑成木屋山涧间，贤者居住天地宽。独眠独醒独自言，此中乐趣不可言。

筑成木屋山坡旁，贤者居如安乐窝。独眠独醒独自歌，绝不走出这山阿。

筑成木屋在高原，贤者在此独盘桓。独眠独醒自悠闲，个中真意不可言。

注释：

①考槃（pán）：盘桓之意，指避世隐居。一说指扣盘而歌。考：构筑，建成。槃：架木为屋。在：位于。涧：山间流水的沟。

②硕人之宽：隐士宽阔的居处。硕人：大人，美人，贤人，隐士。本指形象高大丰满的人，不仅指形体而言，更主要指人道德高尚。此指隐者。宽：心宽。一说貌美。

③独寐寤言：指独睡独醒，不与人交往。寤：睡醒。寐：睡着。

④阿（ē）：山的曲隅。一说山坡。

⑤薖（kē）：同“窠”，貌美，引申为心胸宽大。一说同“窝”，指隐士的柴屋。

⑥永矢弗过：永远不复入君之朝。一说永不过问世事。

⑦陆：高平之地。一说土丘。

⑧轴：本义为车轴，此处指中心。一说明智，或说进展，或说美好的样子，或说盘桓不行貌。《列女传·母仪》："服重任，行远道，正直而固者，轴也。"

⑨弗告：不以此乐告人。一说为不哀告，不诉苦。

赏析：

历代学者一般认为此诗为赞美隐士而作。《毛诗序》认为这首诗是讽刺卫庄公不用贤人。朱熹《诗集传》则认为此诗是赞美"贤者隐处涧谷之间"。据载，孔子曾经说过："吾于《考槃》见士之遁世而不闷也。"孔子看到的也只是隐士避世的乐趣。

全诗分三章，每章一韵。全诗以山涧小屋与独居的人心境对照，木屋虽小，却感觉天地之宽。因环境甚美，留恋不出，尤其是"独寐寤言"的勾勒，将隐士生活在山水间的畅快自由表露无遗。

硕　人

硕人其颀，[1]衣锦褧衣。[2]齐侯之子，卫侯之妻，东宫[3]之妹，邢侯之姨，谭公维私。[4]

手如柔荑[5]，肤如凝脂，领如蝤蛴，[6]齿如瓠犀[7]，螓首蛾眉。[8]巧笑倩[9]兮，美目盼[10]兮。

硕人敖敖[11]，说于农郊。四牡有骄，朱帻镳镳，[12]翟茀[13]以朝。大夫夙退，无使君劳。

河水洋洋，北流活活，[14]施罛涉涉，[15]鳣鲔发发，[16]葭菼揭揭。[17]庶姜孽孽，[18]庶士有朅。[19]

译文：

好个修美的女郎，麻纱罩衫锦绣裳。她是齐侯的爱女，卫侯的新娘，太子的胞妹，邢侯的小姨，谭公又是她姊夫。

手似春荑好柔嫩，肤如凝脂甚白润。脖颈好似蝤蛴细，贝齿若瓠齐圆白，额角丰满眉细长，嫣然一笑动人心，美目顾盼摄人魂。

好个高挑的女郎，车歇郊野农田旁。看那四马多雄健，马嚼红绸随风扬，坐上华车驶朝堂。诸位大夫早退朝，今朝莫太劳君王。

黄河之水白茫茫，北流入海浪滔滔。撒下渔网哗哗动，鳣鲔跳跃进了网，两岸芦苇随风摆。陪嫁姑娘排成行，随从诸臣真雄壮！

注释：

①硕人：高大的美人。其：助词。颀（qí）：指高。

②衣锦：穿着锦衣，翟衣。褧（jiǒng）衣：妇女出嫁时御风尘用的麻布罩衣，即披风。

③东宫：太子居处。

④谭公维私：意指谭公是庄姜的姐夫。谭：春秋国名，在今山东历城。维，其。私：古时女子称其姊妹之夫。

⑤荑（tí）：白茅之芽。

⑥领：颈。如：如同。蝤蛴（qiú qí）：天牛的幼虫，黄白色，身长足短，呈圆筒形。

⑦瓠犀（hù xī）：指瓠瓜的子，因排列整齐，色泽洁白，所以常用来比喻美人的牙齿。

⑧螓（qín）：以蝉而小，头宽广正方。螓首：形容前额丰满开阔。蛾眉：蚕蛾的触角，细长而曲。

⑨倩：笑靥美好貌。

⑩盼：望，指眼波流动。一说眼睛黑白分明。

⑪敖敖：修长貌。

⑫朱幩（fén）：用红绸布缠饰的马嚼子。幩：帛绢，用在马口上，使不汗。镳镳（biāo biāo）：盛美貌。镳：本义马嚼子，指马口中所衔铁具露出在外的部分。

⑬翟茀（dí fú）：以雉羽为饰的车帷。翟：山鸡。茀：车篷。

⑭北流：指黄河在齐、卫间北流入海。活活（guō guō）：水流声。

⑮施：设。罛（gū）：大鱼网。涉涉（huò huò）：撒网入水声。

⑯鳣（zhān）：鳇鱼。鲔（wěi）：鲟鱼。发发（bō bō）：鱼尾击水之声。一说形容鱼多。

⑰葭菼（jiā tǎn）：初生的芦苇和荻。揭揭（jiē jiē）：长貌。

⑱庶姜：指随嫁的姜姓众女。孽孽（niè niè）：盛饰貌。

⑲士：从嫁的媵臣。朅（qiè）：勇武貌。此句夸赞随嫁媵臣勇武雄壮。

赏析：

《毛诗序》云："《硕人》，闵庄姜也。庄公惑于嬖妾，使骄上僭，庄姜贤而不答，终以无子，国人闵而忧之。"据《左传》隐公三年："卫庄公娶于齐东宫得臣之妹，曰庄姜，美而无子，卫人所为赋《硕人》也。"此为《硕人》一诗之来由，《毛诗序》袭用而加一"闵"字，已非诗之本意，而后儒据《列女传·女仪篇》谓为庄姜之傅母所作，则流于穿凿附会。方玉润《诗经原始》："《硕人》，颂庄姜美而贤也。……诗发端不曰'硕人其颀'乎？夫所谓硕人者，有德之尊称也。曾谓妇之不贤而可谓之硕人乎？故题眼既标，下可从旁模（摹）写，极意铺陈，无非为此硕人生色。"

诗人在叙事铺陈的同时，运用恰如其分的比喻，以白描的手法，生动传神地刻画出一个贵族美人的形象，被后人誉为千古绝唱。

氓

氓之蚩蚩，①抱布贸丝。②匪来贸丝，来即我谋。送子涉淇③，至于顿丘④。匪我愆期，⑤子无良媒。将⑥子无怒，秋以为期。

乘彼垝垣，⑦以望复关⑧。不见复关，泣涕涟涟。既见复关，载⑨笑载言。尔卜尔筮，⑩体无咎言。⑪以尔车来，以我贿迁。⑫

桑之未落，其叶沃若。⑬于嗟鸠兮，⑭无食桑葚。于嗟女兮，无与士耽⑮。士之耽兮，犹可说⑯也。女之耽兮，不可说也。

桑之落兮，其黄而陨。⑰自我徂尔⑱，三岁食贫⑲。淇水汤汤⑳，渐车帷裳。㉑女也不爽㉒，士贰㉓其行。士也罔极㉔，二三其德。

三岁为妇，靡室劳矣。夙兴夜寐，靡有朝矣。言既遂矣，至于暴矣。兄弟不知，咥其笑矣。[25]静言思之，躬自悼矣。

及尔偕老，老使我怨。[26]淇则有岸，隰则有泮。[27]总角之宴，[28]言笑晏晏[29]。信誓旦旦[30]，不思其反。反是不思，亦已焉哉。[31]

译文：

那年你憨厚老实，怀抱布匹来换丝。其实不是真换丝，找个机会谈婚事。送君渡过淇水岸，一直送到顿丘旁。非我拖延不肯嫁，因君未找好媒人。请君莫要太生气，到了秋天来迎娶。

登上那倒塌残垣，遥向那复关凝望。未见到盼望之人，眼泪簌簌掉下来。见到你从复关来，又说又笑喜洋洋。你去卜卦求神仙，卜筮结果很吉利。你用车驾来迎娶，带上嫁妆嫁给你。

桑叶未落之时，叶片柔润光泽。唉那些斑鸠呀，不要贪吃桑葚。啊年轻的姑娘呀，不要沉溺情网。男子沉迷，尚可脱身。女子沉溺，再难摆脱。

桑树落叶之时，叶片枯黄委顿。自从嫁到你家，多年来忍受贫苦。淇水啊波涛滚滚，溅湿了那遣归车上的布幔。我本无行差踏错，而你却前后两样。男人心思不可测，三心二意无准则。

婚后多年守妇道，繁重家务颇辛劳。起早睡迟，朝朝如此。汝愿已尝，日渐凶暴。兄弟不知内情，时常讥笑于我。静下心来细细想，只能独自为己伤。

本想与你共偕老，而今徒然使我怨。淇水滔滔终有岸，漯河虽宽亦有尽。回想少时多欢乐，谈笑之间露温柔。海誓山盟犹在耳，怎料你会违誓言。莫再回想背弃事，既已作罢莫再提！

注释：

①氓（méng）：据《说文》“氓，民也。”本义为外来的百姓，这里指自彼来此之民，男子的代称。之：助词。蚩蚩（chī chī）：通“嗤嗤”，戏笑貌。一说憨厚、老实的样子。

②贸：交易。抱布贸丝是以物易物。

③淇：淇水，源出中国河南省淇山，流入卫河。

④顿丘：地名，今河南濮阳市清丰县。

⑤愆（qiān）：过失，过错，这里指延误。此句意为并非我要拖延约定的婚期而不肯嫁，是因为你没有找好媒人。

⑥将：请。

⑦乘：登上。彼：那。垝垣（guǐ yuán）：倒塌的墙壁。

⑧复关：地名，氓所居地。

⑨载（zài）：动词词头，无实际意义。

⑩尔：你。卜：烧灼龟甲的裂纹以判吉凶。筮（shì）：用蓍草占吉凶。

⑪体：指龟兆和卦兆，卜卦的结果。无咎言：就是无凶卦。咎言：不吉的话。

⑫贿：财物，指嫁妆。以上四句是说你从卜筮看一看吉凶吧，只要卜筮的结果好，你就打发车子来迎娶，并将嫁妆搬去。

⑬沃若：润泽貌。以上二句以桑的茂盛时期比自己恋爱满足，生活美好。

⑭于：通"吁"，此处与嗟皆表感慨。鸠：斑鸠。传说斑鸠吃桑葚过多会醉。

⑮耽（dān）：迷恋，沉溺，过度享乐。

⑯说：通"脱"，摆脱。

⑰黄：变黄。陨（yǔn）：坠落，掉下。这里用黄叶落下喻指女子年老色衰。

⑱徂（cú）尔：嫁到你家。徂：往。

⑲食贫：过贫穷的生活。

⑳汤汤（shāng shāng）：水势浩大的样子。

㉑渐（jiān）：沾湿。帷裳（wéi cháng）：车旁的布幔。以上两句是说被弃逐后渡淇水而归。

㉒爽：差错。

㉓贰：不专一，有二心。

㉔罔极：无常，没有定准，不可测。

㉕咥（xì）：大笑貌。以上两句是说兄弟还不晓得我的遭遇，见

面时都讥笑我啊。

㉖“及尔”二句：当初曾相约和你一同过到老，而今偕老之说不过是徒然使我怨恨罢了。

㉗隰（xí）：水名，即漯河，黄河的支流，流经卫国境内。泮（pàn）：通“畔”，水边，边岸。承上文，水流必有畔岸，喻意凡事都有边际，而自己愁思无尽。言外之意，如果和这样的男人偕老，那就苦海无边了。

㉘总角：古时儿童两边梳辫，指童年时代。之：助词。宴：欢乐。

㉙晏晏（yàn）：欢乐，和悦的样子。

㉚旦旦：诚恳的样子。

㉛已：了结，终止。焉哉（zī）：语气词连用，加强语气，表示感叹。末句意为算了吧！

赏析：

这诗的解释有二。一是《毛诗序》：“《氓》，刺时也。宣公之时，礼义消亡，淫风大行，男女无别，遂相奔诱。华落色衰，复相弃背，或乃困而自悔，丧其妃耦，故序其事以风焉。美反正，刺淫泆也。”二是《诗三家义集疏》曰：“弃妇自悔恨之辞。”二说较合。

该诗叙事完整，层次分明，情节错落有致，生动感人。满怀深情的回忆，一腔悔恨的叙述，深有感触的告诫，愤愤不平的控诉，表现出一个勤劳勇敢、爱憎分明的女性形象。

竹　竿

籊籊[①]竹竿，以钓于淇。岂不尔[②]思，远莫致之。
泉[③]源在左，淇水在右。女子有行，远兄弟父母。
淇水在右，泉源在左。巧笑之瑳[④]，佩玉之傩[⑤]。
淇水滺滺[⑥]，桧楫松舟。[⑦]驾言出游，[⑧]以写[⑨]我忧。

译文：

竹竿青青细又长，执竿垂钓淇水旁。难道我不思故乡？路途遥远愿难偿。

泉源汩汩左边流，淇水荡荡右边走。姑娘出嫁到异国，远离家人心头忧。

淇水荡荡右边走，泉源汩汩左边流。强颜欢笑露犀齿，行伴佩玉琳琅响。

淇水不尽情悠悠，桧木为桨松为舟，驾起小船且出游，稍解心头思乡愁！

注释：

①籊籊（dí dí）：长而尖貌。

②尔：淇水，借指故乡。

③泉：指百泉，在卫的西北方向，东南流入淇水。

④瑳（cuō）：玉色鲜白，这里指露齿巧笑状。

⑤傩（nuó）：通“娜”，婀娜。一说行动有节奏的样子。

⑥滺滺（yōu yōu）：古同“浟”，水流动的样子。

⑦桧楫：用桧木做的船桨。松舟：用松木做的船。

⑧驾：本意是驾车，这里是操舟。言：语气助词，相当“而”字。此句意为驾船出游。

⑨写（xiè）：通“泻”，宣泄，排解。

赏析：

《毛诗序》：“《竹竿》，卫女思归也。适异国而不见答，思而能以礼者也。”又《诗三家义集疏》的编者王先谦说：“愚按：古之小国数十百里，虽云异国，不离淇水流域。前三章卫之淇水，末章则异国之淇水也。”又方玉润《诗经原始》：“《竹竿》，卫女思归也。”“无端而念旧。……盖其局度雍容，音节圆畅，而造语之工，风致嫣然，自足以擅美一时。”

诗大意是写卫女嫁到异国，回想幼时淇水边垂钓嬉戏之乐，恍如昨日之事，而今已不可复得。全篇简妙而颇有风致，感情真挚，读之令人怅然。

芄　兰

芄兰之支，[①]童子佩觿[②]。虽则佩觿，能不我知。容兮遂兮，[③]垂带悸[④]兮。

芄兰之叶，童子佩韘[⑤]。虽则佩韘，能不我甲[⑥]。容兮遂兮，垂带悸兮。

译文：

芄兰枝上结尖荚，小小童子佩角锥。虽然你已佩角锥，但不解我情旖旎。容刀阳燧皆佩齐，颤颤悠悠饰带垂。

芄兰枝上叶弯弯，小小童子佩戴韘。虽然你已佩戴韘，与我一点不亲近。走起路来慢悠悠，摇摇摆摆腰带垂。

注释：

①芄（wán）兰：植物名，一名萝藦，蔓生，断之有白汁，嫩者可食，荚实倒垂如锥形。支：枝条。芄兰的荚实与觿都是锥形，很相像，故诗人触景生情，产生联想。

②觿（xī）：解结的用具，用象骨制，形如锥。童子佩戴，是成人的象征。

③容：佩刀。遂：取火用的铜镜，古称阳燧，今称火镜。据《礼记·内则》载，容、燧均为成人所佩。兮：语气助词。

④悸：本为心动，这里形容带下垂貌。

⑤韘（shè）：用玉或象骨制的钩弦用具，戴于右手拇指，射箭时用于钩弦拉弓，即扳指。

⑥甲：一作“狎”，戏，亲昵。一说为长。

赏析：

这诗的解释有二。一是《毛诗序》：“《芄兰》，刺惠公也。

骄而无礼，大夫刺之。”《笺》：“惠公以幼童即位，自谓有才能而骄慢于大臣，但习威仪，不知为政以礼。”此种说法不甚妥当。二是方玉润《诗经原始》：“《芄兰》，讽童子以守分也。”此说法也有些过。程俊英《诗经注析》则认为“这是一首讽刺贵族少年的诗”，相对而言较为妥当。诗以芄兰的枝叶起兴，以“能不我和”“能不我狎”点明诗旨，以对童子装模作样充成人的讽刺作结，富有情趣。

河 广

谁谓河①广，一苇杭之。②谁谓宋远，跂余望之。③

谁谓河广，曾不容刀④。谁谓宋远，曾不崇朝⑤。

译文：

谁说黄河宽又广？一袭芦筏就能航。谁说宋国很遥远？踮起脚尖就能望见。

谁说黄河宽又广？难以容纳小木船。谁说宋国很遥远？一个早晨就到对岸。

注释：

①河：指黄河。

②苇：用芦苇编的筏子。杭：通“航”。意指一袭芦筏即能渡过黄河。

③跂（qǐ）：同“企”，踮起脚尖。指距离近，踮脚即可见到。

④刀：通“舠”，指小船。

⑤崇朝：终朝，自旦至食时。形容时间之短。

赏析：

《毛诗序》：“《河广》，宋襄公母归于卫，思而不止，故作是诗也。”《笺》：“宋桓公夫人，卫文公之妹，生襄而出。襄公即位，夫人思宋，义不可往，故作诗以自止。”宋桓公夫人被出，出妇只能回娘家卫，不能归宋。《毛诗序》旧说当是归于卫国的卫文公之妹宋襄公之母，因为思念儿子，又不可违礼往见，故有此作。郑玄、孔颖达、朱熹均从毛氏之说。现代的研究者认为是客旅在卫的宋人，急于归家的思乡之作。全诗共两章，以设问为主，辅以排比、重叠，反复咏叹，表达身居异国的游子对故乡深切思念之情，颇为感人。

伯兮

伯兮朅兮，[①]邦之桀[②]兮。伯也执殳[③]，为王前驱。
自伯之东，首如飞蓬。岂无膏沐[④]，谁适为容？
其雨其雨，杲杲[⑤]日出。愿言思伯，甘心首疾。
焉得谖草[⑥]，言树之背[⑦]。愿言思伯，使我心痗[⑧]。

译文：

夫君高大且威猛，你是邦国的英雄。夫君力强执长殳，身为君王勇先锋。

自从夫君东行后，头发散乱像飞蓬。非是缺少香膏脂，为谁修饰我颜容？

日日盼天降下雨，却出太阳亮灿灿。一心想着我夫君，头痛欲裂也心甘。

哪里去找忘忧草？将它种在屋北面。一心想着我夫君，使我伤心病恹恹。

注释：

①伯：兄弟姐妹中年长者称伯，此处系指其丈夫。朅（qiè）：威武高大。兮：语气助词。

②桀，通“杰”，杰出的人。

③殳（shū）：古兵器，杖类，长丈二无刃。

④膏沐（gào mù）：古代妇女润发的油脂。

⑤杲杲（gǎo gǎo）：明亮的样子。

⑥谖（xuān）草：即萱草，亦称忘忧草。

⑦背：指北堂，后庭。

⑧痗（mèi）：病。

赏析：

《毛诗序》："《伯兮》，刺时也。言君子行役，为王前驱，过时而不反焉。"意思是说：理想的政治不应该使国人行役无度，以致破坏了他们的家庭生活。不过，"刺"在诗中并无根据，此种儒家政治理想却是符合诗中女主人公的愿望的。

在艺术构思上，全诗采用赋法，边叙事，边抒情。紧扣一个"思"字，思妇先由夸夫转而引起思夫，又因思夫致无心梳妆，进而头痛，乃至患了心病，感情层层加深。本想寄情于日月，可是天公偏不作美，反其道而行，将主人公细腻、微妙的内心世界展现于人前。

有狐

有狐绥绥，①在彼淇梁②。心之忧矣，之子无裳③。

有狐绥绥，在彼淇厉④。心之忧矣，之子无带⑤。

有狐绥绥，在彼淇侧。心之忧矣，之子无服。

译文：

狐狸慢慢地走，就在淇水石桥上。我的心里真忧愁，你的身上没衣裳。

狐狸慢慢地走，就在淇水浅滩上。我的心里真忧愁，你没腰带不像样。

狐狸慢慢地走，就在淇水河岸旁。我的心里真忧愁，你没衣服我心伤。

注释：

①有：助词。狐：一说狐比喻男性。绥绥：指独自行走。

②梁：河梁。河中垒石而成，可以过人，可用于拦鱼。

③裳（cháng）：下裳。

④厉：水深及腰，可以涉过之处。一说通"濑"，指水边沙滩。

⑤带：束衣的带子。实指衣服。

赏析：

《毛诗序》："《有狐》，刺时也。卫之男女失时，丧其妃耦焉。古者国有凶荒，则失礼而多婚，会男女之无夫家者，所以育人民也。"《毛诗序》以为是失时男女求偶之词，朱熹更坐实为有寡妇见鳏夫而欲嫁之，殊为可笑。细细体会诗意，实为妇人忧叹其出门在外的丈夫没有衣物。全文以狐起兴，反复咏叹，表达了妻子对丈夫的牵肠挂肚，无日不思，诸事皆虑，令人为之慨叹。

木　瓜

投我以木瓜[①]，报之以琼琚[②]。匪报也，永以为好也。

投我以木桃[③]，报之以琼瑶。匪报也，永以为好也。

投我以木李[④]，报之以琼玖。匪报也，永以为好也。

译文：

你将木瓜投赠我，我拿琼琚做回报。不是为了答谢你，珍重情意永相好。

你将木桃投赠我，我拿琼瑶做回报。不是为了答谢你，珍重情意永在心。

你将木李投赠我，我拿琼玖做回报。不是为了答谢你，珍重情意永不变。

注释：

①木瓜：植物名，落叶灌木或乔木，果实秋成熟，椭圆，有香气，经蒸煮或蜜渍后供食用。

②琼琚（jū）：指美玉。下文"琼玖""琼瑶"意同。

③木桃：指樝子。樝子似梨但味道酸涩。因此一说木桃即为桃子，因生于桃树，故称木。

④木李：即榠樝，与木瓜相似，比木瓜大，且色黄。

赏析：

这诗的解释有二。一是《毛诗序》：“《木瓜》，美齐桓公也。卫国有狄人之败，出处于漕，齐桓公救而封之，遗之车马器服焉。卫人思之，欲厚报之而作是诗也。”二是朱熹《诗集传》：“言人有赠我以微物，我当报之以重宝，而犹未足以为报也，但欲其长以为好而不忘耳。疑亦男女相赠答之辞，如《静女》之类。”《毛诗序》谓卫人美齐桓公救卫，欲厚报之。朱熹疑为男女相赠答之词，而辅广、姚际恒、崔述则认为是朋友寻常相赠之诗。细细体会诗义，似以朱说为佳。诗作开宗明义，色调明快，感情真挚热烈，自然流露，无矫饰之态。且善用重章叠句，一唱三叹，余音袅袅，传颂度很高。

王　风

《王风》共十篇。周公建立洛邑，是谓东都。后来幽王失掉西周，其子东迁洛邑，是谓东周。东周已经与诸侯国相似，所以迁居洛邑王城的诗称为王风，和诸侯国的诗一样。

黍　离

彼黍离离，①彼稷②之苗。行迈靡靡，③中心摇摇④。知我者谓我心忧，不知我者谓我何求。悠悠苍天，此何人哉！

彼黍离离，彼稷之穗。行迈靡靡，中心如醉。知我者谓我心忧，不知我者谓我何求。悠悠苍天，此何人哉！

彼黍离离，彼稷之实。行迈靡靡，中心如噎⑤。知我者谓我心忧，不知我者谓我何求。悠悠苍天，此何人哉！

译文：

昔日雄伟宗庙堂，今日唯余黍与稷。走上旧地脚步缓，心里无尽忧伤意。知我者，说我心忧；不知我者，问我有何求。悠悠无尽的苍天啊，这到底是谁的过错？

看那黍子一行行，高粱穗儿也在长。走上旧地脚步缓，心如醉酒般迷离。知我者，说我心忧；不知我者，问我有何求。悠悠无尽的苍天啊，是谁害我有家难回？

看那黍子一行行，高粱穗儿红彤彤。走上旧地脚步缓，心中如噎一般痛。知我者，说我心忧；不知我者，问我有何求。悠悠无尽的苍天啊，究竟何时才能归家。

注释:

①彼：那些。黍（shǔ）：黍子，北方的一种农作物，俗称黄米，煮熟后有黏性。离离：行列貌。

②稷（jì）：古代是非常重要的粮食作物，被当作百谷之长，但具体所指说法不一，一说为谷子，一说为高粱，一说为不黏的黍。

③行迈：行走。靡靡：行步迟缓的样子。

④摇摇：心神不安。

⑤噎（yē）：气逆不顺。

赏析:

《毛诗序》云："《黍离》，闵宗周也。周大夫行役，至于宗周（西周），过故宗庙宫室，尽为禾黍，闵周室之颠覆，彷徨不忍去，而作是诗也。"从作品情调来看，呼天抢地，感慨悲凉，确有几分国破家亡、流离失所之感，其置于《王风》之首，也颇得其意。但对此历来争议颇多，三家诗中韩、鲁说与毛说异，宋儒程颐更是大异。近人读诗，比较有代表性的有郭沫若在《中国古代社会研究》中将其定为旧家贵族悲伤自己的破产而作，余冠英《诗经选》中认为是流浪者诉述忧思，程俊英《诗经译注》认为是难舍家园说。虽然从诗文中无法确见其具体背景，但诗中所蕴含的那份因时世变迁所引起的忧思、深沉的家国忧患与人生感慨是无可争辩的，值得细加体味。

君子于役

君子于役，①不知其期②，曷至哉？鸡栖于埘③，日之夕矣，羊牛下来。君子于役，如之何勿思？

君子于役，不日不月，④曷其有佸⑤？鸡栖于桀⑥，日之夕矣，羊牛下括⑦。君子于役，苟⑧无饥渴！

译文:

夫君服役去远方，不知归期在何时，何时才能再相会？鸡已入窝歇，太阳渐西沉，牛羊山坡归。夫君服役在远方，教我如何不想他？

夫君服役去远方，遥遥无期日月长，如何才能再相聚？鸡栖于木桩，太阳渐西沉，牛羊山坡归。夫君服役在远方，唯愿无饥能饱食。

注释：

①于：往。役：服劳役。此句意指征夫前往服役。

②期：指服役的期限。

③埘（shí）：墙上挖洞做鸡窠。

④不日不月：没法用日月来计算时间。

⑤佸（huó）：会合。

⑥桀（jié）：木桩。

⑦括：同“佸”，相会，会集。

⑧苟：且，或许。一说但愿。

赏析：

方玉润《诗经原始》云：“《小序》谓‘刺平王’，伪《说》以为‘戍申者之妻作’，皆凿也。诗到真极，羌无故实，亦可自传。使三百诗人，篇篇皆怀讽刺，则于忠厚之旨何在？于陶情淑性之意义何存？……傍晚怀人，真情真境，描写如画，晋唐人田家诸诗，恐无此真实自然。”

诗中所描绘的是一幅田园牧归的寻常小景，而天边落日、地上牛羊鸡豚皆有归栖之地，唯独征人不归！对比之下，征妇倚门望归、怅然凄切的缱绻深情异常感人，景物与思妇皆寻常，却得无数人共鸣。

君子阳阳

君子阳阳，[①]左执簧[②]，右招我由房[③]。其乐只且！

君子陶陶[④]，左执翿[⑤]，右招我由敖[⑥]。其乐只且！

译文：

舞师喜洋洋，左手握笙簧，右手招我奏“由房”。心里爽极！

舞师乐陶陶，左手摇羽毛，右手招我舞“由敖”。快乐无边！

注释：

①君子：指舞师。阳阳：扬扬得意。

②簧：指笙，古代的乐器。笙以簧为舌。

③由房：房中之乐。一说通“游敖”，指游戏。《毛传》：“由，用也。国君有房中之乐。”胡承珙《毛诗后笺》：“由房者，房中，对庙朝言之。人君燕息时所奏之乐，非庙朝之乐，故曰房中。”

④陶陶：和乐貌。

⑤翿（dào）：即纛，羽毛做的扇形舞具。

⑥由敖：当为舞曲名。马瑞辰《毛诗传笺通释》：“敖，疑当读为骜夏之骜，《周官·钟师》：奏九夏，其九为骜夏。”

赏析：

这诗的解释有二。一是《毛诗序》：“《君子阳阳》，闵周也。相招为禄仕，全身远害而已。”《笺》：“禄仕者，可得禄而已，不求道行。”二是方玉润《诗经原始》：“盖三代贤人君子，多隐仕于伶官，以其得节礼乐，可以陶性情而收和乐之功。故或处一房之中，或侍遨游之际，无不扬扬自得，陶陶斯咏，有以自乐。”

周室东迁，礼崩乐坏，歌舞音乐也恰恰得以解放。诗中的“君子”与“我”，究竟是贵族老爷，还是乐官舞师，已难确证；但他们这时似乎都已忘记了身份，相召奏乐，互邀共舞，沉浸在音乐歌舞的快乐之中。

扬之水

扬①之水，不流束薪②。彼其之子，③不与我戍申④。怀哉怀哉，曷月予还归哉？

扬之水，不流束楚⑤。彼其之子，不与我戍甫。怀哉怀哉，曷月予还归哉？

扬之水，不流束蒲[⑥]。彼其之子，不与我戍许。怀哉怀哉，曷月予还归哉？

译文：

缓缓流动的水啊，冲不走捆束的柴薪。远方的人啊，不能与我同守申地长相伴。想念你啊想念你，何时我才能归故里？

缓缓流动的水啊，飘不起成束的荆条。远方的人啊，不能与我共卫甫国共辛劳。想念你啊想念你，何时我才能归故里？

缓缓流动的水啊，流不动成束的蒲柳。远方的人啊，不能与我同守许地共愁忧。想念你啊想念你，何时我才能归故里？

注释：

①扬：悠扬，水流缓慢无力的样子。一说水流激扬。

②束薪：成捆的柴薪，喻婚姻，在此指妻子。

③彼其之子：（远方的）那个人，指妻子。

④戍：守卫。申：古诸侯国名，在今河南唐河县，与下文的甫、许都在东周王畿附近。此句着重表示不能与之常相伴。

⑤束楚：成捆的荆条。

⑥蒲：蒲柳。

赏析：

方玉润《诗经原始》云：“经文明明言戍申、戍甫、戍许，而《序》偏云‘戍于母家’，致启《集传》忘仇逆理之论，是皆未尝即当日形势而一思之耳。夫周辙既东，楚实强盛。……则申、甫、许实为南服屏蔽，而三国又非楚敌，不得不戍重兵以相保守，然后东都可以立国。……平王此时不申、甫、许之是戍而何戍耶？……夫征调不均则劳逸异势，瓜代难必则生聚无期，不惟小民怨咨，亦足见秉国者之措置乖方，筹谋未善。”方玉润的论析周详公允，为有识之论。

本篇与《君子于役》同为征戍主题。役卒远戍边关，见流水而起思乡之情，感慨于夫妻分离，归乡无期，一唱三叹，似与《君子于役》此唱彼和，前呼后应。边关的流水、家乡的落日，映照出千百年来饱受战争徭役之苦的人民的辛酸，以及思念归家之情。

中谷有蓷

中谷有蓷①，暵②其干矣。有女仳离，③嘅其叹矣。嘅其叹矣，遇人之艰难矣。④

中谷有蓷，暵其脩⑤矣。有女仳离，条其歗矣。⑥条其歗矣，遇人之不淑矣。

中谷有蓷，暵其湿⑦矣。有女仳离，啜其泣矣。啜其泣矣，何嗟及矣。⑧

译文：

山谷中的益母草，天旱无雨将枯槁。有位女子遭厌弃，内心叹息又苦恼。内心叹息又苦恼，嫁人不淑受煎熬。

山谷中的益母草，天旱无雨将干涸。有位女子遭遗弃，抚胸长叹又悲啸。抚胸长叹又悲啸，嫁人不淑多苦恼。

山谷中的益母草，天旱无雨将委顿。有位女子遭离弃，抽噎哭泣泪不尽。抽噎哭泣泪不干，悔恨莫及空叹息。

注释：

①蓷（tuī）：益母草。

②暵（hàn）：干燥。

③仳（pǐ）离：离弃。仳：分别。意指妇女被夫家抛弃逐出。

④遇人：逢人，嫁人。艰难：不幸。《郑笺》：“有女遇凶年而见弃，与其君子别离，嘅然而叹，伤己见弃，其恩薄。所以嘅然而叹者，自伤遇君子之穷厄。”

⑤脩（xiū）：干肉，这里形容草干枯。

⑥条：指长。歗（xiào）：同“啸”，呼号，悲啸之声。此句意指被弃后抚胸悲啸，伤痛至极。

⑦湿：同“暱（qì）”，干燥。

⑧何嗟及矣：即“嗟何及矣”，后悔莫及之意。

赏析：

《中谷有蓷》是一首被离弃妇女自哀自悼的怨歌。只是《毛诗序》以为是“夫妇日以衰薄，凶年饥馑，室家相弃尔”。朱熹《诗集传》将其扩展开来，“凶年饥馑，室家相弃，妇人览物起兴，而自述其悲叹之辞也。”

弃妇之诗，还有《邶风·谷风》《卫风·氓》等，女主人公多于被弃之后或眷恋当年，缠绵而凄切；或痛责负心人，愤激而刚强。但本篇三章，从“遇人之艰难”到“遇人之不淑”以至“何嗟及矣”，痛切凄楚，只是一味悲叹自己命运不幸，所嫁非人，并无思前想后。或许她已是哭诉无门，除了命运之外，亦是无可怨怼。

兔爰

有兔爰爰[①]，雉离于罗。[②]我生之初，尚无为[③]，我生之后，逢此百罹[④]。尚寐无吪！[⑤]

有兔爰爰，雉离于罦[⑥]。我生之初，尚无造，我生之后，逢此百忧。尚寐无觉！

有兔爰爰，雉离于罿[⑦]。我生之初，尚无庸，我生之后，逢此百凶。尚寐无聪[⑧]！

译文：

野兔往来任逍遥，山鸡落网惨凄凄。我方出生时，世无战乱灾祸；可叹成年这岁月，各种苦难竟齐集。不如长睡但无言！

野兔往来任逍遥，山鸡落网悲戚戚。我方出生时，世无徭役灾祸；可叹成年这岁月，各种忧患都经历。不如长睡且闭眼！

野兔往来任逍遥，山鸡落网前途黯。我方出生时，世无劳役灾祸；可叹成年这岁月，各种灾祸来相逼。不如长睡未听闻！

注释：

①爰爰（yuán yuán）：同“缓缓”，解网放纵，逍遥自在。

②离：同“罹”，遭难，入网。罗：网。雉在古时为瑞应之象，凡社稷安宁，士女有节，家室和乐幸福，皆可与雉相联系。此句意为雉罹罗网，象征社稷不安，人民受苦。

③为：劳役。下文“造”“庸”意同。闻一多《风诗类钞》：“为、徭，古同字，为、造、庸，皆谓劳役之事。”

④罹：忧。

⑤尚寐：希望睡着。尚：希望。无：不。吪（é）：说话。

⑥罦（fú）：捕鸟网。

⑦罿（chōng）：捕鸟兽的网。

⑧无聪：无闻，听不见。

赏析：

方玉润《诗经原始》云：“诗人不幸遭此乱离，不能不回忆当初犹及见西京盛世，法制虽衰，纪纲未坏，其时尚幸无事也。迨东都既迁……而王纲愈坠，天下乃从此多故。……故不如长睡不醒之为愈耳。”此说法较为妥当。

此诗三章，回环叠咏，皆以雉兔之事取兴，咏东周王畿人民对社会生活的不满。周平王东迁之前，社会还较平静；东迁之后，王室失势，诸侯不朝，百种军政负担加重，小人得意，君子遭难，诗人愤愤不平，却又无可奈何，唯愿长睡不醒。

葛藟

绵绵葛藟，[1]在河之浒[2]。终远兄弟，[3]谓他人父。谓他人父，亦莫我顾[4]。

绵绵葛藟，在河之涘。终远兄弟，谓他人母。谓他人母，亦莫我有。

绵绵葛藟，在河之漘[5]。终远兄弟，谓他人昆。谓他人昆，亦莫我闻。

译文：

葛藤缠绕绵延长，根繁生在河湾旁。兄弟骨肉已离散，我独呼父心悲凉。我独呼父求人怜，也无别人把我管。

葛藤缠绕绵延长，根繁生在河岸旁。兄弟骨肉已离散，我独唤母心悲凉。我独唤母祈人悯，亦无别人将我养。

葛藤缠绕绵延长，根繁生在河滩旁。兄弟骨肉已离散，我独念兄心悲凉。我独念兄盼人助，亦也只当未听闻。

注释：

①绵绵：长不断绝。葛藟（lěi）：葛藤，蔓生植物。戴震《诗经补注》："《诗》七言葛藟，谓葛之藤蔓耳。古曰藟，今曰藤，古今语耳。"

②浒（hǔ）：水边。下文"涘（sì）""漘（chún）"意同。

③终：既。王引之《经义述闻》："终，犹既也。"远：离开，远离。此句意指兄弟骨肉离散。

④顾：看顾。此句意为并无其他人亲近我。下文"有""闻"意同，皆有亲爱之意。有：通"友"。闻：同"问"。王引之《经义述闻》："谓相恤问也。古字闻与问通。"

⑤漘（chún）：河岸，水边。

赏析：

这诗的解释有二。一是《毛诗序》："《葛藟》，王族刺平王也。周室道衰，弃其九族焉。"此只猜测之辞，无甚根据，与诗文内容亦不符。二是朱熹《诗集传》："世衰民散，有去其乡里家族而流离失所者，作此诗以自叹。言绵绵葛藟，则在河之浒矣。今乃终远兄弟而谓他人为己父，己虽谓彼为父，而彼亦不我顾，则其穷也甚矣。"此种解释更为恰当。

《葛藟》三章，回环叠咏，皆以"绵绵葛藟"起兴。旧云葛藟枝叶绵绵连属，有宗族之象，而此流浪之人，既无父母可依，又与兄弟离散，孤独无依，生计艰难，连葛藟都不如！该诗短短数句，将一个乱世离散的流浪者的悲哀，沉痛深切地刻画出来，反映了当时社会动荡给人民带来的痛苦。

采葛

彼采葛兮，一日不见，如三月兮。

彼采萧[①]兮，一日不见，如三秋[②]兮。

彼采艾[③]兮，一日不见，如三岁兮。

译文：

那个采葛的姑娘去了何方，一天没有见到她，好像隔了三月的时光。

那个采萧的姑娘去了何方，一天没有见到她，好像隔了三季的漫长。

那个采艾的姑娘去了何方，一天没有见到她，好像隔了三年的岁月。

注释：

①萧：植物名。蒿的一种，即艾蒿。有香气，古时用于祭祀。

②三秋：三个秋天，一个秋天三个月，三个秋天即九个月。

③艾：多年生草本植物，又名艾蒿，其茎可供药用和针灸之用。清姚际恒《诗经通论》云：“‘葛’‘月’，‘萧’‘秋’，‘艾’‘岁’，本取协韵。而后人解之，谓葛生于初夏，采于盛夏，故言‘三月’；萧采于秋，故言‘三秋’；艾必三年方可治病，故言‘三岁’。虽诗人之意未必如此，然亦巧合，大有思致。‘岁’‘月’，一定字样，四时而独言秋，秋风萧瑟，最易怀人，亦见诗人之善言也。”

赏析：

这诗的解释有二。一是《毛诗序》：“《采葛》，惧谗也。”《笺》：“桓王之时，政事不明，臣无大小，使出者则为谗人所毁，故惧之。”此意指周桓王政事不明，凡臣子有外出者，一日不见人君，就有被谗毁的危险，故惧之。此为穿凿附会。故姚际恒亦巧驳之：“必欲日日见君，方免于谗，则人臣之不被谗在几何！岂为通论。”二是方玉润《诗经原始》：“夫良友情亲，如同夫妇，一朝远别，不胜相思，此正交情浓厚处，故有三月、三秋、三岁之感也。”此意妥帖。

《采葛》为相思之辞。整篇三章，层层递进，回环叠咏，直言相思之苦。

大　车

大车槛槛，①毳衣如菼。②岂不尔思，畏子不敢。

大车哼哼③，毳衣如璊④。岂不尔思，畏子不奔⑤。

穀则异室，⑥死则同穴。谓予不信，有如皦日。⑦

译文：

大车行走声槛槛，青色毛衣似嫩菼。难道是我不想你？怕你畏缩不敢前。

大车前行声哼哼，红色毛衣色如璊。难道是我不想你？怕你胆怯不私奔。

生前不能在一室，死则同穴永不分。你若说我无诚信，皎皎白日证此心。

注释：

①大车：古代用牛拉货的车，一说古代贵族乘坐的车子。槛槛（kǎn kǎn）：车行声。

②毳（cuì）衣：车上蔽风雨的毡子。毳：细毛。如：如同。菼（tǎn）：初生的芦苇花，也叫荻，茎较细而中间充实，颜色青绿。此处以之比喻毳衣的青白色。

③哼哼（tūn tūn）：指车缓慢且沉重的声音。

④璊（mén）：赤色的玉。

⑤奔：私奔。

⑥穀（gǔ）：活着。异室：两地分居。此句意为生时不能在一起。

⑦皦（jiǎo）：同“皎”，明亮之意。有如皦日：意指白日可以为证。

赏析：

《毛诗序》云：“《大车》，刺周大夫也。礼义陵迟，男女淫奔，故陈古以刺今，大夫不能听男女之讼焉。”意为此诗是讽刺周大夫无能，古之大夫乘大车巡行邦国以审理男女婚讼，那些想私奔的人因害怕而不敢犯礼。此种说法过于牵强附会，颇不可信。《诗集传》解此诗：“周衰，大夫犹有能以刑政治其私邑者，故淫奔在畏而歌之如此。”此不取《诗序》“陈古刺今”之义，但赞美周大夫听讼而奔者畏之，仍不出《诗序》所谓“礼义”之大旨。也有说，此“周人从军，讯其家室之诗”者，亦备一说。

此为一篇悲歌，诗共三章，皆敷陈而直言之。前两章叠咏，埋怨意中人胆小，眼看其车驾从自己眼前走过，心中无限惆怅，埋怨他没有出奔的勇气。末尾指天誓日，表示了自己坚贞不渝的心志。

丘中有麻

丘中有麻，[①]彼留子嗟。[②]彼留子嗟，将其来施施。[③]

丘中有麦，彼留子国。彼留子国。将其来食。

丘中有李，彼留之子。彼留之子，贻我佩玖。[④]

译文：

坡上黄麻比肩高，刘家之子正当年。若是郎君情深切，请来与我结良缘。

坡上麦田密密排，刘家之子正可喜。若是郎君意缠绵，盼望再来赴野宴。

坡上李树绿荫浓，刘家之子正可亲。若是郎君有爱心，赠我佩玉定终身。

注释：

①丘：高坡之地。麻：其纤维可以织布、编物，用途甚广，尤为婚姻、婚礼所必备。意为高坡上生有黄麻。诗中麻、麦、李，皆用为爱情象征物。

②留子：应为刘氏之子。刘氏为当时周王朝一家贵族，世袭为大夫，有人封为公。据《毛诗传笺通释》："留、刘古通用。"诗中子嗟、子国、之子与《鄘风·桑中》之所言"孟姜""孟弋""孟庸"同一手法，均是刘氏一人数名。一说"嗟""国"皆为语气助词。

③将：请，愿。施施：高兴貌。一说为男女欢合之意。据闻一多《风诗类钞》："古书说'天施地生'，又说'阳施阴化'，就是这施字的正解。"此"施"两字叠用，疑衍一个施字。《颜氏家训·书证》："江南旧本即单为施。"意指请与我来结良缘。

④佩玖：古时男女青年佩戴的玉石饰物。男方多以赠女，为定情之物。玖：次于玉的黑石。此句意为赠送玉佩作为定情信物。

赏析：

关于《丘中有麻》这首诗，历代学者有三种解释。第一种观点认为是思贤之诗。如《毛诗序》："《丘中有麻》，思贤也。庄王不明，贤人放逐，国人思之而作是诗也。"第二种观点认为是私奔之诗。宋朱熹在《诗集传》中肯定此诗是"女子盼望与所私者相会"的情诗。第三种说法认为是招贤偕隐诗。而现代多数学者认为，《丘中有麻》是一首情诗。"将其来施"，此"施"即男女欢合之意；"将其来食"，此"食"乃情欲之食，作隐语；"贻我佩玖"，此"玖"乃定情信物。全诗用第一人称，坦率地咏唱与情人相会的急切心情和相会之后的满足与欣慰。

郑 风

《郑风》共二十一篇。郑，国名。初本在西周畿内咸林之地，在今陕西安华州，周宣王以封其弟友为采地。后为幽王司徒，死于犬戎之难，其子武公掘突，定平王于东都，亦为司徒。又得虢桧地，乃徙封于新邑，是为新郑，即河南开封府新郑县，即成皋、荥阳虎牢之地，以岩险闻天下，密迩东周，故次于《王风》。

缁 衣

缁衣之宜兮，①敝②予又改为兮。适③子之馆兮，还予授子之粲④兮。

缁衣之好兮，敝予又改造兮。适子之馆兮，还予授子之粲兮。

缁衣之蓆⑤兮，敝予又改作兮。适子之馆兮，还予授子之粲兮。

译文：

黑色官服多合体，破了再为改新衣。日至官舍勤公务，回来奉上丰盛餐。

黑色官服多漂亮，破了再为制新衣。日至官舍勤公务，回来奉上丰盛餐。

黑色官服多神气，破了再为做新衣。日至官舍勤公务，回来奉上丰盛餐。

注释：

①缁（zī）衣：黑衣。当时卿大夫到官署所穿的衣服。宜：合适。此句意指黑色官服合身。

②敝：破坏。“为”“造”“作”，这三者是随着衣服的破烂程度而说的，足见其关心。

③适：往。

④粲：形容新衣鲜明的样子。一说为“餐”的假借。

⑤蓆（xí）：同“席”，宽大舒适。古以宽大为美。

赏析：

方玉润《诗经原始》曾云：“美郑武公好贤，不然‘改衣’‘适馆’‘授粲’，此岂臣下施于君上哉？无论郑人不宜为此言，即周人亦不当出此词。”又说：“卿士旦朝于王，服皮弁，不服缁衣。”

《缁衣》三章句式基本相同，只有个别词语变化，在这种复沓回环中，把抒情主人公对夫君无微不至的体贴之情刻画得淋漓尽致，可见妻子在夫君新仕时的微妙心理：有喜悦，官服穿在丈夫身上最合适最神气；有祝福，希望丈夫官运亨通，仕途长久；有叮咛，希望夫君专心公务，恪尽职守；更有温情体贴，她将日日备好美食侍奉夫君。

将仲子

将仲子兮，①无踰我里，②无折我树杞③。岂敢爱之，畏我父母。仲可怀也，父母之言，亦可畏也。

将仲子兮，无踰我墙，无折我树桑。岂敢爱之，畏我诸兄。仲可怀也，诸兄之言，亦可畏也。

将仲子兮，无踰我园，无折我树檀④。岂敢爱之，畏人之多言。仲可怀也，人之多言，亦可畏也。

译文：

仲子哥啊你听我说，别翻越我家门户，别攀折我种的杞树。非是舍不得杞树，我是害怕父母怪责。仲子哥实是我牵挂，但父母的话也让我害怕。

仲子哥啊你听我讲，别翻越我家围墙，别弄折我种的绿桑。非是舍不得桑树，我是害怕兄长责备。仲子哥实是我牵挂，但兄长的话也让我畏惧。

仲子哥啊你听我言，别越过我家菜园，别折断我种的青檀。非是舍不得檀树，我是害怕邻人毁谗。仲子哥实是我牵挂，但邻人毁谗也让我不愉。

注释：

①将（qiāng）：愿，请。一说发语词。仲子：兄弟排行第二的称“仲”。兮：语气助词。

②踰：同“逾”，跨过。里：闾里。当是时，五家为邻，五邻为里，里外有墙。此句意指勿要翻越己家围墙。

③杞（qǐ）：杞柳，落叶乔木，像柳树，木质坚实。

④树杞、树桑、树檀：即杞树、桑树、檀树，倒文来押韵。

赏析：

关于此诗的背景，《毛诗序》认为是讽刺郑庄公的，朱熹《诗集传》认为“此淫奔之辞”。此两种观点皆不太妥帖。现代学者一般认为这是一位热恋中的少女在旧礼教的束缚下，用婉转的方式请情人不要前来相会的情诗。诗行中“仲子”的神情音容宛现：那试图逾墙来会的鲁莽，被劝止引发的不快，以及女主人公唯恐惊动父母、兄弟、邻居的犹豫，既爱又怕的情态，情中见景，俱可于诗中得之。

叔于田

叔于田，[①]巷[②]无居人。岂无居人，不如叔也，洵美且仁。[③]

叔于狩[④]，巷无饮酒[⑤]。岂无饮酒，不如叔也，洵美且好。

叔适野[⑥]，巷无服马[⑦]。岂无服马，不如叔也，洵美且武。

译文：

叔去打猎出了门，巷里空空似无人。难道真是无人住？没人能与叔相比，为人英俊又慈仁。

我叔出门去打猎，巷里无人在饮酒。真的没人在饮酒？什么人都不如叔，面容英俊又清秀。

我叔骑马去野外，巷里没人会骑马。真的没人会骑马？没人能够比过他，委实英俊又强壮。

注释：

①叔：古代兄弟次序为伯、仲、叔、季，年岁较小者统称为叔，此处指年轻的猎人。田：打猎。此句意为年轻的猎手外出打猎。

②巷：居里中的小路。

③洵（xún）：真正的，的确。此句意指叔为人温厚英俊。

④狩：冬天打猎。

⑤饮酒：这里指宴饮。

⑥野：郊外。

⑦服马：骑马之人。一说用马驾车。

赏析：

此诗的主旨背景，古今因对“叔”一词的不同理解，分为两派。一派认为“叔”是特指郑庄公之弟太叔段。《毛诗序》：“《叔于田》，刺庄公也。叔处于京，缮甲治兵，以出于田，国人悦而归之。”另一派认为“叔”非特指。朱熹《诗集传》：“疑此亦民间男女相悦之词。”今人多认为是赞美一位青年猎人的诗。

诗分三章，流畅中亦有起伏转折，运用设问、对比的艺术手法，人物形象呼之欲出，把完整的人格美——既有外在的俊美、潇洒、孔武，又有内在的仁慈与和善，还体现出男性的阳刚之美。

大叔于田

叔于田，乘乘①马。执辔如组，②两骖③如舞。叔在薮④，火烈具举。⑤襢裼暴虎，⑥献于公所。将叔无狃⑦，戒其伤女。

叔于田，乘乘黄。两服上襄，⑧两骖雁行⑨。叔在薮，火烈具扬。叔善射忌，又良御忌，抑磬控忌，⑩抑纵送⑪忌。

叔于田，乘乘鸨⑫。两服齐首，两骖如手⑬。叔在薮，火烈具阜。

叔马慢忌，叔发罕忌，抑释掤[14]忌，抑鬯[15]弓忌。

译文：

我叔打猎去郊外，四马一车真威武。手执缰绳如丝带，骖马奔驰似起舞。车马停在草场边，猎火齐燃兽路阻。袒身赤手搏猛虎，擒得兽王献公府。还请我叔莫大意，防备恶虎伤体肤。

我叔打猎去郊外，一车四马色金黄。驾辕两马头高昂，两边排列如雁行。车马停在草场边，火势熊熊烈焰扬。我叔弯弓如满月，驾车驭马技精良。忽而立马车急停，忽而纵马疾擒兽。

我叔打猎去郊外，四匹花马跑得快。驾辕两马齐头走，骖马两旁如手摆。车马停在草场边，火光炽炽扬天际。我叔信马悠悠走，箭矢少发兽不来。打开箭筒收起箭，宝弓装进弓囊袋。

注释：

①乘乘：乘坐四匹马拉的车。前一乘为动词，后为名词。

②辔（pèi）：驾驭牲口的嚼子和缰绳。组：织带平行排列的经线。此句意指驾者力大。

③两骖（cān）：驾车的四匹马中外两匹叫骖马。

④薮（sǒu）：低湿多草木的沼泽地带。

⑤火列：打猎时放火烧草，遮断野兽的逃路。烈：同“迾”。具：同“俱”。举：起。

⑥襢裼（tǎn tì）：脱衣袒身。暴虎：搏虎。暴：同“搏”。

⑦狃（niǔ）：复，习以为常。

⑧两服：驾车的四匹马中间的两匹叫服马。上襄：并驾于前。襄：同“骧”，奔马抬起头。

⑨雁行：骖马比服马稍后，排列如雁飞之行列。

⑩抑：发语词。磬控：弯腰如磬，勒马使缓行或停步。忌：语尾助词。

⑪纵送：放马奔跑。一说骋马曰磬，止马曰控，发矢曰纵，从禽曰送。皆言御者驰逐之貌。

⑫鸨（bǎo）：黑白杂色马。其色如鸨，故以鸟名马。
⑬如手：指驾马技术娴熟，如两手左右自如。
⑭释掤（bīng）：打开箭筒盖。
⑮鬯（chàng）：弓囊，此处用作动词。

赏析：

这诗的解释有二。一是《毛诗序》："《大叔于田》，刺庄公也。叔多才而好勇，不义而得众也。"又方玉润《诗经原始》："案此诗与前篇同为刺庄公纵弟游猎之作，但前篇虚写，此篇实赋，前篇私游，此篇从猎，而愈矜其勇也。"二是姚际恒《诗经通论》："篇中绝无刺庄公之意。"余冠英先生《诗经选》："这诗赞美一个贵族勇猛善猎，精于射箭和御车。"第二种说法更为恰当。

此篇可作为《叔于田》的姊妹篇来看，如果说《叔于田》是用虚拟的手法来颂扬男子的阳刚之美，那么《大叔于田》则是在打猎的具体行动中来显示男子的阳刚之美。诗中那风驰电掣的车马，烈焰烤天的大火，豕突狼奔的群兽，疾如飞蝗的羽箭，展现了一幅壮观而撼人心魄的图画，更显示了生命的雄豪和气势磅礴。

清　人

清人在彭，①驷介旁旁。②二矛重英，③河上乎翱翔。
清人在消，驷介麃麃④。二矛重乔⑤，河上乎逍遥。
清人在轴，驷介陶陶⑥。左旋右抽，⑦中军作好。⑧

译文：

清邑军队驻在彭，驷马披甲真雄壮。两矛装饰重璎珞，黄河边上似闲庭。

清邑军队驻在消，驷马披甲极威武。两矛装饰野鸡毛，黄河旁边自逍遥。

清邑军队驻在轴，驷马披甲疾如风。左转身子右拔刀，军中似已准备好。

注释：

①清人：指郑国大臣高克带领的清邑的士兵。清：郑国之邑，一说卫国邑名，在今河南省中牟县西。在：驻扎。彭：郑国地名，在黄河边上。下文的“消”“轴”，同为黄河边上的郑国地名。

②驷介：一车驾四匹马披甲。旁旁：同“彭彭”，强壮有力貌。

③二矛：酋矛、夷矛，插在车子两边。重（chóng）英：以朱羽为矛饰，二矛立于车上，遥遥相对，重叠相见。重：重叠。英：矛上的缨饰。

④麃麃（biāo biāo）：马威武貌。

⑤重乔：以双层羽为矛缨。乔：长尾野鸡，矛上装饰的雉羽。

⑥陶陶：马疾行貌。

⑦左旋右抽：御者在车左，执辔御马；勇士在车右，执兵击刺。旋：转车。抽：拔刀。

⑧中军：指军中统帅。作好：容好，指武艺高强。一说为做表面功夫，不是真要抗拒敌人。

赏析：

春秋时期，大小诸侯国之间攻伐兼并不绝于史。因高克带领的清邑部队不积极备战御敌，故郑国诗人作此诗以讽刺之。《笺》：“好利而不顾其君，注心于利也。御狄于竟，时狄侵卫。”据《毛诗序》所言，诗作者为郑公子素。

作者采用反复咏叹的手法，以增强诗歌的气势和表现力，每章的最后一句如画龙点睛，用“翱翔”“逍遥”“作好”等词来揭出本义，从而达到其讽刺的效果。

羔裘

羔裘如濡①，洵直且侯。②彼其之子，舍命不渝③。

羔裘豹饰④，孔武有力。彼其之子，邦之司直⑤。

羔裘晏[⑥]兮，三英粲[⑦]兮。彼其之子，邦之彦[⑧]兮。

译文：

穿着柔润羊皮袄，为人忠信又美好。他是这样一个人，肯舍生命保节操。

羔裘袖口镶豹皮，甚是勇武有力气。他是如此一个人，国中正道他敢言。

羔羊皮袄真鲜艳，三条丝穗甚耀眼。他是这般一个人，堪称国家贤能士。

注释：

①濡（rú）：润泽，形容羔裘柔软而有光泽。

②洵（xún）：诚然，的确。侯：美。此句意指为人忠信美好。

③渝：变。

④豹饰：用豹皮装饰皮袄的袖口。

⑤司直：主持直道。一说为官名，掌管劝谏、正人过失的官吏。

⑥晏：鲜明貌。

⑦三英：装饰袖口的三道豹皮镶边。英：裘饰。高亨《诗经今注》："古人的皮袄是对襟，中间两边各缝上三条丝绳，穿时结上，等于现在的纽扣，有一边的三条丝绳有穗，结后则垂下，即此处的三英。"

⑧彦：士的美称，指贤能之人。

赏析：

关于《羔裘》这首诗的主旨背景，主要有两种说法。一是《毛诗序》："《羔裘》，刺朝也。言古之君子，以风其朝焉。"意为赞古喻今，以赞美古代君子来讽喻当时的官员。二是朱熹《诗集传》，认为是郑人"美其大夫之辞"。姚际恒《诗经通论》也认为："此郑人美其大夫之诗，不知何指也。"总体看来，此说法更为妥当。全诗以羔裘之美托兴，美颂官吏的忠诚正直，坚持操守。

遵大路

遵大路兮，掺[①]执子之袪[②]兮。无我恶[③]矣，不寁故也。[④]

遵大路兮，掺执子之手兮。无我魗[⑤]兮，不寁好也。

译文：

沿着大路往前走，双手拽住你衣袖。千万不要嫌弃我，别忘故情把我丢。

沿着大路往前走，紧紧握住你的手。千万别嫌我貌丑，莫忘情好把我丢。

注释：

①掺（shǎn）：执，拉住。

②袪（qū）：袖口。

③无我恶（è）：不要以我为恶（丑）。一说“恶（wù）”意为“讨厌”。

④寁（zǎn）：去，即丢弃、忘记的意思。一说迅速。故：故人，旧情。意为莫忘旧情抛下我。

⑤魗（chǒu）：丑。

赏析：

关于此诗背景，历来说法很多，难以确指。《毛诗序》云：“思君子也。庄公失道，君子去之，国人思望焉。”认为是写郑庄公之事。朱熹《诗集传》斥此为“淫妇”诗，戴君恩《读诗臆评》以为是妻子送别丈夫之诗。姚际恒《诗经通论》又说是“故旧于道左（旁）言情，相和之辞”。今人多主“弃妇”说。男人不知何故，薄情地撇下旧情人。女方追上大路，牵衣苦苦恳求他勿忘旧情，不要抛弃她。之后便戛然而止，引人深思。此诗语言自然流畅，朴实无华。

女曰鸡鸣

女曰鸡鸣，士曰昧旦[①]。子兴视夜，明星[②]有烂。将翱将翔，[③]弋凫与雁。[4]

弋言加之，[5]与子宜之[6]。宜言饮酒，与子偕老。琴瑟在御[7]，莫不静好。

知子之来[8]之，杂佩[9]以赠之。知子之顺之，杂佩以问[10]之。知子之好之，杂佩以报之。

译文：

妻说公鸡已鸣唱。夫说天还没有亮。不信推窗看天上，启明星已在闪光。宿巢鸟雀将翱翔，射鸭与雁去芦荡。

野鸭大雁射下来，为你烹调做好菜。佳肴共与美酒饮，白头偕老永相爱。你弹琴来我鼓瑟，和谐美满岁月好。

知你对我勤眷恋，送你杂佩表爱意。知你对我真体贴，送你杂佩表感谢。知你爱我是真情，送你杂佩表同心。

注释：

①昧旦：天色将明未明之际。

②明星：启明星，又名太白星。秋季黎明前，大星已不见，渐至小星亦不见，唯有启明星在东方。

③将翱将翔：指已到了破晓时分，宿鸟将出巢飞翔。

④弋（yì）：用生丝做绳，系在箭上射鸟。凫：野鸭。此句意指将去游猎。

⑤言：语气助词，相当于焉。加：中。加之：射中凫雁。《史记·楚世家》："楚人有好以弱弓微缴加归雁之上者。"

⑥与：为，替。宜：佳肴。《尔雅·释言》："宜，肴也。"一谓烹调得宜。此句意指烹调佳肴。

⑦御：弹奏。

⑧来：慰劳。王引之《述闻》："读为劳来之来。"

⑨杂佩：古人佩饰上系珠、玉等，质料和形状不一，故称杂佩。

⑩问：慰问，问候。

赏析：

关于此诗的背景，历代学者说法不同。《毛诗序》云："《女曰鸡鸣》，刺不说德也；陈古义以刺今，不说德而好色也。"方玉润《诗经原始》中云："此诗人述贤夫妇相警戒之辞。"王质《诗总闻》说："大率此诗妇人为主辞，故'子兴视夜'以下皆妇人之词。"此说影响直至清代，故清人论"对答体"诗，大多追溯至《孔雀东南飞》而不及《诗经》。现代学者一般认为，此诗是赞美年轻夫妇的和睦生活、真情实感和美好心愿的诗作。全诗对话极富情趣，对话由短而长，节奏由慢而快，情感由平缓而热烈，人物个性也由隐约而变得鲜明。尤其是末章六句构成三组叠句，把丈夫对妻子的炽热感情表现得淋漓酣畅。

有女同车

有女同车①，颜如舜华②。将翱将翔，③佩玉琼琚。彼美孟姜，洵美且都。④

有女同行，颜如舜英。将翱将翔，佩玉将将⑤。彼美孟姜，德音⑥不忘。

译文：

与我同车那姑娘，脸如木槿花开放。体态袅娜如飞鸟，身上佩玉泛光芒。姜家姑娘真美丽，举止娴雅又大方。

与我同行那姑娘，色若繁花般娇妍。步履轻盈似飞翔，身上佩玉响叮当。美丽姑娘她姓姜，品德高尚自难忘。

注释：

①同车（jū）：与男子同乘一辆车。一说男子驾车到女家迎娶。闻一多《风诗类钞》："记亲迎也。"

②舜华：木槿花。吴陆玑《毛诗草木鸟兽虫鱼疏》："舜，一名木瑾，一名椴，一名榎。齐鲁之间谓之王蒸，今朝生暮落者是也。五月始花，故《月令》：'仲夏木槿荣。'"华："花"之古体字。下

文“舜英”与之义同。

③将翱将翔：鸟飞貌，这里形容女子步态轻盈。一说遨游徘徊。

④洵（xún）：确实。都：闲静。此句意指女子举止娴静大方。

⑤将将（qiāng qiāng）：同“锵锵”，玉石相互碰撞发出声音。

⑥德音：女子美好的品德声誉。

赏析：

论及此诗背景，《毛诗序》中云：“《有女同车》，刺忽也。郑人刺忽之不昏于齐。太子忽尝有功于齐，齐侯请妻之齐女。贤而不取，卒以无大国之助至于见逐，故国人刺之。”“有女”之女与“彼美”之女应是两个人，清钱澄之《田间诗学》说前一人为太子忽所娶陈女，后一人为齐侯之女。从诗中叙陈女只言其色，叙齐女则兼言其德，木槿花又花期不长几点来看，这种观点是可以成立的。现代学者一般认为这是一对贵族青年男女的恋歌。

这是一首表爱诗，一男子倾慕同车而行的漂亮姑娘，夸其貌美，装饰华丽，体态娴雅，品行高尚。若此“同车”真是“亲迎”，这被夸耀的姑娘，又是男子迎娶的新娘了。只不过木槿花朝开暮谢，所谓“舜华”，是描述这花朝开暮谢的瞬息之美。有人认为，诗中描述的这两情相悦的欣喜在“舜华”中蕴含了危机。

山有扶苏

山有扶苏①，隰有荷华。不见子都②，乃见狂且。③

山有乔松，隰有游龙④。不见子充⑤，乃见狡童。

译文：

山上有茂盛扶苏，池里开娇美荷花。未见子都美男子，偏遇你这轻狂徒。

山上有挺拔青松，池里有丛生水荭。未见子充好男儿，偏遇你这狡狯童。

注释：

①扶苏：一说同于扶疏，指枝叶茂盛的大树；一说桑树。

②子都：古代美男子。据《孟子·告子上》："不知子都之姣者，无目者也。"

③乃见：偏偏遇见。狂：狂妄的人。且（jū）：语气助词。一说拙、钝也。

④游龙：水草名，即荭草、水荭、红蓼。

⑤子充：古代良人名。据杨简《慈湖诗传》："子充不见于书，疑亦以美著也。"

赏析：

这诗的解释有三。一是《毛诗序》："《山有扶苏》，刺忽也。所美非美然。"《笺》："言忽所美之人实非美人。"二是方玉润《诗经原始》："《小序》谓刺忽，无据。……然有时亦见狡童、狂且为美，而不见子都、子充之美者，则何以故？是非混则妍媸莫辨耳。……《山有扶苏》，刺世美非所美也。"三是朱熹《诗序辨说》："男女戏谑之辞。"又余冠英先生《诗经选》："这诗写一个女子对爱人的俏骂。"此种说法更为妥帖。

这是一首描写男女约会时女子对男子的戏谑之词。全诗二章，每章四句，充满了调侃、戏谑的意味，笑骂中蕴含着深厚的爱，清新活泼。又因出自少女之口，不失天真、善良之感。

萚兮

萚①兮萚兮，风其吹女。叔兮伯兮，②倡③予和女。

萚兮萚兮，风其漂④女。叔兮伯兮，倡予要⑤女。

译文：

落叶儿啊落叶儿，秋风吹拂轻轻飘。诸位欢聚小伙子，我来先唱你和调。

落叶儿啊落叶儿，微风吹来缓缓落。对面欢快小伙子，我先唱啊你和调。

注释：

①萚（tuò）：从草木上脱落下来的皮或叶。《说文》："草木凡皮叶落陊地为萚。"

②叔、伯：都是兄弟的排行。此处意指众位小伙子。

③倡：唱。一说倡导。

④漂：同"飘"，吹动。

⑤要：成也。凡乐节一终为一成，故要亦和。

赏析：

这诗的解释有三。一是《毛诗序》："《萚兮》，刺忽也。君弱臣强，不倡而和也。"《笺》："不倡而和，君臣各失其礼，不相倡和。"但此诗实与郑忽之事无关。二是方玉润《诗经原始》："此诗解者虽多，要以严氏粲之言为近。曰：'此小臣有忧国之心，呼诸大夫而告之。言槁叶风吹不能久矣，岂可坐视，以为无与于己而不相与扶持之乎？叔伯诸大夫其亟图之。患无其倡，不患无和之者。'……《萚兮》，讽朝臣共扶危也。"傅恒《御纂诗义折中》、钱澄之《田间诗学》，以为希晋救郑。皆若盲人摸象，莫衷一是。三是余冠英先生《诗经选》："这是写女子要求爱人同歌。"细细体会此诗，乃是一首情歌，女子见落叶起兴，要求男子领头歌唱，可能是在田野劳动中，也可能是在青年男女聚会时，情调轻快，全是女辞。

狡　童

彼狡①童兮，不与我言兮。维②子之故，使我不能餐兮。

彼狡童兮，不与我食兮。维子之故，使我不能息兮。

译文：

那个狡猾小坏蛋，为何不和我说话。因为你这小冤家，使我吃饭难下咽。

那个狡猾小坏蛋，为何不与我共餐。因为你这小冤家，害我睡觉也难安。

注释：

①狡：狡猾。胡承珙《毛诗后笺》认为“狡”是“姣”的假借字，则作美好、漂亮解，亦通。

②维：因为。

赏析：

《毛诗序》：“《狡童》，刺忽也。不能与贤人图事，权臣擅命也。”汉代经生以之为刺诗。后人多从其说。而朱熹《朱子语类》认为：“经书都被人说坏了，前后仍不相觉。且如《狡童》诗，是《序》之妄，安得当时人民敢指其君为狡童？况忽之所为，可谓之愚，何狡之有？当是男女相怨之诗。”朱熹的批驳大体是恰当的。现代学者普遍认为这是一首热烈的情歌或女子失恋的诗歌。在恋爱中，女子与爱人产生矛盾，爱人不再理她，她便烦躁苦恼，寝食俱废。

褰裳

子惠思我，褰裳涉溱。①子不我思，岂无他人。狂童②之狂也且。

子惠思我，褰裳涉洧③。子不我思，岂无他士。狂童之狂也且。

译文：

你若爱我想念我，赶快提衣蹚溱河。你若不再想念我，岂无别人来找我？你这糊涂傻哥哥！

你若爱我想念我，赶快提衣蹚洧河。你若心里没有我，也有他人来恋我。你真是个傻哥哥！

注释：

①褰（qiān）：提起。裳：下装。涉：渡过。溱（zhēn）：水名，出密县境，东北流至新郑县，与洧水合。

②狂童：谑称，犹言“傻小子”。

③洧（wěi）：水名，出登封县北阳城山，东流至新郑县，合溱水为双泊河。

赏析：

这首诗在春秋时代，常被借用来比喻国与国之间的关系。《左传》昭公十六年郑六卿饯晋韩宣子于郊，子太叔曾赋《褰裳》，意思说晋国不能保有郑国，他人就要来保有。《吕氏春秋·求人》中又说晋人欲攻郑，先使叔向聘问，考察郑国有无能人？子产亦赋此诗，晋国怕郑与秦、楚交好，也断了攻郑的念头。这些都是断章取义，并非诗的本义。《毛诗序》云：“《褰裳》，思见正也。狂童恣行，国人思大国之正已也。”把它当成政治诗，应是受上述记载的影响。而朱熹《朱子语类》：“如《褰裳》自是男女相咎之辞，却干忽与突争国甚事？”此见解比较稳妥。这应是民间歌谣，短短二章，女子戏谑情人，富于个性的口语描摹，爽朗、泼辣的性格已见于人前。

丰

子之丰①兮，俟我乎巷兮。悔予不送②兮。

子之昌③兮，俟我乎堂兮。悔予不将④兮。

衣锦褧⑤衣，裳锦褧裳。叔兮伯兮，⑥驾予与行⑦。

裳锦褧裳，衣锦褧衣。叔兮伯兮，驾予与归。

译文：

你的容貌真丰润，巷口等候待成婚。后悔当时没跟从。

你的体魄多魁伟，堂上候我去结亲。没随你去悔不该。

身穿锦缎嫁衣裳，外披薄薄纱罩衫。叔呀伯呀赶快来，驾车接我把路赶。

外面罩着锦绣衫，锦缎衣服里面穿。叔呀伯呀赶快来，驾车接我同归还。

注释：

①丰：丰满，标致，容颜美好。

②送：从行，送女出嫁。致女曰送，亲迎曰逆。

③昌：体魄壮健。

④将：同行，或曰出嫁时的迎送。

⑤褧（jiǒng）：穿锦衣的罩单布衣。

⑥叔、伯：弟弟、哥哥，同辈称呼。《毛传》："叔伯，迎己者。"姚际恒《诗经通论》："叔伯，指送者。"意指送亲的家人。

⑦行：女子出嫁曰行。下章"归"字意同。

赏析：

此篇咏一女子，由于某种原因未能跟自己喜欢的男子成亲，事后懊悔，决心盛装明志，要同男方成亲。《毛诗序》解此诗："《丰》，刺乱也。昏姻（婚姻）之道缺，阳倡而阴不和，男行而女不随。"以儒教观点，以为女子自己决定嫁与不嫁就是"乱"。《诗三家义集疏》："戴震云：'时俗衰薄，婚姻而卒有变志，非男女之情，乃其父母之惑也，故托为女子自怨之词以刺之。'"而此诗恰恰证明，当时郑国女子自己决定婚事是正常行为，非乱也。

此诗共四章，一、二两章叠咏，后悔"不送""不将"，感叹之情溢于言表。三、四两章，先言锦衣盛装，继言催归迎娶，调子转向明快。但事实是否会如人意，谁也不知，给读者留下了一个疑问。

东门之墠

东门之墠①，茹藘在阪。②其室则迩，其人甚远。

东门之栗，有践③家室。岂不尔思，子不我即。④

译文：

东门郊野平展地，茜草萋萋坡上攀。她家房舍居近处，可那人儿甚遥远。

栗树长在东门外，屋舍栋栋排列齐。哪里是不想念你？是你不愿主动来。

注释：

①墠（shàn）：经过整治的郊野平地。古谓“筑土为坛，除地为墠”。

②茹藘（rú lǘ）：茜草，根可做绛红色染料。在：位于。阪（bǎn）：土坡。

③践：行列整齐的样子。

④子不我即：倒装句，子不即我。即：走进，接近。

赏析：

《毛诗序》云：“《东门之墠》，刺乱也。男女有不待礼而相奔者也。”《诗三家义集疏》：“齐说曰：‘东门之墠，茹藘在阪。礼义不行，与我心反。’”则称女方主礼义者，与《毛诗序》称不待礼而相奔者相反。方玉润在《诗经原始》中指出：“就首章而观，曰室迩人远者，男求女之词也。就次章而论曰：‘子不我即’者，女望男之心也。一诗中自为赠答而均未谋面。”此为一篇情歌，取男女对答形式。首章咏男方情意殷殷，却又怕女方难求，便不禁有“室迩人远”之叹；次章咏女方情意尤切，却只怨男方不主动，便又有“子不我即”之怨。全诗情思纯朴自然，明朗而又隐隐含蓄，耐人寻味。

风　雨

风雨凄凄，鸡鸣喈喈①。既见君子②，云胡不夷③？
风雨潇潇④，鸡鸣胶胶。既见君子，云胡不瘳⑤？
风雨如晦，鸡鸣不已。既见君子，云胡不喜？

译文：

风声夹杂雨声，更有报晓鸡鸣。夫君翩然而至，我顿心旷神怡。

风声雨声潇潇，雄鸡高唱报晓。夫君忽然来到，愁思全变乐陶。

凄风冷雨惨惨，窗外鸡鸣不已。既已见到夫君，我心如何不喜！

注释：

①喈喈（jiē jiē）：鸡鸣声。下章“胶胶”意同。

②君子：当时对丈夫或情人的敬称。

③夷：同“怡”，悦，指心情平静。此句意为心情怎能不愉悦。

④潇潇：猛烈。

⑤瘳（chōu）：病愈，此指愁思萦怀的心病消除。

赏析：

《毛诗序》云：“《风雨》，思君子也。乱世则思君子不改其度焉。”《郑笺》：“兴者，喻君子虽居乱世，不变改其节度。”此皆汉儒旧解，历代以来，曾鼓舞不少爱国爱民之士，虽处“风雨如晦”之乱世，仍以“鸡鸣不已”自励。然而这并不合此诗本意。朱熹指言此篇为情诗。现代学者多主张“夫妻重逢”或“喜见情人”说，认为此诗是一位女子等待丈夫（或情人）而作，在风雨如晦时见到了想念中的丈夫（或情人），唱出了衷心的喜悦。情思深婉，真切动人。

子　衿

青青子衿①，悠悠我心。纵我不往，子宁不嗣音②？

青青子佩，悠悠我思。纵我不往，子宁不来？

挑兮达兮，③在城阙④兮。一日不见，如三月兮。

译文：

你的衣领青青，魂萦梦绕着我的心。纵然我不曾去看你，你为何不鸿雁传音？

你的佩带青青，念念不忘我的情怀。纵然我不能去见你，你为何不把我来寻？

独自徘徊着啊，高城楼上望眼欲穿。一天不见你的面啊，但觉有数月般漫长！

注释：

①衿（jīn）：衣领。闻一多《风诗类钞》："衿读为紟，紟是系佩玉的带子，一曰绶。"衿、佩在两章中对举，闻之说似亦合理。

②嗣（sì）音：保持音信。嗣：接续，继续。

③挑：挑逗。达（tà）：放恣。此句意为男女交往往来轻快貌。另有一说指男女恣情欢娱，极尽缠绵之事。

④城阙：指城楼。

赏析：

《毛诗序》云："《子衿》，刺学校废也。乱世则学校不能修焉。"应是汉儒附会，诗文全无此意。又方玉润《诗经原始》："此盖学校久废不修，学者散处四方，或去或留，不能复原如平日之盛，故其师伤之而作是诗。"此意也有些牵强。现代学者认为这是一首情歌，咏女子思念情人。前两章，抱怨男方既不给她捎信，又不来找她；后一章，二人在城楼约会，久候不至，心情急切，末句的抱怨却又显得柔婉可爱，此句也为今人所常用。

扬之水

扬之水，不流束楚。①终鲜兄弟，唯予与女。无信人之言，人实迋②女。

扬之水，不流束薪。终鲜兄弟，维予二人。无信人之言，人实不信。

译文：

激扬的流水哟，不能漂走成捆的荆条。我娘家缺少兄弟来撑腰，只有我和你相互依偎。莫要听信别人的闲话，信口雌黄实为欺骗。

激扬的流水哟，不能漂走成捆的木柴。我娘家缺少兄弟来关怀，只有我二人相亲相爱。莫要听信别人的谗言，他们实在不可信赖。

注释：

①楚：荆草或荆棵之类。束楚：亦即束薪，可以用作烛薪，古

婚礼照明必备。凡束楚、束薪、刈薪、析薪等，在《诗经》便成为婚娶、家室之象征。为何此“束楚”“束薪”要同“扬之水”相联系？据日本汉字学家白川静研究，中国古代有束薪投溪以占逆顺的民俗。流水冲不走束薪，表示婚姻牢固，主吉。完好地解释了此句之意。

②迋（kuāng）：同“诓”，欺骗。

赏析：

这诗的解释有二。一是《毛诗序》：“《扬之水》，闵无臣也。君子闵忽之无忠臣良士，终以死亡，而作是诗也。”二是方玉润《诗经原始》：“且忽兄弟甚多，不止二人，何以云‘唯予与（女）汝’？……窃意此诗不过兄弟相疑，始因谗间，继乃悔悟，不觉愈加亲爱，遂相劝勉。”此种说法颇为附会。《诗经》中的兴词有一定的暗示作用，“束楚”“束薪”都暗示夫妻关系。此篇为丈夫劝妻毋信谣言，专心相爱。从“人实迋女”看，这个家庭似已受到谣言伤害。

出其东门

出其东门，有女如云。虽则如云，匪我思存。缟衣綦巾，①聊乐我员②。

出其闉阇③，有女如荼④。虽则如荼，匪我思且。缟衣茹藘⑤，聊可与娱。

译文：

步出城东门，美女众多如飘云。虽然众多如飘云，没有我的心上人。身穿素绢着绿巾，唯她令我念在心。

步出外城门，美女如荼朵朵开。虽然美女如荼般，我的爱人她没来。素绢衣裙红佩巾，我愿与她永恩爱。

注释：

①缟（gǎo）衣：白色衣。綦（qí）巾：淡绿色的佩巾。綦：浅绿色或青灰色。《诗集传》：“缟衣綦巾，女服之贫陋者。”

②员：同“云”，语气助词。

③闉阇（yīn dū）：古代城门外瓮城的重门。

④荼：白茅花。茅花开时一片皆白，此亦形容女子众多。

⑤茹藘（lǘ）：茜草，可染绛色，指绛色围巾。

赏析：

这诗的解释有三。一是《毛诗序》：“《出其东门》，闵乱也。公子五争，兵革不息，男女相弃，民人思保其室家焉。”二是《诗三家义集疏》：“诗乃贤士道所见以刺时，而自明其志也。”此二者附会穿凿，离诗文内容甚远。三是余冠英《诗经选》：“东门游女虽则‘如云’‘如荼’，都不是我属意的，我的心里只有那一位‘缟衣綦巾’装饰朴陋的人儿罢了。”此种说法更契合诗意。此为一首抒情诗，咏郑俗春月男女会聚之日，主人公见东门外有女如云，而他却一心专爱自己的意中人，其他女子再多，也无他想。

野有蔓草

野有蔓草，零露漙兮。①有美一人，清扬婉兮。②邂逅③相遇，适我愿兮。

野有蔓草，零露瀼瀼④。有美一人，婉如清扬⑤。邂逅相遇，与子偕臧⑥。

译文：

野地蔓草连成片，露水珠儿亮闪闪。有个姑娘长得美，眉清目秀极温婉。不期而遇喜相会，恰合我心甚喜欢！

野地蔓草连成片，露水珠儿大又圆。有个姑娘长得好，清明双目美容颜。不期而遇喜相会，与尔同心结良缘！

注释：

①零：降落。漙（tuán）：露多。此句意指露水丰沛。

②清扬：目以清明为美，扬亦明也，形容眉目漂亮传神。婉：柔

美。兮：语气助词。

③邂逅：不期而遇。

④瀼瀼（ráng ráng）：露多。

⑤清扬：清明。

⑥偕臧：都满意。偕：都。臧：善，美。《诗集传》："臧，美也。与子偕臧，言各得其所愿也。"一说，臧即藏，躲藏。

赏析：

这诗的解释有二。一是《毛诗序》："《野有蔓草》，思遇时也。君之泽不下流，民穷于兵革，男女失时，思不期而会焉。"认为此诗是咏男女相遇，而相遇的原因是"民穷于兵革，男女失时"。那么，此诗主旨便成为刺时之作，显然是一种过度引申。二是余冠英《诗经选》："这首诗写的大清早上，草露未干，田野间一对情人相遇，欢喜之情，发于歌唱。"此种说法更妥帖。文辞清丽婉美，烘托出一位可爱的少女形象。

溱 洧

溱与洧，方涣涣①兮。士与女，②方秉蕳兮。③女曰观乎？士曰既且，且往观乎！洧之外，洵訏且乐。④维士与女，伊其相谑，赠之以勺药⑤。

溱与洧，浏⑥其清矣。士与女，殷其盈矣。⑦女曰观乎？士曰既且，且往观乎！洧之外，洵訏且乐。维士与女，伊其将谑，赠之以勺药。

译文：

溱水洧水长又长，缓缓流淌向远方。男男女女城外游，手执香兰求吉祥。姑娘说咱去看看？士说我已去一趟，再去一趟又何妨！洧水对岸好地方，实在热闹又宽敞。男男女女一双双，相互逗乐喜洋洋，赠朵芍药毋相忘。

溱水洧水长又长，湍湍水流真清澈。男男女女城外游，游人如织闹嚷嚷。姑娘说咱去看看？士说我已去一趟，再去一趟又何妨！洧水对岸好地方，委实热闹又宽敞。男男女女成双对，你欢我笑真快乐，赠朵芍药表衷肠。

注释：

①涣涣：水盛貌。

②士与女：此处泛指男男女女。下章“女”“士”则特指其中某青年男女。

③秉：拿着。蕑（jiān）：兰草，又名大泽兰，与兰花有别。当时郑风俗，士女秉蕑，可祓除不祥。

④洵：实在，确实。訏（xū）：大，广阔。意指相会之地宽敞热闹。

⑤勺药：香草名，蘼芜类，一名耳离，非今之芍药花。马瑞辰《毛诗传笺通释》云：“又云‘结恩情’者，以勺与约同声，故假借为结约也。”

⑥浏（liú）：水清貌。

⑦殷：众多。盈：满。此句意指游人如织。

赏析：

这诗的解释有二。一是《毛诗序》：“《溱洧》，刺乱也。兵革不息，男女相弃，淫风大行，莫之能救焉。”二是《诗三家义集疏》：“韩说曰：‘《溱与洧》，说人也。郑国之俗，三月上巳之日于两水上，招魂续魄，拂除不祥，故诗人愿与所说者同往观也。’”《毛诗序》的理解歪曲诗意，故而方玉润《诗经原始》中驳之：“此诗及《出其东门》正叙郑俗游览之盛，何以刺乱？使兵革不息，男女相弃，岂尚有采兰赠芍事耶？”

当时郑国的风俗，上巳日这天，人们要在水中洗去宿垢，祓除不祥，祈求幸福和安宁。男女青年也大多借此机会互诉心曲，表达爱意。此诗两章叠咏，开头、结尾皆作咏叙语，而中间取男女对话问答，结构错落有致，别具一格。

齐风

《齐风》共十一篇。朱熹《诗集传》中云：“齐，国名。本少昊时爽鸠氏所居之地，在《禹贡》为青州之域。周武王以封太公望，东至于海，西至于河，南至于穆陵，北至于无棣。太公，姜姓，本四岳之后，既封于齐，通工商之业，便鱼盐之利，民多归之，故为大国。今青、齐、淄、潍、德、棣等州是其地也。”今山东益都以西至历城、聊城之间，北至河北景、沧诸县，东至海，南至穆陵（在临朐县南），皆其地也。

鸡鸣

鸡既鸣矣，朝①既盈矣。匪鸡则鸣，苍蝇之声。

东方明矣，朝既昌②矣。匪东方则明，月出之光。

虫飞薨薨③，甘④与子同梦。会且归矣，⑤无庶予子憎。⑥

译文：

公鸡已经喔喔叫，上朝官员都已到。这哪是公鸡叫呀，是那苍蝇嗡嗡闹。

东方已经曚曚亮，上朝官员已满堂。这哪是东方亮呀，是那明月放光芒。

虫子飞来嗡嗡响，只愿与你同入梦。上完朝赶快回吧，希望不会把我恨！

注释：

①朝：朝堂，朝廷。一说早集。

②昌：盛，人多。

③薨薨（hōng hōng）：虫群飞声。

④甘：甘心，甘愿。

⑤会：会朝，上朝。且：将。此句意为上完朝速归家。

⑥无庶予子憎：希望没有因我而恨你。庶：幸，希望。

赏析：

关于此诗的背景，《毛诗序》以为是“思贤妃”而作，云：“（齐）哀公荒淫怠慢，故陈贤妃贞女夙夜警戒相成之道焉。”宋朱熹《诗集传》则以为是直接赞美贤妃。而宋严粲《诗缉》以为是“刺荒淫”，清崔述《读风偶识》以为是“美勤政”。这些说法皆属牵强附会。清方玉润《诗经原始》：“此正士夫之家，鸡鸣待旦，贤妇关心，常恐早朝迟误有累盛德。”认为是贤妇警夫早朝，此意更为妥帖。其实这是一对小夫妻在夏日清晨的一场对话，丈夫贪恋床第，赖着不肯起床，妻子担心他误了朝会，催他早起，写得颇有情趣。

还

子之还①兮，遭我乎峱②之间兮。并驱从两肩兮，③揖我谓我儇④兮。

子之茂⑤兮，遭我乎峱之道兮。并驱从两牡兮，揖我谓我好兮。

子之昌⑥兮，遭我乎峱之阳兮。并驱从两狼兮，揖我谓我臧⑦兮。

译文：

大哥动作真敏捷，打猎相逢在山凹。并肩捕获两只大野兽，他作揖夸我身手好！

大哥身材真健壮，打猎相逢在山道。并肩捕获两头公野兽，他作揖夸我本领高！

大哥体魄好强悍，打猎相逢在山南。并肩捕获两匹奸狡狼，他作揖夸我心地善！

注释：

①还（xuán）：轻捷貌。

②峱（náo）：齐国山名，在今山东淄博一带。

③从：逐。肩：三岁的兽。《毛传》："兽三岁为肩，四岁为特。"此句意指二人并肩擒获野兽。

④儇（xuān）：手脚利落。

⑤茂：美满。

⑥昌：盛壮貌。

⑦臧：善，好。

赏析：

《毛诗序》云："《还》，刺荒也。哀公好田猎，从禽兽而无厌，国人化之，遂成风俗。习于田猎谓之贤，闲于驰逐谓之好焉。"方玉润《诗经原始》："《序》谓'刺哀公'，然诗无'君''公'字，胡以知其然耶？此不过猎者互相称誉，诗人从旁微哂，因直述其词，不加一语，自成篇章。"方玉润的说法更为妥帖。

作为一名优秀的猎人，强壮的体魄、敏捷的动作，以及一往无前的勇猛精神，都是不可缺少的。本诗正是从这些方面入手，热烈赞扬了他们互相赞扬、团结协作的精神，显示了他们的自信心和自豪感。

著

俟我于著乎而，[①]充耳以素[②]乎而，尚[③]之以琼华乎而。
俟我于庭[④]乎而，充耳以青乎而，尚之以琼莹乎而。
俟我于堂[⑤]乎而，充耳以黄乎而，尚之以琼英乎而。

译文：

郎君恭候影壁前啊，洁白丝绦垂耳边，缀饰美玉悬眼前呵。
郎君恭候庭院中啊，青绿丝绦垂耳边，晶莹美玉悬眼前呵。
郎君恭候正堂前啊，明黄丝绦垂耳边，精美玉石悬眼前呵。

注释：

①俟：等待。著：古代富贵人家正门内有屏风，正门与屏风之间叫著。古代婚娶在此处亲迎。乎而：齐方言，语尾助词。此句意指男方往女家亲迎，等待新人上车。

②素：白色，这里指悬充耳的丝线。与下文的“青”“黄”指各色丝线。

③尚：通“上”，用玉加在帽上。

④庭：中庭。在大门之内，寝门之外。

⑤堂：庭堂。

赏析：

这诗的解释有二。一是《毛诗序》：“《著》，刺时也，时不亲迎也。”《笺》：“时不亲迎，故陈亲迎之礼以刺之。”二是余冠英先生《诗经选》：“这是女子记夫婿迎亲之诗”，无刺意。以上说法各有道理，均讲得通。仔细玩味，似陈子展《诗经直解》中说法更妥：“《著》篇，诗人为一贵族女子自述于归，想望其婿亲迎之词。……诗每章三句，以六、七言相次而成。每句半著虚字，余音摇曳，别具神态，有一种优游不迫之美。”

诗的主人公是个女子，她出嫁之时，张望其婿来亲迎，“俟我于著”“俟我于庭”“俟我于堂”，由外而内，渐入渐深，表达了女主人公的期盼心情。

东方之日

东方之日兮，彼姝①者子，在我室兮。在我室兮，履我即②兮。

东方之月兮，彼姝者子，在我闼③兮。在我闼兮，履我发④兮。

译文：

东方旭日升起哦，那美丽的姑娘，在我的卧房中啊。在我卧房中啊，悄悄伴我情意浓啊。

东方明月升起哦，那美丽的姑娘，在我的房门内啊。在我房门内啊，悄悄伴我情深长啊。

注释：

①姝（shū）：美女。

②履我即：踩我就，踩我行。朱熹《诗集传》：“言此女蹑我之迹而相就也。”

③闼（tà）：门内。

④履我发：踩我出发的足迹。发：走去，指蹑步相随。一说脚迹。

赏析：

这诗的解释有二。一是《毛诗序》：“《东方之日》，刺衰也。君臣失道，男女淫奔，不能以礼化也。”又《诗三家义集疏》：“韩说曰：‘诗人言所说者颜色盛美，如东方之日。’”二是朱熹《诗序辨说》：“此男女淫奔者所自作，非有刺也。”虽然见解不同，但大都承认诗的基本内容是关于男女情事的。有人将此诗视为一首回忆与女子幽会的情诗。有人认为这是一首婚礼之歌，以新郎的口吻诉说。

东方未明

东方未明，颠倒衣裳。颠之倒之，自公召之。

东方未晞[①]，颠倒裳衣。倒之颠之，自公令之。

折柳樊圃，[②]狂夫瞿瞿。[③]不能辰夜，[④]不夙则莫。[⑤]

译文：

东方还未露曙光，衣裤颠倒乱穿上。衣作裤来裤作衣，公家召唤令我忧。

东方还未露晨曦，衣裤颠倒乱穿起。裤作衣来衣作裤，公家来传令我惊。

折下柳条编篱圃，狂汉怒目瞪眼视。不分白天与黑夜，不早便晚甚无奈。

注释：

①晞（xī）：破晓，天刚亮。

②折柳：折下柳条。樊：樊篱。圃：菜园。

③狂夫：指监工。一说狂妄无知的人。闻一多《风诗类钞》曰："夫之在家，从不能守夜之正时，非出太早，即归太晚。妇人称之为狂夫。"他以为此诗出自妇人口吻，而且"折杨柳为园圃之藩篱，所以防闲其妻者也。离去复于篱间瞿瞿然窥视，盖有不放心之意"。瞿瞿（jù jù）：瞪眼怒视的样子。

④不能辰夜：指不能掌握时间。辰：借为"晨"，指白天。

⑤夙：早。莫（mù）：同"暮"，晚。不夙则莫：不早便晚。

赏析：

《毛诗序》："《东方未明》，刺无节也。朝廷兴居无节，号令不时，挈壶氏不能掌其职焉。"《笺》："号令，犹召呼也。挈壶氏，掌漏刻者。"姚际恒说此诗"末章难详"，其原因在于拘泥于《毛序》和宋儒之说，将其附会到国君兴居无节上自然没法解释通。余冠英《诗经选》中所说颇为在理："这首诗写劳苦的人民为了当官差，应徭役，早晚都不得休息。监工的人瞪目而视，一刻都不放松。"前二章只笼统写服役早起晚睡，听到喊叫慌忙之中将衣裳穿颠倒。后一章写在监工监视下"折柳樊圃"时的情景，显示了他们的悲哀和痛苦，更有真实感。作者从服役者的遭遇出发，抒发对现实的愤懑，带有强烈的感情色彩，行文间能感受到他们心底隐藏着那种压抑已久，行将喷发的愤怒。

南　山

南山崔崔，①雄狐绥绥②。鲁道有荡③，齐子由归。④既曰归止，曷又怀止？⑤

葛屦五两，⑥冠緌双止。⑦鲁道有荡，齐子庸止。⑧既曰庸止，曷又从止？⑨

艺麻如之何？衡从其亩。⑩取妻如之何？必告父母。既曰告止，曷又鞫[11]止？

析薪如之何？匪斧不克。取妻如之何？匪媒不得。既曰得止，曷又极止？[12]

译文：

南山巍峨高峻，雄狐缓步寻觅。鲁国大道宽阔，文姜由此出嫁。既然嫁给鲁君，为何思念难禁？

葛布麻鞋成对，冠帽结带成双。鲁邦国道宽广，齐女经此嫁郎。既然贵为国母，何必眷恋故乡？

种麻该当怎样？纵横耕耘田垄。娶妻该当如何？定要先告父母。既已禀告宗庙，怎容肆意妄为？

劈柴应当如何？没有利斧不行。娶妻应当怎样，少了媒人哪成。既然姻缘已结，为何由她放纵？

注释：

①南山：齐国山名，又名牛山。崔崔：山势高峻状。

②绥绥：缓缓行走的样子，或曰求偶貌。

③荡：平坦。

④齐子：齐国的女儿（古代不论对男女美称均可称子），此处指齐襄公的同父异母妹文姜。由归：从这儿去出嫁。

⑤曷（hé）：怎么，为什么。怀：思念。此句意指甚是怀念。

⑥葛屦（jù）：用葛制成的鞋。五两：可以排列成双。

⑦緌（ruí）：帽带下垂的部分。帽带为丝绳所制，左右各一从耳边垂下，必要时可系在下巴上。双：因冠缨有两条，所以说双。高亨《诗经今注》云："诗以葛鞋成两、帽穗成双比喻夫妻成对，不可以乱。"

⑧庸：用。此句意指文姜通过此道嫁与鲁桓公。

⑨从：相从。指文姜跟从鲁桓公回齐国找齐襄公。

⑩衡：横，东西为横。从：纵，南北为纵。其：助词。亩：田垅。

⑪鞠（jú）：放任。

⑫极：放纵到极点。指鲁桓公放任文姜穷极其欲望。

赏析：

据《左传》记载，公元前694年，鲁桓公要去齐国，夫人文姜要求同行，鲁桓公只得答应，文姜和齐襄公趁机相会。后来鲁桓公发觉，襄公便设宴款待桓公，趁机将桓公灌醉，然后让公子彭生在驾车送桓公回国的路上扼死了桓公。这件事暴露后，齐国百姓皆以为耻，这首诗便是在此情境下产生的。

细读此诗，既非《毛诗序》所说单“刺襄公”，也非朱熹所言“前二章刺齐襄，后二章刺鲁桓”，而是如方玉润《诗经原始》所说：“故欲言襄公之淫，则以‘雄狐’起兴；欲言文姜成耦，则以冠履之双者为兴；欲言鲁桓被祸，则先以‘蓺麻’兴‘告父母’以临之，‘析薪’兴媒妁以鼓之，而无如鲁桓之懦而无志也。”讽刺襄公、文姜、鲁桓三人。诗中比喻形象生动，将齐襄公比作荒淫的公狐狸，用“绥绥”写其求偶之状，丑态毕露，甚是绝妙。

甫田

无田甫田，①维莠骄骄。②无思远人，劳心忉忉③。

无田甫田，维莠桀桀④。无思远人，劳心怛怛⑤。

婉兮娈兮，⑥总角丱兮。⑦未几见兮，突而弁⑧兮。

译文：

大田宽广不可耕，野草高高长得密。切莫挂念远方人，惆怅不安心惶惶。

大田宽广不可耕，野草深深长势急。切莫挂念远方人，悲伤难耐心不安。

漂亮孩子惹人怜，头发梳髻翘两边。方才几日未曾见，忽戴冠帽已成年。

注释：

①无：勿，不要。田（diàn）：治理。甫田：大田。

②维：发语词。莠（yǒu）：杂草，狗尾草。骄骄：高大貌。

③忉忉（dāo dāo）：心有所失的样子，一说忧劳貌。

④桀桀：高大貌。

⑤怛怛（dá dá）：悲伤不安的样子。

⑥婉、娈：意为年少貌美。毛传："婉娈，少好貌。"兮：语气助词。下同。

⑦总角：古代男孩将头发梳成两个髻。丱（guàn）：形容总角翘起之状。

⑧弁（biàn）：冠。古时二十岁称成人，戴冠。

赏析：

对这首诗主旨的看法分歧很大，比较流行的旧说有：一是《毛诗序》："《甫田》，大夫刺襄公也。无礼义而求大功，不修德而求诸侯，志大心劳，所以求者非其道也。"二是朱熹《诗集传》："此又以明小之可大，迩之可远，能循其序而修之，则可以忽然而至其极。"今人新说则有：初耕种时的祷神歌、劝慰离人不须徒劳多思的诗、妇人思念征夫之词、少女恋慕少男的诗等。各家之说都有理由，不过相对而言，妻子对远方丈夫的思念之说较为符合诗篇的本意。前两章写实，采用重叠形式。末章由实转虚，似觉得丈夫突然归来，想象他见到小儿子已长大成人，惊喜不已。这一虚境，既是对丈夫早日平安归来的渴望，又是对孩子快快长大的期盼，尽显此诗的含蓄美。

卢 令

卢令令，①其人美且仁。

卢重环②，其人美且鬈③。

卢重鋂④，其人美且偲⑤。

译文：

猎犬颈圈叮当响，那猎人英俊又善良。

猎犬脖上套双环，那猎人英俊又勇猛。

猎犬脖上环套环，那猎人英俊又能干。

注释：

①卢：猎狗。令令：同“铃铃”，猎狗头颈里铃的响声。

②重环：子母环。

③鬈（quán）：勇壮。一说发好貌。

④鋂（méi）：一大环贯二小环。

⑤偲（cāi）：多才。

赏析：

关于此篇主旨，主要有以下几种说法：一是《毛诗序》刺荒说，二是刺以色取人说，三是女恋男、女赞男之说，四是周蒙、冯宇《诗经百首译释》猎歌说，五是朱熹《诗集传》赞美猎者说。今人多从第五说，认为这是为赞美猎人而作。如方玉润《诗经原始》：“此诗与公无涉，亦无所谓‘陈古以风’意。盖游猎自是齐俗所尚，诗人即所见以咏之，词若欢美，意实讽刺，与《还》略同。”

诗的内容历来有赞美与讽刺之说。从诗本身来看，描述猎者卷发美髯，夸誉其人，并无讽刺之意。同时写作上很有特色，意在写人，却先写犬，写犬又只写铃声和环、鋂。从犬到人，写声状貌，文字简练，饶有意趣。

敝笱

敝笱在梁，①其鱼鲂鳏。②齐子归止，其从如云。③

敝笱在梁，其鱼鲂鱮④。齐子归止，其从如雨。

敝笱在梁，其鱼唯唯⑤。齐子归止，其从如水。

译文：

破鱼笼子架梁上，鲂鱼鳏鱼无阻拦。文姜回到齐国哟，仆从如云不可数哦。

破鱼笼子架梁上，鲂鱼鲢鱼任进出。文姜回到齐国哟，仆从如雨不可算哦。

破鱼笼子架梁上，任凭鱼儿来回游。文姜回到齐国哟，仆从如水不可计哦。

注释：

①敝：破。笱（gǒu）：鱼篓，捕鱼具，鱼可入鱼篓而不能出。笱现在坏了，便不能捕鱼。梁：捕鱼水坝。河中筑堤，中留缺口，嵌入笱，使鱼能进不能出。对制止鱼儿来往无能为力，隐射文姜和齐襄公的不守礼法。

②鲂（fáng）：鳊鱼。鳏（guān）：黄颊鱼。此句意指这两种鱼都是大鱼，不能入笱。

③其从如云：随从众多。一说喻齐襄公仍纠缠不已。

④鱮（xù）：鲢鱼。这种鱼成群结队，也不入笱。

⑤唯唯：形容鱼儿出入自如的样子。

赏析：

这诗的解释有二。一是《毛诗序》："《敝笱》，刺文姜也。齐人恶鲁桓公微弱，不能防闲文姜，使至淫乱，为二国患焉。"此为《左传·桓公十八年》所载史实，毛说与诗句意合。二是方玉润《诗经原始》："且桓公时，文姜已归齐，致公薨于齐，诗人不于此时刺桓公，岂待其子而后刺乎？"故曰："《敝笱》，刺鲁桓公不能防闲文姜也。"方玉润从诗本身着眼，鲁桓公疏于防范，软弱无能，也有可刺之处，也颇有说服力。

载驱

载驱薄薄，①簟茀朱鞹。②鲁道有荡，齐子发夕③。
四骊济济，④垂辔沵沵⑤。鲁道有荡，齐子岂弟⑥。
汶水汤汤⑦，行人彭彭⑧。鲁道有荡，齐子翱翔⑨。
汶水滔滔⑩，行人儦儦⑪。鲁道有荡，齐子游敖。

译文：

马车疾驰声隆隆，竹帘车篷红皮帐。鲁国大道宽又平，文姜夜归急出发。

四匹黑马真雄壮，缰绳柔软垂下方。鲁国大道宽又平，文姜和悦笑颜开。

汶水日夜哗哗流，路上行人熙攘攘。鲁国大道平坦坦，文姜回齐去游逛。

汶水日夜浪滔滔，路上行人甚密集。鲁国大道平坦坦，文姜回齐自游遨。

注释：

①载：发语词，犹“乃”。驱：车马疾走。薄薄：象声词，形容马蹄及车轮转动声。

②簟（diàn）：方纹竹席。一说席作车门用。茀（fú）：车帘。一说为雉羽作的蔽覆，放在车后。朱鞹（kuò）：染红的去毛兽皮，作为覆蔽。用染红的兽皮蒙在车厢前面，是周代诸侯所用的车饰，这种规格的车子称为“路车”。

③发夕：傍晚出发。

④四：一车驷马。骊（lí）：黑色马。济济：美好的样子。

⑤沵沵（nǐ nǐ）：柔貌。指驾驶得好。

⑥岂（kǎi）弟：和悦近人。

⑦汤汤（shāng shāng）：水大貌。

⑧彭彭：众多貌。

⑨翱翔：鸟飞貌，这里形容遨游。

⑩滔滔：水浩荡貌。

⑪儦儦（biāo biāo）：众多貌。

赏析：

《毛诗序》：“《载驱》，齐人刺襄公也。无礼义，故盛其车服，疾驱于通道大都，与文姜淫，播其恶于万民焉。”方玉润《诗经原始》："案《春秋》，鲁庄公二年，'夫人姜氏会齐侯于禚'。四年，'夫人姜氏享齐侯于祝丘'。五年，'夫人姜氏如齐师'。七年，'夫人姜氏会齐侯于防'，又'会齐侯于穀'。盖至是，而夫人之如齐肆无忌惮矣。……《载驱》，刺文姜如齐无忌也。"

这是一首讥刺齐襄公与文姜淫乱的诗。据《春秋》记载，文姜在鲁庄公二年（公元前692年）、鲁庄公四年、鲁庄公五年、鲁庄公七年都曾与齐襄公相会，说明文姜在其夫鲁桓公死后仍不顾其子鲁庄公的颜面而与齐襄公保持不正当的关系，鲁庄公竟也未能加以制止，因此人们赋诗加以讥刺。

猗嗟

猗嗟昌兮，①颀而长兮。抑若扬兮，②美目扬兮。巧趋跄③兮，射则臧④兮。

猗嗟名⑤兮，美目清兮。仪既成兮。⑥终日射侯⑦，不出正⑧兮。展⑨我甥兮。

猗嗟娈兮，清扬婉兮。舞则选⑩兮，射则贯⑪兮，四矢反⑫兮，以御乱兮。

译文：

这人长得真英俊啊，身材高大又颀长。前额朗阔容颜好，双目有神多明亮。进退奔走动作巧，射技实在太精良。

这人长得真精神啊，眼睛美丽又敏锐。一切仪式已完成，终日射靶不曾停。箭无虚发中靶心，真是我的好外甥。

这人长得真漂亮啊，眉清目秀显温婉。舞姿端正节奏强，箭出穿靶不空放。四箭同中穿靶心，堪称御敌好助力。

注释：

①猗（yī）嗟：赞叹声，犹"啊哟"。昌：美好的样子。兮：语气助词。下同。

②抑（yì）：同"懿"，美好。若：如。扬：神气昂扬。一说古

代称额头宽阔为“扬”。

③趋跄（qiāng）：行走有节奏。

④臧（zāng）：好，善。

⑤名：目上为名，指眉眼间。

⑥仪：指射箭的仪式。成：完毕。朱熹《诗集传》：“仪既成，言终其事而礼无违也。”

⑦侯：箭靶。

⑧正：箭靶中心。高亨《诗经今注》：“古代贵族举行射仪时，立一木架，架上加一块方形兽皮，叫作侯。侯上加一块小的圆形的白布，叫作‘正’或‘的’。”

⑨展：诚然，真是。

⑩选：指舞蹈动作合乎乐曲节奏。

⑪贯：中而穿革。

⑫反：复也。指箭射中原处。

赏析：

前人多认为此诗的主人公是鲁庄公。《毛诗序》云：“《猗嗟》，刺鲁庄公也。齐人伤鲁庄公有威仪技艺，而不能以礼防闲其母，失子之道，人以为齐侯之子焉。”将此诗与齐襄公兄妹乱伦扯在一起，缺乏依据。就诗论诗，不过是一首赞美少年射手的诗作。

诗中描写了射手身体强壮、仪表俊美，而且着重用“美目扬兮”“美目清兮”“清扬婉兮”来形容射手的眼神，这个人物仿佛活生生地展现在读者面前，此诗也因此成为描写男性美的杰出之作。

魏　风

《魏风》共七篇。方玉润《诗经原始》云："案晋至献公，国已强大，政渐奢侈。而魏诗每刺其君俭勤，与晋气象迥乎不侔，必非晋诗无疑。且《邶》《鄘》之咏卫事，其诗确有可指，此则不著时君世系，亦不得比《邶》《鄘》之于《卫》，殆亦《郐》《陈》例耳。然则何以编之《齐》《秦》间乎？继齐而霸，先秦而强者，晋也。魏既入晋，则为晋地，故与《唐》同居《齐》《秦》之间。且其地为舜禹故都，与他国不同，先之所以见圣帝遗风犹未尽泯，霸图盛业于此方新云耳。"

葛　屦

纠纠葛屦，①可以履霜。掺掺②女手，可以缝裳。要之襋之，③好人服之。

好人提提，④宛然⑤左辟，佩其象揥⑥，维是褊心⑦，是以为刺。

译文：

缠缠结结破葛鞋，勉强应付寒霜冷。纤瘦细弱女子手，忙着缝制新衣裳。缝好衣带又缝领，恭候主人来试装。

家主尊贵又惬意，左右顾盼漠视我，自顾佩戴象牙簪。因为心胸太狭窄，写首小诗来讽刺。

注释：

①纠纠：缠绕。葛屦（jù）：指夏天所穿葛绳编制的鞋。

②掺掺（xiān xiān）：同“纤纤”，纤巧。

③要：同“腰”，作动词，缝好腰身。襋（jí）：衣领，作动词，缝好衣领。之：指衣裳。

④好人：美人，此指富家的女主人。提提：同“媞媞”，安舒貌。

⑤宛然：回转貌。

⑥揥（tì）：古首饰，可用来簪头发。

⑦褊（piān）心：心地狭隘。

赏析：

这诗的解释有二。一是《毛诗序》：“《葛屦》，刺褊也。魏地狭隘，其民机巧趋利，其君俭啬褊急，而无德以将之。”二是朱熹《诗集传》：“此诗疑即缝裳之女所作。”是缝衣女刺贵妇人之诗，朱熹之说更为妥帖。

诗仅两章，写了两个女性形象。一个是侍候人的缝衣女，只写了人物的脚和手，便将其身份、地位和贫寒处境表露无遗。另一个是被侍候的贵妇人，她养尊处优，心胸狭窄，态度矜持。缝衣女请其试衣，她却不理不睬。寥寥数笔，一个贵妇人骄横傲慢的形象便跃然纸上。

汾沮洳

彼汾沮洳，①言采其莫②。彼其之子，美无度。③美无度，殊异乎公路。④

彼汾一方，言采其桑。彼其之子，美如英。美如英，殊异乎公行⑤。

彼汾一曲，言采其藚⑥。彼其之子，美如玉。美如玉，殊异乎公族⑦。

译文：

在那汾河的洼地上，采摘新鲜莫菜忙。想我那爱恋的人，他的美无法衡量。他的美无法衡量，和那公路官不一样。

到那汾河的斜坡上，采撷桑叶多新鲜。想我那爱恋的人，美如鲜花正怒放。美如鲜花正怒放，和那公行官不一般。

到那汾河的水湾旁，采到泽泻多新鲜。想我那爱恋的人，美如玉石洁无瑕。美如玉石洁无瑕，和那公族辈不相像。

注释：

①彼：那。汾：水名。源出山西宁武县管涔山，在今山西省中部地区，西南汇入黄河。沮洳（jù rù）：低湿地。汾水之低湿地，在汾水入河处。

②莫（mù）：指酸模，根叶花似羊蹄，多年生草本，有酸味。采酸模佐食，表魏民崇俭。

③美无度：极言其美无比。

④殊异：优异出众。乎：助词。公路：官名，掌管君主路车的官吏。

⑤公行（háng）：官名，掌管王公兵车的官吏。

⑥蕒（xù）：泽泻，药用植物。多年生沼生草本，具地下球茎，可作蔬菜。

⑦公族：公侯家族的人，指贵族子弟。

赏析：

关于此诗的背景，《毛诗序》云："《汾沮洳》，刺俭也。其君俭以能勤，刺不得礼也。"认为因君子勤俭，亲自采莫、采桑，有失体统，故作此诗以刺之。此说法不符合诗文本义。闻一多在《风诗类钞》中首先提出"这是女子思慕男子的诗"，陈子展将其归入普通恋歌类，应该是比较契合题旨的。

全诗以景兴情，融情入景，清新的风光与美好的人物结合得恰到好处：汾河碧波潋滟，野地葱郁，女主人公陶醉于大自然和劳动的喜悦中。她边劳动边歌唱，赞美心上人的"美无度"。回环叠唱的方式，赞美之意更浓。

园有桃

园有桃，其实之殽。[①]心之忧矣，我歌且谣。[②]不知我者，谓我士也骄。彼人是哉，子曰何其？心之忧矣，其谁知之？其谁知之，盖[③]亦勿思。

园有棘，其实之食。心之忧矣，聊以行国。[④]不知我者，谓我士也罔极[⑤]。彼人是哉，子曰何其？心之忧矣，其谁知之？其谁知之，盖亦勿思。

译文：

园里的树上结满了鲜桃，甜美的果实可吃个饱。但心里的忧伤呵，只能低吟浅唱排解。那些不理解我痛苦的人啊，肯定说我清高孤傲。通达之人你们说得很对，但请你告诉我怎么办为好？心中无尽的忧愁，你们谁能知道！有谁真正理解我啊，还是只能独自伤怀！

园里的小枣树枝繁叶茂，鲜美的果实可吃个饱。但心里的忧愁呵，且在广袤田里排解。那些不理解我痛苦的人啊，肯定说我庸人妄言。通达之人你们说得很对，但请你告诉我怎么办才好？心中无尽的忧思，你们谁能明白！有谁真正理解我啊，叫我如何不忧愁呢！

注释：

①殽（yáo）：同“肴”。其实之肴：即“肴其实”。

②歌、谣：曲合乐曰歌，徒歌曰谣，此处皆作动词用。

③盖（hé）：通“盍”，何不。此句意指心中烦忧，只能靠低吟浅唱排解。

④聊：姑且。以：助词。行国：离开城邑，周游国中。“国”与“野”相对，指城邑。

⑤罔极：无中正之道，没有准则。

赏析：

这诗的解释有二。一是《毛诗序》：“《园有桃》，刺时也。大夫忧其君，国小而迫，而俭以啬，不能用其民，而无德教，日以侵削，故作是诗也。”二是姚际恒《诗经通论》：“此贤者忧时之诗。”这是一位贤士忧时伤世的诗。诗人对现实有较清醒的认识，但不为他人理解，故心情郁闷，是以长歌当哭，以此诗表达深切的哀痛之情。

陟 岵

陟彼岵兮，[①]瞻望父兮。父曰：嗟！予子行役，夙夜无已。上慎旃哉，[②]犹来无止。[③]

陟彼屺[④]兮，瞻望母兮。母曰：嗟！予季[⑤]行役，夙夜无寐。上慎旃哉，犹来无弃。

陟彼冈兮，瞻望兄兮。兄曰：嗟！予弟行役，夙夜必偕[⑥]。上慎旃哉，犹来无死[⑦]。

译文：

登上草木繁茂的高山，遥望故乡的老父亲。仿佛听到父叹息：唉！苦命的儿服役在远方，日夜奔忙无止境。千万小心多保重，早日归家莫滞留。

登上那荒凉的秃山顶，遥望故乡的老母亲。仿佛听到母叹息：唉！我的小儿服役在远方，日夜辛劳难安眠。千万小心多保重，早归勿要留他乡。

登上那陡峭的野山岗，遥望故乡的亲兄长。仿佛听到兄叹息：唉！我的兄弟服役在远方，日夜征伐真艰苦。千万小心多保重，切莫丧命在他乡。

注释：

①陟（zhì）：登上。彼：那。岵（hù）：山多草木。兮：语气助词。

②上：通“尚”，希望。慎：谨慎，保重。旃（zhān）：之，作语气助词。哉：语气助词。

③犹来无止：还是平安归来，不要滞留在战场。

④屺（qǐ）：山无草木。

⑤季：兄弟中排行第四或最小。

⑥必偕：指与同行者一起作息，不得自如。

⑦无死：不要死在异乡。

赏析：

《毛诗序》："《陟岵》，孝子之行役，思念父母也。国迫而数侵削，役乎大国，父母兄弟离散，而作是诗也。"《笺》："役乎大国者，为大国所征发。"

这是一首征人思亲之作，抒写征人久戍的劳苦以及由此产生的厌战思归情绪。主题思想十分鲜明，但在表现手法上又别具一格。通篇不直述征人思归，而是写想象中家人对自己的思念，他们那声声叮咛，越发激起满腔的思归之情。这种手法与《周南·卷耳》如出一辙，都是以家人思己来写己思家人，抒情委婉，重在虚处着意。诗中明写父母等对征人困顿境遇的同情和焦虑，实为诉说服役在外、日夜奔波的劳苦，加上复沓回环的句法，气氛更见沉郁凄切，正如方玉润所评："笔以曲而愈达，情以婉而愈深。"

十亩之间

十亩之间①兮，桑者闲闲②兮，行③与子逝兮。

十亩之外兮，桑者泄泄④兮，行与子逝⑤兮。

译文：

十亩青青桑林间，采桑的人儿真悠闲，咱们一道把家回！

十亩青青桑林外，采桑的人儿真欢快，咱们一同回家去！

注释：

①十亩之间：指郊外所受场圃之地。

②闲闲：宽闲貌。

③行：且，将。

④泄泄（yì yì）：和乐的样子；一说人多的样子。

⑤逝：返回。一说往。

赏析：

这诗的解释有三。一是《毛诗序》："《十亩之间》，刺时也。言其国削小，民无所居焉。"二是方玉润《诗经原始》："盖隐者必挈眷偕往，不必定招朋类也。贤者既择地偕隐，则当指桑茂密处，妇女之勤于蚕事者相为邻里，然后能妥其室家，以成一代淳风。……《十亩之间》，夫妇偕隐也。"三是余冠英先生《诗经选》："这是采桑者劳动将结束时呼伴同归的歌唱。"

近人体会其诗，解脱传统附会的束缚，不强求讽喻，反而有返璞归真之得。余冠英等称其为桑者歇工呼伴同归的歌唱，是就诗论诗，符合其本来意境。全诗简单质朴，短短六句，描绘出采桑女子的劳动生活以及她们收工同归的愉快心情，充溢着浓郁的生活气息和青春活力，余味隽永，颇得古谣之韵致。

伐　檀

坎坎①伐檀兮，寘之河之干兮。②河水清且涟猗。③不稼不穑，④胡取禾三百廛兮？⑤不狩不猎，⑥胡瞻尔庭有县貆兮？⑦彼君子⑧兮，不素餐兮！⑨

坎坎伐辐⑩兮，寘之河之侧兮。河水清且直兮。不稼不穑，胡取禾三百亿⑪兮？不狩不猎，胡瞻尔庭有县特⑫兮？彼君子兮，不素食兮！

坎坎伐轮兮，寘之河之漘⑬兮。河水清且沦⑭猗。不稼不穑，胡取禾三百囷⑮兮？不狩不猎，胡瞻尔庭有县鹑兮？彼君子兮，不素飧⑯兮！

译文：

砍伐檀树声坎坎啊，棵棵放倒堆岸边啊，河水清清，吹起那无数波澜呦。不播种来不收割，为何家中粮食堆成山？不冬狩来不夜猎，为何见你庭院猪獾悬啊？那些老爷君子啊，可不白吃闲饭！

砍下檀树做车辐啊，放在河边集成堆啊。河水清清，激起万千条波澜呦。不播种来不收割，为何家中粮食如此多？不冬狩来不夜猎，为何见你庭院悬大兽啊？那些老爷君子啊，可不白饱腹啊！

砍下檀树做车轮啊，棵棵放倒河边屯啊。河水清清，荡起那细微波纹哦。不播种来不收割，为何家中粮食一囤囤？不冬狩来不夜猎，为何见你庭院挂鹌鹑啊？那些老爷君子啊，可不白吃荤啊！

注释：

①坎坎：象声词，伐木声。

②寘：同“置”，放置。干：河岸。意为堆放在河岸边。

③涟：风吹水成纹。猗（yī）：义同“兮”，语气助词。此句意为河水清清，随风吹起涟漪。

④稼：种谷。穑：收谷。此句意为不播种不收获。

⑤三百：意为很多，并非实数。廛（chán）：通“缠”，古代的度量单位。三百廛就是三百束。意指为何家中粮食很多。

⑥狩：冬天打猎。猎：夜猎。此诗中皆泛指打猎。意指统治阶级外出打猎。

⑦县：同“悬”，挂。貆（huán）：猪獾。也有说是幼小的貉。意指不外出打猎，为何庭院有悬挂的猪獾呢？

⑧君子：此系反话，指有地位有权势者。

⑨素餐：白吃饭。此句为反语讽刺。大意是：那些大人老爷们是不白吃饭的啊！

⑩辐（fú）：车轮上的辐条。

⑪亿：束。

⑫特：三岁的兽。

⑬漘（chún）：河岸。

⑭沦：小的波纹。

⑮囷（qūn）：束。一说圆形的谷仓。

⑯飧（sūn）：熟食，此泛指吃饭。

赏析：

《毛诗序》：“《伐檀》，刺贪也。在位贪鄙，无功而受禄，君子不得进仕尔。”又方玉润《诗经原始》：“《伐檀》，伤君子不见用于时，而又耻受无功禄也。”这是一首揭露和讽刺统治者不劳而获的诗。像《国风》中大部分民歌一样，诗人以平凡的劳动场景起兴：奴隶们辛勤工作，却依然衣不蔽体、食不果腹，奴隶主却能坐享其成，愤怒和不平涌上心头，于是以歌代骂。值得称道的是，这种情绪的表达不是凭借一般的感叹语句，而是通过一系列反诘排比来层层强化，更显得感情充沛、格调高昂。末尾“彼君子兮，不素餐兮”两句，画龙点睛，点明题意，讽刺与嘲弄之情溢于言表。

硕　鼠

硕鼠[①]硕鼠，无食我黍。三岁贯女，[②]莫我肯顾。逝将去女，[③]适彼乐土。乐土乐土，爰得我所。

硕鼠硕鼠，无食我麦。三岁贯女，莫我肯德。逝将去女，适彼乐国。乐国乐国，爰得我直[④]。

硕鼠硕鼠，无食我苗。三岁贯女，莫我肯劳。逝将去女，适彼乐郊。乐郊乐郊，谁之永号。[⑤]

译文：

大老鼠啊大老鼠，不要再吃我的黍！多年辛劳供养你，不曾得到你顾怜。发誓定要摆脱你，去那乐土找幸福。那乐土啊乐土，才是我的安身处！

大老鼠啊大老鼠，不要再吃我的麦！多年辛勤供养你，不曾受过你恩惠。发誓定要摆脱你，去那乐国有仁爱。那乐国啊乐国，才是我的好归宿！

大老鼠啊大老鼠，不要再吃我的苗！多年辛苦供养你，不曾见你来慰劳。发誓定要摆脱你，去那乐郊有欢笑。那乐郊啊乐郊，谁还悲叹长呼号！

注释：

①硕鼠：土耗子，田鼠。

②三岁：多年。三：非实数。贯：侍奉，养活。意为多年辛劳供养你。

③逝：同“誓”。去：离开。意指发誓定要离开这个地方。

④直：据王引之《经义述闻》，“当读为职，职亦所也。”一说同“值”。

⑤谁：谁人。之：语气助词，此处表示反诘的语气。永号：长叹。

赏析：

《毛诗序》：“《硕鼠》，刺重敛也。国人刺其君重敛蚕食于民，不修其政，贪而畏人，若大鼠也。”《硕鼠》设喻生动贴切，大老鼠脑满肠肥的形象和贪婪索取的嘴脸，比照剥削者丑恶的面目，给人留下深刻的印象，也更深刻地揭露了剥削者冷酷无情的寄生本质。末尾“适彼乐土”的美好憧憬，在当时虽只是一种空想，却为全诗染上一抹明亮的色彩，缓解了现实生活中的压抑苦闷和绝望心情，体现了劳动者乐观开朗的积极精神，具有强烈的艺术感染力。

唐　风

《唐风》为先秦时代唐地（晋国）民歌，共十二篇。有些诗以冷嘲热讽的笔调形象地揭示出奴隶主贪婪成性、不劳而获的寄生本性；有些诗写征夫思家恋土和对战争的哀怨；有些诗记叙了奴隶一年四季的劳动生活，还有不少诗表现了青年男女的爱情生活。

方玉润《诗经原始》云："案唐诗多作于曲沃并晋之世，两晋相吞，一兴一亡，其名无所专系，故黜晋号而系之以唐，恶之深故绝之甚也。国有无诗而名存，圣人闵其君之无罪见灭，存之所以寓兴亡继绝之心者，邶鄘是也。亦有有诗而名灭，圣人恶其得国不正，黜之所以见并族灭宗之罪者，晋是也。然则《诗》虽咏事，《春秋》之法寓焉矣。《孟子》云：'《诗》亡然后《春秋》作。'观此则《春秋》褒贬，岂待《诗》亡而后著哉？"

蟋　蟀

蟋蟀在堂，岁聿其莫。①今我不乐，日月其除。②无已大康③，职思其居。④好乐无荒，良士瞿瞿⑤。

蟋蟀在堂，岁聿其逝⑥。今我不乐，日月其迈⑦。无已大康，职思其外。好乐无荒，良士蹶蹶⑧。

蟋蟀在堂，役车其休。⑨今我不乐，日月其慆⑩。无已大康，职思其忧。好乐无荒，良士休休⑪。

译文：

天寒蟋蟀进堂屋，一年匆匆临岁暮。今不及时去寻乐，日月如梭留不住。莫要过分寻安逸，当思工作本艰巨。寻乐切记勿荒唐，贤良之士多警悟。

天寒蟋蟀进堂屋，四季将过临岁暮。今不及时去寻乐，光阴如梭停不住。行乐不可太无度，分外之事也不误。寻乐切记勿荒唐，贤良之士敏事务。

天寒蟋蟀进堂屋，行役车辆也休息。今不及时去寻乐，岁月如梭不停留。行乐不可太过度，还有国事让人忧。寻乐切记勿荒唐，贤良之士乐悠悠。

注释：

①聿（yù）：语气助词。莫：同“暮”。意为即将年末。

②日月：指时光。其：助词。除：过去。

③大康：同“泰康”，过分康乐。

④职：主要职务。居：所处之事。意指在其位谋其事。

⑤瞿瞿（jù jù）：警惕瞻顾貌。一说收敛。

⑥逝：过去。

⑦迈：义同“逝”，过去，流逝。

⑧蹶蹶（guì guì）：急遽貌。引申为勤奋，勤苦。

⑨役车：服役的车子。其：助词。休：止、息。

⑩慆（tāo）：通“滔”，过。

⑪休休：安闲自得。

赏析：

方玉润《诗经原始》云：“而《序》以为‘刺晋僖公俭不中礼’，今观诗意，无所谓‘刺’，亦无所谓‘俭不中礼’，安见其必为僖公发哉？……《蟋蟀》，唐人岁暮述怀也。”方玉润之说更为恰当。从诗的内容来看，既不是写君王，亦非写庶民，而是写一般士大夫岁暮述怀，且又乐不忘忧。首言“今我不乐，日月其除”，劝其及时行乐；继言“无已大康，职思其居”，戒其乐而思忧。一劝一戒，一放一收，层层深入，皆是勉励良士之意，余韵无穷。

山有枢

山有枢[①]，隰有榆。子有衣裳，弗曳弗娄。[②]子有车马，弗驰弗驱。宛[③]其死矣，他人是愉。

山有栲[④]，隰有杻[⑤]。子有廷内，[⑥]弗洒弗扫。子有钟鼓，弗鼓弗考[⑦]。宛其死矣，他人是保[⑧]。

山有漆，隰有栗。子有酒食，何不日鼓瑟？且以喜乐，且以永日。宛其死矣，他人入室。

译文：

山坡上面有刺榆，洼地中间长白榆。你有那华衣丽裳，不穿不戴又何苦。你有那香车宝马，不驾不骑又何愚。一朝不幸离人世，他人享受心舒畅。

山上长有臭椿树，菩提树在低洼处。你有那兰庭椒室，不洒不扫怎居住。你家那名钟大鼓，不敲不打因何故。一朝不幸离人世，他人便会来占据。

高山上面长漆树，低洼地里生榛栗。你有那美酒佳肴，何不日日鼓琴瑟。且用它来寻欢喜，或许亦能延年岁。一朝不幸离人世，他人得登堂入室。

注释：

①枢（shū）：树名，即刺榆。

②弗：不。曳（yì）：拖。娄：即“搂”，古时裳长拖地，需要拖着或提着。

③宛：通“苑”，枯萎。

④栲（kǎo）：树名，即臭椿。

⑤杻（niǔ）：树名，即菩提树。

⑥廷：通“庭”，庭院。内：堂和室。意指拥有兰亭椒室。

⑦考：敲击。

⑧保：占有。

赏析：

《毛诗序》曰：“《山有枢》，刺晋昭公也。不能修道以正其国，有财不能用……”有些牵强附会。朱熹《诗序辨说》则谓：“此诗盖以答《蟋蟀》之意而宽其忧。”亦差强人意。细细体味本诗，当以方玉润“此类庄子委蜕、释氏本空一流人语，原不足以为世训。然以破唐人吝啬不堪之见，则诚对症良药”之说为是。这是一首讽刺吝啬的富人对生活过分俭啬的诗。全诗三章，章章用兴，笔法诙谐，反复讽咏，每章末二句都对这种守财奴加以嘲笑，但同时也流露出一定的颓废情绪。

扬之水

扬之水，白石凿凿①。素衣朱襮②，从子于沃③。既见君子，④云何不乐。

扬之水，白石皓皓⑤。素衣朱绣⑥，从子于鹄⑦。既见君子，云何其忧。

扬之水，白石粼粼⑧。我闻有命，不敢以告人。

译文：

一条激流奔腾欢唱，水底白石鲜明发光。整装兵士白衣红领，到曲沃为桓叔守防。既然见到桓叔，为何不欢心舒畅？

一条激流奔腾欢唱，水底白石洁白透亮。整装兵士白衣红领，随桓叔到鹄邑营房。既然见到桓叔，为何仍烦愁忧伤？

一条激流汹涌奔腾，水底白石光洁明净。我惊闻造反密谋令，岂敢轻易告诉旁人。

注释：

①凿凿：鲜明貌。一说形容石头高低不平之状。

②襮（bó）：绣黼文的衣领，或说衣袖。黼文衣，指绣有斧形文的衣，即锦绣衣，用白布衣罩上，但朱领仍露出。

③沃：曲沃，地名，在今山西闻喜县东北。

④既：已。见：见到。君子：指桓叔。

⑤皓皓：洁白。

⑥绣：指领绣，即绣领。

⑦鹄（hú）：曲沃邑名。

⑧粼粼（lín lín）：清澄貌。形容水清石净。

赏析：

方玉润《诗经原始》："严氏粲云：'时沃有篡宗国之谋，而潘父阴主之，将为内应，而昭公不知。此诗正发潘父之谋，其忠告于昭公者，可谓切至。'"

春秋晋昭公元年（公元前745年），昭公封其叔父成师于曲沃，号为桓叔。曲沃势力日益强盛，"国之众皆附焉"。昭公七年（公元前739年），晋大臣潘父弑昭公，迎立桓叔为君，晋人发兵攻桓叔。桓叔败归曲沃。自此，桓叔一系与昭公一系展开争夺君位之争。至桓叔孙曲沃武公灭晋侯缗，立为晋君，已六十七年。此诗即是这场权力之争的产物。作者应为昭公一系的贵族，委婉地讽喻昭公：桓叔正在曲沃筹划篡晋密谋，须早为之备。此诗三章全以兴起，感情回环往复，含而不露；语言生动活泼，错落有致。

椒　聊

椒聊之实，①蕃衍盈升。②彼其之子，硕大无朋③。椒聊且，远条且。④

椒聊之实，蕃衍盈匊⑤。彼其之子，硕大且笃。椒聊且，远条且。

译文：

花椒和机树的累累果实啊，繁衍丰茂可把升装满。那至诚至敬仁义的君子啊，高大健美世无双。愿他像果实累累的椒聊，繁密枝条伸展得长长远远。

花椒和机树的密密果实啊，密密匝匝足有一满捧。那至诚至敬仁义的君子啊，诚实忠厚又良善。愿他像果实累累的椒聊，繁密枝条伸展得绵延长长。

注释：

①椒聊：花椒多子成串，古人以喻妇人多子。聊：同“莍”，亦作“朻”“梂”，草木结成的一串串果实。闻一多《风诗类钞》：“草木实聚生成丛，古语叫作聊，今语叫作嘟噜。”之：的。实：果实。

②蕃衍：生长众多。盈：满。升：量器名。

③无朋：无比。

④远条：远长，指香气远而长。且（jū）：语末助词。

⑤匊（jū）：同“掬”，两手合捧。又，《周礼·考工记·陶人》疏引《小尔雅》云：“匊，二升。”亦通。

赏析：

此诗的创作背景历来说法不一。《毛诗序》和三家诗都认为是讽谏晋昭公，赞美曲沃桓叔势力强盛子孙众多的诗作；应劭、第五伦则认为是赞美后妃多子的诗作。朱熹《诗序辨说》以为“此诗未见其必为沃而作也”。而胡长青所释《国学经典读本丛书：诗经》中认为把此诗理解为赞美男子的诗应更契合诗旨。因为《诗经》产生的时代属于父系社会，这时期称赞子孙众多，是对男性生殖能力的颂扬。且通观全诗，“硕大无朋”等也并非是描绘女性的词语。

绸　缪

绸缪束薪，[①]三星[②]在天。今夕何夕，见此良人[③]？子兮子兮，如此良人何？

绸缪束刍[④]，三星在隅[⑤]。今夕何夕，见此邂逅[⑥]？子兮子兮，如此邂逅何？

绸缪束楚[⑦]，三星在户。今夕何夕，见此粲者[⑧]？子兮子兮，如此粲者何？

译文：

薪柴捆了又复缠，参星闪耀天上悬。今宵何等有幸？见到此般良人。新娘子啊新娘子，将这好人怎生亲？

牧草捆了又复缠，参星闪耀挂天边。今宵该当如何？天赐这等姻缘。新郎官啊新娘子，拿这良辰怎般度？

荆条捆了又复缠，参星闪耀照门窗。今夜诸愿皆尝？得此娇俏新娘。新郎官啊新郎官，将这美人如何疼？

注释：

①绸缪（chóu móu）：缠绵。束薪：喻夫妇同心，情意缠绵，后成为婚姻礼。薪：《诗经》中大部分关于男女婚事常言及“薪”，如《汉广》“翘翘错薪”，《南山》“析薪如之何”。

②三星：指参星，主要由三颗星组成。参星黄昏时始出，古人行婚礼亦在黄昏时分。

③良人：丈夫，指新郎。

④刍（chú）：青草。

⑤隅：角落。此指天的东南角。

⑥邂逅：不期而遇。此指不期而遇的人。

⑦楚：荆条。

⑧粲者：美人。

赏析：

《毛诗序》曰：“《绸缪》，刺晋乱也。国乱则昏姻不得其时焉。”殊乖诗旨。细玩此诗，当是一首祝贺新婚的诗。“绸缪束薪，三星在天”两句点明了婚事及婚礼时间。“在天”“在隅”“在户”是以三星移动表示时间推移。三章合起来可知婚礼进行时间——即从黄昏至半夜。此诗每小节的后四句颇值得玩味，诗人以平淡之语，写常见之事，却令人感到身临其境，体会到新婚夫妇二人的旖旎之情。

杕杜

有杕之杜，①其叶湑湑②。独行踽踽③。岂无他人，不如我同父④。嗟行之人，胡不比⑤焉？人无兄弟，胡不佽⑥焉？

有杕之杜，其叶菁菁。独行睘睘⑦。岂无他人，不如我同姓⑧。嗟行之人，胡不比焉？人无兄弟，胡不佽焉？

译文：

路旁赤棠孤零零，树叶密生极兴旺。独自赶路好凄清。难道路上没别人，不如同父兄弟亲。叹息往来过路人，为何不与我亲近？没有兄弟无依靠，为何不将我帮衬？

路旁赤棠孤零零，枝叶青青丛密密。独自流浪多悲辛。难道路上没别人，不如同族兄弟亲。叹息往来过路人，为何不与我亲近？没有兄弟无依靠，为何不将我帮衬？

注释：

①杕（dì）：特立貌。杜：木名，赤棠。意指赤棠孤立于路侧。

②湑湑（xǔ xǔ）：形容树叶茂盛。

③踽踽（jǔ jǔ）：孤独貌。

④同父：指同胞兄弟；一说为同祖父的族昆弟。

⑤比：亲近。

⑥佽（cì）：资助，帮助。

⑦睘睘（qióng qióng）：同“茕茕”，孤独无依。

⑧同姓：同祖，指同族的兄弟。

赏析：

《毛诗序》云：“《杕杜》，刺时也。君不能亲其宗族，骨肉离散，独居而无兄弟，将为沃所并尔。”“刺时”是对的，但其余则是附会史实，不足为证。西周末期社会动荡，战乱频繁，生灵涂炭，晋国尤甚。人民饥寒交迫，背井离乡，骨肉离散，行乞求助之景，随处可见。诗中以枝叶扶疏的“有杕之杜”起兴，由景而情，由情及己，内容层层深入，将悲苦无告的孤独凄凉之感倾泻而出。

羔 裘

羔裘豹祛[①]，自我人居居。[②]岂无他人，维子之故。

羔裘豹褎[③]，自我人究究[④]。岂无他人，维子之好。

译文：

你身着羔皮礼服豹纹袖饰，对我们这般盛气凌人。难道你就这般目中无人？我们可是看在老交情上。

你身着羔皮礼服豹纹袖饰，对我们这般傲慢无礼。难道你就这样目无他人？我们可是看在故友分上。

注释：

①祛（qū）：袖口，豹祛即镶着豹皮的袖口。

②自我人：对我们。居居：即“倨倨”，傲慢无礼。

③褎（xiù）：同“袖”，指袖口。

④究究：心怀恶意不可亲近的样子，指态度傲慢。

赏析：

方玉润《诗经原始》云：“此篇‘羔裘豹祛’，指卿大夫而言也无疑。即下云‘岂无他人，维子之故’，亦其民欲去而不忍去之意也，亦无疑。民欲去其大夫而不忍去，则其大夫之贤否可知，即民情亦大可见。”此诗两章，脉络清晰，每章的前二句极写卿大夫的服饰之威和对故旧的侮慢之态；后二句则通过自问自答，表现了原友人的怨愤不平，而诗句的语气终究显得“怨而不怒”，符合“温柔敦厚”的诗教。

鸨 羽

肃肃鸨羽，[①]集于苞栩。[②]王事靡盬[③]，不能艺[④]稷黍。父母何怙[⑤]。悠悠苍天，曷其有所？

肃肃鸨翼，集于苞棘[6]。王事靡盬，不能艺黍稷。父母何食？悠悠苍天，曷其有极？

肃肃鸨行，集于苞桑。王事靡盬，不能艺稻粱。父母何尝？悠悠苍天，曷其有常？

译文：

鸨鸟振翅肃肃声，落在丛生柞树中。官府徭役无尽头，庄稼怎得成。父母饥饿谁供养？悠悠苍天睁开眼，何处能够容我身？

鸨鸟振翅肃肃响，落在酸枣树林上。官府徭役无尽头，庄稼何时能种上。父母饥饿吃何物？悠悠苍天睁开眼，何时才能返故乡？

鸨鸟振翅声肃肃，落在桑树丛林里。官府徭役无尽头，稻粱如何来种植。父母饥饿谁送食？悠悠苍天睁开眼，苦命日子何时终？

注释：

①肃肃：鸨鸟展翅飞行声。鸨（bǎo）：鸟名。似雁而大，无后趾，群居水草地区，性不善栖木。羽：翅膀。

②集于：栖息于。苞：丛生。栩（xǔ）：栎树，一名柞树。

③盬（gǔ）：止息，闲暇。

④艺：种植。

⑤怙（hù）：依靠。

⑥棘（jí）：酸枣树，实较枣小，供药用。

赏析：

《毛诗序》："《鸨羽》，刺时也。昭公之后，大乱五世，君子下从征役，不得养其父母而作是诗也。""刺时之作"应无误。但认为是"下从征役"的"君子"，则不敢苟同。君子非劳力之人，应是徭夫役人征役思亲之诗。晋自昭公以后，孝侯、鄂侯、哀侯、小子侯、晋侯缗，五世大乱，战火遍地，农民多被官府征去服役，抛家舍业，田地荒芜。而堂上双亲年老多病，饥寒无依。役夫征人，倦于王事，思念故园，悲苦无告，不禁提出血的控诉。全诗感情强烈，回环往复，无穷孤愤，读之令人潸然泪下。

无　衣

岂曰无衣，七[①]兮。不如子[②]之衣，安且吉兮。[③]

岂曰无衣，六[④]兮。不如子之衣，安且燠[⑤]兮。

译文：

难道我没有七章之衣？但总不如您的服饰，衣裳既舒适又美观。

难道我没有六章之衣？但总不如您的服饰，衣裳既舒适又温暖。

注释：

①七：七章之衣，诸侯的服饰。《周礼·春官·典命》："侯伯七命，其国家、宫室、车旗、衣服、礼仪皆以七为节。"

②子：第二人称的尊称、敬称。

③安：安然舒适。且：并且。吉：美，善。兮：语气助词。

④六：六章之衣，天子卿士的服饰。《周礼·春官·典命》："王之三公八命，其卿六命，其大夫四命，及其出封，皆加一等，其国家、宫室、车旗、衣服、礼仪亦如之。"

⑤燠（yù）：温暖。

赏析：

据《史记·晋世家》记载，公元前716年，晋武公称初袭立曲沃，其后曲沃日益强大，武公先后弑晋哀侯、小子侯。公元前678年，"伐晋侯缗，灭之，尽以其宝器赂献于周釐王。釐王命曲沃武公为晋君，列为诸侯，于是尽并晋地而有之。"此诗是诗人模仿武公语气述其赂王请命之意。阳为美之，实则阴刺之也。

有杕之杜

有杕之杜，生于道左[①]。彼君子兮，噬[②]肯适我。中心好之，曷饮食[③]之？

有杕之杜，生于道周[④]。彼君子兮，噬肯来游。中心好之，曷饮食之？

译文：

那棵杜梨真孤单，长在路东偏僻处。那君子啊有风度，可愿屈就来访吾？思贤盼友欲倾诉，何不过来饮一壶？

那棵杜梨真孤单，长在路右偏僻处。那君子啊有风度，可愿远游来看吾？思贤盼友欲交流，何不过来饮一壶？

注释：

①道左：道路左边，古人以东为左。

②噬（shì）：同“曷”，何，发语词。

③饮食（yìn sì）：喝酒吃饭。一说满足情爱之欲。

④周：通作“右”。

赏析：

关于此篇诗旨，历来有多种看法：一是《毛诗序》等的刺晋武公说，二是朱熹《诗集传》的好贤说，三是高亨《诗经今注》的迎宾短歌说，四是朱守亮《诗经评释》的孤独盼友说，其他还有思念征夫说、流浪乞食说、情歌说。以上诸说，当以孤独盼友说贴近诗旨。古往今来，人与人之间的交往是不可缺少的。此诗就是描写一个孤独者期盼友人来访，共饮谈心，以解寂寥之苦。

葛　生

葛生蒙楚，蔹[①]蔓于野。予美亡此，[②]谁与独处。

葛生蒙棘，蔹蔓于域[③]。予美亡此，谁与独息。

角枕[④]粲兮，锦衾[⑤]烂兮。予美亡此，谁与独旦。

夏之日，冬之夜，[⑥]百岁之后，归于其居[⑦]。

冬之夜，夏之日，百岁之后，归于其室。

译文：

葛藤遮盖着荆树，白蔹爬满了野地。我的好人儿去了，有谁去陪伴他？不过是孤守安宁！

葛藤遮盖了棘树，白蔹爬满了坟墓。我的好人儿去了，有谁去陪伴他？不过是独自歇息！

脑后角枕亮闪闪，身上锦被光灿灿。我的好人儿去了，有谁去陪伴他？不过是独宿达旦！

夏日迟迟，冬夜漫漫！百年之后，咱们黄泉相见！

冬夜漫漫，夏日迟迟！百年之后，与你墓室相会！

注释：

①蔹（liǎn）：白蔹，攀缘性草本植物，根可入药，有白蔹、赤蔹、乌蔹等色区分。

②予美：我的好人。郑笺："我所美之人。"朱熹《诗集传》："妇人指其夫也。"亡此：死于此处，指死后埋在那里。

③域：指坟地。毛传："域，营域也。"马瑞辰《毛诗传笺通释》："营域，或作茔域，古为葬地之称。"

④角枕：牛角枕，敛尸所用。据《周礼·王府》注，角枕用于枕尸首。

⑤锦衾：锦缎被子。闻一多《风诗类钞》："角枕、锦衾，皆敛死者所用。"

⑥夏之日、冬之夜：夏日长，冬夜长，言时间长也。

⑦其居：亡夫的墓穴。下文"其室"义同。

赏析：

《毛诗序》中云："刺晋献公也。好攻战，则国人多丧矣。"意谓丈夫从征役，弃亡不返，其妻居家而怨思。通过女主人公的内心独白，想象自己来到丈夫墓地，倾诉绵绵哀思。情感真挚热烈，读后颇为动容。前二章兴句烘托悲凉环境；后三章赋句写物书怀，将对亡夫的一腔思念，淋漓尽致地倾泻而出。

采　苓

采苓[①]采苓，首阳[②]之巅。人之为言[③]，苟亦无信。舍旃舍旃，[④]苟亦无然[⑤]！人之为言，胡得焉？

采苦采苦，首阳之下。人之为言，苟亦无与[⑥]。舍旃舍旃，苟亦无然！人之为言。胡得焉？

采葑[⑦]采葑，首阳之东。人之为言，苟亦无从。舍旃舍旃，苟亦无然！人之为言，胡得焉？

译文：

采苓菜呀采苓菜，到那首阳山顶寻。无聊小人说闲话，千万不要信为真。抛弃他吧抛弃他，谎话全都不可信。无知之人长舌妇，竹篮打水终无物。

采苦菜呀采苦菜，到那首阳山下来。小人专爱进谗言，千万不要将他睬。鄙弃他吧鄙弃他，谗言从来是祸灾。无耻之人进谗言，一无所得枉挂怀。

采蔓菁呀采蔓菁，请到首阳山正东。小人专爱说假话，劝君千万莫听从。抛弃他吧抛弃他，假话从来不可听。小人专爱说假话，最终仍是两手空。

注释：

①苓（líng）：通“蘦”，一种药草，即大苦。据沈括《梦溪笔谈》：“此乃黄药也。其味极苦，谓之大苦。”俞樾《群经评议》：“诗人盖托物以见意，苓之言怜也，苦之言苦也。”一说为莲。旧注或谓此苓为甘草。

②首阳：山名，在今山西永济县南，即雷首山。

③为言：同“伪言”，讹言。

④舍旃（zhān）：舍之，放弃它。舍：放弃。旃：“之焉”的合声。

⑤无然：不以为是。

⑥无与：不赞同他。

⑦葑（fēng）：芜菁，即芥菜。

赏析：

春秋晋献公嬖幸群小，公元前657年，献公听信骊姬谗言，逼太子申生自缢。此诗即刺献公而作，劝其切莫听信谗言。或以为“刺听谗之诗”，并非专刺某一人，也可。如方玉润《诗经原始》：“自古人君听谗多矣，其始由于心之多疑而好察，数数访刺外事于左右，故小人得乘机而进谗，势至顺而机又易投也。若夫明哲圣主，未尝不察迩而兼听，但其心虚，故人之为言未敢遽信为然，必审焉而后听……”《采苓》诗三章，每章三层，首二句起兴，定韵发端，三、四句点明主题，末四句示人以止谗之法。

秦 风

《秦风》为秦地民歌，共十篇。朱熹《诗集传》云：“秦，国名。其地在《禹贡》雍州之域，近鸟鼠山。初，伯益佐禹治水有功，赐姓嬴氏。其后中潏居西戎以保西垂。六世孙大骆生成及非子。非子事周孝王，养马于汧、渭之间，马大繁息。孝王封为附庸而邑之秦。至宣王时，犬戎灭成之族。宣王遂命非子曾孙秦仲为大夫，诛西戎，不克，见杀。及幽王为西戎、犬戎所杀，平王东迁，秦仲孙襄公以兵送之。王封襄公为诸侯，曰：‘能逐犬戎即有岐、丰之地。’襄公遂有周西都畿内八百里之地。至玄孙德公又徙于雍。秦即今之秦州。雍，今京兆府兴平县是也。”

车 邻

有车邻邻[①]，有马白颠。[②]未见君子，寺人[③]之令。

阪有漆，隰有栗。既见君子，并坐鼓瑟。今者不乐，逝者其耋[④]。

阪有桑，隰有杨。既见君子，并坐鼓簧。今者不乐，逝者其亡。

译文：

华车行路粼粼响，骏马额顶白戴星。尚未见到那君子，守门小臣待通禀。

高坡地上有漆树，洼地里生栗树丛。拜见君子合礼数，君子邀他并坐奏乐器。趁现在及时行乐吧，人生易老转眼至耄耋。

高坡地上栽蚕桑，洼地里长大叶杨。拜见君子奉礼数，君子邀他并坐吹鼓簧。趁现在及时行乐吧，岁月匆匆不知何时终。

注释：

①邻邻：同“辚辚”，车行声。

②有：语助词。匹：马匹。白颠：马额正中有块白毛，一种良马。也称戴星马。

③寺人：宦官。

④耋（dié）：八十岁，此处泛指老人。

赏析：

此诗首章从主人公拜会友人途中写起。一个新兴贵族带着众多仆从，乘坐着良马拉的车去见朋友。寺人传令突出友人门第高贵，同时也在标榜自己身份尊贵，可谓含而不露。情投意合的朋友，一见面就在一起弹奏吹打，欣赏音乐。“今者”两句尽管有点消极，但在朋友间的娱乐场合，坦露襟怀，流露出人生短促的感伤也是人之常情。

驷　驖

驷驖孔阜，[1]六辔在手。[2]公之媚子[3]，从公于狩[4]。

奉时辰牡，[5]辰牡孔硕。公曰左之，舍拔[6]则获。

游于北园，四马既闲[7]。輶车鸾镳，[8]载猃歇骄。[9]

译文：

四匹黑骏鸣高昂，秦公娴熟执六缰。得宠臣仆亲卫队，跟随君王猎围场。

驱逐野物来敬献，应时野兽美且肥。秦公呼喊左包抄，搭弓放箭应弦倒！

猎毕驾车游北园，四马拉车真熟练。车儿轻转鸾铃响，车载有功小猎犬。

注释：

①驷驖（tiě）：四匹赤黑色的马。孔：很。阜：肥大。

②辔：马缰。四马应有八条缰绳，由于中间两匹马的内侧两条辔

绳系在御者车前的杠上，所以只有六辔在手。

③媚子：亲信、宠爱的人。

④狩：冬猎。古代帝王打猎，四季各有专称。《左传·隐公五年》："故春蒐、夏苗、秋狝、冬狩。"

⑤奉时：即为公爷赶兽。奉：捧，敬献之意。时：是。辰牡：应时的牡兽。四季所需的兽不同，古制，冬献狼，夏献麋，春秋献鹿豕群兽，所以掌苑囿的官亦驱时节之兽来待射。牡，雄性的，跟牝相对。古时祭祀之牲不用牝，皆以牡为贵，故奉待射的时节兽都为牡。

⑥舍拔：去箭末，即射箭。

⑦闲：通"娴"，熟练。

⑧輶（yóu）车：用于驱赶堵截野兽的轻便车。鸾：鸾铃。镳（biāo）：马衔铁。

⑨载：车上载着。猃（xiǎn）：长嘴猎狗。歇骄：短嘴猎狗。

赏析：

《毛诗序》："《驷驖》，美襄公也。始命有田狩之事、园囿之乐焉。"此为歌吟襄王田猎之诗。通过对田猎的铺叙描绘，歌颂了襄王的丰功伟绩。秦本为附庸，后来幽王被犬戎所杀，平王东迁，襄公出兵护送。平王封襄公为诸侯，领岐丰之地，才开始有田狩、园囿之乐。这首诗以田猎为主，描写车马狩猎之盛况，层次分明。一章言将狩之时，车马盛，使令多；二章言正狩之时，狩猎之礼数，狩技之高超；三章言狩毕之时，游玩北园，突出了王家苑囿之广大，人禽皆有所休，有张有弛。全诗叙事写景高度集中，突出典型场景和典型人物，抓住极富表现力的瞬间，具有极强的艺术概括力。

小　戎

小戎俴收，①五楘梁輈。②游环胁驱，③阴靷鋈续。④文茵畅毂，⑤驾我骐馵。⑥言念君子，温其如玉。在其板屋，乱我心曲。

四牡孔阜，六辔在手。骐駵⑦是中，騧骊是骖。⑧龙盾之合，⑨鋈以觼軜。⑩言念君子，温其在邑。方何为期，胡然我念之？

俴驷孔群，[11]厹矛鋈錞。[12]蒙伐有苑，[13]虎韔镂膺。[14]交韔二弓，[15]竹闭绲縢。[16]言念君子，载寝载兴。厌厌[17]良人，秩秩[18]德音。

译文：

战车轻便车厢窄，五根皮条缠车辕。游环胁驱马背拴，饰金皮带穿铜环。坐垫舒适车毂畅，驾马雄俊又英武。我心无限思夫君，性情温润如玉石。念及驻在木板屋，惹我心忧又烦乱。

四匹雄马颇壮健，六道缰绳握于手。青红两色居中间，黄马黑马在两旁。龙纹盾牌并一起，铜环辔绳串成行。我心无限思夫君，温言暖语念佳偶。何时方能返家来，万缕愁思惹挂牵。

四马轻身步协调，三棱矛柄镶铜套。巨大盾牌花纹美，虎皮弓套镂金雕。两弓交错插袋中，弓檠夹弓绳缠绕。我心无限思夫君，半醒半睡心焦躁。温和娴静好夫君，彬彬有礼声誉高。

注释：

①小戎：兵车。因车厢较小，故称小戎。俴（jiàn）收：浅的车厢。俴：浅。收：收缩。

②五楘（mù）：五束历録，用五束来连络。梁輈（zhōu）：弯曲的车辕如船状。即用五束皮带系在车辕上。

③游环：活动的环，设于辕马背上。胁驱：驾马的用具。一车四马，外两马称骖，中两马称服。用游环于服马背上，再用皮带连在车上，使骖马不入内。

④阴靷（yǐn）：系骖马的革带，不太显眼。鋈（wù）：白铜环。续：接续。在革带上用白铜环相续。

⑤文茵：虎皮垫。畅毂（gǔ）：长毂。毂：车轮中心的圆木，中有圆孔，用以插轴。

⑥骐：青黑色的马。馵（zhù）：后左足白的马。此句意为驾驭我的好马。

⑦骝（liú）：赤身黑鬣的马，古同“騮”。

⑧騧（guā）：黄马黑嘴。骊：黑色的马。意为黄马黑马在

两旁。

⑨龙盾：画龙的盾牌。之：助词。合：两只盾合挂于车上。

⑩觼軜（jué nà）：有舌环穿过骖马的皮带，使内辔固定。軜：骖内辔。意为铜环辔绳串成行。

⑪俴驷：披着薄金甲的四马。孔群：指马群很和谐。

⑫厹（qiú）矛：三棱锋刃的矛。鋈錞（wù duì）：以白铜镀矛柄底的金属套。

⑬蒙：通“庬”，杂乱的羽纹。伐：盾牌。苑：文采。意为盾牌上纹饰很美。

⑭虎韔（chàng）：以虎皮做的弓囊。镂膺：刻纹。

⑮交韔：交错的藏弓袋。交韔二弓：两张弓，一弓向左，一弓向右，交错放在袋中。

⑯竹闭：弓檠，竹制，弓卸弦后缚在弓里防损伤的用具。绲（gǔn）：绳。縢（téng）：缠束。

⑰厌厌：安静。

⑱秩秩：有礼节，一说聪明多智貌。

赏析：

关于此诗的主题思想及创作动机，大致有以下几种看法：一是《毛诗序》赞美秦襄公说，二是《诗古微》赞美秦庄公说，三是《诗故》伤王政衰微说，四是《诗经解说》爱国思想说，五是《诗经恒解》等怀念征夫说。现代学者一般取怀念征夫说。秦师出征时，家人送行，征人之妻当在其中。事后，她回忆起丈夫出征时的壮观场面，诗中描绘兵车如画，直扑眼帘；进而联想到丈夫离家后的情景，一方面抒怀，寄托情思，另一方面希望丈夫建功立业，得偿所愿。两相衬映，上下呼应，转换自然，字里行间可见其仰慕之心和思念之情。

蒹 葭

蒹葭苍苍，[1]白露为霜。所谓伊人，在水一方。溯洄[2]从之，道阻且长。溯游[3]从之，宛在水中央。

蒹葭凄凄，白露未晞[4]。所谓伊人，在水之湄[5]。溯洄从之，道阻且跻[6]。溯游从之，宛在水中坻[7]。

蒹葭采采，白露未已。所谓伊人，在水之涘[8]。溯洄从之。道阻且右[9]。溯游从之，宛在水中沚[10]。

译文：

河边芦苇青苍苍，秋深露水结成霜。我心所悦在何处？就在河水那一方。若要逆流去寻她，道路险阻且又长。若要顺流去找她，仿佛在那水中央。

浩荡芦苇密又繁，清晨露水尚未干。我心所念在何处？在那水边高崖上。若要逆流去寻她，道路险阻攀登难。若要顺流去找她，依稀就在水中滩。

摇曳芦苇密稠稠，早晨露水未全收。意中之人在何处？彼方遥远河水旁。若要逆流去寻她，道路险阻曲难求。若要顺流去找她，宛若飘在水中央。

注释：

①蒹葭（jiān jiā）：初生的芦苇。苍苍：鲜明茂盛的样子。下文"萋萋""采采"义同。

②溯（sù）洄：逆流而上。

③溯游：顺流而下。

④晞（xī）：干。

⑤湄（méi）：水草相交地。

⑥跻（jī）：上升，攀登。这里指地势渐高，需要攀登。

⑦坻（chí）：水中高地，小渚。

⑧涘（sì）：水边。

⑨右：右边，绕弯处。《毛传》释为左右的右，《郑笺》解作迂回，马瑞辰说："周人尚左，故以右为迂回。"

⑩沚（zhǐ）：水中沙洲。

赏析：

关于此诗，历来释义颇多，《毛诗序》等认为是用来讥刺秦襄公不能用周礼来巩固国家，姚际恒《诗经通论》、方玉润《诗经原始》认为是惋惜招引隐居的贤士而不可得。但与《诗经》中多数诗的内容实在且具体不同，现代学者多将其看作是一首爱情诗，先以苍苍的蒹葭起兴，再写男子追求意中人。而所追的人在何方？在茂密的蒹葭丛里，似见非见，时隐时现。诗意的空幻给阐释带来了麻烦，但也增加了更多可能性，蕴含着某些象征的意味。钱锺书《管锥编》中对其就有详细阐释。

终　南

终南何有？有条①有梅。君子至止，锦衣狐裘。②颜如渥丹，③其君也哉！

终南何有？有纪有堂。④君子至止，黻⑤衣绣裳。佩玉将将，寿考不亡。⑥

译文：

终南山上有什么？有山楸来有梅树。有位君子到此地，锦绣衣衫狐裘服。面如朱砂光润泽，不愧是我国君主。

终南山上有什么？山麓山坪多宽敞。君王受封到此地，青黑上衣五彩裳。身上佩玉响叮当，富贵寿考永不忘。

注释：

①条：山楸树。山楸树材质好，可制车板。

②锦衣狐裘：当时诸侯的礼服。《礼记·玉藻》："君衣狐白裘，锦衣以裼之。"

③渥丹：红润而有光泽的样子。渥：丰润、润泽。丹：赤石制的红色颜料，今名朱砂。意为君子面色红润。

④纪：通"杞"，杞树。一说为山之廉角。堂：通"棠"，指赤棠树。一说为山之宽平处。此处意指山麓山坪处皆宽敞有余。

⑤黻（fú）：绣上黑与青相间的礼服。

⑥考：高寿。亡：通“忘”。此句意为富贵寿延也莫忘。

赏析：

《毛诗序》：“《终南》，戒襄公也。能取周地，始为诸侯，受显服，大夫美之，故作是诗以戒劝之。”又朱熹《诗集传》：“此秦人美其君之词，亦《车邻》《驷驖》之意也。”当其时，襄公逐犬戎有功，被周王封为诸侯，受显服。秦臣见君王抚有西土，应天子命来治其民，于是作此诗来颂美其功业。此诗不仅有美颂的一面，也有劝诫之意。如“其君也哉”，即是疑而未定之辞。此篇是美中寓戒，寓戒于颂，美戒有机结合成一体。

黄　鸟

交交黄鸟，[1]止于棘。谁从穆公？[2]子车奄息。[3]维此奄息，百夫之特[4]。临其穴，惴惴其慄。[5]彼苍者天，歼我良人！如可赎兮，人百其身。[6]

交交黄鸟，止于桑。谁从穆公？子车仲行。维此仲行，百夫之防[7]。临其穴，惴惴其慄。彼苍者天，歼我良人！如可赎矣，人百其身。

交交黄鸟，止于楚[8]。谁从穆公？子车鍼虎。维此鍼虎，百夫之御。临其穴，惴惴其慄。彼苍者天，歼我良人！如可赎矣，人百其身。

译文：

交交黄鸟鸣声哀，枣树枝上停下来。是谁殉葬从穆公？子车奄息命运乖。谁不赞许好奄息，百中无一之俊才。众人悼殉临墓穴，胆战心惊遭活埋。苍天在上请开眼，坑杀好人该不该！若是身可代他死，百人甘愿赴泉台。

交交黄鸟鸣声哀，桑树枝上歇下来。是谁殉葬伴穆公？子车仲行遭祸灾。谁不称美好仲行，百夫匹敌之能才。众人悼殉临墓穴，胆战心惊遭活埋。苍天在上太无情，坑杀好人该不该！若是身可代其死，百人甘愿化尘埃。

交交黄鸟鸣声哀，荆树枝上落下来。是谁殉葬陪穆公？子车鍼虎遭残害。谁不夸奖好鍼虎，百夫莫比是贤良。众人悼殉临墓穴，胆战心惊遭活埋。苍天在上知公道，坑杀好人该不该！若是己身可替死，百人甘愿葬此地。

注释：

①交交：飞而往来貌。一说为鸟鸣声。黄鸟：即黄雀。

②从：从死，即殉葬。穆公：春秋时秦国国君，姓嬴，名任好。意为是谁为秦穆公殉葬。

③子车：氏名。奄息：人名。下面的仲行、鍼虎，皆人名。这三人是当时秦国有名的贤臣。

④特：杰出。

⑤惴惴（zhuì zhuì）：恐惧。其：助词。慄（lì）：战栗。《郑笺》云："谓秦人哀伤其死，临视其圹，皆为之悼栗。"

⑥人百其身：犹言用一百人赎其一命。《笺》："一身百死犹为之。"

⑦防：抵挡。《郑笺》云："防，犹当也。言此一人当百夫。"

⑧楚：荆树条。楚之言"痛楚"。亦为双关。

赏析：

《毛诗序》："《黄鸟》，哀三良也。国人刺穆公以人从死而作是诗也。"《笺》："三良，三善臣也，谓奄息、仲行、铖虎也。从死，自杀以从死。"公元前621年，秦穆公任好死，殉葬者多达一百七十七人。其中奄息、仲行、针虎三兄弟也允诺随之殉葬而死，此三人是秦国的贤者，人们哀悼他们，于是创作了这首挽歌，诗中表达了对活人殉葬制的控诉，以及对于三良的惋惜，可见秦人对于暴君的憎恨。

晨风

鴥彼晨风，[①]郁彼北林。[②]未见君子，忧心钦钦[③]。如何如何，忘我实多。

山有苞栎，[④]隰有六驳。[⑤]未见君子。忧心靡乐。如何如何，忘我实多。

山有苞棣[⑥]，隰有树檖[⑦]。未见君子，忧心如醉。如何如何，忘我实多。

译文：

傍晚鹰隼疾飞过，栖在郁苍北树林。至今未见君子面，忧心忡忡心不定。为何你要这般做，莫非早就忘了我！

高山上有栎树林，洼地梓榆树成荫。至今未见君子面，满怀悒郁心如焚。为何这般对待我，莫非忘却往日情！

高山上有唐棣密，洼地里生山梨林。至今未见君子面，满腹烦忧如醉痴。为何你如此决绝，旧日情谊皆成空！

注释：

①鴥（yù）：鸟疾飞貌。彼：那。晨风：鸟名，即鹯（zhān）鸟，属于鹞鹰一类的猛禽。

②郁：茂盛貌。北林：北面的森林。

③钦钦：忧愁难忘的样子。朱熹《诗集传》：“忧而不忘之貌。”

④苞：丛生的样子。栎（lì）：柞树，落叶乔木，花黄褐色。意指高山上有柞树林。

⑤六：虚指，意为多。驳（bó）：树名，梓榆树，树皮青白如驳马而得名。意指洼地梓榆树成荫。

⑥棣（dì）：唐棣，也叫郁李。

⑦檖（suì）：山梨。

赏析：

关于此诗背景，历代学者尚有分歧。《毛诗序》持“刺秦康公弃其贤臣说”，朱谋㙔《诗故》持“刺弃三良说”，何楷《诗经世本古义》“秦穆公悔过说”。朱熹《诗集传》说此诗写女性担心外出的丈夫已将她遗忘和抛弃。闻一多的怀人说比较稳妥，能契合原诗，给读者以较多的欣赏余地。其他如弃贤说、妇人思夫说也有合理之处。全诗笔致朴素委婉，表现了抒情主人公欲见君子而不可得、似怨似诉的忧思远怀。

无 衣

岂曰无衣，与子同袍①。王于兴师，②修我戈矛，与子同仇③。

岂曰无衣，与子同泽④。王于兴师，修我矛戟，与子偕作⑤。

岂曰无衣，与子同裳。王于兴师，修我甲兵，与子偕行。

译文：

谁说我们没衣穿？与你同穿这战袍。君主发兵去交战，修整那锐戈长矛，与你共同对敌。

谁说我们没衣穿？与你同穿这内衣。君主发兵去交战，修整那长矛利戟，与你一起出发。

谁说我们没衣穿？与你同穿这战衣。君主发兵去交战，修整甲胄与兵器，与你杀敌前行。

注释：

①袍：长袍，指装有旧丝绵的长袍。

②王：此指秦君。一说指周天子。于：助词。兴师：起兵。

③同仇：共同对敌。

④泽：亲肤的内衣。

⑤作：起。

赏析：

这诗的解释有二。一是《毛诗序》：“《无衣》，刺用兵也。秦人刺其君好攻战，亟用兵，而不与民同欲焉。”二是《汉书·赵充国辛庆忌传赞》："山西天水、安定、北地处势迫近羌胡，民俗修习战备，高尚勇力鞍马骑射，故秦诗曰：'王于兴师，修我甲兵，与子皆行。'其风声气俗自古而然。今之歌谣慷慨，风流犹存耳。""刺用兵""复王仇"等说，都有主观附会之嫌。余冠英《诗经选》中说"这诗是兵士相语的口吻，当是军中的歌谣。史书说秦俗尚武，这诗反映出战士友爱和慷慨从军的精神。"此种说法更为妥帖。这首激昂慷慨、同仇敌忾的战歌，表现了秦国军民团结互助、共御外侮的高昂士气和乐观精神，风格矫健而爽朗。

渭阳

我送舅氏，曰至渭阳。①何以赠之？路车乘黄。②

我送舅氏，悠悠我思。何以赠之？琼瑰③玉佩。

译文：

我送舅舅归国去，转眼来到渭之阳。有何礼物赠给他？路车一辆四马黄。

我送舅舅归国去，思绪悠悠念母亲。有何礼物赠给他？琼瑰佩玉齐献上。

注释：

①曰：发语词。至：到。渭：渭水。阳：水之北曰阳。

②路车：古代诸侯乘坐的车。乘黄：驾车的四马皆黄。

③琼瑰（guī）：次于玉的美石。

赏析：

《毛诗序》："《渭阳》，康公念母也。康公之母，晋献公之女也。文公遭丽姬之难，未反而秦姬卒，穆公纳文公。康公时为太子，赠送文公于渭之阳，念母之不见也，我见舅氏，如母存焉。及其即位，思而作是诗也。"本诗是秦康公做太子时送别舅父重耳所作，抒发了与舅父的依依惜别之情，也有思念母亲之意。全诗二章，寥寥八句，但意绪委婉，情致缠绵。

权 舆

於[①]我乎，夏屋渠渠。[②]今也每食无余。於嗟乎！不承权舆[③]。

於我乎，每食四簋[④]。今也每食不饱。於嗟乎！不承权舆。

译文：

唉我呀！曾客居华馆大屋，如今每餐不丰富。可叹啊！与那往日不可比！

呜呼哉！曾经餐餐多丰盛，如今顿顿吃不饱。可怜啊！早已今非昔比哉！

注释：

①於（wū）：叹词。

②夏屋：大的食器。渠渠：丰盛。

③权舆：本指草木初发，引申为起始，见马瑞辰《毛诗传笺通释》。

④簋（guǐ）：古代青铜或陶制圆形食器。毛传："四簋，黍稷稻粱。"朱熹《诗集传》："四簋，礼食之盛也。"

赏析：

这诗的解释有二。一是《毛诗序》："《权舆》，刺康公也。忘先君之旧臣与贤者，有始而无终也。"二是余冠英《诗经选》："这首诗写一个冷落的贵族嗟贫困，想当年。"全诗采用杂言句法，跌宕错落，且善用对比手法。魏源《诗古微》曾说："'长铗归来乎，食无鱼，出无车'，《权舆》诗人其冯谖之流乎？"从诗中无法看到诗作者慨叹之后待遇能否得到改变，但从孟尝君的食客冯谖歌"长铗归来乎，食无鱼"之举，或可看到他的影子。

陈风

《陈风》共十篇。朱熹《诗集传》云："陈，国名。大皞伏羲氏之墟，在《禹贡》豫州之东。其地广平，无名山大川。西望外方，东不及孟诸。周武王时，帝舜之后有虞阏父为周陶正，武王赖其利器用，与其神明之后，以元女太姬妻其子满，而封之于宛丘之侧，与黄帝、帝尧之后共为三恪，是谓胡公。大姬，妇人尊贵，好乐巫觋歌舞之事，其民化之。今之陈州即其地也。"

宛丘

子之汤兮，①宛丘②之上兮。洵有情兮，而无望③兮。

坎④其击鼓，宛丘之下。无冬无夏，值其鹭羽。⑤

坎其击缶⑥，宛丘之道。无冬无夏，值其鹭翿⑦。

译文：

你舞姿回旋荡漾，舞动宛丘高地上。我虽倾心恋慕你，却不敢存有奢望。

敲得鼓儿咚咚响，舞动宛丘平地上。无论寒冬与炎夏，洁白鹭羽手中扬。

敲得瓦缶当当响，舞动宛丘大道上。不管寒冬与炎夏，鹭羽饰物戴头上。

注释：

①子：指跳舞的巫女。之：助词。汤：通"荡"，舞动的样子。

一说游荡，放荡。兮：语气助词。

②宛丘：四方高、中央平坦的土山。

③望：德望。一说观望；一说望祀；一说仰望。

④坎：击鼓声。

⑤值：持或戴。其：之。鹭羽：用白鹭羽毛做成的舞蹈道具。

⑥缶（fǒu）：瓦制的打击乐曲。

⑦翿（dào）：一种舞具，聚鹭羽于柄头，下垂如盖。

赏析：

这诗的解释古来有二。一是《毛诗序》刺陈幽公说："《宛丘》，刺幽公也。淫荒昏乱，游荡无度焉。"二是《诗三家义集疏》刺陈好巫风说：《齐诗》引《匡衡传》注引张晏曰："胡公夫人，武王之女大姬，无子，好祭祀鬼神，鼓舞而祀……"而近人有了新解，余冠英认为是一个男子倾吐了对一位巫女的爱慕，联系周朝当时确实存在着的"陈风好巫"，而巫又多舞的习俗，以及本诗对巫之舞姿的反复咏叹，把本诗解作爱情诗，也可说通。

东门之枌

东门之枌[①]，宛丘之栩[②]。子仲[③]之子，婆娑[④]其下。

榖旦于差，[⑤]南方之原。不绩[⑥]其麻，市也婆娑。

榖旦于逝，越以鬷迈。[⑦]视尔如荍[⑧]，贻我握椒[⑨]。

译文：

东门白榆绿荫浓，宛丘柞树枝繁茂，子仲家的小姑娘，独自树下翩翩舞。

选定一个好日子，同到城南平原上。放下手中搓麻活，集市当中欢快舞。

趁着今朝是良辰，越过人群与她见。看你粉脸似锦葵，回赠一捧香花椒。

注释：

①枌（fén）：白榆树。

②栩（xǔ）：柞树。

③子仲：陈国的姓氏。

④婆娑：舞蹈。

⑤縠旦：好日子。縠：善，好。差（chāi）：选择。意为选定一个好日子。

⑥绩：把麻搓成线。

⑦越以：于以，语气助词。鬷（zōng）：会聚，聚集。迈：走，行。

⑧荍（qiáo）：锦葵，草本植物，夏季开紫色或白色花。

⑨椒：花椒。赠椒表结好。

赏析：

这诗的解释有二。一是《毛诗序》："《东门之枌》，疾乱也。幽公淫荒，风化之所行，男女弃其旧业，亟会于道路，歌舞于市井尔。"此种说法不当。二是余冠英先生《诗经选》："这是男女慕悦的诗……写男女在良晨会舞于市井，反映陈国特殊的风俗。"古时宗教习俗往往和民间风情联系在一起，本诗即为例证。诗许是出自一位青年男子之口，男女终于相爱，姑娘放下农活来到原野参加舞会，两两相赠信物，以心相许。诗句富有韵味，充满对民间爱情的赞叹。

衡　门

衡门①之下，可以栖迟②。泌之洋洋，③可以乐饥④。
岂其食鱼，必河之鲂⑤？岂其取妻，必齐之姜？⑥
岂其食鱼，必河之鲤？岂其取妻，必宋之子？

译文：

横木为门城东头，可以幽会一逗留。洋洋流淌泌水边，可以慰我相思愁。

难道人们想吃鱼，定要鳊鱼才如愿？难道想要娶妻子，必得齐姜才开颜？

难道人们想吃鱼，定要鲤鱼才满足？难道想要娶妻子，非得宋子才欢愉？

注释：

①衡门：横木为门。又闻一多《风诗类钞》曰：“东西为横，衡门疑陈城门名。”

②栖迟：栖息，安身，此指幽会。

③泌（bì）：本义是泉水流得很快的样子，后作陈国泌丘地方的泉水名。一说同“密”，为男女幽约之地，在山边曰密，在水边曰泌，故泌水为一般的河流，而非确指。之：助词。洋洋：水流貌。

④乐饥：乐而忘饥。一说乐饥指性欲得以满足。《诗经》中常将性的欲望称为饥，乐饥指满足性的饥渴。闻一多《神话与诗·高唐神女传说之分析》：“其实称男女大欲不遂为‘朝饥’，或简称‘饥’，是古代的成语。”

⑤鲂：亦名鳊鱼，鳞细，肉肥。闻一多认为，“鱼”在上古是“匹偶”“情侣”的隐语，“食鱼”所暗示的恰是男女的“合欢或结配”。

⑥此句意为：娶妻两情相悦即可，难道非得是娶齐姜嘛？齐姜、宋子：齐女姓姜，宋女姓子，指贵族姑娘。姜姓在齐国为贵族，子姓在宋国为贵族。

赏析：

历代注家对本诗题旨的解释，除大多数解作隐者表述安贫乐道之词，也有人解作男女相悦之情歌。但无论是哪一种解释，都显示出诗歌或正或反的自娱自乐的意蕴。中国数千年的封建社会，人们所熟悉的“隐士情结”盖出于此。而闻一多先生从民俗学角度考释此诗兴象，认为属情诗的看法也较为贴切。吃鱼何必一定要黄河中的鲂鲤，娶妻又何必非齐姜、宋子不可？只要是两情相悦，都可共度美好时光，当作惜取眼前人之意。

东门之池

东门之池[①]，可以沤[②]麻。彼美淑姬[③]，可与晤歌[④]。

东门之池，可以沤纻[⑤]。彼美淑姬，可与晤语[⑥]。

东门之池，可以沤菅[⑦]。彼美淑姬，可与晤言。

译文：

东门外面护城池，可以浸麻做衣裳。美丽善良好姑娘，可以和她相对唱。

东门外面护城池，可以浸纻做衣裳。美丽善良好姑娘，有商有量情意长。

东门外面护城池，可以浸菅做衣裳。美丽善良好姑娘，可以和她诉衷肠。

注释：

①池：护城河。一说水池。

②沤（òu）：长时间用水浸泡。纺麻之前先用水将其泡软，才能剥下麻皮，用以织麻布。

③淑姬：美女的代称。姬：姓。

④晤歌：对唱。

⑤纻（zhù）：苎麻，麻的一种。多年生草本植物，茎皮含纤维质，可做绳，可织布。

⑥晤语：对话。

⑦菅（jiān）：菅草，芦荻一类的多年生草本植物，其茎浸渍剥取后可以编草鞋，叶可做绳。

赏析：

这诗的解释有二。一是《毛诗序》："《东门之池》，刺时也。疾其君之淫昏，而思贤女以配君子也。"将诗意与政治联系起来，有些过于发散。二是朱熹《诗集传》："此亦男女会遇之词。"认为这是一首情诗，更为妥帖。剥离麻皮本是相当艰苦的劳动，但在这艰苦的劳动中，小伙子能和自己钟爱的姑娘在一起，苦也为乐。本诗反复咏唱、一唱三叹的韵味，足见男青年对那位浸麻织布女子的绻绻情思。

东门之杨

东门之杨，其叶牂牂①。昏以为期，②明星煌煌。③

东门之杨，其叶肺肺。昏以为期，明星晢晢④。

译文：

东城门外小白杨，浓密叶片映夕阳。约好黄昏来相会，苦等星闪久不至。

东城门外白杨林，晚霞映红密叶片。约好黄昏来见面，未至星星嵌满天。

注释：

①牂牂（zāng zāng）：风吹树叶声。一说枝叶茂盛的样子。下文“肺肺（pèi pèi）”意同。

②昏：黄昏。期：约定的时间。意指约好黄昏来相会。

③明星：明亮的星星。一说启明星，晨见东方。煌煌：明亮的样子。

④晢晢（zhé zhé）：明亮。

赏析：

《毛诗序》：“《东门之杨》，刺时也。昏姻失时，男女多违，亲迎女犹有不至者也。”又朱熹《诗集传》：“此亦男女期会而有负约不至者，故因其所见以起兴也。”今人多赞成朱熹的观点，认为这是一首男女约会而久候不至的诗。一个青年和爱人约会，从黄昏一直等到夜深人静，启明星高悬，久久不见她来，他焦躁不安，埋怨爱人失约，却又不愿离去。以自然景色的变换、时间变化来间接抒发人物情感，更显含蓄温婉。

墓门

墓门[1]有棘，斧以斯[2]之。夫[3]也不良，国人知之。知而不已，谁昔然矣。[4]

墓门有梅[5]，有鸮萃止。[6]夫也不良，歌以讯[7]止。讯予不顾，颠倒思予。

译文：

墓门前有棵酸枣，拿起斧头可砍除。你这坏心昏庸人，国都中人皆知晓。恶行暴露他不改，罪孽并非一朝夕。

墓门前有丛荆棘，猫头鹰飞来筑巢。你这坏心奸佞臣，讽刺告诫用歌谣。他却丝毫不理睬，灾难临头始想起。

注释：

①墓门：墓道之门。一说陈国城名。

②斯：析，砍。

③夫：这个人，指陈陀。

④谁昔：往昔，由来已久。然：这样。意指这样并非一朝一夕之事，由来已久矣。

⑤梅：一说是棘，荆棘丛生墓门，比喻坏人当道。

⑥鸮（xiāo）：猫头鹰，古人认为是恶鸟，故以它喻坏人。萃（cuì）：集，栖息。意指猫头鹰来此处筑巢。

⑦讯：亦作“谇”，斥责，告诫。

赏析：

这是一首讽刺、斥责品行邪恶的统治者的诗。《毛诗序》认为是针对陈佗而发的，“《墓门》，刺陈佗也。”陈佗为春秋时陈文公之子，陈佗在桓公病中杀太子免，桓公死后陈佗又自立为君，陈国大乱，后来蔡国为陈国平乱，终于诛杀陈佗。宋代兴起独立解经时，有些学者已经认识到传疏的曲解之处。朱熹《诗集传》称：“所谓‘不良’之人，亦不知其何所指也。”崔述《读风偶识》也认为“以《墓门》为刺陈佗则绝不类”，“此必别有所刺之人，既失其传，而序遂强以佗当之耳”。历代注家对不良之人虽众说纷纭，然其为陈国之统治者当无疑，此人受到百姓深恶痛绝也无疑。

防有鹊巢

防①有鹊巢，邛有旨苕。②谁侜予美？③心焉忉忉④。

中唐有甓，⑤邛有旨鹝⑥。谁侜予美？心焉惕惕⑦。

译文：

哪有堤上筑鹊巢，哪有山上长云英。谁在欺骗我爱人，让我忧愁又烦恼。

哪有庭院瓦铺道，哪有山上长绶草。谁在欺骗我爱人，使我害怕又烦躁。

注释：

①防：堤坝。一说枋树，常绿乔木，可为红色染料。

②邛（qióng）：山丘。旨：味美的，鲜嫩的。苕（tiáo）：一种蔓生植物，生长在低湿的地上。一说紫云英，一说凌霄花，一说翘摇。清马瑞辰《通释》云：“是苕生于下湿，今诗言‘邛有’者，亦以喻谗言之不可信。”

③侜（zhōu）：欺骗。予美：我的爱人。意为谁在欺骗我的爱人。

④忉忉（dāo dāo）：苦恼、忧虑的样子。

⑤中唐：古代堂前或门内的甬道，泛指庭院中的主要道路。唐：朝堂前和宗庙门内的大路。有：铺设。甓（pì）：砖。

⑥鹝（yì）：绶草，杂色小草，一般生长在阴湿处。

⑦惕惕（tì tì）：忧惧不安、提心吊胆的样子。

赏析：

这诗的解释有二。一是《毛诗序》：“《防有鹊巢》，忧谗贼也。宣公多信谗，君子忧惧焉。”二是朱熹《诗集传》：“此男女之有私，而忧或间之之辞。故曰防则有鹊巢矣，邛则有旨苕矣，今此何人而侜张予之所美，使我忧之而至于忉忉乎？”认为此诗是政治性的信谗远贤之忧，或者感情性的背信弃爱之忧，都比较勉强。以反常的、不应有的事来指陈离间谗言的不可信，但对方是否能识破这谗言，诗人并无把握。这种复沓形式表达的担忧，有种悲悯的美感，至于诗中的讽刺对象反倒显得没那么重要了。

月　出

月出皎①兮，佼人僚兮。②舒窈纠兮，③劳心悄兮。④

月出皓兮，佼人懰⑤兮。舒忧受⑥兮，劳心慅⑦兮。

月出照兮，佼人燎⑧兮。舒夭绍⑨兮，劳心惨⑩兮。

译文：

明月出来多皎洁，姑娘圣洁而美好。身姿窈窕步轻盈，让我思念心烦忧。

明月出来多明亮，姑娘妩媚且姣美。身段窈窕步舒缓，让我挂念心忧愁。

明月出来光普照，姑娘美丽而鲜妍。身形窈窕步缥缈，让我相思心烦躁。

注释：

①皎：同“姣”，好貌。

②佼人：即美人。僚：同“嫽”，娇美。兮：句末助词。

③舒：舒缓，从容娴雅。窈纠（yǎo jiǎo）：女子体态苗条的样子。一说幽远、愁结之意。意为身姿窈窕，步态轻盈。

④劳心：忧心。悄：忧。

⑤懰（liǔ）：好貌，妩媚。

⑥忧受：形容女子走路舒徐婀娜的样子。

⑦慅（cǎo）：忧愁不安的样子。

⑧燎：明亮，在此形容姑娘脸上放射着青春的光彩，与银白的月光交相辉映。

⑨夭绍：形容女子体态轻盈，风姿绰约。汉赋里往往写作“要绍”，曲貌。“窈纠”“忧受”“夭绍”都是形容女子行动时的曲线美，就是曹植《洛神赋》所谓“婉若游龙”。

⑩惨：作“懆（cǎo）”，忧愁。

赏析：

这诗的解释有二。一是《毛诗序》：“《月出》，刺好色也。在位不好德，而说（悦）美色焉。”此说法太过牵强附会。二是朱熹《诗集传》：“此亦男女相悦而相念之辞。言月出则皎然矣，佼人则僚然矣，安得见之而舒窈纠之情乎？是以为之劳心而悄然也。”这是一首歌月怀人的诗。全诗三章，每章四句。每章第一句以月起兴，第二句写姑娘的容色之美，第三句写行动姿态之美，末句写诗人因爱慕彼人而心动。通篇写意式的描摹，将一幅相思月下美人的形象如映在读者眼前。

株林

胡为乎株林？①从夏南②。匪适株林？从夏南。

驾我③乘马，说于株野。④乘我乘驹⑤，朝食⑥于株。

译文：

为何要到株林去？那是为了找夏南。不是为到株林玩，而是为了找夏南。

驾着大车赶四马，株林郊外卸下鞍。骑着骏马急急行，奔抵株林去纵情。

注释：

①胡为：为什么。乎：到。株：陈国邑名，在今河南柘城县。林：郊野。一说株林是陈大夫夏徵舒的食邑。

②夏南：夏姬之子夏征舒，字夏南。表面上说看夏南，实际是看夏姬。

③我：指陈灵公。

④说（shuì）：通“税”，停车解马。于：在。株野：株邑之郊野。

⑤驹：马高五尺以上、六尺以下称“驹”，大夫所乘。马高六尺以上称“马”，诸侯国君所乘。此诗中“乘马”者指陈灵公，“乘驹”者指陈灵公的臣子孔宁、仪行父。

⑥朝食：吃早饭。古人常以饥、饱喻男女情欲之事。

赏析：

《毛诗序》云：“《株林》，刺灵公也。淫乎夏姬，驱驰而往，朝夕不休息焉。”这首诗一直以来被认为是揭露陈灵公君臣的荒淫生活，讽刺上层统治者的政治腐败的作品，并无争议。恰如清朝马瑞辰《毛诗传笺通释》云：“上二句诗人故设为问辞，若不知其淫于夏姬者，以为从夏南游耳。下二句当连读，谓其非适株林从夏南也，言外见其实淫于夏姬，此诗人立言之妙。”首句一气呵出成，似欲追根究底。第二章转而由被刺对象口吻直接陈述，不着一字，讽刺意味却更浓。

泽　陂

彼泽之陂，①有蒲②与荷。有美一人，伤③如之何？寤寐无为，涕泗滂沱。④

彼泽之陂，有蒲与蕑⑤。有美一人，硕大且卷⑥。寤寐无为，中心悁悁⑦。

彼泽之陂，有蒲菡萏⑧。有美一人，硕大且俨⑨。寤寐无为，辗转伏枕。

译文：

池塘四周有堤坝，中有蒲草和荷花。那边有个美人儿，让我挂念不可得。日夜思念难入睡，涕泪交加哭连连。

池塘四周堤坝高，中有莲蓬与蒲草。那边有个美人儿，身材修长品德佳。日思夜想不能寐，内心郁闷愁难熬。

池塘四周堤坝高，中有荷花与蒲草。那边有个美人儿，身材修长风度好。半梦半醒难入眠，伏枕辗转多烦恼。

注释：

①彼：那。泽：池塘。之：助词。陂（bēi）：堤岸。一说水池的边沿。

②蒲：香蒲，多年生草本植物，多生在河滩上，叶狭长柔韧，可制席或其他用品。一说蒲喻男，荷喻女。

③伤：因思念而忧伤。按《尔雅》注引《鲁诗》作“阳”。《尔雅·释诂》：“阳，予也。”

④涕：眼泪。泗：鼻涕。滂沱：本义形容多雨，这里借作形容涕泗俱下的样子。

⑤蕑（jiān）：莲蓬，荷花的果实。一说兰草。《鲁诗》作“莲”。

⑥卷（quán）：通“婘”，品德美好或容貌美丽。

⑦悁悁：忧伤愁闷的样子。

⑧菡萏（hàn dàn）：荷花。

⑨俨：庄重威严，端庄矜持。《毛传》：“俨，矜庄貌。”

赏析：

关于此诗的背景，古代学者有不同的看法。《毛诗序》认为此诗刺陈灵公偕大夫孔宁、仪行父与夏姬通奸。现代学者一般认为这是一首女子在水泽边思念一位小伙子的情歌，也有人认为这是一个男子追求他的心上人而不可得，于是一腔愁闷发而为歌。总体而言，这应是一首思念心上人的情歌，见景生情，真率坦诚，清新自然。全诗三章，感情逐渐加深，无言的沉思和夜不能寐，实比“涕泗滂沱”更有力地刻画出日益加深的思念之情。

桧　风

《桧风》共四篇。桧地在今河南郑州、新郑、荥阳、密县一带。周平王初，桧国为郑武公所灭，其地为郑国所有。

朱熹《诗集传》云："桧，国名，高辛氏火正祝融之墟，在《禹贡》豫州外方之北，荥波之南，居溱洧之间。其君妘姓，祝融之后。周衰，为郑桓公所灭，而迁国焉。今之郑州，即其地也。苏氏以为桧诗皆为郑作，如邶、鄘之于卫也，未知是否？"方玉润《诗经原始》云："当幽之时，仲为桧君，言不刺仲也。前乎幽，又何以知其非宣也？周道复兴之时，不得有《匪风》之思也。非幽非宣，夷、厉当之矣。然愚读桧诗，实仲亡国事，因重订其诗如左。"

羔　裘

羔裘逍遥，狐裘以朝。岂不尔思？劳心忉忉。
羔裘翱翔，狐裘在堂。岂不尔思？我心忧伤。
羔裘如膏[①]，日出有曜[②]。岂不尔思？中心是悼。

译文：

穿着羔裘去逍遥，穿着狐裘去上朝。怎不为你费思量，忧心忡忡整日愁。

穿着羔裘去游逛，穿着狐裘去朝堂。怎不为你费思量，我心思国常怀忧。

羔裘色泽如脂膏，太阳一照光闪耀。怎不为你费思量，心中牵挂无限忧。

注释：

①膏（gào)：动词，涂上油。

②曜（yào）：照耀。

赏析：

这诗的解释有三：一是《毛诗序》："《羔裘》，大夫以道去其君也。国小而迫，君不用道，好洁其衣服，逍遥游宴，而不能自强于政治，故作是诗也。"二是方玉润《诗经原始》："夫国君好洁衣服，过之小者也，何必去？即云国小而迫，正臣子相助为理之秋，更不必去。此必国势将危，其君不知，犹以宝货为奇，终日游宴，边幅是修，臣下忧之，谏而不听，夫然后去。去之而又不忍遽绝其君，乃形诸歌咏以见志也。"三是疑一贵妇怀思之作。其中以方玉润说法最为适当。桧君荒淫无道，危在旦夕，大夫谏而不听，遂赋诗言志，向其提出最后的告诫，表现了对于国势危殆的忧患意识，不肯同流合污的高尚节操，以及眷恋故主的拳拳之心。

素 冠

庶见素冠兮，①棘人栾栾兮，②劳心慱慱③兮。

庶见素衣兮，我心伤悲兮，聊④与子同归兮。

庶见素韠⑤兮，我心蕴结兮，聊与子如一兮。

译文：

有幸见您戴白冠啊，瘦骨嶙峋色枯槁，内心忧伤极劳累啊！

有幸见您着白衫啊，我的心里多伤悲，愿意和您结伴归啊！

有幸见您围白蔽膝，我的心头愁思重，恨不能与你共悲啊！

注释：

①庶：幸。见：见到。素冠：白帽。兮：语气助词。

②棘人：后人居父母丧时，自称"棘人"。郑玄笺云："急於哀戚之人。"栾栾（luán luán）：拘束，不自由。一说瘦瘠貌。

③慱慱（tuán tuán）：忧思不安。

④聊：愿。一说“且”。

⑤韠（bì）：蔽膝，古代一种遮蔽在身前的皮制服饰。

赏析：

自《毛诗序》而下，说诗者莫不以为此诗旨在以赞颂一位孝子来讽刺时人不能遵守服丧三年的礼制，连朱熹都持此说。清人姚际恒《诗经通论》一反前人观念，依据诗文提出新见，认为是写一个女子爱恋着一个男子，但因为种种阻碍而难以结合，于是她便毫不掩饰地倾诉自己的痛苦和追求，展示了备受折磨而又执着的内心世界。此种说法亦通。

隰有苌楚

隰有苌楚①，猗傩②其枝。夭之沃沃，③乐④子⑤之无知。

隰有苌楚，猗傩其华。夭之沃沃，乐子之无家⑥。

隰有苌楚，猗傩其实。夭之沃沃，乐子之无室。

译文：

低洼湿地长羊桃，蔓长藤绕枝繁茂。鲜嫩润泽长势好，羡你无知乐陶陶。

低洼湿地长羊桃，花儿朵朵真妖娆。鲜嫩润泽长势好，羡你没有家拖累。

低洼湿地长羊桃，果实累累挂蔓条。鲜嫩润泽长势好，羡你无家需照看。

注释：

①苌（cháng）楚：羊桃，猕猴桃。

②猗傩：同“婀娜”，美盛貌。

③夭：少，此指苌楚处于茁壮成长时期。之：助词。沃沃：形容叶子润泽的样子。

④乐：喜，这里有羡慕之意。

⑤子：指苌楚。

⑥无家：没有家庭。家：谓婚配。《左传·桓公十八年》："女有家，男有室。"下文"无室"意同。

赏析：

这诗的解释有二。一是《毛诗序》："《隰有苌楚》，疾恣也。国人疾其君之淫恣，而思无情欲者也。"此说实为附会。二是朱熹《诗集传》："政烦赋重，人不堪其苦，叹其不如草木之无知而无忧也。"方玉润《诗经原始》："此必桧破民逃，自公族子姓以及小民之有室有家者，莫不扶老携幼，挈妻抱子，相与号泣路歧，故有家不如无家之好，有知不如无知之安也。而公族子姓之为室家累者尤甚。"朱熹以下，各家所言则时见精义，皆可说通。

《隰有苌楚》哀叹人不如物，羡慕野生羊桃的"无知""无家""无室"的快乐。诗人让自己的内心感受艺术外化，不说一句苦，而苦自深。可见诗人所处的衰亡乱离之世，人们精神上所遭受的种种创伤，已经让人无法忍受。

匪风

匪[①]风发兮，匪车偈[②]兮。顾瞻周道，中心怛[③]矣。

匪风飘[④]兮，匪车嘌[⑤]兮。顾瞻周道，中心吊兮。

谁能亨[⑥]鱼，溉之釜鬵。[⑦]谁将西归，怀之好音。

译文：

那大风呼啸疾刮过，那车飞奔辚辚响。回顾大道渐行远，心里涌起无尽伤。

那大风呼啸左右旋，那车飞奔轱辘转。回顾大道渐行远，无尽悲伤好凄怆。

哪位能妙手烹河鲤？我愿为他洗锅底。哪位将西归故乡？代我捎回平安报。

注释：

①匪（bǐ）：通“彼”，那。

②偈（jié）：疾驰貌。

③怛（dá）：痛苦，悲伤。

④飘：飘风，旋风。这里指风势疾速回旋的样子。

⑤嘌（piāo）：轻疾貌。

⑥亨：同“烹”，煮。

⑦溉（gài）：洗。闻一多《风诗类钞》则以为溉通“摡”，“摡同乞，给予也”。釜：锅子。鬵（xún）：釜类，即是锅类。意为清洗锅具。

赏析：

《毛诗序》云：“《匪风》，思周道也。国小政乱，忧及祸难而思周道焉。”朱熹把此诗解为一首怀周的政治抒情诗。读此诗很难从中找出有关思念周室、叹其衰微的含义，现代学者多理解为游子或役夫的思乡诗。此诗一、二章的前两句均是急遽动荡的赶路之景，表达出一种衰飒凄厉的环境氛围；后二句便点出诗人内心的忧伤不宁，使物我得以贯通。第三章前二句用烹鱼起兴，以喻后二句“谁将西归，怀之好音”，可谓构思巧妙，用笔含蓄，哀而不伤。

曹风

《曹风》共四篇。朱熹《诗集传》云："曹，国名。其地在《禹贡》兖州陶丘之北，雷夏、菏泽之野。周武王以封其弟振铎。今之曹州，即其地也。"其在今山东定陶县西北，据《春秋》载，哀公八年（公元前487年）为宋景公所灭。

蜉蝣

蜉蝣①之羽，衣裳楚楚②。心之忧矣，於③我归处。
蜉蝣之翼，采采④衣服。心之忧矣，於我归息。
蜉蝣掘阅⑤，麻衣⑥如雪。心之忧矣，於我归说。

译文：

蜉蝣啊振翅飞舞，衣裳啊鲜艳夺目。我的心中满是忧伤，何处才是人生归宿？

蜉蝣啊振翅飞舞，衣服啊华美无双。我的心中无限忧郁，人生归宿落在何处？

柔嫩蜉蝣刚破土，轻轻舞动麻纹服。我叹其生命短暂呵，何地才是我心归处？

注释：

①蜉蝣（fú yóu）：虫名，大如指，长三四寸，有翅能飞，羽极薄而有光泽。夏月阴雨时从地中出，有朝生暮死的，有能存活六七日的。《毛诗序》云："蜉蝣，渠略也，朝生夕死。"

②楚楚：鲜明貌。一说整齐干净。

③於（wū）：通“乌”，何，哪里。

④采采：华丽貌。

⑤掘阅：通“掘穴”，即掘地而出。

⑥麻衣：古代诸侯、大夫等统治阶级日常衣服，用白麻皮缝制。

赏析：

《毛诗序》：“《蜉蝣》，刺奢也。昭公国小而迫，无法以自守，好奢而任小人，将无所依焉。”朱熹《诗集传》：“此诗盖以时人有玩细娱而忘远虑者，故以蜉蝣为比而刺之。言蜉蝣之羽翼，犹衣裳之楚楚可爱也。然其朝生暮死，不能久存，故我心忧之，而欲其于我归处耳。”从诗题和诗意看，蜉蝣是一种朝生暮死的飞虫，以此咏爱情，似乎难以成立。若确指为刺曹昭公之奢，恐也无史证。这应是一首咒骂曹国统治贵族的怨刺诗，贵族们亡国在即却依然骄奢享乐，慨叹自己将来不知归宿在何方。诗以朝生暮死的蜉蝣比喻曹国统治贵族的穷奢极欲、醉生梦死，贴切形象，至今仍为人所常用。

候　人

彼候人①兮，何②戈与祋③。彼其之子，三百赤芾④。

维鹈⑤在梁，不濡其翼。彼其之子，不称其服。

维鹈在梁，不濡其咮⑥。彼其之子，不遂其媾。⑦

荟兮蔚兮，⑧南山朝隮⑨。婉兮娈兮，季女斯饥。

译文：

官职低微一候人，身背长戈和祋棍。那些达官贵人们，身穿朝服三百人。

鹈鹕守在鱼梁上，不曾弄湿它翅膀。那些朝中贵人们，不配穿那华美装。

鹈鹕守在鱼梁上，不曾沾湿它的嘴。那些朝中新贵们，得宠称心难久长。

云雾弥漫树蓊郁，南山晨升七彩虹。娇小可爱候人女，食不果腹饿肚皮。

注释：

①候人：官名，是看守边境、迎送宾客和治理道路、掌管禁令的小官。

②何：同“荷”，扛。

③祋（duì）：同“殳”，古兵器，竹制，长一丈二尺，有棱而无刃。

④赤芾（fú）：红色的蔽膝。芾：祭祀服饰，皮革制，上窄下宽，上端固定在腰部衣上，按官品不同而有不同的颜色。《毛诗序》云：“大夫以上，赤芾乘轩。”

⑤鹈（tí）：水鸟名，即鹈鹕，水禽，体形较大，喙下有囊，食鱼为生。

⑥咮（zhòu）：鸟嘴。

⑦遂：成就，满足。媾：宠爱。一说婚配，婚姻。意为不再得宠。

⑧荟（huì）、蔚（wèi）：原意为草木茂盛，此处用以形容云雾弥漫貌。

⑨朝隮（jī）：彩虹。

赏析：

《毛诗序》云：“《候人》，刺近小人也。共公远君子而好近小人也。”又方玉润《诗经原始》：“案：僖二十八年春，晋文公伐曹。三月，人曹。数之以其不用僖负羁，而乘轩者三百人，即诗所谓‘三百赤芾’是也。曰‘荟蔚’‘朝隮’，言小人众多而气焰盛也。曰‘婉’‘娈’‘斯饥’，言贤者守贞而反困穷也。”这是一首对好人为下僚，庸才居高位的现实进行讥刺的诗。将“候人”和“彼子”两种不同人的遭际进行了对比，把权贵们比作不劳而食的水鸟，字里行间浸润着浓重的郁郁之气。

鸤鸠

鸤鸠[①]在桑，其子七兮。淑人君子，其仪一兮。其仪一兮，心如结[②]兮。

鸤鸠在桑，其子在梅。淑人君子，其带伊[③]丝。其带伊丝，其弁伊骐。[④]

鸤鸠在桑，其子在棘。淑人君子，其仪不忒。其仪不忒，正是四国。[⑤]

鸤鸠在桑，其子在榛。淑人君子，正是国人。正是国人，胡不万年？

译文：

布谷筑巢于桑林，细心哺育七幼鸟。品性善良好君子，仪容端庄终如一。仪容端庄终如一，内心操守坚如石。

布谷筑巢于桑林，小鸟嬉戏梅树间。品性善良好君子，腰带镶着白丝边。腰带镶着白丝边，玉饰皮帽色新妍。

布谷筑巢于桑林，小鸟翻飞酸枣树。品性善良好君子，形容举止无偏差。形容举止无偏差，堪称天下之楷模。

布谷筑巢于桑林，小鸟欢唱榛树丛。品性善良好君子，百姓敬仰为榜样。百姓敬仰为榜样，怎不祝他寿万年。

注释：

①鸤（shī）鸠：布谷鸟。上体灰褐色，下体白色而具暗色横斑，喜把卵产于别的鸟巢中替它孵化。

②心如结：比喻用心专一。见朱熹《诗集传》：“如物之固结而不散也。”

③伊：是。

④弁（biàn）：皮帽。骐（qí）：青黑色的马。一说古代皮帽上的玉制饰品。意为皮帽上镶玉饰品，颜色新妍。

⑤正是四国：天下各国以此为准则。正：法则。见闻一多《风诗类钞》：“正，法也，则也。正是四国，为此四国之法则。”

赏析：

这诗的解释有二。一是《毛诗序》："《鸤鸠》，刺不壹也。在位无君子，用心之不壹也。"二是方玉润《诗经原始》："非开国贤君，未足当此，故以为'美振铎'之说者，亦庶几焉。……后人因曹君失德而追述其先公之德之纯以刺之，故曰'胡不'者，疑而问之之辞也，以为尔能'正是国人'，胡不福尔子孙于亿万斯年？不然，颂其德矣，何云'胡不'？"这首诗忽而"美"，忽而"刺"，自相矛盾，难以自圆其说。若从字面传达的信息来看，确实是颂扬"淑人君子"。但若认为其是反说，也能说通。

下　泉

冽彼下泉，浸彼苞稂①。忾②我寤叹，念彼周京③。
冽彼下泉，浸彼苞萧④。忾我寤叹，念彼京周。
冽彼下泉，浸彼苞蓍⑤。忾我寤叹，念彼京师。
芃芃⑥黍苗，阴雨膏之。四国有王，⑦郇伯劳之。⑧

译文：

寒凉泉水汩汩流，淹没丛生的莠草。梦醒后长吁短叹，怀念都城繁华貌。

寒凉泉水涔涔涌，淹没丛生的艾蒿。梦醒后叹息不断，怀念富庶都城地。

寒凉泉水脉脉流，淹没丛生的蓍草。梦醒后唉声叹气，怀念昔日故都景。

往日黍苗多繁茂，风调雨顺颇润泽。四方诸侯皆来朝，贤德郇伯居头功。

注释：

①稂（láng）：莠一类的野草。《毛诗序》："稂，童粱。非溉草，得水而病也。"一说稂是长穗而不饱实的禾。

②忾（xì）：叹息。

③周京：周朝的京都，天子所居，下文“京周”“京师”同。

④萧：一种蒿类野生植物，即艾蒿。

⑤蓍（shī）：一种用于占卦的草，蒿属。

⑥芃芃（péng péng）：茂盛。《毛诗序》：“芃芃，美貌。”

⑦四国：四方诸侯之国。有王：有周天子。

⑧郇（xún）伯：即晋大夫荀跞，是他领兵帮助周敬王打败了作乱的王子朝。《郑笺》：“郇侯，文王之子，为州伯，有治诸侯之功。”郇、荀音同相通假。劳之：指荀跞立周敬王，为周朝立了大功。

赏析：

《毛诗序》：“《下泉》，思治也。曹人疾共公侵刻下民，不得其所，忧而思明王贤伯也。”此诗应为贵族士大夫乱世思治，怀念往昔周王朝的太平盛世而作。此诗兴中有比，开头以寒泉水冷，浸淹野草起兴，喻指周室的内乱与衰微。接着以直陈其事的赋法，慨叹缅怀周京，充溢着浓郁的悲凉之感。三章的复沓叠咏，把这种悲凉之感推到了一个极点。末章却突然转折，说到周王朝鼎盛之时，万国朝拜的盛况。但太平盛世的出现，须有“明王”“贤伯”的善政，怀念往昔其实也并无用处，全诗基调低沉，诗人的叹息声仿佛萦绕耳际。

豳 风

《豳风》为先秦时代豳地华夏族民歌，共七篇。朱熹《诗集传》云："豳，国名。在《禹贡》雍州岐山之北，原隰之野。虞、夏之际，弃为后稷而封于邰。及夏之衰，弃稷不务，弃子不窋失其官守，而自窜戎狄之间。不窋生鞠陶，鞠陶生公刘，能复修后稷之业，民以富实。乃相土地之宜，而立国于豳谷焉。十世而太王徙居岐山之阳，十二世而文王始受天命，十三世而武王遂为天子。武王崩，成王立，年幼不能涖阼。周公旦以冢宰摄政，乃述后稷、公刘之化，作诗一篇以戒成王，谓之《豳风》。而后人又取周公所作，及凡为周公而作之诗以附焉。豳，在今邠州三水县。邰，在今京兆府武功县。"

七 月

七月流火，[1]九月授衣。[2]一之日觱发，[3]二之日栗烈[4]。无衣无褐[5]，何以卒岁？三之日于耜[6]，四之日举趾[7]。同我妇子，馌彼南亩，[8]田畯[9]至喜。

七月流火，九月授衣。春日载阳，[10]有鸣仓庚。女执懿筐[11]，遵彼微行[12]，爰求柔桑。春日迟迟[13]，采蘩祁祁。[14]女心伤悲，殆及公子同归。[15]

七月流火，八月萑苇。[16]蚕月条桑，[17]取彼斧斨[18]，以伐远扬[19]。猗彼女桑。[20]七月鸣鵙[21]，八月载绩。载玄载黄，我朱孔阳，为公子裳。

四月秀葽[22]，五月鸣蜩[23]。八月其获，十月陨萚[24]。一之日于貉，取彼狐狸，为公子裘。二之日其同[25]，载缵武功。[26]言私其豵，[27]献豜于公。[28]

五月斯螽[29]动股，六月莎鸡振羽。[30]七月在野，八月在宇，九月在户，十月蟋蟀入我床下。穹窒熏鼠，[31]塞向墐户。[32]嗟我妇子，曰为改岁，[33]入此室处。

六月食郁及薁，[34]七月亨葵及菽。[35]八月剥[36]枣，十月获稻。为此春酒[37]，以介眉寿。[38]七月食瓜，八月断壶[39]，九月叔苴，[40]采荼薪樗，[41]食我农夫。

九月筑场圃，十月纳禾稼。黍稷重穋[42]，禾麻菽麦。嗟我农夫，我稼既同，上入执宫功。[43]昼尔于茅，宵尔索绹。[44]亟其乘屋，[45]其始播百谷。

二之日凿冰冲冲[46]，三之日纳于凌阴[47]。四之日其蚤，[48]献羔祭韭。九月肃霜[49]，十月涤场。[50]朋酒[51]斯飨，曰杀羔羊，跻彼公堂，称彼兕觥，[52]万寿无疆！

译文：

七月火星流向西，九月妇女缝寒衣。十一月北风呼呼吹，十二月寒气更凛冽。没有长袍和粗衣，怎么度过这岁年？正月里来修锄犁，二月下地去耕种。妻儿一起全出动，送汤和饭到田间，田官老爷笑开颜。

七月火星流向西，九月妇女缝寒衣。春日阳光暖融融，黄鹂婉转来鸣唱。姑娘提着深竹筐，一路沿着小道行，抬手采摘嫩桑叶。春来白日渐渐长，采摘白蒿众人忙，姑娘心中暗伤悲，恐随贵人嫁他乡。

七月火星流向西，八月要把芦苇割。三月修剪桑树枝，待取来锋利斧头，高枝长条砍个光，攀着细枝摘嫩桑。七月伯劳声声叫，八月纺麻织布忙。染丝有黑又有黄，我染红色最鲜亮，献给贵人做衣裳。

四月远志结了籽，五月知了叫不停。八月早稻收获忙，十月风吹落叶飘。冬月上山去猎貉，剥去狐狸皮毛好，送给贵人做皮袄。腊月猎人又齐聚，继续操练打猎功。打到小猪归自己，猎得大猪献王公。

五月蝈蝈弹腿响，六月纺织娘振翅。七月蟋蟀在田野，八月来到屋檐下。九月蟋蟀进门口，十月钻进我床下。堵塞墙洞熏老鼠，封好北窗糊门缝。叹我妻儿好可怜，岁末将过新年到，迁入此屋把身安。

六月食李和葡萄，七月煮葵又煮豆。八月开始打红枣，十月下田收稻谷。酿成春酒甜又香，祝贺老爷寿绵长。七月可吃各种瓜，八月又把葫芦摘。九月拾起秋麻子，采摘苦菜又砍柴，养活家人方心安。

九月修筑打谷场，十月庄稼收进仓。早晚熟稻和高粱，粟麻豆麦装满仓。叹我农夫真辛苦，地里庄稼刚收完，又为官家筑宫室。白天外出割茅草，夜里赶着搓绳索。赶紧上房修好屋，开春还得种百谷。

腊月凿冰冲冲响，正月搬进冰窖藏。二月开初祭祖先，献上韭菜和羊羔。九月天高气又爽，十月清扫打谷场。捧上两壶待客酒，宰杀羊羔大家尝。大家共登祭庙堂，举杯共同敬主人，齐声高祝寿无疆。

注释：

①七月：夏历七月。火：星座名，即心宿，每年夏历六月出现于正南方，位置最高，七月后逐渐偏西下沉，故称“流火”。

②授衣：将裁制冬衣的工作交给女工。九月丝麻等事结束，所以在这时开始做冬衣。

③一之日：周历正月，夏历十一月。以下二之日、三之日、四之日，可顺序类推。觱（bì）发：风寒。

④栗烈：或作“凛烈”，形容寒气。

⑤褐：毛布制的粗衣，即粗布衣。

⑥于耜（sì）：修理犁头。

⑦举趾：迈步去耕田。

⑧馌（yè）：送饭到田头。亩：指田身。田耕成若干垄，高处为亩，低处为畎。田垄东西向的叫作“东亩”，南北向的叫作“南亩”。这两句是说妇人童子往田里送饭给耕者。

⑨田畯（jùn）：又称农正或田大夫，古代职掌农事的官。

⑩春日：指二月。载：始。阳：和暖。

⑪懿筐：深筐。

⑫微行：小路。

⑬迟迟：指春日长。

⑭采：采摘。蘩：菊科植物，即白蒿。古人用于祭祀，女子在

嫁前有“教成之祭”。一说用蘩沃蚕子，则蚕易出，所以养蚕者需要它。其法未详。祁祁：众多（指采蘩者）。

⑮殆：怕，担心。同归：被公子强行带走。意指担心被公子带走去做妾婢。

⑯萑（huán）苇：即芦苇。八月萑苇长成，收割下来，可以做箔。

⑰蚕月：指三月。条桑：修剪桑枝。

⑱斨（qiāng）：方孔的斧。

⑲远扬：指又长又高的桑枝。

⑳猗彼女桑：用手拉着采嫩桑。猗（yǐ）：《说文》作“掎”，牵引。“掎桑”是用手拉着桑枝来采叶。女桑：嫩桑。

㉑鵙（jú）：伯劳鸟。

㉒秀葽（yāo）：不开花而结果的远志。葽（yāo）：植物名，中药远志的别名。

㉓蜩（tiáo）：蝉。

㉔陨萚（tuò）：落叶。

㉕同：会合，言狩猎之前聚合众人。

㉖载：发语词。缵（zuǎn）：继续。武功：武事，指打猎。

㉗豵（zōng）：一岁小野猪，代表比较小的兽。此句意为小兽归猎者私有。

㉘豜（jiān）：三岁的猪，代表大兽。大兽献给公家。

㉙斯螽（zhōng）：即蝈蝈。旧说斯螽以两股相切发声，“动股”言其发出鸣声。

㉚莎鸡：纺织娘，一种虫。振羽：言鼓翅发声。指六月纺织娘振羽。

㉛穹：尽。窒：堵塞。此句言将室内满塞的角落搬空，搬空了才便于熏鼠。

㉜向：北窗。墐：用泥涂抹。贫家门扇用柴竹编成，涂泥使它不通风。

㉝曰：语助词。改岁：除夕。意为旧年将尽，新年快到。

㉞郁：郁李。薁（yù）：蘡薁。落叶藤本植物，茎的纤维可以做绳索。一说为野葡萄。意为六月可吃郁李和葡萄。

㉟葵：一种蔬菜名。菽（shū）：豆的总名。意为七月可煮葵和豆。

㊱剥（pū）：打。

㊲春酒：冬酿春熟的酒。枣和稻都是酿酒的原料。

㊳以：以此。介：乞求。眉寿：人老眉长，表寿长。

㊴壶：通“瓠”，葫芦。

㊵叔：拾取。苴（jū）：秋麻之籽。意指九月可拾取秋麻籽。

㊶采：采摘。荼（tú）：苦菜。樗（chū）：木名，臭椿。薪樗：言采樗木为薪。

㊷重穋（lù）：后熟曰重，先熟曰穋。

㊸上：同“尚”。入执：担当执守。功：事。宫功：指建筑宫室，或指室内的事。

㊹索：动词，指制绳。綯（táo）：绳。上两句言白天取茅草，夜晚打绳子。

㊺亟：急。乘屋：盖屋。茅和绳都是盖屋需用的东西。意为：言宫功忙完后，赶紧修理自己的屋子。因为播谷的工作马上又要开始了，所以时间很紧张。

㊻冲冲：凿冰的声音。

㊼凌阴：冰室。

㊽蚤：同“早”。古代一种祭祀仪式，在开冰之时用小羊和韭菜祭司寒之神。《礼记·月令》说仲春献羔开冰，四之日正是仲春。

㊾肃霜：天高气爽。霜：同“爽”。

㊿涤场：涤除场上杂物。这句是说十月农事已结束，将场地打扫干净。一说意为“涤荡”，“十月涤荡”指到了十月草木摇落无余。

51朋酒：两壶酒。

52称：举起。兕觥（sì gōng）：角爵。古代用兽角做的酒器。这几句意为年终燕乐。

赏析：

豳地在今陕西旬邑、彬县一带。《七月》是《诗经》中最著名的一首长篇农事诗，真实记述了西周时期豳地农奴们的劳动生活，描绘了一年四季的劳动生活，涉及衣食住行各个方面，凡春耕、秋收、冬藏、采桑、染绩、缝衣、狩猎、建房、酿酒、劳役、宴飨，无所不写；同时也表现了劳动者一年到头的辛勤劳作以及他们所受的剥削压迫，向读者展示出一幅生动而丰富的周代社会生活画面。方玉润《诗经原始》云："《豳》仅《七月》一篇，所言皆农桑稼穑之事，非躬亲陇亩久于其道者，不能言之亲切有味也如是。"

鸱　鸮

鸱鸮①鸱鸮，既取我子，无毁我室。恩斯勤斯，②鬻子之闵斯。③

迨天之未阴雨，彻彼桑土，④绸缪牖户。今女下民，或敢侮予。

予手拮据⑤，予所捋荼，予所蓄租⑥，予口卒瘏⑦，曰予未有室家。

予羽谯谯⑧，予尾翛翛⑨，予室翘翘⑩，风雨所漂摇，予维音哓哓⑪。

译文：

猫头鹰你这恶鸟，既已夺走我幼雏，不要再毁我窝巢。我含辛茹苦终年，养育雏子早累垮！

趁着天气未阴雨，啄剥那桑皮桑根，修补巢窗和门户。那些树下过路人，或许还会欺辱我！

我已手爪拘挛倦，还要采捋茅草花，积蓄干草垫窝底，喙角也疲惫不堪，只为筑好这个家。

我的翅羽已稀落，尾羽亦枯槁无光，窝巢如垂危之卵，尚在风雨中飘摇，却只能惊恐哀号！

注释：

①鸱鸮（chī xiāo）：猫头鹰一类的鸟。

②恩：爱。《鲁诗序》中"恩"作"殷"，尽心之意，言殷勤于

稚子。斯：语气助词。勤：勤劳。

③鬻（yù）：通“育”，养育。闵：病。意为养育幼子早已累垮。

④彻：通“撤”，剥取。彼：那。桑土：即桑杜，为桑根。

⑤拮据（jié jū）：指鸟衔草筑巢，肢体劳累。

⑥租：通“苴”（居），茅草。

⑦卒瘏（tú）：因为过度劳累而生病。瘏：病。

⑧谯谯（qiáo qiáo）：形容羽毛脱落稀疏的样子。

⑨翛翛（xiāo xiāo）：羽毛枯焦无光泽的样子。

⑩翘翘（qiáo qiáo）：危而不稳貌。

⑪哓哓（xiāo xiāo）：因恐惧而发出的叫声。

赏析：

据《尚书·金縢》载，此诗为周公旦所作。周公在平定了管、蔡、武庚与淮夷之乱后，写《鸱鸮》一诗送给成王。但《尚书》证伪，故真伪存疑。就诗文本身而言，诉说一只雌鸟育儿持家的苦楚，凶恶的猫头鹰抓走雏鸟还要毁坏它的巢窠，但它仍衔草筑窝，抵御外侮。尽管它含辛茹苦，身心俱疲，但无情的风雨依旧时时来袭，无奈发出悲哀的号叫！此诗显然有所寄托，可视作阶级矛盾的委婉表现。

东　山

我徂东山，[1]慆慆[2]不归。我来自东，零雨其濛。我东曰归，我心西悲。制彼裳衣，勿士行枚。[3]蜎蜎者蠋，[4]烝[5]在桑野。敦[6]彼独宿，亦在车下。

我徂东山，慆慆不归。我来自东，零雨其濛。果臝[7]之实，亦施于宇。伊威[8]在室，蟏蛸[9]在户。町畽[10]鹿场，熠耀宵行。[11]不可畏也，伊可怀也。

我徂东山，慆慆不归。我来自东，零雨其濛。鹳鸣于垤，[12]妇叹于室。洒扫穹窒，我征聿至。有敦瓜苦[13]，烝在栗薪。自我不见，于今三年。

我徂东山，慆慆不归。我来自东，零雨其濛。仓庚[14]于飞，熠耀其羽。之子于归，皇驳其马。亲结其缡[15]，九十其仪。[16]其新孔嘉，其旧如之何？

译文：

自我远征东山去，久久不得归家苦。如今我从东山回，漫天小雨雾蒙蒙。方说要从东山归，我心犹还向西悲。家常衣服做一件，不再行军衔竹棍。野蚕蜷蜷树上爬，田野桑林是它家。露宿将身缩成团，只得睡在车底下。

自我远征东山去，久久不得归家苦。如今我从东山回，漫天小雨雾蒙蒙。瓜蒌藤上结了果，藤蔓爬到屋檐下。屋内潮湿生地虱，蜘蛛结网当门挂。野鹿痕迹存场外，磷火夜间频闪现。家园荒凉不可怕，此番更是思盼归。

自我远征东山去，久久不得归家苦。如今我从东山回，漫天小雨雾蒙蒙。白鹳岭上轻叫唤，我妻屋里把气叹。洒扫房舍塞鼠洞，盼我早日归家来。团圆葫芦剖两半，撂上柴堆没人管。旧物闲置不思扰，算到今日已多年。

自我远征东山去，久久不得归家苦。如今我从东山回，漫天小雨雾蒙蒙。当年黄莺正飞翔，毛羽亮滑有辉光。那人过门做新娘，迎亲骏马白透黄。阿母为女结佩巾，婚仪繁缛多堂皇。新婚佳偶真甜蜜，久别重逢更如何！

注释：

①我：诗人自称。徂（cú）：往。东山：在今山东境内，周公伐奄驻军之地。

②慆慆（tāo tāo）：久。

③勿士行枚：不是行军，所以不用衔枚。士：通“事”。行枚：行军时衔在口中以保证不出声的竹棍。

④蜎蜎（yuān yuān）：幼虫蜷曲蠕动的样子。者：助词。蠋（zhú）：蝴蝶、蛾等的幼虫，外形像蚕，身体青色。

⑤烝：乃。

⑥敦：蜷曲成一团。

⑦果蠃（luǒ）：植物名，一名瓜蒌，蔓生葫芦科。蠃，裸的异体字。

⑧伊威：虫名，俗称土虱。陆璣疏云："伊威，一名委黍，一名鼠妇，在壁根下瓮底土中生，似白鱼者也。"

⑨蟏蛸（xiāo shāo）：长脚蜘蛛。

⑩町畽（tǐng tuǎn）：亦作"町疃"，田舍旁空地，野外。

⑪熠耀（yì yào）：萤光。宵行：萤火虫。

⑫鹳（guàn）：鸟名，形似鹤。垤（dié）：土堆。意为鹳在土堆上鸣叫。

⑬瓜苦：犹言瓜瓠，一种葫芦。古俗在婚礼上剖瓠瓜成两个瓢，夫妇各执一瓢盛酒漱口。

⑭仓庚：黄莺的别称。

⑮缡（lí）：古时妇女的佩巾。古时女子出嫁，由母亲将其系在女儿身上，称为结缡。

⑯九十其仪：其仪有九或十，言其仪之多。九十：形容繁多。

赏析：

《东山》以周公东征为历史背景，描写了一个远征的士兵在归家途中，思念家乡，怀想亲人，悲喜交加的复杂心情。他新婚不久，就被派到东山服役三年。在归途中，他怀想过往艰辛危险生活，为能够解甲归田感到喜悦；想象故乡田园荒芜，满目凄凉，更引出无尽乡思；回忆往日新婚的幸福，又不禁对未来感到忐忑。

破　斧

既破我斧，又缺我斨①。周公东征，四国是皇。②哀我人斯，亦孔之将。③

既破我斧，又缺我锜④。周公东征，四国是吪⑤。哀我人斯，亦孔之嘉。

既破我斧，又缺我銶[6]。周公东征，四国是遒[7]。哀我人斯，亦孔之休。

译文：

征战砍破我的斧，又砍缺了我的斨。周公发兵去东征，四方乱国被平定。可怜我们这些兵，劫后余生算大幸。

征战砍破我的斧，又砍缺了我的锜。周公发兵去东征，四方各国受感化。可怜我们这些兵，苍天护佑算命大。

征战砍破我的斧，又砍缺了我的銶。周公发兵去东征，四方各国得安定。可怜我们这些兵，熬到回乡是万幸。

注释：

①斨（qiāng）：斧柄方孔者叫斨。

②四国：指管、蔡、商、奄，即管叔、蔡叔、武庚、奄国。奄国在曲阜东。皇：匡正。意为四方乱国被平定。

③孔：很、甚，程度副词。将：大，美。意为劫后余生有后福。

④锜（qí）：古兵器之一，其刃如凿。

⑤吪（é）：感化，教化。

⑥銶（qiú）：独头斧。

⑦遒（qiú）：安定。《毛诗序》云：“固也。”

赏析：

《毛诗序》：“《破斧》，美周公也。周大夫以恶四国也。”《笺》：“恶四国者，恶其流言毁周公也。”当其时，周武王灭纣，据有天下，封纣子武庚于殷。武王死，成王年幼，由周公辅政，武庚、管、蔡、徐等国叛周。周公率兵东征，历时三年平定叛乱。有人认为管、蔡、殷、奄等四国之民因作此歌以赞美周公。但若以从军者而言，士兵历经征战之苦，同伴横尸荒野，他们扛着破损的武器，心有余悸地回忆着那些血腥战斗，未必会“赞美”周公的赫赫武功。

伐 柯

伐柯[①]如何，匪斧不克。取妻如何，匪媒不得。

伐柯伐柯，其则[②]不远。我觏[③]之子，笾豆有践。[④]

译文：

怎么砍伐斧子柄？没有斧子可不成。怎么迎娶那妻子？没有媒人行不通。

砍斧柄啊砍斧柄，不守规则可不成。要想见那姑娘面，摆好食具设酒宴。

注释：

①伐柯：砍取做斧柄的木料。柯：斧柄。据《说文解字》："柯，斧柄也；伐，击也，从人，持戈。"

②则：原则、方法。此处指按一定方法才能砍伐到斧子柄。

③觏（gòu）：通"遘"，遇见。

④笾（biān）豆：古代祭祀及宴会时常用的两种礼器。竹制为笾，盛果脯用。木制为豆，盛放腌制食物、酱类。践：行列。古代家庭或社会举办盛大喜庆活动时，用笾豆等器皿，放满食品，整齐地排列于活动场所，叫作笾豆有践。

赏析：

《毛诗序》云："《伐柯》，美周公也。周大夫刺朝廷之不知也。"不免有些牵强附会。方玉润《诗经原始》："此诗未详，不敢强解。……夫周公之德之美，他人不知，姜、召二公岂未之知乎？恐无是理，断不可信。总之，诸儒之说此诗者，悉牵强支离，无一确切通畅之语，故宁阙之，以俟识者。"

这首诗写的是古代婚娶的民俗。周公制礼，用以规范人们的行为。经父母之命，媒妁之言，才能形成双方的婚约，就如砍伐斧柄必须用斧头一样，是一条通行的法则。因而，后人称为人做媒叫"伐柯""作伐"，亦以"伐柯"比喻遵循一定的准则或尺度。

九　罭

九罭之鱼，[①]鳟鲂。[②]我觏之子，衮衣[③]绣裳。

鸿飞遵渚。公归无所，於女信处。[④]

鸿飞遵陆。公归不复，於女信宿。[⑤]

是以有衮衣兮，无以我公归兮，无使我心悲兮。

译文：

细眼渔网去捕捞，鳟鱼鲂鱼都打到。路上遇见官老爷，龙衣绣裳不寻常。

大雁高飞沿洲渚，老爷有家不能回，留您在此宿两夜。

大雁高飞沿河岸，老爷归去不回转，留您在此住两晚。

眼前突现着衮衣者，老爷您别走啊，莫要让我徒伤悲。

注释：

①九罭（yù）：网眼较小的渔网。九，虚数，表示网眼很多。指用细眼渔网去捕鱼。

②鳟（zūn）：赤眼鳟。鲂与鳟都是大鱼，用小鱼网来捕不合适。

③衮衣：衣上绣着龙的礼服。

④信：再宿一夜。处：居所，住宿。指留在此处再多宿一晚。

⑤信宿：同“信处”，住两夜。宿：两宿。指在此处住两晚。

赏析：

《毛诗序》云：“《九罭》，美周公也。周大夫刺朝廷之不知也。”而方玉润《诗经原始》认为：“此东人欲留周公不得，心悲而作是诗以送之也。其意若曰：九罭之鱼乃有鳟鲂，朝廷之士始见衮裳，今我东邑何幸而睹此衮衣绣裳之人乎？无怪其不能久留于兹也。”方玉润之说较妥帖。近人多认为贵族宴饮留客之作，但也有人认为诗中“衮衣绣裳”并非专指王公贵族，也可能是说明意中人神采奕奕，表现出女主人公的大胆直率，对爱情的勇敢追求。

狼跋

狼跋其胡，①载疐其尾。②公孙硕肤，③赤舄几几。④

狼疐其尾，载跋其胡。公孙硕肤，德音不瑕⑤。

译文：

老狼前行踩颈肉，后退又绊长尾巴。公孙挺着大肚腩，足蹬红鞋慢踱步。

老狼后退绊长尾，前行又踩肥下巴。公孙心广体又胖，品德声誉美无瑕。

注释：

①跋（bá）：踩，踏。胡：颔下垂之肉。意为老狼前行踩到下颌肉。

②载（zài）：则，且。疐（zhì）：踩，牵绊。其尾：它的尾巴。

③公孙：当时对贵族的称呼，同《七月》一诗中的“公子”。硕肤：心广体胖。马瑞辰《通释》：“‘肤’当读如‘肤革充盈’之‘肤’。硕肤者，心广体胖之象。”

④赤舄（xì）：锡与金合做的鞋头饰物。几几：安详貌。朱熹《集传》：“安重貌。”一说，鞋头尖而上翘。

⑤瑕：疵病，过失。或谓瑕借为“嘉”，不瑕即“不嘉”。

赏析：

关于这首诗的主旨，长期以来有美刺两种相对立的观点。旧说是“赞美”，如《毛诗序》：“《狼跋》，美周公也。周公摄政，远则四国流言，近则王不知。周大夫美其不失其圣也。”现代研究者则多判为是对贵族“丑态”的“讽刺”，不仅是狼非褒义喻体，而且“狼跋其胡，载疐其尾”用以比喻贵族公孙裹着昂贵行头的肥胖身躯，步履蹒跚，分明带着揶揄嘲讽的口吻，并不是“赞美”。

小　雅

朱熹《诗集传》云："雅者，正也，正乐之歌也。其篇本有大小之殊，而先儒说又各有正变之别，以今考之，正小雅，燕飨之乐也；正大雅，会朝之乐，受釐陈戒之辞也。故或欢欣和说（悦）以尽群下之情，或恭敬齐（斋）庄以发先王之德，辞气不同，音节亦异，多周公制作时所定也。及其变也，则事未必同，而各以其声附之。其次序时世，则有不可考者矣。"

《小雅》共七十四篇，创作于西周初年至末年，以西周末年厉、宣、幽王时期为多。《小雅》不仅描述了周代丰富多彩的社会生活、特殊的文化形态，而且揭示了周人的精神风貌和情感世界，它没有虚妄与怪诞，极少超自然的神话。立足于祭祀、宴饮、农事等社会现实生活，是周代社会经济和礼乐文化的产物。可以说，《诗经·小雅》是中国最早的富于现实精神的诗歌，奠定了中国诗歌面向现实的传统。

鹿鸣之什

朱熹《诗集传》云：“雅、颂无诸国别，故以十篇为一卷，而谓之什，犹军法以十人为什也。”

鹿　鸣

呦呦[①]鹿鸣，食野之苹[②]。我有嘉宾，鼓瑟吹笙。吹笙鼓簧[③]，承筐是将。[④]人之好我，示我周行[⑤]。

呦呦鹿鸣，食野之蒿。我有嘉宾，德音孔昭。视民不恌，[⑥]君子是则[⑦]是傚。我有旨酒，嘉宾式燕以敖。[⑧]

呦呦鹿鸣，食野之芩[⑨]。我有嘉宾，鼓瑟鼓琴。鼓瑟鼓琴，和乐且湛[⑩]。我有旨酒，以燕乐嘉宾之心。

译文：

群鹿呼伴呦呦鸣，在那野地食艾蒿。我有满座好宾客，席间弹瑟又吹笙。一吹笙管振簧片，捧上币帛满竹筐。诸位宾朋惠爱我，示明大道乐遵守。

群鹿呼伴呦呦鸣，在那野地食青蒿。我有满座好宾客，声名显赫品德高。教人宽厚不轻佻，君子学习为榜样。我有美酒香且醇，贵宾畅饮乐逍遥。

群鹿呼伴呦呦鸣，在那野地食青芩。我有满座好宾客，席间弹瑟又奏琴。弹瑟奏琴声相和，宾主融洽乐尽兴。我有美酒香且醇，贵宾飨宴乐陶陶。

注释：

①呦呦（yōu）：鹿鸣声，见食相呼。朱熹《诗集传》：“呦呦，声之和也。”

②苹：皤蒿，艾蒿。

③簧：乐器中用以发声的振动器。

④承：奉。将：送。古代奉筐盛币帛以送宾客。据《毛传》：“筐，篚属，所以行币帛也。”

⑤周行：大路。引申为大道理。

⑥视：同“示”。恌（tiāo）：同“佻”，轻佻。意为教示民众不轻佻。

⑦则：法则，楷模，此作动词。

⑧式：语气助词。燕：同“宴”。敖：同“遨”，游乐。意为宴会上贵宾畅饮逍遥。

⑨芩（qín）：蒿类植物。

⑩湛（dān）：尽兴。《毛传》：“湛，乐之久。”

赏析：

此诗主题历来有争论，大致有美诗和刺诗两种意见，以美诗为主。如《毛诗序》：“《鹿鸣》，宴群臣嘉宾也。既饮食之，又实币帛筐篚，以将其厚意，然后忠臣嘉宾得尽其心矣。”全诗三章，每章八句，开头皆以鹿鸣起兴，自始至终洋溢着欢快气氛，体现了殿堂上嘉宾的琴瑟歌咏以及宾主间之融洽。东汉末年曹操作《短歌行》，还引用了此诗首章前四句，表示渴求贤才的愿望，说明此诗的影响力。

四 牡

四牡騑騑，[1]周道倭迟[2]。岂不怀归？王事靡盬，[3]我心伤悲。

四牡騑騑，啴啴骆马。[4]岂不怀归？王事靡盬，不遑启处。[5]

翩翩者鵻[6]，载飞载下，集于苞栩。[7]王事靡盬，不遑将[8]父。

翩翩者鵻，载飞载止，集于苞杞。王事靡盬，不遑将母。

驾彼四骆，载骤骎骎。[9]岂不怀归？是用作歌，将母来谂[10]。

译文：

四马奔驰不停蹄，大路遥迢又迂回。难道不想归故乡？官家差事未完成，我心无奈自悲伤。

四马奔驰不停蹄，骆马疲累喘粗气。难道不想归故乡？官家差事未完成，没有闲暇可安享。

斑鸠翩翩任飞翔，时而高飞时低掠，群栖葱郁柞树上。官家差事未完成，无暇顾及把父养。

斑鸠翩翩任飞翔，有时高飞有时停，群集茂密杞树上。官家差事未完成，无暇顾及把母养。

驾驭四匹黑鬃马，风驰电掣赶路忙。难道不想回故乡？唱支歌儿诉衷肠，母亲始终放心上。

注释：

①四牡：指驾车的四匹雄马。騑騑（fēi fēi）：马行不停貌。《广雅》："騑騑，疲也。行不止，则必疲。"

②倭迟：亦作"逶迤"，道路迂回遥远的样子。

③王事：政事。靡：无。盬（gǔ）：停息。

④啴啴（tān tān）：喘息貌。骆（luò）：白毛黑鬣的马。

⑤不遑（huáng）：无暇。启处：指在家安居休息。启：小跪。古人席地而坐，两膝贴地。

⑥鵻（zhuī）：一种短尾的鸟，斑鸠。

⑦集：落。苞：葱郁茂密。栩：柞树。指鵻落在茂密的柞树上。

⑧将：养。

⑨载：发语词。骤：疾驰貌。骎骎（qīnqīn）：马速行。

⑩谂（shěn）：思念。

赏析：

《毛诗序》云："《四牡》，劳使臣之来也。有功而见知，则说

（悦）矣。”晚清方玉润《诗经原始》也说此诗为“勤王事也”。之前所评大多此诗的“怨”思化为“美”意，实有悖于原作的主旨。

这是一首出使小官思归的怨诗，大约在周厉王、幽王时代。当时社会动荡不安，徭役沉重，民不聊生。主人公驾驶四马快车奔走在漫长征途，虽思念父母，始终不得回家奉养；诗中用来去自由的斑鸠反衬自己的处境，满腔怨尤无从排遣，只好长歌以号，聊解愁肠。

皇皇者华

皇皇者华，①于彼原隰②。駪駪征夫，③每怀靡及④。
我马维驹⑤，六辔如濡⑥。载驰载驱，周爰咨诹。⑦
我马维骐⑧，六辔如丝。载驰载驱，周爰咨谋。
我马维骆，六辔沃若。载驰载驱，周爰咨度。
我马维骃⑨，六辔既均。载驰载驱，周爰咨询。

译文：

鲜花朵朵金灿灿，盛放在高原洼地。使者往来急匆匆，唯恐使命有疏漏。

骑乘那雄壮良驹，六条马缰极柔韧。策马奔驰不停息，遍访贤达和忠良。

青马驾车往前走，六条马缰如丝滑。策马奔驰不停歇，博采治国求佳策。

白马驾车响得得，六条马缰很光泽。策马奔驰不停足，访贤问善寻良方。

骑乘骃马雄赳赳，六条马缰很协调。策马奔驰永不停，搜求治国得正道。

注释：

①皇皇：同“煌煌”，指光彩照耀。者：助词。华：即花。

②原隰（xí）：平原洼地。原野上高平之处为原，低湿之处为隰。

③骁骁（shēn shēn）：众多疾行貌。《国语·晋语》引诗作“莘莘”，意为众多。征夫：这里指使臣及其属从。

④靡及：不及，没有做到。

⑤驹：壮马。

⑥濡：润泽。

⑦周：周到。《传》：“忠信为周，访问于善为咨，咨事为诹。”爰（yuán）：于。咨：问。诹（zōu）：询问。下章“咨谋”“咨度”“咨询”，义相近。

⑧骐（qí）：青黑色的马。

⑨骃（yīn）：灰色杂毛的马。

赏析：

这诗的解释有二：一是《毛诗序》：“《皇皇者华》，君遣使臣也。送之以礼乐，言远而有光华也。”二是《诗三家义集疏》引齐说：“《乡饮酒礼》郑注：‘《皇皇者华》，君遣使臣之乐歌也。更是劳苦，自以为不及，欲谘谋于贤知，而以自光明也。’”此诗是使臣出外访贤求策，在途中自咏之作。《左传》以为“君教使臣”之诗，历来无异议。这些使臣在外奔忙，时刻不忘君之所教，谨记于心，担心疏漏，忠于职守，以此可见周朝盛世气象的由来。

常 棣

常棣之华，鄂不韡韡。[①]凡今之人，莫如兄弟。
死丧之威[②]，兄弟孔怀[③]。原隰裒[④]矣，兄弟求矣。
脊令[⑤]在原，兄弟急难。每有良朋，况[⑥]也永叹。
兄弟阋于墙，[⑦]外御其务。[⑧]每有良朋，烝也无戎。[⑨]
丧乱既平，既安且宁。虽有兄弟，不如友生[⑩]。
傧尔笾豆。[⑪]饮酒之饫[⑫]。兄弟既具，和乐且孺[⑬]。
妻子好合，如鼓瑟琴。兄弟既翕[⑭]，和乐且湛[⑮]。
宜尔室家，乐尔妻帑[⑯]。是究是图，亶[⑰]其然乎！

译文：

棠棣花开一簇簇，花萼花蒂光闪闪。试问世上有何人，有谁能比兄弟亲。

死亡之事最可怕，唯有兄弟最挂牵。高原洼地聚荒冢，只有兄弟来相寻。

鹡鸰流落在荒原，兄弟急急来救难。纵有亲密诸好友，危难之际空长叹。

兄弟在家不和睦，同心鼎力御外侮。纵有亲密众好友，事到临头无所助。

死丧祸乱已平定，生活平安且宁静。遗憾此刻亲兄弟，反觉不如朋友情。

杯盘碗盏列宴席，尽情畅饮酒意酣。兄弟齐聚在此地，和美快乐又亲密。

夫妻情深如鹣鲽，琴瑟协奏更和谐。兄友弟恭庆欢聚，亲密无间乐陶陶。

妥善和睦美家庭，妻子儿女喜盈盈。认真谋划细思量，是否确是这个理！

注释：

①鄂：通“萼”，花萼。不：“丕”的借字。韡韡（wěi wěi）：光明貌。此处形容花色鲜明之状。

②威：畏惧，可怕。

③孔怀：最为思念、关怀。孔：很，最。

④裒（póu）：聚集。

⑤脊令：同“鹡鸰”，水鸟名。头黑额白，背黑腹白，尾长。水鸟今在平原，而非在其常处，比喻兄弟有急难。

⑥况：发语词。

⑦阋（xì）于墙：因恨相争于内。意指兄弟在家不和睦。

⑧外：墙外。御：抵抗。务：亦作“侮”。意为兄弟对外同心御辱。

⑨烝（zhēng）：众多。一说为发语词。戎：帮助。意为即便好友众多，也没有帮助。

⑩友生：友人。生：语气助词。

⑪傧（bìn）：陈设。笾（biān）豆：祭祀或燕享时用来盛食物的器具。意指宴席上食物陈列丰盛。

⑫饫（yù）：宴饮同姓的私宴。一说酒足饭饱。

⑬孺：相亲。

⑭翕（xī）：聚合，和好。

⑮湛（dān）：喜乐。

⑯孥（nú）：儿女。

⑰亶（dǎn）：诚然，确实。

赏析：

《毛诗序》：“《常棣》，宴兄弟也。闵管、蔡之失道，故作《常棣》焉。”《笺》：“周公吊二叔之不咸（和），而使兄弟之恩疏，召公为作此诗，而歌以亲之。”这是一首歌颂兄弟之情的诗，因常棣花开每两三朵彼此相依而生发联想。诗中首章是对兄弟情谊的正面描写，之后三章是以死丧祸乱与和平安宁对比，通过三个典型情境，即遭死丧则兄弟相收，遇急难则兄弟相救，御外侮则兄弟相助，对“莫如兄弟”的主旨做了深刻的描绘。然后叹惜“安宁”时“不如友生”，影射现实，然后又以夫妻之情作衬托，既是对兄弟亲情的颂赞，也表现了华夏先民传统的以血缘关系为基础的人伦观念。

伐　木

伐木丁丁①，鸟鸣嘤嘤②。出自幽谷，迁于乔木。嘤其鸣矣，求其友声。相③彼鸟矣，犹求友声。矧伊人矣，④不求友生。神之听之，⑤终和且平。

伐木许许⑥，酾酒有萸。⑦既有肥羜⑧，以速诸父。⑨宁适不来，⑩微我弗顾？於粲⑪洒扫，陈馈八簋。既有肥牡，以速诸舅⑫。宁适不来，微我有咎。

伐木于阪，酾酒有衍[13]。笾豆有践，兄弟无远。民之失德，乾糇以愆。[14]有酒湑[15]我，无酒酤[16]我。坎坎[17]鼓我，蹲蹲[18]舞我。迨我暇矣，饮此湑矣。

译文：

砍伐树木铮铮响，林中群鸟嘤嘤唱。鸟儿本自深谷出，飞来聚到高树上。鸟儿缘何鸣不停，呼伴引伴求知音。仔细端详那小鸟，尚且求友欲相亲。何况我们这些人，岂能不知重友情。谨慎遵从此情理，得享和乐与安宁。

呼起号子伐木忙，滤出美酒扑鼻香。备好肥嫩小羊羔，邀请叔伯来品尝。凑巧有事他不来，非我罔顾不真诚。洒扫房屋表隆重，佳肴八盘呈桌上。备好肥嫩小公羊，邀请诸舅来品尝。凑巧有事他不来，非我于礼有疏漏。

伐木在那山坡前，滤酒醇美快斟满。笾豆珍馐排整齐，兄弟叙谈莫疏远。人们丧失情谊德，多因饮食无保障。有酒滤清可痛饮，没酒快买兴尤酣。咚咚鼓声为我响，翩翩舞姿令我欢。趁着今朝有空闲，共饮清酒尽欢颜。

注释：

①丁丁（zhēng zhēng）：伐木声。

②嘤嘤（yīng yīng）：鸟鸣声。

③相：审视，端详。

④矧（shěn）：况且。伊：你。意指对于你我这些人来说。

⑤神之听之：审慎听从，指谨慎地遵循情理。神：慎。

⑥许许（hǔ hǔ）：也作“浒浒”或“所所”，伐木时众人共同用力之声。

⑦酾酒（shī）：滤酒。有：助词。藇（xù）：美好。

⑧羜（zhù）：五个月的小羊。

⑨以：来。速：延请。诸父：对同姓长辈的尊称。

⑩宁：宁可。适：恰巧。意指恰巧有事，未能来参加聚会。

⑪粲：光明、鲜洁貌。

⑫诸舅：指异姓的长辈。

⑬有衍：即“衍衍”，满溢的样子。一说为美酒之意。衍：美好。

⑭餱（hóu）：干粮。愆（qiān）：过失。意指饮食不能得到保障，即食不能果腹。

⑮湑（xǔ）：滤过的酒。

⑯酤：买酒。

⑰坎坎：鼓声。

⑱蹲蹲（cún cún）：本作“墫”，形容跳舞的姿态。

赏析：

《毛诗序》云：“《伐木》，燕朋友故旧也。自天子至于庶人，未有不须友以成者。亲亲以睦，友贤不弃，不遗故旧，则民德归厚矣。”《诗三家义集疏》云：“《韩诗》曰：‘《伐木》废，朋友之道缺。劳者歌其事。诗人伐木，自苦其事，故以为文。’”《韩诗》称《伐木》礼废，与《毛诗序》不同。

当其时，周厉王不听“防民之口，甚于防川”的劝谏，最终导致了国人暴动。周宣王即位初，立志图复兴大业。《伐木》一诗，正是宣王初立之时王族辅政大臣为安定人心、消除隔阂，增进情谊而作。《伐木》和《伐檀》不同，它不是描述伐木劳动，而是由伐木兴起，鸟儿合鸣，说到友情可贵，阐述求友待友的道理。

天　保

天保定尔，[①]亦孔之固。俾尔单厚，[②]何福不除[③]？俾尔多益，以莫不庶[④]。

天保定尔，俾尔戬穀。[⑤]罄[⑥]无不宜，受天百禄。降尔遐福[⑦]，维日不足。[⑧]

天保定尔，以莫不兴。如山如阜，如冈如陵，如川之方至，[⑨]以莫不增。

吉蠲为饎，[⑩]是用孝享[⑪]。禴祠烝尝，[⑫]于公先王[⑬]。君曰卜尔，[⑭]

万寿无疆。

神之吊[15]矣，诒尔多福。民之质[16]矣，日用饮食。群黎百姓[17]，遍为[18]尔德。

如月之恒[19]，如日之升。如南山之寿，不骞不崩。[20]如松柏之茂，无不尔或承。

译文：

苍天护佑赐安宁，王权稳固国昌盛。让您国力加倍增，何种福禄不赐您？让您财富日丰盈，民富国强万事兴。

苍天护佑赐安宁，让您幸福享太平。万事如意皆称心，上天降赐百禄厚。洪福天降长久远，日日享福受不尽。

苍天护佑赐安宁，万事皆兴享荣盛。福瑞宛如高山岭，绵延就像冈和陵。又如百川归大海，日日流进更添增。

择吉洗濯置酒宴，敬献神祇供祭享。祭祀苍天四季忙，供奉先公和先王。先君传话祝福你，万寿无疆岁绵长。

祭祀神祇来降临，赐您宏福和洪运。纯朴厚道好百姓，饮食满足就算行。黎民百官心一致，深深感激您恩情。

您像月亮渐丰盈，您像旭日正东升。您像南山永长寿，永不亏损不塌崩。您像松柏永繁茂，子孙后代皆传承。

注释：

①天：上天。保：保护，安也。定：平安。尔：指国君。

②俾（bǐ）：使。尔：你，即周宣王。单厚：尽厚。马瑞辰《毛诗传笺通释》："单、厚同义，皆为大也。"

③除：赐予。据《通释》："除、余古通用。余、予古今字，余通为予我之予，即可通为赐予之予。"

④俾尔：使你。庶：众多。《毛传》："庶，众也。"

⑤俾尔：使你。戬（jiǎn）：福。穀（gǔ）：善。

⑥罄（qìng）：尽。

⑦遐福：远福，即久长、远大之福。

⑧维日不足：言因福之多而广远，日日享福也享受不完。维：通“惟”，唯恐。

⑨如：如同。川之方至：河水涨潮。朱熹《诗集传》：“川之方至，言其盛长之未可量也。”

⑩吉：择吉食。蠲（juān）：通“涓”，清洁。为：做。饎（chì）：祭祀用的酒食。

⑪孝享：献祭。

⑫禴（yuè）祠烝尝：一年四季在宗庙里举行的祭祀的名称，春曰祠，夏曰禴，秋曰尝，冬曰烝。

⑬于公先王：指献祭于先公先王。公：先公，周之远祖。

⑭君：指先公先王的神灵。卜：“畀（bì）”字之假借，给予。《毛传》：“卜，予也。”意指先君神灵传话祝福你等。

⑮吊：至。指神灵、祖考降临。

⑯质：质朴，诚实。

⑰群黎：民众，指普通劳动人民。百姓：贵族，即百官族姓。

⑱为：感化。

⑲恒（gèng）：“緪”字的假借，指月上弦。

⑳骞（qiān）：亏损。崩：毁坏。意指用不亏损永不崩坏。

赏析：

《毛诗序》云：“《天保》，下报上也。君能下下以成其政，臣能归美以报其上焉。”诗中反映了周人以德为政的思想，通过臣下对君主的祝颂，歌颂苍天神灵，祈求恩赐福禄，较为集中地反映了周人强烈的敬天保民的思想意识。其与殷商只崇拜神灵而不体恤黎民百姓疾苦相比，无疑是一大进步。诗中设譬丰富，精心描摹，从不同角度出发，使描写的形象更为鲜明生动。

采　薇

采薇[①]采薇，薇亦作止。[②]曰归曰归，岁亦莫止。靡室靡家，玁狁[③]之故。不遑启居，玁狁之故。

采薇采薇，薇亦柔[4]止。曰归曰归，心亦忧止。忧心烈烈[5]，载饥载渴。我戍未定，靡使归聘[6]。

采薇采薇，薇亦刚[7]止。曰归曰归，岁亦阳[8]止。王事靡盬[9]，不遑启处。忧心孔疚，我行不来。[10]

彼尔维何？[11]维常之华。彼路[12]斯何？君子之车。戎车既驾，四牡业业。岂敢定居？一月三捷。

驾彼四牡，四牡骙骙[13]。君子所依，小人所腓[14]。四牡翼翼[15]，象弭鱼服。[16]岂不日戒？玁狁孔棘[17]。

昔我往矣，杨柳依依[18]。今我来思，雨雪霏霏。行道迟迟，载渴载饥。我心伤悲，莫知我哀。

译文：

采薇菜呀采薇菜，薇菜刚刚发新芽。说回家呀道回家，年末依旧难实现。没有妻室没有家，为跟玁狁去厮杀。无暇安居终日忙，为跟玁狁去厮杀。

采薇菜呀采薇菜，薇菜嫩芽刚长大。说回家呀念回家，心里忧闷多牵挂。忧心如焚无奈何，又饥又渴实难熬。驻防戍守无定处，无法托人传家信。

采薇菜呀采薇菜，薇菜茎叶渐变老。说回家呀盼回家，转眼十月小阳春。官家差役没个完，无暇回家去安身。满怀忧愁心病添，此番征战难归还。

什么花儿开得盛？棠棣花开耀眼明。高大兵车谁所有？将帅驱驰乘战车。驾起兵车去出征，四匹雄马齐奔腾。边地哪敢图安居？一月三战未敢歇。

驾起四匹雄壮马，高大健美真神气。将帅巍然凭车立，兵士傍其作隐蔽。四马整饬多娴熟，鱼皮箭袋象牙弭。怎能每日不戒备，玁狁入侵事态急！

回想当年出征时，杨柳依依随风吹。如今归来路途中，寒风雨雪满天飞。道路泥泞难行走，又渴又饥真疲惫。满心凄凉甚伤悲，如此哀愁谁体会！

注释：

①薇：野豌豆，种子、茎、叶均可食用。

②作：初生。止：语气助词。意为薇菜刚刚发芽。

③玁狁（xiǎn yǔn）：古民族名，春秋时为戎狄，秦汉时为匈奴，隋唐时为突厥。

④柔：嫩。

⑤烈烈：忧貌，形容忧心如焚。

⑥聘：问候，探问。

⑦刚：坚硬。意指薇菜茎叶变老。

⑧阳：阴历十月，小阳春季节。今犹言"十月小阳春"。

⑨盬（gǔ）：止息，了结。

⑩我行不来：我不能回家。来：至，归。一说读为"徕"，慰问。谓无人慰问。

⑪彼：那。尔：通"荣"，花盛。维何：是什么。

⑫路：大车。

⑬骙骙（kuí kuí）：马强壮。

⑭腓（féi）：庇护，掩护。

⑮翼翼：整齐的样子。谓马训练有素。

⑯象弭（mǐ）：以象牙装饰弓端的弭。弭：本是弓的两头缚弦的地方，有时亦名弓为弭。鱼服：鲨鱼皮制作的箭袋。

⑰孔棘：很紧急。棘：急。

⑱依依：犹"殷殷"，形容柳条茂盛随风飘拂的样子。

赏析：

《毛诗序》云："《采薇》，遣戍役也。文王之时，西有昆夷之患，北有玁狁之难。以天子之命，命将率遣戍役，以守卫中国。故歌《采薇》以遣之，《出车》以劳还，《杕杜》以勤归也。"

这是一首将士戍役劳还时之作。以"采薇"起兴，薇菜从萌芽到长成嫩苗，到老而不可食用，暗示了岁月流逝，征役漫长。战士们转战边陲，浴血苦战，他们既有同仇敌忾，抵御外侮的爱国思想，又有思念家乡，自伤离乱的悲怆情绪。而终章写战士归役时的感慨怅惘，战事虽然结束了，而等待他们的不是荣归故里，而是荒芜的田园，苦难的生活。

出车

我出我车，于彼牧矣。自天子所，谓我来兮。召彼仆夫，谓之载矣。王事多难，维其棘矣。

我出我车，于彼郊矣。设此旐①矣，建彼旄矣。彼旟②旐斯，胡不旆旆③？忧心悄悄，仆夫况瘁④。

王命南仲⑤，往城于方。出车彭彭⑥，旂旐央央。⑦天子命我，城彼朔方。赫赫⑧南仲，玁狁于襄⑨。

昔我往矣，黍稷方华。今我来思，雨雪载涂。王事多难，不遑启居。岂不怀归？畏此简书⑩。

喓喓草虫，趯趯阜螽。⑪未见君子，忧心忡忡。既见君子，我心则降⑫。赫赫南仲，薄伐西戎。

春日迟迟，卉木萋萋。仓庚喈喈，采蘩祁祁⑬。执讯获丑，⑭薄言还归。赫赫南仲，玁狁于夷。

译文：

我驾兵车出征去，列队郊外牧马地。周王宫殿传命令，我等遵从去御敌。召集车夫到身前，备齐装束赴前线。国事危难多边患，军情紧急莫迟疑。

我驾兵车出征去，列队郊外牧马地。车上插起龟蛇旗，又将干旄竖立起。还有鹰隼龟蛇旗，怎不舒卷迎风扬？战事危急心忧愁，马弁憔悴日夜忙。

王命南仲为主将，筑城御敌到北方。兵车显赫马儿壮，旂旗鲜明漫天舞。天子严令遣我等，赶往朔方筑边防。威名赫赫南仲子，扫除玁狁安边疆。

当年出征离家乡，黍稷茂盛花儿香。如今踏上归程路，雨雪满地尽泥泞。国事危难多边患，无法安居回故乡。难道不想归家去，天子策命莫敢忘。

草虫喓喓叫得欢，蚱蜢草间跳跃忙。未曾看见南仲面，忧心忡忡虑国防。而今见了南仲面，忧愁纾解心舒畅。威名赫赫南仲子，征讨西戎英名扬。

春天明媚日渐长，草木繁茂郁苍苍。黄莺和鸣声声唱，俊俏姑娘采蒿忙。审讯敌将俘敌兵，凯旋返乡正得时。威名远扬南仲子，平定玁狁保边疆。

注释：

①旐（zhào）：古代画龟蛇图案的旗。

②旟（yú）：古代画隼鸟的旗。

③旆旆（pèi pèi）：古代旗末有旒下垂。

④况瘁：辛苦憔悴的意思。况：通“怳”。

⑤南仲：宣王时人，为将筑城于朔方，以御北敌。

⑥彭彭：形容车马众多。

⑦旂（qí）：绘蛟龙图案的旗帜，带铃。旐：旗帜。央央：鲜明貌。

⑧赫赫：威仪显赫的样子。

⑨襄：即“攘”，平息，扫除。

⑩简书：一说写在竹简上的官书，一说指盟书。马瑞辰《通释》：“简书即盟书之假借。”

⑪趯趯（tì tì）：跳跃貌。阜螽（zhōng）：蚱蜢。

⑫降：下，指心放下了，安宁。

⑬祁祁：众多貌。

⑭执讯：捉敌讯问。获：杀敌割左耳，用以计功。丑：对敌人的蔑称。

赏析：

《毛诗序》：“《出车》，劳还率也。”这是一位武士自述他跟随统帅南仲出征及凯旋的诗。周宣王时，北有玁狁，西有昆夷，为了王朝安定曾多次派兵征讨。以南仲为统帅的这次征讨取得了辉煌的战果，平定了西北一带的戎狄部落，一度形成“中兴”局面。诗人紧紧抓住了战前准备和凯旋这两个关键性场景，把一场历时较长、空间地点转换较为频繁的战争浓缩在一首短短的诗里，挑选出的点兵扬旗、征伐玁狁等主要场景巧妙组合，更能凸显主题。

杕 杜

有杕之杜，①有睆②其实。王事靡盬，继嗣③我日。日月阳止，女心伤止，征夫遑④止。

有杕之杜，其叶萋萋。王事靡盬，我心伤悲。卉木萋止，女心悲止，征夫归止。

陟彼北山，言采其杞⑤。王事靡盬，忧我父母。檀车幝幝，⑥四马痯痯⑦，征夫不远。

匪载匪来，忧心孔疚。期逝不至，⑧而多为恤。⑨卜筮偕⑩止，会言近止，⑪征夫迩⑫止。

译文：

甘棠独立在山丘，果实累累满枝头。国家战事无休止，日复一日没尽头。岁月如梭十月底，妻子心里多悲伤，征夫何日能回乡。

甘棠独立在山丘，绿叶葱茏多繁盛。朝廷差役无止境，我心哀伤莫可说。草木青青春意浓，妻子心中更悲痛，盼那征人早还乡。

登上北山向远望，采摘枸杞心想郎。战事差役无穷尽，忧虑父母无依傍。檀木役车已破败，拉车四马也疲惫，征夫归期应不远。

未见征人归返来，忧愁日甚心病添。归期已过人不至，满心惆怅柔肠断。占卜问卦求吉祥，都说归期已不远，征夫不久即回乡。

注释：

①杕（dì）：树木孤独貌。《集韵》：“木独生也。”杜：一种果木，又名赤棠梨。意指山丘上一株孤零零的赤棠梨。

②睆（huǎn）：美满丰硕貌。

③嗣：延长、继续。

④遑：空暇。

⑤杞：枸杞。

⑥檀车：檀木做的役车。幝幝（chǎn chǎn）：破敝貌。

⑦痯痯（guǎn guǎn）：疲乏貌。

⑧期：服役的期限。逝：过去。意指归期已过而人却还未还。

⑨多：最。恤：忧虑。此句意指愁肠百结，为征人忧虑。

⑩偕：通“嘉”，吉利。

⑪会言：合言，都说。一说“会”为聚合（离人相聚）。“言”为语气助词，无实际意义。此句意为都说征夫归期将近。

⑫迩（ěr）：近。

赏析：

《诗三家义集疏》引《盐铁论·徭役篇》云：“‘古者无过年之徭，无逾时之役。今近者数千里，远者过万里，历二期不还，父母愁忧，妻子咏叹。愤懑之恨，发动于心，慕积之思，痛于骨髓，此《杕杜》《采薇》之诗所为作也。’”

这是一位妇女思念久役不归的征夫之诗。该诗用独生的棠梨树起兴，喻女子独守室房之寂寞；用草木葱茏，反衬女子内心的凄凉；女子耐不住内心熬煎，登上北山眺望，似见征人车破马疲，幻想着夫君归期不远；又求占问卜，求神赐予吉祥之辞，保佑丈夫早归，深切刻画出妻子的思念之情。

南　陔

朱熹《诗集传》云：“此笙诗也，有声无辞。旧在《鱼丽》之后。以《仪礼》考之，其篇当在此，今正之。说见《华黍》。”

“《鹿鸣》之什十篇，一篇无辞。”

“白华之什，毛公以《南陔》以下三篇无辞，故升《鱼丽》以足《鹿鸣》什数，而附笙诗三篇于其后，因以《南有嘉鱼》为次什之首，今悉以《仪礼》正之。”

白华之什

白　华

朱熹《诗集传》云："笙诗也，说见上下篇。……《白华》之什十篇，五篇无辞。"

华　黍

朱熹《诗集传》云："亦笙诗也。《乡饮酒礼》：'取瑟而歌《鹿鸣》《四牡》《皇皇者华》。然后笙入堂下，磬南北面立，乐《南陔》《白华》《华黍》。燕礼，亦鼓瑟而歌《鹿鸣》《四牡》《皇华》。然后笙入，立于县中，奏《南陔》《白华》《华黍》。'《南陔》以下，今无以考其名篇之义。然曰笙，曰乐，曰奏，而不言歌，则有声而无辞明矣。所以知其篇第在此者，意古经篇题之下，必有谱焉，如投壶鲁鼓薛鼓之节而亡之耳。"

鱼　丽

鱼丽于罶，①鲿鲨。②君子有酒，旨③且多。

鱼丽于罶，鲂鳢。④君子有酒，多且旨。

鱼丽于罶，鰋⑤鲤。君子有酒，旨且有。

物其多矣，维其嘉矣。

物其旨矣，维其偕⑥矣。

物其有矣，维其时⑦矣。

译文：

鱼儿钻进竹篓里，肥美鲿鱼和鲨鱼。君子奉美酒珍馐，席面醇美且丰盛。

鱼儿钻进竹篓里，鲂鱼鳢鱼游得欢。君子待客有美酒，筵席丰盛酒醇美。

鱼儿钻进竹篓里，鰋鱼鲤鱼尽皆有。君子待客很周到，美酒佳肴珍馐齐。

食物丰盛实在妙，质量上佳味极好啊。

食物甘美任品味，各种各类很齐备啊。

众多美食尽皆有，全是时鲜来供应啊。

注释：

①丽（lí）：通“罹”，遭遇。《诗集传》：“丽，历也。”罶（liǔ）：竹篓，用竹编制，编绳为底，鱼入竹篓则不能出。篓有大小，此处当指大篓。意指鱼儿钻入竹篓被捕获。

②鲿（cháng）：黄颊鱼，较大。鲨（shā）：吹沙鱼，较小。

③旨：味美。

④鲂（fáng）：鳊鱼，银灰色，腹部隆起，身阔鳞细味美。鳢（lǐ）：俗称黑鱼。

⑤鰋（yǎn）：俗称鲇鱼，体滑无鳞。

⑥偕：通“嘉”。《广雅》：“皆，嘉也。”一说通“偕”，齐备之意。

⑦时：适时，应时，时鲜。

赏析：

《毛诗序》云：“《鱼丽》，美万物盛多能备礼也。文、武以《天保》以上治内，《采薇》以下治外，始於忧勤，终於逸乐，故美万物盛多，可以告於神明矣。”《鱼丽》为周代贵族在祭祀宗庙和神灵之后，燕飨宾客时演唱之乐歌。此诗盛赞宴享时酒肴之甘醇丰盛，以见丰年多稼，主人待客殷勤，宾主共同欢乐的情景。而另一方面我们可以看到捕鱼的劳动人民的辛劳和艰苦。在《仪礼》中的“分饮酒”和《燕礼》中都唱这首歌，可见此诗后来成为燕飨通用的乐歌。

由庚

朱熹《诗集传》云：“此亦笙诗，说见《鱼丽》。”

南有嘉鱼

南有嘉鱼，[①]烝然罩罩。[②]君子有酒，嘉宾式燕以乐。
南有嘉鱼，烝然汕汕[③]。君子有酒，嘉宾式燕以衎[④]。
南有樛木[⑤]，甘瓠累之。[⑥]君子有酒，嘉宾式燕绥之。
翩翩者鵻[⑦]，烝然来思。君子有酒，嘉宾式燕又[⑧]思。

译文：

南方有鱼鲜且美，群鱼戏水把尾摇。君子设宴有美酒，嘉宾宴饮乐陶陶。

南方有鱼鲜且美，群鱼游水如穿梭。君子设宴有美酒，嘉宾宴饮乐悠悠。

南方有树枝条弯，葫芦藤蔓紧相缠。君子设宴奉美酒，宾客欢饮祝平安。

鹁鸪翩翩空中舞，四面飞来集树上。君子设宴奉美酒，频劝宾客饮满觞。

注释：

①南：南方，指南方长江、汉水等河川。有：盛产。嘉鱼：美好的鱼。

②烝（zhēng）然：众多的样子。罩罩：义同“掉掉”，众鱼在水中摇尾游动之貌。

③汕汕：群鱼游水的样子。

④衎（kàn）：乐。

⑤樛木：向下弯曲的树。

⑥瓠：葫芦。累（léi）：缠绕。意指葫芦藤蔓紧紧缠绕樛木。

⑦雏（zhuī）：古书上指鹁鸪，天将雨或刚晴时常在树上咕咕叫的鸟。

⑧又：通“侑”，劝酒。

赏析：

《毛诗序》云：“《南有嘉鱼》，乐与贤也。太平之君子至诚，乐与贤者共之也。”这是一首专叙宾主淳朴真挚之情的宴饮诗，与《鱼丽》《南山有台》是同一组宴饮诗。先歌《鱼丽》，赞佳肴之丰盛；次歌《南有嘉鱼》，叙宾主绸缪之情；最后歌《南山有台》，极尽祝颂之能事，敬祝宾客万寿无疆，子孙福泽延绵。

全诗前两章均以游鱼起兴，用鱼、水象征宾主之间融洽的关系，宛转地表达出主人的深情厚谊，全诗处于和睦欢愉的气氛中。之后诗人又笔锋一扬，将描绘对象从水中更移向陆地、空中，短短数句，委婉含蓄，意在言外，回味无穷。

崇　丘

朱熹《诗集传》云：“说见《鱼丽》。”

南山有台

南山有台①，北山有莱②。乐只君子，邦家之基。乐只君子，万寿无期。

南山有桑，北山有杨。乐只君子，邦家之光。乐只君子，万寿无疆。

南山有杞③，北山有李。乐只君子，民之父母。乐只君子，德音不已。

南山有栲④，北山有杻⑤。乐只君子，遐不眉寿。⑥乐只君子，德音是茂。

南山有枸⑦，北山有楰⑧。乐只君子，遐不黄耇⑨？乐只君子，保艾尔后。⑩

译文：

南山生柔莎，北山长野藜。君子举杯庆，为国立根基。君子甚是乐，万年寿无期。

南山生绿桑，北山长白杨。君子举杯庆，为国争荣光。君子甚是乐，万寿永无疆。

南山生杞树，北山长李树。君子举杯庆，人民好父母。君子甚是乐，美名必永扬。

南山生鸭椿，北山长菩提。君子举杯庆，高年寿眉齐。君子甚是乐，美誉传九州。

南山生枳枸，北山长苦楸。君子举杯庆，哪能不长寿。君子甚是乐，子孙恩泽厚。

注释：

①台：莎草，可作蓑衣。

②莱：藜，亦称灰菜，嫩叶可食。

③杞（qǐ）：木名，一说枸杞，一说杞柳。朱熹《诗集传》："杞，树如樗，一名狗骨。"

④栲（kǎo）：山樗，俗称鸭椿（chūn），像漆树，可制染料与栲胶。

⑤杻（niǔ）：檍木，俗称菩提树，可作弓材。

⑥遐不：何不。眉寿：高寿。陈奂《诗毛氏传疏》："《方言》：'眉，老也。东齐曰眉。'或三家《诗》有谓'眉'为'老'者。"

⑦枸（jǔ）：枳枸。树高大，子大如指，味甘美，亦名木蜜。

⑧楰（yú）：古书上说的一种楸树，叶子大。

⑨黄耇（gǒu）：少年发黑，老变白，白久变黄，为老寿。

⑩保艾：安长。尔：代指君子。后：指子孙后代。

赏析：

《毛诗序》："《南山有台》，乐得贤也。得贤则能为邦家立太平之基矣。"此诗为周代贵族宴飨宾客的通用乐歌，前人以为"乐得贤”“颂天子”，或“祝宾客”，应是贵族宴饮聚会时颂德祝寿的乐歌。诗中气氛热烈而庄重，通过反复的叠咏抒写了周王广得贤才的欢愉之情。陆机《文赋》说：“立片言而居要，乃一篇之警策。”该篇结构精巧，五章首尾呼应，逐层递进，具有很强的层次感与韵律感。

由仪

朱熹《诗集传》云：“说见《鱼丽》。”

蓼萧

蓼彼萧斯，①零露湑兮。②既见君子，我心写③兮。燕笑语兮，是以有誉④处兮。

蓼彼萧斯，零露瀼瀼⑤。既见君子，为龙⑥为光。其德不爽，寿考不忘。

蓼彼萧斯，零露泥泥⑦。既见君子，孔燕岂弟。⑧宜兄宜弟，令德寿岂。⑨

蓼彼萧斯，零露浓浓。既见君子，鞗革冲冲。⑩和鸾雝雝，⑪万福攸同。⑫

译文：

艾蒿高又长，露珠晶晶亮。见到周天子，我心真欢畅。宴饮伴笑语，安乐聚一堂。

艾蒿高又长，露水浓又亮。见到周天子，恩宠又荣光。品德真高尚，长寿永无疆。

艾蒿高又直，露水沾衣湿。见到周天子，快乐心舒畅。兄弟情义浓，德寿美且长。

艾蒿一丛丛，露水甚是浓。见到周天子，铜辔耀眼亮。銮铃悦耳响，万福齐共享。

注释：

①蓼（lù）：长大貌。彼：那。萧：白蒿。斯：句末助词。

②零：滴落，落下。湑（xǔ）：露水清亮貌。意为滴落的露水晶亮。

③写：舒畅。

④誉：通“豫”，欢乐。

⑤瀼瀼（ráng ráng）：露盛貌。

⑥龙：通“宠”，光宠。

⑦泥泥：濡湿貌，露水很重。

⑧孔燕：十分安乐、闲适。郑玄《笺》：“孔，甚；燕，安也。”岂弟（kǎi tì）：同“恺悌”，和易近人。

⑨令德：美德。寿：寿命。岂：同“恺”，乐。

⑩鞗（tiáo）革：铜饰的马笼头。《说文》中“鞗”作“鋚”，铜。冲冲：垂饰貌。

⑪和鸾：车上的铃铛。系在轼上的叫“和”，系在衡上的叫“鑾”。雝雝（yōng yōng）：和谐的铜铃声。

⑫攸：所。同：聚集。意为万福共享。

赏析：

此诗为诸侯朝见周天子时的颂歌。《毛诗序》谓此篇诗旨乃颂天子“泽及四海”，以之为宴远国之君的乐歌，朱熹《诗序辨说》则以为此乃“燕诸侯之诗”。方玉润《诗经原始》中云：“此盖天子宴诸侯而美之之词耳。然美中寓戒，而因以劝导之。……诸侯之易于失德，则尤在兄弟争夺之间与邻国侵伐之际。故又从令德中特言‘宜兄宜弟’。夫必内有以和其亲，然后外有以睦其邻，诸侯睦而万国宁，乃真天子福也。故更曰‘万福攸同’，是岂徒为诸侯颂哉？”方玉润之说，已经很到位。

湛 露

湛湛露斯，①匪阳不晞②。厌厌夜饮，③不醉无归。

湛湛露斯，在彼丰草。厌厌夜饮，在宗载考。④

湛湛露斯，在彼杞棘。显允⑤君子，莫不令德。

其桐其椅[6]，其实离离[7]。岂弟君子，莫不令仪。

译文：

露珠成串清湛湛，未见太阳露不干。夜宴饮酒多安闲，客不喝醉宴不散。

露珠成串清湛湛，挂在茂密草丛间。夜宴饮酒甚和乐，宗庙设宴乐钟鸣。

露珠成串清湛湛，杞棘沾露枝叶繁。尊贵宾客秉性善，光明磊落品行佳。

桐椅高大茂盛貌，累累硕果压弯枝。君子和乐又宽厚，处处皆显好威仪。

注释：

①湛湛（zhàn zhàn）：露重貌。露：清晨的露水。斯：助词。

②晞（xī）：干。

③厌厌：安然。夜饮：即晚宴。

④在宗：同宗族。宗：宗庙。载：则，一说充满。考：成。一说“考”通“孝”，另一说“考”指宫庙落成典礼中的“考祭”。据姚际恒《诗经通论》：“宗，宗庙也。……燕亦在庙也。载，再也。考，击也，击钟也。……入门、客出及燕之时皆用之。”

⑤显允：光明磊落而诚信忠厚。显：光明。允：诚信。

⑥椅（yī）：山桐子树，梓树中有美丽花纹者。

⑦离离：犹“累累”，果实多而下垂貌。

赏析：

《毛诗序》：“《湛露》，天子宴诸侯也。”《笺》：“燕，谓与之燕饮酒也。诸侯朝觐会同，天子与之宴，所以示慈惠。”此诗正是通过夜宴亲热融洽场面和人物素养风度的描写，赞颂了君恩臣德，褒美声中寓有规戒之意。若就其深层意蕴而言，宗庙周围的丰草、杞棘和桐椅，许是暗示血缘的由疏及亲，亦可能是隐喻宴饮者的品德。

彤弓之什

彤 弓

彤弓弨兮，[1]受言[2]藏之。我有嘉宾[3]，中心贶之。[4]钟鼓既设，一朝飨之。

彤弓弨兮，受言载[5]之。我有嘉宾，中心喜之。钟鼓既设，一朝右[6]之。

彤弓弨兮，受言櫜[7]之。我有嘉宾，中心好之。钟鼓既设，一朝酬[8]之。

译文：

红漆雕弓弦松弛，功臣拜受珍重藏。我有嘉宾和亲朋，心中实在很欢畅。架起钟鼓诸乐器，一早设宴摆酒飨。

红漆雕弓弦松弛，功臣拜受家中藏。我有嘉宾和亲朋，内心深处实欢畅。架起钟鼓诸乐器，开怀畅饮频举盅。

红漆雕弓弦松弛，功臣拜受收櫜囊。我有嘉宾和亲朋，心中赞赏喜洋洋。架起钟鼓诸乐器，盛宴敬酒喜气浓。

注释：

①彤弓：朱红的弓。周代天子有赐弓礼。弨（chāo）：弓弦松弛貌。兮：句末助词。

②言：语气助词。

③嘉宾：陈奂《诗毛氏传疏》：“嘉宾，谓诸侯也。”

④贶（kuàng）：爱戴。《郑笺》：“贶者，欲加恩惠也。”马

瑞辰《毛诗传笺通释》："中心贶之'正谓中心善之。"

⑤载：装载。

⑥右：通"侑"，劝酒。

⑦櫜（gāo）：隐藏。此处指装入弓袋。

⑧酬：劝酒。

赏析：

《毛诗序》云："《彤弓》，天子锡有功诸侯也。"据古代的铜器铭文及《左传》等书的记载，周天子用弓矢等物赏赐有功的诸侯，是西周至春秋时代的一种礼仪制度。此诗叙写了赐弓燕飨的隆重而热烈的场景，刻画出宾主融洽和谐的喜悦气氛。辅广《童子问》云："首章已尽其意，下两章只是咏叹以加重焉耳。"诗中虽直陈其事，但通过对彤弓之色、钟鼓之声、佳肴之味等方面的叙写，渲染了喜庆的气氛。

菁菁者莪

菁菁者莪，[①]在彼中阿[②]。既见君子，乐且有仪。

菁菁者莪，在彼中沚[③]。既见君子，我心则喜。

菁菁者莪，在彼中陵[④]。既见君子，锡我百朋。[⑤]

泛泛杨舟，载沉载浮。既见君子，我心则休[⑥]。

译文：

萝蒿多茂密，丛丛山丘里。见到好人才，仪表甚堂堂。

萝蒿多繁茂，簇簇小洲里。见到好人才，我心真欢喜。

萝蒿盛且繁，蓬蓬丘陵里。见到好人才，胜得钱财丰。

坐上杨木船，随波任漂流。见到好人才，我心乐无边。

注释：

①菁菁（jīng jīng）：草木茂盛貌。者：助词。莪（é）：莪蒿。多年生草本植物，生在水边。

②阿：大丘陵。

③沚：水中小洲。

④陵：土山。

⑤锡：同“赐”。朋：上古以贝壳为货币，五贝或十贝一串，两串为“朋”。百朋喻钱之多。王国维《说珏朋》云：“古制贝玉皆五枚为一系，二系一朋。”意为见到好人才，胜过获得很多钱财。

⑥休：喜。

赏析：

此诗因诗的境界的空泛性和意象的可塑性，对其内涵可以有不同的开掘和把握。《毛诗序》云：“《菁菁者莪》，乐育材也。君子长育人才，则天下喜乐之矣。”朱熹《诗集传》则批评《毛诗序》“全失诗意”，认为“此亦燕饮宾客之诗”。但他在后来所写的《白鹿洞赋》中，有“乐菁莪之长育，拔隽髦而登进”的句子，也认为此诗是“乐育材”的。“菁莪”也成了常被用来比喻教育人才的典故。诗以茂盛的萝蒿比喻人才的培育、成长；以“在彼中河”“在彼中沚”“在彼中陵”比喻人才分布广泛；以“杨舟”比喻人才的有用。当然，现在也有很多研究者认为这是一首描写女子与心上人喜相逢的小诗，该种说法亦能说通。

六 月

六月棲棲①，戎车既饬②。四牡骙骙③，载是常服④。玁狁孔炽⑤，我是用急。王于出征，以匡王国。

比物四骊，⑥闲之维则。⑦维此六月，既成我服⑧。我服既成，于三十里。⑨王于出征，以佐天子。

四牡修广⑩，其大有颙⑪。薄伐玁狁，以奏肤公。⑫有严有翼，⑬共武之服。⑭共武之服，以定王国。

玁狁匪茹⑮，整居焦获⑯，侵镐及方，至于泾阳。织文鸟章，⑰白旆央央。⑱元戎⑲十乘，以先启行。

戎车既安，如轾如轩。⑳四牡既佶㉑，既佶且闲。薄伐玁狁，至于大原。文武吉甫，万邦为宪。

吉甫燕喜，既多受祉[22]。来归自镐，我行永久。饮御诸友，炰鳖脍鲤。[23]侯[24]谁在矣，张仲孝友。[25]

译文：

六月备战分外忙，整理战车和戎装。四匹雄马强又壮，战车军旗迎风扬。玁狁犯境来势猛，我方边境已告急。王命出征志气旺，誓死保国卫家邦。

四匹黑马均健壮，训练娴熟守规章。六月盛暑时日长，备好戎装待出发。身着戎装斗志昂，日行卅里赴沙场。王命出征去远方，辅佐天子保国邦。

四匹雄马体态壮，宽头大耳气势昂。攻伐玁狁义凛然，建立功勋威名扬。威武谨慎军纪强，同心协力打好仗。共谋战事打好仗，安邦定国民安康。

玁狁犯境不自量，占据焦获逞猖狂；侵扰镐地和朔方，进而窜犯我泾阳。军旗绣绘鸟隼像，白旆飘逸色鲜亮。我军兵车有十辆，冲锋在前勇难挡。

战车齐整安然还，俯仰自如驰向前。四匹雄马多壮健，步伐齐整又熟练。乘胜追玁讨狁击，长驱直下至大原。文武双全尹吉甫，万邦效法好榜样。

吉甫宴饮乐陶陶，喜获周王丰厚赏。自镐凯旋行军忙，出征返归时日长。宴请众友于明堂，蒸鳖脍鲤佳肴香。出征酒宴还有谁？孝亲善友张仲郎。

注释：

①棲棲：通“栖栖”，忙碌紧急的样子。马瑞辰《毛诗传笺通释》：“棲、栖，古同字，义与《论语》‘栖栖’同，谓行不止也。”

②饬：整顿。

③骙骙（kuí kuí）：马强壮貌。

④常服：军服。《毛传》：“常服，戎服也。”

⑤炽：势盛。

⑥比物：指力气均齐。《诗集传》："比物，齐其力也。"四：一车驷马。骊：黑马。

⑦闲之：《孔疏》："闲之，是以先闲习，故知先教战而后用师也。"维：恪守。则：法则。

⑧服：指出征的装备，军服。

⑨于三十里：军行三十里。

⑩修广：指战马体态高大。

⑪颙（yóng）：大。

⑫以：来。奏：荐。肤公：大功。

⑬严：威严。翼：整齐。意指严守军纪。

⑭共：通"恭"，严肃地对待。武之服：打仗的事。服：事。

⑮匪茹：不自量。茹：柔弱。

⑯焦获：泽名，在今陕西泾阳县北。下文的"镐""方""泾阳"，皆是周之地名。

⑰织文鸟章：指绘有凤鸟图案的旗帜。织：通"帜"，指旗。

⑱旆（pèi）：旐旗末端形如燕尾的垂旒飘带。白旆以绛帛为旆也。央央：鲜明的样子。

⑲元戎：大的战车。

⑳如轾（zhì）如轩：喻指高低轻重，车子安稳前进。车前高后低为"轩"，车前低后高为"轾"。

㉑佶（jí）：壮健貌。一说为齐整。

㉒祉（zhǐ）：福。

㉓炰（páo）：烹煮。脍（kuài）：细切。意为烹煮鳖鲤佳肴。

㉔侯：语气助词。

㉕张仲孝友：据《诗集传》："张仲，吉甫之友也。善父母曰孝，善兄弟曰友。"

赏析：

方玉润《诗经原始》云："此诗乃幕宾之颂主将，自当以吉甫作主，宣王则不过追述之而已。”《六月》是首颂扬周宣王中兴，赞美尹吉甫北伐玁狁有功的叙事诗篇，全诗洋溢着抵御外族入侵的爱国主义热情。全诗以追忆开始，以现实作结，写出了战争的全过程，使得原本平淡的描写平添了几分回味和余韵。诗中避而不写战争中的杀伐流血场景，一力描写将士们的军容和军威之强盛，以预示正义之战的必胜结局，可见诗中所着重表现的自豪与赞扬。

采 芑

薄言采芑[1]，于彼新田[2]，于此菑[3]亩。方叔莅止，[4]其车三千，[5]师干之试。[6]方叔率止，乘其四骐，四骐翼翼[7]。路车有奭[8]，簟茀鱼服，[9]钩膺[10]鞗革。

薄言采芑，于彼新田，于此中乡[11]。方叔莅止，其车三千，旂旐央央。方叔率止，约軧错衡，[12]八鸾玱玱。[13]服其命服，朱芾斯皇，有玱葱珩[14]。

鴥彼飞隼，其飞戾[15]天，亦集爰止。方叔莅止，其车三千，师干之试。方叔率止，钲[16]人伐鼓，陈师鞠旅[17]。显允[18]方叔，伐鼓渊渊[19]，振旅阗阗。[20]

蠢尔蛮荆，大邦为仇。方叔元老，克壮其猷[21]。方叔率止，执讯获丑。戎车啴啴，啴啴焞焞，[22]如霆如雷。显允方叔，征伐玁狁，蛮荆来威。

译文：

采呀采呀采苦菜，在那新垦田，在这新田间。方叔亲临阵，战车有三千，军旅挥盾大操练。方叔亲统兵，驾驭四骐马，进退皆有序。战车远看红彤彤，方纹车帘鱼皮囊，马具嚼头金光闪。

士兵采呀采苦菜，在那新垦田，在这新田中。方叔亲临阵，战车足三千，战旗飘扬红艳艳。方叔亲统兵，战车纹饰新，鸾铃响声远。身着天子御赐服，朱韨堂皇甚威严，青苍佩玉响铿然。

鹰隼长空疾如电，直上九重天，时而栖树尖。方叔亲临阵，三千战车来，儿郎演武壮如山。方叔亲统兵，钲鸣战鼓喧，誓师发宣言。

方叔威风真凛然，战鼓咚咚声深远，鸣金收兵锵锵然。

荆蛮愚蠢未开化，胆敢来犯大周朝。方叔是元老，智多胆气豪。方叔亲统兵，俘虏竞授首。战车隆隆响，滚滚大军行，威势如雷霆。方叔实英明信诚，征罢玁狁大胜归，荆蛮畏其威自败。

注释：

①芑（qǐ）：芑菜，类似苦菜的一种草本植物。

②新田：开垦两年的田。《毛传》："田一岁曰菑，二岁曰新田，三岁曰畬（yú）。"

③菑（zī）：开垦一年的田。

④方叔：周宣王时大将。涖（lì）：临。止：语气助词。

⑤其车三千：一说三千辆兵车，是夸张军威，非实数。

⑥师：众，指军旅。干：盾，指武器。之：助词。试：用。

⑦翼翼：整饬有次序。

⑧奭（shì）：赤貌。

⑨簟茀（diàn fú）：遮蔽车厢后窗的竹席。鱼服：用鲨鱼皮作箭袋。

⑩钩膺（yīng）：带有铜制钩饰的皮带，用于绕住马的胸腹部。

⑪中乡：指新田中。

⑫约軝（qí）：用皮带约束车毂上。错：花纹。衡：车辕前端的横木。

⑬八鸾：八个铃。马口旁有两铃，四匹马有八铃，走动出响声。

⑭玱（qiāng）：玉声。葱珩：青色佩玉。

⑮戾：至，到达。

⑯钲：一种乐器，击钲使士兵进退。

⑰陈师：整齐队伍。陈：陈列。鞠旅：告诫士众。鞠：训告。

⑱允：语气助词。

⑲渊渊：象声词，鼓声。

⑳振旅：休整军队。阗阗（tián tián）：击鼓声。

㉑猷：谋略。

㉒啴啴（tān tān）：车行声。焞焞（tūn tūn）：众盛貌。

赏析：

《毛诗序》云："《采芑》，宣王南征也。"又方玉润《诗经原始》："前三章皆言车马、旆帜、佩服之盛，而进退有节，秋毫无犯，禽鸟不惊，是王者师行气象。然非大帅统率有方，何能如此严肃乎？"

这是一首军旅诗，没有正面描写战争，而是通过对出征军队的军容描写，达到弘扬军威，显示武力，歌颂将帅的目的。诗的风格大气磅礴，运用夸张、比喻、映衬等手法，极尽铺陈之能事，将大军出征描写得声势浩大，威武雄壮。

车 攻

我车既攻①，我马既同②。四牡庞庞③，驾言徂东④。

田车既好，四牡孔阜。⑤东有甫草⑥，驾言行狩。

之子于苗⑦，选徒嚣嚣。⑧建旐设旄，搏兽于敖⑨。

驾彼四牡，四牡奕奕。赤芾金舄，会同有绎。⑩

决拾既佽，⑪弓矢既调。射夫既同，⑫助我举柴⑬。

四黄既驾，两骖不猗。不失其驰，⑭舍矢如破。⑮

萧萧马鸣，悠悠旆旌。徒御不惊，⑯大庖不盈。⑰

之子于征，有闻无声。允⑱矣君子，展⑲也大成。

译文：

猎车已整治坚利，驱驰健马亦备齐。四匹雄马多健壮，驾车直奔东郡地。

猎车早已备完善，看那四马多强健。东都洛邑大圃田，适合驾车去打猎。

天子夏猎兴致高，步卒随从闹嚣嚣。遍插龟蛇旐尾旗，打猎场地就在敖。

驾驭四马来狩猎，四匹雄马好气派。赤色蔽膝金马靴，诸侯络绎来会合。

板指护臂已戴上，强弓羽箭也调适，射手随从集合至，协助我把猎物扛。

四匹黄骠并驾驱，两侧骖马不偏移。驭手驱车有章法，各显身手不虚发。

猎罢归来马嘶鸣，旌旗猎猎随风摆。步卒御夫皆不惊，厨房野味真丰盈。

宣王猎罢返回程，军旅行进悄无声。大哉周王真英明，会将成就天下功。

注释：

①攻：坚固。

②同：整齐一致。指选择调配足力相当的健马驾车。

③庞庞：马高大强壮貌。

④徂东：往东，往洛阳。

⑤四牡：四匹雄马。孔：甚，很。阜：肥壮有气势。

⑥甫草：甫田之草。甫：通“圃”，地名，在今河南中牟西。

⑦苗：夏猎。

⑧选：通“算”，清点。徒：随从。嚣嚣（áo áo）：喧哗，声音嘈杂。

⑨敖：郑国地，在今河南荥阳东北。

⑩会同：诸侯朝见天子，此处指诸侯参加天子的狩猎活动。意为诸侯络绎不断地来参加狩猎活动。

⑪决：通“抉”，俗语“扳指”，射箭时套在右手拇指上的象骨套子，用来钩弦开弓。拾：皮制护臂具。既：已经。佽（cì）：通“次”。用手指相比次调弓矢。

⑫同：协同。指比赛射箭的人找到对手。

⑬柴（zì）：通“胔”，打死的禽兽尸体。

⑭不失其驰：御者驾车得法。驰：驰驱之法。

⑮舍矢如破：发箭皆中。

⑯徒御：挽车、御马的人。不惊：不喧哗。

⑰大庖：大厨子。不盈：不使饭菜过多。

⑱允：信，确实。

⑲展：确实。

赏析：

《毛诗序》："《车攻》，宣王复古也。宣王能内修政事，外攘夷狄，复文、武之境土，修车马，备器械，复会诸侯于东都，因田猎而选车徒焉。"当时"文武之境"已归于秦了。

这首狩猎诗生动地描写了周宣王于东都会合诸侯，举行大规模狩猎活动的全过程。诗中有宏大场面的全景式描写，也有突出细处的特写式描写，很有立体感。诗中的景物描写尤以"萧萧马鸣，悠悠旆旌"二句最为传神，对后世影响也最大。杜甫的"落日照大旗，马鸣风萧萧"，就是受了这两句诗的启发。

吉　日

吉日维戊，①既伯既祷。②田车既好，四牡孔阜。升彼大阜，从其群丑。③

吉日庚午④，既差⑤我马。兽之所同⑥，麀鹿麌麌。⑦漆沮⑧之从，天子之所。

瞻彼中原⑨，其祁⑩孔有。儦儦俟俟，⑪或群或友。⑫悉率左右，以燕天子。

既张我弓，既挟我矢。发彼小豝，殪此大兕。⑬以御⑭宾客，且以酌醴⑮。

译文：

戊辰吉日已选就，祭马祖神求保佑。田猎车辆已备齐，四匹雄马壮又高。驱车登上大山丘，驱逐追猎众兽群。

庚午吉祥日子好，打猎马匹已选齐。寻找野兽聚集地，鹿儿成群堪称奇。沿着漆沮水边逐，曾是天子射猎区。

遥望原野漫无边，地广物博甚丰饶。奔跑慢走野兽多，成群结队四处游。左驱右赶至定处，为让天子显身手。

手握弓弦已拉开，箭亦在弦将勾发。一箭射中小野猪，一箭射死大野牛。野味献给诸宾客，共品佳肴同饮酒。

注释：

①戊：指初五日，为刚日，适合外事活动，如巡狩、盟会、出兵等。此日为戊辰日，古人认为这是祭马祖的好日子。

②伯：马祖神。祷：向神告祭求福。因田猎用马，故祭马祖。

③从：追逐。其：那些。群丑：成群野兽。

④庚午：指初七日。

⑤差：选择。

⑥同：犹聚。

⑦麀（yōu）鹿：母鹿。麌麌（yǔ yǔ）：麀群聚貌。

⑧漆沮：漆水、沮水流域，在今陕西境内。

⑨中原：即原中，平旷之地，原野之中。

⑩祁（qí）：指大兽。

⑪儦儦（biāo biāo）：奔跑貌。俟俟（sì sì）：行走貌。

⑫或群或友：指三两成群。兽三为群，兽二为友。

⑬殪（yì）：射死。兕（sì）：大野牛。意指一箭射死大野牛。

⑭御：进，指将猪牛烹熟进献宾客。

⑮醴（lǐ）：甜酒。

赏析：

此诗当作于周宣王时期，歌颂周宣王田猎并宴会宾客。周宣王在西都镐京的田猎活动每年都在畿内举行，有显示国家文治武功的目的。《毛诗序》说："《吉日》，美宣王田也。"全诗四章，格调上是轻松闲适的，艺术地再现了周宣王田猎时选择吉日祭祀马祖、野外田猎、满载而归、宴饮群臣的过程。

鸿 雁

鸿雁于飞，肃肃[1]其羽。之子于征，劬劳[2]于野。爰及矜人，[3]哀此鳏寡。[4]

鸿雁于飞，集于中泽。之子于垣，百堵皆作。[5]虽则劬劳，其究安宅。[6]

鸿雁于飞，哀鸣嗷嗷。维此哲人[7]，谓我劬劳。维彼愚人，谓我宣骄[8]。

译文：

鸿雁翩翩空中飞，扇动双翅肃肃响。那人离家出远门，荒郊野外奔波忙。可怜都是穷苦人，鳏寡孤独心悲伤。

鸿雁翩翩空中飞，聚在沼泽水中央。那人筑墙服劳役，辛苦筑起百堵墙。纵然吃尽千般苦，不知安身在何方。

鸿雁翩翩空中飞，嗷嗷哀鸣声凄凉。唯有那些明白人，知我作歌叹辛劳。那些糊涂昏庸者，说我闲暇发牢骚。

注释：

①肃肃：鸟飞时扇动翅膀的声音。

②劬（qú）劳：辛苦劳累。

③爰：语气助词。及：到。矜人：劳苦的人，可怜人。

④鳏（guān）：老而无妻者。寡：老而无夫者。意指鳏寡孤独心生哀愁。

⑤堵：墙壁。一丈为板，五板为堵。百堵：很多墙。直言其多。作：筑起。

⑥究：终究。宅：居。意为尝尽艰辛，只为有所安居。

⑦哲人：智者，聪明人。

⑧宣骄：发泄不满，牢骚甚多。

赏析：

《鸿雁》一诗的背景及主题，历来看法不一。有认为是赞美周宣王的，有认为是流民自叙悲苦的，有认为是写周王派遣使者到各处救济流民的，如方玉润《诗经原始》云："使者承命安集流民"，"费尽辛苦，民不能知，颇有烦言，感而作此。"

这是一首诅咒徭役的诗，当是出自服役的民夫之口，倾诉服役者内心不平。篇首以大雁的自由飞翔反兴，衬托出服役之苦。他们被迫为统治者修筑城邑宫室，连鳏寡之人也难幸免，可到头来却连安身之处都没有。

庭燎

夜如何其？夜未央。①庭燎②之光。君子③至止，鸾声将将。

夜如何其？夜未艾。④庭燎晣晣⑤。君子至止，鸾声哕哕⑥。

夜如何其？夜乡晨。⑦庭燎有煇⑧。君子至止，言观其旂。

译文：

现在夜色几何？夜色尚早天未亮。庭中火烛放光芒，诸侯大臣快来到，依稀远处车铃响。

现在夜色几何？夜色尚早无晨光。庭中火烛明晃晃，诸侯大臣将来到，车铃渐近响叮当。

现在夜色几何？夜色将尽露晨光。烟雾笼罩烛朦胧，诸侯大臣已来到，看见旌旗在飘扬。

注释：

①夜未央：夜未尽。

②庭燎：宫廷中照亮的大烛，用麻秸等扎成，浸以蜡，形似火炬。

③君子：指来朝见的诸侯大臣等人。

④艾：止，尽。王引之《经义述闻》："夜未艾，犹言夜未央耳。"

⑤晣晣（zhé zhé）：明亮貌。

⑥哕哕（huì huì）：鸾铃声。

⑦乡（xiàng）晨：近晨，将亮。乡：同“向”。意指夜色将尽晨光即现。

⑧有煇（huī）：犹煇煇，光明貌。一说火光暗淡貌。朱熹《诗集传》：“火气也。天欲明而见其烟光相杂也。”

赏析：

《毛诗序》：“《庭燎》，美宣王也。因以箴之。”《笺》：“诸侯将朝，宣王以夜未央之时问夜早晚。美者，美其能自勤以政事。‘因以箴’者，王有鸡人之官，凡国事为期，则告之以时。王不正其官，而问夜早晚。”

此诗描写宫廷早朝的景象，表现君王勤于政事。宣王夜半之时不安于寝，急于上朝，看到外边已有亮光，知已燃起庭燎；又听到鸾声叮当，知诸侯已有入朝者。此诗说明宣王中兴，政治稳定，百官、内侍皆不敢怠于事，诸侯公卿也谨于君臣大礼，严肃畏敬；而宣王勤于政事、体贴臣下、重视朝仪的心情，也见于言外。

沔　水

沔[①]彼流水，朝宗[②]于海。鴥彼飞隼，载飞载止。嗟我兄弟，邦人[③]诸友，莫肯念乱[④]，谁无父母。

沔彼流水，其流汤汤。鴥彼飞隼，载飞载扬。念彼不迹[⑤]，载起载行。心之忧矣，不可弭[⑥]忘。

鴥彼飞隼，率彼中陵。民之讹言，宁莫之惩。我友敬[⑦]矣，谗言其兴。

译文：

漫漫河水奔涌去，百川归海势不休。游隼振翅迅捷飞，时而飞翔时停留。可叹我那些兄弟，还有乡亲与朋友。谁人不想止丧乱，谁无父母挂忧怀?

茫茫川流水弥漫，奔腾浩荡势头急。游隼振翅疾飞过，时高时低任翱翔。忧虑有人不遵道，坐立不安独悲凄。心中愁苦无处诉，久久难忘积胸臆。

空中游隼迅捷飞，沿着山陵飞来回。流言蜚语四处传，无人制止和反对。告诫朋友需警惕，谣言盛行应止沸。

注释：

①沔（miǎn）：水流满貌。

②朝宗：本指诸侯朝见天子。这里比喻百川归海。《周礼·春官大宗伯》："春见曰朝，夏见曰宗。"

③邦人：国人。

④念乱：止乱。

⑤不迹：不循法度。迹：循道而行。

⑥弭（mǐ）：止，息。

⑦敬：通"警"，警惕。

赏析：

这首诗的主旨，《毛诗序》认为是"规宣王"之作，但未言所规者为何事。朱熹《诗集传》以为"此忧乱之诗"。姚际恒《诗经通论》认为毛氏之说只因诗中有"谗言其兴"的句子。今人高亨《诗经今注》谓"这首诗似作于东周初年，平王东迁以后，王朝衰弱，诸侯不再拥护。镐京一带，危机四伏。作者忧之，因作此诗"。

从内容上看，诗以流水和鹰隼起兴，反衬自己既无归宿又不自由。而对周遭谣言四起、动荡不安，人们却似茫然无觉，更让诗人感到痛苦，从中可以感受到作者忧乱畏谗的感叹和沉痛的呼喊。

鹤 鸣

鹤鸣于九皋，[①]声闻于野。鱼潜在渊，或在于渚。乐彼之园，爰有树檀，其下维萚[②]。它山之石，可以为错。[③]

鹤鸣于九皋，声闻于天。鱼在于渚，或潜在渊。乐彼之园，爰有树檀，其下维穀[④]。它山之石，可以攻玉[⑤]。

译文：

幽深沼泽仙鹤鸣，声传四野甚清亮。无底渊潭游鱼潜，有时浮到渚边停。在那园中真快乐，檀树高高有浓荫，其下灌木叶凋零。他方山上有佳石，可以用来磨玉英。

幽深沼泽仙鹤唳，鸣声响亮上云天。浅浅渚滩浮鱼游，有时潜入深渊嬉。在那园中真快乐，檀树高高枝叶密，其下楮树矮又细。他方山上有佳石，可以用来琢玉器。

注释：

①九：虚数。泽中水溢出称一折，九折指极远处。皋（gāo）：沼泽地。《笺》："皋，泽中水溢出所为坎。自外数至九，喻深远也。"意指仙鹤在幽深的沼泽处鸣叫。

②萚（tuò）：酸枣一类的灌木。一说"萚"乃枯落的枝叶。

③"它山"二句：利用其他山上的石头可以错琢器物。错：砺石，可以打磨玉器。

④榖（gǔ）：树木名，即楮树，其树皮可作造纸原料。

⑤攻玉：谓将玉石琢磨成器。朱熹《诗集传》："两玉相磨不可以成器，以石磨之，然后玉之为器，得以成焉。"

赏析：

对于此诗的背景，历代学者有不同的说法。《毛诗序》认为："《鹤鸣》，诲宣王也。"《笺》补充："诲，教也。教宣王求贤人之未仕者。"宋代朱熹《诗集传》则认为这是一篇意在劝人为善的作品。方玉润认为此诗是"讽宣王求贤山林也"。今人程俊英认为这是一首通篇用借喻的手法，抒发招致人才为国所用的主张的诗，亦可称为"招隐诗"。

祈父之什

祈　父

祈父，[1]予王之爪牙[2]。胡转予于恤，[3]靡所止居。

祈父，予王之爪士[4]。胡转予于恤，靡所厎[5]止。

祈父，亶不聪。[6]胡转予于恤，有母之尸饔。[7]

译文：

司马！我是君王的卫兵。为何把我们引入忧患之地？害我们无处能安居。

司马！我是君王的武士。为何让我们在战场上辗转厮杀？跑来跑去永无休止。

司马！你难道听不见我们的怨声。为何让我们至如此忧患之境？家中老母却无人供养。

注释：

①祈父（qí fǔ）：即司马，官名，周代执掌封畿兵马的高级官员。祈：通“圻”“畿”。父：对男子的尊称。

②爪牙：鸟兽以爪、牙自卫，故“爪牙”喻武士、卫士。《汉书·李广传》：“将军者，国之爪牙也。”现多用作贬义。

③转：移，陷。恤（xù）：忧。这里指令人忧患的战场等危险地方。此句意为为何将我们引入危险之地。

④爪士：虎臣。

⑤厎（dǐ）：同“底”，停止。一说“至也”。

⑥亶（dǎn）：确实。不：表否定。聪：听觉灵敏，听闻。

⑦尸：主。饔（yōng）：熟食。据马瑞辰《毛诗传笺通释》："按《白虎通义》曰：'尸之为言失也。……'是尸古有失意，尸饔，即谓失饔，谓奉养不能具也。"一说："尸，主也。饔，熟食也。言不得奉养，而使母反主劳苦之事也。"意为家中老母无人供养。

赏析：

《毛诗序》："《祈父》，刺宣王也。"又方玉润《诗经原始》："此禁旅责司马征调失常之诗。诸家皆无异言，唯毛、郑以千亩之败实之，而《集传》又谓军士怨于久役，故呼祈父而告之，是主久戍言也。"

《小雅·祈父》是周王朝的王都卫士抒发内心不满情绪的诗。他们本属于王畿内部队或宫廷卫队的士兵，不应出征野战，而祈父调其远征，久役且有家难归，故怨而作此诗。有注家对最后一句解为哭灵堂，摆祭品，亦通。因为久役在外，不能见母亲一面，回来只能见到灵前摆满祭品。这样理解似是更有感染力。

白 驹

皎皎①白驹，食我场苗。絷之维之。②以永今朝。所谓伊人，于焉逍遥。

皎皎白驹，食我场藿③。絷之维之，以永今夕。所谓伊人，于焉嘉客。

皎皎白驹，贲然来思。④尔公尔侯，逸豫无期。⑤慎尔优游，勉尔遁思。⑥

皎皎白驹，在彼空谷。生刍一束，⑦其人如玉。毋金玉尔音，而有遐心⑧。

译文：

光亮皎洁小白马，吃我园中嫩幼苗。拴好缰绳绊住脚，莫教今朝又跑掉。是为我那心上人，在此快乐又逍遥。

光亮皎洁小白马，吃我园中嫩豆叶。拴好缰绳绊住脚，莫教今晚它走脱。要叫那位贤德人，在此做客心意惬。

光亮皎洁小白马，光彩施然来此地。为公为侯多高贵，安逸享乐莫还家。悠闲自在享安乐，不要避世图闲暇。

光亮皎洁小白马，空旷山谷留身影。一束青草作饲料，那人品德似琼英。去后勿忘传音信，莫要疏远忘友情。

注释：

①皎皎：洁白，光明，指马毛色洁白。

②絷（zhí）：用绳子绊住马足。维：拴马的缰绳，此处意为维系系住。此句意指把马拴住，莫让心爱的骑马人离去。

③藿（huò）：豆叶。

④贲（bì）：光彩貌。一说为美。意为光彩照人地来到此地。

⑤逸豫：安乐。无期：没有终期。

⑥勉尔遁思：打消你离去的想法。勉：抑止，打消。遁：隐遁，避世。

⑦生刍一束：一束喂马的青草。生刍：青草。此义甚为含蓄，读之可以联想起《周南·汉广》之句："之子于归，言秣其驹。"

⑧遐心：疏远之心。遐：远去。

赏析：

《毛诗序》以为此诗是大夫刺周宣王不能留用贤者于朝廷。明清以后，有人认为是周武王饯送箕子之诗；有人认为是王者欲留贤者不得，因而放归山林所赐之诗。今人余冠英《诗经选》以为是留客惜别的诗，上承蔡、曹，较合诗意。也有人认为此是一篇情歌。女主人公在场苗正盛时接待了她的爱人。她心情兴奋，想把马儿拴住，让他多留些时日。爱人离去时，她手中还拿一把牧草，嘱他多通音信，不要疏远她。

黄　鸟

黄鸟黄鸟，无集于榖[①]，无啄我粟。此邦之人，不我肯榖[②]。言旋言归，复我邦族。[③]

黄鸟黄鸟，无集于桑，无啄我粱。此邦之人，不可与明[④]。言旋言归，复我诸兄。

黄鸟黄鸟，无集于栩[⑤]，无啄我黍。此邦之人，不可与处。言旋言归，复我诸父。

译文：

黄鸟黄鸟听我讲，不要落在楮树上，莫再啄我粟米粮。此邦之人无诚信，待我苛刻不将养。坚决离此返家去，回到亲爱的故乡。

黄鸟黄鸟听我讲，不要落在桑树上，莫再啄我红高粱。此邦之人无诚善，事理信用都不讲。坚决离此回家走，寻我兄弟还家乡。

黄鸟黄鸟听我讲，不要落在柞树上，莫再啄食我黍粱。此邦之人无诚信，不可同心与之处。坚决离此回家去，回我家乡寻诸父。

注释：

①榖（gǔ）：树名，即楮树，皮可制纸。

②榖（gǔ）：同“谷”，善待；养育。

③复：回返。邦族：邦国，族人，亦即家乡。意即回返我家乡。

④明（méng）：通“盟”，信约，盟约。一说为弄明白，说清楚。

⑤栩（xǔ）：柞树。《唐风·鸨羽》：“集于苞栩。”

赏析：

前人多以为此诗与《我行其野》出自同时，是周宣王末年礼崩乐坏、社会风气恶化的表现。这诗的解释有二。一是《毛诗序》：“《黄鸟》，刺宣王也。”《笺》：“刺其以阴礼教亲而不至，联兄弟之不固。”二是朱熹《诗集传》：“今按诗文，未见其为宣王之世，下篇亦然。……民适异国，不得其所，故作此诗。”现代学者多赞同朱熹的观点，认为是流亡异国者不得其所，故作此诗。不是天灾人祸，谁也不肯流落他乡，诗中主人公在异乡遭到他人不友好的对待，因而喊出悲愤之声，写出流落异乡人的痛苦。

我行其野

我行其野，蔽芾其樗。①昏姻之故，言就尔居。尔不我畜②，复我邦家。

我行其野，言采其蓫③。昏姻之故，言就尔宿。尔不我畜，言归思复。

我行其野，言采其葍④。不思旧姻，求尔新特⑤。成⑥不以富，亦祇以异。

译文：

走在郊野荒凉路，路旁椿树枝叶疏。只因二人姻缘故，我才与你同居住。尔既不善待我，我自坚决归故土。

走在郊野心懊恼，随手采些羊蹄草。只因二人婚姻故，才到你家同住宿。尔既不善待我，不如回归我家族。

走在郊野意不宁，采那葍草聊果腹。你全不念往日情，追求新欢太可恶。诚然不是因爱富，喜新厌旧异心尔。

注释：

①蔽芾（fèi）：树叶初生的样子。其：代词。樗（chū）：臭椿，叶有臭味，此为不材之木，喻所托非人。

②畜：养。一说是爱的意思。

③蓫（zhú）：草名，一称羊蹄，似萝卜，性滑，多食使人腹泻。

④葍（fú）：多年生蔓草，一名小旋花，地下茎可食。饥荒之年可以御饥。

⑤特：匹配。

⑥成：通“诚”，的确。

赏析：

《毛诗序》云：“《我行其野》，刺宣王也。”此为牵强附会。朱熹《诗集传》：“民适异国，依其婚姻而不见收恤，故作此诗。”郑振铎《中国俗文学史》指明：“‘昏姻之故，言就尔居’，这不明明的说着‘入赘’的事吗？”这首诗描写远嫁他乡的女子诉说她被丈夫遗弃之后的悲愤和痛伤，将其情感悲剧的抒写安排在一个暗合其孤独凄凉境况的，生长着樗树和蓫草、葍草的荒寂原野上，描写了女子在经历被遗弃的打击后，离开伤心地，在归家途中的心理活动。

斯 干

秩秩斯干，①幽幽南山。如竹苞矣，如松茂矣。兄及弟矣，式相好矣，无相犹②矣。

似续妣祖，③筑室百堵，西南其户，爰居爰处，爰笑爰语。

约之阁阁，④椓之橐橐。⑤风雨攸除，鸟鼠攸去，君子攸芋。⑥

如跂斯翼，⑦如矢斯棘⑧，如鸟斯革⑨，如翚斯飞，⑩君子攸跻⑪。

殖殖⑫其庭，有觉其楹。⑬哙哙其正，⑭哕哕其冥，⑮君子攸宁。

下莞上簟，⑯乃安斯寝。乃寝乃兴，乃占我梦。吉梦维何？维熊维罴⑰，维虺⑱维蛇。

大人⑲占之，维熊维罴，男子之祥；维虺维蛇，女子之祥。

乃生男子，载寝之床，载衣之裳，载弄之璋。其泣喤喤，朱芾斯皇，室家君王。

乃生女子，载寝之地，⑳载衣之裼㉑，载弄之瓦㉒。无非无仪，㉓唯酒食是议，㉔无父母诒罹。

译文：

流水清清满溪涧，气象幽深终南山。看那翠竹密簇簇，观那松林颇茂密。同胞兄弟住一起，友好和睦密无隙，心胸坦荡不欺瞒。

继承祖妣之遗愿，修筑宫室千万间，开门列户朝西南。家人齐住和睦处，热热闹闹笑语欢。

捆紧束板打大墙，石杵夯墙咚咚响。风吹雨打皆无患，麻雀老鼠一扫光。君子居住好地方。

宫室耸立极肃穆，四隅如矢有角棱，飞檐伸出如鸟翅，状若锦雉飞在空。君子居住好安生。

宫殿门庭宽广正，楹柱高高直且挺。向阳正殿很敞亮，背阳偏殿亦堂皇。君子居住好闲适。

上铺竹席下蒲草，宫内寝息安且好。夜里安睡早起身，醒来占梦不可少。要问吉梦梦何事？梦见熊罴黑又壮，梦见虺蛇一条条。

太卜占梦说端详，梦熊梦罴最为好，预示生男大吉兆。梦见虺蛇亦喜事，预示生女有吉兆。

若是生下吉男子，就要安置睡床上，给他穿漂亮衣裳，淘来玉璋供玩耍。他的哭声很宏亮，定穿蔽膝很尊贵，亲戚婚姻尽侯王。

生个女子亦吉祥，就要安置睡地上，小小襁褓穿上身，陶制纺锤供把玩。教她远离邪僻事，酒食之事需操持，不给父母惹事殃。

注释：

①秩秩：涧水清清流淌的样子。斯：助词。干：溪涧。

②犹：通“尤”，诈也。一说为谋。

③似续：通“嗣续”，继承。妣（bǐ）祖：先妣、先祖，统指祖先。

④约之：捆束筑墙的夹板。约：束。阁阁：犹历历，言束板之绳历历可数。一说捆扎筑板的声音。

⑤椓（zhuó）：夯打。橐橐（tuó tuó）：用杵击土声。古代筑墙为版筑法，按照土墙的长宽要求，先在土墙两侧设立木板，并用绳索捆扎牢固。然后再往木板空槽中填土，并用木夯夯实夯牢。筑好一层，木板上移，再依次筑第二层、第三层，至今西北农村仍沿用此法。

⑥攸：语气助词。芋：通“宇”，居。意指君子居住好地方。

⑦跂（qǐ）：踮起脚后跟站着。翼：端正严肃貌。意指宫殿梁柱挺立肃穆。

⑧棘（jí）：借作“翮（hé）”，此指箭羽翎。一说急也，矢行

缓则枉。急则直，急有直义。

⑨革：变也，鸟飞则变静止状态。

⑩翚（huī）：野鸡毛羽五彩称翚。此两句形容宫室的厦、檐、屋顶装饰，有如飞鸟展翅。

⑪跻（jī）：登，升上。

⑫殖殖：平正。

⑬觉：高大而直立的样子。楹：通“楹”，柱子。指梁柱高直挺立。

⑭哙哙（kuài kuài）：宽敞明亮的样子。其：助词。正：昼也。一说，向阳之宫室曰正。

⑮哕哕（huì huì）：光明貌。冥：夜。一说指厅后幽深的地方。

⑯莞（guān）：蒲席。簟（diàn）：竹席。意为上铺竹席，下铺蒲草。

⑰罴（pí）：熊的一种，比熊更猛。

⑱虺（huǐ）：古书上的一种毒蛇。

⑲大人：即太卜，周代掌占卜的官员。

⑳载寝之地：男寝于床，女寝于地，有阳上阴下之义。

㉑裼（tì）：婴儿的包被。

㉒瓦：古代陶制的纺线锤。

㉓非：错误。仪：善。此句指女人不要议论家中的是非，说长道短。

㉔议：谋虑、操持。古人认为女人主内，只负责办理酒食之事，即所谓“主中馈”。

赏析：

《毛诗序》云：“《斯干》，宣王考室也。”《笺》：“考，成也。德行国富，人民殷众而皆佼好，骨肉和亲。宣王于是筑宫庙，群寝既成而衅之，歌《斯干》之诗以落之，此之谓成室。宗庙成，则又祭先祖。”此诗是“衅之”之辞、“落之”之歌，抑或“燕饮”时所唱，各家争论不休。举行落成典礼，内有祭祖、血祀的仪式也是有可能的，因此，也可说是歌颂周朝贵族筑室落成之诗。诗中先写地势之好、松竹之茂，主人继先祖遗志建筑宫室；继写宫室动工，建造得宽敞富丽，适合君子居住；最后祝主人生男贵为王侯，生女宜家宜室。

无　羊

谁谓尔无羊？三百维群。谁谓尔无牛？九十其犉①。尔羊来思，其角濈濈②。尔牛来思，其耳湿湿③。

或降于阿，或饮于池。或寝或讹④，尔牧来思，何蓑何笠，⑤或负其餱。⑥三十维物，⑦尔牲则具。⑧

尔牧来思，以薪以蒸，⑨以雌以雄。⑩尔羊来思，矜矜兢兢，⑪不骞不崩。⑫麾之以肱，⑬毕来既升⑭。

牧人乃梦，众维鱼矣，⑮旐维旟矣。⑯大人占之，众维鱼矣，实维丰年。旐维旟矣，室家溱溱⑰。

译文：

谁说你家没有羊？三百成群在山岗。谁说你家没有牛？七尺高的九十头。你的羊群到来时，但见犄角挨挨挤。你的牛群到来时，嘴里反刍耳动急。

有的下坡吃青草，有的饮水池边跑，有的睡卧有的醒。牧人到此来放牧，披戴蓑衣与斗笠，有的背负干粮包。牛羊毛色三十种，祭牲祀神已齐备。

牧人到此来放牧，顺手砍下粗细柴，猎来空中雌雄鸟。你的羊群已来到，挤挤挨挨往前跑，不奔不乱群不散。牧人举臂一挥手，乖乖一齐入圈牢。

牧人悠然做美梦，梦里蝗虫化作鱼，龟蛇旗子变鹰旗。请来太卜占此梦：蝗虫化鱼是吉兆，预示来年丰收庆。龟蛇变鹰是佳兆，人口蓁蓁满家园。

注释：

①犉（rún）：牛七尺为犉。

②濈濈（jí jí）：聚集貌。

③湿湿（qì qì）：牛反刍时摇动耳朵。

④讹（é）：同“吪”，动，醒。

⑤何：通“荷”，披戴。蓑（suō）：草制雨衣。笠：竹笠。

⑥或：有人。负：背负。其：他的。𩜾（hóu）：干粮。

⑦三十：泛指多数。维：语气助词。物：色。据《毛传》：“异毛色者三十也。”

⑧牲：古代供祭祀或宴享用的牲畜。用牲的毛色，随祭祀种类而不同。具：齐全、具备。意为祭祀所需的牲畜已备齐。

⑨以：取。薪：粗柴。蒸：细柴。

⑩雌、雄：姚际恒《诗经通论》：“雌雄字从隹，即鸟也。故以雌雄言鸟。”此句言猎取飞禽。以上两句意为：牧者在放牧之余，顺便拾取些柴草或猎取一些禽鸟。

⑪矜矜：小心翼翼貌。兢兢：谨慎，指羊害怕失群。

⑫不：表否定。骞（qiān）：损失，此指走失。一说借为“蹇”，跛足。崩：散乱。一说为群牛生疾。

⑬麾（huī）：挥。肱（gōng）：手臂。意为挥手示意。

⑭升：登入，入牢。

⑮众：通“螽”，蝗虫。古人认为蝗虫可化为鱼，旱则为蝗，风调雨顺则化鱼。此梦为丰年之兆。

⑯旐（zhào）：画有龟蛇的旗。旟（yǔ）：画有鹰隼的旗。龟蛇旗变成了鹰旗，旗子这样变化，是人口增多之兆。

⑰溱溱（zhēn zhēn）：同“蓁蓁”，众多。在此指人口兴旺。

赏析：

《毛诗序》：“《无羊》，宣王考牧也。”《笺》：“厉王之时，牧人之职废，宣王始兴而复之，至此而成，谓复先王牛羊之数。”两说皆无甚根据，亦与诗文内容不相符。这是一首歌咏牛羊畜牧的诗，被用为宫廷祈求丰年的乐歌保留下来。全诗四章。第一章连用两组设问句起势，引出后面的牧群图。之后两章咏放牧与归牧，场面宏大。末章咏一梦一占，顺作祝祷。此诗不仅描摹精妙，而且在展现放牧的动人景象时，又表露出强烈的赞美之情，以及美好祈愿。

节南山

节[1]彼南山，维石岩岩[2]。赫赫师尹，[3]民具尔瞻。忧心如惔[4]，不敢戏谈。国既卒斩，[5]何用不监[6]！

节彼南山，有实其猗。[7]赫赫师尹，不平谓何？天方荐瘥，[8]丧乱弘多。民言无嘉，憯莫惩嗟！[9]

尹氏大师，维周之氐[10]，秉国之均，[11]四方是维[12]，天子是毗[13]，俾民不迷。不吊昊天，[14]不宜空我师。[15]

弗躬弗亲，庶民弗信。弗问弗仕，[16]勿罔君子。式夷式已，[17]无小人殆。琐琐姻亚，[18]则无朊仕[19]。

昊天不傭[20]，降此鞠訩[21]。昊天不惠，降此大戾[22]。君子如届[23]，俾民心阕[24]。君子如夷[25]，恶怒是违。

不吊昊天，乱靡有定。式月斯生，俾民不宁。忧心如酲[26]，谁秉国成？不自为政，卒劳百姓。

驾彼四牡，四牡项领[27]。我瞻四方，蹙蹙[28]靡所骋。

方茂尔恶，相尔矛[29]矣！既夷既怿[30]，如相酬矣。[31]

昊天不平，我王不宁。不惩其心，覆怨其正。[32]

家父作诵，以究王訩。[33]式讹[34]尔心，以畜万邦。

译文：

巍峨高峻终南山，巨石累累凌空立。权势显赫尹太师，天下万民同关注。君子心忧如火燎，言谈小心无戏言。国运已经尽衰败，缘何仍视若无睹！

巍峨高峻终南山，丘陵逶迤连万顷。权势煊赫尹太师，为政如此不公平！老天频频降灾祸，大乱死丧不知数。民众皆怨声载道，行不戒止心不惊！

太史尹氏大官人，汝乃王室之根本，执掌国家大权柄，维系四方疆土域，辅佐天子治天下，指引民众求生活。老天如此不仁惠，不该民众遭苦厄！

天子不亲理国政，又对众人不信赖。不向贤人问政事，欺罔哄骗众贤才。静心执政莫昏聩，勿让小人害国运！委琐宵小诸姻亲，高官厚禄实不该。

老天实在不公正，降下如此大祸乱。老天不肯施眷顾，降下如此大灾难。若让君子来执政，能使百姓心里安。若使君子心气平，人民怨怒自消散。

可叹命舛天不悯，大乱频仍未见平。无辜生灵受摧残，更使民众不安宁。心中忧虑如醉酒，国法朝纲谁人掌？君不鞠躬亲勤政，受害仍是老百姓。

驾驭四匹雄壮马，马健颈粗身肥壮。我向四方抬望眼，茫然驰骋无方向。

你还恶极气嚣张，两眼看矛动杀机。一旦气平色和颜，对坐把酒来言欢。

老天如此不公平，我王整日不安宁。尹氏非但不自省，反怨劝谏不中听。

家父苦心作讽诗，追究王朝祸乱根。但愿尔心得感化，有利国家造福民。

注释：

①节：山势高峻貌。

②岩岩：山崖高峻的样子。

③赫赫：权势显赫。师尹：太师尹氏。太师，周三公之一，掌兵权。尹氏，周大臣尹吉甫的后代。

④惔（tán）：火烧。

⑤卒：尽。斩：灭绝。此句意为国运已经衰败。

⑥监：监察。

⑦有实其猗：实指广大。猗：同“阿”，指山坡。山坡广大。

⑧荐：重，屡次。瘥（cuó）：疫病。意为老天屡次降下灾祸。

⑨憯（cǎn）：同“惨”，语气助词，犹曾。莫：不，否。惩：

止。嗟：语末助词。

⑩氐（zhī）：通“柢”，柢，根柢。

⑪秉：掌握。均：通“钧”，制陶模具下的转盘，比喻国家大权。此句意指执掌国家大权。

⑫维：维系。

⑬毗（pí）：辅助。

⑭不：表否定。吊：善。昊天：犹言皇天。这里又有暗指周王之意。

⑮空：穷困。师：众民。此句意为不该让民众受苦。

⑯弗问弗仕：意指周王不向君子贤人问政，不任君子贤人为官。问：问政。仕：任命官职。

⑰夷：平，消除。已：制止。无：勿。殆：危。

⑱琐琐：小貌。姻亚：婿之父曰姻，两婿相谓曰亚。尹氏与周王室联姻，所以姻亚实指尹氏。

⑲朊（wǔ）仕：厚加任用，即高位厚禄。

⑳傭：均，公平。

㉑鞠讻：极凶。讻：祸乱，昏乱。

㉒戾：灾祸。

㉓届：极，止。指来执政。

㉔阕（què）：止息，指止息心中的不平。

㉕夷：平，指心气平和、没有怨气。

㉖酲（chéng）：病于酒。

㉗项领：形容马肥壮。

㉘蹙蹙（cù cù）：局促，不舒展。

㉙相尔矛：即看你的矛，意为想动武杀人。

㉚怿：和悦。

㉛酬：宾主互相敬酒。以上四句是形容尹氏等人翻云覆雨，喜怒无常。

㉜覆：反，反而。正：谏正，这里指对周王谏正的忠臣。此句意为周王反而觉得劝谏者说得不中听。

㉝以：来。究：追究。王讻：指王朝祸乱根源。

㉞讹（é）：改变。

赏析：

《毛诗序》云："《节南山》，家父刺幽王也。"《笺》："家父，字，周大夫也。"这是一首政治讽刺诗。作者所斥者为尹氏大师，至于是否为周幽王时的人和事，历代《诗》家颇有争议，今难以考证。作品开头便以南山巨石突兀高峻起势，为全诗起调之笔；而后慷慨陈词，直斥尹太师专权无道，致使国势日危，民怨沸腾，并责天子荒于政事，用人不当。字里行间义正词严，一个为社稷焦心，为苍生呼号，忠直刚正的形象跃然纸上，令人心生钦佩。

正　月

正月繁霜，①我心忧伤。民之讹言，亦孔之将②。念我独兮，忧心京京③。哀我小心，癙忧以痒。④

父母生我，胡俾我瘉？⑤不自我先，不自我后。好言自口，莠⑥言自口。忧心愈愈⑦，是以有侮。

忧心惸惸⑧，念我无禄。民之无辜，并其臣仆。⑨哀我人斯，于何从禄？瞻乌爰止，⑩于谁之屋？

瞻彼中林，侯薪侯蒸。⑪民今方殆，视天梦梦⑫。既克有定⑬，靡人弗胜⑭。有皇上帝⑮，伊谁云憎？⑯

谓山盖卑？为冈为陵。⑰民之讹言，宁莫之惩。召彼故老，讯之占梦。具曰予圣，谁知乌之雌雄？

谓天盖高？不敢不局⑱。谓地盖厚？不敢不蹐⑲。维号斯言。有伦有脊。⑳哀今之人，胡为虺蜴？㉑

瞻彼阪田㉒，有菀其特。㉓天之抓㉔我，如不我克，彼求我则，如不我得，执我仇仇㉕，亦不我力㉖。

心之忧矣，如或结之。今兹之正㉗，胡然厉矣？燎之方扬，宁或灭之。赫赫宗周，褒姒灭之！㉘

终其永怀，又窘阴雨。其车既载，乃弃尔辅。㉙载输㉚尔载，将伯助予。

无弃尔辅，员于尔辐。[31]屡顾尔仆，不输尔载。终逾绝险，曾是不意。[32]

鱼在于沼，亦匪克。潜虽伏矣，亦孔之炤[33]。忧心惨惨[34]，念国之为虐。

彼有旨酒，又有嘉肴。洽比其邻，[35]昏姻孔云。[36]念我独兮，忧心慇慇[37]。

佌佌[38]彼有屋，蔌蔌方有榖。[39]民今之无禄，天夭是椓。[40]哿[41]矣富人，哀此惸独！

译文：

正月地上满是霜，我心忧愁复悲伤。民心已乱谣言起，恐将传播遍四方。独我一人愁世事，烦忧不去常萦绕。可叹小心又谨慎，忧思成疾病难当。

父母生我不逢时，为何令我遭祸殃？生前死后无灾祸，恰巧落在我头上。美言出自众人口，恶语亦从人口出。忧心忡忡不合时，反倒受辱遭中伤。

郁郁不乐心里忧，想我无福能消受。民众无罪受牵连，沦为仆役居末流。哀叹我辈这班人，利禄功名哪里求？看那乌鸦将止息，飞落谁家屋檐头？

遥望树林成一片，如今只剩枯柴枝。民众处境正艰险，老天糊涂眼不明。若是天命已注定，无人抗拒能取胜。上天堂皇最英明，究竟恨谁请言明。

人说山丘多低矮，实为高峰与峻岭。民间谣言纷纷起，竟然无人来查禁。但见老臣受征召，请他占梦来问讯。都说自己最灵验，乌鸦雌雄谁分清？

都说天是何等高，人们不敢不弯腰。都说地是何等厚，步伐只得轻又小。众人呼喊和诉说，桩桩件件有理据。可叹如今天下人，畏惧虺蜴躲避忙。

看那山坡贫瘠田，禾苗特出长势壮。老天这般摧残我，唯恐不能将制服。当初朝廷把我召，唯恐推辞不应召。如今又不委重用，弃之不顾无奈何。

心中忧愁深又长，好似绳结不能解。如今朝廷施国政，为何这般暴虐狂？大火熊熊燃起时，有谁能将之扑灭？辉煌显赫周王朝，只因褒姒丢王业。

忧伤满怀常扼腕，又遇天阴雨绵绵。车箱既已装载满，却将挡板随意弃。货物散落帮呼喊，老哥烦请帮助力。

莫把箱板乱抛弃，加固辐条牢又安。经常观照勤检查，仆从方才会谨慎。长路险途终能越，莫将此事视等闲。

鱼儿生活在池沼，并非逍遥无烦恼。即使深藏不敢动，水清照样能看到。忧思满怀愁不已，只因朝政太残暴。

他有美酒醇且香，又有佳肴满玉盘。四邻五党多融洽，姻亲裙带联结广。想我孤身只一人，郁郁不乐心忧伤。

卑鄙小人有华屋，庸劣之徒多米谷。今世黎民贫无禄，饱受天灾无人助。富人终日嬉戏乐，穷人孤独无所依。

注释：

①正月：正阳之月，夏历四月。霜繁：霜多。

②将：大。

③京京：忧虑深重。

④癙（shǔ）：忧。痒（yǎng）：病。此句意为忧思成疾。

⑤俾：使。瘉（yù）：病，指灾祸、患难。意为为何令我遭祸。

⑥莠（yòu）：恶。

⑦愈愈：忧惧貌。

⑧惸惸（qióng qióng）：忧念貌。

⑨并：使。臣仆：奴仆。此句意指沦为仆役。

⑩瞻乌爰止：相传乌落在谁家，即谁家富。与下句，意为不知乌鸦将栖息于谁家屋上，言周朝天命将坠。

⑪侯：语气助词。这两句以林中但见柴枝不见树木，比喻朝廷但聚佞臣，不见忠臣。

⑫梦梦：昏愦，昏暗不明。

⑬定：定乱。

⑭弗胜：无法取胜。不胜过王为乱。

⑮皇上帝：指君王。

⑯伊：是。憎：恨。按，以上四句意为，天有止乱的迹象，天可以战胜一切人，可是天究竟憎恨谁，要惩罚谁，作者对此茫然不知。言外之意是说，天不一定能惩罚坏人，好人往往屡遭灾难。

⑰冈：山脊。这两句意为，有人说山是何等卑小，可它依旧是高峰、峻岭，喻指谣言不能惑众。

⑱局：同“跼”，弓身，弯腰。

⑲蹐：小步累足。

⑳伦：道也。脊：同“迹”，道理。毛传：“伦，道；脊，理也。”此句意指每件事都有理可循。

㉑胡：为何。为：畏惧。虺蜴（huī yì）：毒蛇与蜥蜴，古人把无毒的蜥蜴也视为毒虫。

㉒阪田：山坂上的田。比喻当时的社会。

㉓有：生长。菀（wǎn）：茂盛貌。特：特出的苗。

㉔扤（wù）：动摇。

㉕仇仇：傲慢貌。

㉖不我力：即不我用。比喻周王征召我之后又不重用我。

㉗正：指执政者。

㉘褒姒：周幽王的宠妃。褒：国名。姒：姓。意为周王朝覆灭于褒姒之手。

㉙辅：车两旁的箱板，用以夹持货物，不使下堕。这两句以“弃辅”喻周王不重用贤士。

㉚输：堕也，落下。

㉛员：加固。辐：通“輹”，车箱下面钩住车轴的部件，亦称“伏兔”。此句意指加固辐条车轮部件。

㉜曾是不意：乃不以是为意。

㉝炤：同“昭”，明也。

㉞惨惨：忧郁貌。

㉟洽：和谐。邻：亲近的人。意指与四邻周遭人等和谐相处。

㊱云：周旋。以上四句描写小人奉承当权者的丑态，与作者的孤独、耿介形成对比。

㊲慇慇：同“殷殷”，指悲痛。

㊳佌佌（cǐ cǐ）：比喻小人卑微。

㊴蔌蔌（sù sù）：鄙陋。榖：俸禄。此句意指鄙陋无耻之徒才能为官享受俸禄。

㊵夭夭：上天降下的灾祸。夭：摧残。椓（zhuó）：以斧劈柴，喻打击。意为饱受上天摧残。

㊶哿（gě）：快乐。

赏析：

方玉润《诗经原始》云：“此必天下大乱，镐京亦亡在旦夕，其君若臣，尚纵饮宣淫，不知忧惧，所谓燕雀处堂自以为乐，一朝突决栋焚，而怡然不知祸之将及也。故诗人愤极而为是诗，亦欲救之无可救药时矣。”这是一首周大夫抒发其忧国、忧民、忧己之情的长诗。诗的抒情主人公具有政治远见，他担忧国家的前途，因此得延请后出山，却遭小人的排挤和中伤，得不到重用。得势之人朋党往来，其乐融融；黎民百姓却穷苦无依，备受天灾人祸之苦，令人感到愤怒。

十月之交

十月之交，[①]朔日辛卯，[②]日有食之，亦孔之丑[③]。彼月而微，此日而微。[④]今此下民，亦孔之哀。

日月告凶[⑤]，不用其行[⑥]。四国无政，不用其良。彼月而食，则维其常。此日而食，于何不臧。

烨烨震电，[⑦]不宁不令。百川沸腾，山冢崒崩；[⑧]高岸为谷，深谷为陵。哀今之人，胡憯莫惩？[⑨]

皇父卿士，番维司徒。家伯维宰，仲允膳夫。棸子内史，蹶维趣马，楀维师氏，[⑩]艳妻煽方处。[⑪]

抑此皇父，岂曰不时？胡为我作，不即我谋？彻我墙屋，田卒汙莱。[12]日予不戕，礼则然矣。

皇父孔圣，作都于向[13]。择三[14]有事，亶侯多藏。不憖[15]遗一老，俾守我王。择有车马，以居徂向。

黾勉从事，不敢告劳。无罪无辜，谗口嚣嚣。下民之孽[16]，匪降自天。噂沓背憎，[17]职竞由人。[18]

悠悠我里。[19]亦孔之痗[20]。四方有羡[21]，我独居忧。民莫不逸，我独不敢休。天命不彻，[22]我不敢傚我友自逸。

译文：

十月日月正相交，初一这天是辛卯。天上日食忽发生，此为凶险之征兆。往昔月食夜光微，而今日食天地黑。如今天下众黎民，大难将临令人悲。

日食月食示凶兆，运行脱轨不遵则。只因天下无善政，空有贤才不将用。平时月食也曾有，习以为常心不扰。而今日食又出现，叹息此事甚不祥。

雷声电闪刺人眼，百姓不宁心不安。江河沸腾卷狂潮，千峰万岭尽崩陷。高岸倒塌为深谷，深谷隆起变高峰。可叹当今执政者，暴政措施未收敛。

皇父显要为卿士，番氏官职为司徒。家伯执家宰之职，仲允御前掌饮食。内史聚子管人事，蹶氏身居趣马职。楀氏掌教官师氏，美妻惑王势正炽。

叹息一声这皇父，难道真不识时务？为何调我服徭役，事先未曾有商量？拆我墙来毁我屋，田中积水草疯长。还说非是为暴行，礼法规则正如此。

皇父实在很圣明，远建向都避灾殃。选择亲信作三卿，家资丰厚富无比。不愿留下一老臣，以便守卫我君王。带上诸多有产者，迢迢迁往新居地。

尽心竭力理公事，辛苦操劳不敢言。言行无罪亦无过，众口喧嚣将我谤。黎民百姓受灾难，灾难并非降自天。小人造谣相憎恨，相互争利惹祸端。

绵绵愁思深又长，疾痛缠身病恹恹。四方境内有欢愉，独我身处忧伤间。他人全都享安逸，唯我劳苦不敢闲。天命不按正轨行，怎敢效友苟偷安。

注释：

①十月：当时称纯阴之月，阴盛阳衰，所以发生日食。上海天文台前台长赵君亮研究员认为，周幽王六年十月朔日，即公元前776年9月6日的日食，是较可靠的世界上最早的有明确记录的日食。之：助词。交：日月交会，指晦朔之间。

②朔日辛卯：初一辛卯日。当时用天干地支记日期，故称这天为辛卯。朔：指初一。

③丑：恶，不祥。古人认为日食是不祥之兆。

④微：光泽黯淡。月无光，指月食。日无光，指日食。此句意指日食。

⑤告凶：显示凶象，告天下凶兆。

⑥行：常规，正轨。

⑦烨烨（yè yè）：声光之盛。震电：如打雷闪电。

⑧冢：山顶。崒（zú）：通“碎”，崩坏。此句意为山峦崩塌。

⑨胡憯（cǎn）：怎么。莫惩：不制止。

⑩皇父、家伯、仲允：人名，皆称字。皇父：周幽王时的卿士。番、聚（zōu）、蹶（guì）、楀（jǔ）：皆为姓氏。内史：掌管周王的法令和对诸侯封赏策命的官。维：助词。师氏：掌司朝得失之事。

⑪艳：美色。艳妻：指周幽王的宠妃褒姒。煽：炽热。方：正当时。此句意为褒姒正得势。

⑫田：田地。卒：终于。汙：指田中低处的积水。莱：荒芜，杂草丛生。

⑬向：地名，在今河南尉氏县西南。

⑭择三：选择人任三公。

⑮慭（yìn）：愿。

⑯孽：灾难。

⑰噂（zǔn）沓：议论纷杂。噂：聚汇。背憎：背后互相憎恨。

⑱职竞由人：人们之所以遭祸，主要是因为小人的相争。职：主要。竞：争。

⑲悠悠：忧思深长的样子。我：代指诗人。里：通“悝”，忧伤。

⑳痗（mèi）：病。

㉑羡：安逸，快乐。

㉒天命不彻：天命不合正道，指日食、月食、地震等异常的自然现象。不彻：不按轨道，失常。

赏析：

《毛诗序》云：“《十月之交》，大夫刺幽王也。”这是西周的官吏于幽王六年十月初写的一首诗。皇父是幽王最宠幸的佞臣，他为了个人目的而建向邑，不仅不顾王室安危，也使得民众遭殃。古人以日为君象，认为君王无道，天即借日食以示警，故作者在哀叹“此日而微”的同时，又进一步指出“四国无政”的原因在于幽王“不用其良”，以致使“今此下民，亦孔之哀”。

雨无正

浩浩昊天，不骏①其德。降丧饥馑②，斩伐四国。旻天疾威③，弗虑弗图。舍彼有罪，既伏其辜④。若此无罪，沦胥以铺。⑤

周宗既灭，靡所止戾。⑥正大夫离居，⑦莫知我勩⑧。三事⑨大夫，莫肯夙夜。邦君诸侯，莫肯朝夕。庶⑩曰式臧，覆出为恶。

如何昊天，辟言⑪不信？如彼行迈，则靡所臻。⑫凡百君子，各敬尔身。胡不相畏？不畏于天！

戎成不退，⑬饥成不遂⑭。曾我暬御⑮，憯憯日瘁。凡百君子，莫肯用讯⑯。听言则答，⑰谮言则退。⑱

哀哉不能言！匪舌是出⑲，维躬是瘁。哿矣能言，巧言如流，俾躬处休。

维曰于仕，⑳孔棘且殆。㉑云不可使，得罪于天子。亦云可使，怨及朋友。

谓尔迁于王都，曰予未有室家。鼠[22]思泣血，无言不疾[23]！昔尔出居，谁从作尔室？

译文：

浩瀚无际苍天啊，不肯稍显其慈悲。降下饥荒和灾难，摧残四方众百姓。老天挟风施暴虐，全不顾下民苦难。纵容那些有罪人，罪状俱得以隐瞒。无辜民众何其苦，俱都受害遭祸殃。

大周宗亲已灭亡，人们没有立足处。位高爵显散流亡，无人知我忧劳苦。司徒公卿大夫们，不肯早晚为国忙。邦国君王各诸侯，不愿朝夕伴驾旁。众盼境况能改善，实际反倒更糟糕。

究竟为何老天爷，忠言逆耳全不信。好像行走遥远路，永不能到目的地。百官群臣诸君子，明哲保身不作为。为何不敬周天子，再不畏浩浩长天？

兵祸酿成难平息，饥荒成灾难扭转。吾等昔日近臣卫，担忧国事渐憔悴。尔等自命真君子，无人进忠言箴规。奉承顺耳皆采纳，忠直诤言遭厌弃。

悲哀呵，有话无处说。并非嘴笨舌又僵，唯愿工作尽职尔。那些能言善辩者，高谈阔论无休止，高官厚禄处境优。

世人都说为官事，仕途艰难有危险。办事不顺从旨意，会从天子招罪愆。办事皆顺从旨意，为人所嫉受埋怨。

让你快点迁王都，却云未建成房屋。闻听忧愤流血泪，无不痛彻我肺腑！想你当初仓皇逃，谁为你造好华舍！

注释：

①骏：长，美。

②饥馑：谷不熟曰饥，菜不熟曰馑。

③疾威：暴虐。

④伏其辜：隐其罪。伏：隐匿，隐藏。

⑤沦胥以铺：无罪的人皆因牵连而无辜受害。沦：陷。胥：相。铺：同“痡”，病苦。一说为遍。

⑥戾：安身。此句意为没有安身立足之地。

⑦正大夫：六卿百官之长。离居：擅离职守。

⑧勩（yì）：劳苦。

⑨三事：三公，即太师、太傅、太保。

⑩庶：庶几，近乎。

⑪辟言：正言，合乎法度的话。

⑫臻（zhēn）：至。所臻：所要到达的地方。意为永远无法到达目的地。

⑬戎成不退：即战争不息。

⑭遂：安也，即安抚人民。

⑮暬（xiè）御：侍御，王亲近之臣。

⑯讯：读为“谇”，谏诤。

⑰听言：顺耳之言。则：即，就。下同。答：报以爵禄。

⑱谮（zèn）言：谏诤的话。退：厌恶不用也。

⑲出：通“拙”，拙劣。

⑳维：句首助词。曰：说。于仕：去做官。

㉑棘：困难重重。殆：危险。此句意指仕途艰难有危险。

㉒鼠：同“癙”，忧思。

㉓疾：通“嫉”，嫉恨。

赏析：

方玉润《诗经原始》云：“历数诸臣离心，匡国无人。时势如斯，庶几君心悔悟，乃更为恶。……末更望诸臣之来共匡君失，因诘责之，使穷于辞而无所遁，乃作诗本意。”关于这首诗的时代背景，历来众说纷纭，有说作于西周灭亡前，有说作于周厉王被逐后，也有人认为是西周灭亡后的作品。从诗的内容看，这是一位侍御近臣讽刺周幽王昏庸、群臣误国的诗。全诗七章，斥责周幽王苛虐昏暗，朝廷内部离心离德，外患内灾忧患无数，忠言直谏的人受害，巧言佞色者得势，对同僚们不思报国感到痛心。诗人明知局势已不可逆转，但仍向他人反复陈词，这种迎难而上的精神，赋全诗以庄肃悲凉之感。

小旻之什

小　旻

旻天疾威，[1]敷于下土。[2]谋犹回遹，[3]何日斯沮？[4]谋臧不从，不臧覆用。我视谋犹，亦孔之邛[5]！

潝潝訿訿，[6]亦孔之哀。谋之其臧，则具[7]是违；谋之不臧，则具是依。我视谋犹，伊于胡底！[8]

我龟既厌，不我告犹[9]。谋夫孔多，是用不集[10]。发言盈庭，谁敢执其咎？如匪行迈谋，[11]是用不得于道。

哀哉为犹，匪先民是程[12]，匪大犹是经[13]；维迩言是听，维迩言是争！如彼筑室于道谋，是用不溃[14]于成。

国虽靡止[15]，或圣或否[16]。民虽靡朊，[17]或哲或谋，或肃或艾。[18]如彼泉流，无沦胥以败。

不敢暴虎[19]，不敢冯河[20]。人知其一，莫知其他。战战兢兢，如临深渊，如履薄冰。

译文：

苍天暴虐逞威风，灾难降临遍国中。朝廷策谋真邪僻，不知何时能止歇。善谋良策难听从，歪门邪道反不绝。我看如今这政策，弊病百出行不通。

小人叽喳攻异己，是非不分让人悲。若有什么好谋略，都被非难弃一旁。若有什么坏计策，俱都照办不思量。我看如今这政策，不知变成何种样。

占卜灵龟已厌倦，不再向我示吉凶。谋臣策士实在多，谈来谈去终无功。夸夸其谈人满屋，谁肯肩担负重责！就像谋划要远行，真到实际不堪用。

可叹你呀太糊涂，不学圣贤不法古，常规大道不遵从。只听庸人浅陋语，还就此语争赢输。如同盖房问路人，当然不会获成功。

国家虽然没法度，人有圣哲有愚钝。民众虽然不富足，有人明哲有善谋，有人踏实肯实干。朝政像那流泉水，不能衰败与陈腐！

不敢空手与虎搏，不敢无船渡河流。此般危险人尽知，其他灾祸脑后丢。面临时局战兢兢，如临深渊心中愁，如踏薄冰危险多。

注释：

①旻（mín）天：苍天、皇天。疾威：暴虐。

②敷：布施。于：到。下土：人间。

③谋：朝廷政策。犹：通“猷”，指谋策。回遹（yù）：邪僻。

④何日：何时。斯：犹“乃”，才。沮（jǔ）：停止。

⑤邛（qióng）：毛病、错误。

⑥潝潝（xì xì）：相互附和。訿訿（zǐ zǐ）：同“訾訾”，相互诋毁。

⑦具：通“俱”，都。

⑧于：往。底：止。指至于乱。

⑨犹：道。

⑩集：成就。

⑪匪行迈谋：即不进而谋。

⑫程：法。

⑬经：行。

⑭溃：遂，达到。

⑮靡止：狭小无所居。

⑯否：相对于“圣”者，当指不智者，愚蠢。

⑰膴（wǔ）：肥。靡膴：犹言不富足，尚贫困。此句意指百姓虽然不富足。

⑱或：有的人。肃：恭谨严肃。艾：能干，有治理国家才能的人。

⑲暴虎：徒手搏虎。

⑳冯（píng）河：无船涉水过河。

赏析：

《毛诗序》云：“《小旻》，大夫刺幽王也。”周幽王时期，朝廷内外各种矛盾日益激化，国势日衰。诗人于此有锥心之痛，审视朝政，一针见血地指出各种弊端源出于朝廷政策的不正确，再加上惑于邪说，不能听贤者之议、谋而不决、不效法古人、信浅近之言等一系列错误，言辞恳切。末章“如临深渊，如履薄冰”的比喻，委婉生动，流传甚广，至今仍有许多人使用。

小宛

宛彼鸣鸠，①翰飞戾天。②我心忧伤，念昔先人。明发③不寐，有怀二人。④

人之齐圣⑤，饮酒温克⑥。彼昏不知，壹醉日富。⑦各敬尔仪，天命不又。⑧

中原有菽，庶民采之。螟蛉⑨有子，蜾蠃⑩负之。教诲尔子，式穀似之。⑪

题彼脊令，载飞载鸣。我日斯迈，而月斯征。夙兴夜寐，无忝尔所生。⑫

交交桑扈，⑬率场啄粟。哀我填寡，⑭宜岸⑮宜狱。握粟出卜，自何能穀？

温温恭人，如集于木。惴惴小心，如临于谷。战战兢兢，如履薄冰。

译文：

小小短尾斑鸠鸟，展翅高飞在云天。我的心中怀忧伤，思念已故诸先祖。直到天明难入睡，想到父母直挂念。

凡人正直有头脑，饮酒文雅能自持。那些无知糊涂人，每饮必醉日日甚。各自儆戒诸举止，天恩不会再降临。

田野长满大豆苗，众人一起去采摘。螟蛉如若生幼子，蜾蠃会把它背来。汝等有儿我教诲，继承先祖好风采。

看那小小鹡鸰鸟，边飞翔啊边欢唱。我日日在外奔波，月月离家去远行。起早贪黑不停歇，不辱先人之英名。

往来翻飞青雀鸟，沿着场圃啄小米。自怜贫病更无依，竟遭诬陷遭诉讼。抓把米去占一卦，何时才有吉利兆？

那些温良恭谨人，好像站在高树上。悬心害怕甚谨慎，就像身临深谷旁。心惊胆战颤巍巍，好像薄冰路上行。

注释：

①宛：短尾而小的样子。彼：那。鸣：鸣叫。鸠：一说斑鸠，指短尾鸠。诗名小宛，意指民有识见短的，以鸠相比，故称小而短尾。

②翰飞：高飞。戾：至。天：天际。

③明发：天亮。

④有：同“又”。怀：思念。二人：指父母。

⑤齐圣：正直而智慧。

⑥温克：蕴藉自持。

⑦壹醉：每饮必醉。日：每天。富：盛，甚。

⑧天命：上天的意旨。此指国运。不：表否定。又：通“佑”，保佑。

⑨螟蛉：螟蛾的幼虫。

⑩蜾蠃（guǒ luǒ）：细腰蜂。蜾蠃常产卵于螟蛾幼虫体上，螫入毒汁，令其麻痹，然后把它背入树洞中，蜾蠃幼虫孵出后，即以这被麻痹的螟蛉为食粮。古人不知真相，误以为是代螟蛾哺养幼虫，故称养子为螟蛉义子。

⑪穀（gǔ）：善。似：借作“嗣”，继承。意为继承先祖之善行。

⑫忝：辱没。尔所生：你所生，指父母。

⑬交交：来来往往，往来翻飞。一说为鸟鸣声。桑扈：青雀，俗名蜡嘴。本是食肉鸟，今无肉可食，唯啄粟而已，喻民生困苦。

⑭填：病。寡：贫。此句犹言贫病交加。

⑮岸：通“犴”，牢房。

赏析：

方玉润《诗经原始》云：“《小宛》，贤者自箴也。……今细玩诗词，首章欲承先志，次章慨世多嗜酒失仪，三教子，四勗弟，五、六则卜善自警，无非座右铭。……‘岸狱’‘薄冰’等字，不过君子怀刑，不能不常作是想。虽处盛世，此心亦终不能无也。”这首诗一般认为是幽王时期的作品，描写身处乱世的人忧虑恐惧的心理状态，既是自伤，更是伤时。全诗将议论和抒情熔为一炉，从追念先人，到暗刺幽王，兄弟相戒，乃至忧惧时势。诗中将正直聪明的人同昏妄无知的人加以对比，对后者聚众狂饮，丑态百出，进行愤怒的鞭挞，表现出对酿成那种灾难后果的统治者的无比愤恨。“教子”和“律己”的描写，发出乱世之人无可奈何的哀叹：明哲保身，不可暇逸取祸；夙兴夜寐，各求无辱于父母。虽处乱世，但依旧有所坚持。

小　弁

弁彼鸒斯，①归飞提提②。民莫不穀，我独于罹。何辜于天？我罪伊何？心之忧矣，云如之何？

踧踧③周道，鞫④为茂草。我心忧伤，惄焉如擣。⑤假寐永叹，维忧用老。心之忧矣，疢如疾首。⑥

维桑与梓，⑦必恭敬止。靡瞻匪父，靡依匪母。不属于毛，不罹于里。⑧天之生我，我辰安在？

菀⑨彼柳斯，鸣蜩嘒嘒。⑩有漼⑪者渊，萑苇淠淠⑫。譬彼舟流，不知所届。心之忧矣，不遑假寐。

鹿斯之奔，维足伎伎⑬。雉之朝雊⑭，尚求其雌。譬彼坏木，疾用无枝。心之忧矣，宁莫之知。

相彼投兔⑮，尚或先⑯之。行有死人，尚或墐⑰之。君子秉心，维其忍⑱之。心之忧矣，涕既陨之。

君子信谗，如或醻之。君子不惠，不舒究之。伐木掎⑲矣，析薪扡[20]矣。舍彼有罪，予之佗[21]矣。

莫高匪山，莫浚匪泉。君子无易由言，耳属于垣。无逝我梁。无发我笱！我躬不阅[22]，遑恤我后！

译文：

寒鸦振翅多快乐，成群飞回多安娴。大家个个都开心，唯独我深陷忧患。不知何处冒犯天？不晓为何罪无边？深深忧伤郁于心，不知如何能排遣？

原本宽阔平坦道，如今早已遍荒草。我心忧伤无止境，犹如舂杵不停捣。和衣难眠长叹息，忧思更易催人老。深深忧伤郁于心，如同直刺我头脑。

父母种下桑梓树，需得恭敬立树前。谁人不尊敬父亲，谁人不依恋母亲！而今外与发肤断，内不和骨肉相连。老天生我来世间，时来运转待何日？

池边垂柳绿如烟，枝头蝉儿鸣不停。深渊几许不见底，芦苇蒹葭多茂密。茫然如舟随波流，不知归宿在何方。我心忧伤禁不住，未有闲暇懒卧床。

小鹿奔跑在原野，纤细小腿极灵巧。漂亮野鸡清晨鸣，为将心仪雌鸟招。我心就像病死树，身染沉疴落枝条。我心禁不住忧伤，没有知心人明了！

看那兔儿自投网，或存好心解灾厄。大道突有人倒毙，或有好心帮掩埋。君子所持之态度，难道这般硬心肠。我心禁不住悲伤，肝肠寸断珠泪流。

君子偏听信谗言，好似美酒般沉迷。君子对我不理睬，谗言也不深究源。伐树尚需支木引，劈柴尚需顺纹理。君子偏放有罪人，罪名反加诸我身。

小小土坡不是山，浅浅水塘不是泉。君子不可轻言说，谨防隔墙有他耳。不要撤掉我鱼梁，莫要偷看我鱼篓。如今自身不见容，何暇顾虑身后事。

注释：

①弁（pán）：通“昪”，快乐。彼：那。鸒（yù）：鸟名，形似乌鸦，小如鸽，腹下白，喜群飞，鸣声“呀呀”，又名雅乌。斯：语气助词。

②提提：群飞安闲翻飞的样子。

③踧踧（dí dí）：指平坦。

④鞫（jū）：尽，满是。

⑤惄（nì）：忧思，伤痛。焉：语气助词。如：如同。下同。擣（dǎo）：捣碎。

⑥疢（chèn）：病，指内心忧痛烦热。疾首：头疼。

⑦维：发语词。桑、梓：古代桑、梓多植于住宅附近，后代遂为故乡的代称，见之自然思乡怀亲。与：和。

⑧不属于毛，不罹于里：意为里外皆扯断，无所依靠。毛：犹表，古代裘衣毛在外。里：指衣服之里子。

⑨菀：茂盛貌。

⑩鸣：鸣叫。蜩（tiáo）：蝉。嘒嘒（huì huì）：蝉鸣声。

⑪漼（cuǐ）：水深的样子。

⑫淠淠（pì pì）：茂盛貌。

⑬伎伎（qí qí）：安舒的样子。

⑭雊（gòu）：雉鸣。

⑮投兔：投入网罗的兔子。

⑯先：开脱，放。

⑰墐（jìn）：通“殣”，埋葬。

⑱忍：残忍。

⑲掎（jǐ）：伐木时以绳拉树控制下倒的方向。

⑳扡（chǐ）：顺着木材的纹理劈柴。

㉑佗（tuó）：担负，承受。

㉒阅：容纳。

赏析：

这是一首被父亲弃逐的儿子抒发忧愤哀怨的诗。袁梅《诗经译注》中说这是一篇“弃妇之词”。全诗的沉痛之情仿似从心底流出，催人泪下。诗以弃逐途中的景物起兴，生机盎然的大自然与诗人漂泊无依的不幸遭遇形成强烈的对比。“何辜于天，我罪伊何？”及“天之生我，我辰安在？”一系列设问和反问句式的交叉使用，令人似见呼天抢地、顿足捶胸之状。全诗多侧面、多层次地刻画被逐人物的心绪和情感，展示了其细腻丰富的心理状态。

巧　言

悠悠昊天，曰父母且①。无罪无辜，乱如此怃②。昊天已威③，予慎④无罪。昊天泰怃，予慎无辜。

乱之初生，僭始既涵。⑤乱之又生，君子信谗。君子如怒，乱庶遄沮⑥；君子如祉⑦，乱庶遄已。

君子屡盟，乱是用长。君子信盗，乱是用暴。盗言孔甘⑧，乱是用餤⑨。匪其止共，⑩维王之邛⑪。

奕奕⑫寝庙，君子作之。秩秩大猷，圣人莫⑬之。他人有心，予忖度之。跃跃毚兔⑭，遇犬获之。

荏染柔木，⑮君子树之。往来行言，心焉数之。蛇蛇硕言，⑯出自口矣。巧言如簧，颜之厚矣。

彼何人斯？居河之麋⑰。无拳无勇，职为乱阶。⑱既微且尰，⑲尔勇伊何？为犹将多，尔居徒几何？

译文：

悠悠苍天听我诉，人们把你当父母。百姓何曾有罪过，竟遇大祸难免除。苍天发威太可怖，我等委实无错处。苍天不察太疏忽，我等确实是无辜。

祸乱当初刚滋生，源于谗言受宽容。祸乱如今又发生，君子信谗灾难重。君子闻谗如怒责，祸乱速止不严重。君王若能重贤才，乱根铲尽国兴隆。

君王屡盟少信用，祸乱因此愈添增。君子偏信盗贼言，祸乱因此愈凶险。盗贼谗语蜜样甜，祸乱因此更加添。谗人哪能尽职守，只能为王酿灾端。

宫室宗庙多巍峨，先君昔日所建造。典章制度多完备，圣人国初用心立。谗人有意来破坏，邪思可被我揣度。犹如疾奔小狡兔，猎犬追逐定逮住。

外柔内刚好木苗，君子手植寓深意。哪怕流言四处起，心中明辨识真伪。夸夸其谈说大话，信口雌黄不费力。巧言动听如鼓簧，厚颜无耻行为鄙。

究竟那是何等人？居住河岸水草旁。武力勇气尽皆无，只为祸乱造机缘。腿上生疮脚浮肿，勇气究竟源何方？诡计多端无奈何，可笑同党有几个？

注释：

①且：语尾助词。

②怃（hū）：大。

③威：暴虐，威怒。

④慎：诚，确实。

⑤僭（jiàn）：通“谮”，谗言。始：源于。既：已经。涵：包容。

⑥遄沮（chuán jū）：快速终止。

⑦祉：福，此指任用贤人以致福。

⑧盗言：陷害别人的话。孔甘：很甜蜜。

⑨餤（tán）：进食，引申为加多。

⑩止共：尽职尽责。止：做到。共：通“恭”，忠于职责。此句意为谗人做不到尽忠职守。

⑪邛（qióng）：病。

⑫奕奕：大貌。

⑬莫：制定。

⑭毚（chán）兔：狡兔。

⑮荏（rěn）染：柔弱下垂的样子。柔木：良木，指椅、桐、梓一类质地轻软的树木。

⑯蛇蛇（yí yí）：“訑訑”之假借，轻率。硕言：大话，不符合实际的谎话。

⑰麋：通“湄”，水边。

⑱职：主要。为：导致，造成。乱阶：逐渐引出祸乱的一连串事件。阶：阶梯，此处为比喻义。

⑲既：已。微：借作“癓”，小腿生湿疮。且：并且。尰：通“肿”，指足肿。

赏析：

方玉润《诗经原始》云：“《巧言》，嫉谗致乱也。”“此必有所指，惜史无征，《序》不足信，徒存空言以为世戒，俾知信谗之足以召乱也。如此，旨亦微哉！”虽不能明确出处为何，但纵观古今，曾出现过无数因君王信谗言、远贤臣而导致朝政混乱乃至王朝倾覆的史实。因此，此诗带有普遍的历史意义与价值，能引起后人共鸣。

何人斯

彼何人斯？其心孔艰①。胡逝我梁，不入我门？伊谁云从？维暴之云。

二人从行，谁为此祸？胡逝我梁，不入唁我？始者不如今，云不我可。

彼何人斯？胡逝我陈②。我闻其声，不见其身。不愧于人，不畏于天。

彼何人斯？其为飘风③。胡不自北？胡不自南？胡逝我梁？祇④搅我心。

尔之安行⑤，亦不遑舍；⑥尔之亟⑦行，遑脂⑧尔车。壹者⑨之来，云何其盱⑩？

尔还而入，我心易⑪也；还而不入，否难知也。壹者之来，俾我祇也。⑫

伯氏吹埙⑬，仲氏吹篪⑭。及尔如贯⑮，谅不我知。出此三物⑯，以诅⑰尔斯。

为鬼为蜮[18]，则不可得。有靦[19]面目，视人罔极。[20]作此好歌，以极反侧[21]。

译文：

那是怎样一个人，其心险恶世无伦。为何到我鱼梁去，却不迈进我家门？问他究竟跟从谁？却只对我施威淫。

你我相处非一日，是谁酿就这苦果？为啥到我鱼梁去，却不来家安慰我？昔日依依今日弃，分道扬镳不同心。

那是怎样一个人，悄悄来到我门前？明明听到脚步声，却未见到他踪影。难道人前不愧疚，天命面前不惶恐。

那是怎样一个人，神出鬼没似飘风。为何不往北面去，为何不向南面行？为啥到我鱼梁去，恰好搅乱我的心。

你若缓缓行车去，未有闲暇暂休歇。你若匆匆向前赶，如何能够停住车。若不愿到此地来，我愁待往何处说！

你若回返进我门，我心和悦为一人。你若回返不来家，你的心意无法知。若来此地不理我，使我病弱难安宁。

哥哥吹埙技艺精，愚弟伴和可吹篪，你我犹如绳相串，未料全然不相知？贡献犬豕鸡三牲，一片冰心表誓盟。

你若是那鬼和蜮，其心险诈难揣测。而今俨然人面目，朝三暮四无准则。因作这篇好歌诗，不再反复安定心。

注释：

①艰：险也，此处指用心险恶难测。

②陈：堂下至院庭的通道。

③飘风：暴风，疾风。

④祇（zhǐ）：适，恰好。

⑤安行：缓行。

⑥遑（huáng）：空闲。舍：止息。此句意为未曾有闲暇修整。

⑦亟（jí）：急。

⑧脂：通“支”，即支车使不行。

⑨壹者：犹云其人。

⑩盱（xū）：同“吁”，忧愁。

⑪易：和悦，指转愁为喜。

⑫俾（bǐ）：使。祇：通“疷”，病也。意为使我病弱难安。

⑬埙（xūn）：古代用陶土制的乐器，卵形中空，吹奏用。

⑭篪（chí）：古代竹制乐器，如笛般，有八孔，吹奏用。

⑮贯：用绳串物。

⑯三物：指犬、豕、鸡。

⑰诅（zǔ）：盟誓。古时订盟，杀牲歃血，告誓神明，若有违背，令神明降祸。

⑱蜮（yù）：古代传说中在水里含沙射影使人生病的怪物。

⑲靦（tiǎn）：面目俨然。

⑳视：通“示”。罔极：没有准则，不可靠。意为做人朝三暮四，没有准则。

㉑反侧：反复无常，指不正直。

赏析：

旧说多从《毛诗序》，以为是“苏公刺暴公也。暴公为卿士，而谮苏公焉，故苏公作是诗而绝之。”但多有不通。朱熹疑之，谓其“于诗无明文可考，未敢信其为必然耳”。今人则多以为是痴情女子因其“始乱终弃”的负心汉而作。诗凡八章，“以极反侧”一言以蔽之。通篇赋体的运用及主体抒情方式，使作品婉转缠绵，将“其心孔艰”的薄幸男子始厚今薄，欺天罔人，鬼蜮之情状鲜活地描绘出来。

巷 伯

萋兮斐兮，①成是贝锦②。彼谮人者，亦已大甚！

哆兮侈兮，③成是南箕④。彼谮人者，谁适与谋？

缉缉翩翩，⑤谋欲谮人。慎尔言也，谓尔不信。

捷捷幡幡，⑥谋欲谮言。岂不尔受，既其女迁。

骄人好好，劳人草草。⑦苍天苍天，视彼骄人，矜此劳人！

彼谮人者，谁适与谋？取彼谮人，投畀[8]豺虎；豺虎不食，投畀有北[9]；有北不受，投畀有昊。

杨园之道，猗于亩丘。[10]寺人孟子，作为此诗。凡百君子，敬[11]而听之。

译文：

纹彩交错，花纹绚烂，织成多彩贝纹锦。那些好诽谤人者，谗毁人不择手段。

张开大嘴，咧开巨口，如同箕星南天挂。那些造谣害人者，是谁为之做谋划？

交头接耳，鼓舌摇唇，千方百计谋害人。劝你说话要谨慎，众人言你不诚信。

巧言善辩，信口雌黄，千方百计害忠良。岂能相信你的话，最终躲开你这狼。

谗人得意易忘形，被谗之人心意冷。苍天苍天你在上，管管那些害人精，多多怜悯被谗人！

那个造谣害人者，是谁为他出计谋？抓住那些造谣者，丢去野外喂豺虎。豺虎嫌弃不愿吃，丢到北方荒凉地。北方若是也嫌弃，交还老天去发落。

杨园有路虽不高，连接亩丘高敞地。吾乃阉人名孟子，作诗斥谗义不辞。诸位大人君子们，警惕听之莫迟疑！

注释：

①萋、斐：文采错杂貌。兮：语气助词。下同。

②贝锦：织有贝纹图案的锦缎。

③哆（chǐ）：张口貌。侈：张大貌。

④南箕：即二十八宿中的箕宿，四星连成梯形，形如簸箕。古人认为南箕星主口舌，故用以比喻谗人。

⑤缉缉：交头接耳，窃窃私语貌。翩翩：本指鸟的飞翔，这里比喻人的往来。一说通“谝谝”，巧佞之言。

⑥捷捷：巧言善辩貌。幡幡（fān fān）：往来貌。

⑦劳人：忧愁之人，指被谗者。草草：忧愁苦闷貌。陈奂《诗毛氏传疏》："草读为慅（cǎo），假借字也。"

⑧畀（bì）：给。

⑨有北：极北寒冷处。

⑩猗（yī）：依，引申为连接。亩丘：丘名。一说为高丘。意为与高丘之地相连。

⑪敬：通"警"，警惕，警戒。

赏析：

《毛诗序》："《巷伯》，刺幽王也。寺人伤于谗，故作是诗也。"《笺》："巷伯，奄官。寺人，内小臣也。奄官上士四人，掌王后之命，于宫中为近，故谓之'巷伯'，与寺人之官相近。谗人谮寺人，寺人又伤其将及巷伯，故以名篇。"寺人孟子，受谗言害，故而挞佞剔奸，深入骨髓。其现身说法警诫世人，可谓用心良苦。

谷 风

习习谷风，①维风及雨。将②恐将惧，维予与女。将安将乐，女转弃予。

习习谷风，维风及颓③。将恐将惧，寘④予于怀。将安将乐，弃予如遗。

习习谷风，维山崔嵬⑤。无草不死，无木不萎。忘我大德，思我小怨。

译文：

山谷大风不断吹，吹来阵阵大暴雨。往日危难日子里，唯我帮你解忧虑；如今富裕又安乐，你却掉头弃我去。

山谷大风不断吹，引来旋风不停息。当年担惊受怕时，你拥我在怀里；如今平安又快乐，你却转头将我弃！

山谷大风不断吹，险峻山顶风声飒。吹得百草全枯死，树木亦委顿凋零。我的大恩全忘却，却把小怨记心中！

注释：

①习习谷风：连续不断的山谷大风。旧说，习习为柔和貌。谷风为东风。据严粲《诗辑》："来自大谷之风，大风也，盛怒之风也。又习习然连续不断，继之以雨。……旧说谷风为生长，习习为和调。今考二章'维风及颓'，颓，暴风也，非和调之类。三章言草木萎死，无生长之意，其说难通矣。"

②将：且，又。

③颓（tuí）：旋风。

④寘（zhì）：同"置"，放置。朱熹《诗集传》："置于怀，亲之也。"

⑤崔嵬（wéi）：山势高峻耸立的样子。

赏析：

方玉润《诗经原始》云："《谷风》，伤友道绝也。……凡人处世，当患难恐惧时，则思朋友；遇安乐无事日，则谢交游。受人大德，转瞬不记，遭人小怨，终生难忘者，比比皆是，而诗固云尔也。亦身受其怨，而不能自已焉耳。然诗体绝类乎风，而乃列之于雅，姚氏（姚际恒）以为'不可解'，愚亦以为不可解，岂其间固不能无所误欤？"此诗主旨，旧说是讲交友之道。今人一般认为这是一首弃妇的怨歌，和《谷风》的题旨相似，两种看法其实皆能说通。

蓼 莪

蓼蓼者莪，[①]匪莪伊蒿。哀哀父母，生我劬劳。

蓼蓼者莪，匪莪伊蔚[②]。哀哀父母，生我劳瘁。

缾之罄矣，维罍之耻。[③]鲜民之生，不如死之久矣！无父何怙[④]？无母何恃？出则衔恤[⑤]，人则靡至。

父兮生我，母兮鞠我。拊我畜我，长我育我，顾我复我，出入腹我。欲报之德，昊天罔极！[⑥]

南山烈烈[7]，飘风发发。[8]民莫不穀[9]，我独何害！

南山律律[10]，飘风弗弗[11]。民莫不穀，我独不卒[12]。

译文：

看那莪蒿长得高，却非莪蒿是散蒿。可怜我的爹与娘，生我养我多操劳！

看那莪蒿相依偎，实非莪蒿只是蔚。可怜我的爹与娘，养我长大太辛劳！

汲水瓶儿空了底，装水坛子甚羞耻。孤独存活没意义，不如早些离人世。没有父亲何所靠？没有亲妈何所恃？出门行走心怀忧，回到家里无亲人。

爹爹呀你生下我，妈妈呀你抚养我。你们护我疼爱我，养我长大培育我，转头频频牵挂我，出入家门怀抱我。如此大恩无以报，博大辽阔似苍天！

南山高峻难逾越，飙风凄厉令人怯。大家都能养爹娘，为何独我遭此劫？

南山险峻难迈过，飙风凄厉令人惧。大家没有不幸事，独我不能终养亲！

注释：

①蓼蓼（lù lù）：长大貌。者：助词。莪（é）：又称萝、萝蒿，俗称抱娘蒿，三月中茎可生食，又可蒸煮而食，香美。至秋老为蒿，则不可食。

②蔚（wèi）：牡蒿，花如胡麻花，紫赤。实象角，无子，故称牡蒿。

③缾：同“瓶”。罍（léi）：盛水器具。瓶小罍大，罍中物分装瓶中，瓶空无物即固罍空所致，故罍以为耻。此两句喻己小如瓶，瓶空不得养父母。瓶空由于罍空，比上之人征役不息，不能养父母。

④怙（hù）：依靠。

⑤衔恤：含忧。

⑥昊天罔极：言父母之恩如天，广大无边，不知以何为报也。

⑦烈烈：艰阻貌，难于攀登。

⑧飘风：暴风。发发：疾貌。

⑨穀（gǔ）：善，指养。

⑩律律：同“烈烈”。

⑪弗弗：犹“发发”。

⑫卒：终，指终养父母。

赏析：

《毛诗序》云：“《蓼莪》，刺幽王也。民人劳苦，孝子不得终养尔。”方玉润《诗经原始》也说：“此诗为千古孝思绝作，尽人能识。……‘刺幽王’，不惟意涉牵强，即情亦不真。……又况诗言‘民莫不穀，我独何害’，‘我独不卒’者，明明一己所遭不偶，与人民无关也。”诗作者因苦于服役和贫困，难以赡养父母，所以作诗以表达哀怨之情，既自觉愧对父母，又是对统治者发出的控诉。

大 东

有饛簋飧，①有捄棘匕。②周道如砥③，其直如矢。君子所履，小人所视。睠言顾之，④潸⑤焉出涕。

小东大东，⑥杼柚其空。⑦纠纠葛屦，可以履霜。佻佻⑧公子，行彼周行。既往既来，使我心疚。

有冽氿泉⑨，无浸获薪。契契⑩寤叹，哀我惮⑪人。薪是获薪，尚可载也。哀我惮人，亦可息也。

东人之子，职劳不来。西人⑫之子，粲粲衣服。舟人⑬之子，熊罴是裘。私人之子，⑭百僚是试。

或以其酒，不以其浆⑮。鞙鞙佩璲，⑯不以其长。维天有汉⑰，监亦有光。跂⑱彼织女，终日七襄⑲。

虽则七襄，不成报章。⑳睆㉑彼牵牛，不以服箱。㉒东有启明，西有长庚。有捄天毕㉓，载施之行。

维南有箕，不可以簸扬。维北有斗㉔，不可以挹酒浆。维南有箕，载翕其舌。[25]维北有斗，西柄之揭。[26]

译文：

圆簋虽然盛满食，上插酸枣木弯匙。通京大道如磨石，笔直如同射出箭。王公贵族漫步走，小民只能空注视。悲愤满怀回想起，潸然泪下衣衫湿。

东方大小诸侯国，织机丝缕被掠光。缠绕凉薄葛麻鞋，无奈只得踏霜雪。穿戴漂亮公子哥，走在宽阔大路上。来来往往甚轻狂，看了让我心悲伤！

冰凉泉水侧旁流，莫要浸湿我柴薪。夜晚醒来连声叹，劳苦人等多悲哀。伐下长短木柴薪，还得用车来装载。暗自哀怜劳苦人，该得片刻休养身！

东国大小邦臣民，只服劳役没奖赏。西部诸侯各子弟，穿戴鲜艳多华丽！那些贵族公子哥，身着熊罴裘皮服。家族奴隶之子弟，也来当值试做吏。

有人奉上香醇酒，周人却说不如浆。送其玉佩表情谊，周人不觉是珍藏。仰望苍天灿银河，空照人间发微光。三足鼎立织女星，一日七次移位忙。

纵然一日挪七次，终究不能织成锦。遥望闪闪牵牛星，终究不能驾车辆。东方启明亮闪闪，西方长庚亦明亮。毕宿八星柄弯弯，一路延绵排成行。

南方箕宿星四颗，不可用来扬米糠。北方斗宿六颗星，不能用来酌酒浆。南方箕宿光闪闪，缩起舌头把口张。北方斗宿闪闪亮，斗柄自西高高扬！

注释：

①有：发语词，下同。馕（méng）：食物满器貌。簋（guǐ）：古代盛食物器，圆口，青铜或陶制。飧（sūn）：熟食，晚饭。

②捄（qiú）：长而弯曲貌。棘匕：酸枣木做的勺匙。

③砥（dǐ）：磨刀石，用以形容道路平坦。

④睠（juàn）：同“眷”，回头看。“顾”意同。此句意为回想起悲愤往事。

⑤潸（shān）：泪流貌。

⑥小东大东：东方大小侯国。西周时以镐京为中心，统称东方各诸侯国为东国，以距离远近区分，近者为小东，远者为大东。据朱熹《诗集传》：“小东大东，东方小大之国也。”

⑦杼：织布机上持纬线的。柚：受经线的。杼柚合称指织布机。意为所织物品被劫掠一空。

⑧佻佻：豫逸轻狂貌。据王引之《经义述闻》：“家大人曰：佻佻，当从《韩诗》作‘嬥嬥’。嬥嬥，直好貌也。”

⑨氿（guǐ）泉：因受阻自旁边流出的泉水，狭而长。

⑩契契：忧苦貌。

⑪惮（dàn）：劳苦。

⑫西人：西周来人，指周人中之贵族。

⑬舟人：有舟的人，指西人中的富人。舟：通“周”，大。

⑭私人之子：指家庭奴隶。

⑮浆：古时的一种发酵酸味饮料。

⑯鞙鞙（juān juān）：通“琄琄”，玉貌。璲（suì）：古代贵族佩带的一种瑞玉。据《郑笺》：“佩之鞙鞙然，居其官职，非其才之所长也，徒美其佩而无其德，刺其素餐。”

⑰汉：银河。

⑱跂：通“歧”，分歧。织女三星，故称歧。

⑲七襄：七次移易位置。古人一天分十二时辰，白日卯时至酉时共七个时辰，织女星座每一个时辰移动一次。

⑳报章：指织布。报：复，往来，这里指织机上的纬线一来一往。章：布帛上的纹路。此句意为不能织成锦。

㉑睆（huǎn）：明亮的样子。

㉒服箱：驾车运载。服：负载。箱：车箱，代指车。此句意为不能用来驾车。

㉓天毕：毕星，八星组成的星座，状如捕兔的网，网小而柄长。

㉔斗：星宿名，共六颗，状如舀酒之斗，故名。

㉕翕（xì）：吸引，收缩。翕其舌，吸着舌头。箕星底狭口大，好像张口向内吸，如吞噬之状，喻指统治者向东方国家搜刮。

㉖西柄之揭：南斗星座呈斗形，柄在西方。揭：举起。这句形容西方执柄举向东方。与上句意同。

赏析：

《毛诗序》云："《大东》，刺乱也。东国困于役而伤于财，谭大夫作是诗以告病焉。"据《左传·庄公十年》所记"齐师灭谭"，应写于公元前684年，齐国因谭国对其"失礼"而出兵歼灭它。全诗结构严密，层次清晰，前后呼应，通篇运用对比和暗喻。诗前半篇以周人的生活与东人对比，写东人的困苦怨愤。后半篇先历数天上许多星宿有名无实，喻指世道之不合理；后又用箕星敛舌吞噬、斗星举柄东取，喻指统治者向东方诸侯国的横征暴敛，意蕴丰富，发人深省。

四　月

四月维夏，六月徂暑。①先祖匪人，胡宁忍予？
秋日凄凄，百卉俱腓②。乱离瘼③矣。爰其适归。
冬日烈烈，飘风发发。民莫不穀，我独何害？
山有嘉卉，侯栗侯梅。废为残贼，④莫知其尤。
相彼泉水，载清载浊。我日构祸，曷云能穀？
滔滔江汉，南国之纪。⑤尽瘁以仕，宁莫我有⑥？
匪鹑匪鸢，⑦翰飞戾天。匪鳣匪鲔，潜逃于渊。
山有蕨薇，隰有杞桋⑧。君子作歌，维以告哀。

译文：

四月孟夏，六月酷暑。祖先岂非善良人，忍心让我受祸灾？

秋风萧瑟，百草凋零。身遭乱离实疾苦，何地可为存身处？

冬天凛冽又无情，北风阵阵刺骨寒。他人皆能远苦痛，为何唯独我受害？

高山上生名贵花，既有栗树又有梅。如今遭难枝叶残，不知到底谁之罪。

君看汩汩山泉水，有时清澈有时浊。独我天天遭灾祸，何时方能得善果？

滔滔不尽江汉水，紧守纲纪拥南国。鞠躬尽瘁尽本职，为何不能善待我？

既非苍雕也非鹰，怎能高飞在蓝天。不是鳣鱼不是鲔，怎能潜逃在深渊！

高山生蕨菜薇菜，湿地长枸杞赤楝。无可奈何作此诗，聊以宣泄悲号苦。

注释：

①徂：往。此句意指六月盛暑。

②腓（féi）：同“痱”，枯萎。

③瘼（mò）：病，痛苦。

④废：大。为：是。残贼：残害。

⑤南国：指南方各河流。之：助词。纪：纲纪，引申为约束。据朱熹《诗集传》：“纪，纲纪也，谓经带包络之也。”

⑥有：通“友”，相亲。

⑦匪：不是。鹑：指雕。鸢（yuān）：老鹰。

⑧桋（yí）：树名，赤楝树。

赏析：

方玉润《诗经原始》云：“《四月》，逐臣南迁也。……愚谓当时大夫，必有功臣后裔，遭害被逐，远谪江滨者，故于去国之日作诗以志哀云。冒暑远征，人情所难，今遭放废，适当其厄，岂得已哉！……独予尽瘁王室，而王终不我知。……予之放废，残贼之所为也。”这是一首迁谪诗，为抒发强烈悲愤之情而作。诗人声言自己鞠躬尽瘁，却遇祸遭贬，途中触景生情，借高飞在天的雕鸢和潜在水底的鱼反喻自己无可逃避，不得自由，借此诗来稍遣忧愁。

北山之什

北　山

陟彼北山，言采其杞。偕偕士子，[①]朝夕从事。王事靡盬，忧我父母。

溥[②]天之下，莫非王土。率土之滨，[③]莫非王臣。大夫不均，我从事独贤[④]。

四牡彭彭[⑤]，王事傍傍[⑥]。嘉[⑦]我未老，鲜我方将。[⑧]旅力方刚，[⑨]经营四方。

或燕燕[⑩]居息，或尽瘁事国。或息偃[⑪]在床，或不已于行。

或不知叫号，或惨惨[⑫]劬劳；或栖迟[⑬]偃仰，或王事鞅掌[⑭]。

或湛乐[⑮]饮酒，或惨惨畏咎；或出入风议[⑯]，或靡事不为。

译文：

登上北山顶，我把枸杞采。士子身强又力壮，从早到晚皆忙碌。君王差遣无休止，父母为我日夜忧。

普天之下，哪片不是君王土；四海之内，哪个不是君王仆。大夫分工事不均，唯我差事特别苦。

四匹雄马急奔走，为国公事忙不休。赞我年轻尚未老，夸我健壮正当年。我也恃年富力强，尽心竭力奔四方。

有人家中安享受，有人尽瘁劳国事。有人安睡乐无忧，有人驿路奔不停。

有人不知民疾苦，有人勤政忧心累。有人悠闲享清福，有人为国劳碌忙。

有人纵情贪饮酒，有人忧心愁灾祸。有人专信口雌黄，有人诸事皆劳碌。

注释：

①偕偕：强壮貌。士：周王朝或诸侯国的低级官员。周时官员分卿、大夫、士三等，士的职级最低。士子是这些低级官员的通名。

②溥：通“普”，大。

③率土之滨：循着土地的水涯，即海内的国土，即四海之内，即中国。

④贤：贤劳，艰苦。据马瑞辰《毛诗传笺通释》：“贤之本义为多……事多者必劳，故贤为多，即为劳。”

⑤彭彭：强壮有力的样子。

⑥傍傍：奔走不得止息的样子。

⑦嘉：夸奖。郑笺：“嘉、鲜，皆善也。”

⑧鲜：珍视，称赞。将：强壮。意为夸我正值壮年。

⑨旅：通“膂”。旅力：体力。此句意指年富力强。

⑩燕燕：安闲自得貌。

⑪偃：仰卧。

⑫惨惨：忧虑不安貌。

⑬栖迟：游息。

⑭鞅掌：指公事忙碌。钱澄之《田间诗学》：“鞅掌，即指勤于驰驱，掌不离鞅，犹言身不离鞍马耳。”

⑮湛（dān）乐：过度欢乐。

⑯风议：放言，指空发议论不做事。

赏析：

《毛诗序》云：“《北山》，大夫刺幽王也。役使不均，已劳于从事，而不得养其父母焉。”后儒皆同此说。清姚际恒始认为本诗是士所作，用以讽刺执政大夫的不均。姚说较为符合实际，周代社会和政权按照严密的宗法制度，士属于最低的阶层，在统治阶级内部处于备受役使的地位，朝夕不得闲，看到高层统治者整日饮酒享乐，因而愤愤不平，作诗抒发他们的苦闷和不满，由此亦可见其间矛盾深刻。

无将大车

无将大车，[①]祇自尘兮。无思百忧，祇自疧[②]兮。

无将大车，维尘冥冥。无思百忧，不出于颎。[③]

无将大车，维尘雝[④]兮。无思百忧，祇自重[⑤]兮。

译文：

不要推那载重车，徒自沾染一身尘。不要想那诸多愁，徒然惹得忧思累。

不要推那载重车，尘土飞扬灰蒙蒙。不要想那烦心事，心中消沉不得安。

不要推那载重车，尘土遮路看不清。不要想那惆怅事，忧重难荷更伤痛。

注释：

①无：通“勿”。将：率领，此指推车。大车：平地载运之车，此指牛车。大车本用牛拉，今改用人推，力微车重，无济于事。

②疧（qí）：忧病。

③不出于颎：犹言不能摆脱烦躁不安的心境。颎（jiǒng）：忧虑不安。

④雝：同“壅”，遮蔽。

⑤重：犹“累”，病痛，病累。

赏析：

《毛诗序》云：“《无将大车》，大夫悔将小人也。”朱熹以为《毛诗序》误以兴为比，“此亦行役劳苦而忧思者之作”。方玉润《诗经原始》之说更契合诗意，“《无将大车》，自遣也。……此诗人感时伤乱，搔首茫茫，百忧并集，既又知其徒忧无益，祇以自病，故作此旷达，聊以自遣之词，亦极无聊时也。”全诗三章，通过用词的变化来展现诗意的递进和情感的加深。如“尘”“冥”“雝”三字逐步展现大车扬尘的情景，由掀起尘土到昏沉黑暗，乃至遮天蔽日，诗人的烦忧也表现得愈加深沉浓烈，可见其旷达背后的追悔和忧思，这样写比正面的抒愤更深刻。

小　明

明明上天，照临下土。我征徂西，至于艽野①。二月初吉②，载离寒暑。心之忧矣，其毒大苦。念彼共人，③涕零如雨。岂不怀归？畏此罪罟④。

昔我往矣，日月方除⑤。曷云其还，岁聿云莫？念我独兮，我事孔庶⑥。心之忧矣，惮我不暇。念彼共人，睠睠怀顾。岂不怀归，畏此谴怒。

昔我往矣，日月方奥⑦。曷云其还，政事愈蹙？岁聿云莫，采萧获菽。⑧心之忧矣，自诒伊戚。⑨念彼共人，兴言出宿。⑩岂不怀归？畏此反覆⑪。

嗟尔君子，无恒安处。靖共尔位，⑫正直是与。神之听之，式穀以女。

嗟尔君子，无恒安息。靖共尔位，好是正直。神之听之，介尔景福。⑬

译文：

朗朗青天高在上，光辉俯照耀大地。我为公事往西行，所到之地皆荒僻。二月吉日方起程，历经酷暑与严寒。心里充满忧伤愁，历经磨难受尽苦。想到尽职诸同僚，潸潸泪流如泉涌。难道不想归家园？只怕触犯法令网。

回想当初踏征途，正逢除旧更待新。何时才能返家去，年终将近归期无。怜己形单影只苦，差事却多不胜数。忧伤悲哀自难禁，疲于奔命无暇顾。想那恭谨诸同僚，朝夜思慕心挂牵。难道不想归家园？担忧上司责罚怒。

昔日我方离家时，日月和煦暖洋洋。何时才能归家去，政事越发急迫忙。眼看年终时无多，人们采蒿收豆忙。心中忧伤不停叹，抑郁在胸无纾解。想那尽职同路人，辗转难眠起身去。难道不想归家园，唯忧翻覆祸当头。

哎呀，你们这些君子，莫图安逸享福分。恭谨做事忠职守，亲近正直贤明人。神灵知晓这一切，赐尔福祉与红运。

哎呀，你们这些君子，莫图安逸碌无为。恭谨做事忠职守，亲近正直贤明人。神灵知晓这一切，赐尔洪福与祥瑞。

注释：

①艽（qiú）野：荒远的边地。

②初吉：农历每月初一至初七初八。据王国维《观堂集林·生霸死霸考》："古者盖分一月之日为四分：一曰初吉，谓自一日至七、八日也；二曰既生霸，谓自八、九日以降至十四、五日也；三曰既望，谓自十五、六日以后至二十二、三日也；四曰既死霸，谓自二十三、四日以后至于晦也。"

③共：通"恭"，此指恭谨尽心。共人：恭谨的人。一说指同僚。此句意指想起我的同僚。

④罪罟（gǔ）：罪网，法网。据马瑞辰《毛诗传笺通释》："《说文》：'罪，捕鱼竹网。罟，网也。'罪罟犹云网罟。"

⑤除：除旧生新。

⑥庶：众多。

⑦奥：通"燠"，和暖。

⑧采：采摘。萧：艾蒿。获：收获。菽：豆类。

⑨自：自己。诒：遗留。伊：是。戚：忧伤。

⑩兴：起身。言：焉。此句意为辗转难眠，起身出屋。

⑪反覆：反反复复，变化无常。

⑫靖：敬慎。共：守奉。尔：你的。位：职位。

⑬介：给予。尔：你。景福：犹言大福。景：大。

赏析：

方玉润《诗经原始》云："《小明》，大夫自伤久役，书怀以寄友也。……此诗与《北山》相似而实不同。彼刺大夫役使不均，此因己之久役而念友之安居。题既各别，诗亦迥异。故此不独羡人之逸，且勉其不可怀安也。"此诗当是一位长期奔波在外的官吏思乡念友的述怀诗。他事务缠身，忧心忡忡，久不得归，心绪复杂，千载之下，犹似能闻其喟叹之声。

鼓钟

鼓钟将将①，淮水汤汤。忧心且伤。淑人君子，怀允不忘。②

鼓钟喈喈③，淮水湝湝④。忧心且悲。淑人君子，其德不回⑤。

鼓钟伐鼛⑥，淮有三洲。忧心且妯⑦。淑人君子，其德不犹⑧。

鼓钟钦钦，鼓瑟鼓琴。笙磬同音。以《雅》以《南》，⑨以籥不僭。⑩

译文：

敲起乐钟声铿锵，淮水奔涌浩荡荡，我心忧愁又悲伤。遥想良善诸君子，深切怀念永难忘。

敲鼓奏乐声相谐，淮水滔滔不停歇，我心忧伤又悲切。遥想良善诸君子，德行正直思无邪。

敲起乐钟擂起鼓，乐声回荡在三洲，我心悲哀又愁苦。遥想良善诸君子，美德传扬颂千秋。

敲起乐钟钦钦响，又鼓瑟来又弹琴，笙簧玉磬音协调。配以雅乐和南音，籥管合奏更齐协。

注释：

①将将：同"锵锵"，钟声。

②怀：思念。允：诚实。一说为语气助词。不忘：无法忘却。

③喈喈（jiē jiē）：钟声。

④湝湝（jiē jiē）：水流声，犹"汤汤"。

⑤回：邪僻。

⑥伐鼛（gāo）：敲击大鼓。

⑦妯（chōu）：哀悼。

⑧犹：据王引之《经义述闻》，“‘其德不犹’，言久而弥笃，无有已时也。”一说假借为“訧”，缺点，毛病。

⑨以：为，指演奏。雅：原为乐器名，状如漆筒，两头蒙以羊皮。引申为乐调名，指天子之乐，或周王畿之乐调，即正乐。南：原为乐器名，形似钟。引申为乐调名，或说指南方江汉地区的乐调。

⑩以：是以。籥（yuè）：古乐器，似笛，用以节舞。僭（jiàn）：超越本分，此训乱。不僭：犹言按部就班，和谐合拍。

赏析：

《毛诗序》云：“《鼓钟》，刺幽王也。”方玉润《诗经原始》：“欧阳氏（修）云：‘旁考《诗》《书》《史记》，皆无幽王东巡之事……然则不得作乐于淮上矣。’”前人已经指出这些说法恐不可信。现代很多学者认为此诗是诗人在淮水旁或三洲上欣赏周王朝音乐，因歆慕古代圣贤创造美好音乐的功德而作，怀有感伤之意。

楚茨

楚楚者茨，①言抽其棘。②自昔何为？我蓺③黍稷。我黍与与④，我稷翼翼。我仓既盈，我庾维亿。⑤以为酒食，以享以祀，以妥以侑⑥，以介景福。

济济跄跄，⑦絜⑧尔牛羊，以往烝尝。⑨或剥或亨⑩，或肆或将。⑪祝祭于祊⑫，祀事孔明⑬。先祖是皇，神保是飨。⑭孝孙有庆，⑮报⑯以介福，万寿无疆！

执爨踖踖，⑰为俎⑱孔硕，或燔或炙。君妇莫莫⑲，为豆孔庶，为宾为客，献酬交错。礼仪卒度，笑语卒获。神保是格，报以介福，万寿攸酢⑳！

我孔熯㉑矣，式礼莫愆。工祝致告，㉒徂赉㉓孝孙。苾㉔芬孝祀，神嗜饮食。卜尔百福，如几如式。㉕既齐既稷㉖，既匡既敕。㉗永锡尔极[28]，时万时亿！

礼仪既备，钟鼓既戒[29]，孝孙徂位。工祝致告，神具醉止，皇尸载起。[30]鼓钟送尸，神保聿归。诸宰君妇，废彻不迟。[31]诸父兄弟，备言燕私。

乐具入奏，[32]以绥后禄。[33]尔肴既将，莫怨具庆。既醉既饱，小大稽首。神嗜饮食，使君寿考。孔惠孔时，维其尽之。子子孙孙，勿替引之！[34]

译文：

簇簇蒺藜田里生，带刺荆棘需去除。为何自古这般做？为种高粱和小米。小米长得多茂盛，高粱地里排列齐。粮食堆满我谷仓，囤里也已都装满。用来做美酒佳肴，列祖列宗也献祭。请来安坐享祭品，赐我宏福无伦比。

步趋有节容色端，洗净供品牛羊鲜，秋祭冬祭来献飨。宰剥烹煮准备好，酒食摆开捧献上。太祝先祭庙门内，仪式隆重又辉煌。先祖驾临来享用，各方神灵受祭飨。主祭孝孙有福报，敬请诸神赐洪福，安善快乐寿无疆！

掌灶庖人敏捷敬，盛肉铜器大无朋，烧肉烤炙忙不停。主妇举止肃穆端，豆盘菜肴极丰盛，恭敬招待诸贵宾。主宾酬答来往频，举止文雅礼仪全，谈笑适度合规范。祖先神灵已降临，恭谨求神赐洪福，保佑万寿与子孙。

祭祀齐备实恭谨，礼仪周到无错失。司祭太祝传言到，先祖来赐孝孙福。祭献供品味道香，神灵喜爱诸饮食。百般福禄先祖赐，祭祀遵法按期行，态度恭敬举止敏，庄严隆重又谨慎。永赐你中和之福，福寿绵长无穷尽！

祭祀礼仪已完成，钟鼓之乐鸣奏起，孝孙归位祭礼成。司祭太祝传话语，神灵全都有醉意，皇尸这才将身起。礼送皇尸敲铜钟，神灵也踏上归程。诸位庖人和主妇，迅速撤下祭供品。诸位父老和兄弟，畅叙情意阖燕饮。

乐师后堂奏曲调，大伙享用祭后肴。酒菜味道实在好，感谢神赐无烦恼。酒已喝足饭食饱，老少叩首表致谢。神灵爱吃这佳肴，赐您长寿永绵延。祭祀顺利而圆满，主人尽心守孝道。唯愿子孙勿废礼，福寿方能恒久远！

注释：

①楚楚：丛生貌。者：助词。茨：蒺藜。草本植物，有刺。

②抽：除。棘：植物的刺。意为需去除其所带之刺。

③蓺（yì）：即“艺”，种植。

④与与：茂盛貌。下文“翼翼”意近，茂盛整齐貌。

⑤庾（yǔ）：露天积谷物处，以草席围成圆形。亿：满。意为露天粮仓也已堆满，强调粮食充足。

⑥侑（yòu）：劝进饮食。

⑦济济：严肃恭敬貌。跄跄（qiāng qiāng）：步趋有节貌。

⑧絜：同“洁”，洗清。

⑨以往：用来。烝：冬祭。尝：秋祭。

⑩亨（pēng）：同“烹”，烧煮。

⑪或：有的。肆：陈设，指将祭肉盛于鼎俎中。将：捧着献上。

⑫祊（bēng）：宗庙门内设祭处。

⑬明：指祭礼洁净。

⑭神保：指祖先神灵。飨：享受祭祀。意为祖先神灵来享受献祭。

⑮孝孙：主祭之人。有：获得。庆：福。

⑯报：报祭，国祭。

⑰执：掌。爨（cuàn）：炊，烧菜煮饭。踖踖（jí jí）：恭谨敏捷貌。

⑱俎（zǔ）：祭祀时盛牲的礼器，青铜制或漆器。

⑲莫莫：恭谨貌。

⑳酢（zuò）：回敬酒。

㉑熯（nǎn）：敬惧。

㉒工祝：太祝，主祭司仪的人。古时太祝即为男巫，被认为能沟

通人神。致告：此处意为把神灵旨意传达给后世子孙。

㉓赉（lài）：赏赐。

㉔苾（bì）：浓香。

㉕如：按照。几：借为“期”，有一定期限。式：法式，成规。

㉖稷：通“亟”，敏捷。

㉗既：已。匡：端正。敕：严正。

㉘极：中和之福。

㉙戒：告，奏乐以告礼成。

㉚皇尸：又称“尸”，假扮作神灵代替受祭的活人。皇：大，赞美之词。载起：起身。

㉛废彻：撤去祭品。不：表否定。迟：慢。

㉜乐：乐师。具：俱。入奏：进入后殿演奏。祭在宗庙前殿，祭后到后面的寝殿举行家族私宴。

㉝以：以此。绥（suí）：安，此指安享。后禄：祭后的口福。禄，福，此指饮食口福。祭后所余之酒肉被认为神所赐之福，故称福酒、胙肉。

㉞勿：表否定。替：废。引：延续。之：代指祭祀礼仪。

赏析：

方玉润《诗经原始》云：“《楚茨》，王者尝烝以祭宗庙也。……自此篇至《大田》四诗，辞气典重，礼仪明备，非盛世明王不足以语此。”这是一首周代统治者祭祀祖先的乐歌，详尽完整地记叙了祭祖典礼的全过程。开头从农事起笔，由垦荒到丰收，再到祭祀获福。二、三章铺陈祭品的洁净、供品的丰盛、参加祭礼人员的恭敬。四章写祝致神语，五章写送皇尸归神，六章写祭后欢宴。如此繁复的礼仪娓娓道来，细节描写、气氛烘托上都丝丝入扣，颇具匠心。

信南山

信①彼南山，维禹甸②之。畇畇③原隰，曾孙田之。我疆我理，④南东其亩。

上天同云，雨雪雰雰，益之以霡霂[5]。既优既渥，[6]既霑既足，生我百谷。

疆埸翼翼，[7]黍稷彧彧[8]。曾孙之穑，以为酒食。畀我尸宾，寿考万年。

中田有庐[9]，疆埸有瓜。是剥是菹[10]，献之皇祖。曾孙寿考，受天之祜。

祭以清酒，从以骍[11]牡，享于祖考。执其鸾刀，以启其毛，取其血膋[12]。

是烝是享，苾苾芬芬。祀事孔明[13]，先祖是皇[14]。报以介福，万寿无疆！

译文：

绵延广阔南山地，大禹治水始治理。高原洼地平展展，子孙垦田在这里。划分田界理沟渠，四方纵横整田垄。

阴云弥漫遮苍穹，雪花飘零纷纷落，春雨也是细蒙蒙。水分如此丰沛足，土地潮湿又滋润，保我百谷蓬勃生。

田地疆界齐整整，小米高粱多茂盛。子孙获得大丰收，酒食皆用谷制成。奉献神尸待宾朋，愿神保佑赐长生。

地里萝卜绿莹莹，田埂瓜菜生长盛。削皮切块腌咸菜，供奉先祖滋味足。后代福寿永无疆，全是仰赖上天赐。

祭坛满杯清酒洒，供奉公牛色鲜红，先祖灵前献祭品。操起缀有鸾铃刀，剥开供奉公牛皮，取出鲜血和脂膏。

冬祭开始献酒食，各色供品香气郁。仪式庄重有条理，列祖列宗齐驾临。愿神赐以诸宏福，子孙永享万年福。

注释：

①信：即“伸”，长而远貌。

②甸（diàn）：治理。

③畇畇（yún yún）：土地经垦辟后的平展整齐貌。

④疆理：分界治理。疆：大田界。理：小的田界沟洫。此句意为

划分田界，治理沟渠。

⑤霡霂（mài mù）：小雨。

⑥既：已。优：雨水足。渥：沾润。

⑦埸（yì）：田畔。翼翼：整齐貌。此句意为田界整齐。

⑧彧彧（yù yù）：茂盛貌。

⑨庐：通“芦”，萝卜。

⑩菹（zū）：腌菜。

⑪骍（xīn）：赤色。

⑫膋（liáo）：脂肪。取血膋是祭礼的一部分。

⑬明：犹“洁”。

⑭皇：归，归来享受。

赏析：

方玉润《诗经原始》云：“《信南山》，王者烝祭也。……而何氏楷亦云：‘《楚茨》《信南山》同为一时之作。《楚茨》详于后而略于前，自祭祊以前，但以“祀事孔明”一语该之。《信南山》详于前而略于后，自荐熟以后，但以“祀事孔明”一语该之。’是二诗同出一时，则二曾孙均指成王也，讵得谓凡为祭者皆得而称之哉？”这首诗与《楚茨》同属周王室祭祖祈福的乐歌。此篇仅写岁末之冬祭，对自然风景的描绘语言简练，线条粗犷，气势雄浑。

甫　田

倬彼甫田，①岁取十千。我取其陈②，食我农人，自古有年③。今适南亩，或耘或耔，④黍稷薿薿⑤。攸介攸止，⑥烝我髦士。⑦

以我齐明⑧，与我牺⑨羊，以社以方。⑩我田既臧，农夫之庆。琴瑟击鼓，以御田祖。⑪以祈甘雨，以介我稷黍，以穀我士女。

曾孙来止，⑫以其妇子，馌⑬彼南亩，田畯至喜⑭。攘⑮其左右，尝其旨否。禾易⑯长亩，终善且有。曾孙不怒，农夫克敏。⑰

曾孙之稼，如茨如梁。⑱曾孙之庾⑲，如坻如京。⑳乃求千斯仓，乃求万斯箱。黍稷稻粱，农夫之庆。报以介福，万寿无疆。

译文：

辽阔无边那田地，每年收粮不胜数。拿出往年陈谷粮，养活治下老百姓，自古至今皆丰年。今巡向阳的田亩，有人除草培土垄，黍米高粱长势好。庄稼成熟收获时，英俊田官进献上。

祭器盛满丰收粮，献上纯色祭祀羊，供奉土地四方神。普天王土五谷丰，天下万民之福祉。弹琴奏瑟敲起鼓，一起迎祭神农祖。虔诚祈求降甘霖，保佑五谷大丰收，养活都城万千民。

周王巡视来田间，贵妇诸子与同行，带来食物犒百姓。田官看见心欢喜，招呼农人聚拢来，分享美味心情好。庄稼茂盛遮田垄，今年定是好年景。周王喜悦在心头，农夫感恩勤于农。

周王庄稼堆得高，密如屋顶和拱桥。周王粮囤都满仓，赛过丘陵和高冈。还要再建上千仓，再造上万车箱装。黍稷稻粱全丰收，普天同庆皆幸福。报祭求神赐弘福，佑我辈万寿无疆！

注释：

①倬（zhuō）：广阔。彼：那。甫田：大田。

②陈：陈粮。

③有年：丰年。

④或：有人。耘：锄草。耔（zǐ）：培土。

⑤薿薿（nǐ nǐ）：茂盛。

⑥攸：乃，就。介：长大。止：停止，指结实。

⑦烝：进。我：助词。髦（máo）士：英俊的男人，指田畯（即田官）一类人。

⑧齐（zī）明：即粢盛，祭祀用的谷物。齐：盛谷物的祭器。明暗含洁净之意。意指祭器装满洁净之粮。

⑨牺：用作祭品。

⑩以：用以供奉。社：土地神，这里意为祭土地神。方：四方神，这里意为祭四方之神。

⑪以：来。御（yà）：同“迓”，迎接。田祖：田神，指神农氏。传说中最早教民从事农耕的人，后世祀以为神。

⑫曾孙：周王自称，相对神灵和祖先而言。止：语气助词。此处意指周王来田间巡视。

⑬馌（yè）：送饭给耕者。

⑭喜：通“饎”，吃酒食。

⑮攘：通“让”。

⑯易：禾盛貌。

⑰克：能。敏：敏捷。意为农夫感恩，而更勤于农事。

⑱如：如同。下文义同。茨：屋盖，形容圆形之谷堆。梁：桥梁，形容长方形之谷堆。

⑲庾（yǔ）：露天粮囤。

⑳坻（chí）：水中高地。京：高丘。

赏析：

《毛诗序》云：“《甫田》，刺幽王也。君子伤今而思古焉。”毛说有些牵强，这首诗应是周统治者春夏祈于上帝，祭社、方、田祖以求丰收的乐歌，表现出上古时代汉族先民对于农业的重视，在“民以食为天”的国度里对与农业相关的神灵的无限崇拜；其中有些对农事和王者馌田的描写，正反映了农业古国的原始风貌。

大 田

大田多稼，既种既戒，[①]既备乃事。以我覃耜，[②]俶载[③]南亩，播厥百谷，既庭[④]且硕，曾孙是若。[⑤]

既方既皁，[⑥]既坚既好，不稂不莠。[⑦]去其螟螣，[⑧]及其蟊贼。[⑨]无害我田稚[⑩]！田祖有神，秉畀[⑪]炎火。

有渰萋萋，[⑫]兴雨祁祁[⑬]。雨我公田，[⑭]遂及我私。彼有不获稚，此有不敛穧[⑮]。彼有遗秉[⑯]，此有滞穗[⑰]，伊寡妇之利！

曾孙来止，以其妇子，馌彼南亩，田畯至喜。来方禋祀[⑱]，以其骍黑[⑲]，与其黍稷，以享以祀，以介景福。

译文：

广阔田地种庄稼，选好种子修农具，准备工作已就绪。扛着自家锋利锹，初从南北垄向始，播下五谷杂粮种，棵棵庄稼直又壮，都使周王心顺意。

禾苗秀穗始灌浆，籽粒坚硬变成熟，没有秕禾无杂草。除掉食心食叶虫，还有咬根咬节虫，不教伤害我嫩苗！祈求农神发神威，害虫皆被大火烧！

天上流云满山飘，小雨淅沥徐徐落。雨水先灌溉公田，再把周边私田浇。那里有未割嫩禾，这里有未捆谷草。那里有遗落禾把，这里有遗漏禾穗：都是孤寡手中宝。

周王巡视到田间，携妻带子把话唠，带来食物犒百姓，田官见之喜开颜。周王恭敬来祭祀，献上骍黑牺牲品，供奉五谷杂粮食。虔诚祭祀献供品，祈求赐予好福气。

注释：

①既：已经。种：选种。戒：准备，包括修农具，事耦耕。

②以我：带上我的。覃（yǎn）：通"剡"，锋利。耜（sì）：古代一种似锹的农具。

③俶（chù）载：开始从事。

④庭：直，挺拔。

⑤曾孙：周王对他的祖先和神明，都自称曾孙。若：顺。意指顺从周王心意。

⑥方：通"房"，指谷粒已生嫩壳，但还没有合满。皁（zào）：谷壳已经结成，但还未坚实。意指谷粒慢慢坚硬变成熟。

⑦不：表否定。稂（láng）：指穗粒空瘪的禾。莠（yǒu）：田间似禾的杂草，也称狗尾巴草。

⑧去：清除。其：助词。螟（míng）：蛀稻心的害虫。螣（tè）：吃苗叶的害虫。

⑨及其：以及。蟊（máo）：吃稻根的害虫。贼：吃稻茎的害虫。

⑩稚：幼禾。

⑪秉畀：执与，交付。

⑫有：助词。渰（yǎn）：云起。萋萋：同“凄凄”，云行貌。

⑬祁祁：徐徐。

⑭公田：公家的田。古代井田制，井田九区，中间百亩为公田，周围八区，八家各百亩为私田。八家共养公田。公田收获归农奴主所有。意指雨水灌溉公田。

⑮秭（jì）：已割而未收的农作物。

⑯秉：捆扎成束的禾把。

⑰滞穗：遗弃的谷穗。

⑱禋（yīn）祀：古代祭天神的一种礼仪，用火烧牲，使烟气上冲于天。

⑲骍黑：赤色牛，黑色豕。

赏析：

此诗是《甫田》的姊妹篇，两首诗都是周王祭祀田祖等神祇的祈年诗。《甫田》写周王巡视春耕生产，因“省耕”而祈求粮食生产有“千斯仓”“万斯箱”的丰收；《大田》写周王督察秋季收获，因“省敛”而祈求今后更大的福祉。诗主要运用白描手法，为后世勾勒了一幅上古时代农业生产方面的民情风俗画卷，细腻逼真地刻画了周初农业生产情况，如选种、修械、耕种、除草等，反映了当时的社会经济形态。其中刻画的农人、妇子、寡妇等人物，虽着墨无多，但相当逼真。

瞻彼洛矣

瞻彼洛①矣，维水泱泱②。君子至止，福禄如茨③。韎韐有奭，④以作六师。

瞻彼洛矣，维水泱泱。君子至止，鞞琫有珌。⑤君子万年，保其家室。

瞻彼洛矣，维水泱泱。君子至止，福禄既同。⑥君子万年，保其家邦。

译文：

遥望那奔腾洛水，水势茫茫波浪涌。周王来到洛水滨，福禄多如茅屋顶。蔽膝闪着赤色光，六军统帅检阅忙。

遥望那奔流洛水，水势茫茫波浪涌。周王来到洛水滨，刀鞘饰玉真堂皇。周王福寿万年享，保他家室永兴旺。

遥望那湍流洛水，水势茫茫波浪涌。周王来到洛水滨，福禄并至聚一堂。周王福寿万年享，保其家国永安康。

注释：

①洛：洛水。古有二洛水，一发源于陕西西北，流入渭水；一发源于陕西南部，经洛阳而流入黄河。朱熹认为此诗所指为经洛阳而流入黄河的洛水。

②泱泱：水深广貌。

③茨：草屋盖，指广而大。

④韎韐（mèi gé）：蔽膝，用熟皮制，遮住膝部，用茜草染绛色。奭（shì）：赤色。此句意指蔽膝闪着赤色。

⑤鞞（bǐ）：刀鞘。琫（běng）：刀鞘上的饰物。珌（bì）：刀鞘下端的饰物。此句意指刀鞘饰玉显得很是华贵。

⑥既：完全。同：汇聚。此句意指福气聚集。

赏析：

《毛诗序》云："《瞻彼洛矣》，刺幽王也。思古明王能爵命诸侯，赏善罚恶焉。"朱熹《诗集传》亦云："此天子会诸侯于东都以讲武事，而诸侯美天子之诗。言天子至此洛水之上，御戎服而起六师也。"此诗当作于周宣王统治时期。周宣王到洛水之滨会同诸侯检阅六军，诸侯赞美周宣王福德无疆而作此诗。

裳裳者华

裳裳[①]者华，其叶湑[②]兮。我觏之子，我心写兮。[③]我心写兮，是以有誉处[④]兮。

裳裳者华，芸[⑤]其黄矣。我觏之子，维其有章[⑥]矣。维其有章矣，是以有庆矣。

裳裳者华，或黄或白。我觏之子，乘其四骆。乘其四骆，六辔沃若。

左之[⑦]左之，君子宜之。右之右之，君子有[⑧]之。维其有之，是以似[⑨]之。

译文：

鲜花盛开多美盛，叶子繁茂郁葱葱。遇见这位贤君子，烦忧尽去心舒畅。我的心情真舒畅，因有美誉大家享。

鲜花盛开多美艳，花色艳黄极鲜妍。遇见这位贤君子，才华横溢有文采。如此气质有涵养，真乃喜事值相庆。

鲜花盛开多堂皇，黄白皆有貌湟湟。遇见这位贤君子，驾着四匹黑鬃马。一车四马气势足，六根缰绳闪着光。

左边有人来辅佐，君子用贤很得宜。右边有人来相佑，君子用贤凭德才。任用贤哲良善人，祖业得以世代承。

注释：

①裳裳：犹堂堂，花鲜明美盛的样子。

②湑（xǔ）：茂盛。

③写：通“泻”，心情舒畅。《毛传》：“输写其心也。”是指心中话都倾吐出来，忧愁消除，心情舒畅。

④誉处：指君臣处于美好的声誉之中。《孔疏》：“君臣相得，是以有声誉之美而处之兮。”一说“誉”通“豫”，安乐。

⑤芸：花色黄盛。

⑥章：文章，指文采、礼乐。一说为“纹章”，服饰文采。

⑦左之、右之：或左或右，指左右辅弼，无不相宜。

⑧有：取。意为取用他们。陈奂《诗毛氏传疏》中云："《说苑·修文篇》诗曰：'左之左之，君子宜之；右之右之，君子有之。'"

⑨似：通"嗣"，继承。

赏析：

历代学者大多认为这是周王赞美诸侯的诗歌。朱熹《诗集传》云："此天子美诸侯之辞，盖以答《瞻彼洛矣》也。言'裳裳者华'，则其叶湑然而美盛矣。我觏之子，则其心倾泻而悦乐之矣。夫能使见者悦乐之如此，则其有誉处宜矣。此章与《蓼萧》首章文势全相似。言其才全德备，以左之则无所不宜，以右之则无所不有。维其有之于内，是以形之于外者，无不似其所有也。"

桑扈之什

桑　扈

交交桑扈，①有莺其羽。②君子乐胥，③受天之祜④。

交交桑扈，有莺其领⑤。君子乐胥，万邦之屏。

之屏之翰⑥，百辟为宪。⑦不戢不难，⑧受福不那⑨。

兕觥其觩，⑩旨酒思柔。⑪彼交匪敖，⑫万福来求。

译文：

交交鸣叫桑扈鸟，身着华丽羽毛裳。大人君子多快乐，当受上天之福报。

交交鸣叫桑扈鸟，颈间羽色很俏丽。大人君子多欢喜，保卫家国之依靠。

国家屏障和栋梁，诸侯以你为榜样。克制守礼不放任，受福多得无限量。

牛角酒杯弯又弯，美酒醇厚味道香。贤者交往不倨傲，万福汇聚你身上。

注释：

①交交：鸟叫声。桑扈：鸟名，即青雀，又名窃脂。

②莺：指文采。羽毛有文采，喻诸侯有才华。

③君子：此指群臣。乐：快乐。胥：语气助词。

④祜（hù）：福禄。

⑤领：头颈。

⑥翰：指屏障，起护卫作用，喻重臣。

⑦百辟：众多诸侯。辟：国君。为：作为。宪：法度，典范。

⑧不：语气助词。戢（jí）：收敛，克制。难（nuó）：通“傩”，行有节度，守礼仪。

⑨那：多。

⑩兕觥（sì gōng）：牛角酒杯。其：助词。觩（qiú）：角上曲。

⑪思：语助词。柔：指酒性温和。意指美酒香醇值得品味。

⑫彼交匪敖：当作“匪交匪敖”。交：通“傲”，傲慢。

赏析：

朱熹《诗集传》云：“此亦天子燕诸侯之诗。言‘交交桑扈’，则‘有莺其羽’矣，‘君子乐胥’，则‘受天之祜’矣，颂祷之辞也。……言其所统之诸侯，皆以之为法也。……盖曰岂不敛乎？岂不慎乎？其受福岂不多乎？古语声急而然也。”这是一首描写天子诸侯喜乐宴饮之诗。全诗篇幅不长，赋比兴兼用，四章韵不相同，既给人回环往复之感，又富有变化。在内容上，祝福、赞美、诫勉兼而有之，表现出一种既庄重又欢快的气氛。

鸳　鸯

鸳鸯于飞，毕之罗之。①君子万年，福禄宜之。

鸳鸯在梁②，戢其左翼。③君子万年，宜其遐福。

乘马在厩，摧之秣之。④君子万年，福禄艾⑤之。

乘马在厩，秣之摧之。君子万年，福禄绥⑥之。

译文：

鸳鸯鸟儿飞成双，长柄罗网将它网。祝福君子万年寿，福禄相安万年长。

鸳鸯落在鱼梁上，喙儿收进左翅膀。祝福君子万年寿，一生幸福绵延长。

拉车辕马在马厩，好草好料喂养它。祝福君子万年寿，福禄永远相伴随。

拉车辕马在马厩，上等草料喂养它。祝福君子万年寿，福禄齐享乐无边。

注释：

①毕：一种长柄的捕鸟小网。之：指鸳鸯。罗：大网，无柄的捕鸟罗网。

②梁：鱼梁，筑在水中拦鱼的石坝。

③戢（jí）：收敛。谓鸳鸯栖息时将喙收在左翅下。

④摧（cuò）：通“莝”，铡草。秣（mò）：以草喂马。意为给马喂食上等草料。

⑤艾（ài）：养护。一说意为辅助。

⑥绥（suí）：安。

赏析：

对此诗背景及主旨的解释历代有不同说法，《毛诗序》认为此诗为讽刺周幽王而作，朱熹认为此诗是“颂祷之辞”，而明代人何楷认为这应是一首贵族婚礼上的祝颂诗。前二章赞美男女双方才貌相配，爱情忠贞，后二章祝福其生活富足美满。

頍弁

有頍者弁，①实维伊何？②尔酒既旨，尔肴既嘉。岂伊异人，兄弟匪他。茑与女萝，③施④于松柏。未见君子，忧心奕奕。既见君子，庶几说怿。

有頍者弁，实维何期？⑤尔酒既旨，尔肴既时。岂伊异人，兄弟具来。茑与女萝，施于松上。未见君子，忧心怲怲⑥。既见君子，庶几有臧。

有頍者弁，实维在首。尔酒既旨，尔肴既阜⑦。岂伊异人，兄弟甥舅。如彼雨雪，先集维霰⑧。死丧无日，无几⑨相见。乐酒今夕，君子维宴。

译文：

鹿皮礼帽真漂亮，戴着皮帽为哪桩？你的酒浆甚甘醇，所备肴馔分外香。来的哪有外姓人，都是兄弟坐一堂。寄生草和菟丝子，青蔓缠绕松柏上。未曾见到君子面，忧心忡忡心不安。既已见到君子面，心情高兴喜难言。

鹿皮礼帽真漂亮，戴着皮帽为哪桩？你的酒浆皆甘醇，所备肴馔分外香。来的哪有外姓人，兄弟都来聚一堂。寄生草和菟丝子，青蔓攀缘松柏上。未曾见到君子来，忧思满怀实难当。既已见到君子面，烦恼尽消乐滋滋。

鹿皮礼帽真漂亮，端端正正戴头上。你的酒浆皆甘醇，所备肴馔分外香。来的哪有外姓人，都是兄弟和舅甥。如同天要下大雪，先降冰霰后降雪。死亡日子难预料，想见时日已无多。今夜开怀应畅饮，君子行乐唯欢宴。

注释：

①頍（kuǐ）：帽顶尖尖（一说前倾）的样子。弁（biàn）：皮帽。此句意指鹿皮帽漂亮。

②实：当作"寔"，这。维：助词。伊何：为何。

③茑（niǎo）与女萝：两者都是善于攀缘的蔓生植物，喻指兄弟亲戚相依附。

④施（yì）：蔓延。

⑤何期（qí）：犹"何其"。期：气。意指为何戴着鹿皮帽。

⑥怲怲（bǐng bǐng）：满怀忧愁的样子。

⑦阜（fù）：丰富。

⑧霰（xiàn）：雪粒。

⑨无几：没有多久。

赏析：

此诗当作于周幽王统治时期。《毛诗序》以为这首诗是"诸公刺幽王也"，朱熹《诗集传》以为这是"燕兄弟亲戚之诗"。从字面看，此诗写一个贵族请他的兄弟、姻亲来宴饮作乐，赴宴者作了这首诗。从“死丧无日，无几相见”两句来看，诗人已预感到形势不妙，末日不远。而最后两句，则反映了这群贵族在危难将亡时，无可奈何，对酒当歌的心态。气氛看似热闹，却暗藏着悲观失望的情绪。

车　舝

间关车之舝兮，①思娈季女逝兮。②匪饥匪渴，德音来括。③虽无好友，式燕且喜。

依彼平林，④有集维鷮⑤。辰彼硕女，⑥令德来教。式燕且誉，好尔无射⑦。

虽无旨酒，式饮庶几。虽无嘉肴，式食庶几。虽无德与女，式歌且舞。

陟彼高冈，析其柞薪。析其柞薪，⑧其叶湑⑨兮。鲜我觏尔，⑩我心写⑪兮。

高山仰止。景行行止。⑫四牡騑騑⑬，六辔如琴。觏尔新昏，以慰我心。

译文：

车轴转动咯咯响，美丽少女要出阁。不再饥渴慰我心，有德淑女来嫁我。虽然没有好朋友，宴饮相庆自快乐。

丛林茂密满平野，长尾锦鸡林中栖。新娘貌美又心善，懿行更增我家辉。宴饮相庆真愉悦，爱意不绝情意长。

纵使酒味不算醇，请你畅饮结同心。纵使菜肴不甚佳，请你饱饱吃一顿。纵然德行难相配，权且欢歌舞翩跹。

登上那高高山冈，砍伐柞树当柴烧。砍伐柞树当柴薪，枝叶茂盛满树梢。今日有幸遇见你，我心欢畅乐无垠。

巍峨高山需仰视，平坦大道能纵驰。四马奔驰如游龙，缰绳缓急似弹琴。今日与尔结连理，满怀欣慰称美事。

注释：

①间关：车行进中车轴铁头转动的咯咯声。舝（xiá）：同“辖”，车轴铁头。意为车轴转动发出咯咯的响声。

②思：发语词。娈（luán）：美好貌。季女：少女。逝：去，指出嫁。

③德音：美誉。来：前来。括：会合。

④依：通“殷”，林木茂盛貌。彼：那。平林：平地的树林。

⑤鷮（jiāo）：雉的一种，长尾野鸡。

⑥辰：美，善。硕女：美女。意指新娘貌美心善。

⑦射（yì）：厌烦。

⑧析：劈，砍伐。柞（zuò）：麻栎。意指砍伐柞树当作柴薪。

⑨湑（xǔ）：茂盛。

⑩鲜：善。觏（gòu）：遇合。意指今日有幸遇见你。

⑪写：通“泻”，宣泄，指欢悦、舒畅。

⑫景行：大路。仰止：仰望。止：语气助词。

⑬騑騑（fēi fēi）：马行不止貌。

赏析：

朱熹《诗集传》云：“此燕乐其新昏之诗，故言间关。然设此车舝者，盖思彼娈然之季女，故乘此车往而迎之也。匪饥也，匪渴也，望其‘德音来括’，而心如饥渴耳。虽无他人，亦当燕饮以相喜乐也。”此系新婚迎娶之咏，全诗五章，皆以男子的口吻写娶妻途中的欢欣，以及对佳偶的思慕之情。全诗跌宕起伏，想象丰富，赋比手法交相运用，情景交融，意境全出。

青　蝇

营营青蝇，[1]止于樊[2]。岂弟[3]君子，无信谗言。

营营青蝇，止于棘。谗人罔极[4]，交乱四国。[5]

营营青蝇，止于榛。谗人罔极，构我二人。[6]

译文：

苍蝇乱飞声嗡嗡，飞上篱笆停住身。和易近人君子啊，莫要把那谗言听。

苍蝇乱飞声嗡嗡，飞到酸枣树上停。谗人无德又无行，扰乱四方不太平。

苍蝇乱飞声嗡嗡，飞至榛树枝上停。信口雌黄无德行，离间你我之感情。

注释：

①营营：往来飞鸣声，乱人听也。青蝇：苍蝇，比喻谗人。

②樊：篱笆。

③岂弟：同“恺悌”，和乐平易。

④罔极：指行为不轨，没有标准。

⑤交：都。四国：四方邦国。一说指周时邦国戎、缯、申、吕。意指扰乱四方邦国。

⑥构：播弄、陷害，指离间。二人：指诗人与君子。一说是指周幽王和申后。此句意为离间你我二人。

赏析：

这诗的解释有二。一是《毛诗序》：“《青蝇》，大夫刺幽王也。”前人或以为刺幽王听信褒姒谗言，废申后放太子宜臼，搅乱戎、缯、申、吕四国，看似狭隘，但也能说通。二是朱熹《诗集传》：“诗人以王好听谗言，故以青蝇比之，而戒王勿听也。”朱熹不信王为幽王，但不言何王，故谓二义。该诗借喻形象生动，情真意切。

宾之初筵

宾之初筵，左右秩秩。①笾豆有楚②，肴核维旅。③酒既和旨，饮酒孔偕④。钟鼓既设，举醻逸逸。⑤大侯既抗，⑥弓矢斯张。射夫既同，献尔发功。发彼有的，以祈尔爵。

籥⑦舞笙鼓，乐既和奏。烝衎烈祖，⑧以洽⑨百礼。百礼既至，有壬有林[10]。锡尔纯嘏，[11]子孙其湛[12]。其湛曰乐，各奏尔能。宾载手仇[13]，室人入又。[14]酌彼康爵[15]，以奏尔时[16]。

宾之初筵，温温其恭。其未醉止，威仪反反[17]。曰既醉止，威仪幡幡[18]。舍其坐迁，[19]屡舞仙仙[20]。其未醉止，威仪抑抑[21]。曰既醉止，威仪怭怭[22]。是曰既醉，不知其秩。

宾既醉止，载号载呶[23]。乱我笾豆，屡舞僛僛[24]。是曰既醉，不知其邮[25]。侧弁之俄，[26]屡舞傞傞[27]。既醉而出，并受其福。醉而不出，是谓伐德[28]。饮酒孔嘉，维其令仪。

凡此饮酒，或醉或否。既立之监，或佐之史。彼醉不臧，不醉反耻。式勿从谓，无俾大怠。匪言勿言，匪由勿语。由醉之言，俾出童羖[29]。三爵[30]不识，矧敢多又。[31]

译文：

宾客初到将入席，主宾东西守礼仪。笾豆器皿成排列，鱼肉果蔬摆放齐。酒香醇厚味甘美，大家同饮把杯举。钟鼓乐器已放好，举杯敬酬皆从容。大皮箭靶已竖好，强弓弦箭也搭起。射手集聚到靶场，各自施展射箭技。发箭力求射中靶心，以求罚你满饮杯。

执龠而舞伴鼓笙，各种乐器和谐奏。谨向烈祖献乐舞，合乎礼仪诸规程。繁复礼制很周到，场面宏大且热烈。赏赐给你大福分，后代子孙乐无穷。子孙幸福又安康，各献技艺显其能。宾客各自挑对手，主人也射箭助兴。酒杯斟满来痛饮，射靶命中齐祝贺。

宾客初到刚入席，举止文雅色谦恭。他们还未醉酒时，态度矜持甚庄重。待到酩酊大醉后，言语轻佻忘形止。离开座席不顾礼，手舞足蹈轻飘飘。他们饮酒未醉时，举止严肃颇谨慎。待到他们饮酒醉，行为轻薄又放纵。都是喝酒不节制，扰乱礼规乱秩序。

宾客醉酒甚张狂，大呼小叫吵闹忙。打翻筵席笾和豆，挥舞手足步态斜。喝酒酩酊不节制，仪礼罔顾甚荒唐。弁冠歪戴在头上，狂呼不止舞癫狂。醉酒若是早离席，大家托福宾主安。若是醉酒仍不走，害人害己自取辱。饮酒本是件乐事，但需维持好风度。

大凡饮酒聚会时，有人清醒有人醉。既然已设酒监察，又有酒史帮记事。那些醉者皆丑态，不醉之人反觉耻。切莫殷勤再劝酒，害他怠慢更失礼。别人不问莫乱说，无根无据勿多言。若是醉酒胡乱语，罚他赔只无角羊。不懂饮限三杯礼，怎敢劝他再多饮。

注释：

①左右：犹言“宾主”。古礼，席位上主人在东，客人在西。秩秩：恭敬有序之貌。

②楚：成列。

③肴：盛在豆中的食物，一般是鱼肉之类。核：盛在笾中的食物，一般是果品素食。维：助词。旅：陈列。

④偕：通“嘉”。

⑤举：举酒杯。酵：同“酬”，主人劝酒。逸逸：犹“绎绎”，连续不断。

⑥大侯：射箭用的大靶子，用虎、熊、豹三种皮制成。既：已。抗：张挂。

⑦籥（yuè）：古乐器，竹制，称舞籥，六孔，吹籥以节舞。

⑧烝（zhēng）：进。衎（kàn）：乐。烈祖：有功的先祖。

⑨洽：合。

⑩壬：礼大之貌。林：礼多之貌。此句意指场面宏大热烈。

⑪锡：赐。尔：你。纯嘏（gǔ）：大福。

⑫湛（dān）：和乐。

⑬手仇：犹“取仇”，选取对手。仇：指比赛的对手。

⑭室人：指主人。入又：又入，指主人亦随宾客入射以耦宾，即耦射。

⑮康爵：空杯。

⑯时：指射中时。

⑰反反：慎重。

⑱幡幡（fān fān）：轻浮无威仪之貌。

⑲舍其坐迁：离开礼法所许可的活动范围。

⑳仙仙（qiān qiān）：同“跹跹”，舞姿轻盈的样子。

㉑抑抑：指庄重。

㉒怭怭（bì bì）：不庄重，轻佻。

㉓呶（náo）：叫喊，喧哗。

㉔僛僛（qī qī）：不自正，身体歪斜倾倒之貌。

㉕邮：通"尤"，过错。

㉖侧：倾侧。俄：歪斜的样子。意为弁冠歪戴在头上。

㉗傞傞（suō suō）：醉舞不止貌。

㉘伐德：败坏道德。

㉙童羖（gǔ）：没有生角的黑色公羊，指酒后妄言。

㉚三爵：三爵之礼，古君臣小宴以三爵为度。据《礼记·玉藻》："君子之饮酒也，受一爵而色洒如也，二爵而言言斯，礼已三爵而油油，以退。"孔颖达疏引《春秋传》："臣侍君宴，过三爵，非礼也。"

㉛矧（shěn）：何况，怎么。又：同"侑"，劝酒。意为怎敢劝人多饮酒。

赏析：

《毛诗序》云："《宾之初筵》，卫武公刺时也。幽王荒废，媟近小人，饮酒无度，天下化之。君臣上下沉湎淫液，武公既人而作是诗也。"朱熹《诗集传》："韩氏序曰：'卫武公饮酒悔过也。'今按此诗意与《大雅·抑》戒相类，必武公自悔之作，当从韩义。"这是一首用以告诫醉酒失态的诗。宾主宴饮、歌舞、比射的场面写得具体生动，特别是对醉酒者丑态的刻画循序渐进，对比鲜明。

鱼藻

鱼在在藻，有颁①其首。王在在镐②，岂乐③饮酒。
鱼在在藻，有莘④其尾。王在在镐，饮酒乐岂。
鱼在在藻，依于其蒲⑤。王在在镐，有那其居。⑥

译文：

群鱼水藻丛中游，大头昂然随意摆。周王住在镐京城，欢饮美酒甚愉悦。

群鱼水藻丛中游，长尾悠然任逍遥。周王住在镐京城，宴饮美酒乐陶陶。

群鱼水藻丛中游，依傍蒲草戏水中。周王住在镐京城，宫廷安闲乐无穷。

注释：

①颁（fén）：头大貌。

②镐：镐京，西周都城，在今陕西西安。

③岂乐：欢乐。

④莘（shēn）：长。

⑤蒲：多年生水草，可以编席。

⑥那：安闲。居（nuó）：指宫廷。此句意指宫廷悠闲安乐。

赏析：

朱熹《诗集传》云："此天子燕诸侯，而诸侯美天子之诗也。言鱼何在乎？在乎藻也，则'有颁其首'矣。王何在乎？在乎镐京也，则'岂乐饮酒'矣。"西周初年，周武王平定天下，建都镐京，周初民众逢此盛况，以鱼在藻之乐喻指武王在镐之乐，充分显示了周民爱戴武王的真诚情意。诗中对游鱼或露其首，或现其长尾的描述，充分显示了鱼戏水藻的乐趣，给读者留下了想象的空间，颇有意趣。

采　菽

采菽①采菽，筐之筥②之。君子来朝，何锡予之？虽无予之，路车③乘马。又何予之？玄衮及黼。④

觱沸槛泉，⑤言采其芹。君子来朝，言观其旂。其旂淠淠⑥，鸾声嘒嘒⑦。载骖载驷，君子所届。

赤芾⑧在股，邪幅⑨在下。彼交匪纾，⑩天子所予。乐只君子，天子命之。乐只君子，福禄申⑪之。

维柞之枝，其叶蓬蓬。乐只君子，殿⑫天子之邦。乐只君子，万福攸同。⑬平平⑭左右，亦是率从。

汎汎杨舟，绋纚维之。⑮乐只君子，天子葵⑯之。乐只君子，福禄膍⑰之。优哉游哉，亦是戾⑱矣。

译文：

采大豆呀采大豆，用筐用筥来盛下。诸侯远道来朝见，拿些什么赏赐他？若无厚物可赏赐，路车驷马给他乘。还有什么可赠予？龙袍绣裳闪光华。

在那腾涌泉水边，采来芹菜青又青。诸侯远道来朝见，遥看旗帜渐渐近。龙旗随风猎猎舞，鸾铃嘒嘒响不停。三马四马驾大车，转瞬诸侯已来临。

红色蔽膝裹大腿，绑腿斜缠小腿上。不紧不慢自从容，天子因此有赐赏。诸侯快乐笑开颜，天子策命是荣光。诸侯开颜极快乐，又有福禄赐予他。

柞树枝条一丛丛，叶子鲜亮密丛丛。诸侯君子笑开颜，辅佐天子镇四方。诸侯君子真快乐，万福汇聚如海洋。左右辅臣很能干，恪守尊令国运昌。

杨木船儿水中漂，索缆系住不会跑。诸侯君子享快乐，天子量才用以道。诸侯君子真快乐，福禄厚赐好关照。从容不迫真自在，生活安定多逍遥。

注释：

①菽（shū）：豆。

②筥（jǔ）：圆竹筐。

③路车：即辂车，古时天子或诸侯所乘。

④衮（gǔn）：古代贵族所穿的礼服，上面绣着盘曲的龙。黼（fǔ）：绣有黑白相间的斧形花纹的礼服。此句意为赠予龙袍礼服。

⑤觱（bì）沸：泉水涌出貌。槛泉：正向上涌出之泉。

⑥淠淠（pèi pèi）：飘动貌。

⑦嘒嘒（huì huì）：铃声有节奏。

⑧芾（fú）：通“韨”，古代官服上的蔽膝。

⑨邪幅：绑腿。

⑩彼：疑匪字之误。交：通“绞”，急切。匪：否。纾：怠慢。

⑪申：重。

⑫殿：镇抚。

⑬攸：所。同：聚。此句意为万福汇聚。

⑭平平：闲雅。

⑮绋（fú）：大索。缅（lí）：拴。维之：系住船只。

⑯葵：通“揆”，量才使用。

⑰膍（pí）：厚赐。

⑱戾：安定。《广雅·释诂》：“戾，善也。”

赏析：

朱熹《诗集传》云：“此天子所以答《鱼藻》也。‘采菽采菽’，则必以筐筥盛之，‘君子来朝’，则必有以锡予之，又言今虽无以予之，然已有‘路车乘马’‘玄衮及黼’之赐矣。其言如此者，好之无已，意犹以为薄也。”这是赞美诸侯来朝，周天子予以赏赐、挽留、祝福的诗，后世相沿以为是君臣宴乐歌。还有人认为这是借赞美诸侯来朝以讽刺周幽王无礼信于诸侯。如清·顾镇《虞东学诗》中云：“此篇极陈古明王待诸侯之礼，而末章结语特反言以见义。”

角弓

骍骍角弓，[1]翩其反矣。[2]兄弟昏姻，无胥远矣。[3]

尔之远矣，民胥然矣。[4]尔之教矣，民胥傚矣。

此令[5]兄弟，绰绰[6]有裕。不令兄弟，交相为瘉[7]。

民之无良，相怨一方。受爵不让，至于已斯亡。

老马反为驹，[8]不顾其后。如食宜饇[9]，如酌孔取。[10]

毋教猱[11]升木，如涂涂附。[12]君子有徽猷，[13]小人与属。

雨雪瀌瀌[14]，见晛[15]曰消。莫肯下遗，式居娄骄。[16]

雨雪浮浮[17]，见晛曰流。如蛮如髦，[18]我是用忧。

译文：

角弓调和靠弦张，弦弛即向反面弯。兄弟姻亲本一家，相亲相爱莫疏远。

你若疏远亲兄弟，人们都会照仿效。你若言传加身教，人们都会从良善。

兄弟彼此相友善，宽厚和顺情谊增。兄弟彼此不友善，交相诟病怨恨深。

民众心地如不善，相互就会成积怨。接受爵禄不相让，事关私利理全忘。

老马当驹瞎使唤，不顾其后生祸患。如同吃饭只宜饱，又像喝酒不贪欢。

猴子爬树不用教，如泥涂墙黏得牢。君子善政勤引导，民众自会紧跟随。

雪花纷纷漫天飘，天晴日暖自消融。居于上位不谦恭，桀骜不驯常自高。

雪花纷纷漫天飘，天晴日暖化为水。不用德教如蛮髦，为此常使心烦恼。

注释：

①骍骍（xīn xīn）：指弓弦调和的样子。角弓：以兽角镶嵌装饰两端的弓。

②翩：此指反过来弯曲的样子。此句意为：弓不用时，则卸其弦，两端向反面弯曲。

③胥：相。远：疏远。此句意为相亲相爱莫疏远。

④胥：皆。然：这样。此句意指人民皆会仿效这样。

⑤令：善。

⑥绰绰：宽裕。

⑦瘉（yù）：病，此指残害。

⑧老马反为驹：老马反自视为壮马。据吴闿生："言谗人贪取爵位，自忘其老，不顾后之不胜任也。"

⑨饫（yù）：饱。

⑩如：如同。酌：饮酒。孔取：多拿。

⑪猱（náo）：猿类，善攀缘。

⑫如涂涂附：在污泥上面涂一层污泥。涂：同"塗"。

⑬徽：美。猷（yóu）：道。意指君子勤政擅长引导。

⑭瀌瀌（biāo biāo）：雪盛。

⑮晛（xiàn）：日气。

⑯式：用。居：通"倨"，傲慢。娄：收敛。式居娄骄：据陈奂《传疏》："小人不肯卑下加礼于人，唯数数骄慢自用。"

⑰浮浮：雪盛。与"瀌瀌"意同。

⑱蛮、髦：南蛮与夷髦，西南少数民族名。此句意指似少数民族般不用德教。

赏析：

《毛诗序》云："《角弓》，父兄刺幽王也。不亲九族而好谗佞，骨肉相怨，故作是诗也。"虽然诗中所刺，难以认定是否确指周幽王，但为王室父兄刺王好近小人，不亲九族，而骨肉相怨是可信的。如方玉润《诗经原始》云："诗中无刺谗语，唯疏远兄弟而亲近小人，是此诗大旨。"这是一首讽喻诗，旨在规劝王朝贵族不要疏远兄弟亲戚，切莫贪图爵禄，而应该奉行德教美政。

菀　柳

有菀[①]者柳，不尚[②]息焉。上帝甚蹈，[③]无自暱[④]焉。俾予靖之，[⑤]后予极[⑥]焉。

有菀者柳，不尚愒[⑦]焉。上帝甚蹈，无自瘵[⑧]焉。俾予靖之，后予迈[⑨]焉。

有鸟高飞，亦傅[⑩]于天。彼人之心，于何其臻？曷予靖之？居以凶矜[⑪]。

译文：

一株柳树很茂盛，莫要依傍去休息。帝王心思常反复，勿因亲密自惹祸。当初让我勤国事，事后被贬去他乡。

一株柳树很茂盛，莫要依傍寻阴凉。帝王心思常反复，不要自己惹祸端。当初让我谋国政，如今放逐到远方。

鸟儿即便飞得高，还要依附在青天。那人心狠不可测，不知何处是极限？为何要我谋国政，其后反又遭凶险？

注释：

①菀（yù）：树木茂盛。

②尚：庶几，希望。

③上帝：指君王。甚：相当。蹈：变化无常。

④暱（nì）：亲近。

⑤俾（bǐ）：使。靖：安定。意为当初任用我平定国事。

⑥极：同“殛”，放逐，惩罚。一说为诛杀。

⑦愒（qì）：休息。

⑧瘵（zhài）：病，引申为灾祸。

⑨迈：行，指放逐。

⑩傅：至。

⑪居：语气助词。矜：危险。此句意为之后反遭危险。

赏析：

《毛诗序》云：“《菀柳》，刺幽王也。暴虐无亲而刑罚不中，诸侯皆不欲朝，言王者之不可朝事也。”又朱熹《诗集传》：“王者暴虐，诸侯不朝而作此诗。”朱熹未言王者为谁。《菀柳》作者是一位被放逐的大臣，他讽刺君王暴虐，赏罚不明，忠而被疏，有功者反而获罪。本诗感情深沉，揭露深刻且含蓄，譬如以枯柳之难以庇荫，暗喻幽王之暴虐无亲；又以鸟之高飞可知极限，反衬人心之难测。

都人士之什

都人士

彼都人士，[1]狐裘黄黄。其容不改，出言有章。行归于周，万民所望。

彼都人士，台笠缁撮。[2]彼君子女，绸[3]直如发。我不见兮，我心不说。

彼都人士，充耳琇实。[4]彼君子女，谓之尹吉[5]。我不见兮，我心菀结[6]。

彼都人士，垂带而厉[7]。彼君子女，卷发如虿[8]。我不见兮，言从之迈。

匪伊垂之，带则有余。匪伊卷之，发则有旟[9]。我不见兮，云何盱[10]矣！

译文：

那位君子仪态佳，穿着狐裘毛色黄。仪容不改常有度，言语出口自成章。亲迎新妇回周京，万民空巷争相望。

那位君子仪态佳，头戴台笠黑布帽。娴雅端庄好贵女，稠密黑发如丝绦。不见往日繁华景，心中抑郁多苦恼。

那位君子仪态佳，宝石闪亮垂耳旁。娴雅端庄好贵女，尹吉名门扬四方。日后难见姑娘面，心中郁结实难忘。

那位君子仪态佳，冠带下垂迎风飘。娴雅端庄好贵女，秀发卷如蝎尾翘。往后再难得相见，跟随其后映脑海。

不是故意垂冠带，冠带原本细又长。不是故意卷秀发，头发天生向上扬。不见昔日繁华景，嗟乎哀哉悲且伤!

注释：

①彼：那。都人士：京都人士，大约指当时京城贵族。一说“都人”即“美人”。

②台笠：苔草编成的草帽。台：通“苔”，莎草，可制蓑笠。缁撮（zī cuō）：黑布制成的束发小帽。

③绸：细密。

④琇（xiù）：美石。实：言琇之晶莹可爱。意指宝石垂坠充耳上。

⑤尹吉：尹氏吉氏，周代名门望族的姓氏。

⑥菀结：郁结。

⑦厉：带之垂者。

⑧虿（chài）：蝎类的一种。长尾曰虿，短尾曰蝎。蝎子行走时尾部上翘，故用来形容向上卷翘的发式。

⑨旟（yú）：扬，上翘貌。

⑩盱（xū）：忧伤。

赏析：

《都人士》一诗的题旨，古往今来众说纷纭。《毛诗序》认为是“周人刺衣服无常”。朱熹《诗集传》认为是乱离之后，东周人士缅怀旧都人物之盛，而作感慨之诗。程俊英《诗经译注》认为是恋诗，屈万里《诗经诠释》认为“此咏某贵家女出嫁于周之诗”。本诗应是综合程、屈二说。诗人以精确细致的笔法，描述了周代贵族士女迎亲出嫁时的教养谈吐之美、服饰发式之美，为我们提供了一幅生动、鲜明的古代风俗画。而其中暗含的眷恋之情，以及即将远离永别的绝望感伤，则是无法掩盖的深沉。

采　绿

终朝采绿[①]，不盈一匊[②]。予发曲局[③]，薄言归沐。

终朝采蓝[④]，不盈一襜[⑤]。五日为期，六日不詹。[⑥]

之子于狩，言韔[7]其弓。之子于钓，言纶[8]之绳。

其钓维何？维鲂及鱮[9]。维鲂及鱮，薄言观[10]者。

译文：

清晨在外采荩草，收获尚不够一捧。我的鬓发乱蓬蓬，赶快回家整理好。

整日在外采蓼蓝，仍未装满一围兜。本来说好五日归，过了六日仍未还。

若是外出去狩猎，我先为他装弓箭。若是外出去垂钓，我先为他理好线。

他都钓些什么呢？都是鳊鱼与鲢鱼。鳊鱼鲢鱼真不错，竟然钓到这么多。

注释：

①绿：通“菉”，即荩草，又名王刍，一年生草本，花色深绿，汁可以染黄。

②匊（jū）：同“掬”，两手合捧。

③曲局：卷曲。此处意为蓬乱松散。

④蓝：草名，此指蓼蓝，可作染青蓝色的染料。

⑤襜（chān）：围裙，田间采集时可用以兜物。

⑥五日、六日：均非确指。詹：至，来到。这两句意为：本来说好归期为五天，结果过了六天，还没回来。

⑦韔（chàng）：弓袋。此处用作动词，意为将弓装入弓袋。

⑧纶：钓丝。此处作动词，即整理丝绳的意思。

⑨鱮（xù）：大头鲢。

⑩观：多。段玉裁《说文解字注》：“此引申之义，物多而后可观，故曰：观，多也。”

赏析：

这是一位留守妇女思念出门在外的丈夫的诗。《毛诗序》以为

"刺怨旷也。幽王之时多怨旷者也"。陈子展《诗经直解》把它看作"君子于役，过期不归，妇女怨思之作"。这里并不直言妇人的怨思之苦，只在前两章里说其采绿采蓝、沐发梳理的日常琐事，仅以"五日为期，六日不詹"二句点出事由。后两章则采取幻想式的写实手法，言其整理器具，供丈夫狩猎捕鱼之用，但丈夫服役并未归来，一切皆出自她的想象。现实与幻想两相对照，妇人的孤独寂寞也就不言自明了。

黍 苗

芃芃①黍苗，阴雨膏之。悠悠②南行，召伯劳之。
我任我辇，③我车我牛。我行既集④，盖⑤云归哉！
我徒我御，我师我旅。我行既集，盖云归处！
肃肃谢功，⑥召伯营之。烈烈⑦征师，召伯成之。
原隰既平⑧，泉流既清。召伯有成，王心则宁。

译文：

黍苗长得很茁壮，好雨及时来滋养。众人南行路途遥，召伯慰劳心舒畅。

我挽辇来你肩扛，我扶车来你牵牛。南行任务已完成，何不赶快回家乡。

你御车来我步行，队伍长长往前进。南行任务已完成，何不开心归家去。

快速整饬修谢邑，召伯苦心来经营。威武师旅去施工，召伯用心来组成。

高田洼地均治理，泉水河流已疏清。召伯大功已告成，宣王心里得安宁。

注释：

①芃芃（péng péng）：草木繁盛貌。

②悠悠：遥远貌。

③任：担荷。辇：人推挽的车子。此句意为众人合作，有人担荷有人推车。

④集：成，完成。

⑤盖：通“盍”，何不。

⑥肃肃：严正。谢：指谢邑，在今河南省唐县，与湖北枣阳近。功：通“工”，工程。

⑦烈烈：威武貌。

⑧平：治理。

赏析：

《黍苗》是宣王时徒役赞美召穆公（即召伯）营治谢邑之功的作品。《毛诗序》说它是“刺幽王也。不能膏泽天下，卿士不能行召伯之职焉”。前人多有辩驳，朱熹《诗集传》直言：“宣王封申伯于谢，命召穆公往营城邑，故将徒役南行，而行者作此，言‘芃芃黍苗’，则唯阴雨能膏之；‘悠悠南行’，则唯召伯能劳之也。”诗中所述召伯营谢的事发生在宣王鼎盛时期。为了有效地加强对南方各族的攻守控制，宣王封其母舅申伯于谢，并命召伯虎带领役众前往经营。在营建任务圆满完成时，随行者唱出了这首诗歌。

隰桑

隰桑有阿①，其叶有难②。既见君子，其乐如何？
隰桑有阿，其叶有沃③。既见君子，云何不乐？
隰桑有阿，其叶有幽④。既见君子，德音孔胶。⑤
心乎爱矣，遐不谓矣？⑥中心藏之，何日忘之？

译文：

洼地桑树多婀娜，叶儿茂盛掩枝丫。我遇见了心上人，快乐滋味无法言！

洼地桑树多婀娜，枝柔叶嫩舞婆娑。我遇见了心上人，叫我如何不快乐！

洼地桑树多婀娜，叶儿浓密色清幽。我遇见了心上人，情话绵绵诉衷肠。

心里对他极眷恋，为何欲说却还休。心中珍藏深爱意，怎会有天相遗忘？

注释：

①阿（ē）：通“婀”，美貌。

②难（nuó）：通“娜”，盛貌。

③沃：柔美。

④幽：通“黝”，青黑色。这里指植物肥水充足时叶子所呈现出的颜色。

⑤德音：善言，此指情话。孔胶：很缠绵。

⑥遐不：何不。谓：告诉。矣：语气助词。

赏析：

前人对于此诗有许多穿凿附会的解释。《毛诗序》认为此诗是“刺幽王也。小人在位，君子在野，思见君子，尽心以事之”。朱熹认为“此喜见君子之诗”，但也说“爱之根于中者深，故发之迟而存之久也”。余冠英先生《诗经选》中表示，“这首诗是一个女子的爱情自白”。此种观点最为恰当。这是一首女子唱怀的情歌，表达了对心上人的向往爱慕。前三章感情表达热烈奔放，末一章却笔锋急转“遐不谓矣”，一个女子欲语还休的形象便跃然纸上。

白　华

白华菅兮，[1]白茅束兮。之子之远，俾我独兮。

英英[2]白云，露彼菅茅。[3]天步[4]艰难，之子不犹。

滮池[5]北流，浸彼稻田。啸歌伤怀，[6]念彼硕人。

樵彼桑薪，卬烘于煁。[7]维彼硕人，实劳我心。

鼓钟于宫，声闻于外。念子懆懆[8]，视我迈迈[9]。

有鹙[10]在梁，有鹤在林。维彼硕人，实劳我心。

鸳鸯在梁，戢其左翼。之子无良，二三其德。

有扁[11]斯石，履之卑兮。之子之远，俾我疷[12]兮。

译文：

芬芳菅草开白花，白茅束好送给他。如今这人去远方，使我孤独守空房。

浓浓云雾空中飘，沾湿菅草和丝茅。命运艰难多坎坷，君实不如云露好。

滮水缓缓向北流，浸润稻田绿油油。号哭而歌心伤痛，思念那人在心头。

砍那桑枝作柴薪，烧起行灶烘暖身。想起那个好人儿，实在让我伤透心。

宫内敲起大乐钟，宫外必定也耳闻。心怀挂念神不宁，你却视我面不愉。

丑恶秃鹫在鱼梁，高洁白鹤在树林。想起那个好人儿，我心实是受煎熬。

恩爱鸳鸯在鱼梁，嘴插翅下睡得香。只恨这人没良心，朝三暮四情不专。

扁扁平平乘车石，虽然低下有人踩。恨他这般疏远我，忧思成疾实难挨。

注释：

①白华：白花。菅（jiān）：茅草，茎可作绳织履。兮：助词。

②英英：白云起貌。

③露彼菅茅：露水滋润菅草。露：指水气下降为露珠，兼有沾濡之意。

④天步：命运。

⑤滮（biāo）池：今陕西西安市北。

⑥啸歌：谓号哭而歌。伤怀：忧伤而思。

⑦卬（áng）：同“昂”，我。女子自称。煁（chén）：古代一

种可以移动的火炉。意为烧起火炉暖身。

⑧懆懆（cǎo cǎo）：忧愁不安。

⑨迈迈：不悦。

⑩鹙（qiū）：水鸟名，似鹤，头颈上无毛。

⑪扁：卑下。

⑫疷（qí）：病。

赏析：

《毛诗序》云："《白华》，周人刺幽后也。幽王取申女以为后，又得褒姒而黜申后，故下国化之，以妾为妻，以孽代宗，而王弗能治。周人为之作是诗也。"认为是讽刺幽王废申后而宠褒姒之事。今观此诗，出于申后无疑。全诗八章，或比或兴，表达了申后被黜后深刻复杂的情感，缠绵悱恻，欲罢不能。

绵 蛮

绵蛮[①]黄鸟，止于丘阿[②]。道之云远，我劳如何？饮之食之，教之诲之。命彼后车[③]，谓之载之。

绵蛮黄鸟，止于丘隅。岂敢惮[④]行，畏不能趋[⑤]。饮之食之，教之诲之。命彼后车，谓之载之。

绵蛮黄鸟，止于丘侧。岂敢惮行，畏不能极[⑥]。饮之食之，教之诲之。命彼后车，谓之载之。

译文：

毛茸茸的小黄鸟，栖息在那山坳中。道路漫长又遥远，路途艰辛无奈何。让他吃饱又喝足，教他通达明事理。让那随从的副车，搭载上他跟着走。

毛茸茸的小黄鸟，栖息在那山角落。非是害怕徒步走，只恐行路太缓慢。让他吃饱又喝足，教他通达明事理。让那随从的副车，搭载上他跟着走。

毛茸茸的小黄鸟，栖息在那山丘旁。非是害怕徒步走，只怕无法到终点。让他吃饱又喝足，教他通达明事理。让那随从的副车，搭载上他跟着走。

注释：

①绵蛮：小鸟貌。

②阿：山坳。

③后车：正车后面的副车。

④惮：怕。

⑤趋：快走。

⑥极：至，到达。

赏析：

此诗主题众说纷纭，《毛诗序》认为行役劳苦之人有所托而作，朱熹认为是哀流民失所，有人认为大夫为王求贤等。从全篇结构章法分析，应是行役在外之人劳苦不堪，见路旁黄鸟有感而作此诗。微贱的劳苦者在行役途中感叹自己命运的艰难，盼望有人拉他一把，从而继续漫长而艰辛的道路。

瓠　叶

幡幡瓠叶，①采之亨②之。君子有酒，酌言尝之。
有兔斯首③，炮之燔之。④君子有酒，酌言献之。
有兔斯首，燔之炙⑤之。君子有酒，酌言酢⑥之。
有兔斯首，燔之炮之。君子有酒，酌言酬之。

译文：

风吹瓠瓜叶晃动，采来煮熟味道香。君子备好香醇酒，斟满酒杯请客尝。

野兔肉啊鲜又嫩，炙烤煨它味道美。君子备好香醇酒，斟满敬献给贵客。

野兔肉啊鲜又嫩，炙烤烟熏成佳肴。君子备好香醇酒，斟满回敬礼周到。

野兔肉啊鲜又嫩，煨焖香烤滋味佳。君子备好香醇酒，斟满劝饮又一杯。

注释：

①幡幡（fān fān）：犹翩翩，反复翻动貌。瓠：葫芦科植物的总称。叶：叶子。

②亨：同“烹”，煮。

③斯首：白头。

④炮（páo）：烧，将兔裹泥在火上烧。燔（fán）：用火烤熟。意为用火烤兔肉。

⑤炙：将肉架在火上熏烤使熟。

⑥酢（zuò）：回敬酒。

赏析：

朱熹《诗集传》云：“此亦燕饮之诗。……言物虽薄而必与宾客共之。”这是一首宴饮宾客的诗。诗首章取苦瓠叶这一典型意象，极言其宴席上菜肴的粗陋和简约，但主人并没有因微薄而废礼，而是情意真挚，取酒相待，请客人一同品尝，情景气氛如在眼前。

渐渐之石

渐渐①之石，维其高矣。山川悠远，维其劳②矣。武人东征，不皇朝矣。③

渐渐之石，维其卒④矣。山川悠远，曷其没⑤矣。武人东征，不皇出⑥矣。

有豕白蹢⑦，烝涉波矣。月离于毕，⑧俾滂沱⑨矣。武人东征，不皇他矣。

译文：

山峰险峻层岩峭，高高耸立入云霄。山川逶迤且遥远，日夜行军多辛劳。将帅士兵东征去，朝夕不论只赶路。

山峰险峻层岩险，高峻陡峭难登攀。行过万山踏遍水，不知终点在何处。将帅士兵东征去，无视艰险只向前。

大猪小猪蹄白色，成群涉水踏波过。月亮靠近天毕星，大雨滂沱即将至。将帅士兵东征去，其他事情不顾念。

注释：

①渐渐（chán chán）：通“巉巉”，山石高峻貌。

②劳：借为“辽”，指广阔。

③不皇：不暇。不皇朝：犹无暇日。矣：句末助词。

④卒：通“崒（zú）”，高峻危险。

⑤没：尽。

⑥出：脱险。据朱熹《诗集传》：“谓但知深入不暇谋出也。”

⑦蹢（dí）：蹄。

⑧离：通“丽”，接近。毕：毕星。月近毕星，也是下雨的征兆。

⑨滂沱：大雨貌。

赏析：

方玉润《诗经原始》云：“此将士东征，劳苦自叹之诗。”《毛诗序》所云“刺幽王说”不过是徒然附会而无据。本篇为行役在外的士兵所作，记叙征途中的见闻，抒发征战跋涉的凄苦之情，流露出厌战情绪。写景与抒情相互穿插，情景交融，自然流畅。

苕之华

苕[①]之华，芸[②]其黄矣。心之忧矣，维其伤矣。

苕之华，其叶青青。知我如此，不如无生！

牂羊坟首，[③]三星在罶。[④]人可以食，鲜可以饱！

译文：

凌霄花儿开，颜色黄又鲜。内心真忧愁，痛苦又悲伤！

凌霄花儿开，叶子青又密。知我这般样，不如不降生！

母羊头特大，鱼篓映星光。勉强有食吃，岂图饱肚肠！

注释：

①苕（tiáo）：凌霄花，藤本，蔓生，夏季开花，花将落则黄。

②芸：黄色深浓的样子。

③牂（zāng）羊：母羊。坟：大。母羊瘦则头大。

④三星：泛指星光。罶（liǔ）：捕鱼的竹篓，鱼可进不可出。意指鱼篓映着星光。

赏析：

《毛诗序》云：“《苕之华》，大夫闵时也。幽王之时，西戎、东夷交侵中国，师旅并起，因之以饥馑。君子闵周室之将亡，伤己逢之，故作是诗也。”又朱熹《诗集传》：“诗人自以身逢周室之衰，如苕附物而生，虽荣不久，故以为比，而自言其心之忧伤也。”诗人痛心身处荒年，人们在饥饿中挣扎，反不如苕一类植物活得自在，生命旺盛。天地之大，本以人为贵，而今却羡慕无知无觉的植物，说出“不如无生”的话，令人痛心。

何草不黄

何草不黄？何日不行？何人不将[①]？经营四方。

何草不玄[②]？何人不矜[③]？哀我征夫，独为匪民！

匪兕[④]匪虎，率[⑤]彼旷野。哀我征夫，朝夕不暇。

有芃[⑥]者狐，率彼幽草。有栈[⑦]之车，行彼周道。

译文：

什么草啊不枯黄，哪有日子不奔忙。什么人啊不从军，为国征战奔四方。

什么草啊不黑腐，什么人哪似鳏夫。可悲我等出征者，受此待遇不似人。

既非野牛又非虎，穿行旷野不停步。可怜我等出征者，从早至晚无暇休。

野外狐狸毛蓬松，往来出没深草丛。兵车高高载征人，驰行漫长大道上。

注释：

①将：出行。此指行军，出征。

②玄：发黑腐烂。

③矜：通“鳏”，老而无妻的人。

④兕（sì）：野牛。

⑤率：循，沿着。

⑥芃（péng）：兽毛蓬松。

⑦有栈：栈栈，兵车高大的样子。

赏析：

朱熹《诗集传》云：“周室将亡，征役不息，行者苦之，故作此诗。”历来说诗之人，都认为此诗是征夫愁怨之作。细读诗篇，除怨愁之外，更有“哀我征夫，独为匪民”二语，这种毫无希望的痛苦泣诉，最大限度地展示了征人的悲苦。是以方玉润谓，“所谓亡国之音哀以思，诗境至此，穷仄极矣。……周室衰至此，其亡岂能久待！编诗者以此殿《小雅》之终。”

大　雅

方玉润《诗经原始》云："盖大、小雅之分，亦以体异焉耳。读者试即《嵩高》《黍苗》二诗诵之，而其体自见。又如《宾之初筵》与《抑》诗合而咏之，而其体愈见。数诗皆前人之所谓人同、事同者也，而何以诗之词气与音节迥然不同？此可以知大、小雅之分矣。"

《大雅》共三十一篇，大部分作于西周前期，多为西周王室贵族的作品，主要歌颂周王室祖先乃至武王、宣王等之功绩，有些诗篇也反映了厉王、幽王的暴虐昏乱及其统治危机。

文王之什

文　王

文王在上，於昭于天。[①]周虽旧邦[②]，其命维新。有周不显，[③]帝命不时。文王陟降[④]，在帝左右。

亹亹[⑤]文王，令闻不已。陈锡[⑥]哉周，侯文王孙子。文王孙子，本支[⑦]百世。凡周之士，不显亦世。[⑧]

世之不显，厥犹翼翼。[⑨]思皇[⑩]多士，生此王国。王国克生，维周之桢[⑪]。济济多士，文王以宁。

穆穆[⑫]文王，於缉熙敬止。[⑬]假[⑭]哉天命，有商孙子。商之孙子，其丽不亿。[⑮]上帝既命，侯于周服。

侯服于周，天命靡常。殷士肤敏，[⑯]祼将于京。[⑰]厥作祼将，常服黼冔。[⑱]王之荩臣[⑲]，无念尔祖。

无念尔祖，聿修厥德。永言配命，自求多福。殷之未丧师[⑳]，克配上帝。宜鉴于殷，骏命[㉑]不易。

命之不易，无遏尔躬。宣昭义问，有虞殷自天。上天之载[㉒]，无声无臭。仪刑[㉓]文王，万邦作孚。[㉔]

译文：

文王神灵升天际，在天上光明显耀。周虽是古老邦国，承天命建新王朝。此周朝光辉荣耀，上天意旨全遵照。文王神灵升天庭，天帝身旁多崇高。

勤勉进取周文王，美善之名传民间。上天赐他建周邦，也赐子孙万世福。文王之子孙后裔，世世代代繁衍盛。凡承周朝爵禄卿，累世都光荣显贵。

世世代代都显贵，深谋远虑勤恭谨。贤良优秀众人才，济济一堂在此都。王国诸多圣贤士，都是国家栋梁材。济济一堂人才多，国家因此得安宁。

端庄恭敬周文王，光明磊落举止端。伟大天命所决定，殷商子孙成属臣。殷商那些臣民啊，人数众多数不清。上天既已降意旨，臣服周朝顺天命。

商朝子民臣服周，可见天命不寻常。归顺贵族颇勤敏，在京师祭作陪伴。来京助祭伴周王，身穿祭服戴殷冕。为王献身诸忠臣，无不感念周先祖。

感念诸先祖意旨，修养自身的德行。常顺天命不相违，才能得多种福分。若商未有失民心，也能合乎天意旨。应以殷商为戒鉴，天命不会随意更。

保持天命不容易，切勿自绝弃于天。传扬光大好名声，殷亡乃因违天意。上天所为存真意，无声无味无从察。效法文王好榜样，万国诸侯永信服。

注释：

①於（wū）：赞叹。昭：光明显耀。于天：在天上。

②旧邦：邦，犹“国”。周在氏族社会本是姬姓部落，后与姜姓联合为部落联盟，在西北发展。周立国从尧舜时代的后稷算起。

③有周：这周王朝。有：指示性冠词。不显：即“丕显”，光明正大。不：通“丕”，大。显：光明。

④陟降：升降。上行曰陟，下行曰降。

⑤亹亹（wěi wěi）：勤勉。

⑥陈锡：重赐，厚赐。陈：犹“重”“屡”。

⑦本支：以树木的本枝比喻子孙繁衍。

⑧不显亦世：显世，光显于世。

⑨厥：其。犹：同“猷”，谋划。翼翼：恭谨勤勉貌。

⑩皇：美。

⑪桢：支柱，骨干。

⑫穆穆：庄重恭敬貌。

⑬於：表赞叹。缉熙：光明。敬：诚敬。止：语气助词。

⑭假：大。

⑮其丽不亿：极言数极多。

⑯殷士：归降的殷商贵族。《说文》曰："肤，籀文胪。"有陈礼时陈序礼器之意。肤敏：即勤敏地陈列礼器。

⑰祼（guàn）：古代一种祭礼，在神主前面铺白茅，把酒浇在茅上，像神在饮酒。将：行。于京：在都城。

⑱常服：祭事规定的服装。冔（xǔ）：礼帽。称殷臣穿戴殷的礼服礼帽，说明文王以德不以强。

⑲荩（jìn）臣：忠臣。

⑳丧师：丧失民心。师：众。

㉑骏命：大命，也即天命。

㉒载：事。

㉓仪刑：效法。刑：同"型"，仪法，模式。

㉔作：则，就。孚：信服。意为万国信服。

赏析：

《毛诗序》："《文王》，文王受命作周也。"朱熹《诗集传》据《吕氏春秋·古乐》篇为此诗解题曰："周人追述文王之德，明国家所以受命而代殷者，皆由于此，以戒成王。"诗中反复赞述周文王"受命作周"这一伟大的历史事件，并以"天命不易"告诫嗣王，要从殷朝倒行逆施以至灭亡中吸取教训，效法文王，励精图治，取信于民，取信于天，以求得周王朝的长治永安。

大　明

明明在下，①赫赫在上。天难忱②斯，不易维王。天位殷适③，使不挟④四方。

挚仲氏任，⑤自彼殷商，来嫁于周，曰嫔于京。⑥乃及王季⑦，维德之行。

大任有身，生此文王。维此文王，小心翼翼。昭事上帝，聿怀多福。厥德不回，以受方国。

天监在下，有命既集。文王初载，天作之合。在洽之阳，[8]在渭之涘。[9]

文王嘉[10]止，大邦有子。大邦有子，伣天之妹。[11]文定厥祥，[12]亲迎于渭。造舟为梁，[13]不显其光。

有命自天，命此文王，于周于京，缵女维莘，[14]长子维行，[15]笃[16]生武王。保右命尔，燮伐大商[17]。

殷商之旅[18]，其会如林。[19]矢于牧野，[20]维于侯兴。上帝临女，无贰尔心。

牧野洋洋，檀车煌煌，驷骠彭彭。[21]维师尚父，[22]时维鹰扬。凉[23]彼武王，肆伐[24]大商，会朝清明。

译文：

圣明功德惠下民，赫赫命运显天上。天意无常时难测，君主实在不易当。天命嫡子殷纣王，终又使其失四方。

挚国任氏二姑娘，远远来自那殷商，远嫁来到我周邦，京都里面做新娘。伴随丈夫名王季，专行仁德好榜样。

太任一日身有孕，生下这位周文王。唯有这个周文王，待人恭敬很端庄。勤勉努力奉上天，招来福禄难估量。德行光明又磊落，四方归附显威望。

上天监察人世间，悄悄已将天命降。文王即位初掌权，天赐配偶结良缘。姑娘住在洽水北，就在渭水那一旁。

文王备婚喜洋洋，殷商有位美娇娘。殷商这位美娇娘，恰似天仙俏模样。卜辞婚姻很吉祥，文王亲迎渭水旁。造船相连为渡河，婚礼隆重显荣光。

有个命令从天降，命令这个周文王，周国京都兴家邦，娶来莘国姒家女，长子虽然早离世，幸而还有周武王。上天保佑降意旨，顺乎天命伐殷商。

殷商军队列成行，旌旗如林迎风扬。武王誓师在牧野，我周勃兴不可挡，上天督察众将士，勿生二心意志坚！

两军对垒牧野阔，周师战车亮堂堂，赤毛白腹马雄骏。太师尚父名吕望，气势如同鹰飞翔。辅佐武王谋略精，纵兵伐商讨帝辛，黎明尽现新气象！

注释：

①明明：光明貌，此指功德之圣明。在下：指人间。

②忱（chén）：信任。

③适（dí）：通“嫡”，嫡子。殷嫡：指纣王。《史记·殷本纪》：“帝乙长子曰微子启。启母贱，不得嗣。少子辛，辛母正后，辛为嗣。帝乙崩，子辛立，是为帝辛，天下谓之纣。”

④挟：控制，达到。

⑤挚：殷商的一个诸侯国。仲：此指次女。氏任：犹姓任。据高亨《诗经今注》：“挚仲即太任，王季的妻，文王的母。因她是挚国之君的次女，所以称挚仲。挚国之君姓任，所以说她氏任。”

⑥嫔（pín）：为妇。京：周京。周部族后稷十三世孙古公亶父（周太王）自豳迁于岐（今陕西岐山一带），其地名周。其子王季（季历）于此地建都城。此句意为嫁到周邦做新娘。

⑦王季：太任的丈夫。

⑧洽（hé）：水名，源出陕西郃阳县北，东南流入黄河，现称金水河。阳：水北。此句意为住在洽水之北。

⑨渭：水名，黄河最大的支流，源于甘肃渭源县，经陕西，于潼关流入黄河。涘（sì）：水边。此句意为在渭水旁。

⑩嘉：嘉礼，订婚礼。

⑪伣（qiàn）：好比。妹：少女。意为美娇娘貌美如花。

⑫文定：订婚礼。厥：大。祥：吉。据高亨《诗经今注》：“文，指卜筮的文辞。此句言文辞肯定两国联姻是吉祥的。”

⑬梁：浮桥。此指连船为浮桥，以便渡渭水迎亲。

⑭缵（zuǎn）：继娶。莘：国名，在今陕西合阳县一带。此句意

为娶莘国女，即太姒。

⑮长子：指周文王长子伯邑考，先死。行：德行。伯邑考早年为殷纣王杀害。

⑯笃：厚，指天降厚恩。一说为发语词。

⑰燮伐大商：意为顺乎天命以讨伐商朝。燮（xiè）：顺应。

⑱旅：众，指军队。

⑲其会如林：极言殷商军队之多。会：通“旝”，军旗。

⑳矢：同“誓”，誓师。于：在。牧野：地名，在今河南淇县一带，距商都朝歌七十余里。

㉑驷：四匹马。骠（yuán）：赤毛白腹的马。彭彭：强盛貌。

㉒维：发语词。师：官名，又称太师。尚父：指姜太公。

㉓凉：假为“亮”，辅佐。

㉔肆伐：意同前文之“燮伐”。肆：疾。

赏析：

《毛诗序》：“《大明》，文王有明德，故天复命武王也。”这种“皇天无亲，唯德是辅”的观点，和周初的大政治家、思想家周公旦所创立的“以德配天”的宗教政治伦理观是完全一致的。朱熹《诗集传》说此诗是“周公诫成王之诗”，亦有其合理之处。

绵

绵绵瓜瓞，①民②之初生，自土沮漆。③古公亶父，④陶复陶穴，⑤未有室家。

古公亶父，来朝走马，率西水浒，至于岐下。爰及姜女，⑥聿来胥宇。⑦

周原膴膴⑧，堇荼如饴。⑨爰始⑩爰谋，爰契⑪我龟。曰止曰时，⑫筑室于兹。

迺慰迺止，⑬迺左迺右，迺疆迺理，⑭迺宣迺亩。⑮自西徂东，周爰执事。

乃召司空⑯，乃召司徒⑰，俾立室家。其绳则直，缩版以载，⑱作庙翼翼。

捄之陾陾，[19]度之薨薨，[20]筑之登登，削屡冯冯。[21]百堵皆兴，[22]鼛鼓弗胜。[23]

迺立皋门，皋门有伉。[24]迺立应门，应门将将。[25]迺立冢土[26]，戎丑攸行。[27]

肆不殄厥愠，[28]亦不陨厥问。[29]柞棫拔矣，行道兑[30]矣，混夷駾矣，[31]维其喙[32]矣。

虞芮质厥成，[33]文王蹶厥生。[34]予曰有疏附，予曰有先后，予曰有奔奏，[35]予曰有御侮。

译文：

大瓜小瓜瓜蔓长，周族初兴脉绵长，自杜迁至沮漆旁。古公亶父创基业，挖窨开窑把身藏，尚未筑屋建厅堂。

古公亶父有远见，清早出行骏马驰。沿着渭水直向西，岐山脚下来安家。偕同妻子姜氏女，勘察地基规划忙。

岐周平原真肥美，堇葵苦菜甜似饴。经过商量和思索，占卜刻龟求神意。兆示定居好地方，在此修屋造住房。

于是在此安家邦，划定前后分左右，修起地界勤开垦，疏通沟渠整田垄。自西到东原野阔，人人干活不懒惰。

大兴土木召司空，再命司徒调役工，各司其职建宫室。拉直绳墨正地界，筑墙夹板打夯实，建成宗庙规整齐。

铲土入筐噌噌响，填土轰轰筑高墙，齐声打夯声登登，削平凸墙嘭嘭嘭。高墙百堵同时起，人声鼎沸鼓难闻。

王都郭门立起来，恢弘高耸入云霄。王宫正门立起来，气势庄严又堂皇。祭神高坛立起来，犬戎见之远遁走。

既然狄人怨未消，文王声誉未有损。丛生柞棫剪除尽，荒野道路已通畅。混夷受惊忙逃窜，疲惫困乏势不振。

虞芮和好不相争，文王德高感化之。我有公卿率民附，亦有良相辅国政，我有文臣宣美誉，也有武将御敌侵。

注释：

①绵绵：长而不断绝。瓜瓞（dié）：大瓜叫瓜，小瓜叫瓞。从小瓜长到大瓜，它的蔓长而不断绝。

②民：周人。

③自：源于。土：通“杜”，水名，在古邰地，即今陕西麟游县杜山下，南流折东入武水。沮、漆：皆水名。漆水在陕西邠县西，西南流与沮水相会，注于渭水。

④古公亶父：周王族十三世祖，名亶父，是周代太王名。古公是称号。他们初居于豳，因受戎狄侵扰，遂率族迁至岐山下的周地定居。

⑤陶复陶穴：挖土为室，旁穿为复，直穿为穴。陶：掘土为穴。

⑥爰及：于是与。姜女：指古公亶父之妃，姜氏。

⑦聿（yù）：发语词。来：前来。胥宇：察看居处，即考察地势，选择建筑宫室的地址。

⑧朊朊（wǔ wǔ）：膏腴，肥沃。

⑨堇（jǐn）：堇葵。荼（tú）：苦菜。如：如同。饴（yí）：用米及麦芽为原料制成的糖浆。

⑩始：与“谋”意同。

⑪契：钻刻。古人用龟甲占卜，先在其上钻一小孔，经火烧灼后出现裂纹，视其形状可预测凶吉，然后再用文字将占卜的结果刻在龟甲之上。

⑫止：言此地可以居住。时：言此时可以动工。意为卜卦得知定居地点及吉时。

⑬迺：同“乃”。下同。慰：慰劳。止：定居。

⑭疆：划分疆界。理：治理土地。

⑮宣：疏通沟渠。亩：整治田垄。

⑯司空：掌管工程之官。

⑰司徒：掌管土地及征发徒役之官。

⑱缩版：用绳捆木板，为两层，中实土为墙。以：用以。载：通“栽”，指竖起木桩制约筑版以使之牢固。

⑲捄（jiū）：盛土于筐。之：助词。下同。陾陾（réng réng）：众多貌。

⑳度：填土于筑板内。薨薨（hōng hōng）：填土声。

㉑削：削平。屡：同“塿”，土墙隆起处。冯冯（píng píng）：削土平墙声。

㉒堵（dǔ）：墙，五版为堵。兴：起。此言治宫室。此句意为百堵高墙皆建起。

㉓鼛（gāo）：古代用以役事的大鼓，长一丈二尺。此句意指鼛鼓之声胜不过劳作之声。

㉔皋门：王都的郭门。伉（kàng）：高大貌。意指王都郭门气势雄浑。

㉕应门：王宫的正门。将将：庄严堂皇貌。

㉖冢土：即大社，祭祀社神的地方。有大事，必先祭大社神。

㉗戎：指昆夷，北方的游牧民族，即犬戎。丑：对边远民族的蔑称。攸：所。行：去，遁去。

㉘肆：遂，于是。殄（tiǎn）：断绝。愠（yùn）：怨愤。意指突厥怨愤未消。

㉙陨：废弃，损失。问：声誉。此句意指文王声誉未有损。

㉚兑：通行。

㉛混夷：即昆夷。駾（tuì）：逃窜。兮：句末助词。

㉜喙（huì）：疲困。

㉝虞：古国名，故城在今山西平陆县东北。芮：古国名，故城在今山西芮城县西。质：请求裁判。成：两国结好。相传虞、芮二君争田，因久不相让，乃请文王评断。入周境后，双方深为周的礼让之风所感动，以致自动相让，重新结好。

㉞蹶（guì）：感动。生：通“性”，善良的本性。此句意指文王德高，感化他们。

㉟予：周人自称。奔奏：同“奔走”，奔走宣传美誉。此句意为周王朝有文臣宣扬美誉。

赏析：

《毛诗序》云："《绵》，文王之兴，本由太王也。"方玉润《诗经原始》："《绵》，追述周德之兴始自迁岐，民附也。"《绵》当是周王朝贵族为纪念古公亶父开疆创业之事迹而作。在周民族发展的历史上，古公亶父影响极大，相传他是周始祖后稷的第十二代孙，周文王的祖父，他们起初住在豳地，因不断受到戎狄等少数部族的骚扰，便率族迁至岐山下的周原，奠定了周之基业。后来文王之所以能垂誉青史，实在是有赖于古公亶父时代的积淀。

棫朴

芃芃棫朴，①薪之槱②之。济济辟王，③左右趣之。

济济辟王，左右奉璋④。奉璋峨峨⑤，髦士攸宜。

淠彼泾舟，⑥烝徒楫之。⑦周王于迈⑧，六师及之。

倬彼云汉，⑨为章于天。周王寿考，遐不⑩作人。

追琢其章⑪，金玉其相⑫。勉勉我王，纲纪⑬四方。

译文：

棫朴丛生枝繁茂，砍作木柴祭天神。文王庄严又恭敬，群臣簇拥在两旁。

周王气度美无伦，助祭众臣捧玉璋。手捧璋瓒仪容佳，国士得体是俊贤。

舟行泾水波光碎，众人举桨齐划船。文王挥戈去远征，六军扬旗紧相随。

浩瀚银河漫无边，星光璀璨耀满天。万寿无疆我文王，培养人才谋虑全。

精雕细琢美容止，如金如玉品质佳。勤勉不已我文王，治理天下统四方。

注释：

①芃芃（péng péng）：植物茂盛貌。棫（yù）：白桵（ruǐ）。

朴：枹（bāo）木。二者均为灌木名。

②槱（yóu）：积聚木柴以备燃烧。

③济济：端庄礼敬貌。辟王：君王。指周文王。

④璋：古贵族祭祀用的礼器，玉制。

⑤峨峨：庄严貌。

⑥淠（pì）：舟行。泾：水名，源出甘肃，东南流入陕西，注于渭水，有泾清渭浊之称。此句意为划船行经泾水。

⑦烝徒：众人。楫：用桨划船。之：指船。

⑧于迈：往行，此指周王出征。

⑨倬（zhuō）：广大貌。彼：那。云汉：银河。

⑩遐不：何不。

⑪追（duī）：通“雕”。章：文章，文采。意为精雕细琢文章、仪态等。

⑫相：本质。

⑬纲纪：治理。

赏析：

方玉润《诗经原始》云：“《棫朴》，文王能作士也。……其作人之盛也，既美其质，复琢其章，故能焕发成采，如‘彼云汉’之‘为章于天’矣，岂不倬然也哉？及其归心也，莫大乎承祭与征伐。文王承祭，‘奉璋峨峨’，无非‘髦士攸宜’，则其作文德之士也可知。文王征伐，六师扈从，有似‘烝徒楫’舟，则其作武勇之士也又可见。盖非徒能官人而已，又有以作之，使其振兴鼓舞而变化焉。此周之人才所以独盛于唐虞三代上也。然岂一朝一夕之故哉？‘周王寿考’，始见成功。故虽有圣人在上，亦必久于其道，而后天下化成。‘才难’之叹，不益信欤？”

旱麓

瞻彼旱麓，[1]榛楛济济。[2]岂弟[3]君子，干[4]禄岂弟。

瑟彼玉瓒，[5]黄流[6]在中。岂弟君子，福禄攸降。

鸢飞戾天，鱼跃于渊。岂弟君子，遐不作人？

清酒既载，骍牡既备，以享以祀，以介景福。

瑟彼柞棫，⑦民所燎⑧矣。岂弟君子，神所劳⑨矣。

莫莫葛藟，⑩施于条枚。⑪岂弟君子，求福不回⑫。

译文：

遥望那旱山山麓，榛树楛树密丛生。平易近人好君子，和乐平易就幸福。

圭瓒酒器鲜洁亮，金勺注满秬鬯香。平易近人好君子，天降福禄令人喜。

鹞鹰展翅上青天，鱼儿摇尾在深渊。平易近人好君子，怎能不培育人才？

清醇甜酒已满斟，红色公牛做牺牲。奉上祭品来祭祀，祈求更大的福气。

柞树棫树密丛丛，用它烧火祭神灵。平易近人好君子，天神将赐福于他。

葛藤茂密绵延长，蔓延缠绕枝条上。平易近人好君子，求福不违背正道。

注释：

①瞻彼：看那。旱：山名。旱山在陕西南郑县西南。麓：山脚。

②榛：树名。楛（hù）：树名，似荆而赤。济济：众多。

③岂弟：同“恺悌”，快乐平易。

④干：求。

⑤瑟：鲜洁貌。彼：那。下同。玉瓒（zàn）：圭瓒，天子祭祀时用的酒器。古代以玉圭为柄的酒勺，用以舀秬鬯（jù chàng）。

⑥黄流：即秬鬯，用黑黍和香草酿成的酒，用于祭祀。

⑦瑟：众密。柞、棫：均树木名。

⑧燎（liǎo）：焚烧，此指燔柴祭天。

⑨劳：慰劳，保佑。

⑩莫莫：茂盛貌。葛藟（lěi）：葛藤。

⑪施（yì）：伸展蔓延。于：在。条枚：树枝和树干。

⑫回：违背正道。

赏析：

这首大抵咏周人祭祀而获福，通篇显示了温文尔雅的君子之风。首章以密密丛生的榛树与楛树起兴，烘托了兴旺昌盛的社会环境。从祭祀场面来看，既有玉瓒黄流，又有清酒骍牡，色彩斑斓。从诗人内心来看，既有“福禄攸降”的良好祝愿，又有“遐不作人”的强烈期盼。一切都紧扣一个主题：和易近人的君子，由于他的恭敬虔诚、不违正道，自然能得到赐予的福禄。

思　齐

思齐大任，①文王之母。思媚周姜，②京室之妇。大姒嗣徽音，③则百斯男。

惠于宗公，神罔时怨，神罔时恫④。刑于寡妻，⑤至于兄弟，以御⑥于家邦。

雝雝⑦在宫，肃肃在庙。不显⑧亦临，无射⑨亦保。

肆戎疾不殄，⑩烈假不瑕⑪。不闻亦式，不谏亦入。

肆成人有德，小子有造。古之人无斁⑫，誉髦⑬斯士。

译文：

端庄娴静是太任，周文王的好母亲。贤淑美好是太姜，王室之妇居周京。太姒美誉能传承，养育儿孙家门兴。

文王孝顺敬祖宗，祖宗神灵无所怨，祖宗神灵无伤痛。示范嫡妻作典型，同时亦能表兄弟，治理家国树良风。

宫廷内部真和睦，宗庙里亦很恭敬。暗处亦有备监临，修身不倦保安宁。

如今西戎不为患，瘟疫恶疾去无踪。未闻之事亦合度，无有谏诤亦兼听。

如今成人有德行，后生小子有造就。文王育人勤不倦，士子载誉皆俊秀。

注释：

①思：发语词。下同。齐（zhāi）：通“斋”，端庄貌。大任：太任，王季之妻，文王之母。

②媚：敬重。周姜：即太姜。古公亶父之妻，王季之母，文王之祖母。

③大姒：太姒，文王妻。嗣：继承。徽音：美誉。

④恫（tōng）：哀痛。

⑤刑：通“型”，典型，典范。寡妻：嫡妻。此句意为可作嫡妻典范。

⑥御：治理。

⑦雝雝（yōng yōng）：和气。

⑧不显：不明，幽隐之处。

⑨无射（yì）：即“无斁”，不厌倦。

⑩戎疾：西戎之患。殄：残害，灭绝。此句意为如今西戎之患已解除。

⑪烈假：瘟疫恶疾。瑕：通“遐”，远去。此句意为无瘟疫恶疾等情况。

⑫无斁（yì）：无厌。

⑬髦：俊，优秀。

赏析：

方玉润《诗经原始》云：“故此诗当以刑于数语为主。首章大任，逆溯其源。末二章戎疾、造士，顺征其效。三章宫庙，则虚写其刑于气象。所谓德修于内而化成乎天下者，非文王而能若是乎？”诗从“周室三母”大任、周姜、大姒起笔，进而铺陈文王修身、齐家、治国之事，从多个角度，如祀神、治家、理政、育人等方面表现文王的美德。

皇矣

皇矣上帝，临下有赫。监视四方，求民之莫[①]。维此二国[②]，其政不获。维彼四国[③]，爰究爰度。上帝耆[④]之，憎其式廓。乃眷西顾，此维与宅。

作之屏之，[⑤]其菑其翳。[⑥]修之平之，其灌其栵。[⑦]启之辟之，其柽其椐。[⑧]攘之剔之，[⑨]其檿其柘。[⑩]帝迁明德，串夷载路。[⑪]天立厥配，受命既固。

帝省其山[⑫]，柞棫斯拔，松柏斯兑[⑬]。帝作邦作对，[⑭]自大伯王季。[⑮]维此王季，因心则友。则友其兄，则笃其庆[⑯]，载锡之光。受禄无丧，奄有[⑰]四方。

维此王季，帝度其心，貊[⑱]其德音。其德克明，克明克类，[⑲]克长克君，王此大邦，克顺克比。[⑳]比于文王，其德靡悔。既受帝祉，施于孙子。

帝谓文王：无然畔援[㉑]，无然歆羡，诞先登于岸。[㉒]密[㉓]人不恭，敢距大邦，侵阮徂共。王赫斯怒，爰整其旅，以按徂旅[㉔]。以笃于周祜，以对[㉕]于天下。

依其在京，侵自阮疆。陟我高冈，无矢[㉖]我陵。我陵我阿，无饮我泉，我泉我池。度其鲜[㉗]原，居岐之阳，在渭之将[㉘]。万邦之方，下民之王。

帝谓文王：予怀明德，不大声以色[㉙]，不长夏以革。[㉚]不识不知，顺帝之则。帝谓文王：询尔仇方[㉛]，同尔兄弟。以尔钩援[㉜]，与尔临冲[㉝]，以伐崇墉。[㉞]

临冲闲闲[㉟]，崇墉言言，执讯连连，攸馘安安。[㊱]是类是祃，[㊲]是致是附，[㊳]四方以无侮。临冲茀茀[㊴]，崇墉仡仡[㊵]，是伐是肆[㊶]，是绝是忽[㊷]，四方以无拂[㊸]。

译文：

天帝伟大又辉煌，俯视人间目光炯。监察四方得与失，唯求百姓能安定。想起夏商这两朝，政令昏乱失人心。考量各方诸侯国，谁人可将美政行。天帝降命在周国，扩展疆域助经营。心怀圣宠向西望，旋将岐山赐周王。

砍伐山林清杂树，枯木朽株都推倒。精心修剪勤治理，绿树成行枝杈簇。拓展土地辟道路，柽柳椐木全砍掉。剔除坏树留好树，山桑黄桑不可少。天帝护佑明德君，犬戎部族败退逃。天帝立下贤明君，受命于天家国固。

天帝视察岐山地，柞树棫树已砍完，苍松翠柏挺直立。天帝为周兴邦国，太伯王季始功建。就是先祖好王季，真心友爱品性佳。敬兄事长心肠好，致使福庆不断增。天赐荣耀多显赫，永享福禄周国兴，广有天下四方民。

就是这位好王季，天帝度他心敞亮，令其美誉传四方。他品德清明端正，是非善恶分辨清，师长国君身兼容。统领如此泱泱国，君臣相亲民心向。待到文王即位时，德行无瑕真高尚。诚心接受天赐福，延及子孙万代长。

天帝告诫周文王：没有主见会迷惘，意志坚定勿妄想，先据要路图自强。密国人竟不恭顺，胆敢抗拒周大邦，侵阮伐共甚嚣张。文王闻之勃然怒，整顿军队奋勇剿，痛击敌人声威壮。周族国运得巩固，四方遂安乐陶陶。

文王安然在周京，将士息兵回军营。登上高冈四处望，不许陈兵在丘陵，丘陵连绵气象新；不许饮用我泉水，清泉绿池亮晶晶。文王审察那山野，占据岐山南边地，正好在那渭水旁。身为万国效法样，黎民归顺喜扬扬。

天帝告知周文王，天性明德我赞赏，不重疾言与厉色，莫依刑具仗兵革。如同春风化雨般，天帝意旨遵莫忘。天帝还对文王语，要与盟国多商量，联合同姓诸侯国。用你钩梯攀缘上，攻城车辆猛进攻，攻破那崇国城墙。

临车冲车气势豪，崇国都城高且固。捉来俘虏排成阵，割取敌耳甚从容。祭祀天神求胜利，招致降敌安抚好，四方轻侮从此消。临车冲车威力强，崇国都城高又长。纵兵进击士气旺，顽敌全部消灭光，四方自此不敢抗。

注释：

①莫：安定。一说通“瘼”，疾苦。

②二国：指夏和殷。古人常以夏商兴衰为戒。

③四国：四方的侯国。

④耆（qí）：恶。一说为考察。据朱熹《诗集传》：“耆、憎、式廓，未详其义。或曰：耆，致也；憎，当作增；式廓，犹言规模也。此谓岐周之地也。”

⑤作：通“斫”，砍。屏（bǐng）：除去。意为砍伐山林，除去那些杂树。

⑥其：助词。下同。菑（zì）：枯死而未倒的树。翳（yì）：通“殪”，树倒地枯死。

⑦灌：丛生。栵（lì）：再生枝条。

⑧柽（chēng）：三春柳。椐（jū）：灵寿树。

⑨攘（rǎng）：排除。剔：剔除。之：前文提到的杂树坏枝。

⑩檿（yǎn）：山桑。柘（zhè）：树名，黄桑。

⑪串夷：即昆夷，亦即犬戎，西戎的一种。载：则。路：通“露”，失败。太王初居豳，因犬戎之患而迁至岐周，其后击败犬戎。

⑫省：察看。山：指岐山，在今陕西省。意为天帝视察岐山。

⑬兑：直立。

⑭作：造就。邦：指周国。对：匹配，指与天相配的君主。作对：作配，即为君。意为天帝为周国兴建邦国。

⑮大伯：即太伯，太王长子。次子虞仲，三子季历。季历之子昌，贤而有才，太王欲立季历以传昌。太伯、虞仲得知其心事，便逃往吴地，以让季历。太王卒，季历为君，其后传位于昌，是为文王。

⑯笃其庆：厚其亲。

⑰奄有：广有。奄：覆盖，包括。

⑱貊（mò）：引作“莫”。《广雅·释诂》：“莫，布也。”

⑲克：能。下同。明：明察是非。类：分辨善恶。

⑳顺：使民顺从。比：使民亲附。

㉑畔援：犹“盘桓”，今之没有主见，三心二意之意。朱熹《诗集传》：“畔，离畔也；援，攀缘也。言舍此而取彼也。”

㉒诞：发语词。岸：喻高位。此句指先占据有利的地位。

㉓密：与下文的“阮”“共”均为古国名，在今甘肃一带，当时皆为周之属国。

㉔按：通“遏”，阻止。旅：通“莒”。《孟子·梁惠王》引此句即作“以遏徂莒”。莒当为密、周邻接之地。意为阻止前来侵阮、侵共的密国军队。

㉕对：安定。

㉖矢：陈列。此指陈兵。

㉗鲜（xiǎn）：犹“巘”，小山。

㉘将：侧。

㉙色：严厉的脸色。

㉚长：《广雅·释诂》：“长，挟也。”夏：夏楚，教刑之具。革：鞭革，官刑之具。意为不倚仗刑具兵戈来治国。

㉛仇方：与国，指邻国。仇：匹配，伴侣。方：犹邦。

㉜钩援：古代攻城的兵器。以钩钩入城墙，牵钩绳攀缘而登。

㉝临冲：两种军车名。临车上有望楼，用以瞭望敌人，也可居高临下地攻城。冲车则从墙下直冲城墙。

㉞崇：古国名，在今陕西西安、户县一带，殷末崇侯虎即崇国国君，《尚书·大传》有“文王六年伐崇”的记载。墉：城墙。意为讨伐攻破崇国城墙。

㉟闲闲：整齐貌。据《广雅·释训》：“闲闲，盛也。”

㊱攸：所。馘（guó）：从敌首级上割左耳以计数献功。安安：从容貌。

㊲是：乃，于是。下同。类：出征前祭神。祃（mà）：至所征地祭神。或谓祭马神。

㊳致：招致敌人投降。附：通“拊”，安抚。

㊴茀茀（fú fú）：强盛貌。

㊵仡仡（yì yì）：高耸貌。

㊶肆：纵兵进击。

㊷忽：灭绝。

㊸拂：违抗。

赏析：

《毛诗序》：“《皇矣》，美周也。天监代殷，莫若周，周世世修德，莫若文王。”《笺》：“监，视也。天视四方可以代殷王天下者，维有周耳。世世修行道德，唯有文王盛耳。”又朱熹《诗集传》：“此诗叙太王、太伯、王季之德，以及文王伐密伐崇之事也。”这是一首叙述周王先祖功德的颂诗，是周部族多篇开国史诗之一。

灵 台

经始灵台，①经之营之，庶民攻②之，不日成之。经始勿亟③，庶民子来。

王在灵囿，麀鹿攸伏；④麀鹿濯濯⑤，白鸟翯翯⑥。王在灵沼，於牣⑦鱼跃。

虡业维枞，⑧贲鼓维镛。⑨於论⑩鼓钟，於乐辟雍⑪。

於论鼓钟，於乐辟雍。鼍鼓逢逢，⑫矇瞍奏公。⑬

译文：

开始规划筑灵台，经营筹备诸项事。百姓动手齐努力，转瞬落成真气派。周王规劝莫着急，人民如子踊跃来。

周王观赏在灵囿，喜见母鹿卧草丛。母鹿肥壮毛色亮，白鸟羽鲜晴空舞。君王游览至灵沼，得见鱼儿满池跃。

钟架横板耸崇牙，大鼓大钟齐悬挂。钟声鼓声韵律齐，周王离宫乐不归。

钟声鼓声韵律齐，周王离宫乐不归。敲起鼍鼓声嘭嘭，乐师一曲彻云霄。

注释：

①经始：开始计划营建。灵台：台名，在陕西西安市西北。下章灵囿、灵沼同。

②攻：建造。

③亟：同“急”。

④麀（yōu）鹿：雌鹿。攸：语气助词。伏：卧。

⑤濯濯（zhuó zhuó）：肥美润泽貌。

⑥翯翯（hè hè）：洁白肥泽貌。

⑦牣（rèn）：满。

⑧虡（jù）：悬钟的木架。业：装在虡上的横板。枞（cōng）：大板上所刻的一排锯齿，饰以彩色，其状隆然，亦谓之崇牙。为悬挂钟磬之。意为钟架横板上刻着一排锯齿，以挂钟磬。

⑨贲（fén）：借为“鼖”，大鼓。镛：大钟。意为大鼓大钟皆悬挂。

⑩论：通“伦”，排列有序。

⑪辟（bì）雍：周王离宫名。辟通“璧”。雍：水被壅塞而成的池沼。应是离宫中有池沼，圆如璧，故以辟雍名此离宫。戴震《毛郑诗考证》：“辟雍于经无明文。……此诗灵台、灵沼、灵囿与辟雍连称，抑文王之离宫乎？闲燕则游止肆乐于此，不必以为太学，于诗辞前后尤协矣。”

⑫鼍（tuó）鼓：鳄鱼皮制的鼓。逢逢（péng péng）：鼓声。

⑬矇瞍（méng sǒu）：盲人。其中有眸而无见曰矇，无眸曰瞍。古以盲人作乐师。奏公：指演奏乐器。公：通“功”。

赏析：

《毛诗序》云：“《灵台》，民始附也。文王受命，而民乐其有灵德，以及鸟兽昆虫焉。”似乎是借百姓为周王建造灵台、辟廱来说明文王有德使人民乐于归附。而实际上，《孟子·梁惠王篇》中所说似乎更为合乎文意：“文王以民力为台为沼，而民欢乐之，谓其台曰灵台，谓其沼曰灵沼，乐其有麋鹿鱼鳖。古之人与民偕乐，故能乐也。”我们可以看到，从娱神到自娱，从对祖先亡灵的虔诚敬畏到对现实享受的怡然自得，诗歌开始挣脱宗教祭坛的束缚，试图寻求独自发展的道路。

下　武

下武维周，①世有哲王。三后②在天，王配于京。③
王配于京，世德作求。④永言配命，⑤成王之孚⑥。
成王之孚，下土之式。永言孝思⑦，孝思维则。
媚兹一人，应侯顺德。⑧永言孝思，昭哉嗣服。⑨
昭兹来许⑩，绳其祖武。⑪于万斯年，受天之祜。
受天之祜，四方来贺。于万斯年，不遐有佐。

译文：

承继祖先看周邦，江山代代有贤王。三世先君佑下土，武王受命居镐京。

武王受命居镐京，德行配祖显荣光。上应天意永牢记，成王需令天下信。

王者诚信传四方，以身作则御家邦。时时尽孝遵祖训，祖训告诫法先王。

四方拥戴周天子，保有善德美名扬。谨遵祖训德泽长，社稷未来足显耀。

社稷未来多辉煌，遵循祖先好榜样。大周基业万年固，天赐洪福国祚长。

天赐洪福国祚长，四方诸侯来祝贺。大周基业万年固，何愁没人来辅佐！

注释：

①下武：后继。下：后。武：继承。维周：只有周家。后人能继先祖的，只有周家。

②三后：指周的三位先王，即太王、王季、文王。

③王：指武王。配：配天，秉承天命。于：在，居住。京：指周的都城镐京。

④世德：代代相传的美德。求：通“逑”，匹配。意为美德匹配祖先的代代相传。

⑤言：语气助词。命：天命。意为天命应永牢记。

⑥孚：信。据《诗集传》：“能成王者之信于天下也。”

⑦孝思：孝心。一说“孝”指所有的美德。王引之《经义述闻》：“孝者美德之通称，非谓孝弟之孝。”

⑧应侯顺德：当乃顺从祖德。侯：语气词，同“维”。顺德：犹善德。

⑨昭：光明，显耀。哉：助词。嗣：后代。服：事业。

⑩来许：后世，后进。

⑪绳：承。其：助词。武：足迹。祖武：祖迹，祖业。

赏析：

《毛诗序》：“《下武》，继文也。武王有圣德，复受天命，能昭先人之功焉。”《笺》：“继文者，继文王之王业而成之。昭，明也。”此诗是为赞美周武王等能继承先王德业而作。在史家和文人眼中，国君若不行德治，即使武功盖世，也不在赞颂之列。此诗歌颂周武王，不在其一举伐殷而有天下的显赫武功上落墨，而是言其能继承祖业，以德化人。

文王有声

文王有声，遹骏有声，①遹求厥宁，遹观厥成。②文王烝③哉！
文王受命，有此武功；既伐于崇④，作邑于丰⑤。文王烝哉！
筑城伊淢，⑥作丰伊匹⑦。匪棘其欲，遹追来孝。王后烝哉！
王公伊濯，⑧维丰之垣。四方攸同，王后维翰⑨。王后烝哉！
丰水东注，维禹之绩。四方攸同，皇王维辟⑩。皇王烝哉！
镐京辟廱，⑪自西自东，自南自北，无思不服。皇王烝哉！
考卜维王，宅是镐京。⑫维龟正之，武王成之。武王烝哉！

丰水有芑，武王岂不仕！诒厥孙谋，[13]以燕翼子。[14]武王烝哉！

译文：

文王为政好声望，如雷贯耳美名盛。但求民众得安宁，终见功成国运昌。文王是个贤明君！

文王受命于上天，武功赫赫威名显。举兵攻克那崇国，又迁丰地建都城。文王是个贤明君！

挖好城壕筑城墙，建筑丰城极相称。不贪私欲品行正，用心尽孝为周邦。君王真是个明君！

文王功绩自昭彰，犹如丰邑那垣墙。四方诸侯来归附，君王为梁稳天下。君王真个是明君！

丰水奔流向东方，大禹功绩不可忘。四方诸侯来归附，大王是为好榜样。大王真个是明君！

建成离宫镐京旁，自那西边朝向东，又从北方到南方，无人不心悦诚服。大王真个是明君！

占卜我王求吉祥，定此镐京为都城。龟卜卦此为吉兆，武王建都得颂扬。武王真个是明君！

丰水岸边杞柳壮，武王任重岂不忙？留下治国好策略，庇荫子孙家国安。武王真个是明君！

注释：

①遹（yù）：语气助词。下同。骏（jùn）：大。据陈奂《诗毛氏传疏》："全诗多言'曰''聿'，唯此篇四言'遹'，遹即曰、聿，为发语之词。《说文》……引诗'欥求厥宁'。从欠曰，会意，是发声。当以欥为正字，曰、聿、遹三字皆假借字。"有声：声名显赫。

②观：示人。厥：其。成：成功。

③烝：君道。《尔雅》释"烝"为"君"。又陆德明《经典释文》引韩诗云："烝，美也。"可知此诗中八用"烝"字皆为叹美君主之词。

④崇：殷时诸侯国，在今陕西户县。殷末其国君是崇侯虎，周文王曾讨伐之。

⑤丰：在今陕西西安沣水西岸，原为崇地，文王伐崇后建城于此。

⑥筑城：筑建城墙。伊：语气助词。淢（xù）：护城河。

⑦匹：配合，相称。

⑧公：通“功”。濯（zhuó）：本义是洗涤，引申有“光大”义。意为文王功绩彪炳。

⑨翰：骨干。

⑩辟：君。

⑪镐（hào）：周武王建立的西周国都，故地在今陕西西安沣水以东的昆明池北岸。京：都城。辟廱：西周王朝所建天子行礼奏乐的离宫。

⑫宅：建宅定居。是：此。意为将镐京定为都城。

⑬诒：传，遗留。孙：借为“逊”，顺，善。此句意为为子孙定下治国好策略。

⑭燕：安。翼：庇护。意为庇护子孙家国安全。

赏析：

朱熹《诗集传》云：“此诗言文王迁丰、武王迁镐之事。”周文王、周武王是父子两代，按时间先后顺序来谋篇布局，又各有侧重。恰如方玉润所说：“言文王者，偏曰伐崇‘武功’，言武王者，偏曰‘镐京辟廱’，武中寓文，文中有武。不独两圣兼资之妙，抑亦文章幻化之奇，则更变中之变矣！”

生民之什

生　民

厥初生民，时维姜嫄[1]，生民如何？克禋[2]克祀，以弗无子。[3]履帝武敏歆，[4]攸介攸止，[5]载震载夙，[6]载生载育，时维后稷。

诞弥厥月，[7]先生如达。[8]不坼不副，[9]无菑[10]无害，以赫厥灵。上帝不宁，不康禋祀，居然生子。

诞寘之隘巷，[11]牛羊腓字之。[12]诞寘之平林，会伐平林。诞寘之寒冰，鸟复翼之。鸟乃去矣，后稷呱矣。实覃实訏，[13]厥声载路。

诞实匍匐，克岐克嶷，[14]以就口食。蓺之荏菽，[15]荏菽旆旆[16]。禾役穟穟，[17]麻麦幪幪[18]，瓜瓞唪唪[19]。

诞后稷之穑，有相之道。茀[20]厥丰草，种之黄茂[21]。实方实苞，实种实褎[22]，实发实秀，[23]实坚实好，实颖实栗。[24]即有邰[25]家室。

诞降嘉种，维秬维秠，[26]维穈维芑。[27]恒[28]之秬秠，是获是亩；恒之穈芑，是任是负。[29]以归肇祀。

诞我祀如何？或舂或揄[30]，或簸或蹂；[31]释之叟叟，[32]烝之浮浮；[33]载谋载惟，取萧祭脂，取羝以軷[34]；载燔载烈，以兴嗣岁。[35]

卬[36]盛于豆，于豆于登，[37]其香始升。上帝居歆，[38]胡臭亶时。[39]后稷肇祀，庶无罪悔，以迄于今。

译文：

谁人生下周先祖，此人名字为姜嫄。如何生下周族人？全靠祈祷祭上天，无子之灾方得免。脚踩天帝足趾印，神灵佑护心虔诚。妊娠之后恭谨肃，娇儿生下勤养育，即是后稷周先祖。

怀孕足月产期满，头胎分娩很顺当。产门不破也不裂，安全无恙人平安，可见神异不寻常。天帝心中甚安慰，全心全意来祭享，庆幸平安生儿郎。

新生婴儿弃小巷，牛羊仁慈庇护他。再将婴儿丢林中，遇上樵夫救起他。又置婴儿寒冰上，大鸟翅翼温暖他。待到大鸟终飞去，后稷这才哇哇啼。哭声又长又洪亮，路人皆闻很惊讶。

后稷刚刚会爬行，就已开窍很聪明，自行觅食显本领。稍长就会种大豆，长势茁壮甚喜人。种出禾穗沉甸甸，栽种麻麦密又盛，大小瓜果数不清。

后稷擅长种庄稼，助苗生长有办法。茂密杂草全除去，挑选嘉禾播好种。先是吐芽后含苞，由短到长节节冒，拔节抽穗又结实，颗粒饱满成色好，禾穗沉甸收成好，足可善颐养家室。

上天仁慈赐良种，黑秬双秠是佳黍，红穈白芑是上品。遍地种上秬和秠，收割堆垛忙得欢。满目皆是穈和芑，肩担背扛无停歇，忙完农活祭先祖。

要问祭祀怎么样？有人舂谷和舀米，有人簸粮和筛糠。水中淘米簌簌响，蒸饭热气腾腾香。开祭大典共筹谋，香蒿牛脂味芬芳。宰杀公羊剥去皮，又烧又烤供神享，祈求来年更兴旺。

祭品装在碗盘中，木碗陶盆派用场，香气弥漫满厅堂。天帝降临来安享，贡品滋味实在香。后稷始创祭祀礼，祈神佑护免祸殃，沿用至今好传统。

注释：

①姜嫄（yuán）：传说中有邰氏之女，帝喾之妃，周始祖后稷之母。

②禋（yīn）：祭天的典礼，先烧柴升烟，再加牲体或玉帛于柴上焚烧。

③以弗无子：用来除去无子之灾。弗：通“祓”，指除灾去邪。

④履：踏。武：足迹。敏：借为“拇”，脚拇趾。歆：心有所感之态。

⑤介：通“祄”，神保佑。止：通“祉”，神降福。这是踏脚印会得孕，是神话。

⑥震：指震动。夙：通“肃”，指姜嫄怀孕后神态严肃。

⑦诞：迨，到了。弥：满。意指到了怀孕足月的时候。

⑧先生：头生，头胎。如：而。达：滑利。

⑨不坼（chè）不副（pì）：生产时产门没有破裂。坼：裂开。副：破裂。

⑩菑（zāi）：同“灾”。

⑪寘（zhì）：弃置。此几句意为：姜嫄恐“履帝武”孕受罚，故有“帝不宁”之忧，而居然生后稷，故以不祥而弃之。

⑫腓（féi）：庇护。字：慈爱。意为牛羊仁慈，庇护这个新生婴儿。

⑬实：实在。覃（tán）：长。訏（xū）：大。

⑭岐：知意。嶷（yí）：识。意指有见识很聪明。

⑮蓺（yì）：同“艺”，种植。之：助词。荏（rěn）菽：大豆。

⑯旆旆（pèi pèi）：茂盛貌。

⑰禾役：即“禾颖”，禾穗。穟穟：禾穗丰硕下垂的样子。

⑱幪幪（měng měng）：茂盛貌。

⑲唪唪（běng běng）：果实累累的样子。

⑳茀（fú）：除去，拔除。

㉑黄茂：嘉谷，指优良品种，即黍、稷。孔颖达疏：“谷之黄色者，惟黍、稷耳。黍、稷，谷之善者，故云嘉谷也。”

㉒褎（yòu）：禾苗渐渐长高。

㉓实：果实。下同。发：禾茎挺拔舒展。秀：结穗。

㉔颖：谷穗沉甸下垂。栗：犹言“栗栗”，指谷穗众多。

㉕邰（tái）：姜嫄的国名，今在陕西武功县西南。

㉖维：助词。下同。秬（jù）：黑黍。秠（pī）：黍的一种，一个黍壳中含有两粒黍米。

㉗穈（mén）：赤苗，红米。芑（qǐ）：白苗，白米。

㉘恒：通“亘”，遍，满。

㉙任：肩挑。负：背负。此句意为或肩挑或背负着粮食不停歇。

㉚揄（yóu）：舀取。

㉛或：有人。簸：扬米去糠。蹂：以手搓余剩的谷皮。

㉜释：淘米。之：助词。下同。叟叟：淘米声。

㉝烝：同“蒸”。浮浮：热气上升貌。

㉞羝（dī）：公羊。軷（bō）：剥羊之皮。意为宰杀公羊，剥去其皮。

㉟以：用来。兴：兴旺。嗣岁：来年。

㊱卬：通“昂”，我。

㊲于：在。豆：木制盛熟物的高脚容器。登：盛汤用的陶制碗。

㊳居：安，一说为语气助词。歆：飨，享受。意为天帝前来享受祭礼。

㊴胡臭（xiù）：大芳香。臭：香气。亶：确实。时：善，好。

赏析：

《毛诗序》：“《生民》，尊祖也。后稷生于姜嫄，文武之功起于后稷，故推以配天焉。”这是周人叙述其民族始祖后稷事迹以祭祀之的长篇史诗，全诗神话与现实相结合，稚拙而又颇具想象力地叙述了一个周人祖先后稷诞生的奇异故事；又通过生动细腻地描摹，让读者看到了我国农业文明发生发展的恢宏图景。

行苇

敦彼行苇，①牛羊弗践履。方苞方体，②维叶泥泥③。戚戚④兄弟，莫远具尔。⑤或肆之筵，或授之几。

肆筵设席，授几有缉御⑥。或献或酢，洗爵奠斝。⑦醓醢以荐，⑧或燔或炙。嘉殽脾臄，⑨或歌或咢⑩。

敦弓既坚，⑪四鍭既钧，⑫舍矢既均，⑬序宾以贤。⑭敦弓既句，既挟四鍭。四鍭如树，序宾以不侮。

曾孙维主，酒醴维醹，⑮酌以大斗，以祈黄耇。黄耇台背，⑯以引以翼。⑰寿考维祺，以介景福。

译文：

路旁苇丛簇簇生，莫让牛羊来践踏。芦苇含苞初成形，叶儿润泽有光彩。同胞兄弟应亲近，切莫疏远要友爱。铺上筵席迎嘉宾，摆好几案把客迎。

铺筵设席忙不停，侍者轮番上佳肴。主宾酬酢共畅饮，洗杯捧盏兴致高。奉上肉酱请君品，或烧或烤滋味美。牛胃牛舌味极佳，欢歌击鼓皆欢喜。

雕弓拽满势强劲，四支利箭分量匀；嗖嗖放箭中靶心，较量射技排座次。雕弓张开弦紧绷，利箭四支手持定。箭箭直立在靶心，待客以礼莫敢轻。

此间主人是曾孙，甜酒佳酿味香醇。大杯斟满表敬意，祝福老者年寿高。年迈略有些蹒跚，左搀右扶气度佳。长寿之人多祥瑞，福祉绵长人称颂。

注释：

①敦（tuán）彼：苇草丛生貌。敦：聚集。行（háng）苇：路边的芦苇。

②苞：含苞。体：成形。此句意为芦苇含苞刚成形。

③泥泥：苇叶润泽貌。

④戚戚：亲热貌。

⑤莫：不要。远：疏远。具：通“俱”。尔：同“迩”，近。

⑥缉御：相继有人侍候。缉：连续。御：侍者。

⑦洗爵：周时礼制，主人敬酒，取几上之杯先洗一下，再斟酒献客，客人回敬主人也是如此。爵：古酒器，青铜制，一侧有鋬，下有三足。奠、斝（jiǎ）：二者均为古代青铜制酒器，此处意为敬酒。

⑧醓（tǎn）：多汁的肉酱。醢（hǎi）：肉酱。意为奉上多汁的肉酱请君品尝。

⑨嘉：好。殽：菜肴。脾（pí）：通“膍”，牛胃。臄（jué）：牛舌。

⑩咢（è）：只击鼓，不唱歌。

⑪敦（diāo）：通“雕”。坚：坚固，坚劲。意为雕弓射程强劲。

⑫鍭（hóu）：一种箭，金属箭头，鸟羽箭尾。钧：同“均”，指金属箭头、箭杆分量匀称。意指四支利箭分量匀称。

⑬舍矢：放箭。既：已。均：射中。

⑭序宾：安排宾客在宴席上的座位次序。以：根据。贤：此指射技的高低。

⑮醴（lǐ）：甜酒。醹（rú）：酒质醇厚。意指甜酒味道香醇。

⑯黄耇（gǒu）：年高长寿的老人。台：同“鲐”，鲐鱼背有黑纹。指老人如鲐鱼般背有老斑或黑纹，或指背驼，皆为老态龙钟之意。

⑰引：引导。翼：辅助。此句意为对老人在前边或旁侧牵引辅助。

赏析：

《毛诗序》云：“《行苇》，忠厚也。周家忠厚，仁及草木，故能内睦九族，外尊事黄耇，养老乞言，以成其福禄焉。”这首诗由起兴开篇，阐明贵族的仁义之心尚可惠及草木，对于族人兄弟自然更是优待。诗人通过设宴、比射、敬老祈福几个方面的细腻描写和传神刻画，极力渲染了统治者与族人间的关系，以及对长者的尊敬之意。

既醉

既醉以酒，既饱以德。君子万年，介尔景福。

既醉以酒，尔肴既将①。君子万年，介尔昭明。

昭明有融②，高朗令终③。令终有俶④，公尸嘉告。⑤

其告维何？笾豆静嘉。朋友攸摄⑥，摄以威仪。

威仪孔时，君子有孝子。孝子不匮，永锡尔类。⑦

其类维何？室家之壸⑧。君子万年，永锡祚胤。⑨

其胤维何？天被尔禄。君子万年，景命有仆。⑩

其仆维何？釐尔女士。[11]釐尔女士，从以孙子。

译文：

君王赐酒酩酊醉，赐予美食受恩惠。敬祝君王万万岁，世代永享福禄瑞。

君王赐酒酩酊醉，又奉佳肴和美馔。敬祝君王万万岁，美名大德永传扬。

光明前程真远大，高风亮节有善终。善终必因有善始，神前多把美辞颂。

神前美辞颂何者？祭祀佳品皆净洁。朋友宾客齐助祭，祭礼威严又隆重。

祭祀礼仪很周详，均赞君王好嫡传。孝子贤孙持以恒，家族永享好传承。

家族传承是为何？精心治家得安宁。敬祝君王万年寿，天赐子孙福满门。

子孙后代何模样？福禄富贵天赐予。敬祝君王万万岁，天授吉祥永相随！

天命如何永相伴？天赐才女在身旁。有德嫔妃陪在侧，孝子贤孙世代长！

注释：

①将：通“臧”，美好。

②融：十分明亮。

③令终：好的结果。

④俶（chù）：始。

⑤尸：祭祀时装扮成祖先形象接受祭祀的人。祖先为君主诸侯，则称“公尸”。嘉告：以善言祝告，指祭祀时祝官代表尸为主祭者致嘏辞（赐福之辞）。

⑥摄：辅佐，指助祭。

⑦锡（cì）：同“赐”。下同。类：法则。意为家族永享好的

传承。

⑧壸（kǔn）：本义是宫中小道，言深远而严肃也。引申为齐家，治理家庭。

⑨永：永远。祚（zuò）：福。胤（yìn）：后代。

⑩景命：大命，天命。有：拥有。仆：附。《笺》："天之大命又附着于女。"

⑪釐尔女士：予汝女子有士行。釐（lí）：通"赉"，赐予。女士：才女。《郑笺》释为"女而有士行者，谓生淑媛，使为之妃也"。

赏析：

关于此诗的主旨与背景，历来有多种观点。严粲《诗缉》认为："此诗成王祭毕而燕臣也。"朱熹《诗集传》则说此诗是"父兄所以答《行苇》之诗"。程俊英《诗经译注》谓此诗"是周王祭祀祖先，祝官代表神主对主祭者周王的祝辞"。这首诗写周王祭祀祖先和燕飨群臣，通篇都是祝颂之辞，反映了统治者对天下太平踌躇满志，充满信心，且期望这样的局面能够绵延子孙。

凫　鹥

凫鹥在泾，[1]公尸来燕来宁。尔酒既清，尔肴既馨。公尸燕饮，福禄来成[2]。

凫鹥在沙[3]，公尸来燕来宜。尔酒既多，尔肴既嘉。公尸燕饮，福禄来为[4]。

凫鹥在渚，公尸来燕来处。尔酒既湑，尔肴既脯。公尸燕饮，福禄来下。

凫鹥在潨[5]，公尸来燕来宗[6]。既燕于宗，福禄攸降。公尸燕饮，福禄来崇[7]。

凫鹥在亹[8]，公尸来止熏熏。旨酒欣欣，[9]燔炙芬芬。公尸燕饮，无有后艰。

译文：

野鸭鸥鸟聚河上，神主赴宴慰周王。奉上美酒清又醇，所献佳肴味道香。神主来此赴筵宴，洪福厚禄为君降。

野鸭鸥鸟聚沙滩，神主应邀来赴宴。奉上美酒好且多，所献佳肴滋味鲜。神主来此赴筵宴，助君长寿福禄安。

野鸭鸥鸟在洲诸，神主赴宴心欢畅。奉上美酒多清醇，下酒肉干无比香。神主来此赴筵宴，为你降下厚福禄。

野鸭鸥鸟港汊上，神主赴宴位尊贵。宴席设在宗庙里，神赐福禄频降临。神主来此赴筵宴，福禄厚重赐周王。

野鸭鸥鸟在峡门，神主赴宴喜洋洋。美酒畅饮乐陶陶，烧肉烤肉香喷喷。神主来此赴筵宴，从此太平无祸殃。

注释：

①凫（fú）：野鸭。鹥（yī）：鸥鸟。在：聚集。泾（jīng）：径直前流之水。

②成：成就，指以福禄成全之。

③沙：水边沙滩。

④为：助。《郑笺》："为犹助也。助成王也。"

⑤潀（cōng）：众水相会处，即港汊。

⑥宗：尊敬。

⑦崇：重，增加。指重重的福禄。《毛传》："崇，重也。"

⑧亹（mén）：峡中两岸对峙如门处。

⑨"来止熏熏"与"旨酒欣欣"，俞樾《古书疑义举例》认为当作"来止欣欣""旨酒熏熏"。"熏"同"醺"，指酒味。《说文》中云："'薰，香草也。'盖因草之香而引申之，则见香者皆得言薰也。欣、熏字音相同，古书多口授，误倒其文耳。"

赏析：

方玉润《诗经原始》云："姚氏曰：'《序》谓'守成'，泛混。郑氏于上章下曰：'祭祀既毕，明日又设醴而与尸燕。'此说可为诗旨。”说这是一首宴饮公尸的诗，即为“绎祭”。按周礼，祭神灵后还要宴享扮演神灵的尸，称“绎祭”。

假乐

假乐君子，①显显令德。宜民宜人，受禄于天。保右命之，②自天申③之。

干④禄百福，子孙千亿。穆穆皇皇，宜君宜王，不愆不忘，⑤率由旧章。

威仪抑抑⑥，德音秩秩⑦。无怨无恶，率由群匹⑧。受福无疆，四方之纲。

之纲之纪，燕及朋友。百辟卿士，⑨媚⑩于天子。不解于位，民之攸塈⑪。

译文：

周王美好实可敬，美德高尚多昌明。安定民心能用贤，天赐爵禄担大任。上天护佑得授命，一再降福命中定。

百福千禄集于身，繁衍子孙无穷尽。人品磊落德行佳，为君为王总相称。不犯过错不忘本，典章制度谨遵循。

仪表堂堂美姿容，严谨勤政美名扬。不与他人结怨仇，群臣辅佐无二心。无边福禄受于天，四方守法遵王命。

治理四方守纲纪，亲友高朋齐宴席。诸侯卿士多如云，民众共同拥戴君。勤于政事不懈怠，安居乐业民归依。

注释：

①假：同“嘉”，美好。乐：快乐。君子：指成王。

②右：同“佑”，佑助。命：天之令，即上天的旨意。意为上天恩佑得授命。

③申：重复。

④干：应作“千”，形似而误。一说为祈求。

⑤不：表否定。愆（qiān）：过失。忘：糊涂。

⑥抑抑：通“懿懿”，庄美的样子。

⑦秩秩：有秩序。

⑧群匹：群臣。

⑨百辟（bì）：百君，指众诸侯。卿士：泛指文武大臣。

⑩媚：爱戴。

⑪塈（xì）：安宁，归附。

赏析：

关于这首诗的创作背景，历代存有争议。《毛诗序》云：“《假乐》，嘉成王也。”《鲁诗》则认为是美宣王。明末清初何楷《诗经世本古义》认为美武王。晚清王闿运《诗经补笺》说：“假，嘉，嘉礼也，盖冠词。”现代学者如赵逵夫等认为这是一首为周宣王行冠礼的冠词。总而言之，这是一首颂诗，寓讽谕规诫于其中。歌颂的是周王爱民用贤，安抚诸侯臣下，方能国泰民安，守成有功。

公　刘

笃①公刘，匪居匪康，迺埸迺疆，②迺积迺仓；③迺裹糇粮④，于橐于囊，⑤思辑用光。⑥弓矢斯张，干戈戚扬⑦，爰方启行。

笃公刘，于胥⑧斯原。既庶既繁，既顺迺宣，⑨而无永叹。陟则在𪩘⑩，复降在原。何以舟⑪之？维玉及瑶，鞞琫容刀。⑫

笃公刘，逝彼百泉，瞻彼溥原；迺陟南冈，乃觏于京。京师之野，于时处处，于时庐旅⑬，于时言言，于时语语。

笃公刘，于京斯依，跄跄济济，⑭俾筵俾几，既登乃依，乃造其曹。⑮执豕于牢⑯，酌之用匏⑰。食之饮之，君之宗之。

笃公刘，既溥既长，既景迺冈，⑱相其阴阳，⑲观其流泉。其君三单⑳，度其隰原，彻田㉑为粮。度其夕阳㉒，豳居允荒㉓。

笃公刘，于豳斯馆。涉渭为乱㉔，取厉取锻。㉕止基乃理，㉖爰众爰有。㉗夹其皇涧㉘，溯其过涧㉙。止旅迺密，㉚芮鞫之即。㉛

译文：

忠诚厚道好公刘，不图安康和享受。划分疆界治田畴，广囤粮食堆满仓。包好干粮备远游，大袋小袋都装满，民众团结争荣光。佩起弓箭执戈矛，备上盾牌和斧钺，向着前方迈步走。

忠诚厚道好公刘，察看豳地谋虑周。百姓众多紧跟随，民心归顺心舒畅，何须长吁和短叹。忽登山顶放眼望，忽下平原细端详。身上佩带有何物？美玉琼瑶般般有，鞘口玉饰显威风。

忠诚厚道好公刘，循着溪泉岸边走，一望无际好平原。登上高冈放眼望，京师美景收眼底。京师四野多肥沃，在此建都无限好，快快把那宫室修。群情激动走相告，人声鼎沸笑语喧。

忠诚厚道好公刘，定都京师展宏图。大宴宾客威仪盛，赴宴入席错觥筹。宾主依次巧安排，先祭猪神求庇佑。圈里抓猪备佳肴，大瓢酌酒饮千觞。酒足饭饱情绪好，推选公刘为尊长。

忠诚厚道好公刘，开辟耕田宽且长，看罢平原登山丘。山南山北相看遍，勘明水源与河流。兵分三路连班倒，勘察低地挖深沟，开荒种粮整田畴。再到西山仔细看，豳地广大非旧貌。

忠诚厚道好公刘，豳地筑宫环境幽。横流而过渡渭水，砺石锻石任取求。块块基地治理好，民康物阜财力丰。皇涧两岸住满人，面向过涧寻拓展。前来定居人稠密，再往河岸两边移。

注释：

①笃（dǔ）：忠厚。

②迺：同“乃”。下同。埸（yì）：田界。疆：边界。

③积：即“庾”，露天堆集粮食的地方。仓：仓库。

④餱（hóu）粮：干粮。

⑤于橐（tuó）于囊：指装入口袋。有底曰囊，无底曰橐。

⑥思：助词。辑：和睦。用光：以为荣光。

⑦戚扬：斧钺。戚：小斧。扬：大斧。

⑧胥：相，察看。

⑨既：已。下同。顺：谓民心归顺。宣：宣畅，通畅。

⑩巘（yǎn）：小山。

⑪舟：佩带。

⑫鞞（bǐng）：刀鞘。琫（běng）：刀鞘口上的玉饰。容刀：佩刀。

⑬庐旅：房舍。

⑭跄跄：步趋有节。济济：从容端庄貌。

⑮造：三家诗作“告”，告祭。曹：通“褿”，指祭豕神。意指先祭豕神求庇佑。

⑯牢：猪圈。

⑰匏（páo）：葫芦，此指剖成的瓢，古称匏爵。

⑱景：同“影”。冈：山冈。据朱熹《诗集传》：“景，考日景以正四方也。冈，登高以望也。”

⑲相：视察。其：助词。阴阳：指山之南北。南曰阳，北曰阴。

⑳三单（shàn）：轮流驻兵。三单：谓分军为三，以一军服役，他军轮换。据《毛传》：“三单，相袭也。”

㉑彻田：治田，指开垦荒地。朱熹《诗集传》：“彻，通也。一井之田九百亩，八家皆私百亩，同养公田，耕则通力而作，收则计亩而分也。周之彻法自此始。”

㉒夕阳：山的西边。

㉓允荒：确实广大。

㉔乱：横流而渡。

㉕取：索取。厉：通“砺”，磨刀石。锻：此指打铁用的石锤。

㉖止：居。基：基地。乃：于是。理：治理。

㉗众：指人口增多。有：指物丰，富有。此句意指人多且富有。

㉘皇涧：豳地涧名。

㉙过涧：豳地涧名。

㉚旅：众。密：安。此句意为前来定居的人口日渐稠密。

㉛芮（ruì）：通“汭”，水边向内凹进处。鞫（jū）：水边向外凸出处。以上几句谓皇涧、过涧既定，又向芮水流域发展。

赏析：

《笺》曰：“公刘者，后稷之曾孙也。夏之始衰，见迫逐，迁于豳而有居民之道。成王始幼少，周公居摄政，反归之。成王将淮政，召公与周公相成王，为左右。召公惧成王尚幼稚，不留意于治民之事，故作诗美公刘以深戒之也。”本诗着重记载了公刘迁豳以后开创基业的史实，描绘他在迁豳过程中不辞辛劳，精心筹划，跋涉于平原高冈、源泉河流之畔，亲自察看周遭地理环境，认真选择建城基址等，终于完成建都大业。

泂酌

洞酌彼行潦，①挹彼注兹，②可以饙饎，③岂弟君子，民之父母。

洞酌彼行潦，挹彼注兹，可以濯罍④。岂弟君子，民之攸归。

洞酌彼行潦，挹彼注兹，可以濯溉。⑤岂弟君子，民之攸塈⑥。

译文：

远舀积水到路边，可将水缸全注满，可用它来蒸酒饭。君子品德真高尚，好比万民父母般。

远舀积水到路边，舀来倒进我水缸，洗净酒器真干净。君子品德真高尚，民众归附心所向。

远舀积水到路边，舀进水瓮抱回家，可供洗涤除污点。君子品德真高尚，民众归附得安宁。

注释：

①泂（jiǒng）：远。酌：古通“爵”，古代的一种酒器。彼：那。下同。行潦（háng lǎo）：路边的积水。

②挹（yì）：舀出。注：灌入。兹：代指装水容器。

③饙（fēn）：蒸饭。饎（chì）：酒食。意为可以用来蒸饭，做酒食。

④罍（léi）：古代一种酒器，多用青铜或陶制成。口小腹深，有圈足和盖。

⑤濯（zhuó）：洗涤。溉（gài）：通“概”，漆尊，一种盛酒漆器。意为可以用来洗涤器物。

⑥塈（xì）：休息。

赏析：

清王夫之《诗广传》云：“善用人者无弃人，善用物者无弃物，老氏之言，何其似《泂酌》之诗也！虽然，其用心之厚薄远矣。君子不忍弃人、故善用人，不忍弃物、故善用物。以功效劝天下于善之途、而不役天下以收其功效，故岂弟之德流焉，父母之道也。”流潦之水本来浑浊，且又处于远方，很容易被人弃之不用，但如能“挹彼注兹”，就可以用来蒸煮食物，洗濯酒器，成为有用之物。这正如远土之民，只要君王施以仁义，便可以让他们感恩戴德，心悦诚服地前来归附。

卷阿

有卷者阿，①飘风自南。岂弟君子，来游来歌，以矢②其音。

伴奂③尔游矣，优游尔休矣。岂弟君子，俾尔弥尔性，④似先公酋矣。⑤

尔土宇昄章，⑥亦孔之厚矣。岂弟君子，俾尔弥尔性，百神尔主矣。

尔受命长矣，茀⑦禄尔康矣。岂弟君子，俾尔弥尔性，纯嘏⑧尔常矣。

有冯有翼，⑨有孝有德。以引以翼。岂弟君子，四方为则。

颙颙卬卬，⑩如圭如璋，令闻令望。岂弟君子，四方为纲。

凤凰于飞，翙翙⑪其羽，亦集爰止。蔼蔼⑫王多吉士，维君子使，媚于天子。

凤凰于飞，翙翙其羽，亦傅于天。蔼蔼王多吉人，维君子命，媚于庶人。

凤凰鸣矣，于彼高岗。梧桐生矣，于彼朝阳。菶菶⑬萋萋，雝雝喈喈。

君子之车，既庶且多。君子之马，既闲且驰。矢诗不多，⑭维以遂歌。

译文：

蜿蜒曲折大丘陵，旋风南来声怒号。和气近人好君子，到此遨游歌载道，大家献诗兴致高。

江山如画任遨游，悠闲自得甚安乐。和气近人好君子，终生奋斗何所求，继承祖业功千秋。

您的版图和疆域，一望无际遍海内。和气近人好君子，终生辛劳宏图展，主祭百神最相配。

您受天命长且久，福禄兼备又安康。和气近人好君子，终生勤勉寿无疆，天赐洪福永享受。

贤才良士来辅佐，品德崇高有威信，匡扶相济功绩伟。和气近人好君子，垂范天下万民随。

贤臣庄肃志高昂，品德高洁如圭璋，美名远扬传四野。和气近人好君子，天下诸侯好榜样。

凤凰高飞在青天，百鸟振翅紧相随，凤停树上百鸟聚。周王身边贤士众，任您驱策献智谋，拥戴天子不敢违。

青天高远凤凰飞，百鸟群集紧相随，直上晴空迎朝晖。周王身旁多贤士，听您号令无托词，爱护民众行无亏。

凤凰啭喉示吉祥，在那高高山冈上。高冈上面生梧桐，面向东方迎朝阳。枝叶茂盛郁苍翠，凤凰和鸣声悠扬。

迎送贤臣马车备，车驾既多又华美。贤臣往来有好马，驾驭娴熟快如飞。贤臣献诗真是多，甘为周王唱颂歌。

注释：

①卷（quán）：曲。阿：大丘陵。意指蜿蜒曲折的丘陵。

②矢：陈，此指发出。

③伴奂：优游闲暇。据郑玄《笺》：“伴奂，自纵弛之意也。”

④俾（bǐ）：使。尔：指周天子。下同。弥：终。性：寿命。

⑤似先公酋：继承祖宗功业长久。“似”：通“嗣”。酋：完成，成就。矣：助词。

⑥土宇：土地屋宅，代指领土封地。昄（bǎn）章：版图。

⑦茀（fú）：福。

⑧纯嘏（gǔ）：大福。纯：大。

⑨冯（píng）：辅。翼：助。意为有贤士辅佐。

⑩颙颙（yóng yóng）：庄重恭敬貌。卬卬（áng áng）：气概轩昂貌。

⑪翙翙（huì huì）：振翅高飞的声音。一说为众多貌。

⑫蔼蔼（ǎi ǎi）：众多而有容仪。

⑬菶菶（běng běng）：草木茂盛貌。

⑭矢诗不多：献诗多。矢：献。不：读为“丕”，大。一说为语气助词。

赏析：

《诗三家义集疏》云：“此诗据《易林》齐说，为召公避暑曲阿，凤凰来集，因而作诗。盖当时奉命巡方，偶然游息，推原瑞应之至，归美于王能用贤，故其诗得列于《大雅》耳。周公垂戒毋佚，成王必不般游。毛说殆近于诬矣。”诗的主旨是歌颂周王礼贤求士，并描绘君臣出游、群臣献诗的盛况。此诗婉转蕴藉，反复吟咏，字里行间蕴含深意。

民劳

民亦劳止，汔可小康。[①]惠此中国，[②]以绥四方。无纵诡随，[③]以谨无良。式遏寇虐，[④]憯不畏明。[⑤]柔远能迩，[⑥]以定我王。

民亦劳止，汔可小休。惠此中国，以为民逑[⑦]。无纵诡随，以谨惛怓[⑧]。式遏寇虐，无俾民忧。无弃尔劳，以为王休。

民亦劳止，汔可小息。惠此京师，以绥四国。无纵诡随，以谨罔极。式遏寇虐，无俾作慝[⑨]。敬慎威仪，以近有德。

民亦劳止，汔可小愒[⑩]。惠此中国，俾民忧泄。无纵诡随，以谨丑厉[11]。式遏寇虐，无俾正败。[12]戎[13]虽小子，而式弘大。

民亦劳止，汔可小安。惠此中国，国无有残。无纵诡随，以谨缱绻[14]。式遏寇虐，无俾正反。王欲玉女[15]，是用大谏[16]。

译文：

民众实在太劳苦，但求略略得安居。唯有爱护周王朝，方能抚靖定四方。诡诈欺骗莫放任，谨防小人不良行。掠夺暴行应遏止，勿使违法无纪纲。远近民众都爱护，安国定邦佑我王。

民众实在太劳苦，但求可以稍休息。唯有爱护周王朝，可使安居聚一起。诡诈欺骗莫放任，谨防歹人起奸计。掠夺暴行应遏止，莫使人民心忧戚。获得前功勿轻弃，君王美名来不易。

民众实在太劳苦，但求稍稍歇口气。唯有爱护周王朝，方能安抚众诸侯。诡诈欺骗莫纵容，反复小人须警惕。掠夺暴行应遏止，莫让邪恶得势起。谨慎恭肃立身正，敬贤修德严律己。

民众实在太劳苦，唯愿可以稍休息。唯有爱护周王朝，民有忧愤可消弭。诡诈欺骗莫纵容，警惕丑恶防奸邪。掠夺暴行应遏止，莫使国政遇危机。你虽年轻资历浅，责任重大要牢记。

民众实在太劳苦，唯愿可以稍安逸。唯有爱护周王朝，国家安定无纰漏。诡诈欺骗莫纵容，结党营私要惩治。掠夺暴行应遏止，莫使政权遭颠覆。衷心爱戴君王你，因此深切规劝君。

注释：

①汔（qì）：通“乞”，求。一说为庶几。康：安居。意为民众渴求能稍稍安居。

②惠：爱。中国：指西周王朝直接统治的区域，即所谓“王畿”。因四方都有诸侯，故意为中央之国。

③无：通“勿”。纵：放纵。诡随：谲诈谩欺之人。

④式：发语词。遏：制止。寇虐：指残害虐待民众之人。

⑤憯（cǎn）：乃。明：法。意为怎不畏惧天下法度。

⑥柔：安抚。远：远方的人。能：亲善。迩：近处的人。

⑦逑：聚。

⑧惛怓（hūn náo）：喧哗吵闹。

⑨慝（tè）：罪恶。

⑩愒（qì）：休息。

⑪丑厉：众恶，阴险恶毒之人。

⑫无俾正反：无使正道败坏。

⑬戎：你。

⑭缱绻（qiǎn quǎn）：固结不解，此指结党营私。

⑮玉女：玉汝，成就你。一说为爱戴你。

⑯大谏：深切规劝。

赏析：

《毛诗序》："《民劳》，召穆公刺厉王也。"《笺》："厉王，成王七世孙也。时赋敛重数，徭役繁多，人民劳苦，轻为奸宄，强凌弱，众暴寡，作寇害，故穆公以刺之。"此是一首谏诗，前人多谓召穆公谏周厉王，大致可信。周厉王亲小人远贤臣，横征暴敛，堵塞言路，弄得国势飘摇，天怨人怒。这首诗的主旨就是为民请命：一是与民生息，二是护法防奸，方能政权稳固。

板

上帝板板[①]，下民卒瘅。[②]出话不然[③]，为犹[④]不远。靡圣管管，[⑤]不实于亶[⑥]。犹之未远，是用大谏。

天之方难，无然宪宪。[⑦]天之方蹶[⑧]，无然泄泄[⑨]。辞之辑矣，[⑩]民之洽矣。辞之怿[⑪]矣，民之莫[⑫]矣。

我虽异事[⑬]，及尔同僚。我即尔谋，听我嚣嚣[⑭]。我言维服[⑮]，勿以为笑。先民有言，询于刍荛[⑯]。

天之方虐，无然谑谑[⑰]。老夫灌灌[⑱]，小子跻跻[⑲]。匪我言耄[⑳]，尔用忧谑。多将熇熇[㉑]，不可救药。

天之方懠[㉒]，无为夸毗[㉓]。威仪卒迷，[㉔]善人载尸[㉕]。民之方殿屎[㉖]，则莫我敢葵[㉗]。丧乱蔑资[㉘]，曾莫惠我师[㉙]。

天之牖[30]民，如埙如篪，[31]如璋如圭，[32]如取如携。携无曰益[33]，牖民孔易。民之多辟[34]，无自立辟[35]。

价[36]人维藩，大师维垣。大邦维屏，大宗维翰，[37]怀德维宁，宗子维城。无俾城坏，无独斯畏。

敬天之怒，无敢戏豫。敬天之渝[38]，无敢驰驱[39]。昊天曰明，及尔出王[40]。昊天曰旦，及尔游衍[41]。

译文：

厉王昏乱背常道，下民受苦多辛劳。说出话来不像样，做出决断颇短视。无视圣贤自视高，不讲诚信乱是非。制定政策无远见，因此好意把你劝。

天下正值多灾难，切莫自作乐寻欢。恰逢祸患骚乱劫，不要这般肆意谈。政令需得协调缓，百姓便能融洽安。政令一旦遭败坏，人民必然受苦难。

我你虽各司其职，毕竟同僚共过事。我来与你商国事，不听忠言还嫌弃。苦心建议契实际，切莫当它作儿戏。古人老话说在前，请教樵夫有裨益。

天下近来闹灾荒，勿要放荡耽享受。老夫忠心尽职守，小子傲慢意轻狂。不要说我老糊涂，戏弄于我不应当。多行不义难收场，不可救药悔之晚。

老天近来已震怒，曲意顺从亦无补。礼仪崩坏全乱套，好人闭口若寒蝉。民众呻吟受苦深，又怎敢妄加揣测。国家动乱资财匮，怎能将民众安抚。

上天教化诸民众，如吹埙篪般融洽，又如璋圭般相配，时时携取互相帮。彼此相携无嫌隙，因势利导无偏差。而今乱世多邪僻，擅自立法无甚用。

好人齐心如藩篱，万众团结似围墙。大国强盛如屏障，同族协力为栋梁。以德治国民安定，宗子京中据守城。莫让城墙被毁坏，莫要孤立徒遭殃。

上天发怒要敬畏，莫可逍遥当儿戏。天意莫测要当心，不可任性自随心。老天意志明白鉴，在你周遭细端详。老天目明辨是非，和你一起任遨游。

注释：

①板：同“反”，指违背常道。

②下民：民众。卒：通“瘁”。瘅（dān）：病。

③不然：不对，不合理。

④犹：通“猷”，谋划。

⑤靡圣：不把圣贤放在眼里。管管：自以为是，任意放纵。

⑥亶（dǎn）：诚信。

⑦无然：不要这样。宪宪：喜悦的样子。

⑧蹶（guì）：动，扰乱。

⑨泄泄：亦作“呭呭”，多言，妄加议论。

⑩辞：政令之辞。辑：和缓。意为政令和缓。

⑪怿（yì）：败坏。

⑫莫：通“瘼”，病，疾苦。

⑬异事：职务不同。

⑭嚣嚣（áo áo）：通“謷謷”，不接受意见的样子。

⑮服：事实。

⑯刍荛（ráo）：割草打柴的人，即樵夫。

⑰谑谑：嬉笑轻侮之态。

⑱灌灌：诚恳的样子。

⑲跻跻（jué jué）：骄傲的样子。

⑳耄：昏乱糊涂。

㉑熇熇（hè hè）：火势炽烈，喻指一发不可收拾。

㉒懠（qí）：怒。

㉓夸毗（pí）：柔顺貌，指卑躬屈膝，过于谄媚。

㉔卒：尽。迷：迷乱。意为礼仪崩坏。

㉕尸：祭祀时扮成神主之人，终祭不语。此指贤人君子因畏政敌而如尸不语。

㉖殿屎（xī）：呻吟。

㉗葵：通“揆”，猜度。

㉘蔑资：无财。

㉙师：众民。

㉚牖：通“诱”，诱导。

㉛埙（xūn）：土制乐器，有六孔，吹奏用。篪（chí）：竹制器，像笛，有八孔。此句意为两乐器吹奏可相和。

㉜如：如同。璋、圭：朝廷用玉制礼器。半圭为璋，合璋为圭。

㉝益：通“隘”，塞，阻碍。

㉞辟：通“僻”，邪僻。

㉟立辟：制定法律。辟：法。

㊱价（jiè）：同“介”，善。

㊲大宗：指与周王同姓的宗族。翰：骨干，栋梁。此句意为同族协力可为栋梁支柱。

㊳渝：改变。

㊴驰驱：指任性放纵。

㊵王：通“往”。

㊶游衍：游逛。

赏析：

《毛诗序》：“《板》，凡伯刺厉王也。”《笺》：“凡伯，周同姓，周公之胤也，人为王卿士。”这首诗为我们描绘了一幅乱世景象：统治者荒淫昏聩，政令混乱；奸佞之人骄狂放纵，良善之辈噤若寒蝉；老百姓痛苦不堪，却无人闻问，天下之势几乎到了不可救药的地步。诗人面对如此严峻的现实，忧心如焚，向当权者发出了严重的警告和诚挚的规劝。

荡之什

荡

荡荡[1]上帝，下民之辟[2]。疾威[3]上帝，其命多辟[4]。天生烝民，其命匪谌[5]。靡不有初，鲜克有终。

文王曰咨，咨女殷商。曾是强御[6]，曾是掊克[7]，曾是在位，曾是在服[8]。天降滔德[9]，女兴是力。[10]

文王曰咨，咨女殷商。而秉义类，[11]强御多怼，流言以对[12]，寇攘式内。[13]侯作侯祝，[14]靡届靡究。[15]

文王曰咨，咨女殷商。女炰烋[16]于中国，敛怨以为德。不明尔德，时无背无侧。[17]尔德不明，以无陪无卿。

文王曰咨，咨女殷商。天不湎[18]尔以酒，不义从式。[19]既愆尔止[20]，靡明靡晦。式号式呼，俾昼作夜。

文王曰咨，咨女殷商。如蜩如螗，[21]如沸如羹。小大近丧，人尚乎由行。内奰[22]于中国，覃及鬼方。[23]

文王曰咨，咨女殷商。匪上帝不时，殷不用旧。虽无老成人，尚有典刑。曾是莫听，大命以倾。

文王曰咨，咨女殷商。人亦有言，颠沛之揭，[24]枝叶未有害，本实先拨[25]。殷鉴不远，在夏后[26]之世。

译文：

厉王任性又骄纵，他是臣民的君王。厉王贪心又暴虐，政令邪僻太反常。上天生养众百姓，政令教人难信服。凡事无不开端好，妥善结局终归少。

文王开口长叹息，叹你殷商末代王！这般凶暴强横贼，敲骨吸髓敛财富，窃居高位享厚禄，有权有势太猖狂。天降这些不法臣，推波助澜逞凶焰。

文王开口长叹息，叹你殷商末代王！若任良善担重任，凶暴奸臣弃置旁，面对谗言及时止，盗贼怎会乱朝纲。诅咒贤臣害忠良，连连生事惹祸殃。

文王开口长叹息，叹你殷商末代王！跋扈天下太狂妄，却把恶人当忠良。知人之明你没有，罔顾叛臣结朋党。自身亦是无眼光，不知公卿谁堪当。

文王开口长叹息，叹你殷商末代王！上天未让你酗酒，也未允你放纵狂。礼仪举止全不顾，没日没夜骄奢淫。狂呼乱叫无体统，日夜颠倒政事荒。

文王开口长叹息，叹你殷商末代王！百姓悲叹如蝉鸣，社会动荡如沸汤。大小事体皆不济，你却依旧不悔改。怨声载道国中人，怒火蔓延到远方。

文王开口长叹息，叹你殷商末代王！不是上天存坏心，殷商不守旧规章。纵无德高肱骨臣，还有成法可依傍。这般不听人劝告，大厦将倾国将亡。

文王开口长叹息，叹你殷商末代王！古语有言不可忘：大树倒拔根出土，枝叶虽然全保留，树根已坏难久长。殷商之鉴并不远，应知夏桀啥下场。

注释：

①荡荡：本意指水流浩大的样子，引申为任意骄纵，不守法度。

②辟（bì）：君王。

③疾威：暴戾。

④辟（pì）：邪僻。

⑤谌（chén）：诚信。

⑥强御：凶暴。

⑦掊（póu）克：聚敛。

⑧在服：在职。服：任，职事，职务。

⑨滔德：怠慢昏乱之德性。或曰，慆指人性倨慢。

⑩兴：助长。力：勤，努力。此句意为推波助澜，凶焰更甚。

⑪而：若。秉：操持，任用。义：善，美。类：强族。一说为善。

⑫对：遂，成就。有兴起之义。

⑬寇：盗贼。攘（rǎng）：夺取。式内：在朝廷内。

⑭侯：于是。作、祝：诅咒。

⑮靡届靡究：无穷无尽。届：极，尽。究：穷。

⑯炰烋（páo xiāo）：即咆哮，怒吼。

⑰背：悖逆。侧：倾仄，邪僻。此句意为当时不知有人反叛。

⑱湎（miǎn）：沉迷。

⑲从：听从。式：任用。此句意为未允许你放纵胡为。

⑳止：容止，行为。

㉑如：如同。蜩（tiáo）：蝉。螗（táng）：蝉的一种。

㉒㷡（bì）：怒。

㉓覃：延及。及：到。鬼方：远方。

㉔颠沛之揭：树木倒下，根露出。颠沛：颠仆，倒下。揭：高举，高翘。指树根露出。

㉕拨：败坏。

㉖夏后：此指夏之末代君主夏桀。

赏析：

《毛诗序》：“《荡》，召穆公伤周室大坏也。厉王无道，天下荡荡，无纲纪文章，故作是诗也。”鲁迅在《汉文学史纲要·第二篇·书与诗》中说：“《荡》是《荡之什》的首篇，若按‘正变’之说，正是‘变雅’的代表。变雅者，世衰变而诗哀怨，甚而至于‘怒’，至于‘甚激切’。”以夏桀为殷商的历史之镜，直映周厉王之种种行状。以古拟今，激荡婉转。

抑

抑抑威仪，[1]维德之隅[2]。人亦有言，靡哲不愚。庶人之愚，亦职维疾。哲人之愚，亦维斯戾[3]。

无竞维人，[4]四方其训之。有觉[5]德行，四国顺之。訏谟定命，[6]远犹辰[7]告。敬慎威仪，维民之则。

其在于今，兴迷乱于政；颠覆厥德，荒湛于酒。女虽湛乐，弗念厥绍[8]。罔敷求先王，[9]克共明刑。

肆皇天弗尚，[10]如彼泉流，无沦胥以亡。夙兴夜寐，洒扫庭内，[11]维民之章。修尔车马，弓矢戎兵，用戒戎作，[12]用逷蛮方。[13]

质[14]尔人民，谨尔侯度，用戒不虞。慎尔出话，敬尔威仪，无不柔嘉[15]。白圭之玷，尚可磨也；斯言之玷，不可为也。

无易由言，无曰苟矣。莫扪朕舌，言不可逝矣。无言不雠[16]，无德不报。惠于朋友，庶民小子。子孙绳绳[17]，万民靡不承。

视尔友君子，辑柔[18]尔颜，不遐有愆。相在尔室，尚不愧于屋漏[19]。无曰不显，莫予云觏，神之格[20]思，不可度思，矧可射思！[21]

辟[22]尔为德，俾臧俾嘉。淑慎尔止，不愆于仪。不僭不贼，鲜不为则。投我以桃，报之以李。彼童[23]而角，实虹小子。[24]

荏染[25]柔木，言缗之丝。[26]温温恭人，维德之基。其维哲人，告之话言[27]，顺德之行。其维愚人，覆谓我僭，[28]民各有心。

於呼小子，未知臧否。匪手携之，言示之事。匪面命之，言提其耳。借[29]曰未知，亦既抱子。民之靡盈，谁夙知而莫[30]成？

昊天孔昭，我生靡乐。视尔梦梦[31]，我心惨惨[32]。诲尔谆谆，听我藐藐。匪用为教，覆用为虐。借曰未知，亦聿既耄。

於乎小子，告尔旧止[33]。听用我谋，庶无大悔。天方艰难，曰丧厥国。取譬不远，昊天不忒[34]。回遹[35]其德，俾民大棘[36]。

译文：

容止礼节很缜密，为人品德甚端方。古人有句老俗语，智者无不似蠢笨。常人显得不聪明，那是天赋所限制。智者看似很愚笨，那是装憨躲避之。

获得贤才国振兴，四方诸侯来归诚。君子德行甚正直，诸侯顺从庆升平。国家大计定方针，长远国策告群臣。举止谨慎有威仪，民众以此为准绳。

如今天下乱纷纷，国政混乱难理清。你的德行已败坏，沉湎酒色醉醺醺。只知享受图安逸，继承帝业不挂心。不去寻求先王道，怎将明法来执行。

如今上天不保佑，好比泉水空自流，君臣相携共沉沦。理应早晚勤理政，里外洒扫除尘垢，为民表率作典范。整好你的车和马，弓箭武器细细修，防备一旦战事起，征服国外众蛮酋。

若要安定老百姓，谨守法度莫任性，以防祸事突然生。说话必须要谨慎，举止行为要端正，温和肃敬又妥帖。白玉上面有污点，尚可琢磨除干净；开口说话犯大错，惹出祸端难挽回。

莫要随意把话说，勿觉说话可随便，没人把我舌头按，一言既出难挽回。话不出口无反应，施恩总能获福禄。朋友群臣要爱护，百姓子弟多慰勉。子孙万代要谨慎，万民顺服局势安。

看你招待君子们，和颜悦色笑盈盈，小心谨慎莫犯错。看你独自在室内，做事无愧于神明。休道室内光线暗，没人能把我看清。神明来去难预测，不知何时忽降临，怎可惹人厌遭惩。

修明德行养情操，使它高尚更美好。举止谨慎行为美，仪容端正不失礼。不犯过错不害人，世人均会来仿效。人家送我一篮桃，我用李子来相报。胡言羊羔头生角，实是乱你周王朝。

坚韧柔软好木料，安上丝弦琴瑟成。温良恭敬好君子，根基深厚品行高。若你真是明智人，古老名言来奉告，定会听从当准则。如果你是糊涂虫，反说我错胡乱说，人心各异难沟通。

可叹周王太年青，好歹轻重难辨明。非但携手与谈心，也曾教你办事情。不但当面教导你，时常在侧提醒你。即便借口说无知，也已抱子有后人。人们虽然有缺点，谁会早慧却晚成？

苍天在上最明理，我这一生没享乐。看你那种糊涂样，心里烦闷又悲哀。反复耐心教导你，你却藐视不理睬。不知教导为你好，反做戏谑来编排。借口自己无知貌，骂我老态龙钟矣。

叹周王你太年轻，听我告你旧典章，你若听用我主张，不致大错太荒唐。上天正把灾难降，只怕国家会灭亡。让我就近打比方，上天赏罚从不爽。如果邪僻性不改，黎民百姓要遭殃。

注释：

①抑抑：缜密。威仪：容止礼节。

②隅：屋角，借指品行方正。

③戾（lì）：罪。

④无：发语词。竞：强。维：亦作“惟”，由于。人：此处指贤才。

⑤觉：通“梏”，高大、正直的样子。

⑥讦（xū）谟：大谋。定：制定。命：政令。

⑦辰：时。

⑧绍：继承先人传统。

⑨敷：广。先王：指先王的治国之道。此句意指不去寻求先王的治国之道。

⑩肆：于是。尚：保佑。意为如今上天不庇佑。

⑪此句意为里外洒扫除尘垢。

⑫用：以。下同。戒：准备。戎：战事。作：起。

⑬逿（tì）：剪除、治服。蛮方：指远方异族。

⑭质：安定。

⑮柔嘉：柔和妥善。

⑯雠（chóu）：应验。

⑰绳绳：谨慎的样子。

⑱辑柔：和安。

⑲屋漏：古代室内西北隅施设小帐，安藏神主，为人所不见的地方称作“屋漏”。《孔疏》引孙炎说，认为屋漏为白天屋里日光从天窗漏入。喻指神明监察。

⑳格：至。

㉑矧（shěn）：况且。射：通“斁”，厌。此句意为怎可遭人

厌弃。

㉒辟：修明，一说训法。

㉓童：幼小。此指没角的小羊羔。

㉔实：实际上。虹（hóng）：同“讧”，指溃乱。小子：指年青的周王。《郑笺》：“天子未除丧称小子。”

㉕荏染：柔貌。

㉖言：语气助词。缗（mín）：给乐器安上弦。此句意为给琴瑟安身上弦则乐器成。

㉗话言：经后人考证，认为话言恐为“诂言”之误。陈奂《毛诗传疏》：“话，当为诂字之误也。《释文》引《说文》作‘告之诂言’云：‘诂，故言也。’”诂言：古话。

㉘覆：反而。僭（jiàn）：不信，错。意为反说我是胡言乱语。

㉙借：假如。

㉚莫：同“暮”，晚。

㉛梦梦：同“瞢瞢”，昏乱，糊涂。

㉜惨惨：忧愁烦闷的样子。

㉝旧：指旧的典章制度。止：语气词。有人说旧止，指先王的礼法，亦通。此句意为告知周王先王的礼法。

㉞忒（tè）：差。

㉟遹（yù）：邪僻。

㊱棘：通“急”，危难。

赏析：

《诗三家义集疏》云：“韩说曰：‘卫武公刺王室，亦以自戒。计年九十有五，犹使人日诵是诗而不离于其侧。’”这是一位老臣劝告、讽刺周王的诗。全篇采用独白的方式，劝告周王守礼修德，谨言慎行，讽刺他昏庸骄满，愚昧无知，反映了当时统治者的腐败无能和国家局势的动荡不安，揭示出周王朝的衰败已成大厦将倾之势，抒发了诗人对国家前途黯淡的深切叹惜。

桑柔

菀[1]彼桑柔，其下侯旬，[2]捋采其刘[3]。瘼[4]此下民，不殄[5]心忧。仓兄填兮，[6]倬[7]彼昊天，宁不我矜？

四牡骙骙[8]，旟旐有翩。乱生不夷，靡国不泯[9]。民靡有黎，具祸以烬。[10]於乎有哀，国步斯频[11]。

国步蔑资[12]，天不我将[13]。靡所止疑[14]，云徂何往？君子实维[15]，秉心无竞。[16]谁生厉阶[17]，至今为梗[18]？

忧心慇慇[19]，念我土宇。我生不辰，逢天僤怒[20]。自西徂东，靡所定处。多我觏痻[21]，孔棘我圉[22]。

为谋为毖[23]，乱况斯削。告尔忧恤，诲尔序爵。谁能执热，逝不以濯？其何能淑，载胥及溺。

如彼遡风，亦孔之僾[24]。民有肃[25]心，荓云不逮。[26]好是稼穑[27]，力民代食[28]。稼穑维宝，代食维好。

天降丧乱，灭我立王。[29]降此蟊贼[30]，稼穑卒痒。哀恫中国，具赘卒荒。靡有旅力，以念穹苍。

维此惠君，民人所瞻。秉心宣犹[31]，考慎其相。维彼不顺，自独俾臧。自有肺肠，[32]俾民卒狂。

瞻彼中林，甡甡[33]其鹿。朋友已谮[34]，不胥以穀。人亦有言，进退维谷。

维此圣人，瞻言百里。维彼愚人，复狂以喜。匪言不能，胡斯畏忌。

维此良人，弗求弗迪。[35]维彼忍心，是顾是复。民之贪乱，宁为荼毒？

大风有隧[36]，有空大谷。维此良人，作为式穀。维彼不顺，征以中垢。[37]

大风有隧，贪人败类。听言则对，诵言如醉。匪用其良，复俾我悖。[38]

嗟尔朋友，予岂不知而作。如彼飞虫[39]，时亦弋[40]获。既之阴[41]女，反予来赫。[42]

民之罔极，职凉善背。[43]为民不利，如云不克。民之回遹[44]，职竞用力。

民之未戾[45]，职盗为寇。凉曰不可，复背善詈。虽曰匪予，既作尔歌。

译文：

茂密柔嫩桑树青，下有浓荫好地方。桑叶采尽枝干秃，百姓受害难遮凉。愁思不绝心烦忧，失意忧伤久惆怅。无际明亮天在上，怎不垂怜我惊惶。

四马驾车奔驰急，旌旗迎风招展扬。祸乱四起难平息，举国不宁人心慌。百姓受难人丁少，如受火灾尽遭殃。哀声连连心怅惘，国运艰难甚危急。

国运艰难钱粮尽，老天不肯来扶助。没有归宿无去处，何地才能安定身？君子所为仅思索，持心不争空无力。如此灾祸谁造成？祸国殃民到如今。

心中忧愁真恻怆，眷念故居和家乡。生不逢时甚悲惨，正值上天盛怒时。从那西边到东边，竟无片土可安身。遭遇灾祸受苦多，边疆却又形势急。

谨慎谋划慎言行，混乱状况能减轻。忧国忧民理国政，任用贤良按能力。谁在解救炎热时，不用冷水来降温？情况何时能改善，免遭被溺齐灭亡。

如同迎风狂奔跑，呼吸困难口难张。百姓徒有敬畏心，无处可贡献力量。重视农耕生产事，百姓辛苦代耕养。农桑之事令人喜，食禄可保乐陶陶。

天降祸乱与死亡，要灭我们所立王。降下害虫食根节，各种庄稼都遭殃。哀痛可怜我家园，连绵土地受灾荒。没有人有此力量，能够虔诚感上苍。

顺应人心好君王，百姓都爱戴瞻仰。操心国政善谋划，考察慎选众辅臣。不通民心坏君王，以为用人皆忠良。坏蛋自有坏肺肠，民众迷惘失方向。

看那丛林苍莽莽，鹿群嬉戏多欢畅。同僚彼此却相谗，沟通交往心不诚。难怪总听人们说，进退两难陷绝境。

唯此圣人眼明亮，高瞻远瞩有远见。唯有愚人最可笑，反倒狂妄自视高。并非有话能直说，顾忌深重心惶惶？

唯有这人心善良，不思钻营少欲望。而那狠心世故人，见风使舵藏私心。百姓如今似作乱，实因恶政身难存。

大风疾吹呼呼响，长长山谷真空旷。想这好人多善良，自怀善道品行佳。想那坏人不顾理，行为污秽真耻辱。

大风疾吹呼呼响，贪利施暴是败类。好听之语就回应，逆耳诤言醉不闻。贤良之士不肯用，反视我等为悖狂。

诸位同僚大臣们，君岂不知作诗意。好比那些高飞鸟，不时被射被网罗。既已熟悉尔底细，反来威吓甚愚妄。

没有准则民扰攘，因你背理善欺罔。尽做不利人民事，还嫌号令无遵循。百姓走上邪僻路，因你施暴太横强。

百姓不能乐安居，执政为盗掠夺忙。诚恳劝告不听从，背后反骂我荒唐。尽管遭受你诽谤，终是无奈把歌唱。

注释：

①菀（wǎn）：茂盛的样子。

②侯：维，是。旬：树荫遍布。其句意为树下即是浓荫。

③刘：剥落稀疏。意为桑叶被采后稀疏很多。

④瘼（mò）：病。

⑤殄（tiǎn）：断绝，灭绝。

⑥仓兄（chuàng huàng）：即怆怳，忧伤失意的样子。填：久长。《笺》：“丧亡之道滋久长。”兮：助词。

⑦倬（zhuō）：广大而明亮的样子。

⑧骙骙（kuí kuí）：马奔驰不停貌。

⑨泯（mǐn）：乱。一说灭。

⑩具：通“俱”。烬：灰烬。此处意指人民遭遇战祸，剩余无几。

⑪国步：国运。斯：助词。频：危急。

⑫蔑资：无资财。

⑬将：扶助。

⑭疑：同“凝”，止疑，停息。

⑮实维：所为所做。

⑯秉心：存心，操心。无：语气助词，无实意。竞：争。

⑰厉阶：祸根，祸端。

⑱梗：灾害。

⑲慇慇（yīn yīn）：忧伤貌。

⑳僤（dàn）怒：重怒。僤：厚，盛，大。

㉑痻（mín）：病。

㉒圉（yǔ）：边疆。

㉓毖：慎重。

㉔僾（ài）：窒息，呼吸不畅。

㉕肃：进取。

㉖荓云不逮：前进的使不及门。荓（pīng）：使。

㉗稼穑：农事。

㉘代食：代替食禄。

㉙灭我立王：意为灭我所立之王，指周厉王被国人流放于彘的事。

㉚蟊贼：农作物的病虫害。虫食苗根曰蟊，食节曰贼。

㉛宣犹：遍谋。一说通达顺理。宣：明。犹：通“猷”。

㉜自有肺肠：想法与众不同，别具一副心肝。实指坏心肠。

㉝甡甡（shēn shēn）：同“莘莘”，众多之貌。

㉞谮：通“僭”，不亲不信，相欺。

㉟弗：不。求：贪求。迪：钻营。

㊱隧：形容大风疾速吹动。一说训隧为道，谓风前进有其通道。

㊲征：往。以：助词。中垢：隐暗，污秽。垢：通“诟”，耻辱。

㊳复俾我悖：反使我悖逆。复：反。

㊴飞虫：飞鸟。古人用“虫”泛指一切动物，鸟为羽虫，兽为毛虫，龟为甲虫，鱼为鳞虫，人为倮虫。

㊵弋（yì）：用带有绳子的箭射鸟。

㊶阴：窥知内情。

㊷反予来赫：反而迁怒于我。赫：震怒的样子。

㊸职：因为。凉：即薄，语助词，不为义。善背：善于欺诈，背信反复。

㊹回遹（yù）：邪僻。

㊺戾：安定。一说善。

赏析：

《诗三家义集疏》云："鲁说曰：'昔周厉王好专利，芮良夫谏而王不入，退赋《桑柔》之诗以讽。言是大风也，必将有遂；是贪人也，必将败其类。王又不悟，故遂流于彘。'"今山西霍县东北有彘城，即周厉王所奔。全诗十六章，前八章刺厉王失政，好利而暴虐，以致民不聊生，激起民怨；后八章责同僚，同时道出厉王用人不当之过失。芮良夫所作《桑柔》，非是一己之陈述，而是周季一代的社会缩影和忧国忧民之士的心境，可见民困已深，故而呼天自诉。

云 汉

倬彼云汉，①昭回于天。②王曰於呼，何辜今之人？天降丧乱，饥馑荐臻③。靡神不举，靡爱斯牲。圭璧既卒，宁莫我听？

旱既大甚，蕴隆虫虫。④不殄禋祀，自郊徂宫⑤。上下奠瘗，⑥靡神不宗。后稷不克⑦，上帝不临。耗斁⑧下土，宁丁⑨我躬？

旱既大甚，则不可推。兢兢业业，如霆如雷。周余黎民，靡有孑遗⑩。昊天上帝，则不我遗⑪。胡不相畏，先祖于摧？

旱既大甚，则不可沮。赫赫炎炎，⑫云⑬我无所。大命⑭近止，靡瞻靡顾。群公先正，⑮则不我助。父母先祖，胡宁忍予？

旱既大甚，涤涤⑯山川。旱魃⑰为虐，如惔⑱如焚。我心惮暑，忧心如熏。群公先正，则不我闻。昊天上帝，宁俾我遯⑲？

旱既太甚，黾勉畏去。⑳胡宁瘨㉑我以旱，憯㉒不知其故。祈年孔夙，㉓方社不莫。昊天上帝，则不我虞。敬恭明神，宜无悔怒。

旱既大甚，散无友纪。鞫哉庶正，㉔疚哉冢宰㉕，趣马师氏，㉖膳夫左右。靡人不周[27]，无不能止。瞻卬昊天，云如何里？

瞻卬昊天，有嘒[28]其星。大夫君子，昭假无赢。[29]大命近止，无弃尔成。何求为我，以戾庶正。瞻卬昊天，曷惠其宁？

译文：

看那银河多高远，碧空闪亮回光灼。周王无奈仰天叹，当今百姓何罪愆！老天降下丧祸乱，饥饿灾荒接连现。没有神灵不曾祭，奉献牺牲从未吝。礼神圭璧都用尽，为何还不听我言！

旱情已经很严重，暑气郁盛地熏蒸。祭祀接连不断行，邑外宗庙皆恭敬。祀天祭地奉祭品，天地诸神无不敬。后稷恐怕难救民，上天不理凡间人。天灾这般毁人间，偏偏让我遭此难。

旱情已经很严重，灾祸幸免无可能。提心吊胆战兢兢，好像头顶落雷霆。周地余下那些民，现在几乎无所剩。渺渺苍天高在天，怎不恤问这灾情。怎不感忧愁惶恐，人死失祭先祖损。

旱情已经很严重，没有办法可阻止。赤日炎炎热气腾，哪里还有遮阴处。死亡之期已临近，瞻前顾后成泡影。诸侯公卿众神灵，为何不前来佑助。父母先祖诸神灵，忍心看我受此苦！

旱情已经很严重，山秃河干草木枯。眼看旱魔逞凶恶，遍地如遭大火焚。暑热难当我心畏，忧心忡忡如被烤。诸侯公卿众神灵，哪管我在悲痛号。渺渺苍天高在上，究竟何处可遁逃！

旱情已经很严重，勉力祝祷求祛难。为何大旱施我身？不知缘故费思量。祈年之礼早举行，祭社祭方从未延。渺渺苍天高在上，竟然对我不相帮。一向恭敬诸神明，无怪我等怒气扬。

旱情已经很严重，饥荒离散乱纪纲。百官智穷力亦竭，宰相忧苦身心疲。趣马师氏齐出动，膳夫百官助祭忙。没有一人不赈灾，灾荒难止祸不停。仰望苍天晴无云，怎样止旱解此危。

仰望苍天晴朗云，满天星辰光闪闪。公卿大夫诸君子，祭祀诸神无差错。死亡之期已临近，不弃前功不畏难。禳旱祈雨非为己，也为安定众官员。仰望苍天唯祈祷，何时才能赐平安？

注释：

①倬（zhuō）：显著，大。彼：那。云汉：天河。

②昭：光。回：运转。意指天空中辉光闪亮。

③荐臻（zhēn）：频仍，接连而至。荐：重，再。臻：至。

④蕴隆：谓暑气郁积而隆盛。蕴：通“煴”，闷热。虫虫：通“爞爞”，热气熏蒸的样子。

⑤宫：宗庙，祭天之坛。

⑥奠：祭天。礼神之物，置之于地。瘗（yì）：祭地。礼神之物，埋之于土。此句意指陈列祭品以祭天，埋祭品于地下以祭地。

⑦克：能。

⑧斁（dù）：败坏。

⑨丁：当，遭逢。

⑩孑遗：遗留。

⑪遗：赠物。

⑫赫赫：旱。炎炎：热。

⑬云：遮蔽，庇佑。

⑭大命：此谓死亡之命，即死亡之期。

⑮群公：先世诸侯之神灵。先正：先世卿士之神灵。

⑯涤涤：形容草枯水干，山川荡然无存的样子。

⑰旱魃（bá）：古代传说中的旱神。

⑱惔（tán）：火烧。

⑲遯：通“遁”，逃。

⑳黾（mǐn）勉：勉力。去：除去。此句意为勉力祷告恳求祛除灾难。

㉑瘨（diān）：病害。

㉒憯（cǎn）：曾，竟。

㉓祈年：指“孟春祈谷于上帝，孟冬祈来年于天宗”之祭礼。孔夙（sù）：很早。

㉔鞫（jū），穷困。哉：助词。庶正：众官之长。

㉕冢宰：百官之长，相当于后世的宰相。

㉖趣马：掌管国王马匹的官。师氏：官名，主管教导国王和贵族

的子弟。

㉗周：周济，救助。

㉘嘒（huì）：微小。一说明亮。

㉙昭假无赢：祭祀无差。昭：祷。假：借为“嘏”，告。无赢：犹言无爽，即无差忒。

赏析：

周宣王二年（公元前826年）至六年（公元前822年）连年旱灾，周宣王求神祈雨，此诗即周宣王向上天求雨的祷词。全诗八章，首尾两章，仰天长叹，对天祈赐，哀叹“天降丧乱，饥馑荐臻”，一幅天灾人祸、民不聊生的灰色画图印入眼前，令人毛骨悚然！中间六章皆以“旱既大甚”为起句，往复回环，恰似一遍又一遍的哭诉，末章“哀叹”与首章呼应，疏密相间，浑然一体。

崧高

崧高维岳，①骏②极于天。维岳降神③，生甫及申。④维申及甫，维周之翰，四国于蕃，四方于宣⑤。

亹亹⑥申伯，王瓒⑦之事，于邑于谢⑧，南国是式。王命召伯⑨：定申伯之宅。登⑩是南邦，世执其功。

王命申伯：式是南邦。因是谢人，以作尔庸⑪。王命召伯：彻申伯土田。王命傅御⑫，迁其私人。

申伯之功⑬，召伯是营。有俶⑭其城，寝庙既成，既成藐藐⑮。王锡申伯，四牡蹻蹻，钩膺濯濯。

王遣申伯，路车乘马。我图尔居，莫如南土。锡尔介⑯圭，以作尔宝。往近⑰王舅，南土是保。

申伯信迈，⑱王饯于郿。申伯还南，谢于诚归。王命召伯，彻申伯土疆。以峙其粻，⑲式遄⑳其行。

申伯番番㉑，既入于谢，徒御啴啴。㉒周邦咸喜，戎㉓有良翰。不显申伯，王之元舅，文武是宪㉔。

申伯之德，柔惠且直。揉㉕此万邦，闻于四国。吉甫作诵，其诗孔硕，其风肆好，以赠申伯。

译文：

巍峨四岳高耸立，峻峭挺拔入云天。神明灵气降四岳，甫侯申伯生人间。申伯甫侯皆贤人，辅佐王室是栋梁。藩国视其为屏障，天下以其为墙垣。

申伯勤勉能力强，受王重任承祖业。建邑于谢理南疆，南方藩国有榜样。周王下令给召伯，筹建申伯新居所。申伯南国建都邑，子孙承继福祚享。

周王下令给申伯，要为南国树表率。依靠谢地众百姓，修筑封地新城郭。周王下令给召伯，申伯田界重规划。周王下令给傅御，迁去家臣同生活。

申伯建邑大工程，全靠召伯苦经营。墙垣修筑厚实坚，祖先宗庙也落成，富丽堂皇面貌新。周王好物赐申伯，四马驾车威武壮，颈饰樊膺光彩亮。

周王赏赉给申伯，高车驷马物品丰。早已考虑尔封地，南方最是适合处。赐你诸侯大玉圭，镇国之宝永辉煌。尊贵王舅请前往，去到南方安定邦。

申伯就此便启程，周王郿郊来饯行。申伯如今去南国，来到谢邑分封地。周王下令给召伯，去为申伯定疆界。路上粮草要备足，保证供给勿拖延。

申伯勇武有豪情，前往谢邑入新城，步卒车御军容盛。周邦民众皆欢喜，国有栋梁享安宁。尊贵显赫贤申伯，周王元舅封疆臣，文武双全人敬仰。

申伯德高且望重，品行端直温良恭。安抚万邦功劳大，赫赫美名传四方。吉甫创作这首诗，篇幅长长情谊重。曲调典雅音韵美，忝为薄礼赠申伯。

注释：

①崧（sōng）：又作“嵩”，山高而大。岳：指四岳，三皇五帝

时就有此称。分别为：东岳泰山，西岳华山，南岳衡山，北岳恒山。中岳嵩山是后起的，所以先说四岳。此句意为四岳巍峨高耸。

②骏（jùn）：通“峻”。

③降神：降神灵之和气。

④甫：诸侯国名，此指甫侯。申：诸侯国名，此指申伯，周厉王申后的兄弟，宣王的母舅。意指甫侯、申伯出世。

⑤于宣：为垣，做墙。宣：指墙。

⑥亹亹（wěi wěi）：勤勉的样子。

⑦缵（zuǎn）：继承。

⑧谢：地名，在今河南唐河南。

⑨召伯：即召穆公虎，周宣王大臣。

⑩登：成为。

⑪庸：通“墉”，城墙。

⑫傅御：诸侯之臣，治事之官，为家臣之长。

⑬功：指建筑谢城的功业。

⑭俶（chù）：美好。一说修缮。

⑮藐藐（miáo miáo）：华美的样子。

⑯介：通“玠”，大圭，玉制礼器。

⑰迈（jì）：犹了。语气助词。

⑱信：果。迈：行。此句意指申伯便就此启程。

⑲峙（zhì）：储备。粻（zhāng）：粮食。此句意为备齐路上所需粮食。

⑳遄（chuán）：加速。

㉑番番：勇武貌。

㉒徒：徒步随从，士兵。御：驾车的士兵。啴啴（tān tān）：多而威武的样子。

㉓戎：你们。

㉔宪：法式，模范。

㉕揉（róu）：安，顺。

赏析：

西周末期，周王室力弱，南方有荆蛮、申、吕、应、邓等侯国势大，叛乱时有发生，所以安抚南方迫在眉睫。申国为周初所封，当时依然强大，在众侯国中有一定威望。申伯本是宣王元舅，在朝中威信很高，故宣王扩建其封邑，派他就任南方，巩固周王室的统治。这首诗应是尹吉甫写给申伯的送行诗，意在歌颂申伯辅佐周室、镇抚南方侯国的功劳，同时也表明宣王对申伯的优渥封赠及不同寻常的礼遇。

烝 民

天生烝民[①]，有物有则。[②]民之秉彝，[③]好是懿德。天监有周，昭假于下。[④]保兹天子，生仲山甫[⑤]。

仲山甫之德，柔嘉维则。令仪令色，小心翼翼。古训是式，威仪是力。天子是若[⑥]，明命使赋[⑦]。

王命仲山甫，式是百辟。缵戎祖考，王躬是保。出纳[⑧]王命，王之喉舌。赋政于外，四方爰发[⑨]。

肃肃[⑩]王命，仲山甫将[⑪]之。邦国若否[⑫]，仲山甫明之。既明且哲，以保其身。夙夜匪懈，以事一人。

人亦有言，柔则茹[⑬]之，刚则吐之。维仲山甫，柔亦不茹，刚亦不吐。不侮矜寡，不畏强御。

人亦有言，德輶[⑭]如毛，民鲜克举之。我仪图[⑮]之，维仲山甫举之，爱[⑯]莫助之。衮职有阙，[⑰]维仲山甫补之。

仲山甫出祖[⑱]，四牡业业。征夫捷捷，每怀靡及。[⑲]四牡彭彭，八鸾锵锵。王命仲山甫，城彼东方。

四牡骙骙，八鸾喈喈[⑳]。仲山甫徂齐，式遄[㉑]其归。吉甫作诵，穆[㉒]如清风。仲山甫永怀，以慰其心。

译文：

上天生下亿万民，有血有肉有章程。人之本性与生来，追求美德与善行。上天审视周王朝，昭明之德施于下。为佑这位周天子，令仲山甫来辅佐。

山甫贤良具美德，温和善良有原则。和颜悦色仪表佳，恭敬谨慎负责任。遵从效法先祖训，君子威仪力奉行。天子青眼任命他，颁布王命管施政。

周王命令仲山甫，要做诸侯之典范。继承弘扬先祖业，辅佐天子振朝纲。令传即出宣王命，天子喉舌责任重。颁布政令告畿外，四方诸侯都遵从。

严肃对待君王令，樊仲山甫谨奉行。国内政事好与坏，仲山甫心明如镜。既明事理又聪慧，善于应对保自身。从早到晚不懈怠，全心侍奉周天子。

有句老话这样说：柔软东西可下肚，刚硬东西往外吐。唯仲山甫不寻常，柔软东西他不吃，刚硬东西偏下肚。鳏夫寡妇他不欺，强暴之徒施打击。

有句老话这样说：德行轻飘如羽毛，很少有人能高举。我对此语细揣度，举起唯有仲山甫，别人皆无能为力。天子龙袍有破缺，独有仲山甫能修补。

仲山甫行祭路神，四匹公马甚雄壮。车载使臣行色匆，常念王命未完成。四马奋蹄响嘭嘭，八只鸾铃声锵锵。周王命令仲山甫，督修城邑赴东疆。

四匹公马蹄不停，八只鸾铃响叮叮。仲山甫去齐势急，盼其早日完工返。吉甫作歌赠穆仲，乐声和美如清风。仲山甫行顾虑多，宽慰其心好建功。

注释：

①烝（zhēng）民：庶民，是春秋战国及之前历代对民众的称谓。

②有：遵循。物：事物，行事。则：法则。严粲《诗缉》谓“天生烝民具形而有物，禀性而有则”。

③彝（yí）：常规，常道。此句意为民众之本性遵循常理。

④昭：明。假：至。于下：施于下民。

⑤仲山甫：字穆仲，周的诸侯之一，为宣王卿士。封于樊，在今河南济源县西南阳城。

⑥是若：选用这个人（仲山甫）。是：此。若：选择。

⑦明命：成命，指政令。赋：颁布。此句意指颁布王命管理大事。

⑧出纳：指受命与传令。

⑨爰发：乃行。

⑩肃肃：严肃，严正。

⑪将：奉行。

⑫若否（pǐ）：善恶。

⑬茹：吃。

⑭輶（yóu）：轻。

⑮仪图：揣度。

⑯爱：惜。

⑰衮：天子绣龙图案的王服。职：职责。一说犹“适”，即偶然。有阙：有缺损。

⑱祖：祭路神。

⑲每：常。怀：虑。靡及：不及，即未完成使命。

⑳喈喈（jié jié）：车铃声。

㉑遄（chuán）：速。

㉒穆：和美。

赏析：

方玉润《诗经原始》云：“《烝民》，送仲山甫筑城于齐，怀柔东诸侯也。……诗本美仲山甫，故备举其德性、学行、事业，以及世系、官守，无不极意推美，而总归之于德，且准以则焉而不过，几于《中庸》，至善学，故能使宣圣三复其言而叹美之。”此诗主要以赋叙事，开篇以说理领起；中间夹叙夹议，突出仲山甫之德才与政绩；最后偏重描写与抒情，以热烈的送别场面作结，点出赠别的主题。全诗章法整饬，意涵深远，为后世送别诗之祖。

韩　奕

奕奕梁山，[①]维禹甸[②]之，有倬其道。[③]韩侯受命，王亲命之：缵戎祖考，[4]无废朕命！夙夜匪解，虔共尔位！朕命不易，榦不庭方，[5]以佐戎辟[6]。

四牡奕奕，孔修且张[7]。韩侯入觐，以其介圭，入觐于王。王锡韩侯，淑旂绥章，[8]簟茀错衡，玄衮赤舄，钩膺镂钖[9]，鞹鞃浅幭，[10]鞗革金厄。[11]

韩侯出祖，出宿于屠[12]。显父[13]饯之，清酒百壶。其肴维何？炰鳖鲜鱼。其蔌维何？维笋及蒲。其赠维何？乘马路车。笾豆有且，侯氏燕胥。[14]

韩侯取妻，汾王[15]之甥，蹶父[16]之子。韩侯迎止，于蹶之里。百两彭彭，八鸾锵锵，不显其光。诸娣从之，[17]祁祁如云。韩侯顾[18]之，烂[19]其盈门。

蹶父孔武，靡国不到，为韩姞相攸，莫如韩乐。孔乐韩土，川泽訏訏，鲂鱮甫甫[20]，麀鹿噳噳[21]，有熊有罴，有猫[22]有虎。庆既令居，韩姞燕誉[23]。

溥彼韩城，[24]燕师所完。[25]以先祖受命，因时百蛮。王锡韩侯，其追其貊。[26]奄受北国，因以其伯。实墉实壑[27]，实亩实籍。[28]献其貔[29]皮，赤豹黄罴[30]。

译文：

巍峨梁山多高峻，大禹曾经治理它，交通大道因辟成。韩侯来京受册封，周王亲自来宣布：继承先祖宏图业，切莫辜负朕信任。日夜不可稍懈怠，在职需恭虔谨慎。我之册命不轻发，整治不朝诸侯国，辅佐君王守边疆。

四匹公马高又壮，体态雄壮又修长。韩侯入朝来觐见，手持介圭到殿堂，恭行觐礼拜周王。周王赏赐于韩侯，蛟龙大旗羽旄章，纹席车篷错金章，黑色龙袍红色靴，马饰繁缨金铃响，车轼虎皮扶手木，辔头马轭闪金光。

韩侯出行祭路神，先是住宿在杜陵。显父设宴为饯行，备酒百壶香醇美。配酒佳肴有什么？炖鳖蒸鱼味鲜香。所奉蔬菜有什么？嫩笋嫩蒲香喷喷。所赠礼物是什么？四马大车好威风。盘碗摆满整张桌，侯爷吃得笑开颜。

韩侯娶妻办喜事，妻乃厉王外甥女，卿士蹶父之长女。韩侯出发去迎亲，来到蹶地居里巷。百辆车队闹嚷嚷，串串銮铃响叮当，婚礼显赫好排场。陪嫁诸妾随其后，犹如天上铺云霞。韩侯行过曲顾礼，满门光彩真辉煌。

蹶父强健且勇武，足迹踏遍各方土。为他女儿看亲家，还是韩国最安然。韩地民众乐融融，川泽遍布水源足。鳊鱼鲢鱼肥又大，母鹿小鹿齐欢聚。熊罴皆在山林间，还有山猫与猛虎。喜庆在此安乐居，韩姞能够享欢愉。

韩国城墙高又宽，燕国众人修筑成。依循先祖所受命，管辖北方蛮夷人。周王施恩赐韩侯，追貊两族听号令。北方各国都管辖，统领诸侯为首领。筑起城墙挖壕沟，整饬田亩定税章，向王进献珍貔皮，赤豹黄罴也送京。

注释：

①奕奕：高大貌。梁山：按《大清一统志》，“韩城在固安县西南；《县志》今名韩侯营，在县东南十八里。”细审诗义，据现行政区划，当在北京市通县之西，固安县之东北。一说即今山西的吕梁山。

②甸：治理。传说大禹治水开辟九州。

③倬（zhuō）：宽大。道：路。此句意为开辟宽阔的道路。

④缵（zuǎn）：继承。戎：你。祖考：先祖伟业。

⑤榦（gàn）：匡正，征讨。不庭：指不来朝见天子。周制，诸侯应定期朝觐天子纳贡，不来朝觐，被认为是对周王不忠顺的罪状，应予讨伐。方：周围的诸侯国。

⑥辟：君，这里指周王。

⑦张：大。

⑧淑旂（qí）：色彩鲜艳绘有蛟龙、日月图案的旗子。绥：条纹交错的样子。章：旗杆上的彩色羽饰。

⑨钖（yáng）：马额上的金属饰物。

⑩鞹鞃（kuò hóng）：车轼当中用皮革包裹的把手处。浅：带浅毛的虎皮。幭（miè）：车厢前扶手横木上的覆带物。

⑪鞗（tiáo）革：皮的马缰绳。金厄：金属环，缠辔头。

⑫屠：地名，可能是岐山东北的杜陵。

⑬显父：周宣王的卿士。父：对男子的美称。

⑭侯氏：诸侯。燕胥：安乐，燕乐。

⑮汾王：周厉王逃到山西汾水附近，人们称他为汾王。

⑯蹶（jué）父：周朝的卿大夫，姞姓，以封地蹶为氏。其女嫁韩侯后称韩姞。

⑰诸娣（dì）从之：周代婚制，诸侯嫡长女出嫁，诸妹诸侄随从出嫁为妾媵。娣：女弟，即妹。

⑱顾：曲顾。古时贵族男子到女家迎亲，有三次回顾的礼节，称曲顾之礼。

⑲烂：灿烂，光耀。

⑳甫甫：大貌。

㉑噳噳（yǔ yǔ）：鹿多群聚貌。

㉒猫：指山猫。

㉓燕誉：安乐高兴。

㉔溥（pǔ）：广大。彼：那。韩城：韩国都城。

㉕燕师：平安时的民众。周制，各诸侯国都城建筑面积、城垣高度等规格及其常备军人数，据爵位高低而定。韩侯受命为北地方伯，故扩建韩城。完：指修成。此句意指燕国民众修筑完成。

㉖其：助词。追：西戎。貊（mò）：北狄。二者均为少数民族名称。

㉗壑：深沟。这里指挖护城河。

㉘亩：指治理田亩。籍：指征收赋税。此句意指整饬田亩，确定赋税。

㉙貔（pí）：狸类，亦名白狐。

㉚罴（pí）：棕熊。

赏析：

朱熹《诗集传》云："韩侯初立来朝，始受王命而归，诗人作此以送之。《序》亦以为尹吉甫作，今未据。"这首诗写北国韩侯入京朝见周王，以及他迎亲、镇守北方的情况，诗风雄奇中又有艳丽，有力地歌颂了宣王中兴的盛况。全诗的主题是颂扬韩侯，赞扬他接受王国重要政治使命，肩负起作为王国屏障安定北方的重任，受周王的优宠倚重，公卿对他尊慕礼遇；而他所享富贵荣华以及权威，都与其政治地位密切相关。

江 汉

江汉浮浮，①武夫滔滔②。匪安匪游，淮夷来求。③既出我车，既设我旟。匪安匪舒④，淮夷来铺⑤。

江汉汤汤，武夫洸洸⑥。经营四方，告成于王。四方既平，王国庶⑦定。时靡有争，王心载宁。

江汉之浒，王命召虎：式僻四方，彻⑧我疆土。匪疚匪棘，⑨王国来极⑩。于疆于理，至于南海。

王命召虎：来旬来宣。⑪文武受命，召公维翰。⑫无曰予小子，召公是似⑬。肇敏戎公，⑭用锡尔祉。

釐尔圭瓒，⑮秬鬯一卣。⑯告于文人，锡山土田。于周受命，自召祖命。虎拜稽首⑰，天子万年！

虎拜稽首，对扬王休。⑱作召公考，⑲天子万寿！明明⑳天子，令闻不已。矢㉑其文德，洽㉒此四国。

译文：

长江汉水波涛涌，出征将士意气昂。不为安逸和游乐，讨伐淮夷卫家邦。前路已经出兵车，鸟隼彩旗迎风扬。不图安逸和舒适，镇抚淮夷在此挡。

长江汉水浩浩荡，出征将士威武壮。奔波四方平叛乱，战事成功禀我王。四方叛乱已扫平，周王朝安定盛昌。从此安稳无战乱，我王之心方安宁。

长江汉水之岸旁，王向召虎颁命令：开辟四方新疆域，治理划定边疆界。莫要扰民莫过激，要以王都为楷模。划定疆域理田地，直至南海蛮夷境。

我王册命召伯虎，巡视南方宣政令：文王武王受天命，尊祖召公为栋梁。莫说我今尚年轻，早日承继召公业。尽心竭力立大功，赐尔得享厚福禄。

赐尔圭瓒玉为柄，黑黍香酒再一卣。禀告文德昭先祖，再赐尔山川田畴。去到岐周行册封，援例康公之典仪。召虎拜谢叩头礼：恭祝天子寿万年！

下臣召虎叩头拜，答谢天子美意厚。制成铭器召公簋，敬颂天子万年寿！勤勉不倦周天子，美名传播齐颂扬。施行文治广德政，和洽四方诸侯邦。

注释：

①江汉：长江与汉水。浮浮：众多强盛貌。

②滔滔：水势浩大貌。当作“江汉滔滔，武夫浮浮”。

③淮夷：当时在淮水南部沿岸和近海地方的夷族。求：征伐。一说拯救。意指讨伐淮夷，守卫家邦。

④舒：缓慢。

⑤铺：止，阻止。一说列阵。一说通“抚”，安抚。

⑥洸洸（guāng guāng）：威武貌。

⑦庶：表幸望。

⑧彻：治。

⑨匪：表否定。疚：病，这里指扰乱。棘：急。

⑩极：准则。

⑪来：语气助词。旬：巡视。宣：宣示，宣抚。

⑫召公：召虎的先祖，指助武王灭商的召公奭，谥康公。维：是。翰：骨干。

⑬似：通“嗣”，继承。

⑭肇敏：图谋。戎：大。公：功业。

⑮釐：赐。尔：你。圭瓒（zàn）：玉柄酒勺。

⑯秬鬯（jù chàng）：古代以黑黍和郁金酿造的酒，用于祭祀降神及赏赐有功的诸侯，是古代皇帝九种特赐用物（九锡）之一。卣（yǒu）：古酒器。意为再赐一卣黑黍香酒。

⑰稽首（qǐ shǒu）：古代跪拜礼，为九拜中最隆重的一种。跪下并拱手至地，头也至地，常为臣子拜见君主时所用。

⑱对：对答。扬：颂扬。王休：王的美德。一说为美好的赏赐册命。休：美。

⑲作召公考：作召穆公辞，辞刻在庙器上。据郭沫若《青铜时代》，召公考即“召公簋”。簋为古代一种青铜器或陶器，可带铭文。

⑳明明：勤勉。

㉑矢：施行。

㉒洽：和洽。

赏析：

方玉润《诗经原始》云：“盖自铭其器耳。夫淮夷平自是宣王中兴事，然诗非为宣王作，特编《诗》者录之，以见宣王之功也。此中界限不可不明。讵得因其平淮夷，遂漫然以为‘美宣王’而无所区别哉？”据《后汉书·东夷传》，周厉王之时因为政治昏乱，东方的淮夷入寇，虢仲征之，未能取胜。宣王之时，首先消除玁狁之患，然后亲征平定淮夷之乱，并驻江汉之滨，命召伯虎率军征之。召伯虎取胜归来，宣王大加赏赐，召伯虎因而作铜簋以记其功事，并作此诗。

常　武

赫赫明明，[1]王命卿士，南仲大祖，[2]大师皇父。[3]整我六师，[4]以修我戎，既敬[5]既戒，惠此南国！

王谓尹氏[6]：命程伯休父[7]，左右陈行，戒我师旅。率彼淮浦[8]，省此徐土。[9]不留不处，[10]三事[11]就绪。

赫赫业业[12]，有严天子。王舒保作，[13]匪绍匪游。[14]徐方绎骚[15]，震惊徐方。如雷如霆，徐方震惊。

王奋厥武，如震如怒。进厥虎臣，阚如虓虎。[16]铺敦淮溃，[17]仍执丑虏。[18]截彼淮浦，王师之所。

王旅啴啴[19]，如飞如翰[20]，如江如汉，如山之苞[21]，如川之流，緜緜翼翼。[22]不测不克，濯[23]征徐国。

王犹允塞，[24]徐方既来[25]。徐方既同，天子之功。四方既平，徐方来庭[26]。徐方不回[27]，徐方还归。

译文：

周王多显赫英武，任命重臣士大夫，名将南仲是始祖，皇父太师管军务。六军上下严阵待，修整甲兵做准备，提高警惕强戒备，加恩施惠南国境。

周王面谕尹吉甫，即命程伯休父行：左右有序布好阵，全军将士誓师征。沿着淮水旁挺进，省察巡行徐国境。诛杀暴强抚众民，各就其业任三卿。

声势浩大显堂堂，好个威严周天子。从容不迫领兵进，既非信步也不慌。徐国闻风军心动，上下俱是震惊颜。周王之师如雷霆，徐国怎不会惊恐。

周王之师威武勇，威如雷霆势万钧。猛将拼死冲在前，如虎咆哮声阵阵。陈兵布阵淮水岸，乘胜追击擒贼寇。阻击截断淮水旁，王师在此稳驻扎。

周王之师气如虹，如鹰高飞势迅疾，进攻猛如浩荡江，据守稳固如高山。如流水势不可挡，绵延不绝声势强。威不可测必取胜，大举征伐徐国地。

周王谋略实周到，徐国称臣愿归顺。徐国投诚免祸乱，此乃周王仁义功。四方诸侯皆平定，徐国来王都朝觐。徐国既已不违命，周王命班师凯旋。

注释：

①赫赫：威严貌。明明：明智貌。

②南仲：人名，宣王时的主事大臣。大祖：太祖庙。

③大师：太师，统管军事。皇父：周宣王时大臣。

④整：治。六师：六军。据《周礼·夏官》："凡制军，万有两千五百人为军，王六军，大国三军，次国二军，小国一军。"

⑤敬：同"警"，警惕。

⑥尹氏：指周王卿士尹吉甫。或谓尹氏为史官之长，类近世之秘书长。

⑦程伯休父：周大夫，封于程地，爵位伯级，名休父，任大司马。

⑧淮浦：淮水水边。

⑨省：察看。此：这。徐土：指徐国，故址在今安徽泗县一带。

⑩不：语气助词。留：同"刘"，杀，即杀其君。处：吊，安抚。

⑪三事：即三司，指军中三事大夫。据姚际恒《诗经通论》："谓分主六军之三事大夫，无一不尽职以就绪也。"

⑫业业：军旅举止有威仪的样子。

⑬舒：舒徐。保：安。作：起。此句意为从容不迫引军前进。

⑭匪：不。绍：戴震《诗经补注》："如'夭绍'之绍，急也。"游：优游，游逛。与"绍"对文。

⑮绎（yì）骚：扰动，骚动。

⑯阚（hǎn）：虎怒。虓（xiāo）：虎啸。此句意为怒吼如虎啸。

⑰铺：大。敦：屯聚，陈列。淮：淮水。渍（fén）：大堤。

⑱仍：就。执：擒拿。丑虏：对敌军的蔑称。

⑲啴啴（tān tān）：众多而威武的样子。

⑳翰（hàn）：高飞。

㉑苞：根本，根基。一说环抱。

㉒緜緜：绵绵，连续不断。翼翼：壮盛。

㉓濯（zhuó）：大。

㉔犹：通"猷"，谋略。允：诚。塞：实，指谋略不落空。此句

意指周王智慧，谋略皆成。

㉕来：归顺。

㉖来庭：指朝觐。

㉗回：违反。

赏析：

朱熹《诗集传》云："宣王自将以伐淮北之夷，而命卿士之谓南仲为大祖兼大师而字皇父者，整治其从行之六军，修其戎事，以除淮夷之乱，而惠此南方之国，诗人作此以美之。"这是一首叙事性的征战诗，写出了从调兵遣将到得胜回朝的全过程。钱锺书《管锥编》言其叙事之妙在于以"比"来咏兵法，"姜南《学圃余力》解此章略云：'如飞，疾也；如江，众也；如山，不可动也；如川，不可御也；绵绵，不可绝也；翼翼，不可乱也；不测，不可知也；不克，不可胜也。'二子（孙子、尉缭子）言兵势，皆不外乎《诗》之意。"

瞻　印

瞻卬①昊天，则我不惠。孔填②不宁，降此大厉③。邦靡有定，士民其瘵。蟊贼蟊疾，靡有夷届。④罪罟不收，⑤靡有夷瘳⑥。

人有土田，女反有之。人有民人，女复夺之。此宜无罪，女反收之。彼宜有罪，女复说⑦之。

哲夫成城，哲妇倾城。懿厥哲妇，⑧为枭为鸱。妇有长舌，维厉之阶。乱匪降自天，生自妇人！匪教匪诲，时维妇寺⑨。

鞫人忮忒，⑩谮始竟背。⑪岂曰不极，伊胡为慝？如贾三倍，君子是识。妇无公事⑫，休其蚕织。

天何以刺？何神不富⑬？舍尔介狄⑭，维予胥忌。不吊⑮不祥，威仪不类⑯。人之云亡，邦国殄瘁！

天之降罔⑰，维其优矣。人之云亡，心之忧矣。天之降罔，维其几矣。人之云亡，心之悲矣。

觱沸槛泉，⑱维其深矣。心之忧矣，宁自今矣！不自我先，不自我后。藐藐昊天，无不克巩。无忝[19]皇祖，式救尔后。

译文：

仰望苍天意深沉，为何对我却无情。天下久久不太平，降下大祸世不宁。国内无处能安定，士人庶民苦难言。病虫为害庄稼毁，长年累月无止境。罪恶法网不紧收，苦难深渊难减轻。

人家有块好田地，你却侵夺据己用。人家拥有的劳力，你却夺取占便宜。这人原本无罪过，你却将他来拘捕。那人该是罪恶徒，你却赦免又宽恕。

有才男子成大业，智谋女子毁国家。可叹此妇太猖狂，如枭如鸱恶名当。花言巧语善说谎，灾难邪恶祸根藏。祸乱不是从天降，而是源于那妇人。不是他人来教唆，只因贴近卑琐人。

罗织罪名穷陷害，前言后语相违背。难道她还不狠毒，穷凶极恶无人比！好比奸商发横财，君子洞察心自明。妇人不做女工事，养蚕织布全抛开。

苍天为何责罚你？神灵为何不庇护？元凶夷狄全不顾，一味对我猜疑忌。人们遭灾不怜悯，纲纪败坏不管束。良臣贤士尽离去，国家危急陷困厄。

苍天无情降法网，严酷繁多难防备。良臣贤士皆离散，忧国忧民苦果尝。苍天无情降法网，频繁危急无处藏。良臣贤士全杀光，心中无限痛悲怆。

涌泉翻腾水花涌，汩汩流泉深难测。忧国忧民心思重，为何今日愁更添？生前不降重灾难，死后祸乱更无关。皇天后土神力伟，控制生灵定乾坤。切勿辱没你先祖，拯救家国为子孙。

注释：

①卬（yǎng）：通“仰”。

②填（chén）：通“陈”，久。

③厉：祸患。

④靡有：没有。夷：语气助词。届：至，极。

⑤罪罟：刑罪之法网。不：表否定。收：拘收，逮捕。

⑥瘳（chōu）：病愈。

⑦说：通“脱”，脱罪或赦免。

⑧懿：通“噫”，叹词。哲：智。此句意为有智谋的女子毁灭国家。

⑨寺：寺人，阉人。

⑩鞫（jū）：穷尽。忮（zhì）：嫉妒，忌恨。忒：变。此句意为罗织罪名只为陷害。

⑪谮（zèn）：诬陷，进谗言。始：开始。竟：终。背：违背，自相矛盾。

⑫公事：即功事，指妇女所从事的纺织蚕桑之事。

⑬富：福祐。

⑭介狄：元凶。

⑮吊：善。

⑯类：善。

⑰罔：通“网”。

⑱觱（bì）沸：涌出。槛（jiàn）泉：泉水上涌的样子。

⑲忝（tiǎn）：辱没，有愧于。

赏析：

这是一首讽刺周幽王乱政亡国的诗。周幽王昏愦腐朽，宠幸褒姒，败坏纪纲，任用奸人，斥逐贤良，倒行逆施，招致天怒人怨。与此同时，北方犬戎趁机入侵，杀周幽王于骊山下，致西周灭亡。因此，诗人作诗讽刺之。“妇有长舌，维厉之阶”“乱之于一妇”等不过是迁怒之词。“鞫人忮忒，谮始竟背”“岂曰不极，伊胡为慝”恰恰是对统治阶级内部相互倾轧的控诉。这种经济、政治上的种种混乱，正是王朝末期的凶兆。

召 旻

旻天疾威，①天笃降丧。瘨②我饥馑，民卒流亡，我居圉卒荒！③

天降罪罟，蟊贼内讧。昏椓靡共，[4]溃溃回遹，[5]实靖夷我邦。

皋皋訿訿，[6]曾不知其玷。兢兢业业，孔填不宁，[7]我位孔贬。

如彼岁旱，草不溃[8]茂，如彼栖苴[9]。我相此邦，无不溃止。

维昔之富不如时，维今之疚不如兹。彼疏斯粺，[10]胡不自替[11]？职兄斯引！[12]

池之竭矣，不云自频[13]。泉之竭矣，不云自中。溥[14]斯害矣，职兄斯弘，不烖[15]我躬！

昔先王受命，有如召公，日辟国百里。今也日蹙[16]国百里。於乎哀哉！维今之人，不尚有旧[17]！

译文：

苍天暴虐逞凶狂，连降灾害和死丧。凶岁荒年灾情重，十室九空尽流亡，国土荒芜边疆穷。

天降罪网真严重，蟊贼内讧自相戕。谗言乱政职不就，昏愦邪僻肆逞凶，想要毁灭我家邦。

尔虞我诈进谗言，身有污点不自知。君子谨慎心惶恐，许久不能得安闲，可惜职位太低贱。

好比大旱荒年到，地里百草不丰茂，像那枯草歪伏倒。看看如今国家样，崩溃灭亡逃不脱。

昔时富足今日穷，时弊最是此地凶。人吃粗粮他食米，何不自责退朝职？情况越来越严重。

池水枯竭非一天，外部水源已断绝？泉水枯竭源头断，并非因内中堵塞？这场祸害太普遍，却还任由其发展，我亦深受此灾难。

昔日先王受天命，得有贤臣如召公。日辟疆土百余里，如今疆土日缩减。可叹可悲真痛心！如今满朝文武臣，何不遵先王章程？

注释：

①旻（mín）天：《尔雅·释天》：“秋为旻天。”此泛指天。疾威：暴虐。

②瘨（diān）：灾害。

③居：国中。圉（yǔ）：边境。此句意为国土荒芜，边境穷困。

④椓（zhuó）：通“诼”，谗言相谤。一说《郑笺》：“昏、椓皆奄人也。椓，椓毁阴者也。”共：同“供”，供职。意为昏、椓之人难当其职。

⑤溃溃：昏乱的样子。回遹（yù）：邪僻。

⑥皋皋：亦作“皋皋”，愚顽貌。一说欺诳。参阅清马瑞辰《毛诗传笺通释》。訿訿（zǐ zǐ）：诽谤诋毁。

⑦孔：很。填（chén）：长久。不宁：不得安闲。

⑧溃：遂。

⑨苴（chá）：枯草。

⑩疏：糙米。粺（bài）：细米。昔贤者禄薄食粗，今反之。

⑪替：退让，废弃。

⑫职兄斯引：指奸佞小人长居高位。职：主。兄：“况”的假借。引：长，延长。

⑬频（bīn）：海滨。

⑭溥（pǔ）：同“普”，普遍。

⑮烖（zāi）：同“灾”。

⑯蹙（cù）：收缩。

⑰旧：先王旧法规。或曰昔日老臣。

赏析：

方玉润《诗经原始》云：“序云：‘旻，闵也，闵天下无如召公之臣’，殊穿凿不成文理。……大凡朝政之乱，无不出内以及外。况幽王嬖宠褒姒，而褒姒又工于谗谮，为厉之阶。则一时小人‘皋皋訿訿’，因缘倖进，乘隙而弄国家之柄者，又岂少哉？”《召旻》首章反复陈说老天不仁，使得百姓受饥馑荼毒，流离失所，实际上是斥责周幽王宠信奸人，败坏政事，自己位卑无可奈何。尾章“维今之人，不尚有旧”之拷问，是诗人濒临绝望之际发出，发人深省。

颂

颂是王室宗庙祭祀或举行重大典礼时的乐歌，配有音乐及舞蹈，分为《周颂》《鲁颂》《商颂》，其中《周颂》三十一篇，《鲁颂》四篇，《商颂》五篇，共四十篇，合称“三颂”。《周颂》大部分是西周初年周王朝的祭祀乐章，也有昭王时期的作品。《鲁颂》是春秋时期鲁国的颂歌。《商颂》是春秋时期宋人追述祖业（宋为殷商后裔）之作。

《左传》襄公二十九年（公元前544年），吴公子季札聘问鲁国，请观周朝赐给鲁国的音乐。他对颂大加赞美：“至矣哉！直而不倨，曲而不屈，迩而不逼，远而不携，迁而不淫，复而不厌，哀而不愁，乐而不荒，广而不宣，施而不费，取而不贪，处而不底，行而不流。五声和，八风平，节有度，守有序，盛德之所同也。”总的说来，颂的音乐是平和的、有节度的。《毛诗序》说：“颂者，美盛德之形容，以其成功，告于神明者也。”用音乐来表演盛德，季札的话或可供大家想象。

周颂清庙之什

清　庙

於穆清庙，[1]肃雍显相。[2]济济多士，[3]秉文之德，[4]对越在天，[5]骏奔走在庙。不显不承，[6]无射[7]于人斯！

译文：

啊，这肃穆清静的祖庙，助祭显赫又雍容。威仪整齐众祭者，秉承文王之德教，遥对文王在天灵，奔走在庙步不停。文王之德后人尊，仰慕之情永不变。

注释：

①於（wū）：叹词。穆：庄严，美好。清庙：祭文王的庙。清：肃穆清静。

②肃雍：形容祭者的态度肃穆雍容。显：高贵显赫。相：助祭的人，此指助祭的公卿诸侯。

③济济：众多。多士：指祭祀时承担各种职事的官吏。

④秉：怀着，操持。文：周文王。一说，文之德，指文德，文事方面的才德。

⑤对：报答。越：作“於”字解。一说，宣扬。意为遥对文王在天之灵。

⑥不：同“丕”，发语词。显：光明。承：尊奉。

⑦射（yì）：同“斁”，厌恶。

赏析：

《毛诗序》云：“《清庙》，祀文王也。周公既成洛邑，朝诸侯，率以祀文王焉。”《清庙》是礼赞周文王奠基伟业的篇什。全诗叙写了君王与群臣在一派雍容典雅、庄严肃穆的氛围中追怀文王盛德的情景。此诗在艺术描写上颇得文章写作避实就虚之妙，着重从侧面刻画参祭者的态度和崇敬心情，以此来表现文王恩泽遍及后世。文王事迹虽杳不可见，但祭者虔诚恭敬，文王盛德之善美于此可见一斑。

维天之命

维天之命，於穆不已。於乎不显，①文王之德之纯！假以溢我，②我其收③之。骏惠我文王，曾孙笃之。④

译文：

那天命至高无上，庄严肃穆无穷尽。无比显耀放光明，文王品德多纯正。嘉美之德使我慎，德行永远要继承。遵顺文王之教化，子孙后代忠奉行。

注释：

①不：通“丕”，大也。显：显耀，显明。此句意为文王品德光大显耀。

②假以溢我：以嘉美之道戒慎于我。假：通“嘉”，美好。马瑞辰《毛诗传笺通释》：“《尔雅·释诂》：‘溢、慎、谧，静也。’……诗言‘溢我’，即慎我也，慎我即静我也，静我即安我。”

③收：受，接受。

④曾孙：自称。《郑笺》云：“自孙之子而下，事先祖皆称曾孙。”此指后代的帝王。笃：厚行。之：代词。

赏析：

《笺》曰：“告太平者，居摄五年之末也。文王受命，不卒而崩。今天下太平，故承其意而告之，明六年制礼作乐。”《维天之命》即是周公摄政六年祭祀文王的乐歌。全诗以简洁的文笔反复赞颂文王之德光明纯正、彪炳后世，以此劝慰成王等。前四句颂扬文王德配天命，后四句礼赞文王德被子孙，象征文王未竟之业后继有人。此诗语言古朴，不作夸饰，体现出宗庙祭歌的严肃特色。

维 清

维清缉熙，①文王之典。肇禋，②迄用有成。③维周之祯④。

译文：

周朝政教清又明，文王典章指路灯。伟功始于祭天礼，最终基业开创成。这是周朝之祥祯。

注释：

①维：发语词。缉：连续。熙：光明。此句感叹当时天下清平光明，无败乱秽浊之政。

②肇（zhào）：开始。禋（yīn）：祭天。指文王征伐前的祭天。

③迄：至。有成：有天下。

④祯：吉祥。

赏析：

《毛诗序》云："《维清》，奏象舞也。"据《礼记·仲尼燕居第二十八》载："子曰：'升歌《清庙》，示德也。下而管《象》，示事也，是故古之君子，不必亲相与言也，以礼乐相示而已。'"《维清》是歌颂文王武功的祭祀乐舞的歌辞，通过模仿（所谓"象"）其外在的征战姿态来表现其内在的武烈精神。该诗言简意赅，意味隽永。清胡承珙认为此诗是周公为配合武王所制舞之节奏而作。演奏时，祭者边歌边舞，人神欢洽，敬重虔诚之心寄于登歌祝颂之间，较好地达到了"奉神""治人"的双重目的。

烈　文

烈文辟公，[①]锡兹祉福，惠我无疆，子孙保之。无封靡于尔邦，[②]维王其崇之。[③]念兹戎功[④]，继序其皇之。[⑤]无竞维人，四方其训之。不显维德，百辟其刑之。於乎前王不忘!

译文：

功德并重众诸侯，先王赐尔莫大福，给予恩惠也无量，子孙代代受福祉。勿在国中骄奢逸，一心尊崇周文王。感念尔等立大功，发扬光大又弘扬。国强莫过有贤才，四方才会来归顺。美德显耀真荣光，诸君应当为榜样。先王典范永不忘!

注释：

①烈：武功。一说“光明”。文：指文德。辟（bì）公：指助祭诸侯。

②封：大。靡：累，罪恶。一说“封”指专利敛财，“靡”指奢侈。此句意指勿要骄奢淫逸。

③维：乃。崇：尊敬。意为极其尊敬周文王。

④戎功：大功。

⑤继序：继承祖业。序：通“叙”，业。皇：美好，光大。此句意指继承祖业，将之发扬光大。

赏析：

《毛诗序》云：“《烈文》，成王即政，诸侯助祭也。”《笺》：“新王即政，必以朝享之礼祭于祖考，告嗣位也。”周初，武王崩，成王即位，因其年尚幼小，其叔父周公旦摄政。七年后周公归政于成王。成王掌政，便在宗庙举行了祭礼大典，各路诸侯前来助祭。《烈文》便是此时所赋，意在诫勉助祭诸侯。

天　作

天作高山，[①]大王荒之。[②]彼作矣，文王康[③]之。彼徂矣，[④]岐有夷之行，[5]子孙保之。

译文：

上天造就岐山高，大王初始拓荒难。天生万物人建宅，文王继业民安康。民众归顺奔岐山，周遭大道多平坦，子孙永保这地方。

注释：

①天：上天。作：生，造就。高山：指岐山，在今陕西岐山东北。

②大王即太王，亦名古公亶父，为周文王祖，故以为先王。荒：治理。一说始辟。据严粲《诗缉》："治荒为荒，犹治乱为乱也。今谚言开荒，即始辟之意也。"此句意指周文王始创基业之难。

③康：安定。

④彼：指民众。徂（cú）：往，到。此指归顺周文王。

⑤据朱熹《诗集传》："夷，平。行，路也。"此句隐喻政治清明之意。

赏析：

方玉润《诗经原始》云："文王治岐为王业之盛；光前裕后，二君为大。故《序》以为'祀先王先公'，似矣。然何以下乃接云'彼徂矣岐，有夷之行；子孙保之'，则又似重在岐，而非'祀先王先公'之谓也。"认为此诗是"享岐山也"。此诗词简意赅，凝练清峻。

昊天有成命

昊天有成命[1]，二后[2]受之。成王不敢康，夙夜基命宥密。[3]於缉熙，单[4]厥心，肆其靖之。[5]

译文：

昭昭上天有指令，文王武王受天命。成王不敢享安逸，日夜思量治国家。继承光大先祖制，殚精竭虑保天命，天下太平民安定。

注释：

①成命：犹明命，既定的天命。

②二后：指文王、武王。

③夙夜：日夜。基命：王者始承的天命。基：奉将。宥密：宏深远大。一说，宽仁宁静。

④单：通“殚”，竭力。一说诚厚。

⑤肆：巩固。其：助词。靖：安定。之：代指周朝江山基业。

赏析：

《毛诗序》：“《昊天有成命》，郊祀天地也。”《笺》：“昊天，天大号也。有成命者，言周自后稷之生而已有王命也。文王、武王受其业，施行道德。成此王功，不敢自安逸，早夜始信天命，不敢懈倦，行宽仁安静之政，以定天下。宽仁，所以止苛刻也。安静，所以止暴乱也。”文王、武王大兴武功，灭掉残暴的殷商王朝，奠定周朝统治的基础，之后继位的成王不耽于享受，日夜为国事尽心竭力，真正稳固了八百年周朝基业。这首颂诗正是周康王及后人祭祀成王时所唱。

我将

我将我享，[1]维羊维牛，维天其右之。[2]仪式刑文王之典，[3]日靖四方。伊嘏文王，既右飨之。[4]我其夙夜，畏天之威，于时[5]保之。

译文：

奉上祭品献神灵，祭品有牛还有羊，祈求上天佑周邦。典章法度效文王，日日谋求安四方。伟大文王美名扬，配祀上天受献飨。日夜勤勉为国忙，敬循天道谨行事，才能保佑我周邦。

注释：

①我：周武王自称。将：奉，拿。享：献祭。

②右：保佑，佑助。之：代国家，下同。此句意指祈求上天庇佑周邦。

③仪、式、刑：三字同义，皆为效法之义。文王之典：周文王制定的法则。

④既右飨之：既佑助而祭享之。飨：神来享用祭品。

⑤时：通“是”。

赏析：

《毛诗序》云：“《我将》，祀文王于明堂也。”《笺》：“将，犹‘奉’也。我奉养我享祭之羊牛，皆充盛肥腯，有天气之力助。言神飨其德而右助之。”《我将》是一首祭祀诗，祭祀的是天帝和周朝的创始人——文王姬昌。古人对上天既畏惧又崇拜；祭文王既是赞颂文王的丰功伟绩，也强调效法文王的典章制度，并祈祷文王显灵保佑他们平安。

时　迈

时迈其邦，①昊天其子之。实右序有周，②薄言震③之，莫不震叠④。怀柔百神，及河乔岳⑤。允王维后，明昭有周，式序在位。载戢干戈，载櫜弓矢。⑥我求懿德，肆于时夏。⑦允王保之。

译文：

武王巡视各邦国，天之骄子美名留。皇天佑助我大周，当初征讨殷商纣，神威大震惊诸侯。祭祀天地众神灵，山川百神都来享。万国主宰是武王！无比荣光周王朝，按照位次来封赏。兵器干戈尽收藏，强弓利箭装入囊。讲求美德好风尚，遍及华夏各地方。周室永保国兴旺！

注释：

①时迈：按时巡狩。迈：行，指巡视。其邦：各个邦国。

②实：语气助词。一说指“实在，的确”。右：同“佑”，保

佑。序：顺，顺应。右序：保佑帮助。意为皇天庇佑大周朝。

③震：震动，指以武力威胁。

④叠：通“慑”，恐惧。

⑤乔岳：高山。

⑥櫜：藏弓箭的袋，指装袋。此两句指周武王偃武修文，不再用兵。

⑦肆：陈列，谓施行。夏：华夏。指周王朝所统治的天下。此句意指美德遍及华夏诸邦。

赏析：

这是周武王灭商后，巡行诸侯各邦，祭祀苍天和山川诸神的诗。诗中用词精炼，含意深刻。诗虽短小，但层次井然有序。明孙鑛《孙月峰先生批评诗经》云：“赋此巡守而朝会祭告之乐歌也。首二句，甚庄甚快，俨然坐明堂，朝万国气象。下分两节，一宣威，一布德，皆以周起，允王结，整然有度，遣词最古而腴。”

执　竞

执竞武王，[①]无竞维烈。[②]不显成康[③]，上帝是皇[④]。自彼成康，奄[⑤]有四方，斤斤[⑥]其明。钟鼓喤喤[⑦]，磬筦将将。[⑧]降福穰穰[⑨]，降福简简[⑩]。威仪反反[⑪]，既醉既饱，福禄来反[⑫]。

译文：

武王奋发持强道，功业显耀世无双。明君成王和康王，天帝降福美名扬。自那成康时代起，周有天下遍四方，英明治世功无量。鸣钟击鼓声洪亮，击磬吹管乐悠扬。皇天赐福多又广，洪福普降世祥泰。威仪慎重又大方，酒足饭饱多酣畅，福禄不断赐周邦。

注释：

①执：持。竞：《郑笺》：“竞，强也。能持强道者，维有武王耳。”此句意指周武王奋发图强。

②无竞：无与伦比。维：助词。烈：功业，指伐纣克商。

③成康：指成王、康王。

④皇：美好。

⑤奄：包括，覆盖。

⑥斤斤：明察。

⑦喤喤（huáng huáng）：指声大而和。

⑧磬：古代打击乐器，由石或玉制成，形如曲尺，悬于架上。莞：通“管”，指竹制乐器。将将：指乐器会集声。

⑨穰穰（ráng ráng）：众多貌。

⑩简简：盛大貌。

⑪反反：慎重。

⑫反：反复。

赏析：

朱熹《诗集传》云：“此祭武王、成王、康王之诗。……武王持其自强不息之心，故其功烈之盛，天下莫得而竞，岂不显哉！成王、康王之德，亦上帝之所君也。”此诗是周人祭祀开国之祖的乐章。周武王兴兵克商，成王一统天下，康王时期统治进一步得到巩固和加强。全诗充满了肃穆悲壮的气氛，烘托了周人先祖的崇高形象，表达了人们的无限崇敬之情。

思　文

思文后稷，①克配彼天。立我烝民，②莫匪尔极③。贻我来牟，④帝命率育。无此疆尔界，陈常于时夏。⑤

译文：

常思那先王后稷，功德堪比天帝矣。养育天下老百姓，无人不受你恩惠。赐给我们好麦种，天命由它来供养。不分疆界和彼此，遍及华夏都推广。

注释：

①思：语气助词。一说为“思念”。文：文德，即治理国家、发展经济的功德。后稷：周族的始祖，相传他曾主管农事，教民种植五谷，因而被后人尊为“稷神”。

②立：假借为粒，谷粒。此处作动词用，有养育之意。我：助词。烝民：众民。烝：同“蒸”，众也。

③极：至德，即最大的好处。

④贻：遗，留下。我：指民众。来：小麦。牟（móu）：大麦。

⑤陈：遍布。常：常规。此指种植农作物的方法。于：在。时：此。夏：华夏。

赏析：

《毛诗序》云：“《思文》，后稷配天也。”《笺》：“克，能也。立，当作‘粒’。烝，众也。周公思先祖有文德者，后稷之功能配天。昔尧遭洪水，黎民阻饥，后稷播殖百谷，蒸民乃粒，万邦作义。天下之人无不于汝时得其中者。言反其性。”《思文》是周王郊祀天帝、后稷，祈祷年谷丰收、国家昌盛时所唱的乐歌。

周颂臣工之什

臣　工

嗟嗟臣工[1]，敬尔在公。王釐[2]尔成，来咨来茹。[3]嗟嗟保介[4]！维莫之春，[5]亦又何求？如何新畬[6]？於皇来牟，将受厥明。[7]明昭上帝，迄用康年。[8]命我众人：庤乃钱镈，[9]奄观铚艾。[10]

译文：

群臣百官听我言，在职当勤勉谨慎。君王赐予你成法，周密研究再议询。农官也得听指令，如今节令为暮春，有何要求请说来，新田旧田如何种。今年麦子长势好，秋天将有好收成。昭昭天帝多英明，赐我丰收好年景。嘱咐诸位好农人：备好锄铲等农具，同看收割欣喜景！

注释：

①臣工：臣官，指诸侯的卿士。

②釐：通“赉”，赐。

③来：助词。咨：谋议。茹：测度，度量。

④保介：农官。一说介通“甲”，是保卫天子的武士。

⑤维：发语词。莫（mù）：古“暮”字。莫之春即暮春，是麦将成熟之时。

⑥新畬（yú）：新田熟田。耕未三年叫新，过三年叫畬。

⑦厥：其，指代将熟之麦。明：成，指收成。刘瑾《诗传通释》：“古以年丰谷熟为成。”此句意为秋天将有好收成。

⑧迄用：终于。康年：丰年。

⑨庤（zhì）：储备。乃：助词。钱（jiǎn）：农具名，掘土用，类似后世之锹。镈（bó）：农具名，除草用，类似后世之锄。

⑩奄：全，尽。观：看。铚（zhì）：古代一种短小的镰刀。艾（yì）：借为“刈”，收割。

赏析：

《臣工》是一首农事诗，告诫群臣、农官和众人，表现了周代统治者对农业的重视。周王关心农业生产，训勉群臣勤恳工作，贯彻执行国家发展农业的政策，感谢上天赐予丰收。

噫嘻

噫嘻成王，既昭假尔。[1]率时农夫，播厥百谷。骏发尔私[2]，终[3]三十里。亦服尔耕，十千维耦[4]。

译文：

成王轻语作祈告，敬意明示诸先祖。我将率领诸农官，把那百谷杂粮种。田官推动尔之耜，三十里处是尽头。大力配合齐耕作，万人耦耕结成双。

注释：

①既：已。昭假（gé）：招请。假：通“格”，至，降临。尔：指所请的神，即成王之灵。

②骏：通“畯”，田官。一说为大。私：一种农具“梠（sì）”的形误。一说指私田。此句意指田官鼓励民众耕作。

③终：井田制的土地单位之一。每终占地一千平方里，纵横各长约三十一点六里，取整数称三十里。

④耦（ǒu）：两人各持一耜，并肩耕种。

赏析：

这是一首反映春天祈谷的诗。此诗的创作时代历来争议较大，一说是在周成王时期，一说是在周康王时期。此诗叙述了周王祭祀完上天及先公先王，而后亲率官、农播种百谷，并训示田官勉励农夫努力耕田，共同劳作的情景，较为具体地反映了周初的农业生产和典礼实况。

振 鹭

振①鹭于飞，于彼西雝②。我客戾止，③亦有斯容④。在彼无恶⑤，在此无斁⑥。庶几夙夜⑦，以永终誉。⑧

译文：

一群白鹭振羽翅，西边泽畔任意飞。贵客助祭多荣光，衣冠雅洁又端庄。他在封国无人厌，在此邦也受赞扬。无论昼夜皆勤勉，美德声名永传扬。

注释：

①振：鸟群飞貌。

②雝（yōng）：水泽。一说为辟雍。

③我客：指宋国诸侯微子。戾（lì）、止：到。孔子称赞微子是殷“三仁”之一。微子被周王朝封到宋国后，对外尊周天子为天下共主，对内广施仁德，得到殷商遗民的拥戴。夏商之后，周王以客待之诸侯，而不以为臣，故称“客”。

④斯容：这样的容貌，指像白鹭一样高洁。

⑤无恶：无人厌恶。恶：恶感，怨恨。

⑥无斁（yì）：无人厌弃。

⑦夙夜：从早到夜。指勤于政事。

⑧以：用来。永：长，永远。终誉：即盛誉，恒久的荣誉。

赏析：

方玉润《诗经原始》云：“《振鹭》，微子来助祭也。……《左传》皇武子曰：‘宋，先代之后，于周为客，天子有事，膰焉，有丧，拜焉。’按周之隆宋自愈于杞，盖一近一远，近亲而远疏，亦理势所自然也。《商颂》亦称‘嘉客’，指夏后。此称‘客’，指殷后也。”此诗是殷商后裔宋微子来周助祭时的乐歌。武王克商以后，封虞之后于陈，封夏之后于杞，封商之后纣王之子武庚于殷墟。成王初年，武庚叛乱被诛，周王朝改封纣王庶兄微子于宋。微子深得宋国民众爱戴，与周王朝关系亦极为融洽。微子来周助祭，周人载歌载舞，以示欢迎。

丰 年

丰年多黍多稌①，亦有高廪②，万亿及秭③，为酒为醴，烝畀祖妣，④以洽百礼，降福孔皆⑤。

译文：

丰年收获黍稻多，座座粮仓皆堆满，储存几有亿万数，酿成美酒甜又香，敬献诸神先祖酌。牺牲玉帛合仪礼，恩泽普降多吉祥。

注释：

①稌（tú）：稻。

②廪（lǐn）：仓库。

③秭（zǐ）：万亿为秭。这里的“亿”指的不是中上数的10^8（万万），而是下数的10^5（十万）。

④烝：进献。畀（bì）：给予。祖妣（bǐ）：指男女祖先。

⑤皆：普遍。朱熹《诗集传》：“洽，备。皆，遍也。……言其收入之多，至于可以供祭祀，备百礼，而神降之福将甚遍也。”

赏析：

《毛诗序》云：“《丰年》，秋冬报也。”此诗是秋收后祭祀神灵祖先时所唱的乐歌。诗中描绘了丰收时的景象和用百礼祭祀祖妣的情景，祈望宗祖神灵普降洪福。此诗语言洗练，典雅古朴。

有 瞽

有瞽有瞽，①在周之庭。设业设虡，②崇牙树羽，③应田县鼓④，鞉磬柷圉。[5]既备乃奏，箫管备举[6]。喤喤[7]厥声，肃雍[8]和鸣，先祖是听。我客戾止，永观厥成[9]。

译文：

盲人乐师排成行，聚集宗庙前庭上。钟磬木架摆设好，五彩羽毛架上装。小鼓大鼓齐排列，鞉磬柷圉列停当。乐器齐备就演奏，排箫竹管都奏响。众乐声响多洪亮，肃穆和谐声悠扬，先祖神灵皆来赏。嘉宾贵客都来到，乐曲终成齐赞赏。

注释：

①有：语气助词。瞽（gǔ）：盲人。这里指周代的盲人乐师。

②设：架设。业：悬挂乐器的横木上的大板，为锯齿状。虡（jù）：直木架，上有业。

③崇牙：设在大版上，像象牙齿，可以悬挂乐器。树羽：在崇牙上做装饰的五彩鸟羽。

④应：小鼓。田：大鼓。县：通“悬”。鼓：打击乐器。

⑤鞉（táo）：通“鼗”，长柄，鼓身两旁缀灵活小耳，执柄摇动时，两耳双面击鼓作响。磬：玉石制的板状打击乐器。柷（zhù）：木制的打击乐器，状如漆桶，中有椎柄，令左右击，为开始演奏的信号。圉（yǔ）：打击乐器，状如伏虎，背上有锯齿，敲击以止乐。

⑥备举：一齐奏乐。

⑦喤喤（huáng）：洪亮和谐。

⑧肃雍：形容乐声舒缓和谐。

⑨成：指一曲终了。一说此指祭礼完毕。

赏析：

《毛诗序》云：“《有瞽》，始作乐而合乎祖也。”《笺》：“王者始定，制礼功成。‘作乐合’者，大合诸乐而奏之。”此诗是表现周王祭祀先祖时乐队齐奏的盛况。篇幅虽短，但对演奏前的准备、演奏动用了全套乐器而“八音克谐”，以及神灵降临、宾客欣赏等过程写得细致完整。结尾时虚实并举，气氛渲染也颇具特色。

潜

猗与漆沮，[1]潜[2]有多鱼。有鳣有鲔，[3]鲦鲿鰋鲤。[4]以享以祀，以介景福。[5]

译文：

漆水和沮水物丰美，鱼类繁多栖柴丛。有那鳣鱼和鲔鱼，还有鲦鲿和鲇鲤。用来祭祀献祖先，求得福祉永绵延。

注释：

①猗（yī）与：赞美之词。漆、沮（jū）：岐山下面的两条河，在今陕西省渭河以北。

②潜：投入水中供鱼栖息的柴堆，以便捕捉。

③鳣（zhān）：江苏叫黄鱼，无鳞，肉黄，大者可达二、三丈长。鲔（wěi）：鲟鱼，青黄色，腹白色，体形较大。此句与下句并用，意在说明漆水、沮水中鱼类繁多，物种丰富。

④鲦（tiáo）：白条鱼，长仅数寸，状如柳叶，鳞细而白。鲿（cháng）：黄颊鱼。鰋（yǎo）：鲇鱼，无鳞。鲤：鲤鱼。

⑤介：助，一说祈求。景：大。意指求得福祉永续。

赏析：

《潜》是记述春祭周王献鱼求福、宗庙祭祀盛况的乐歌。《毛诗序》云：“《潜》，季冬荐鱼，春献鲔也。”按此说法，这首诗所写的祭祀按时间分有两种，供奉鱼的品种亦不同。《孔疏》中云：“冬则众鱼皆可荐，故总称鱼；春唯献鲔而已，故特言鲔。”

雍

有来雍雍，[1]至止肃肃[2]。相维辟公，[3]天子穆穆[4]。於荐广牡，[5]

相予肆祀[6]。假哉皇考，[7]绥予孝子。[8]宣哲维人，[9]文武维后。燕[10]及皇天，克昌厥后。绥我眉寿，介以繁祉。既右烈考，[11]亦右文母[12]。

译文：

来客举止很从容，到达庙堂肃穆恭。助祭皆是公与侯，主祭天子仪容肃。进献一头大公牛，助君完成祭献礼。伟大先父周文王，保佑孝子得安宁。聪明智慧皆贤臣，能文能武是圣君。安定周邦及皇天，繁荣衍及子孙辈。皇考佑我得长寿，赐我洪福多吉庆。敬劝皇考享祭品，拜劝母亲也品尝。

注释：

①有：助词。来：指前来祭祀的人。雍雍：和顺貌。

②肃肃：严肃恭敬貌。助祭诸侯态度之恭敬，不仅是对祭祀对象，而且是对居祭祀中心地位的周天子本人。

③相：助祭。维：助词。下同。辟公：诸侯。

④穆穆：举止端庄肃敬貌。既表周天子祭祀的端庄态度，又表其形态的盛美与威严。

⑤於（wū）：语气助词。荐：进献。广：大。牡：雄牛。

⑥肆祀：祭名，谓以全牛全羊祭祀祖先。

⑦假：大。哉：助词。皇考：对已死去父亲的美称。

⑧绥：安定。予孝子：我这孝子，主祭者即武王自称。

⑨宣哲：明哲，指文王为人明哲睿智。人：臣也。

⑩燕：安。

⑪右：保佑。既：已。烈考：有功业的先父。

⑫文母：有文德的先母。旧以为指周文王之妻太姒。

赏析：

这是一首周王祭祀先祖的乐歌。刘向认为此诗作于周武王时期。古代祭祀活动完毕，在撤去祭品时，要演奏一段乐曲。朱熹明确解此诗为周武王祭祀文王后撤祭时所唱的乐歌。这种由诸侯助祭皇考的典仪始自武王，既表现出周天子的权威，也暗示了诸侯的臣服，成为周王室政权巩固的标志。

载见

载见辟王，[①]曰求厥章。龙旂阳阳，[②]和铃央央，[③]鞗革有鸧，[④]休有烈光。[⑤]率见昭考，[⑥]以孝以享。以介眉寿，永言保之，思皇多祜。[⑦]烈文[⑧]辟公，绥以多福，俾缉熙于纯嘏。[⑨]

译文：

诸侯初次朝周王，求赐制度及典章。蛟龙旗帜随风扬，车上和铃响叮当。马辔铜饰光灿灿，美丽华灿显荣光。相率拜祭先王灵，敬奉祭品请神享。祈求神明赐长寿，保佑后世俱安康，赐予美善福禄广。文武兼备诸侯公，先王赐予多福禄，使你显耀永辉煌。

注释：

①载：开始。见：觐见。辟（bì）王：君王，指周成王。

②龙旂（qí）：画有蛟龙图案的旗，旗杆头系铃。阳阳：色彩鲜明。一说即“扬扬”，旗飘动飞扬之貌。

③和铃：两种铃，和挂在车轼前，铃挂在旗上。央央：铃声。

④鞗（tiáo）革：马络头的下垂装饰。鸧（qiāng）：鸧鸧，铜饰美盛貌。一说铜饰相击之声。此句意指马辔铜饰光彩耀眼。

⑤休：美。有：助词。烈光：光耀。

⑥率：带领。见：拜祭。昭考：皇考。此处指周武王。

⑦思：语气助词。皇：大，美。多祜：厚福。

⑧烈文：有功业，有文德。

⑨俾：使。缉熙：光明，显耀。于：助词。纯嘏（gǔ）：大福。

赏析：

《毛诗序》云：“《载见》，诸侯始见乎武王庙也。”《笺》：“诸侯始见君王，谓见成王也。曰求其章者，求车服礼仪之文章制度也。交龙为旂。鞗革，辔首也。鸧，金饰貌。休者，休然盛壮。”这首诗是周成王初即位，率领前来朝见的诸侯拜谒武王庙祭祀求福的乐歌。前半部分写诸侯来朝时的情景气氛，后半部分是祝颂祈福之词。

有 客

有客有客，①亦白其马②。有萋有且，③敦琢其旅。④有客宿宿⑤，有客信信⑥。言授之絷，⑦以絷其马。薄言追之，左右绥之。⑧既有淫威⑨，降福孔夷。

译文：

远方客人来造访，驾车白马甚健壮。随从人员多且精，个个品德皆贤良。客人已经住两天，多住几天情谊重。为留客人拿马索，绊住马儿不让行。客人走时为践行，群臣百官来欢送。待客有德且宽厚，天赐福禄更丰足。

注释：

①客：指宋微子。周既灭商，封微子于宋，以祀其先王，微子来朝祖庙，周以客礼待之，故称为客。同前所释义。

②白其马：殷人尚白色，微子乘白马，有不忘故国之意。

③有萋有且（jū）：即“萋萋且且”，形容随从众多的样子。

④敦（duī）琢：意为雕琢，有选择美好，精心挑选之意。旅：通“侣”，伴侣，指微子的随从众臣。此处形容其随从众臣都是贤者。

⑤宿宿：住两夜。

⑥信信：住四夜。

⑦言：发语词。絷（zhí）：拴马索。用马索拴住马匹，意指留客。

⑧左右：指来送行的周王的公卿大夫们。绥：安抚。之：代指客人。

⑨淫威：意谓大德，含厚待之义。

赏析：

《毛诗序》云："《有客》，微子来见祖庙也。"《笺》："成王既黜殷命，杀武庚，命微子代殷后，既受命来朝而见也。"这是一首封于宋地的殷商后代微子来朝拜周祖庙时，周王设宴饯行时所唱的乐歌，诗中赞美微子的德行，描写了微子在周地备受欢迎的情形。

武

於皇武王，[①]无竞维烈。[②]允文文王，[③]克开厥后。[④]嗣武受之，[⑤]胜殷遏刘，[⑥]耆[⑦]定尔功。

译文：

啊！英明神武周武王，丰功伟绩世无双！文王功德确实高，开创基业建周朝。后继武王承天命，打败商周天下平，奠定功业世不朽！

注释：

①於（wū）：赞叹词。皇：大，光耀。意指颂扬武王英明神武。

②无竞：无人能比。维：助词。烈：功业，指克商功绩。

③允：确实。文：文德。意指文王功德高。

④克：能。开：开辟。厥：其，指周文王。后：指后世功业。

⑤嗣：后嗣。武：指周武王。意指后继武王能继承祖命。

⑥遏：制止。刘：杀戮。意为打败殷商，制止杀戮，使得天下承平。

⑦耆（zhǐ）：致，达到。

赏析：

《毛诗序》："《武》，奏《大武》也。"《笺》："《大武》，周公作乐，所为舞也。"这是歌颂武王克商大功的乐舞，篇幅虽短，却写得郑重庄严，气势恢宏。

周颂闵予小子之什

闵予小子

闵予小子，[①]遭家不造[②]，嬛嬛在疚。[③]於乎皇考，[④]永世克孝！[⑤]念兹皇祖[⑥]，陟降庭止。[⑦]维予小子，夙夜敬止。於乎皇王，继序[⑧]思不忘！

译文：

念我嗣位尚年幼，新遭父丧实不幸，孤独无援心忧伤。先父武王多英明，终身尽孝敬先祖。想我祖父初秉政，任贤黜佞国运隆。而我年幼已即位，日夜勤政求成功。先王灵前发誓言，继承大业永铭记。

注释：

①闵（mǐn）：通“悯”，可怜。郑笺说是“悼伤之言”。予小子：成王自称。

②不造：不幸。此指遭周武王之丧。

③嬛嬛（qióng qióng）：同“茕茕”，孤独无依貌。在：助词。疚：忧伤。

④於乎：即“呜呼”。皇考：指武王。

⑤永世：一辈子。克：能。孝：孝敬先祖。

⑥皇祖：指祖父周文王。

⑦陟降（zhì）：升降，上下。庭：通“廷”，公正。止：有法度。一说为语气词。

⑧继序：继承王业。

赏析：

《毛诗序》云："《闵予小子》，嗣王朝于庙也。"《笺》："'嗣王'谓成王也。除武王之丧，将始即政，朝于庙也。"此诗当作于周成王三年（公元前1039年），是周成王除武王之丧，将要执政时，朝拜于祖庙，祭告其父王和祖父的诗。此诗章法严谨，条理清晰，先抒先王去世的哀痛，再颂先祖先父之美德，最后表明不忘遗命的决心。

访　落

访予落止，[1]率时昭考。[2]於乎悠哉，朕未有艾。[3]将予就之[4]，继犹判涣。[5]维予小子，未堪家多难。绍庭上下，[6]陟降厥家。[7]休矣皇考。[8]以保明[9]其身！

译文：

即位之初商国事，遵循先王所定策。为君之道太精深，阅历未丰心惴惴。纵有群臣来相助，继承宏业谋大事。我登此位尚年轻，未料家国多事端。继承先王治国道，任贤黜佞肃朝纲。父王英明又伟大，护佑勉励我斗志。

注释：

①访：谋，商讨。落：开始。止：语气助词。意指成王即位之初向群臣谋政。

②率：遵循。时：是。昭考：显赫的先父，指武王。

③朕：成王自称。艾：阅历。据《尔雅·释诂》："艾，历也。"此句意指自己当时年幼无知。

④就之：接近他，指就位。

⑤继犹：继续图谋。判涣：分散。一说大。马瑞辰《毛诗传诗经·周颂通释》："判涣，叠韵，字当读与《卷阿》诗'伴奂尔游矣'同。伴、奂皆大也，《说文》：'伴，大貌。'奂字注：'一曰，大也。'"

⑥绍：继续。庭：朝堂。上下：或升上或降下。

⑦陟（zhì）降：提升和贬谪。厥（jué）家：指群臣百官。

⑧休：美。矣：助词。皇考：指武王。

⑨保明：勉励。

赏析：

《毛诗序》云："《访落》，嗣王谋于庙也。"此诗写周成王初即位，在武王庙祭祖时，表示将继承先王之道，善用群臣。诗歌把成王慕道心切之情描绘得淋漓尽致，把他锐意进取，立志要继承祖先皇业的复杂心态展示在读者面前。

敬之

敬①之敬之，天维显思，②命不易哉！③无曰高高在上，陟降厥士，④日监在兹。维予小子，不聪敬止？日就月将，⑤学有缉熙⑥于光明。佛时仔肩，⑦示我显德行。

译文：

牢记处世须谨慎，苍天在上理昭彰，天命凶吉难违抗！莫说皇天高在上，佞人贤士出入朝，日夜监视明秋毫。我初登基尚年轻，谨慎倾听更稳妥。日积月累有精进，勤学明理厚积淀。任重道远我承担，美德仪礼为准则。

注释：

①敬：通"儆"，警戒。

②维：是。显：明察，明白。方玉润《诗经原始》："显，明也。思，语辞。"此句意指天理昭彰。

③命：天命。易：变更。此句谓天命不是一成不变的。

④陟降：提升和贬谪。厥：其。士：庶士，指群臣。一说士，通"事"。

⑤日就月将：日有所得，月有所进。意为日积月累。就：成就。

将：进。

⑥缉熙：积累光亮，喻指掌握知识渐广渐深。马瑞辰《毛诗传笺通释》："《说文》：'缉，绩也。'绩之言积。缉熙，当谓渐积广大以至于光明。"

⑦佛（bì）：通"弼"，辅助。一说指大。时：通"是"，这。仔肩：责任。马瑞辰《毛诗传笺通释》："克，胜也，胜亦任也。"郑笺："仔肩，任也。"

赏析：

这是周成王表达敬天思想、勇担责任的一首诗歌。此时的成王已逐步走向成熟，他在《敬之》中表达了两层意思：对群臣的告诫和严格的自律。年幼而不谙朝政的成王，群臣或许有私心可逞；而逐渐掌握治国之道的成王，群臣只能恭顺和服从，甚至还有些许的恐惧。

小毖

予其惩，[①]而毖[②]后患！莫予东荓蜂，[③]自求辛螫[④]。肇允彼桃虫，[⑤]拚飞维鸟。[⑥]未堪家多难，予又集于蓼。[⑦]

译文：

管蔡之乱为借鉴，谨慎稳妥除后患。莫当我是荓和蜂，自招毒刺狠蜇咬。没人辅助心不安，独自操劳心厌倦。鹪鹩初始不起眼，化为凶鸟成祸患。邦国多难不堪负，今陷困境甚煎熬。

注释：

①予：成王自称。其：语气助词。惩：警戒。

②毖（bì）：谨防。

③荓（píng）：一种鸢尾科植物，又称马蔺。蜂：蜜蜂。一说同"甹夆"，牵引，扶持。此句意指莫视我为荓和蜂。

④辛螫（shì）：陈奂《诗毛氏传疏》："辛螫，《释文》引《韩诗》作辛赦，云：'赦，事也。'辛事，谓辛苦之事。"

⑤肇：开始。允：相信。彼：那。桃虫：即鹪鹩，小鸟。传说此鸟最终将变为大鹏。

⑥拚（fān）飞：翻飞。拚：通“翻”。此二句指武庚开始很弱小，后来羽毛丰满，勾结管叔蔡叔叛乱，意喻小患不除必酿成大祸。

⑦蓼（liǎo）：一种有苦味的草，古人常以之喻辛苦。此句喻自己又陷入困境。

赏析：

《毛诗序》云：“《小毖》，嗣王求助也。”《笺》：“毖，慎也。天下之事当慎其小，小时而不慎，后为祸大，故成王求忠臣早辅助己为政，以救患难。”此诗是写在平定管蔡之乱后，周成王总结历史教训，用以自勉自警。此诗富有哲理，诗中以桃虫为喻，深入浅出，含蓄生动。

载芟

载芟载柞，[1]其耕泽泽[2]。千耦其耘，[3]徂隰徂畛。[4]侯主侯伯，侯亚侯旅，侯彊侯以。[5]有嗿其馌，[6]思媚其妇，有依其士。[7]有略[8]其耜，俶载南亩。[9]播厥百谷，实函斯活。[10]驿驿其达，[11]有厌其杰。[12]厌厌[13]其苗，绵绵其麃[14]。载获济济[15]，有实其积，万亿及秭。为酒为醴，烝畀祖妣，以洽百礼。有飶[16]其香，邦家之光。有椒其馨，[17]胡考[18]之宁。匪且有且，匪今斯今，振古如兹。

译文：

清理野草砍杂木，辛勤耕耘松土壤。千人耕地齐劳动，开垦新田筑田垄。家长长子同出工，幼子晚辈紧跟从，雇来壮汉当帮工。田间送饭众人食，农妇温柔又勤劳，耕田农夫力无穷。翻土耒耜真锋利，开始耕种南亩中。百谷及时播下种，颗粒饱满生机旺。小芽纷纷拱出土，禾苗高大色泽亮。禾苗繁多且茂盛，间苗除草忙不停。收获谷物真是多，露天堆满打谷场，万斛亿斛来计量。清酒甜酒精心酿，敬奉神灵先祖尝，完成百礼供祭飨。蒸煮饭食喷喷香，家国增辉众荣光。

献祭椒酒味香醇，祝福老人永安康。耕耘并非今年忙，丰收亦非始此法，自古以来就这样。

注释：

①载：发语词。芟（shān）：割除杂草。柞（zuò）：砍除树木。

②泽泽：土地分解貌。

③耦：二人并肩耕作。耘：除杂草。此句意为千人耕种，协作劳动。

④徂（cú）：前往。隰（xí）：低湿地。畛（zhěn）：田间分界的小路。

⑤侯：语助词，犹“维”。主：家长，古代一国或一家之长均称主。伯：长子。亚：叔、仲诸子。旅：幼小子弟辈。彊：同“强”，强壮者。以：雇工。此三句意指全家老小，以及雇佣人等齐上阵。

⑥嗿（tǎn）：众人饮食声。馌（yè）：送至田间的饭菜。意为送饭到田间，众人吃饭。

⑦有依：马瑞辰《毛诗传笺通释》，“有依为壮盛之貌。”其：助词。下同。士：此指农夫。

⑧略：锋利。

⑨俶（chù）：始。载：耕种。南亩：向阳的田。

⑩实：种子。函：充满。活：生机。

⑪驿驿：接连不断。《尔雅》作“绎绎”，朱熹《诗集传》训“苗生貌”。达：指出土。

⑫有厌：美好。杰：特出高大之苗。

⑬厌厌：整齐茂盛貌，秀美貌。

⑭麃（biāo）：古通“穮”，除草。一说为谷物的穗。

⑮济济：朱熹《诗集传》，“济济，人众貌。”

⑯飶（bì）：通“苾”，芳香。

⑰椒：花椒树。一说香气缭绕。另一说指以椒浸制的酒。馨：芳香。意为献祭的椒酒味道香醇。

⑱胡考：老年人。

赏析：

《毛诗序》："《载芟》，春藉田而祈社稷也。"《笺》："藉田，甸师氏所掌，王载耒耜所耕之田，天子千亩，诸侯百亩。'藉'之言'借'也，借民力治之，故谓之'藉田'。"此诗是周天子春季藉田祭祀社稷的乐歌，详细描写了一年中的农事活动，既具体又生动。

良 耜

畟畟①良耜，俶载南亩。播厥百谷，实函斯活。或来瞻女，载筐及筥，②其馕③伊黍。其笠④伊纠⑤，其镈斯赵。⑥以薅荼蓼，⑦荼蓼朽止。黍稷茂止，获之挃挃⑧。积之栗栗⑨，其崇如墉，其比如栉，⑩以开百室。百室盈止，妇子宁止。杀时犉牡，⑪有捄⑫其角。以似以续，⑬续古之人。

译文：

好耜入土真锋利，先到南面去耕地。百谷种子广播撒，粒粒蕴含生命力。有人前来看望你，担着方筐和圆筐，盛装饭食是黍米。草编笠帽头上戴，手持锄头翻土地，除去荼蓼诸野草。野草腐烂作肥料，黍稷谷物长势好。挥镰收割嚓嚓响，禾垛如山高堆起。高高粮垛如城墙，排列整密如梳齿，纳入同族百户家。粮仓全都满盈盈，妇人儿女可安定。宰杀黑唇黄公牛，头上长着弯弯角。每年如常般祭祀，延续古人之礼仪。

注释：

①畟畟（cè cè）：形容耒耜的锋刃快速入土的样子。

②筐：方形竹器。筥（jǔ）：圆形竹器。意为带着各式筐。

③馕（xiǎng）：送来的饭食。

④笠：笠帽。

⑤纠：编织。

⑥镈（bó）：锄头。赵：锋利。意为手持锋利的锄头。

⑦以：来。薅（hāo）：除草。荼蓼：泛指田野沼泽间的杂草。

⑧挃挃（zhì zhì）：镰刀割禾声。

⑨栗栗：众多貌。

⑩比：排列，此言其广度。一说为密。栉（zhì）：梳子、篦子等梳头发的用具。意为粮垛排列得紧密如齿梳。

⑪时：是，这。犉（rún）：牛长七尺。或称黄毛黑唇的牛。意指宰杀这头公牛。

⑫捄（qiú）：兽角长而弯曲。

⑬似：通"嗣"，继承。意为每年持续祭祀。

赏析：

《毛诗序》云："《良耜》，秋报社稷也。"又方玉润《诗经原始》："案：此诗当秋祭而预言冬获，则前诗当春祭，何不可以预言秋成？是《载芟》为春祈无疑矣。盖二诗皆举农工本末而言。"这是周王在秋收以后祭祀土谷神灵的乐歌。由耕耘、收获再到祭祀，层层深入，结构严谨。全诗多形象描写，比喻妥帖自然，显得生动活泼，一幅古代农村生活的画卷如在眼前。

丝　衣

丝衣其紑，[1]载弁俅俅。[2]自堂徂基，[3]自羊徂牛。鼐鼎及鼒，[4]兕觥其觩[5]，旨酒思柔。不吴不敖，[6]胡考之休！[7]

译文：

丝绸祭服白又亮，头戴弁冠显恭顺。从那庙堂到门塾，祭牲用羊又用牛。大鼎小鼎食物满，兕角酒杯弯又长，美酒香醇味和柔。轻言细语不倨傲，寿命久长享安康。

注释：

①丝衣：神尸所穿的丝质白色祭服。其：助词。紑（fóu）：鲜

洁貌。

②载：通“戴”。弁（biàn）：鹿皮帽。俅俅（qiú qiú）：形容冠饰美丽的样子。《说文》：“俅，冠饰貌。”一说恭顺貌。

③堂：庙堂，或以为是明堂。基：通“畿”，门塾之基。意为从庙堂到门塾之地。

④鼐（nài）：大鼎。鼒（zī）：小鼎。指大鼎小鼎皆装满食物。

⑤觩（qiú）：古同“觓”，兽角弯曲貌。

⑥吴：喧哗。敖：通“傲”。指说话轻言细语，神色也不傲慢。

⑦胡考：长寿。之：助词。休：美好。一说指福禄。

赏析：

《毛诗序》：“《丝衣》，绎宾尸也。高子曰：‘灵星之尸也。’”《笺》：“绎，又祭也。天子诸侯曰绎，以祭之明日。卿大夫曰宾尸，与祭同日。周曰绎，商谓之肜。”这是周朝祭神的歌舞诗。从祭祀所着的衣冠写起，继而写到祭祀的场所和准备的牺牲，祭祀后的宴饮，以及祝祈的敬重和虔诚，可见祭祀的氛围之庄严肃穆。

酌

於铄王师，①遵养时晦。②时纯熙矣，③是用大介④。我龙⑤受之，跻跻王之造。⑥载用有嗣⑦，实维尔公允师⑧。

译文：

英勇威武天子师，挥兵东征灭昏君。形势明朗国兴旺，故有祥瑞佐周王。我承恩宠受之命，勇武王师成霸业。若能承传而相继，为国立功美名扬。

注释：

①於（wū）：叹词，此处表赞美。铄（shuò）：通“烁”，辉煌。王师：天子的军队。

②遵：率，此指率兵。养：攻取。据《毛传》：“养，取。”

时：是，这。晦：晦昧，糊涂。此指昏庸之君。

③时：局势。纯：大。熙：光明。矣：助词。

④大介：大善。马瑞辰《毛诗传笺通释》："《尔雅·释诂》：'介，善也。'大介即大善，犹大祥也。"

⑤龙：光荣，荣宠。

⑥蹻蹻（jiǎo jiǎo）：勇武之貌。造：事功，成就。意为王师勇猛，能成就霸业。

⑦嗣：继承，一说官员。

⑧实：是。维：助词。尔：指周武王。公：通"功"，事业。一说周公、召公。允：的确。一说通"统"，统领。师：用兵之道。

赏析：

《毛诗序》云："《酌》，告成《大武》也。言能酌先祖之道以养天下也。"《笺》："周公居摄六年，制礼作乐，归政成王，乃后祭于庙而奏之。其始成，告之而已。"这首诗是赞美周武王伐纣得天下的功绩，全诗不用比兴，字里行间洋溢着雄浑之意。

桓

绥万邦，①娄②丰年，天命匪解③。桓桓④武王，保有厥士，⑤于以四方，克定厥家。於昭于天，皇以间之⑥。

译文：

万国和睦，屡获丰年，遵从天命不懈怠。威武骁勇周武王，拥有贤人和兵将，平定四方安天下，周室安定国兴旺。功德昭著于上苍，皇天明视我周邦。

注释：

①绥：和。万邦：指天下各诸侯国。

②娄：通"屡"，经常。

③解：通"懈"，懈怠。

④桓桓：威武的样子。

⑤保有：拥有。厥：其。士：犹事，指功业。一说指武士。

⑥间（jiàn）：通“瞷”，监察。意为上天在细细审视周邦。

赏析：

《毛诗序》云：“《桓》，讲武类祃也。桓，武志也。”《笺》：“类也，祃也，皆师祭也。”又方玉润《诗经原始》：“《小序》谓‘讲武类祃，亦未尽非，但不若邹肇敏云‘祀武王于明堂’之说为较切耳。”《桓》一诗展现了武王讨伐殷商、平定天下的赫赫武功，是一首在祭祀仪式上演奏的乐歌。

赉[1]

文王既勤止，我应受之。敷时绎思，[2]我徂维求定，时[3]周之命。於绎思！

译文：

文王为政多勤劳，我当继承治国道。扩展基业永不停，矢志不移谋安定。周邦承受上天命，文王功德铭记心！

注释：

①赉（lài）：赐予。武王赏赐功臣。

②敷：布。时：是。一说敷时为普世，指天下所有诸侯。绎（yì）：连续不断。思：语气助词。

③时：是。一说通“侍”，承受。

赏析：

《毛诗序》云：“《赉》，大封于庙也。赉，予也，言所以锡予善人也。”《笺》：“大封，武王伐纣时封诸臣有功者。”这首诗是武王克商还都，祭祀文王分封功臣的乐歌。武王在克商还都后，没有沉醉在胜利后的喜庆中，而是冷静地意识到自己的责任重大，展现了武王上承文王之德，具备励精图治、平定天下的治世才能，兼有对诸侯臣属的勉励和训诫之意。

般①

於皇时周，陟②其高山，嶞山乔岳，③允犹翕河，④敷⑤天之下，裒时之对，⑥时周之命。

译文：

壮哉我大周江山！登上巍峨之高山，狭长高耸山连绵，沇沈诸河皆汇流。普天之下众神灵，齐聚这里享祭祀，大周受命永长久！

注释：

①般：乐名，是巡狩四岳河海的一种歌乐。

②陟（zhì）：登高。

③嶞（duò）：狭长的山。山：山峰。乔：高。岳：高大的山。

④允：通“沇”，古济水的上游。犹：通“沈”，渭河下游的一条支流。翕：汇合。河：黄河。允犹二水，合于黄河。

⑤敷：同“普”，遍。

⑥裒（póu）：聚集。对：配，指配祭。一说为疆土。意为齐聚在这里享祭祀。

赏析：

《毛诗序》云：“《般》，巡守而祀四岳河海也。般，乐也。”《笺》：“於乎美哉，君是周邦而巡守，其所至则登其高山而祭之，望秩于山川。小山及高岳，皆信案山川之图而次序祭之。河言‘合’者，河自大陆之北敷为九，祭者合为一。”这是一首写周王巡狩并祭祀山川的颂诗，抒写了普天之下都归顺于周的喜悦之情，境界开阔。

鲁　颂

朱熹《诗集传》云："鲁，少皞之墟，在《禹贡》徐州蒙羽之野，成王以封周公长子伯禽。今袭庆、东平府，沂、密、海等州即其地也。成王以周公有大勋劳于天下，故赐伯禽以天子之礼乐，鲁于是乎有颂，以为庙乐。其后又作诗以美其君，亦谓之颂。"

駉

駉駉[①]牡马，在坰[②]之野。薄言[③]駉者，有驈有皇，[④]有骊有黄，[⑤]以车彭彭[⑥]。思无疆，[⑦]思马斯臧[⑧]。

駉駉牡马，在坰之野。薄言駉者，有骓有駓，[⑨]有骍有骐，[⑩]以车伾伾[⑪]。思无期[⑫]，思马斯才。

駉駉牡马，在坰之野。薄言駉者，有驒有骆，[⑬]有駵有雒，[⑭]以车绎绎[⑮]。思无斁[⑯]，思马斯作[⑰]。

駉駉牡马，在坰之野。薄言駉者，有駰有騢，[⑱]有驔有鱼，[⑲]以车祛祛[⑳]。思无邪，思马斯徂[㉑]。

译文：

高大肥壮的雄马，放牧在远处郊野。那些肥壮的马儿，有驈马也有騜马，有骊马也有黄马，驾车强壮而有力。奔跑路远不设限，马儿骏美多肥壮。

高大肥壮的雄马，在那远处郊野中。那些肥壮的马儿，有骓马也有駓马，有骍马也有骐马，驾车疾行颇有力。雄壮力大难估量，马儿持久力又强。

高大肥壮的雄马，在那远处郊野中。那些肥壮的马儿，有骍马也有骆马，有骝马也有雒马，驾车行驶善奔驰。精力无穷不厌倦，马儿膘壮善腾跃。

高大肥壮的雄马，在那远处郊野中。那些肥壮的马儿，有骃马也有騢马，有驔马也有鱼马，驾车驰骋身矫健。沿着大道不偏斜，马儿飞般奔远方。

注释：

①駉（jiōng）：马肥壮貌。

②坰（jiōng）：远郊。据《尔雅·释地》："邑外谓之郊，郊外谓之牧，牧外谓之野，野外谓之林，林外谓之坰。"

③薄言：皆语气助词。

④有：有些。下同。驈（yù）：黑马白股。皇：黄白相杂的马。

⑤骊：纯黑色的马。黄：黄栗色的马。

⑥彭彭：强壮有力貌。

⑦思：谋虑。无疆：无止境。

⑧臧：善，优良。

⑨骓（zhuī）：苍白杂色马。駓（pī）：黄白杂色马。

⑩骍（xīn）：赤黄色的马。骐：青黑色的马。

⑪伾伾（pī pī）：强壮有力貌。

⑫无期：无穷期。

⑬驒（tuó）：有鳞状斑纹的青色马。骆（luò）：黑鬃黑尾的白马。

⑭骝（liú）：赤身黑鬣的马。雒（luò）：黑身白鬣的马。

⑮绎绎：同"驿驿"，指马善跑。

⑯斁（yì）：厌倦。

⑰作：振作，腾跃。

⑱骃（yīn）：浅黑带白的杂毛马。騢（xiá）：赤白色的杂毛马。

⑲驔（diàn）：黄色脊毛的黑马。鱼：指两眼周围长白毛的马。

⑳祛祛（qū qū）：强健貌。

㉑徂：善跑。

赏析：

鲁是周公长子伯禽的封国，位于今山东曲阜一带。周成王因周公有大功于天下，故赐伯禽以天子之礼乐。鲁国于是有了《颂》诗，作为庙堂的乐歌。《駉》是一首咏马诗，是鲁人为歌颂僖公重视马政、牧马颇盛而作。全诗四章结构相同，运用重章叠句的形式反复颂美，极力铺张，生机勃勃的群马跃然纸上。此诗被称为咏马诗之祖。

有　駜

有駜①有駜，駜彼乘黄②。夙夜在公，③在公明明④。振振鹭，⑤鹭于下。鼓咽咽⑥，醉言舞。于胥⑦乐兮！

有駜有駜，駜彼乘牡。夙夜在公，在公饮酒。振振鹭，鹭于飞。鼓咽咽，醉言归。于胥乐兮！

有駜有駜，駜彼乘骃。夙夜在公，在公载燕。自今以始，岁其有。君子有穀，⑧诒孙子。于胥乐兮！

译文：

马儿骏健又强壮，拉车四马皮毛黄。从早到晚奉公事，身在公署极勤勉。手执鹭羽翩翩舞，好像白鹭落地栖。鼓声咚咚响不停，趁着醉意都起舞。一起享乐心舒畅！

马儿骏健又强壮，四匹公马真肥壮。从早到晚勤公事，公事之余同饮酒。手执鹭羽翩翩舞，好似白鹭自在翔。鼓声咚咚响不停，趁着醉兴把家归。一起享乐心快慰！

马儿肥壮令人赞，拉车四骃气势昂。从早到晚奉公事，身居公署享宴乐。从今开始享太平，年年都有好收成。君子美善有福禄，福泽世代子孙沾。众人和乐笑开颜！

注释：

①駜（bì）：马强壮貌。

②乘黄：四匹黄马。

③夙夜在公：从早到晚，勤于公务。公：官府。

④明明：通“勉勉”，勤勉。

⑤振振：鸟群飞貌。鹭：鹭鸶。据朱熹《诗集传》：“振振，群飞貌。鹭，鹭羽，舞者所持，或坐或伏，如鹭之下也。”

⑥咽咽：鼓声有节奏。

⑦胥：皆、都。

⑧君子：指鲁僖公。有：得享。穀：福禄，一说“善”。

赏析：

《毛诗序》云：“《有駜》，颂僖公君臣之有道也。”《笺》：“‘有道’者，以礼义相与之谓也。”这诗赞颂的是鲁僖公和群臣饮宴，不废政事，人人欢乐并贻福后代。据《左传》等史书记载，鲁国多年饥荒，僖公采取措施，获得了丰收，民心才稍稍安定，僖公也因此被称为中兴之君，诗人作诗颂扬他的功绩。

泮　水

思乐泮水[①]，薄[②]采其芹。鲁侯戾止，[③]言[④]观其旂。其旂茷茷[⑤]，鸾声哕哕[⑥]。无小无大，从公于迈。

思乐泮水，薄采其藻。鲁侯戾止，其马蹻蹻。其马蹻蹻，其音昭昭[⑦]。载色[⑧]载笑，匪怒伊教。[⑨]

思乐泮水，薄采其茆[⑩]。鲁侯戾止，在泮饮酒。既饮旨酒，永锡难老[⑪]。顺彼长道，屈此群丑[⑫]。

穆穆[⑬]鲁侯，敬明其德。敬慎威仪，维民之则。允文允武，昭假烈祖。[⑭]靡有不孝[⑮]，自求伊祜。[⑯]

明明鲁侯，克明其德。既作泮宫，淮夷攸服。矫矫[⑰]虎臣，在泮献馘[⑱]。淑问如皋陶[⑲]，在泮献囚。

济济多士，克广德心。桓桓于征，狄[⑳]彼东南。烝烝皇皇，[㉑]不吴不扬，[㉒]不告于訩[㉓]，在泮献功。

角弓其觩[㉔]，束矢其搜。[㉕]戎车孔博，徒御无斁。既克淮夷，孔淑不逆。式固尔犹，淮夷卒获。

翩彼飞鸮[26]，集于泮林。食我桑黮[27]，怀[28]我好音。憬[29]彼淮夷，来献其琛[30]。元龟象齿，大赂南金。[31]

译文：

欢欣赶赴泮水滨，采撷水芹备大典。主公鲁侯仪驾到，远观绘龙之旂旗。旂旗飘飘迎风展，车驾鸾铃声悦耳。群臣不分贵或贱，都随鲁公迤逦行。

欢欣赶赴泮水滨，采撷水藻备大典。主公鲁侯仪驾到，坐下马儿真强健。那匹雄马真健壮，鲁侯声音很洪亮。面色和悦带笑容，不怒自威树新风。

欢欣赶赴泮水滨，采撷莼菜备大典。主公鲁侯仪驾到，宏伟泮宫饮酒庆。开怀畅饮甘甜酒，祈盼上苍赐青春。泮宫两侧长官道，大批俘虏跪拜迎。

庄严和美之鲁侯，庄敬恭谨品德高。恭敬慎重其威仪，堪为众民之表率。文德武功兼具备，传承列祖伟功业。尊天敬祖行孝道，福禄祯祥理应得。

勤勉明理之鲁侯，庄敬恭谨品德高，筹划修建伟泮宫，淮水夷族皆归服。勇猛虎将身矫健，泮宫水滨献左耳。善讯贤臣如皋陶，泮宫进献众敌囚。

众多贤士齐汇集，倾力推广贤德政。威武之师踏征程，消除东南淮夷乱。文臣武将气势盛，既不喧嚣声不高，也不争名谋利益，泮宫献俘展战功。

战士挽角弦紧绷，羽箭群射嗖嗖响。冲阵兵车极宽稳，徒步驾车不倦怠。既已攻克淮夷族，上下归顺不敢逆。坚持战略决策佳，方能速胜淮夷族。

鸮鸟翩然飞翔至，群集泮水之林中。既吃我的桑葚果，感念我之仁爱心。淮夷既然已臣服，赶忙前来把宝献，美玉巨龟和象牙，还有美玉南方铜。

注释：

①泮（pàn）水：古代学宫前的水池，形状如半月。

②薄：语气助词。

③鲁侯：指鲁僖公。戾：到来。止：到。

④言：乃。

⑤茷茷（pèi pèi）：飘扬貌。

⑥哕哕（huì huì）：有节奏的铃声。

⑦昭昭：声音洪亮。

⑧色：脸色和悦。

⑨伊：是。教：教导。意为不怒自威，更能教导人。

⑩茆（mǎo）：莼菜，一种可食的水草。

⑪锡：同“赐”。难老：长寿。此句意为祈盼上苍赐予长寿。

⑫群丑：对敌人的蔑称，指淮夷。

⑬穆穆：庄重和善貌。

⑭昭：祷。假：通“嘏”，福。烈祖：有功业的祖先，指周公旦、鲁公伯禽。

⑮孝：同“效”。

⑯伊：是，此。祜（hù）：福。此句意为理应获得此福禄。

⑰矫矫：勇武貌。

⑱馘（guó）：古代战争中割取敌人的左耳，以计数献功。

⑲皋陶：尧舜时担任掌管刑狱的理官。

⑳狄：通“剔”，清除，扫荡。

㉑烝烝：生气勃勃，兴盛貌。皇皇：声势大。

㉒吴：喧哗。扬：高声。此句意为不高声喧哗。

㉓讻（xiōng）：争讼，纷争。

㉔觩（qiú）：弯曲貌。一说弓弦松弛貌。

㉕束矢：五十支一束的箭。其：助词。搜：众多，一说强劲。

㉖鸮（xiāo）：猫头鹰。

㉗桑黮：同“桑葚”，桑树果实。

㉘怀：馈。

㉙憬（jǐng）：觉悟。

㉚琛（chēn）：珍宝。

㉛大：多。赂：借为“璐”，美玉。南金：南方产的铜。

赏析：

方玉润《诗经原始》云：“诗前半皆饮酒落成新宫，后半乃威服醜夷，故中间云‘既作泮宫，淮夷攸服’，诗旨甚明。何《小序》仅释前半文义，而《集传》又以献馘实事为颂祷虚词，岂不谬哉？”鲁侯出场的描写细致入微，宴饮、战争等大场面只用寥寥数语勾画，概括精炼。结尾用猫头鹰因吃了桑葚而声音变得美妙动听来比喻淮夷受教化后而觉悟归服，可谓匠心独具。

閟宫

閟宫有侐，①实实枚枚。②赫赫姜嫄，其德不回③。上帝是依，无灾无害。弥月④不迟，是生后稷，降之百福。黍稷重穋，⑤植穉菽麦。⑥奄有下国，⑦俾民稼穑。有稷有黍，有稻有秬⑧。奄有下土，缵禹之绪。⑨

后稷之孙，实维大王⑩，居岐之阳，实始翦商⑪。至于文武，缵大王之绪，致天之届，⑫于牧之野⑬。无贰无虞，⑭上帝临女！敦⑮商之旅，克咸厥功。王曰叔父，⑯建尔元子⑰，俾侯于鲁⑱。大启尔宇，为周室辅。

乃命鲁公，俾侯于东。锡之山川，土田附庸。周公之孙，庄公之子，⑲龙旂承祀，六辔耳耳⑳。春秋匪解，享祀不忒。皇皇后帝！皇祖后稷！享以骍牺，㉑是飨是宜，降福既多。周公皇祖，亦其福女！

秋而载尝，㉒夏而楅衡，㉓白牡骍刚。㉔牺尊将将，㉕毛炰胾羹。㉖笾豆大房㉗。万舞洋洋，㉘孝孙有庆，俾尔炽而昌，俾尔寿而臧！保彼东方，鲁邦是常。不亏不崩，不震不腾。三寿作朋，㉙如冈如陵。

公车千乘，朱英绿縢，㉚二矛重弓。㉛公徒三万，㉜贝胄朱綅，㉝烝徒增增。㉞戎狄是膺，荆舒是惩，则莫我敢承。俾尔昌而炽，俾尔寿而富！黄发台背，㉟寿胥与试。㊱俾尔昌而大，俾尔耆而艾！㊲万有千岁，眉寿无有害。

泰山岩岩[38]，鲁邦所詹。奄有龟蒙，[39]遂荒大东，[40]至于海邦，淮夷来同。莫不率从，鲁侯之功。

保有凫绎，[41]遂荒徐宅[42]。至于海邦，[43]淮夷蛮貊，及彼南夷，莫不率从。莫敢不诺，鲁侯是若。

天赐公纯嘏，眉寿保鲁。居常与许，[44]复周公之宇。[45]鲁侯燕喜，令妻寿母。宜大夫庶士，邦国是有。既多受祉，黄发儿齿[46]。

徂徕[47]之松，新甫[48]之柏，是断是度[49]，是寻是尺。松桷有舄，[50]路寝孔硕。[51]新庙奕奕，奚斯[52]所作；孔曼[53]且硕，万民是若[54]。

译文：

郊庙深闭又肃穆，殿宇宏阔雕饰精。先祖姜嫄光辉显，品德高尚弃邪僻。受到上天多眷顾，无病无灾享吉庆。怀胎足月得贵子，诞下我先祖后稷，无尽福禄加于身。辨清黍谷谁先熟，豆麦哪个先播种。自从后裔有邦国，就教民众学穑稼，五谷杂粮金黍米，水稻黑米长势好。后稷自此享天下，继承禹王惠民业。

后稷子孙代代强，声誉卓著为太王，领民迁居岐山阳，始筹翦灭殷商乱。待到文王武王时，承继功业更弘扬，执行天命诛坏道，会兵牧野斗志昂。勿怀二心莫犯错，天帝监视在上方。是以歼灭殷商军，得立大功同辉煌。成王颁令于周公，封赏长子守疆土，远赴鲁国做侯王。唯愿伯禽拓疆土，为我周室守边防。

成王颁旨给僖公，封他为侯守东方，赐他广袤山川地，周遭小国为附庸。僖公不愧为周公后裔、庄公之子，承祀大业龙旗扬，六辔驾车气势盛。春祭秋尝不懈怠，祭品丰盈实恭谨。伟大皇天及后土，先祖后稷共享用，红色牺牲做祭品，供献神灵心安宁。多多赐福国运兴，皇祖周公厚子孙，也将赐福给僖公。

秋季丰收行尝祭，夏天备牛在栏里。白红公牛是祭礼，牺尊敬酒响铿锵。烤猪肉汤齐献上，食具装得满当当。万舞欢庆场面大，孝子贤孙定享福。敬祝鲁公国运盛，颐养天年寿安康。保你威震广袤土，鲁国永固万年长。高山屹立无崩颓，流水浩浩不亏竭。寿星与你相伴随，好比崇山高峻岭。

鲁公驱车上千辆，矛饰红缨绿绳结，车插两戟双强弓。率领步卒三万名，贝纹头盔镶红线，气势雄浑不可挡。西戎北狄遭讨伐，荆舒之蛮严惩办！我军锋芒谁敢犯。祝你国运繁荣盛，健康长寿福禄厚，鬓发转黄背生纹，老当益壮尽展能。祝您事业永昌盛，健康长寿桑榆龄。祝您万事顺心意，福寿无疆永康宁！

您如同巍巍泰山，鲁国民众齐瞻仰。龟山蒙山皆从属，疆土至极远东方，甚至沿海封界域，淮夷相率来朝拜。举国百姓皆顺从，全凭鲁侯创功业。

拥有凫山和绎山，版图扩至徐戎地。东方疆域到海边，淮夷蛮貊全畏顺。南境与楚夷相接，无人违命不跟随。谁敢怠慢不恭从，皆顺鲁侯之意愿。

天赐鲁侯厚福禄，长寿无疆永保鲁。占据常邑许田土，周公疆界得光复。鲁侯安乐多庆喜，母寿妻贤世莫比。大夫庶士皆善待，邦国长保传世代。鲁侯理当受福祉，黄发童颜又生齿。

采伐徂来山上松，翦取新甫山上柏，按照需求细裁度，长短尺寻派用途。松木椽子粗又牢，正殿堂皇宽又高。新成祖庙真盛美，奚斯建造有气派。闳敞硕大气势雄，万民恭颂在心中。

注释：

①閟（bì）宫：宗庙，神宫，是供神的地方，此处应为祭祀后稷母亲姜嫄的庙。閟：深闭。有：助词。侐（xù）：清静。

②实实：广大貌。枚枚：细密貌。此指宗庙建筑物的彩画雕饰非常细致。

③回：邪僻。

④弥月：满月，指怀胎十月。

⑤重（tóng）：先种后熟的庄稼。穋（lù）：通“稑”，后种先熟的庄稼。此句意为辨明黍谷哪个先成熟。

⑥稙稺（zhí zhì）：两种谷物，早种者曰“稙”，晚种者曰“稺”。菽（shū）：豆类农作物。麦：麦子。

⑦奄有：全有。下国：天下的国家。

⑧秬（jù）：黑黍，古人用以酿酒。

⑨缵（zuǎn）：继承。绪：事业。意为继承大禹的事业。

⑩大王：太王，指古公亶父。

⑪翦商：消灭商朝。

⑫致：执行。届：通“殛”，罚。此句意为奉天之命，诛伐坏道。

⑬牧之野：即牧野，古地名，位于今河南淇县西南。按，武主率兵伐商，与商兵战于牧野，将之打败，因而灭商。

⑭无：没有。贰：有二心。虞：过失，错误。据《毛传》：“虞，误也。”又朱熹《集传》：“虞，虑也。”亦通。

⑮敦：整治，治服。

⑯王：周成王。曰：颁布命令。叔父：指周公旦，武王之弟，成王叔父。

⑰元子：长子。

⑱侯于鲁：成王封伯禽为鲁侯，是为鲁国的开国之君。

⑲庄公：鲁庄公。周公之孙、庄公之子：均指鲁僖公。

⑳耳耳：柔和貌。

㉑享以：享用。骍（xīn）：赤色。牺：祭神的牲称牺。

㉒载：始，则。尝：秋季祭祀之名。秋收新粮，先献给祖先尝新，所以称为尝祭。

㉓楅（bì）衡：防止牛抵触用的横木。古代祭祀用牲牛必须是没有任何损伤的，秋祭用的牲牛要在夏天设以楅衡，防止触折牛角。

㉔白牡：白色公牛。骍刚：赤色公牛。刚：通“犅”，小牛。

㉕牺尊：牛角杯，凿背以容酒，故名。将将：同“锵锵”，器物相碰声。

㉖毛炰（páo）：连毛烧熟的肉，此是烧小猪。胾（zì）：切成大块的肉。羹（gēng）：指大羹，不加调料的肉汁。食用此是为了以质朴之物交于神明，以讨得神明的欢心。

㉗大房：古代祭祀时盛牲畜的用具，通称俎。

㉘万舞：舞名，常用于祭祀活动。洋洋：指场面宏大。

㉙三寿作朋：古代常用的祝寿语。古称“三寿”指三个不同年龄段的长者，上寿、中寿、下寿。参见《庄子·盗跖》：“人上寿百岁，中寿八十，下寿六十。”作朋：为友。

㉚朱英：矛头饰的红缨。绿縢（téng）：束弓套的绿绳。縢：绳。

㉛二矛：古代每辆兵车上有两支矛，一长一短，用于不同距离的交锋。重弓：古代每辆兵车上有两张弓，一张常用，一张备用。

㉜徒三万：三万步兵。每辆兵车配备徒兵约三十人，故兵车千辆总计有徒兵三万人。徒：步兵。此句意指率领三万步兵。

㉝贝胄：装饰有贝壳的头盔。朱綅（qīn）：红线。用于编缀固定贝壳。

㉞烝：众。增增：密密层层。此句意为鲁军气势不可阻挡。

㉟黄发台背：皆高寿的象征。人老则白发变黄，故曰黄发。台：同“鲐”。鲐鱼背有黑纹，老人背有老人斑，如鲐鱼之纹，故云。

㊱胥：相。试：比。意为老当益壮有才能。

㊲耆（qí）、艾：皆指年老。意为祝你健康长寿。

㊳岩岩：高峻的样子。

㊴奄有：包括。龟：龟山，在山东新泰县西南。蒙：蒙山，在山东蒙阴县。

㊵遂：于是。荒：借为抚，据有。大东：远东，极东的地方。

㊶保有：拥有。凫：凫山，在山东邹县西南。绎（yì）：峄山，在山东邹县东南。

㊷徐宅：徐人居地。徐：古国名，旧城位于今安徽泗县北。

㊸邦：《小尔雅·广诂》，“封，界也。”海邦：即海疆，海边。此句意为疆域东扩至海边。

㊹常：地名，位于今山东蒙阴西北。许：地名，位于今山东临沂西北。据郑玄《笺》：“许，许田也”。此句意为占据常邑和许地。

㊺宇：疆域。许田本为鲁国土地。先是郑桓公为周司徒时，持势强索鲁祊邑，作为陪周王祭祀泰山的住所。后周王不祭祀泰山，郑武公乃用祊邑和璧玉换取许田，直到鲁僖公时才将许田取回。因鲁为周

公封国，现在重新收回被齐国夺去的常邑与被郑国换去的许田，所以说光复周公的疆宇。

㊻儿齿：老人齿落复生，为高寿的象征。

㊼徂徕：山名，在山东泰安市东南。

㊽新甫：山名，主体位于山东省新泰市和济南市交界处。

㊾度：通“剫”，伐木。

㊿桷（jué）：方椽。舄（xì）：大。意为松木方椽又粗又大。

51路寝：古代天子、诸侯的正厅。孔硕：很高大。

52奚斯：鲁大夫，为鲁国公子，故又称作公子奚斯。新庙就是由他主持建造。

53曼：长。

54若：恭顺。

赏析：

学者认为此诗为僖公四年（公元前656年）奚斯所作，所写即是僖公会八国之师伐楚凯旋后举行的祭礼。首章即表明鲁国与周王室系同宗共祖，以自高身份，追溯周始祖姜嫄生后稷的事迹，并极赞后稷教民稼穑、德被天下的丰功伟绩。第二章依次叙述周先祖太王迁居岐阳，文王、武王翦灭殷商，建立周朝基业，继而分封鲁侯，是为鲁的开国史。第三章则于鲁侯受封之始，极力夸扬鲁因周公之后，故得受殊遇。第四章直到最后，历述鲁国祭祀诚谨有常，得天福祐；鲁国兵力强盛，以维护正统、讨伐夷狄为己任；鲁国威名远扬，四方皆相率顺服，全系僖公之功；鲁国多福，国人皆受；而新庙落成，富丽堂皇，值得万民称颂。

商　颂

《商颂》是商朝及周朝时期宋国的诗歌，产生于商朝发源及建都地、宋国国都商丘。共有五篇。前三篇《那》《烈祖》《玄鸟》为祭祀商朝祖先的乐歌，不分章，产生的时间较早，早于周朝。后两篇《长发》《殷武》是歌颂商朝武丁伐荆楚的胜利，皆分章，产生的时间较晚，晚于宋襄公时期。

方玉润《诗经原始》云："然《颂》之编，不始于孔子。'颂'之名，自商始有之。……愚谓颂之体始于商，而盛于周。鲁，其末焉者耳。然必合三诗而其体始备，亦犹后世之论唐诗有盛、中、晚三唐之分，此三颂之体所由辨也。而乃先周而后商者，何哉？盖先周者，尊本朝；后商者，溯诗源，编《诗》体例应如是耳。"

那

猗与那与，①置我鞉鼓。②奏鼓简简③，衎④我烈祖。汤孙奏假，⑤绥我思成。⑥鞉鼓渊渊⑦，嘒嘒⑧管声。既和且平，依我磬声。於赫汤孙，穆穆⑨厥声！庸鼓有斁，⑩万舞有奕。⑪我有嘉客，亦不夷怿⑫？自古在昔，先民有作，温恭朝夕，执事有恪⑬。顾予烝尝，⑭汤孙之将⑮。

译文：

多么盛大丰富啊，堂上竖起那立鼓。敲起鼓来咚咚响，令我先祖很欢愉。襄公祭祀求神明，赐我顺利拓疆土。鞉鼓之声嘭嘭响，管乐之声悦耳鸣。曲调谐协音清平，磬声节乐声相和。商汤之孙真显赫，音乐和美又庄肃。钟鼓洪亮声齐鸣，万舞场面极盛大。我有助祭好宾客，无不欣喜很和悦。遥远古代诸先祖，早已定好祭礼节。温和恭敬朝与夕，祭神祈福皆恭谨。烝尝致祭请神享，商汤子孙天佑助。

注释：

①猗（yī）：盛美。与：同“欤”，叹词。那：美好。此句意在形容乐队美盛。

②置：竖立。我：助词。下同。鞉（táo）鼓：有两耳的摇鼓，摇时两耳击鼓发声。

③简简：鼓声。

④衎（kàn）：欢乐。

⑤汤：商汤。孙：后代。奏假：祭享。假：格、致，祭者致神。

⑥绥：赠予。思：语气助词。成：成功。

⑦渊渊：指鼓声。

⑧嘒嘒（huì huì）：吹管的乐声。

⑨穆穆：和美庄肃。

⑩庸：通“镛”，大钟。有斁（yì）：即“斁斁”，乐声盛大貌。意为钟鼓声齐鸣，乐声洪亮。

⑪万舞：舞名。有奕：即“奕奕”，舞蹈场面盛大之貌。

⑫夷怿（yì）：喜悦。

⑬恪（kè）：谨慎恭敬。

⑭顾：光顾。予：我。烝：冬祭。尝：秋祭。

⑮将：奉献。

赏析：

《毛诗序》云：“《那》，祀成汤也。微子至于戴公，其间礼乐废坏，有正考甫得《商颂》十二篇于周之大师，以《那》为首。”这首诗是春秋时期商民族后裔宋国公室祭祀商汤时所用的乐歌，主旨在祈求幸福。诗中多运用象声词，描绘了各种乐器合奏的声音，渲染了宏大、庄严、雍容、和雅的奏乐氛围，且说明礼乐文化传承源远流长，体现了当时礼乐、祭祀、政教融为一体的文化特色。

烈 祖

嗟嗟烈祖[①]，有秩斯祜，[②]申锡无疆，[③]及尔斯所[④]。既载清酤，[⑤]赉[⑥]我思成。亦有和羹[⑦]，既戒既平。[⑧]鬷假无言，[⑨]时靡有争。绥我眉寿，黄耇[⑩]无疆。约軧错衡，[⑪]八鸾鸧鸧。[⑫]以假[⑬]以享，我受命溥将。[⑭]自天降康，丰年穰穰[⑮]。来假来飨，降福无疆。顾予烝尝，汤孙之将。

译文：

赞叹先祖多荣光，长久享有天下福。上天厚赐无止境，恩泽遍及宋国民。供上清酒祭先祖，佑我事业得成功。再把肉羹调制好，五味平和最适宜。肃静无声默祭祷，秩序井然很肃穆。赐我平安得长寿，黄发年高福无边。皮饰车毂彩车衡，八只鸾铃锵锵响。来到宗庙祭先祖，我受天命自浩荡。平安康宁从天降，丰收之年粮满仓。先祖降临享祭品，降下福泽绵延长。秋冬两祭神皆至，成汤子孙福永享。

注释：

①烈祖：功业显赫的祖先，此指商朝开国的君王成汤。

②有秩：福很大貌。斯：助词。祜（hù）：福。

③申：再三。锡：同“赐”。无疆：无止境。

④斯所：此处，指宋的国土。

⑤既：已。下同。载：设。清酤（gū）：清酒。

⑥赉（lài）：赏赐。

⑦和羹：调和好的浓汤。和羹必备五味。

⑧既戒：既已完备调和。戒：齐备。平：滋味平和。

⑨鬷（zōng）假：祭祷的意思。无言：指默默祈祷。

⑩黄耇（gǒu）：黄发老人。

⑪约軧（qí）：用皮束车毂。错横：雕刻车前横木。

⑫八鸾：八个鸾铃。鸧鸧（qiāng qiāng）：铃声。

⑬假（gé）：通“格”，祭者上致于神。

⑭溥（pǔ）：广大。将：长远。意为我受天命浩荡久长。

⑮穰穰（ráng ráng）：禾谷丰盛貌。

赏析：

朱熹《诗集传》云："此亦祀成汤之乐。"这是一首祭祀商汤的乐歌，着力描写了举行典礼的情况，主旨在祈福。诗歌写得有声有色，情景兼备，当时祭祀的盛大场面依稀可见，并表达了请求先祖庇佑商朝、赐福无量的愿望。

玄 鸟

天命玄鸟①，降而生商②，宅殷土芒芒。③古帝命武汤，④正域⑤彼四方。方命厥后⑥，奄有九有。⑦商之先后⑧，受命不殆，在武丁孙子⑨。武丁孙子，武王靡不胜。龙旂十乘，大糦是承。⑩邦畿⑪千里，维民所止。肇域彼四海，⑫四海来假⑬，来假祁祁⑭，景员维河。⑮殷受命咸宜，百禄是何⑯。

译文：

天命玄鸟降人间，简狄生契为商祖，所居殷地甚辽阔。天帝授命于成汤，征伐天下安四方。昭告部落各首领，统领九州皆归顺。商朝先王及后任，承受天命不怠慢，后裔武丁最贤德。武丁确是好裔孙，承汤遗业颇兴盛。蛟龙旂旗车十乘，黍稷祭品心意诚。国土疆域上千里，百姓居处皆安定。开拓疆域达四海，四夷小国来朝拜，车水马龙人众多。景山外围黄河绕，殷受天命人称善，百样福禄永享受。

注释：

①玄鸟：黑色燕子。

②生商：传说有娀（sōng）氏之女简狄吞燕卵而怀孕生契（xiè），后契被封于商，为商之始祖。

③宅：居住。殷土：殷朝国土。芒芒：同"茫茫"，广大貌。

④古帝：天帝。马瑞辰《毛诗传笺通释》："天可称古，古帝，犹言昊天上帝。"命：命令。武汤：即成汤，汤号曰武。

⑤正域：正其疆域。

⑥后：上古称君主，此指各部落的酋长首领。

⑦奄有：拥有。九有：九州。传说禹划天下为九州。

⑧先后：先王，先君。

⑨武丁孙子：成汤的子孙武丁。孙子指后代。

⑩糦（xī）：古时祭祀所用黍稷之类。承：捧，进献。意为献祭时奉上黍稷祭品。

⑪畿（jī）：古称天子所统的疆域。

⑫疆：疆域。彼：那。肇：开辟。四海：四海之内，指中国。

⑬来假（gé）：来到。假：通“格”，到。

⑭祈祈：众多貌。

⑮景：广大。一说指景山，在今河南商丘，古称亳，为商之都城所在。员：周围。维河：为黄河所环绕。

⑯何：通“荷”，承受。

赏析：

《毛诗序》云：“《玄鸟》，祀高宗也。”《笺》：“祀当为‘祫’。祫，合也。高宗，殷王武丁，中宗玄孙之孙也，有雊雉之异，又惧而修德，殷道复兴，故亦表显之，号为高宗云。”这首诗是殷商后代祭祀高宗武丁的颂歌。武丁不但继承祖业，而且南下黄河流域，进而控制四夷小国，中原各部族以车载稻米进贡，而且氐、羌等边远民族也纷纷前来朝见。武丁功业之隆，于此可见一斑。

长　发

濬哲维商，[1]长发其祥。洪水芒芒，禹敷下土方[2]。外大国是疆[3]，幅陨既长。有娀方将，[4]帝立子生商。[5]

玄王桓拨，[6]受小国是达，受大国是达。率履不越，[7]遂视既发。相土烈烈，[8]海外有截。[9]

帝命不违，至于汤齐[10]。汤降不迟，圣敬日跻[11]。昭假迟迟，[12]上帝是祗[13]，帝命式于九围。[14]

受小球[15]大球，为下国缀旒[16]。何天之休，[17]不竞不絿，[18]不刚不柔。敷政优优，[19]百禄是遒[20]。

受小共[21]大共，为下国骏厖[22]。何天之龙[23]，敷奏[24]其勇，不震不动，不戁[25]不竦，百禄是总。

武王载旆，[26]有虔秉钺，[27]如火烈烈，则莫我敢曷[28]。苞有三蘖，[29]莫遂莫达。九有有截[30]，韦顾既伐，[31]昆吾夏桀。[32]

昔在中叶，有震且业。[33]允也天子，降予卿士。实维阿衡[34]，实左右商王。

译文：

明哲睿智是殷商，吉兆久已频繁现。遥想当年洪水滔，大禹施治四方地。畿外大国定疆界，幅员辽阔边界长。有娀氏族正崛起，天命生契建商朝。

玄王商契甚英武，小国通达其教令，大国通达其教令。遵循礼法不逾越，各处巡视行教化。契孙相土也显赫，四海之外皆归顺。

天帝之命不违逆，至成汤功与天齐。汤王诞正应天时，圣敬之德日渐至。虔诚祷告久不息，尊崇敬奉那天帝，天帝下命统九州。

得授大小执政圭，成为诸国之表率。承受上天之吉庆，不起纷争不急躁，不过强硬不柔弱。温和宽厚施政教，百种福禄齐聚集。

得授大小执政璧，对待各国诚笃厚。承受上天之恩宠，陈述奏告其英勇。既不震骇不动摇，既不惊恐也不惧，百般福禄皆汇集。

勇武汤王伐桀业，强力执持那斧钺，士气如同火焰烈，无人敢来阻我军。树根长出三新枝，不能让他再生长。九州整齐且有序，韦顾二国已讨伐，再征昆吾和夏桀。

往昔商族之中世，威震四海建功业。商王诚然是天子，上天降下贤良卿。正是伊尹为阿衡，辅佐商王成大业。

注释：

①濬（jùn）哲：明智。维：助词。商：指商的始祖。

②敷下土方：治理天下土地。

③外大国是疆：远方的方国都归入疆土。外：邦畿之外。大国：指远方诸侯国。

④有娀（sōng）：国名。方将：正兴盛。将：壮，大。

⑤立子：立女子，指姜嫄。有娀氏之女生契，契被奉为商的始祖。见《商颂·玄鸟》。

⑥玄王：商之后世对契的追尊之称。契生前只是东方的一个国君，由小渐大，并未称王，下传十世至太乙（汤）建立商王朝，追尊契为王。根据“玄鸟生商”的神话，称为玄王。桓：威武。拨：明。一说为“发”。

⑦率履：遵循礼法。履：借为“礼”。不越：不超出礼法。

⑧相土：契的孙子。烈烈：威武。

⑨海外：指遥远处，边远之地。有截：整治不乱。

⑩汤齐：和汤一样。

⑪跻（jī）：升。

⑫昭假（gé）：向神祷告，表明诚敬之心。迟迟：久久不息。

⑬祗（zhī）：敬。

⑭式：法式，执法。九围：九州。意为天帝下令执掌九州。

⑮球：玉器，小者尺二寸，大者三尺。一说通“捄”，意为法。

⑯缀旒（liú）：犹言“表率”。

⑰何：通“荷”，承受。休：美善，此指福庆。意为承受上天之吉庆。

⑱不：表否定。竞：争。絿（qiú）：急。

⑲敷政：发布政令。优优：温和宽容。

⑳遒（qiú）：聚集。

㉑共：通“珙”，指美玉。

㉒骏厖（méng）：庇护。

㉓龙：“宠”的假借，恩宠。

㉔敷奏：施展。

㉕戁（nǎn）：恐惧。

㉖武王：指成汤。载：执。旆（pèi）：大旗。此处作动词。

㉗有虔：威武貌。秉：持。钺（yuè）：青铜制大斧，国王亲征秉钺。据《史记·殷本纪》："汤自把钺以伐昆吾，遂伐桀。"

㉘曷：通"遏"，阻挡。

㉙苞：树桩。蘖（niè）：旁生的枝丫嫩芽。据朱熹《诗集传》："言一本生三蘖也，本则夏桀，蘖则韦也，顾也，昆吾也，皆桀之党也。"

㉚截：整治不乱。

㉛韦：国名，故址在今河南省滑县东南。顾：国名，故址在今山东省鄄城县东北。意为韦、顾二国已被征服。

㉜昆吾：国名，故址在今河南省许昌市东。昆吾与韦、顾共为夏王朝东部屏障。据史实，成汤先将韦、顾、昆吾分割包围，先歼灭左边的韦，再歼灭右边的顾。然后两面夹击昆吾，最后伐桀，决战于鸣条之野，消灭了夏桀的主力。

㉝有震：威武的样子。且：并且。业：大。

㉞阿衡：商代官名，指大臣伊尹。他原是汤妻陪嫁奴隶，后辅佐汤伐夏桀，功绩卓著。

赏析：

《毛诗序》："《长发》，大禘也。"《笺》："大禘，郊祭天也。《礼记》曰：'王者稀其祖之所自出，以其祖配之。'是谓也。"根据《礼记》，大禘五年一次，是国君祭天，以自己的祖先陪享的一种祭祀仪式。这种祭祀乐歌经过殷商后裔宋国人的整理改定，用作宋国的宗庙乐歌。

殷 武

挞彼殷武，[1]奋伐荆楚[2]。罙入其阻，[3]裒[4]荆之旅，有截其所，[5]汤孙之绪。[6]

维女荆楚，居国南乡。昔有成汤，自彼氐羌[7]，莫敢不来享，莫敢不来王[8]，曰商是常[9]。

天命多辟[10]，设都于禹之绩。岁事来辟，[11]勿予祸适[12]，稼穑匪懈。

天命降监，下民有严。不僭不滥，不敢怠遑。命于下国，封建厥福。

商邑翼翼，[13]四方之极。赫赫厥声，濯濯厥灵。[14]寿考且宁，以保我后生。

陟彼景山[15]，松柏丸丸[16]。是断是迁，方斫是虔。[17]松桷有梴，[18]旅楹有闲，[19]寝[20]成孔安。

译文：

商王武丁行迅速，讨伐荆楚多奋勇。深入楚国险阻地，俘获荆楚之军队。王师所到皆服罪，成就商汤伟绩功。

荆楚蛮邦偏僻地，地处商邑之南方。往昔商王成汤时，化外氐羌诸民族，谁人敢不来进贡，谁人敢不来朝王，殷商备受各国尊。

天帝下命于诸侯，大禹先迹设都邑。每年按时来朝觐，不受祸患与怪责，农耕生产勿懈怠。

天帝降临来监察，天下百姓皆恭敬。不越礼法不妄为，不敢懈怠享闲暇。商王下令诸侯地，封邦建国享福泽。

商朝都城真庄严，四方诸侯之典范。发布政令威声赫，祖先威灵光辉显。既享长寿且康宁，保佑我王之后代。

登上高高景山巅，松柏高大而挺拔。砍伐树木运回去，削枝刨皮加工好。松木方椽真修长，陈设楹柱极高大，寝庙落成神灵悦。

注释：

①挞：通“达”，行动迅速貌。一说勇武。彼：那。殷武：殷王武丁，殷朝的一位中兴之主，曾任用贤人傅说（yuè）为相，并不断对西北的贡方、羌、周族等用兵，在位五十九年。

②荆楚：荆州的楚国。

③罙：“深”的本字。阻：阻碍处。意为深入楚国险阻地。

④裒（póu）：通“俘”，俘虏。

⑤截：整治。其所：其地，指楚。《郑笺》：“高宗所伐之处，

国邑皆服其罪，更自饬整，截然齐壹。”

⑥汤孙：汤的后代，指武丁。之：成就。绪：功业。

⑦氐羌：古代西北的两种少数民族。

⑧来王：来朝见。

⑨常：通“尚”，尊崇。一说常，指常君。《笺》：“氐羌远夷之国，来献来见，曰商王是吾常君也。”

⑩多辟（bì）：众多诸侯国君。

⑪岁事：每年年终的祭祀大典。来辟（bì）：犹来王，来朝。

⑫祸适：指谴责。

⑬商邑：指商朝京师。翼翼：庄严雄伟貌，一说恭敬谨慎貌。

⑭濯濯：光明貌。灵：威灵。意为祖先威望显光辉。

⑮景山：据陈奂《诗毛氏传疏》：“考今河南偃师县有缑氏城，县南二十里有景山，即此诗之景山也。”

⑯丸丸：形容松柏条直挺拔。

⑰斫（zhuó）：砍。虔：砍削，一说恭敬，一说砍木的砧板。意为砍削木头加工好。

⑱松桷：松木做的方椽子。有：助词。梴（chān）：木长貌。

⑲旅：陈列，一说众多。楹：楹柱。有闲：即闲闲，高大貌。

⑳寝：此指为殷高宗所建的寝庙。古时的寝庙分两部分，后面停放牌位和先人遗物的地方叫“寝”，前面祭祀的地方叫“庙”。

赏析：

《毛诗序》云：“《殷武》，祀高宗也。”谓其为商人祭祀歌颂殷高宗武丁之诗。魏源本三家诗之说，云：“春秋僖四年，公会齐侯、宋公伐楚，此诗与《鲁颂》‘荆舒是惩’，皆侈召陵攘楚之伐，同时同事同词，故宋襄公作颂以美其父（桓公）。”经方玉润等人考辨可知并不可取。诗中主要赞颂了武丁讨伐荆楚并使各个部族臣服归顺的功绩，以及他在天下封邦建国、实行朝觐制度的举措，还有其平治天下、宣扬政教的文德，表达了希求其庇佑殷商后裔的愿望。

图书在版编目（CIP）数据

诗经：译注本 / 钱小北译注．-- 南京：江苏凤凰文艺出版社，2022.1
ISBN 978-7-5594-5354-9

Ⅰ．①诗… Ⅱ．①钱… Ⅲ．①古体诗 - 诗集 - 中国 - 春秋时代②《诗经》- 译文③《诗经》- 注释 Ⅳ．①I222.2

中国版本图书馆 CIP 数据核字 (2021) 第 262687 号

诗经：译注本

钱小北 译注

策划编辑	钱 丽
责任编辑	白 涵
封面设计	刘 军
版式设计	段文婷
出版发行	江苏凤凰文艺出版社
	南京市中央路 165 号，邮编：210009
网 址	http://www.jswenyi.com
印 刷	三河市国新印装有限公司
开 本	880mm × 1230mm 1/32
印 张	15.5
字 数	431 千字
版 次	2022 年 1 月第 1 版
印 次	2022 年 1 月第 1 次印刷
书 号	ISBN 978 - 7 - 5594 - 5354 - 9
定 价	52.00 元